SEMPRE A ENCONTRAREI

MEGAN MAXWELL

SEMPRE A ENCONTRAREI

Tradução
Sandra Martha Dolinsky

Copyright © Megan Maxwell, 2014
Copyright © Editorial Planeta, S.A., 2014
Copyright © Editora Planeta do Brasil, 2018
Todos os direitos reservados.
Título original: *Siempre te encontraré*

Preparação: Roberta Pantoja
Revisão: Bárbara Parente e Fernanda França
Diagramação: Futura
Capa: adaptação do projeto original de Departamento de arte, área editorial Grupo Planeta
Imagens de capa: Shutterstock

DADOS INTERNACIONAIS DE CATALOGAÇÃO NA PUBLICAÇÃO (CIP)
ANGÉLICA ILACQUA CRB-8/7057

M418d
    Maxwell, Megan
       Sempre a encontrarei / Megan Maxwell ; tradução de Sandra Martha Dolinsky. -- São Paulo : Planeta, 2018.
       432 p.

       ISBN: 978-85-422-1429-1
       Título original: Siempre te encontraré

       1. Ficção espanhola I. Título II. Dolinsky, Sandra Martha

18-1471   CDD 863

2018
Todos os direitos desta edição reservados à
EDITORA PLANETA DO BRASIL LTDA.
Rua Padre João Manuel, 100 – 21º andar
Ed. Horsa II – Cerqueira César
01411-000 – São Paulo-SP
www.planetadelivros.com.br
atendimento@editoraplaneta.com.br

*Ser uma Guerreira Maxwell é não se deixar vencer pelas adversidades.
É saber se levantar e lutar pelo que se quer, mesmo tendo perdido algumas batalhas.*

Guerreiras, vocês são as melhores.

Megan

Prólogo

CASTELO DE CAERLAVEROCK, 1312

No castelo de Caerlaverock, próximo ao condado de Dumfries, seus habitantes tristes e desolados choravam a terrível desgraça que se abatera sobre o clã Ferguson. No dia anterior, em uma das grutas do bosque, foram encontrados os corpos sem vida dos filhos do laird Kubrat Ferguson, Felipe e Kendrick, de treze e catorze anos, respectivamente, e de sua amada e doce esposa Julia com a pequena Jane.

Eles haviam saído para passear pelo belo bosque no dia do aniversário de Angela, outra das filhas, mas, pouco depois, foram encontrados mortos, desmembrados, o que deixou todos os habitantes do castelo desolados. A única que se salvou do cruel ataque foi justamente a pequena Angela.

No momento em que tudo aconteceu, a menina espevitada tinha ido pegar urze escocesa e umas ervas medicinais para a tosse de seu pai, como a mãe havia pedido. Quando voltou, não encontrou a família e foi procurá-los.

Ao encontrá-los, sem entender o que havia acontecido, ela correu até a mãe, que, caída no chão, fazia alguns movimentos estranhos. Ajoelhando-se ao seu lado com os olhos marejados, a pequena Angela chamou:

— Mamãe... mamãe...

Ao ouvi-la, a mulher tossiu, e um jorro de sangue saiu de seus lábios.

— Você tem que ser forte, meu amor — sussurrou, segurando a filha.

— Mamãe, levante...

— Você tem que ser valente, Angela — insistiu ela. — Cuide de seu pai e de suas irmãs, e quando crescer, apaixone-se, e prometa que vai desfrutar o amor.

— Mamãe... mamãe, vamos, levante — gemeu a menina, aos prantos.

Julia estremeceu e, com um fio de voz, disse:

— Mamãe ama vocês. Vá buscar o papai e diga que estou esperando por ele.

Então, fechou os olhos e parou de respirar. Angela, sem saber o que fazer, ficou vários minutos abraçada à mãe. Chamou-a, chacoalhou-a à espera de que dissesse mais alguma coisa, mas sua mãe não respondeu.

Chorando, ela se aproximou de seus irmãos. Chacoalhou-os também, mas eles não reagiram. Por fim, horrorizada e com as mãos sujas de sangue, ela correu para o castelo em busca de ajuda.

À noite, depois dos corpos terem sido resgatados, suspeitou-se de um ataque de lobos selvagens. Mas quem viu os cortes soube que aquilo só poderia ter sido feito pelo aço empunhado por meliantes e malfeitores.

Com semblante sombrio, o laird Kubrat Ferguson escutava a oração do padre Godo por sua família, enquanto suas outras filhas, Davinia, de quinze anos, May, de doze, e a pequena Angela, de dez, choravam desconsoladas. Não podiam acreditar no que havia acontecido. A mãe maravilhosa e os irmãos nunca mais estariam com elas.

Enquanto o padre Godo prosseguia com a oração, o laird olhava as filhas, aquelas três daminhas que amava com todo seu ser, e apertou os dentes para não chorar. Não podia, não devia, tinha que demonstrar força.

Olhou de novo para as meninas e segurou as lágrimas. Nunca esqueceria a expressão de terror e incredulidade da pequena Angela ao chegar ao castelo. Ela havia visto o que nenhuma criança deveria jamais ver: a morte mais brutal. Arrasado, atormentado, fixou os olhos no tecido xadrez que cobria os corpos sem vida da mulher e dos filhos.

Pensar em Julia, em seu sorriso, sua valentia e sua doçura, partiu seu coração. De repente, ele recordou a promessa que tinha feito a ela cada vez que nascia um filho deles. Uma promessa que ele sabia que no futuro poderia lhe criar problemas, mas que respeitaria, nem que fosse a última coisa que fizesse por sua esposa.

Angela, ainda muito abalada, olhou para o pai. Ficando na ponta dos pés, levou a boca a seu ouvido e, surpreendendo-o, sussurrou:

— Mamãe disse que eu tenho que ser valente e cuidar de você e de minhas irmãs.

Ao ouvir isso, o laird esboçou um sorriso triste. Pegando Angela no colo, abraçou-a e disse:

— Não se preocupe, minha menina. Papai vai cuidar de vocês.

Três dias depois, o clã capturou os bandidos com os pertences dos falecidos. O laird Kubrat Ferguson matou um a um sem piedade, olhando-os nos olhos e amaldiçoando a alma de cada um por toda a eternidade enquanto murmurava:

— Morte por morte.

Nessa noite, depois de vingar a morte da família com toda a raiva do mundo, ele deu um beijo de boa-noite em suas três queridas filhas e, quando chegou a seus aposentos, liberou todo seu sofrimento, amargura e dor. Desesperado como nunca, ele chorou aos pés de seu leito conjugal vazio, repetindo sem parar:

— Minha vida, não posso viver sem você. Minha vida, espere por mim...

Ele não sabia que a pequena Angela o observava como um ratinho assustado por trás da porta entreaberta, murmurando:

— Não chore, papai. Eu serei valente e cuidarei de vocês.

A partir desse dia, a vida de todos os moradores do castelo de Caerlaverock e arredores mudou. Nada voltou a ser como antes, porque o laird Ferguson nunca deixou de sofrer por amor.

1

ESCÓCIA, CONDADO DE DUMFRIES, 1325

O laird Kieran O'Hara fazia a viagem de volta ao castelo de Kildrummy extenuado, acompanhado de seu exército de highlanders e de sua amada mãe, depois de cavalgar durante dias até a abadia de Dundrennan. Já havia meses que estava procurando seu irmão James, conhecido como James O'Hara *o Mau*, devido a suas ações, quando recebeu notícias de que ele poderia estar naquela abadia, gravemente ferido.

Mas a viagem fora infrutífera. O moribundo que estava ali não era James. Então, Kieran decidiu retornar a Kildrummy, seu lar, perto de Aberdeen.

— Em que está pensando? — perguntou o jovem Zac.

— Em James — respondeu Kieran, observando a mãe.

Seu irmão não dava sinal de vida havia cerca de dois anos, e isso deixava Edwina, a matriarca dos O'Hara, angustiada. Desolado, Kieran não podia esquecer as tristes palavras da mãe ao abandonar a abadia de Dundrennan:

— Não sinto James. Estranhamente, já não o sinto, Kieran.

O'Hara, com o coração apertado, olhou de novo para a mãe e disse a Zac:

— O dia que encontrar James, eu mesmo o matarei, por ter causado tanto sofrimento a minha pobre mãe.

O jovem suspirou. Não tinha muito boas lembranças de James O'Hara. Ele o havia conhecido vagamente quando era pequeno e sua irmã Megan, junto com Kieran, teve que resolver um problema com James antes que se transformasse em algo irreparável.

— Eu entendo, Kieran. Mas se fizer isso, sua mãe...

— Minha mãe — interrompeu Kieran, esboçando um frio sorriso — é a única que guarda boas recordações dele.

— Eu também — interveio Louis, que cavalgava ao seu lado. — Ainda me lembro do dia em que um cavalo lhe deu um coice na virilha e o fez uivar de dor. Nunca ri tanto na vida.

Kieran soltou uma amarga gargalhada, e disse:

— O idiota do meu irmão deveria lembrar que tem uma mãe que sofre por ele. Sua ausência a deixa cada dia mais triste, e eu já não sei o que fazer para que ela sorria.

— Você deveria casar — sugeriu Zac.

Louis soltou uma gargalhada. Kieran e ele eram bons amigos e costumavam sair juntos para se divertir com as moças. Com um sorriso, Zac prosseguiu:

— Pelo que eu pude ver com meus próprios olhos quando estive em Kildrummy, a linda lady Susan Sinclair beija o chão que você pisa, e sua mãe parece gostar dela.

— Bem... eu não penso o mesmo — riu Louis.

Zac, sem escutar o que o outro havia dito, acrescentou:

— Basta ver quantas vezes essa jovem e a mãe são convidadas para passar longos fins de semana em sua casa para perceber que entre vocês há algo mais.

Sem afastar os olhos da mãe, sentada em uma carruagem olhando para a frente, Kieran sorriu e disse:

— Minha mãe e a dela são amigas, e Susan é uma boa garota. Além de ser muito bonita, não acham?

Louis assentiu.

— É bonita, mas há algo nela que não me agrada — respondeu Zac.

O comentário chamou a atenção de Kieran, que perguntou, fitando-o:

— Por que diz isso?

— Segundo minha irmã Megan, Susan é simplória e chata — completou Zac.

— Megan! Só podia ser — disse Kieran ao pensar naquela mulher por quem tinha tanto carinho.

Louis soltou uma gargalhada, dizendo:

— Concordo com a irmã de Zac.

— Vocês esquecem que gosto de todas as mulheres! — replicou Kieran, com humor.

— E se tiverem peitos grandes, mais ainda! — brincou Louis.

Kieran sorriu. Susan tinha uma beleza que chamava a atenção aonde quer que fosse, mas nunca discordava dele em nada. Era dócil e submissa demais.

Louis olhou para o jovem Zac Phillips e disse:

— Há alguns meses, Kieran quase pediu Susan em casamento.

— Eu ia fazer isso por minha mãe — grunhiu Kieran.

— É sério que ia pedi-la em casamento?

Ele não respondeu, mas Louis o fez em seu lugar.

— Se na noite anterior não tivéssemos bebido até quase cair, creio que este idiota agora estaria casado com ela.

Contrariado pelo modo como os amigos falavam de sua vida, Kieran olhou para eles sisudo. Casar-se não era uma prioridade para ele, mas sua mãe desejava vê-lo com uma esposa, e ele sabia que cedo ou tarde teria que pensar nisso. Mas, como queria mudar de assunto, sibilou:

— Querem parar de falar de minha vida como se eu não estivesse aqui? Parecem duas alcoviteiras. Além do mais, só falta que minha mãe ouça vocês para voltar a insistir no assunto.

— É verdade o que Louis disse? — perguntou Zac, bem-humorado.

Kieran O'Hara assentiu e, ciente de que sua mãe não o podia ouvir, explicou:

— Aquela noite bebemos até cair. E embora eu nunca tenha querido pensar muito nisso, acho que chegou a hora de procurar uma mulher para Kildrummy, e de ter crianças correndo por meu lar. Além do mais, minha mãe está envelhecendo, e já que o idiota do meu irmão só a faz chorar, pelo menos eu quero fazê-la sorrir. Talvez, quando voltar desta viagem...

— Susan não é mulher para você, e lady Edwina também sabe disso — protestou Louis.

Kieran sorriu e olhou para a mãe. Para ela, nenhuma serviria para ele.

— Lembre-se, Louis, de que eu é que vou viver com minha esposa, e não minha mãe.

O amigo deu de ombros, mas Zac perguntou:

— E você estaria disposto a perder sua liberdade por uma mulher a quem não ama?

Kieran riu, trocando um olhar com Louis.

— O fato de eu me casar com Susan não mudará minha vida. Eu não caí no conto do amor e das palavras adocicadas, como Duncan, Lolach ou Niall. Segundo eles, encontraram a mulher que os completa, mas, se eu me casar, não será pelos mesmos motivos. Digamos que meu casamento será algo prático, que me permitirá continuar vivendo a vida fora de casa como sempre.

— Vocês seriam capazes de se casar sem amor? — perguntou Zac.

Louis e Kieran se olharam por um momento antes de responder, até que por fim o último disse:

— Sem sombra de dúvidas.

— Tem certeza? — insistiu Zac.

— Absoluta — afirmaram os dois amigos em uníssono, soltando uma gargalhada.

Susan Sinclair era uma das belezas das Highlands. Vivia em uma maravilhosa mansão em Aberdeen, com os pais. Era uma mulher delicada e sensual, de cabelos claros como o sol e olhos da cor do mar, e embora muitos a cortejassem, Kieran tinha certeza de que ela só aceitaria a ele. Talvez houvesse chegado a hora de dar o passo.

— Bem, então, pelo que diz, Susan será uma boa companhia para sua mãe — concluiu Zac.

— Eu não acho — replicou Louis, que conhecia bem Edwina.

Sem lhe dar ouvidos, o jovem prosseguiu:

— Ambas poderão costurar, cozinhar, cuidar das flores. Se bem que... bem, eu sei por minha irmã que...

— Megan de novo? — riu Kieran, pensando naquela beleza de olhos escuros. — Vejamos o que essa maldita bruxa morena lhe disse agora.

— Segundo ela, você precisa de uma mulher que desinfle seu ego e que saiba dizer não a muitas coisas. Ela acha que só isso o fará feliz.

— Sua irmã é um verdadeiro demônio — respondeu ele, achando graça.

— Ela também diz que as mulheres facilitam muito as coisas quando você sorri para elas, e que só alimentam sua vaidade. Que aquecem sua cama, mas não seu coração.

— Dizer que ela é um demônio é pouco — exclamou Kieran, rindo de novo.

— Por que escolher apenas uma se há tantas dispostas a nos dar prazer? — perguntou Louis, sorrindo.

— Sim. Segundo Duncan — prosseguiu Zac —, paixão e mulheres não lhes faltam, e vocês são felizes com o que elas lhes dão.

— Duncan sim é que nos conhece e sabe do que precisamos — assentiu Kieran, alegre, olhando para Louis, que ria.

Ao anoitecer, chegaram aos arredores de Dumfries. Ali, o laird O'Hara procurou uma pousada decente para que a mãe e sua dama de companhia, Aila, passassem a noite. Dormir ao relento não era o que mais agradava a nenhuma das duas.

Depois de deixá-las no local, com vários highlanders para que as protegessem, Kieran foi com seus guerreiros a um bordel próximo para refrescar a garganta.

De madrugada, cansados e meio embriagados, alguns O'Hara decidiram adentrar o denso bosque de carvalhos para dormir um pouco, apesar da chuva e ignorando as advertências do estalajadeiro, que havia dito que o lugar era encantado.

Eles encontraram algumas grutas, juntaram lenha seca, fizeram um bom fogo e desenrolaram suas ásperas mantas e tartãs. Deixando Arthur como sentinela, os demais se acomodaram no chão para dormir.

Mas o que esperavam que fosse um merecido descanso logo se transformou em uma loucura. Estavam sendo atacados!

Alertado pelos gritos, Kieran se levantou e saiu da gruta com os homens que o acompanhavam. A chuva o acertou em cheio no rosto, e ele se sentiu meio zonzo. Com a vista embaçada, pôde ver Zac e Louis se levantando desajeitadamente.

Instantes depois, viu Louis cair, e depois dele, Zac. Quando Kieran foi ajudá-los, um forte golpe na cabeça o derrubou.

O sangue que escorria por seu rosto, a chuva, a tontura e a força do golpe o impediam de se mexer.

Impotente, começou a praguejar e a jurar que mataria os bastardos que os haviam atacado. Ele, um highlander experiente, que havia lutado centenas de batalhas, sido gravemente ferido em várias ocasiões e que era temido por muitos exércitos, naquele estado se sentia um verdadeiro inútil e uma presa fácil.

Por fim, conseguiu se sentar, mas um chute no peito tornou a jogá-lo no chão. Enquanto um pé o pisava com força e a ponta de uma arma espetava seu queixo, ouviu alguém dizer:

— Vou matar vocês rápido e, em troca, ficarei com seus cavalos.

Cada vez mais irritado, Kieran gritou, ainda sem ver com clareza:

— Voltarei da tumba para matar vocês!

O homem deu uma gargalhada, apertando ainda com mais força o pé contra o peito de Kieran. Este, sem se dar por vencido, tateava ao redor em busca de sua espada, mas, antes que a pudesse alcançar, um assobio fez o bandido olhar para sua direita, um segundo antes de desabar.

Por sorte, Kieran foi rápido e se afastou. Se não tivesse feito isso, aquele bastardo teria cravado a espada em sua garganta na queda.

Ainda tonto, conseguiu pegar sua arma, mas, ao se levantar, deu um tropeção que o fez cair de novo.

Maldição!

Estava cada vez pior. Tentou se levantar mais uma vez, mas foi impossível. Precisava pensar com clareza e ir ver como estavam seus homens, em especial Zac. Se acontecesse alguma coisa com o garoto, Megan o mataria por não o ter protegido.

De repente, seu olhar turvo captou vários encapuzados que, com uma destreza impressionante, abatiam os meliantes. Ele os viu atacar, pular de árvore em árvore e dizimar os bandidos com uma agilidade que o deixou impressionado. Quem seriam?

Depois de um imenso caos, minutos mais tarde a calma voltou ao bosque. Sua visão estava nublada, e Kieran era incapaz de enxergar com clareza. O que estava acontecendo? Ao seu redor tudo estava borrado, confuso, mas ele notou que os encapuzados se aproximavam. Rapidamente, ergueu o aço, mas um golpe certeiro em sua mão lhe arrancou a espada.

— O que vocês querem? — gritou Kieran.

Eles se agacharam, e uma voz doce respondeu:

— Fique calmo. Viemos ajudá-los.

Zonzo, sem poder fixar os olhos em nada nem em ninguém, Kieran notou que vários desconhecidos se moviam ao seu redor. Falavam baixo demais para que ele pudesse ouvir o que diziam.

— Quem são vocês? — perguntou Kieran.

— Isso não importa agora — respondeu um homem.

Então, outra voz, tão doce quanto a primeira que havia falado, disse:

— Passe-me a bolsa. Este homem está ferido.

Ferido? Quem está ferido?, pensou Kieran.

Entre os murmúrios, distinguiu vozes femininas. Sentia vontade de vomitar. Não sabia o que estava acontecendo. Até que uma voz rude e forte disse:

— Estes são laird Kieran O'Hara e seus homens.

Ao ouvir seu nome, Kieran se mexeu e disse:

— De onde você me conhece?

Ninguém respondeu à sua pergunta, mas uma das mulheres disse:

— Bebam isto. Fará o veneno desaparecer do corpo de vocês.

— Veneno?!

Um doce riso ecoou perto do ouvido de Kieran.

— Puseram veneno na bebida de vocês para deixá-los zonzos, roubá-los e matá-los. Para sua sorte, um dos meus homens também estava no bordel e notou o que estava acontecendo. Mas, fique tranquilo, com essa poção, vocês vão se curar depressa.

Kieran gritou. Certamente mataria quem havia feito aquilo. Com certa dificuldade, estendeu a mão e, segurando com força o braço da pessoa que havia falado com ele, perguntou:

— Você é uma mulher, não é?

Ela sorriu, ainda com o capuz. Conhecia os efeitos daquele veneno e sabia que ele a via borrada. Limpou o sangue do rosto dele e respondeu:

— Por acaso isso importa?

Desesperado por se sentir tão fraco, Kieran sussurrou:

— Qual o seu nome?

A mulher o fitou. O homem ferido era louro de olhos claros, corpulento e bonito. Sem dúvida alguma, um habitante das temidas Highlands. Tratando da ferida que ele tinha na testa, ela respondeu:

— Só deveria lhe importar que salvamos sua vida e também a de seus homens. E agora, se ficar quieto, vou acabar de tratar essa ferida feia que você tem.

— Qual é seu nome? — insistiu ele.

— Shhhh... nem mais uma palavra, ou vou ficar brava.

Os encapuzados se entreolharam e sorriram.

Enquanto um grupo levava os corpos dos assaltantes para sumir com eles, as mulheres cuidavam dos feridos. E a que cuidava de Kieran cantarolava:

No bosque encantado
eu o encontrei
ferido e assustado
por...

— Não estou assustado — protestou ele.

De novo, aquela risada maravilhosa encheu seus ouvidos.

— A canção está dizendo, não eu.

— Não estou assustado, estou furioso! — rosnou ele.

— Muito bem — disse a jovem. — Visto que sua vaidade é grande, mesmo em um momento como este, cantarei outra, que diz:

*Das Highlands chegou
corajoso e zangado
mas medo não me provocou
mesmo sendo um homem irado.*

Kieran sorriu sem forças, mas disse:
— Pois deveria ter medo de mim, de tão irado que estou.
Sem a menor sombra de medo, ela levou a boca ao ouvido dele e sussurrou:
— Eu não tenho medo de nada nem de ninguém.
— E da morte?
— Menos ainda.
Apesar de se sentir tão mal, Kieran teve vontade de sorrir diante da eloquência e determinação daquela mulher. Sem dúvida, além de ter mãos suaves, ela era corajosa e tinha uma linda voz.
Nesse instante, ela olhou para a jovem que ao seu lado cuidava de outro highlander e perguntou, surpresa:
— O que está fazendo?
Soltando uma risadinha quase inaudível, a outra encapuzada levou a mão aos lábios, pôs uma flor cor de laranja na orelha de Zac e murmurou:
— Oh... beijando-o. Mas ninguém vai saber. Não consegui resistir.
— Está amanhecendo, temos que ir — disse uma voz de homem com firmeza.
— Só mais um instante, logo termino — respondeu a que cuidava de Kieran.
Quando acabou, ela ia se afastar, mas Kieran, ao notar que o abandonava, pegou-a pela mão e a puxou, fazendo-a retroceder.
— Diga-me quem é você — insistiu, antes de quase desmaiar.
— Sua salvadora — sussurrou ela, fitando-o nos olhos.
Sem soltá-la, ele murmurou a meia-voz:
— Você está jogando com vantagem. Diga-me quem você é, e... e... quando eu melhorar, vou procurar você... e poderei... agrad...
Não pôde acabar a frase.
A jovem sorriu tranquila, sabia que ele estava bem, apesar de praticamente desmaiado. Tocou com delicadeza aqueles cabelos louros. Embora fosse tentador tornar a ver aquele homem, e se deixar cortejar por ele, não podia revelar sua verdadeira identidade. No entanto, antes de

partir, quando viu sua gente se afastar, levou seus lábios aos dele e o beijou com delicadeza, murmurando.

*Do bosque encantado,
uma fada o salvou,
e em um momento inesperado
um beijo lhe roubou.*

2

Quando Kieran despertou, não sabia quanto tempo havia se passado. Abriu os olhos, e a primeira coisa que viu foi o rosto angustiado da dama de companhia de sua mãe.

— Ele está voltando a si, minha senhora. Está voltando!

Zonzo, ele se virou para ela. Nesse momento, ouviu sua mãe gritar:

— Filho, que susto! O que aconteceu?

Ainda tonto, ele viu que o bosque escuro e chuvoso da noite anterior estava cheio de luz e de alegres cantos de pássaros.

Parecia que haviam lhe cravado mil espadas na cabeça.

— Como vocês não voltaram para a pousada — explicou sua mãe —, mandei nossos homens buscá-los, e, oh, Deus... que susto levamos! O que aconteceu, filho? — perguntou de novo.

Sem poder responder, porque ele mesmo não sabia, Kieran disse:

— Calma, mãe, estou bem.

Pesarosa e preocupada, ela se aproximou e, acariciando os cabelos do filho, replicou:

— Bem? Bem?! Como pode dizer isso nesse estado? Oh, você tem uma ferida na testa e sangue no pescoço.

— Mamãe...

— Quem cuidou de você? Quem os atacou? Pelo amor de Deus, você e seu irmão vão me matar de desgosto.

Irritado por estar naquele estado e pelas contínuas perguntas e recriminações da mãe, ele foi protestar, quando ela, mudando de tom, murmurou:

— Meu tesouro, tenho medo que lhe aconteça alguma coisa.

Kieran conseguiu se levantar e, aproximando-se dela, sussurrou em seu ouvido:

— Mãe, já lhe disse milhares de vezes que não me chame de "tesouro" diante de meus homens.

— Por quê?

— Pelo amor de Deus! Porque eu sou o laird O'Hara. O que eles vão pensar?

— Você sabe que nunca me importei com o que os outros pensam.

Kieran assentiu. Sem dúvida, era verdade.

— Por mais laird O'Hara que seja, eu sou sua mãe e você é meu tesouro, e ninguém vai me impedir de chamá-lo assim quando eu quiser, entendido? — acrescentou a mulher.

— Mãe...

— Sim, tesouro.

Ele revirou os olhos e decidiu desistir. Às vezes, era impossível argumentar com ela.

Ao ver a cara do filho, Edwina sorriu. Kieran era um amor. Era carinhoso, atencioso, dedicado, mas quando se irritava ou implicava com algo, era impossível argumentar com ele.

Pouco depois, quando ele conseguiu convencer a mãe a esperar na carruagem com sua dama de companhia, ele caminhou até seus homens sentindo-se um pouco melhor.

— Você está bem, Kieran? — perguntou Louis.

Ele assentiu, e viu que o aspecto de seu amigo não era muito melhor que o seu.

— Por São Drustan, que dor de cabeça! — exclamou Zac.

O jovem estava com a mão na cabeça, apoiado em uma árvore.

Com a boca seca, Kieran pegou o odre de água que um de seus guerreiros lhe oferecia e bebeu. Estava sedento. Em sua mente havia um único pensamento: encontrar os atrevidos que os haviam atacado, mas também quem os haviam salvado.

O laird Kieran O'Hara era considerado um highlander de bom temperamento, que poucas vezes se irritava. Tinha uma personalidade afável, era conciliador com as pessoas e sedutor com as mulheres. Mas, nesse momento, ele não era nada disso. Um humor sombrio havia se apoderado dele, e ele só queria encontrar os bandidos e fazê-los pagar pelo acontecido.

Ainda aturdido, devolvendo o odre ao guerreiro, perguntou:

— Estão todos bem?

Todos assentiram com um murmúrio, mas quando Zac quis saber o que havia acontecido, Kieran não pôde lhe dar uma resposta.

— Ainda não sei... mas encontrarei, matarei, degolarei e esquartejarei os infames que ousaram fazer isso conosco — rosnou.

— Kieran, pelo amor de Deus! — gritou sua mãe, horrorizada.

— Mamãe, volte para a carruagem.

— Preciso esticar as pernas, filho — respondeu ela depressa.

Ao vê-la se afastar, Kieran, alterado, sibilou:

— Maldição. Malditos bandidos.

O jovem Zac suspirou e Louis inclinou a cabeça. Ver seu laird nesse estado não era algo de que gostasse.

— Meu senhor — interveio um dos highlanders —, creio que deveríamos voltar para nossas terras.

— Eu penso como Gindar. Deveríamos voltar a Kildrummy — disse Edwina, sem se importar com o olhar do filho pedindo-lhe silêncio.

— Nem pensar. Primeiro, tenho que saber o que aconteceu — disse Kieran.

— Filho, por Deus...

Mas, ao ver o olhar sombrio do laird, ela se calou e assentiu. Depois que ela voltou para a carruagem, Zac foi até seu amigo e, com um sorriso brincalhão, murmurou:

— Eu não esperava menos de você. — E mostrando-lhe a flor cor de laranja que tinha nas mãos, acrescentou: — Eu também quero saber quem foi o atrevido que me usou de vaso, e fazê-lo pagar.

— Roubaram cavalos ou alguma coisa? — perguntou Kieran.

— Não.

— Nada? Não levaram nada? — insistiu, surpreso.

— Absolutamente nada. Nem uma moeda, nem uma espada... não falta nada — respondeu Louis. — Há sinais de luta, mas nenhum meliante morto nem ferido. E nossas feridas foram tratadas. Afinal, quem esteve aqui?

A voz da desconhecida inundou a mente de Kieran, que franziu o cenho.

— Só me lembro das vozes de umas mulheres que...

— Umas mulheres? — interrompeu Zac, tocando a flor cor de laranja.

Kieran assentiu.

— Um grupo de mulheres e homens nos ajudaram, mas não sei mais nada.

— Há mulheres tão corajosas por estas terras?

— Parece que sim — replicou Kieran, e sorriu pela primeira vez.
— Gosto disso — murmurou Zac, também sorrindo.

Levando a mão à testa com cuidado, Kieran acrescentou:

— Antes de eu perder a consciência, uma das mulheres disse que os atacantes haviam nos envenenado no bordel. — E com expressão adusta, sibilou, olhando para seus homens: — Voltaremos lá e esclareceremos as coisas.

Todos recolheram suas armas e se prepararam para partir. Kieran estava tentando recordar algo mais quando Louis se aproximou dele.

— Talvez seja verdade que este bosque é encantado.

Ao ouvi-lo, Kieran se deteve e pensou na cançãozinha que falava sobre um bosque encantado. E, sem saber por que, levou a mão aos lábios e estremeceu.

Montou o corcel negro, olhou para seus homens e, dando a ordem, voltaram ao bordel em busca de explicações, enquanto ele continuava se perguntando quem era a mulher que o havia ajudado.

3

Quando Kieran e seus highlanders entraram no bordel sinistramente, as pessoas que ali estavam os observaram receosas.

— O que aconteceu? — perguntou o dono, aproximando-se.

Kieran o pegou pelo pescoço e, empurrando-o, gritou, furioso:

— Foi isso mesmo que eu vim descobrir!

Assustado e encurralado contra a parede, o estalajadeiro tentou se soltar. Então, ouviu-se um grito de mulher.

— Filho, assim vai matá-lo! — disse Edwina.

— Mãe, saia daqui.

— Não até você soltar esse homem.

Kieran afrouxou a pressão de sua mão no pescoço do outro, que, assustado, murmurou:

— Senhor... eu... eu não sei de nada. Juro pela vida de meus filhos. Se perguntei é porque sei que ontem o senhor não tinha esse ferimento feio na testa.

— E por que devo acreditar em você?

— Pelo amor de Deus — gritou de repente a rechonchuda esposa do estalajadeiro, saindo em seu auxílio. — Solte meu marido. Ele está dizendo a verdade, senhor.

Ao ver o medo nos olhos dela, Kieran o soltou. *Com certeza disse a verdade*, pensou, observando-o abraçar a mulher.

— Ontem, enquanto estávamos aqui, alguém... — começou Kieran.

— Aqui?! — gritou Edwina, horrorizada. — Vocês estiveram neste bordel?

— Louis — chamou ele, irado —, tire minha mãe daqui.

Ao ouvir a ordem, sem dar ouvidos às queixas da mulher, o guerreiro a tirou depressa do local. Depois que os dois saíram, Kieran olhou para o homem e prosseguiu:

— Alguém ontem colocou uma poção em nossas bebidas com a intenção de nos roubar depois. Exijo saber quem foi.

O estalajadeiro, assustado, depois de olhar para sua mulher, murmurou:

— Eu lhe asseguro, senhor, que não sei. Não vi ninguém fazendo nada, e...

— Uns bandidos nos atacaram no bosque — interrompeu Kieran —, mas, graças a alguém que nos ajudou, os meliantes não atingiram seu propósito.

Ao dizer isso, Kieran se deu conta de que os homens e mulheres presentes se entreolhavam.

— Alguém sabe de quem estou falando? — perguntou ele.

Ninguém respondeu. Todos pareciam aterrorizados. Mas sem lhes dar trégua, o highlander perguntou de novo:

— O que quis dizer ontem com essa história de que o bosque é encantado?

Com o rosto menos pálido, o homem, trêmulo, explicou:

— Senhor, há anos que se diz que o bosque é encantado. As pessoas fogem de suas imediações e não se aventuram a entrar nele por medo de não saírem vivas. Como fica próximo à fronteira com a Inglaterra, muitos ladrões e bandidos sem pátria se esconde nele e matam todos os incautos que encontram. Fala-se, inclusive, de fantasmas. Só se sai vivo dali se os encapuzados chegarem a tempo.

— Os encapuzados? — repetiu Zac, dando um passo à frente.

— Sim — assentiu a mulher. — Já faz alguns anos que um grupo de gente encapuzada, liderado por uma corajosa mulher, guarda o bosque tentando proteger os desavisados.

— Uma mulher? — perguntou Kieran, atraído pela informação.

— Sim.

— Que mulher? — interveio Louis, entrando nesse momento.

— Ninguém sabe quem é ela. Todos a chamam de Fada pela magia que trouxe ao bosque. Há até cantigas de ninar e trovas com seu nome.

A mente de Kieran começou a funcionar com mais rapidez e, então, ele recordou.

Do bosque encantado,
uma fada o salvou,

*e em um momento inesperado
um beijo lhe roubou.*

Fada?! Aquela mulher havia se referido a si mesma ao cantar aquela canção.

— Alguém tem que saber quem são eles. Alguém deve conhecê-los.

Os aldeões negaram com a cabeça, assustados.

— Acredite, senhor — disse a mulher do dono —, ninguém os conhece. Só se sabe que agem e que, na maioria das vezes, conseguem evitar infortúnios. Mas os boatos dizem que vivem em algumas das grutas do bosque e que são fantasmas.

— Fantasmas?! — debochou Zac, tocando a flor que pusera no bolso da calça.

Ao ouvir isso, Kieran esboçou um sorriso. Ele não tinha medo de bosques encantados nem de fantasmas, e estava disposto a encontrar aquela mulher. Louis, ao vê-lo pensativo, aproximou-se e perguntou:

— O que quer que façamos?

— Sem dúvida, procurar quem nos atacou, e também essa mulher — respondeu ele. — Eu não tinha a intenção, mas faremos uma visita a laird Kubrat Ferguson, que vive no castelo de Caerlaverock. Talvez ele possa nos dizer algo mais que essa gente.

Kieran olhou para as pessoas que os cercavam, certo de que as palavras que diria a seguir chegariam a seu destino, e acrescentou:

— Ficaremos por aqui uns dias e pernoitaremos de novo no bosque. Encontrarei aqueles que ousaram nos atacar e os matarei. E, claro, encontrarei esses encapuzados para agradecer a eles o que fizeram por nós.

E, dito isso, abandonaram o bordel, enquanto os presentes sussurravam sobre o acontecido e um deles terminava sua cerveja e reprimia um sorriso.

4

O que acontecera na noite anterior no bosque chegou aos ouvidos do laird Kubrat Ferguson, que praguejou ao saber. Os constantes assaltos naquele maldito lugar se multiplicavam, e viver no castelo de Caerlaverock, que fazia fronteira com o bosque, era cada dia mais perigoso.

Desde a trágica morte de sua mulher, sua liderança havia declinado. Ele nunca superou a falta de Julia, e ano após ano seu clã tinha diminuído, até ficar reduzido a um grupo de pessoas que viviam no castelo.

Sem perder tempo, ele mandou alguns homens em busca de possíveis feridos, como sua mulher teria feito. Tinha que ajudar os necessitados.

Os enviados encontraram os ferozes guerreiros O'Hara no caminho. Kieran, o chefe, ao ver se aproximar aquela comitiva pequena e sem graça, ordenou aos seus que se detivessem. Após ouvir a mensagem do laird, assentiu e aceitou o convite. Afinal de contas, ele mesmo havia decidido ir ver Ferguson.

Quando por fim deixaram o denso bosque para trás, Kieran se assombrou ao encontrar uma pequena aldeia de casinhas de pedra escura e telhados de palha. Tinha um aspecto sombrio e desolador e, ao passar por ela, ele notou que estava abandonada.

O que teria acontecido ali?

Estava mergulhado em seus pensamentos quando viu ao fundo um velho castelo triangular, com torres arredondadas em cada canto, onde ondulavam os puídos estandartes dos Ferguson. O lugar era bonito e o castelo estava cercado por um fosso de águas verdes, mas sujas demais para seu gosto.

Viu vários guerreiros que nada tinham a ver com os que os haviam ido receber no caminho. Estava claro que eram de outro clã e, imediatamente, Kieran os identificou como homens de Cedric Steward, uma pessoa insuportável e vaidosa com quem no passado Duncan e ele haviam tido mais de um problema.

Ao passar ao seu lado, Kieran os observou com seriedade. Aquele ramo do clã Steward não era santo de sua devoção, nada tinham a ver com os homens de Jesse Steward, irmão de Cedric.

Quando chegaram à pequena ponte de madeira que dava acesso ao castelo, os homens de Ferguson ficaram fora, junto com os de Steward, e deixaram que entrassem somente os O'Hara. Estes atravessaram a enorme porta ogival de entrada e chegaram a um pátio interno, onde, impaciente, um homem ruivo, que sorriu ao vê-los, os esperava.

Com curiosidade, Kieran observou que os presentes eram homens e mulheres de certa idade. Não havia guerreiros jovens entre eles, mas sim algumas garotas. Os homens de Kieran seguiram seu chefe. Eram gente das Highlands, sua roupa, sua expressão orgulhosa e a dureza de seu olhar os delatava. Kieran levantou a mão direita e todos pararam, mas ninguém desmontou.

— Ora, vejo pouca gente — sussurrou Zac.

— E pouca mulher — acrescentou Louis, dando uma piscadinha a uma moça que sorria para ele.

— E vários arcos apontando para nós — concluiu Kieran, olhando de soslaio para as torres das ameias.

Angela estava com suas irmãs atrás de seu pai, observando os recém-chegados, e ao ver Kieran seu coração começou a bater com força. Mas um estremecimento de preocupação a inundou ao ver sua expressão feroz e selvagem. Tê-los em seu lar a inquietou. O que estavam fazendo ali?

Mas a curiosidade foi mais forte, e ela contemplou com deleite o homem que liderava o grupo. Aquele gigante de semblante sério era muito bem-apessoado e fascinante. Tinha o cabelo louro preso em um rabo de cavalo meio desfeito que o fazia parecer ainda mais feroz. Seus olhos, azuis como o céu, pareciam observadores e inteligentes, e a pele de suas mãos era tão bronzeada quanto a de seu rosto e pescoço. O corpo todo seria igual?

Angela logo viu que as mulheres do castelo, em especial as mais jovens, estavam agitadas. Todas cochichavam e riam, olhando para os recém-chegados. Sem dúvida alguma, a visita daqueles homens rudes, tão diferentes dos que ali viviam, não deixava ninguém indiferente.

Kieran, ao se sentir observado por tantos olhos, contemplou a todos desafiador. Quando Angela sentiu o olhar do highlander sobre si, um estranho calor percorreu seu corpo e ela suspirou, acalorada. Mas disfarçou.

Depois de um silêncio prolongado demais, laird Ferguson desceu os degraus e, aproximando-se de Kieran, disse:

— Bem-vindo a minhas terras e a meu castelo, O'Hara.

Nesse momento, ouviu-se o portão principal ranger ao se fechar, e todos os homens do clã O'Hara levaram a mão à espada, temendo um possível ataque. Mas, com um movimento de cabeça, Kieran indicou que se acalmassem e, voltando a atenção ao homem que estava a sua frente, desceu do cavalo seguido por Zac e Louis. Depois de dar dois passos em direção ao outro laird, respondeu:

— É um prazer, Ferguson.

E, com um sorriso, apresentou seus lugares-tenentes.

— Este é Zac Phillips, cunhado de Duncan McRae, e à direita Louis McAllan. Meus homens de confiança.

Os dois highlanders assentiram e saudaram aquele ruivo barbudo e bonachão.

Depois de lhe apertar a mão, Kieran se aproximou mais de Ferguson e murmurou:

— Eu agradeceria se você mandasse os homens dos torreões pararem de apontar para nós. Não gosto de me sentir prestes a ser atacado, e meus homens menos ainda, eu lhe garanto.

Ao ouvir isso, o laird soltou uma gargalhada. Ele fez um sinal com a mão e todos baixaram os arcos. Então, indicando a ferida na cabeça de Kieran, perguntou:

— Você está bem, O'Hara?

— Tão bem quanto possível — respondeu ele, olhando para uma mulher bem mais velha que sorria para ele e dando-lhe uma piscadinha, cativante.

Ferguson, ao vê-lo, esboçou um sorriso, mas insistiu:

— Fui informado do acontecido na noite passada. Tem certeza de que estão todos bem?

— Por sorte, sim, mas foi um susto — respondeu Edwina nesse momento.

Kieran praguejou baixinho, sua mãe não mudaria nunca. E, virando-se para ela, estendeu-lhe a mão e disse ao laird:

— Esta é minha mãe, Edwina O'Hara.

Galante, Ferguson beijou-lhe a mão.

— Encantado, senhora. É um prazer tê-la em meu humilde lar.

Ela sorriu. Kieran, depois de fitá-la para que ficasse calada, disse:

— Não sei quem nos atacou, mas garanto que antes de partir de suas terras descobrirei. Encontrarei esses bandidos e arrancarei a pele deles.

— Kieran, pelo amor de Deus — sussurrou Edwina.

Mas o olhar intimidador dele bastou para que ela não dissesse mais nada.

Ferguson, voltando-se para algumas das mulheres que os observavam, ordenou:

— Preparem bebida e comida. Laird O'Hara, sua encantadora mãe e seus homens são nossos convidados. Vamos tratá-los como merecem.

Depressa, várias mulheres entraram no castelo, enquanto o laird, voltando-se para os que estavam atrás dele, acrescentava:

— O'Hara, quero lhe apresentar meu homem de confiança, William Shepard, e seus dois corajosos filhos, Aston e George. Podemos dizer que são eles que mantêm a ordem no castelo e arredores.

— São uns moços muito bem-apessoados — comentou Edwina fitando o pai dos jovens, que a olhava, satisfeito.

Kieran, por sua vez, surpreendeu-se diante das palavras de Ferguson. Só aqueles três cumpriam essa função? Depois de apertar a mão de William Shepard e de seus filhos, cravou a vista em outro homem, por quem não tinha muito apreço.

— Este é meu genro, Cedric Steward. É marido de minha filha mais velha, Davinia. Estão de visita no castelo — explicou Ferguson, enquanto uma ruiva com um bebê de poucos meses nos braços assentia com a cabeça. — Ao seu lado está minha outra filha, May, que, como pode ver, é religiosa. E junto a ela minha pequena Angela e Sandra, sua amiga, que também está nos visitando.

— O senhor tem filhas muito bonitas, laird Ferguson. E, pelo que deduzo, algumas solteiras e em idade de casar, não é?

Ao ouvir isso, Kieran voltou o olhar para sua mãe, irritado. Mas ela, se fazendo de desentendida, saiu de fininho:

— Vou ver como está minha dama de companhia.

Quando ela se afastou, Kieran olhou bem sério para o genro de Ferguson. Eles se conheciam, mas não se gostavam. Cedric, com arrogância, não fez o menor gesto de saudação, até que Kieran lhe estendeu a mão com fria cordialidade.

Depois de apertar a mão de Cedric, ele se voltou para as filhas do laird e disse:

— Você tem filhas realmente muito belas, Ferguson. — E olhando-as com galanteria, acrescentou: — É um prazer conhecê-las, miladies. Sem dúvida, vocês são uma bênção para os olhos.

Elas, sorridentes, assentiram com graça em sinal de agradecimento, e, instantes depois, desapareceram no interior do castelo.

— Vamos refrescar um pouco a garganta enquanto você me conta detalhadamente o que aconteceu — propôs Ferguson.

Uma vez dentro do castelo, dirigiram-se a um grande salão. Kieran olhou ao redor com curiosidade. O lugar estava limpo, mas empobrecido, sem graça. Teve certeza de que em outros tempos havia tido um melhor aspecto que o atual.

Edwina pensou o mesmo, mas não disse nada. Cada um sabia de sua realidade e de seus problemas.

— Viesla — chamou laird Ferguson, e indicando a mãe de Kieran, disse: — Acompanhe a senhora e sua dama a um dos quartos de hóspede. Certamente elas querem descansar.

Edwina assentiu e, seguindo a mulher, desapareceu com Aila, sua dama de companhia.

Pouco depois, os homens, sentados ao redor de uma mesa, bebiam cerveja enquanto conversavam seriamente.

5

Enquanto isso, no andar superior do castelo, Angela falava com sua amiga Sandra, ambas sentadas na cama.

— Fique tranquila, não vão nos reconhecer.

Sandra, feliz por ter visto o jovem a quem beijara, disse:

— Esse Zac Phillips é um deus grego... Viu os olhos que ele tem?

Angela não respondeu. Para ela, deus grego era Kieran O'Hara. Ainda se lembrava do beijo que lhe roubara quando ele estava meio inconsciente. Sorrindo, murmurou:

— Sim, Zac tem olhos muito bonitos.

De repente, alguém bateu na porta e Viesla entrou com uma carta que entregou a Sandra. A seguir saiu, fechando a porta atrás de si. A jovem olhou para carta, e Angela perguntou:

— Não vai abrir?

Já não tão sorridente como momentos antes, Sandra a abriu. Depois de ler o que estava escrito, entregou-a a Angela e começou a chorar.

Angela suspirou. Sandra tinha que partir para Carlisle. Tentando consolá-la, disse:

— Tenho certeza de que sua mãe vai encontrar uma solução para que possam viver em Traquair House. Seu pai os levou para lá, e...

— Eu duvido — interrompeu a jovem de suaves cabelos ondulados. — Meus avós maternos insistem que voltemos a Carlisle e, como vê, já conseguiram. Malditos... malditos!

— Sandra, fique calma.

— Segundo eles, depois da morte de meu pai, mamãe e eu não devemos continuar vivendo na Escócia, à mercê daqueles que eles consideram bárbaros sanguinários.

Ambas reviraram os olhos.

— Você sabe que eles nunca concordaram com a decisão de minha mãe de viver na Escócia, e, agora, quer gostemos ou não, vão nos arrastar de novo para a Inglaterra.

— Mas, Sandra, por que sua mãe não se recusa a ir? Ela tem seu lar em Traquair...

— Minha mãe é boa demais e sempre quer fazer a vontade de todos. Fez isso com meu pai, vindo para a Escócia, e agora quer agradar a seus pais. Mas a diferença é que cresci aqui, me sinto escocesa e não quero partir. Não quero viver com eles, nem com seus amigos arrogantes. Além do mais, tenho certeza de que sua legião de criados vai passar o dia inteiro me vigiando para ver se não roubo alguma coisa.

A situação de Sandra e sua mãe era delicada. Depois da morte de Gilfred Murray, seus avós insistiam em que elas fossem viver com eles na cidade inglesa de Carlisle e, devido à falta de personalidade da mãe da garota, acabaram conseguindo.

— Ouça, Sandra, se quiser, hoje à noite podemos pensar em uma solução. Talvez, se falarmos com William...

— Não, Angela — disse Sandra, sorrindo com tristeza.

— Então, falaremos com os Murray. Eles são seu clã, e...

— Não. Não vamos fazer nada que possa pôr alguém em perigo, e menos ainda William ou os Murray. Nos dias que me restam vou aproveitar a sua companhia, e quando mamãe vier me buscar, irei com ela para Carlisle. — E estreitando os olhos castanhos, acrescentou: — Mas voltarei. Sou uma Murray, e voltarei à Escócia para viver onde sempre quis. Juro por minha vida, nem que seja a última coisa que eu faça.

Elas juntaram os dedos mindinhos e fecharam os olhos, um gesto que repetiam fazia muitos anos. Era um pacto particular entre elas. E as promessas que selavam com ele eram sempre cumpridas.

Nesse momento, a porta do quarto se abriu de novo. Era Davinia, a irmã mais velha de Angela, que as chamava para almoçar. As duas jovens estavam famintas, e pouco depois, sem demora, saíram do quarto, desceram a escada e entraram no desolado salão de jantar.

Angela foi até seu pai e, apoiando o queixo em seu ombro, perguntou:

— Tudo bem, papai?

O homem assentiu com um sorriso carinhoso. Sua pequena, sempre tão atenciosa com ele.

— Sim, minha vida. Vamos, sente-se e coma.

Edwina, ao ver a cena, comentou:

— Que alegria ver uma filha tão atenciosa e um pai tão carinhoso!

— Minhas filhas são a luz de minha vida — respondeu Ferguson, sorrindo.

Angela deu-lhe um beijo no rosto e foi se sentar ao lado da amiga Sandra e da irmã Davinia, que cuidava com carinho do filhinho e das agitadas gêmeas de uma sobrinha de Evangelina, a cozinheira. Duas órfãs de apenas três anos que todos adoravam e mimavam.

Effie, uma delas, ao ver que Edwina a observava, levantou-se, dirigiu-se a ela e estendeu a mão.

— Quer batata? — perguntou.

Edwina, enternecida diante daquele gesto tão bonito e infantil, abriu a boca e a menina lhe deu a batata.

— Effie, pelo amor de Deus — repreendeu-a Davinia. — Não incomode a senhora.

Edwina engoliu a comida e logo esclareceu:

— Não me incomoda... não me incomoda.

Angela se levantou, alegre, agachou-se diante da pequena e disse:

— Uma senhorita deve se sentar à mesa para comer, esqueceu?

Depois de olhar para Edwina e vê-la dar uma piscadinha, a menina correu para seu lugar.

— Você tem sobrinhas lindas — disse Edwina a Angela. — São filhas de sua irmã mais velha?

Angela respondeu com um sorriso:

— Effie e Leslie são filhas de uma sobrinha da cozinheira do castelo. Seus pais morreram com a peste negra em Edimburgo e, como ficaram órfãs, papai ordenou que viessem viver conosco.

— Que gesto bonito — comentou Edwina.

— As meninas são parte de nossa família — respondeu Angela. — Papai nos ensinou que não é só o sangue que une as pessoas e as famílias. O que realmente as une são os sentimentos e o amor verdadeiro.

Encantada com as palavras da jovem, Edwina assentiu. Ao ouvir as meninas rirem, acrescentou:

— Não há nada mais bonito que o riso de uma criança, não é? Eu tive dois meninos, Kieran e James, e fiquei na vontade de uma desejada menina.

Meus dois rapazotes brutos e briguentos me encheram de felicidade, mas não vejo a hora de que um deles me dê uma netinha como Effie ou Leslie, para eu mandar fazer lindos vestidos e, se me permitirem, dar-lhe o nome de Nathaira.

— Nathaira, que bonito! — exclamou Angela.

— Era o nome de minha avó. Eu sempre dizia que se tivesse uma filha, ela se chamaria assim. Mas, como não tive, espero que seja o nome de uma de minhas netas.

Angela sorriu diante de tal confidência e, olhando com doçura para o belo laird O'Hara, afirmou:

— Sem dúvida, um dia a senhora terá lindas netas e netos.

Ao ver como o filho a olhava, a mulher sussurrou:

— Só espero que seja antes que meu corpo esteja debaixo da terra.

— Não diga isso, senhora, por favor — disse Angela, rindo.

Nesse instante, Kieran olhou para elas, e a jovem, intimidada, despediu-se de Edwina e voltou para seu lugar. Tirou o pequeno John dos braços de Davinia e o ninou, enquanto Effie e Leslie se levantavam e corriam pelo salão.

— Coma, Angela, a comida vai esfriar! — disse May, tirando-lhe o bebê do colo e se levantando para ajudar a irmã mais velha com as meninas rebeldes.

Angela se serviu de uma porção de veado.

— Hoje parecem mais ferozes que ontem — sussurrou sua amiga.

Ambas sorriram. Angela, certificando-se de que ninguém as podia ouvir, respondeu:

— Ontem estavam sob o efeito do meimendro-branco.

As duas soltaram uma gargalhada.

— Graças a isso, eu pude beijá-lo — acrescentou Sandra, olhando para Zac.

— Shhhh — censurou-a Angela.

Mas a outra jovem, com um sorriso maroto, sussurrou:

— Oh, Deus, que lábios mais doces!

— Sandra, cale-se! Desde quando você é tão descarada? — disse Angela olhando para Kieran, que conversava com seu pai.

Sua amiga sorriu, debochada.

— Por acaso acha que eu não vi você beijando o chefe?

Angela deixou cair o garfo no prato, fazendo com que todos parassem de falar e olhassem para ela. Ficou vermelha como um tomate e, desculpando-se, pegou o garfo de novo e voltou a comer, sob o atento olhar de Edwina — um olhar intenso como o do filho e que a deixava nervosa.

Perturbada, acalorada e inquieta, ela olhou para o outro lado. Quando todos retomaram suas conversas, Sandra, aproximando-se, insistiu:

— Você o beijou.

— Silêncio! — disse Angela.

— Eu vi com meus olhinhos.

— Tudo bem, eu o beijei — reconheceu Angela por fim, com um fio de voz. — Mas não esqueça que você também fez o mesmo.

Sandra olhou para o jovem que atraía toda sua atenção e murmurou:

— Hmmm... e não me importaria de beijar de novo.

Angela grunhiu.

— Não disfarce — insistiu sua amiga. — Eu notei como você olha para o laird O'Hara. Sem dúvida, esse highlander a deixou impressionada. Nunca vi você olhar para alguém assim. Nem mesmo para o belo Bercas O'Callahan antes de ele partir.

Sem responder, Angela olhou para o guerreiro disfarçadamente e suspirou ao vê-lo fazer graça com uma criada.

— Tudo bem, ele é muito bonito. Além disso...

— Além disso, sua aparência selvagem é arrebatadora, não é? — completou Sandra, trocando um olhar com Zac, que lhe deu uma piscadinha.

Davinia, a mais velha das irmãs Ferguson, de novo com seu bebê no colo, sentou-se ao lado de Sandra e perguntou:

— O que é arrebatadora?

— A cor dos seus cabelos, Davinia — respondeu Sandra depressa. — Angela adora.

Surpresa, Davinia disse:

— Mas se é vermelho, como o dela!

— Mas o seu é mais brilhante — explicou Sandra, sorridente.

Angela, sorrindo ao ver a cara da irmã olhando o próprio cabelo, balançou a cabeça e levou um pedaço de carne à boca. Minutos depois, disfarçadamente, observou Kieran O'Hara falando com seu pai, e também notou os sorrisos que ele trocava com qualquer mulher da sala. Sem dúvida, ele era um conquistador. Ela gostava de seus lindos olhos e de seu cabelo claro. Ele também tinha um belo sorriso e parecia ser um homem que o usava com muita frequência, diferente do marido de Davinia, com sua cara amargurada. Esse sorriso, somado à altura, ao porte, aos ombros largos e à voz varonil, sem sombra de dúvidas era um grande atrativo para as mulheres. Bastava ver como as poucas que havia no castelo já se desmanchavam para servi-lo e encher sua taça de bebida.

Angela estava concentrada observando-o quando, de repente, os olhares dos dois se encontraram. Ao ver que ela o fitava, Kieran sorriu, cavalheiro. Angela, perturbada, ficou tensa e suas faces coraram.

Nervosa, afastou o olhar e suspirou. Se ele soubesse.

May chegou à mesa com Leslie e Effie, que, junto com o pequeno John, eram a alegria do castelo. Effie se sentou depressa com Angela, que a abraçou com carinho.

Davinia, que estava ao lado de sua irmã e de Sandra com o pequeno John no colo, ao ver as jovens tão contentes, disse com curiosidade:

— Vocês estão muito sorridentes, o que é tão divertido?

— Se lhe contarmos, você ficará escandalizada — respondeu Sandra.

Angela olhou para ela pedindo-lhe precaução em silêncio, mas a garota prosseguiu:

— Não acha esses highlanders encantadores?

— Sandra! — exclamou Davinia.

— Esse Zac é tão bonito, não é? — prosseguiu a jovem impetuosa.

— Por todos os santos, Sandra! Você é uma dama, e a primeira coisa que deve recordar é sua educação. Que história é essa de falar com esse descaramento?

— Davinia, não exagere — interveio Angela. — Sandra só está dizendo que Zac...

— Angela! — grunhiu de novo a irmã. — Lembre-se das normas e da educação que recebemos durante anos. — E ao ver como elas se entreolhavam, acrescentou: — Pelo amor de Deus, meninas, controlem a língua e comportem-se como as damas que são! Não envergonhem papai tratando com intimidade homens que não conhecem. Comportem-se com decoro.

Malditas regras, pensou Angela, mas se calou.

Se havia algo que se recordava de sua mãe, era que ela dizia essa mesma frase muitas vezes ao dia.

Todas se calaram, até que Sandra, incapaz de continuar em silêncio, perguntou:

— Quando você soube que Cedric era seu homem?

Davinia corou, baixou a cabeça e murmurou:

— Quando o vi.

Angela olhou para o cunhado. Era o homem mais idiota que ela já havia conhecido e, embora sua irmã não dissesse nada, o castelo inteiro desconfiava que ela não era feliz. Bastava ver como ele a tratava em certas ocasiões para notar que Cedric não era um homem carinhoso nem com ela nem com o bebê.

Ninguém entendeu a decisão de Davinia de se casar com aquele tosco. Durante anos a jovem foi cortejada por Jesse Steward, um rapaz que a adorava, mas, quando Cedric voltou de uma longa viagem e a conheceu, as coisas mudaram depressa e Davinia se casou com ele, deixando Jesse desolado e o castelo inteiro desconcertado. Quando lhe perguntaram por que havia tomado essa decisão, Davinia disse que fora por amor.

— E depois de quase dois anos de casamento, você continua amando-o como no primeiro dia? — perguntou Sandra, interessada.

Davinia coçou o pescoço com desconforto, o que chamou a atenção de Angela, mas, por fim, ao ver que esperavam uma resposta, disse:

— Claro que sim. Eu amo Cedric assim como ele me ama.

— E acha que ele daria a vida por você? — perguntou Angela.

Davinia olhou para o marido e, baixando o olhar, afirmou:

— Tanto quanto eu por ele.

— Oh, que bonito! — debochou Sandra. E, aproximando-se, sussurrou: — Uma mulher casada e experiente como você não deveria se irritar com nossa curiosidade. É normal que, sendo solteiras, a intimidade com um homem nos atraia, e dizer seu nome...

— Sandra! — interrompeu Davinia, escandalizada. Olhando para as meninas, acrescentou: — Leslie, Effie, vão brincar no pátio. Vamos!

Angela deu um pontapé em Sandra por baixo da mesa. Por que estava falando tudo aquilo?

May, que até o momento havia ficado de lado, depois que as meninas saíram, resmungou:

— Vocês irão para o purgatório por causa dessa conversa pecaminosa. Vocês são donzelas e não conhecem rapazes. Calem-se e comam.

Depressa, Angela fez o sinal da cruz e, mudando de tom, murmurou com seriedade:

— May, estávamos só brincando!

Depois do almoço, lady Edwina e sua dama de companhia se retiraram para descansar. Cedric se aproximou de Davinia, e Angela notou que a irmã ficou tensa. Quando ele se afastou, viu a tensão diminuir.

— Eu entendo sua curiosidade em relação aos homens — disse Davinia, então —, mas precisam ser reservadas e não esquecer que são donzelas casadouras e respeitáveis e, em especial, devem manter o decoro diante deles.

Vocês deveriam ter visto como a mãe do laird O'Hara as observava. Se não se comportarem, vão pensar que vocês são mulheres que não se fazem respeitar.

As duas jovens coraram. Davinia, por ser a mais velha, havia sido como uma mãe para elas em muitas coisas. Ao ver a cara das garotas, acrescentou:

— Tudo bem. Eu entendo que esses homens, tão diferentes dos nossos, tenham atraído vocês e...

— Davinia — protestou May —, agora você?

Com um sorriso inocente, Davinia a fitou e respondeu:

— May, embora você seja religiosa agora, no passado foi noiva e sabe do que estamos falando.

Ao ouvir isso, May se calou, mas sorriu.

— Só porque você escolheu um amor espiritual depois do que aconteceu com Robert não quer dizer que as outras também devam fazer o mesmo, por isso, acho que... — acrescentou Davinia.

Mas sem a deixar terminar a frase, May se levantou e saiu. Recordar Robert ainda doía, e ela não queria escutar mais nada.

— Você não devia ter mencionado Robert. Por que fez isso? — protestou Angela.

Davinia sussurrou:

— Lamento... foi sem querer.

— Ela ainda sofre por ele — murmurou Angela, olhando a irmã se afastar.

Davinia assentiu. Desde que tinha se casado com Cedric, às vezes, não media bem as palavras.

— Você tem razão — concordou. — Mais tarde vou falar com ela.

Mas, depois de um silêncio tenso, Davinia voltou à carga.

— Como irmã mais velha e mulher casada, quero saber se algum homem do clã Steward atrai vocês.

— Não — respondeu Angela.

Já Sandra, com seu peculiar senso de humor, disse:

— Se eu tivesse que escolher um Steward, sem dúvida escolheria Jesse. Ele é um homem atraente e muito cavalheiro.

Angela cobriu a boca para não rir. A cara de sua irmã era impagável. Como dizia seu pai, onde houve fogo restam as cinzas e, sem dúvida, Davinia continuava sentindo por Jesse Steward algo que tentava esconder.

— Você o rejeitou e ele continua solteiro, não sei por que me olha assim — defendeu-se Sandra.

Davinia mudou depressa de expressão e, esboçando um sorriso, respondeu:

— Simplesmente estranhei sua resposta. Mas, diga, algum desses homens rudes das Highlands chamou a atenção de vocês?

Angela, que sabia que sua irmã era casamenteira, calou-se, mas Sandra disse:

— Há um muito bonito.

Davinia olhou para aqueles bárbaros tão diferentes dos homens do clã de seu marido e dos que viviam em Caerlaverock e respondeu:

— Os filhos de Shepard, Aston e George, também são bonitos, e...

— Irmã — interrompeu Angela —, Aston e George são como nossos irmãos, do que está falando?

Mas, sem se dar por vencida, Davinia insistiu:

— Tudo bem... tudo bem. Mas, então, qual desses bárbaros chamou a atenção de vocês?

Disfarçadamente, Sandra olhou para Zac e Davinia esboçou um sorriso, mas logo inquiriu:

— Angela, e você, não gosta de nenhum?

— Não.

— Mentirosa! — exclamou Sandra. E antes que Angela a fizesse calar, acrescentou: — O laird Kieran O'Hara.

— Sandra! — protestou Angela.

— O laird? — repetiu Davinia, surpresa.

Sem sombra de dúvidas, aquele homem estava fora do alcance de Angela. A irmã caçula não era uma garota que se destacasse por nada em especial. Era bonita, mas se empenhava em não valorizar a aparência, e já haviam desistido de convencê-la do contrário. Além do mais, era tímida e desajeitada, algo que em geral não atraía os homens. Davinia sorriu e disse com ternura:

— Minha pequena Angela, entendo que o laird O'Hara tenha lhe chamado a atenção, ele é um homem muito bonito e galante, mas você deveria reparar mais nos homens de meu marido, ou nos que acompanham O'Hara. Kieran é um homem poderoso, e acho que está acima de suas possibilidades.

Angela teve vontade de sorrir. Se sua irmã soubesse que o beijara, morreria de susto. Baixou o olhar e não disse nada. Mas Sandra, incapaz de se calar, perguntou:

— E por que você acha que um homem assim nunca repararia em Angela?

Davinia fez um biquinho. Pensou que talvez não tivesse se expressado direito e se justificou:

— Um homem como ele pode escolher entre centenas de beldades, e...

— Está chamando Angela de feia? — reagiu Sandra, incomodada.

— Nããããooo — respondeu Davinia. — Angela é uma linda jovem que não tem nada que invejar ninguém. Mas eu sou uma mulher adulta, e minha intuição me diz que ela não é o tipo de mulher por quem um homem como ele se interessaria. Ela...

— Angela é filha de um laird tão poderoso quanto esse tal de O'Hara — sibilou Sandra, irritada. — De modo que ela pode aspirar a ele tanto quanto qualquer outra.

Davinia fez uma careta e, com pesar, respondeu:

— Nosso pai já foi um laird poderoso. Hoje, não tem nem exército, nem povo, nem recursos. Isso é suficiente para que Angela não possa nem pensar em um homem como esse O'Hara.

— Por que não esquecem esse assunto? — protestou Angela.

Mas a irmã, lamentando a má interpretação de suas palavras, prosseguiu com a questão:

— Claro que Angela é capaz de encantar qualquer um, mas os homens são muito complexos, e há coisas que os enlouquecem, como a coragem. — E baixando a voz, acrescentou: — Para não falar de grandes seios, uma beleza impressionante e...

— E como eu não tenho nada disso, posso dar por certo que ele não vai reparar em mim, verdade, irmã? — debochou Angela.

— Você tem coisas melhores. Coisas que um homem como ele certamente não saberia valorizar, como decoro, pudor, delicadeza — apontou Davinia.

Sandra, uma garota de personalidade forte, quis protestar, mas ao ver a expressão de Angela, preferiu se calar. Sua amiga não queria chamar a atenção. Era sua decisão e, como tal, tinha que a respeitar.

Davinia, ao ver a carinha triste da irmã, acariciou-a e sussurrou:

— Cedric acha que Otto Steward ou Rory Steward poderiam ser bons candidatos para você. Está pensando em falar com papai para...

— Diga a seu esposo que não se incomode. Eu não vou aceitar nem Otto nem Rory. Que horror! — replicou Angela, fitando-os com repugnância.

Davinia a repreendeu por seus modos e, quando Angela bufou, prosseguiu, adoçando um pouco a voz:

— Papai está envelhecendo e não pode continuar cuidando de sua segurança. Você já está em idade de casar, e é uma carga para ele, não percebe?

— Eu posso escolher. Por sorte, papai me permite isso, como permitiu a você.

Angela olhou para o adorado pai. Meses antes, ela havia recusado uma oferta de casamento de um homem de Irvine. Um tolo que não a faria feliz. Mas o tempo estava passando, e ela tinha que se casar.

— Precisa arranjar um marido ou ir para uma abadia, como May — insistiu a irmã.

— Eu, religiosa!? — debochou Angela. — Davinia, por favor!

Sandra sorriu.

— Cedric acha que você precisa de um marido que a proteja — prosseguiu Davinia, olhando para o chão.

As duas jovens se olharam e tiveram que segurar o riso. Precisavam mesmo de um homem que as protegesse?

Angela revirou os olhos: Davinia era uma chata.

Ninguém, exceto Sandra e mais três pessoas, conhecia sua verdadeira personalidade. Durante anos ela havia escondido seu caráter impetuoso, louco e batalhador, mostrando-se só como uma daminha doce e assustada.

Anos depois da morte da mãe e dos irmãos, certa tarde, Angela seguiu Shepard, o melhor guerreiro de seu pai, e os filhos dele, até uma clareira no bosque. Ali, o homem começou a treinar os gêmeos Aston e George na arte da luta. Nos primeiros dias, de longe, ela aprendeu movimentos que depois treinaria na solidão de seu quarto com um pedaço de pau.

No início, ela era lenta e inábil, e os hematomas que ela mesma se provocava marcavam os braços e as pernas, manchas roxas que todos atribuíam a sua inépcia.

Quando Sandra ia visitá-la, ou vice-versa, treinavam o que Angela havia aprendido e, assim, sua amiga aprendia também. Com o tempo, Angela começou a treinar escondida com os filhos de Shepard no bosque. Aston e George se tornaram dois bons amigos e aliados, que guardaram seu segredo e lhe mostraram todas as artes de combate que seu pai lhes ensinava.

À medida que os anos se passaram, Angela floresceu como mulher e como guerreira, embora essa sua segunda faceta continuasse oculta.

Enquanto Davinia seguia falando da virtude e do comportamento que as jovens deviam ter, Angela se apoiou na mesa e começou a recordar o dia em que decidiu mostrar a Shepard o que havia aprendido. Como todas as tardes, ela o seguiu até uma clareira no bosque.

— Angela, eu sei que você está aí — grunhiu Shepard. — Acabei de vê-la. Saia agora mesmo.

Ao ser descoberta, ela não hesitou e, apesar de tremer, parou diante dele.

— O que está fazendo escondida atrás dos arbustos? — perguntou o homem.

— Observando vocês — respondeu ela.

— Garota, você não deve andar sozinha neste maldito bosque — disse ele. — Se seu pai souber, vai lhe dar uma bronca.

— Não tenho medo do bosque, William — respondeu Angela. — Quem deve nos causar medo são as pessoas más que andam por aqui.

— Você tem razão — assentiu o homem, sorrindo. — Mas não creio que seja bom você estar aqui. Vamos voltar para o castelo.

— Não, William, não vamos voltar — afirmou ela, surpreendendo-o.

Os filhos de Shepard se entreolharam com cumplicidade, e George disse:

— Pai, acho que deveríamos contar que...

— Agora não — interrompeu o homem, apressado. — Vamos voltar antes que alguém sinta sua falta e o castelo se alarme.

Depois de olhar para os amigos, decidida, Angela tirou uma espada de baixo da capa e, engolindo o nó de emoções que tinha na garganta, disse:

— William, lute comigo!

— Por São Drustan, garota, solte isso agora mesmo antes que se machuque! — gritou ele.

— Não — respondeu Angela.

Cada vez mais incrédulo diante da desobediência daquela daminha doce e tímida, ele insistiu:

— Você é uma mocinha delicada, não tem força nem empenho para fazer coisas que só os homens devem realizar, e...

— William Shepard — interrompeu ela, levantando a voz. E desamarrou a saia, que caiu a seus pés, mostrando que ela vestia calças masculinas de couro marrom. — Lute comigo!

Boquiaberto, o homem tentou protestar, mas seu filho George interveio:

— Vamos, pai, faça o que ela diz.

Por fim, diante de tanta insistência, o guerreiro empunhou a espada e se postou diante de Angela. A primeira coisa que lhe chamou a atenção foi notar que ela segurava a espada com força e que plantava com segurança os pés no chão, buscando o ponto de apoio. Isso lhe deu a entender que ela sabia mais do que ele imaginava.

Ao ver que William era incapaz de brandir a espada contra ela, Angela tomou a iniciativa e, levantando seu aço, deu um golpe com as duas mãos. Rapidamente Shepard o parou, gritando:

— Garota, o que está fazendo? Em nome de Deus!

Ela soltou uma gargalhada e aplaudiu. Aquilo a divertia, e muito.

Sorrindo, sem pressa nem pausa, lançou um novo golpe, e dessa vez Shepard respondeu. Durante um tempo, o que pareceu uma eternidade para o homem, ele lutou com aquela mocinha impetuosa e se surpreendeu com a habilidade com que ela manejava a espada. Sem lhe dar tempo para pensar, ele lançou ataques pela direita e esquerda e comprovou que ela reagia com precisão.

Por fim, Shepard baixou a arma e, olhando-a ainda incrédulo, sorriu, arfando:

— Foi uma grata surpresa. Quem lhe ensinou a lutar?

— Você, William — respondeu ela, acalorada.

— Eu?!

— Sim, você — afirmou Angela. — Depois do que aconteceu com minha mãe e meus irmãos, decidi aprender a me defender sozinha, caso minha família ou eu mesma precisássemos. Eu pedi a meu pai, mas ele recusou, e, um dia, há anos, vi você ensinando Aston e George a manejar a espada, e não hesitei. A propósito, minha amiga Sandra também aprendeu. Espero que um dia você a veja lutar.

Cada vez mais surpreso, o homem murmurou:

— Nunca imaginei que...

— Eu sei... sei o que você vai dizer — interrompeu Angela, sorrindo e afastando o cabelo do rosto. — Não foi fácil esconder minha impetuosidade de todos, inclusive de meu pai e de minhas irmãs, mas eu sabia que se não fizesse isso, teria problemas. Por isso, no castelo eu finjo ser uma jovem delicada e desajeitada. Com essa personalidade, ninguém suspeitará de minhas verdadeiras intenções.

— Mas o laird ficará furioso se souber que...

— Ele nunca saberá. Eu prometo, Shepard.

Ele assentiu. Começou a chover quando Aston disse:

— Ela é boa com a espada, pai, e Sandra também. Várias vezes elas nos desarmaram.

Angela sorriu. Escutar aquilo de um jovem a quem ela considerava um excelente guerreiro a deixava feliz.

— Ter sua própria espada lhes deu segurança — comentou George.

— Sua própria espada?! — repetiu Shepard.

Os dois irmãos se entreolharam e George esclareceu:

— Lembra-se da última viagem que fizemos a Stirling? — O homem assentiu. — Lá compramos as espadas para elas. Precisava vê-las fazendo manobras e...

— Filho, pelo que vi, já posso fazer uma ideia — respondeu o pai, que, sorrindo, foi se refugiar da chuva debaixo de umas árvores.

Ficaram conversando sobre o assunto um pouco e quando a chuva começou a cair com mais força, cobriram-se com seus capuzes.

— Durante esses anos eu treinei com Aston e George sem que ninguém soubesse — explicou Angela. — Foi difícil convencê-los, mas quando perceberam que minhas intenções eram sérias, não hesitaram e me ensinaram tudo que você lhes ensinava. Eles me surpreenderam quando me deram esta espada de presente — concluiu com orgulho.

O homem olhou para os filhos e sorriu; Angela prosseguiu:

— O melhor de tudo isso foi ver que posso confiar neles e que guardaram meu grande segredo, que espero que continue oculto como até hoje.

Shepard foi responder quando o grito angustiado de uma mulher, proveniente do interior do bosque, os alertou.

— Não saia daqui. Vamos ver o que está acontecendo — advertiu William.

Angela não se mexeu, mas quando viu os três se perdendo na imensidão do bosque e ouviu outro grito, dessa vez de uma criança, não hesitou e correu atrás deles. Encontrou Shepard e os filhos lutando contra vários homens. Sem pensar duas vezes, com a identidade oculta pelo capuz, a mais nova das Ferguson pôs em prática com ferocidade o que treinava havia anos. Essa fora a primeira vez que, unidos, ajudaram alguém. Desde então, as pessoas começaram a falar do bando dos encapuzados.

Todas essas recordações fizeram Angela sorrir. Davinia, que continuava com seu sermão, perguntou:

— Por que está sorrindo agora?

Dando de ombros, a jovem suspirou e, dedicando à irmã seu olhar mais afetuoso, respondeu:

— Estou feliz porque sei que você sempre me protegerá.

Ao ouvir isso, Davinia sentiu vontade de chorar. Sem dúvida, não estava nos planos de seu marido proteger sua irmã. Mas, em um arroubo de carinho, ela pousou os lábios na testa de Angela e a beijou, notando que Cedric as observava, ficou tensa.

6

Ao cair da noite, o laird Ferguson convidou Edwina e os guerreiros a pernoitar no castelo. Tudo era simples, mas limpo e arrumado. No entanto, Kieran, depois de se despedir de sua mãe, declinou a oferta e voltou para o bosque.

— Não me convencem — grunhiu Louis.
— Quem? — perguntou Kieran.
— Esse Cedric Steward e seus homens.

Kieran sabia a que ele se referia, mas disse:

— Estamos nas terras de Ferguson, e sua filha é casada com um deles.
— Kieran — interrompeu Zac, aproximando-se a cavalo —, não me importam esses Steward, mas me incomoda você não ter aceitado o leito quente que Ferguson nos ofereceu.

Rindo, Kieran aproximou o cavalo do de seu bom amigo e esclareceu:

— Recusei pela mesma simples razão pela qual ontem à noite preferimos dormir aqui, e não na pousada. Além do mais, prefiro que minha mãe fique tranquila, sem ouvir meus homens correndo atrás das poucas mulheres que há ali.

— É verdade, mal há donzelas bonitas lá. São todas velhas demais, exceto as filhas de Ferguson — reclamou Zac.

Kieran, bem-humorado, olhou para os dois e comentou:

— Quando voltarmos para casa teremos mulheres jovens e bonitas. Por ora, vamos dormir ao relento e...

— E de vez em quando uma cama quente não seria nada mau — replicou Zac.

— E se nessa cama houver uma linda jovem, melhor ainda! — afirmou Louis.

Quando chegaram à gruta onde haviam pernoitado na noite anterior, posicionaram-se, mas ninguém dormiu. Ficaram horas com os olhos bem abertos, mas não apareceu ninguém.

Já bem avançada a noite, o cansaço fez com que alguns dos highlanders caíssem em um sono profundo. Nesse momento de maior quietude, Kieran ouviu o ruído de galhos. Ao ver que ninguém se aproximava, decidiu se levantar e ver o que era, sob a atenta vigilância de Zac. Quando chegou às ramagens, olhou ao redor, mas não havia ninguém. Também não havia pegadas no solo. Depois de explorar o local com curiosidade, ele voltou para sua manta, onde se aconchegou, disposto a descansar.

De madrugada, algo alertou Kieran de novo. Ele se levantou e foi para uma lateral do bosque, mas não havia ninguém ali. No entanto, quando foi dar meia-volta, ouviu:

— Que bom ver que está melhor.

Depressa, Kieran se voltou e encontrou uma figura encapuzada. Quando foi dar um passo em sua direção, ela, levantando a espada, advertiu:

— Não se aproxime, ou terei que matar você.

Kieran reconheceu a voz como sendo da mulher que havia falado com ele na noite do ataque. Parando, observou-a. Não era muito alta. Usava uma calça de couro marrom que destacava seu corpo esguio e bonito, botas altas e uma capa com capuz que não permitia ver seu rosto e seu cabelo. Reparou em suas mãos, cobertas com luvas da mesma cor da calça. Não pôde ver nem um pedacinho de carne.

— Você me mataria? — perguntou ele, sorrindo.

— Aham...

— Sério, mulher?

— Sem hesitar.

Isso fez Kieran sorrir ainda mais. Tentando ganhar tempo, perguntou:

— Então, por que me salvou e tratou minhas feridas?

— Porque sinto compaixão pelos fracos — respondeu ela sem titubear.

Ele franziu o cenho ao reconhecer que ela tinha razão. Sibilou:

— Sério?

— Muito... muito sério — afirmou ela.

Kieran deu outro passo à frente. Adorava o desembaraço da moça ao falar sem floreios. A mulher não se mexeu, e ele perguntou:

— Você tem tanta força e ousadia assim?

— Sim — repetiu ela.

Essa nova afirmação com tamanha desfaçatez o fez voltar a sorrir, mas, então, a encapuzada acrescentou:

— Não subestime o poder de uma mulher com uma espada na mão. Você se surpreenderia, laird O'Hara.

A advertência o fez se deter. Ele conhecia mulheres como Megan ou Gillian, que com uma arma na mão eram tão ferozes quanto seus esposos.

— Tudo bem, você me convenceu. Não vou me mexer — respondeu ele.

— Sábia decisão.

— Mas, em troca, eu gostaria de ver seu rosto para poder lhe agradecer pelo que fez por mim e por meus homens.

Ela se mexeu levemente e disse:

— Pode agradecer sem ver meu rosto, não acha?

Querendo contemplá-la, ele insistiu:

— Claro, mas...

— Não insista.

Kieran, acostumado a que as mulheres caíssem em seus braços depois de duas palavras bonitas, tentou com ela:

— Se seu rosto for tão bonito quanto sua voz, você deve ser uma mulher linda.

— Adulador, bajulador, bico doce... Ora, ora...

Sem se deixar vencer pelas reticências dela, ele prosseguiu:

— Corajosa, enigmática, engraçada... Deixe-me ver você.

Angela baixou a espada. Nunca um homem havia ousado falar com ela com tanta doçura, mas sem sair do lugar, respondeu:

— Talvez eu use capuz justamente por ser feia e deformada, não acha?

— Duvido — respondeu Kieran. — Duvido muito. Linda, mostre-se para mim.

— Linda?

— Sem dúvida você é linda.

— Que adulador! — debochou ela.

No entanto, seu coração batia disparado. Nenhum homem jamais lhe havia dito coisas bonitas. Sem dúvida, ele era um conquistador. Mas, redobrando seu empenho, ela ficou firme:

— Não. Não deixarei que me veja.

— Por quê?

— Porque não.

— Além de bonita e interessante, você é obstinada e teimosa.

Angela soltou uma gargalhada e ele voltou ao ataque.

— Preciso ver seu rosto.

— Não.

A negativa tão categórica o incitou. Nunca uma mulher havia lhe negado nenhum capricho. Depois de um curto silêncio, disse:

— Continuo esperando que você mude de ideia, Fada!

A jovem, escondida sob a capa, ao ouvir esse nome sorriu e respondeu com tranquilidade:

— Pode esperar sentado, O'Hara.

Kieran levantou as sobrancelhas, surpreso, mas gostava daquela teimosia. Franzindo o cenho, perguntou:

— Por que veio, então?

— Este é meu bosque, meu lar, estou em minha casa.

— Isso quer dizer que meus homens e eu estamos incomodando.

Angela esboçou um sorriso sob o capuz. Nunca havia sentido tanta curiosidade por um homem, ainda que, sem dúvida, aquele lhe provocava algo mais que curiosidade.

— Você precisa ir embora destas terras — respondeu ela. — Não é bom que passem a noite no bosque. Este não é um lugar seguro para ninguém.

— E para você é? — perguntou Kieran, dando outro passo à frente.

Angela, ao notar, levantou a espada.

— Eu disse que este é meu lar, e como tal o reivindico.

Logo outro encapuzado apareceu à direita dela. Quando Kieran olhou para ele, ela desapareceu com uma rapidez que o deixou boquiaberto. Onde havia se metido? Durante vários minutos ele procurou aquela mulher e seu acompanhante, mas parecia que os dois haviam sido engolidos pela terra.

Quem era ela? Onde a poderia encontrar?

Ainda aturdido, ele voltou ao acampamento. Ao vê-lo chegar, Louis perguntou:

— Aconteceu alguma coisa?

Kieran negou com a cabeça, mas não pôde mais parar de pensar naquela mulher enigmática.

7

Quando amanheceu, Kieran e seus homens voltaram para o castelo. Ele se surpreendeu ao encontrar Jesse Steward. Cumprimentaram-se calorosamente, sempre haviam se respeitado e se davam bem. Jesse disse que estava indo ao castelo dos Ferguson entregar uma carta de sua mãe ao irmão, Cedric. Então, retomaram o caminho todos juntos.

Já em Caerlaverock, Kieran notou que o semblante de Jesse mudara ao entrar no pátio do castelo. Imaginou que encontrar o irmão não era o que ele mais queria, mas não fez perguntas. Jesse se despediu deles e foi direto para a entrada do castelo. Estava com pressa.

Kieran ficou olhando ao redor. Tudo parecia muito tranquilo. Desmontou de seu imponente corcel, e, então, um cavalo velho e assustado apareceu em sua frente. Atrás dele ia um ancião apressado seguido de uma jovem, que Kieran reconheceu como uma das filhas do laird Ferguson. Sem poder evitar, ficou olhando a cena.

— Patt — soluçou a jovem —, este cavalo horrível não gosta de mim.

O velho, desesperado, pegou o cavalo e respondeu:

— Milady, este cavalo não poderia ser mais manso.

Angela, com o cabelo cheio de palha e fazendo biquinho, dirigiu-se ao homem e, aproximando-se, protestou:

— Ele quase me matou, não viu?

O velho balançou a cabeça, bufou, e por fim disse:

— Sinto lhe dizer que o que eu vi é que, ao montar, milady deu um pontapé no cavalo, e quando o animal se mexeu, a senhorita acabou caindo no feno.

Nesse instante, apareceu Sandra. Ao ver a amiga, foi consolá-la. Mas quando o cavalo se aproximou, deu um gritinho e se afastou. Patt bufou. Ainda não entendia como aquelas duas jovens tinham tanto medo de cavalos.

Zac, que observava a cena ao lado de Kieran, esboçou um sorriso, caminhou para o grupo e, levando a mão ao focinho do animal, deixou que o cheirasse e a seguir o acariciou.

— Deixem que o animal sinta o cheiro de vocês — apontou. — Que reconheça seu cheiro. Falem com ele com carinho, sem gritos, e eu garanto, miladies, que antes do que imaginam o cavalo respeitará vocês e se comportará bem.

Sandra, ao ver o highlander, soltou sua amiga e, aproximando-se dele, estendeu a mão. O cavalo se mexeu e ela a retirou, assustada. Zac, achando graça, pegou a mão da moça e a levou à cabeça do animal para que o tocasse.

— Calma — murmurou. — Não vou deixar ele machucar você.

Com um gesto delicado, Sandra permitiu que o jovem pegasse sua mão e a ajudasse a acariciar o animal. O toque calejado dele a fez vibrar. Emocionada pelo contato, ela sussurrou:

— É muito suave.

— Tão suave quanto sua pele, milady — respondeu o highlander.

O tom tão íntimo deixou Sandra acalorada, mas tentando controlar o desejo que sentia de se aproximar mais, disse:

— Tem certeza de que ele não vai me morder?

— Cuidado, Sandra! — brincou Angela.

Zac sorriu. Olhando para a jovem cuja mão segurava, respondeu:

— Eu garanto que não. Ele não fará nada comigo aqui.

Durante vários minutos, Sandra deixou que ele segurasse sua mão e a passasse na cabeça do cavalo, até que o animal fez um movimento brusco e, assustada, ela se soltou de Zac.

— Você disse que ele não me morderia — protestou ela.

— E não mordeu — respondeu Zac, alucinado.

— Sim, mordeu — afirmou Sandra.

Boquiaberto, o jovem se aproximou dela e insistiu:

— Não, não mordeu. Ele só se mexeu.

Angela, ao ver a expressão de consternação de sua amiga diante da reação do cavalo, aproximou-se, pegou-lhe a mão e, observando-a, exclamou, fazendo o mesmo jogo:

— Oh, querida Sandra. Sua mão está vermelha. Oh... por Deus... oh, por Deus! Esse animal poderia ter arrancado sua mão — concluiu.

— Foi culpa dele — disse Sandra, apontando para Zac e fazendo beicinho.
— Como?!
— É isso mesmo — insistiu ela. — Foi culpa sua.
Ele, incrédulo, olhava para as duas sem entender nada.

Kieran viu a mãe saindo pela porta principal com sua dama de companhia e foi saudá-la.
— Bom dia, mãe.
A mulher sorriu e, aproximando-se do filho, sussurrou:
— E meu beijo, meu tesouro?
Kieran praguejou. Por que ela gostava tanto de envergonhá-lo na frente de seus homens?
Carinhos e palavras doces não eram dignos de um highlander como ele. Isso comprometia sua ferocidade diante de seus guerreiros. Mas, quando foi protestar, ele viu o sorriso da mãe e sorriu também. Dando-lhe um beijo no rosto, murmurou:
— Aduladora.
Edwina, feliz, deu-lhe uma piscadinha e, apontando para as jovens que estavam com Zac, comentou:
— São bonitas as garotas, não é, filho?
— Sim, mãe, muito — respondeu ele, olhando-as.
— Pelo visto, a mais nova dos Ferguson é solteira — sussurrou Edwina ao ouvido do filho — e, pelo que pude comprovar ontem, é uma garota carinhosa e afável, que...
— Mãe...
— Filho, você precisa encontrar uma boa mulher.
Bufando diante daquela conversa que tanto o incomodava, Kieran rosnou:
— Pelo amor de Deus, mãe, não comece outra vez!
Ao ver a cara séria do filho, a mulher negou com a cabeça e grunhiu:
— Maldito cabeça-dura!
— Você nunca se cansa de procurar uma esposa para mim? — perguntou ele, bem-humorado.
— Não. Até eu encontrar a ideal para você.
— E qual seria a ideal para mim, se em todas que encontra você vê defeitos?
Edwina, que conhecia seu filho muito bem, fitou-o e disse:

— A mulher ideal para você é aquela que saiba fazê-lo feliz e sorrir como um bobo.

Kieran ia dizer algo, mas sua mãe acrescentou:

— Celine McDuhan era tola e enfadonha. Ofelia Sherman dizia sim a tudo que você propunha. Julieta McDourman só sabia mexer no cabelo. Augusta Pickman, oh, essa mocinha era insuportável! Belinda Cardigan só pensava em comer Rose Dirmakr...

— E Susan Sinclair?

Edwina negou com a cabeça e respondeu:

— Você sabe que a acho bonita, mas fria e resmungona, além de chata e enfadonha.

— Mãe — riu ele.

— E se a isso somarmos sua mãe fofoqueira e intrometida, ela é um desastre, não? — E ao ver como ele a olhava, acrescentou: — Mas se ela for a escolhida, eu a aceitarei, desde que você seja feliz.

Kieran suspirou. Sua mãe era ainda mais exigente que ele. Porém, como não queria mais falar do assunto, olhou para Zac, que parecia desesperado com aquelas jovens. Deu uma desculpa à mãe e, aproximando-se deles, perguntou:

— O que aconteceu, Zac?

Ele ia responder, mas Angela, com o rosto vermelho por segurar o riso, respondeu em seu lugar:

— Este homem obrigou minha amiga a tocar no maldito cavalo, e...

— Eu a obriguei?

— Você pegou minha mão — assentiu Sandra — e... e...

Ao vê-la choramingar, Kieran disse, galante, para tranquilizá-las:

— Desculpem, belas damas, mas eu só vi que Zac estava tentando ensinar... — Ao notar que não recordava o nome das moças, perguntou: — Como se chamam?

— Sandra e Angela — respondeu a primeira, parando de chorar.

Patt, que segurava o cavalo, olhou para os dois homens e revirou os olhos. Os três se entenderam com esse simples gesto. Angela, ao vê-los, perguntou:

— O que querem dizer com esses olhares?

Todos se calaram. Angela, depois de um gemido lastimoso, murmurou com um fio de voz:

— Querem dizer que somos ineptas e burras!

— Não, milady — esclareceu Patt, apressado.

Mas Angela, representando seu papel de jovem tolinha, prosseguiu e, forçando a voz, gritou:

— Por culpa de um dos seus homens, minha quase irmã por pouco não perde a mão!

— Como?! — protestou Zac.

Sandra, estendendo a mão, assentiu:

— Inteirinha... inteirinha. Oh, quase irmã, o que eu teria feito sem minha mão?!

Sem poder acreditar, Zac balbuciou:

— Miladies, não estão exagerando?

Então, Angela segurou sua amiga e protestou com voz de apito:

— Oh, meu Deus, acham que estamos exagerando?

Kieran, que não podia continuar calado, respondeu:

— Sem dúvida alguma.

As duas se olharam e, diante do espanto dos homens, começaram a choramingar, falando a toda velocidade e soltando mil lamentações, uma mais dramática que a outra. Paralisado diante do que via, Zac olhou para Kieran e murmurou:

— Eu sei acalmar um cavalo, mas uma dama dessas, não.

Kieran riu e, olhando para as jovens, disse:

— Perdão, senhoritas, mas se continuarem chorando assim, seus rostos vão...

— Está nos chamando de feias? — explodiu Angela.

— Não — respondeu Kieran, contrariado. — É que...

Levando a mão à testa, Angela soluçou:

— Eles nos chamaram de feeeias! Oh, Deus... Oh, Deus... que humilhação!

Kieran e Zac se olharam sem entender nada. O que estava acontecendo com aquelas duas?

Por fim, cansados de lamentações, eles decidiram dar meia-volta e deixá-las ali chorando. Mas, então, Sandra segurou Zac para detê-lo.

— Nós temos pânico de cavalos, mas precisamos aprender a montar. E não queremos subir em um animal tão alto. Temos medo.

Nesse momento, o cavalo se mexeu e as duas deram um grito e buscaram a proteção dos highlanders. Abraçadas a eles, as garotas se entreolharam, marotas, enquanto eles trocavam um olhar e tentavam se livrar delas.

— Milady, está pisando em meu pé — protestou Kieran olhando para Angela.

— O cavalo não lhe fará nada, pelo amor de Deus — grunhiu Zac.

Kieran, com o corpo da garota colado ao seu, aspirou seu cheiro. Era agradável, muito agradável, mas deu um jeito de se afastar dela e, olhando-a de frente, perguntou:

— É sério que tem tanto medo de cavalos?

Angela assentiu e Patt, acostumado a elas, murmurou:

— E de cachorros, e de coelhos, de esquilos, e...

— Patt, não exagere! — repreendeu Angela.

— Exagerar?! — respondeu o velho.

Kieran sorriu e, instantes depois, pegou a mão da chorona e disse:

— Se me permitir, eu vou montar você em meu cavalo e vai ver que...

— Ah... — gritou Angela, assustada. — Não... não... não.

E, sem mais, deu-lhe um empurrão e saiu correndo espavorida para a entrada do castelo. Edwina, que estava ali, fitou-a, surpresa. O que estava acontecendo? Sandra, ao vê-la, fez outro beicinho e, depois de olhar para Zac, que não estava entendendo nada, correu atrás da amiga.

Quando elas desapareceram, os highlanders ficaram se olhando atarantados. Louis, que apareceu nesse instante, perguntou:

— O que disseram a essas damas?

Patt, que continuava segurando o cavalo pelas rédeas, disse:

— Essas mocinhas têm medo de tudo, senhor... De tudo!

Edwina se aproximou do filho e inquiriu:

— O que aconteceu com a pequena Ferguson?

— Nada, mãe. É que ela tem medo de cavalos.

Incrédula, a mulher franziu o cenho e perguntou:

— E por isso estava chorando daquele jeito? — Kieran assentiu, e sua mãe exclamou: — Que pena. Ela me pareceu tão agradável ontem à noite, e hoje parece ser tão medrosa...

Zac e Kieran começaram a rir. Aquela jovem não duraria nem dois dias nas Highlands.

— Vou esticar um pouco as pernas com Aila — comentou Edwina.

— Não se afaste muito, mãe — pediu Kieran, enquanto com a cabeça indicava a dois de seus guerreiros que as seguissem a certa distância.

Kieran e os outros entraram no castelo. Ao chegar ao salão, viram laird Ferguson conversando em uma lateral com o genro e as filhas May e Davinia.

Depois de trocar um olhar nada amigável com Cedric, para não interromper a conversa, Kieran decidiu se sentar à longa mesa de madeira do outro lado do salão, ao lado de Jesse Steward, que o recebeu com um grato sorriso. Começaram a conversar, mas a conversa dos outros quatro lhes chamava a atenção.

— Sei de dois homens de Hermitague com boa situação que estão interessados em Angela. Inclusive meu irmão Jesse, Otto ou Rory — disse Cedric — adorariam aceitá-la como esposa.

— Não — respondeu o laird.

William Shepard, que os escutava sentado sobre um tronco, olhou para eles, mas não disse nada. Preferia se calar e observar o que ia acontecer.

Cedric, dando um tapa na mesinha que havia ao seu lado, disse, levantando a voz:

— Senhor, tem que raciocinar. Sua filha precisa se casar já!

O laird olhou para o genro e sibilou com voz trêmula de fúria contida:

— Nunca mais fale assim comigo em toda sua vida. E, em se tratando de minha filha, você não opina, não ordena e não decide, entendeu, Cedric?

O homem assentiu com olhos irados, mas, a seguir, olhou para a mulher e, depois que lhe fez um gesto com a cabeça, Davinia interveio com um fio de voz:

— Pai, eu me casei com Cedric quando...

— Assim você quis, filha. Por acaso esqueceu? — replicou seu pai, entalhando um pedaço de madeira, ainda irritado.

Cedric e Davinia se olharam.

— Pai, daqui a alguns dias voltarei para meu lar em Merrick, com meu esposo e seus homens, e... — insistiu ela, aflita.

— E nós ficaremos vivendo tranquilamente aqui — sentenciou o laird.

May costurava sentada em uma cadeira e observava sem dizer nada diante da insistência do cunhado. Por que tinha tanto interesse no casamento de Angela? Olhou para Cedric, um indivíduo frio e desagradável. Nada a ver com Robert Chatman, o homem a quem ela amara, que seu pai adorava e suas irmãs também, mas que, infelizmente, morrera em combate.

Cedric olhava o fogo em busca das palavras corretas, quando Ferguson sussurrou:

— Angela é a luz de minha vida.

— E eu não sou, pai? — queixou-se Davinia.

O laird trocou um olhar significativo com seu bom amigo Shepard e, sorrindo, respondeu:

— Claro que sim, minha filha, e May também. Mas, assim como vocês escolheram seu caminho, quero que Angela escolha o dela. No dia que vocês nasceram eu prometi a sua mãe que só se casariam por amor, e assim há de ser.

May, ao escutar o pai, esboçou um sorriso disfarçadamente. Ele era um romântico, e ela o adorava. E sabia que ele adorava suas três filhas.

— Isso é um erro, senhor — disse Cedric. — Angela é uma mulher, e, como tal, deve obedecer e acatar o que lhe for imposto. Ela poderia se casar com meu irmão e partir para Glasgow. Já está em idade de contrair matrimônio, e seu casamento poderia beneficiar...

— Cedric, eu não negocio com minha filha. Eu fiz uma promessa à mãe dela e a cumprirei — sentenciou o homem com tranquilidade.

A fúria de seu genro crescia visivelmente. Davinia, ao notar, olhando para Jesse disfarçadamente, insistiu de novo:

— Pai, seja razoável. Angela está vulnerável aqui, precisa de alguém que a proteja, você sabe disso.

William sorriu ao ouvir isso. Se algum dos presentes conhecesse a verdadeira Angela, ficaria boquiaberto. Ferguson, acariciando com afeto o rosto da filha mais velha, respondeu:

— Sei que você pensa que não sou capaz de defendê-la, mas eu daria a vida por ela. Só quero que ela conheça o verdadeiro amor, como dei a vocês a oportunidade de conhecer, e espero que um dia o marido dela a chame de "minha vida", como eu chamava sua mãe.

Cedric disse algo desafortunado em referência ao apelido carinhoso e Ferguson protestou.

Kieran, que como Jesse Steward escutava de longe, olhou para este e perguntou:

— Está procurando esposa?

Sério, ele negou e respondeu com um amargo sorriso:

— Não, mas, ao que parece, o idiota do meu irmão está procurando por mim.

— Não há dúvida de que ele quer casá-lo — debochou Louis.

— A última coisa que eu faria seria aceitar uma ordem dele — grunhiu Jesse, irritado.

Louis e Kieran trocaram um olhar, mas não disseram nada. Sem dúvida, Jesse pensava o mesmo que eles do idiota de seu irmão. Continuaram bebendo em silêncio enquanto escutavam. Kieran entendia o que Davinia e Cedric queriam dizer. Sem dúvida, aquela mulherzinha medrosa era peculiar e precisaria que alguém a protegesse quando seu pai faltasse.

Mas, por outro lado, também compreendia que se Ferguson tinha dado sua palavra a sua mulher, a respeitaria.

— Senhor, permita-me dizer — insistiu Cedric — que com essa personalidade tímida que ela tem nunca vai encontrar um marido adequado. O melhor é desposá-la com um homem que conheçamos, e...

— Ela encontrará, eu sei — concluiu o laird olhando para o amigo William.

— Mas, pai, Angela é...

Cansado de escutá-los, Ferguson grunhiu e, jogando longe o pedaço de madeira que estava entalhando, olhou para a filha mais velha e o genro e sibilou:

— Angela é uma Ferguson, e, além do mais, tem o sangue espanhol de sua mãe. Tenho certeza de que se sairá bem, com ou sem marido.

Kieran e Louis se entreolharam, sorrindo.

Sangue espanhol?

As espanholas que eles haviam conhecido em algumas viagens pouco tinham a ver com aquela mulher medrosa. A jovem tinha de espanhola o que eles tinham de ingleses.

— Pai — interveio May para tranquilizá-los —, se achar que o melhor seria ela ir para a abadia comigo, posso falar com a abadessa e...

— Nem pense em repetir isso! — ouviu-se de repente.

Todos olharam para a porta, e lá estava Angela. Kieran a observou com curiosidade. De repente, a tímida chorona tinha uma expressão de raiva e determinação que lhe causou graça. A garota apertou os punhos e, sem importar-se com quem estivesse ali bebendo cerveja, aproximou-se da família e, em voz baixa e contida, implorou:

— Querem parar de procurar um marido ou uma abadia para mim?

Fitando-a, o marido de Davinia replicou:

— Fazemos isso para seu bem, mesmo que agora você não acredite. Eu conheço vários homens que...

— Não! Não me interessam!

Cedric, irritado com o descaramento dela, baixou a voz e disse:

— Seu pai morrerá antes de você, é a lei da vida...

— Cedric! — gritaram Angela e May, incomodadas, enquanto Davinia cobria a boca.

— Por São Drustan, já estão me enterrando!

— Não, pai — respondeu Davinia depressa. — Espero que Deus o guarde muitos anos, mas Angela...

— Por acaso seu marido teme que eu seja uma carga para ele? — Davinia não respondeu, e Angela, contrariada, prosseguiu: — Eu não senti o chamado de Deus como May depois da morte de Robert, nem encontrei um homem com quem quisesse viver como você. Papai só está cumprindo a promessa que fez a mamãe, e nem você nem ninguém me fará fazer o que eu não quiser.

Ferguson sorriu, para desespero de Cedric. Angela era a única de suas filhas que o chamava de "papai", e com quem ele desde sempre mantinha longas conversas à luz da lua ou em frente à lareira. Sempre gostara dessa confiança entre eles, e ainda não queria abrir mão disso. A filha caçula era a mais parecida com a mãe, quer ela acreditasse ou não.

— Se a mãe dela estivesse viva, concordaria comigo — disse Cedric.

— Duvido — debochou o laird, ganhando um sorriso de Angela. — A mãe dela rejeitou muitos pretendentes até eu chegar, isso porque seu pai assim lhe permitiu, e era o mesmo que ela queria para as filhas. Minha amada Julia dizia que quando me conheceu, sentiu o coração se acelerar, e era isso que ela queria para as meninas. Um coração acelerado. Um casamento por amor. Minha filha Davinia teve isso, e May também, com Deus. Agora Angela decidirá, como fizeram suas irmãs.

— Senhor, essa promessa absurda vai lhe criar problemas. Nenhum homem de sua posição permite que suas filhas tomem essas decisões — insistia Cedric. — Ela é uma mulher, e...

— Oh, Cedric, como você é inconveniente! — protestou a jovem.

— Angela! — censurou-a May.

Cedric, contrariado, aproximou-se da jovem com atitude intimidadora, mas ela sibilou baixinho:

— Cuidado com o que vai fazer. Você está em minhas terras.

— Angela! — exclamou Davinia ao ver sua irmã tão respondona.

O que estava acontecendo com ela?

Com um sorrisinho nos lábios, laird Ferguson disse, para encerrar o assunto:

— Enquanto eu viver em Caerlaverock, ela estará segura e protegida.

Aproximando-se do pai, Angela o abraçou com carinho e murmurou para que só ele ouvisse:

— Obrigada, papai. Eu o amo.

Comovido pelo carinho que sua filhinha sempre lhe demonstrava, ele tomou-lhe o queixo e respondeu:

— Eu a amo mais, minha querida.

Ambos sorriram, sem se importar com os outros. Kieran, que observava a cena, esboçou um sorriso também. Sem dúvida, aquele homem e a filha tinham uma conexão muito especial.

Então, Ferguson pegou o braço de Angela e se dirigiu aonde estavam seus convidados. No caminho, pegou o pedaço de madeira que estava entalhando e que havia jogado no chão. Quando chegou à mesa, deixou-o sobre ela.

Jesse deu uma piscadinha para Angela e ela sorriu, com simpatia. Por que Davinia não havia se casado com aquele irmão?

Kubrat Ferguson pediu algo para beber a uma das mulheres e se acomodou em frente a Kieran e ao lado da filha.

— Passou uma boa noite no bosque, O'Hara? — perguntou o laird.

Angela se virou para olhar para as irmãs. May continuava costurando enquanto observava Davinia, empurrada disfarçadamente por seu marido, desaparecer pela porta dos fundos. Não gostou do que viu, mas não disse nada. Se Davinia permitia, era problema dela. Instantes depois, William Shepard apareceu e se sentou à mesa com eles.

— Foi uma noite tranquila — respondeu Kieran, enquanto observava a jovem filha do laird com curiosidade. Ela tinha um rosto bonito, fino e delicado. Delicado como a doce daminha que era.

Depois de um silêncio, laird Ferguson levou a mão à testa e confessou, angustiado:

— Dou graças aos céus por não ter acontecido nada... Maldito bosque. Desde que levou minha mulher e meus filhos, só me dá desgostos e problemas.

— Meu senhor... — sussurrou William ao escutá-lo.

— Kubrat... — disse Jesse ao ver sua expressão.

Angela o fitou e viu os olhos do pai se umedecerem. Ela pegou a mão dele e, apoiando a cabeça em seu ombro, murmurou com carinho:

— Papai, não quero vê-lo chorar, está bem?

Ele assentiu, enxugou os olhos e murmurou, ainda emocionado:

— Desculpem... não queria incomodar ninguém.

Kieran, depois de trocar um olhar com Jesse e Angela e vê-la pedir-lhe ajuda em silêncio, disse:

— Sem problemas, Ferguson. Fique tranquilo. Todos nós já perdemos entes queridos, e entendo sua dor.

Depois de alguns segundos de silêncio, o homem se recuperou. Kieran acrescentou:

— Por sorte para todos nós, nem nesta noite nem na anterior aconteceu nada no bosque. Mas deveríamos agradecer ao bando de encapuzados. Se não fosse por eles e sua eficácia, garanto que hoje eu teria um verdadeiro problema.

O laird assentiu e, suspirando, exclamou:

— Por São Drustan! Há anos tento saber algo dessa gente, mas é inútil. Ninguém os conhece. Ninguém os viu. Só sei deles porque suas boas ações chegam aos meus ouvidos.

Surpreso, Kieran insistiu:

— Estas são suas terras, como não sabe quem são?

— Eu tentei de tudo. Tudo! Não é mesmo, William?

— Sim, meu senhor.

— Mas minhas incursões noturnas nunca deram frutos — prosseguiu Ferguson. — Esse bando de encapuzados parece ler meus pensamentos. Antecipam-se a meus movimentos e sabem se esconder muito bem.

— E você nunca pensou que pode ser sua própria gente? — perguntou Kieran.

Ferguson soltou uma gargalhada e respondeu:

— Ninguém de meu entorno é tão louco, nem faria isso a troco de nada.

Ah, papai... se você soubesse..., suspirou Angela com um meio sorriso que depressa se desfez ao ver que Kieran a observava.

— Como você mesmo deve ter comprovado — prosseguiu Ferguson —, mal resta gente neste castelo.

Kieran assentiu. Havia chamado a atenção dele o fato de o laird não ter exército a liderar. Mas, quando foi perguntar, o homem prosseguiu:

— Todo mundo foi embora daqui. Só restam esses que você vê.

— E quem cultiva os campos?

— Nós que vivemos no castelo — respondeu Angela. — Todos nós trabalhamos para poder sobreviver.

— Eu já pedi centenas de vezes que vocês fossem viver em Glasgow — disse Jesse. — Há lugar lá, e...

— Obrigado, filho, mas não — interrompeu Kubrat. — Nestas terras morreu minha amada Julia, e nelas espero morrer também.

Surpreso pelas palavras da jovem, Kieran pegou uma das mãos de Angela e observou sua palma. Ela tinha razão, não eram as mãos delicadas de uma daminha.

— Eu não sabia que as coisas iam tão mal, Ferguson — comentou.

O laird assentiu com tristeza e, olhando as mãos de sua filha mais nova, sussurrou:

— Só espero que Angela seja esperta, encontre um bom marido e vá embora daqui assim que possa.

— Papai... — protestou a jovem.

Kieran, que ainda não havia soltado a mão de Angela, ao ver uma cicatriz na palma, perguntou, tocando-a com um dedo:

— Isto é de que, milady?

Nervosa devido ao contato e incomodada por ele não a soltar, Angela respondeu baixinho depois de trocar um rápido olhar com Shepard:

— Eu me cortei...

Nesse instante, Sandra entrou no salão e Angela aproveitou para retirar a mão e escondê-la debaixo da mesa. Zac, ao ver a jovem, sorriu. Era uma morena com um rosto lindo. Mas, ao ver a expressão séria de Louis, afastou o olhar. A garota se sentou à mesa diante de Jesse, que a cumprimentou com um alegre sorriso e, depois de um movimento de cabeça de Angela, limitou-se a escutar.

— Quanto ao que estávamos conversando — insistiu Kieran —, eu pude comprovar por mim mesmo que é um grupo liderado por uma mulher...

— Fada! — assentiu Ferguson. — Sim, eu também ouvi falar dela.

— E quem não? — sussurrou William, ganhando uma olhadinha de Angela.

— Sabem quem é? — perguntou Kieran, interessado.

O laird negou com a cabeça.

— Não.

— Eu adoraria conhecê-la — disse Jesse. — Deve ser uma mulher fora do comum.

— Papai — interveio Angela —, acha mesmo que uma mulher pode ser tão valente e ousada a ponto de fazer o que as pessoas dizem?

Kieran soltou uma gargalhada que encantou Angela, especialmente quando ele afirmou:

— Eu lhe garanto, milady, que de onde eu venho há mulheres capazes dessa valentia. As irmãs de Zac são tão habilidosas no manejo da espada e no rastreio quanto eu mesmo.

— É verdade? — perguntou Angela, encantada, apesar de sua expressão circunspecta.

Kieran cravou os olhos claros nela e Zac respondeu:

— Minhas irmãs Megan e Shelma são grandes guerreiras. Em especial Megan. Ela cuidou de nós desde sempre, e embora sua impetuosidade lhe cause constantes problemas com meu cunhado, Duncan, ela é...

— Duncan adora o jeito da esposa — interrompeu Kieran. — E não há dúvida de que ela e Gillian, a mulher do irmão de Duncan, são duas mulheres guerreiras.

— São tão valentes assim? — perguntou Sandra.

— Eu as conheci e posso afirmar — sorriu Jesse, trocando um olhar cúmplice com Kieran.

— Você as conhece? — inquiriu Zac, surpreso.

Jesse Steward respondeu, sorridente:

— Eu conheci Duncan e Niall como a Kieran, em batalhas. Elas eu conheci no encontro de clãs em Stirling. Elas não se acovardaram diante de ninguém.

Kieran começou a rir ao recordar o episódio.

— Zac, você se lembra da raiva dos McRae quando Megan e Gillian desafiaram uns highlanders a competir com arco e espada e saíram vitoriosas? — disse o highlander.

Zac soltou uma gargalhada.

— Como poderia esquecer?

Durante um tempo falaram da maestria de Megan e Gillian lutando ou montando a cavalo, enquanto Angela os escutava em silêncio. Sem dúvida alguma aquelas mulheres eram como ela, a diferença era que Angela não podia se manifestar em público, e elas sim.

Por fim, olhando para ela, Zac disse:

— Para horror e alegria de Duncan, minhas sobrinhas estão seguindo o mesmo caminho que a mãe. — E, animado, acrescentou: — No dia em que me casar, espero que minha esposa não me dê tantos problemas como minha irmã dá a meu cunhado.

Todos gargalharam, até que Kieran reconduziu a conversa para voltar a falar daquela misteriosa mulher e seu grupo de encapuzados. Angela achou graça. Seu pai disse:

— Há quem diga que é o espírito errante de minha amada Julia, e que meus filhos a acompanham.

Todos conheciam a triste história daquela família, e o silêncio se apoderou do salão. Angela acariciou a mão do pai, que já ia desmoronar. Kieran, ao ver o gesto, interveio:

— Ontem à noite eu a encontrei no bosque de novo, e posso garantir que não é um espírito. É uma mulher de carne e osso, e pelo pouco que pude ver, bastante atrevida e ousada.

Louis e Zac perguntaram em uníssono:

— Você a viu?!

Sandra e William olharam para Angela disfarçadamente. Ela havia ido ao bosque sem eles?

A jovem, ao sentir os olhares sobre si, deu-lhes um chute por baixo da mesa para que disfarçassem, enquanto Kieran se vangloriava:

— Ela foi me visitar de madrugada. Vocês sabem o efeito que causo nas mulheres.

Ao ouvir isso, Angela ergueu a sobrancelha e Jesse Steward inquiriu:

— E como ela é? É bonita?

Kieran pensou na resposta por um momento.

— Não sei. Só pude ver que é uma mulher de estatura mediana, como a maioria, e estava coberta demais para meu gosto. Espero que volte a me visitar e me dê a oportunidade de vê-la descoberta, e não só o rosto.

Mas que fanfarrão, pensou Angela, bem no momento em que Edwina entrava no salão depois de seu passeio.

Incomodada pelos comentários de O'Hara e pelas gargalhadas dos homens, Angela mexeu no pedaço de madeira entalhada que seu pai havia deixado em cima da mesa, e com um golpe seco, derrubou a espada de Kieran, que ao cair levou junto sua caneca de cerveja.

— Oh, perdão — desculpou-se, e se levantou.

Edwina, ao ver o estrago, murmurou, aproximando-se:

— Bendito seja Deus, filho, veja seu estado!

Ao se ver encharcado de cerveja, Kieran praguejou em silêncio. Angela se agachou para pegar a espada ao mesmo tempo que ele e, ao se levantarem, bateram a cabeça um no outro.

— Aiii — protestaram os dois.

— E, agora, uma cabeçada! — sorriu Edwina.

Jesse soltou uma gargalhada. E Kieran olhou para a jovem com o cenho franzido.

— Ah, meu Deus, perdão outra vez — sussurrou ela, assustada. — Sou tão desajeitada!

Prosseguindo com sua representação, Angela por fim foi recolher a espada do chão pegando-a pela lâmina, mas Kieran a deteve.

— Não é de se estranhar que corte as mãos. Se a pegar por aí, vai se machucar. Não sabe disso, garota?

Semicerrando os olhos, ela se fingiu de tímida, notando que Edwina a observava séria. Soltou a espada com cuidado para não se cortar e a arma caiu diretamente no pé de Kieran, que deu um pulo de dor. Fingindo horror, Angela cobriu a boca, enquanto controlava o riso e repetia, trêmula:

— Oh... perdão... perdão... perdão...

— Minha filha, tenha cuidado — interveio Edwina, incrédula diante de tanta inépcia.

Sandra segurou o riso, algo que Louis, Zac, Jesse, William e laird Ferguson não fizeram.

Kieran deu um passo para trás e sibilou:

— As armas se pegam pelo punho. — Ao ver a expressão dela, perguntou: — Nunca pegou uma espada?

— Deus me livre — respondeu ela, levando a mão à garganta.

Surpreso imaginando que aquela jovem pudesse trabalhar no campo, ele lhe estendeu a espada e ordenou:

— Pegue-a!

— Não, filho, não a dê a ela, pode machucá-lo.

— Mãe, poderia se calar um segundo... por favor? — sibilou Kieran.

— Kieran O'Hara — protestou Edwina. — Não fale assim comigo.

Com graça, Angela observou aquela mulher gesticulando e enfrentando o filho. Por fim, levantando as mãos para o céu, ela disse:

— Tudo bem, vou me calar, meu tesouro, vou me calar.

— Mãe... — suspirou ele ao ouvi-la outra vez chamá-lo de "tesouro".

Angela olhou para o pai, que assentiu com um sorriso. Tinha que obedecer e pegar a maldita espada. Então, aproximando-se de O'Hara, pisou no pé ferido dele. Pegando-a pelo braço, ele a aproximou mais e exclamou:

— Nunca conheci alguém tão desajeitada como você.

Edwina assentiu. Nem ela, mas se calou.

Angela, com os olhos a poucos centímetros dos dele, sentiu-se desfalecer. De repente, todos os sons desapareceram, e restaram apenas as batidas de seu coração.

Pensou em sua mãe. Isso era o que ela sempre dizia que lhe acontecera quando conheceu seu pai!

Extasiada diante da descoberta, durante alguns segundos ela manteve o olhar fixo no do highlander, e só reagiu quando o ouviu dizer:

— Milady, pegue a maldita espada.

Com premeditação e dissímulo, ela foi pegar a arma errado de novo, mas, detendo-a, ele grunhiu com desespero:

— Acabei de dizer que não se pega pela lâmina.

Ferguson sorriu e, fitando Edwina, atônita, sussurrou:

— Minha linda e delicada menina nunca empunhou uma espada.

A mulher balançou cabeça e Kieran disse com ironia:

— Nem precisa dizer, Ferguson, dá para perceber.

Cada vez mais incomodada com a atitude arrogante que ele demonstrava, Angela pegou a espada pela empunhadura com as duas mãos, mas sem muita força, e o peso da arma a fez cair a seus pés, cortando sua saia ao meio.

— Oh, meu Senhor — gritou Edwina, horrorizada. E, olhando para o filho, acrescentou: — Kieran, eu exijo que tire a espada das mãos dessa garota agora mesmo, antes que aconteça algo pior.

Angela se mexeu, arrastando com ela a arma. Todos gritaram assustados ao ver o aço passar a poucos centímetros do tornozelo de Kieran, que deu um pulo.

Vendo a perna delicada que surgia entre a saia cortada, ele esboçou um meio sorriso e tirou a espada dela.

— Já está claro que armas não são com você, milady. Coragem também não.

De boa vontade, Angela teria demonstrado e lhe dado o que Kieran merecia, mas não devia. Seu pai, ao ver sua expressão compungida, disse, aproximando-se dela com carinho:

— Vá para seu quarto descansar até a hora do almoço, minha vida.

Como um coelhinho assustado e com a saia do vestido cortada, Angela assentiu. Sem olhar para trás, saiu do salão seguida por Sandra.

Quando entraram no quarto e fecharam a porta, as duas jovens começaram a rir. Obviamente, Angela havia enganado a todos muito bem. Inclusive àquele metido do Kieran O'Hara.

8

Dois dias depois, Kieran continuava no castelo. Seu pretexto era que queria encontrar aqueles que os haviam atacado, mas quem realmente ansiava ver era a misteriosa mulher que os ajudara.

Edwina estava impressionada. Como era possível que a mais nova das Ferguson fosse tão desajeitada e chorasse tanto?

Em alguns momentos, quando se sentava para conversar com ela, Angela lhe mostrava um jeito de ser que a deixava encantada. Era graciosa, amável, simpática, e se podia conversar com ela sobre qualquer coisa. Mas, quando menos se esperava, aparecia a garota chorona, queixosa e desajeitada, e tudo que Edwina havia pensado dela anteriormente desaparecia.

Nessa noite, ela disse a seu filho que queria partir para Edimburgo.

— Mãe, não pode esperar?

A mulher negou com a cabeça bem no instante em que viu Angela passar chorando, seguida por uma das criadas.

— Se eu passar mais um segundo com essa mocinha insuportável, garanto que minha visita a Caerlaverock não vai acabar bem.

— Ela é muito sensível — debochou Kieran.

— Ela é uma chorona insuportável, isso sim — replicou a mãe.

— O que acharia dela como senhora O'Hara? — brincou ele.

Edwina o fitou e, dando-lhe um beliscão, sibilou:

— Se fizer isso, eu o mato!

Ambos gargalharam, e a mulher acrescentou:

— Acho que a ausência de uma mãe a tornou tão fraca e dependente. — E ao ver que o filho dava de ombros, perguntou: — É verdade o que dizem de Kubrat Ferguson?

— O quê?

— Que desde que a mulher faleceu sua vida acabou.

Kieran, ao recordar o episódio de uns dias antes, quando Angela tivera que consolar o pai, assentiu:

— Sim, mãe. Eu pude ver com meus próprios olhos, e veja o estado lamentável em que vivem.

— Sim, é mesmo penoso — concordou a mulher, olhando ao redor.

— Mas devo dizer, em sua defesa — prosseguiu Kieran —, que perder a mulher e três filhos em um só dia não deve ter sido nada fácil.

— Deve ter sido terrível... terrível! — E, pesarosa, ela acrescentou: — Quando seu pai morreu, eu quis morrer junto, mas James e você me fizeram ver que eu tinha que continuar vivendo. Não quero nem pensar como seria se vocês dois tivessem morrido também.

Kieran sorriu e, abraçando-a, disse:

— O que teria sido de nós sem nossa doce, bela e encantadora mãe?

Esquecendo a tristeza, Edwina retribuiu o sorriso e murmurou:

— Adulador.

Ambos riram de novo. Kieran, aproveitando o momento, disse:

— Em relação a James, continuaremos procurando, mãe. E quando eu encontrar esse verme, vou lhe dar o que merece por não dar sinal de vida durante tanto tempo.

A mulher assentiu e, fitando o filho com olhos marejados, confessou:

— É estranho, filho, mas meu coração me diz que aconteceu alguma coisa com seu irmão. Não o sinto, e isso me preocupa.

Kieran, querendo diminuir a preocupação da mãe, beijou-a com carinho e sussurrou:

— Nós o encontraremos, eu prometo.

Nesse exato momento, um grito chamou sua atenção. Ao olhar para o aposento ao lado, viram Angela chorar e dar pulinhos, mostrando um dedo.

— Eu me espetei... eu me espetei com a agulha de costura.

Sua irmã mais velha, Davinia, abraçou-a depressa para consolá-la, e Edwina, olhando para seu filho, murmurou:

— Se eu não for logo embora daqui, acho que matarei essa jovem desajeitada e chorona.

— Tudo bem, mãe — respondeu ele, com bom humor —, você partirá para Edimburgo ao amanhecer. Vários homens meus a escoltarão até a casa de sua amiga Rose O'Callahan, e você espera lá até eu chegar, e iremos juntos para Kildrummy.

— Você se lembra de que Rose tem uma sobrinha chamada Siarda?

— Mãe... não.

A mulher sorriu e se calou. Depois, bateu palmas, contente. Adorava Rose. Elas se conheciam desde novinhas, e encontrá-la era sempre motivo de felicidade.

— A propósito, filho, a festa dos clãs no castelo de Stirling está se aproximando.

— Sim, falta pouco mais de um mês.

— E se nos encontrarmos lá?

Ainda faltava muito tempo, mas, sem vontade de discutir com a mãe, Kieran assentiu.

Ao amanhecer, depois de se despedir dos Ferguson, Edwina e sua dama de companhia partiram felizes para Edimburgo. Observando Angela, ela ainda não entendia a facilidade com que a garota passava de encantadora a insuportável.

Passavam-se os dias, e Kieran continuava procurando a mulher que havia salvado sua vida, mas não conseguia descobrir nada dela nem de seu bando. Em certos momentos, requerido por Kubrat Ferguson, ele ia ao castelo de Caerlaverock para conversar. Mas assim que caía a noite, partia para o bosque para não ficar perto de Cedric. Não o suportava, e menos ainda depois de vê-lo pressionar a esposa como o havia feito.

De madrugada, em meio ao silêncio, Louis ouviu um barulho e acordou Kieran. Ambos escutaram com atenção, mas, convencendo-se de que não era nada, deitaram-se de novo.

No entanto, a preocupação de serem atacados de novo não deixava Kieran dormir. Em uma das ocasiões em que se virou, pensou ter visto alguém meio escondido na entrada de uma das grutas. Levantou-se sem hesitar, pegou a espada e se dirigiu para lá decidido.

Dentro da gruta estava tudo escuro. A luz da lua não chegava até ali, mas, pouco a pouco, seus olhos foram se acostumando. Então, ele ouviu:

— Olá de novo, O'Hara.

Depressa, Kieran olhou para a direita e encontrou quem ansiava ver. Ali estava a mulher que o deixava obcecado. Virou-se com um sorriso e, aproximando-se dela, respondeu:

— Faz dias que espero você, por que não veio antes?

Movimentando-se com cautela, ela respondeu:

— Tenho outras coisas para fazer além de vigiar vocês.

— Vigiar-nos?

— Aham...

Feliz por estar com ela de novo, ele perguntou:

— Como chegou até aqui sem que nenhum dos meus homens a visse?

— Eu já disse, este bosque é minha casa e sei como andar por aqui.

— Você vive na gruta?

A jovem não respondeu e quando Kieran se movimentou, ela também o fez. Com os olhos cada vez mais adaptados à escuridão, ele a seguiu com o olhar. Ao vê-la se apoiar na parede, aproximou-se lentamente e levantou as mãos para tirar-lhe o capuz, mas ela o advertiu:

— Se eu fosse você, não faria isso.

— E o que me impede? — perguntou Kieran com voz íntima.

Não foi necessário que ela respondesse, a ponta de uma adaga em suas costelas fez Kieran saber a resposta. Com um sorriso, ele baixou as mãos e sussurrou:

— Cedo ou tarde saberei quem você é.

Ela sorriu. Quando agia como Fada era atrevida e descarada. Aproximando-se perigosamente da boca de Kieran, ela respondeu:

— Duvido.

Esse claro convite a beijá-la o fez entender que a jovem o desejava. Baixinho, ele murmurou:

— Eu a procurarei e a encontrarei, quer você queira, quer não.

— Repito, eu duvido — murmurou Angela, com graça.

Ela foi se mexer, mas Kieran a deteve com um movimento rápido. A respiração de ambos estava acelerada. Aquela mulher o atraía demais e, sem hesitar, aproximando os lábios dos dela, perguntou:

— Se eu a beijar, vai me cravar a adaga?

Angela, nervosa, não sabia o que responder. Sua ousadia a havia levado àquele momento complicado, mas, enfeitiçada pelo magnetismo daquele homem, e em especial pelo que sua proximidade a fazia sentir, ela não se mexeu e disse:

— Você só saberá se o fizer.

Na escuridão do interior da gruta, Kieran se esforçava para ver o rosto dela, mas era impossível. Com a pouca luminosidade e o capuz, não havia como vislumbrar nada. Atarantado devido ao que ela o fazia sentir, ele respirou pesado, como um principiante, ao ouvir sua resposta.

Essa proximidade, ainda sem se tocarem, era a coisa mais maravilhosa que ele já experimentara na vida. Atraído como um ímã pela respiração entrecortada da mulher, pousou as mãos nos quadris redondos dela e murmurou:

— Sem dúvida, valerá a pena provar.

E, sem mais, lançou-se sobre a boca da mulher, devorando-a sem pudor.

No início, Angela não soube o que fazer. Nunca havia sido beijada, e menos ainda com tanta intimidade. Mas, ao sentir a língua dele passar por entre seus lábios, abriu-os e, quando intuiu o que deveria fazer, colocou também a sua na boca de Kieran e usufruiu.

Sentindo a receptividade dela, ele a pegou com mais força pelos quadris e a apertou contra a virilha. Ouvindo o gemido que escapou dos lábios de Angela, interpretou que aquilo era prazeroso para ela, e grunhiu de satisfação.

A jovem era doce e irresistível, e, pela maneira como havia respondido ao beijo, sem dúvida era cheia de paixão.

Quando por fim as bocas se separaram, Angela sentia falta de ar. Não podia ver com clareza o rosto dele, mas, a julgar pela respiração pesada de Kieran, concluiu que estava igual a ela.

O laird levou a mão àqueles lábios sedutores e, ao tocá-los, sentiu que estavam vermelhos, inchados e prontos para ele de novo. Mas, antes que pudesse se mexer, ela se jogou em cima dele e o beijou com devoção.

Dessa vez, o beijo foi tão apaixonado quanto o primeiro, com a diferença de que era a jovem que se apertava contra o corpo dele, trêmula de desejo. Querendo continuar, Kieran a segurou com um gesto possessivo, disposto a despi-la e possuí-la. Ela era uma mulher ardente e corajosa, duas coisas de que ele gostava. Um gemido rouco dela o enlouqueceu.

No entanto, quando ele tentou abaixar-lhe a calça, Angela se assustou, afastou-o com um empurrão e sibilou com voz trêmula:

— Não seja tão ousado.

— Você me deseja, Fada preciosa, não negue. Deseja estar em meus braços e sentir o prazer carnal que sabe que posso lhe oferecer.

— Você é um arrogante, O'Hara, sabia?

Kieran, com o coração acelerado, não só pelo momento que estavam vivendo, não se mexeu, mas grunhiu:

— Você se oferece a mim e agora diz não?

Aterrorizada pelo que poderia acontecer se ela não o detivesse, Angela tremia, mas, tentando manter a voz firme, respondeu:

— Você beija muito bem, O'Hara, mas isso não quer dizer que desejo mais de você.

Ele, aturdido, excitado e furioso com a rejeição, foi se aproximar dela de novo, quando uma pancada na cabeça o fez cair de bruços.

Angela cobriu a boca para não gritar, e ouviu:

— Eu sabia que a encontraria aqui.

Tirou o capuz e grunhiu ao reconhecer a voz de Sandra.

— Por que bateu tão forte?

A amiga, ao ver que ela se agachava para cuidar dele, disse:

— Pelo amor de Deus, Angela, se eu não tivesse feito isso, acho que esse bárbaro a teria possuído diante dos meus olhos.

Angela assentiu. Seus lábios ainda estavam úmidos e inchados devido ao beijo apaixonado. Ela viu que Kieran estava respirando e se acalmou. Coitado, que pancada sua amiga havia lhe dado!

Certificando-se de que ele estava bem, ela se levantou.

— O que posso fazer para atrair Zac até aqui? — sussurrou Sandra, na entrada da gruta.

Angela a pegou pelo cotovelo e a puxou para dentro.

— Agora eu é que vou ter que bater na cabeça de outro bárbaro?

Sandra deu uma piscadinha e, ao ver a cara de Angela, perguntou:

— O que sentiu quando ele a beijou daquele jeito?

Ainda acalorada, Angela afastou uma mecha de cabelo dos olhos e murmurou:

— Calor, e um prazer até então desconhecido.

— Oh, meu Deus, eu também quero sentir isso!

— Está maluca? — murmurou Angela.

— Você é egoísta, sabia? — respondeu Sandra com ar de reprovação.

— Vamos embora antes que ele acorde!

Sandra soltou uma breve gargalhada, dirigindo-se à fenda da gruta pela qual havia aparecido.

— Tudo bem, vamos.

Quando Kieran voltou a si, estava caído de bruços no chão. Dolorido, levou a mão à cabeça e olhou ao redor. De repente, lembrou-se de tudo. A mulher, o beijo e o golpe.

— Maldição — murmurou.

Tocando a cabeça com cuidado, levantou-se e viu a luz do alvorecer que entrava pela boca da gruta. Sem dúvida, ficara ali mais tempo do que pensava.

Depois de olhar ao redor e não encontrar o que procurava, saiu e viu seus homens ainda dormindo. Cumprimentou Efren, que estava de guarda, e se encaminhou a sua manta. Ao se sentar, pensou na mulher e em sua boca. Inconscientemente, tocou os lábios e sorriu. A desconhecida era doce e fogosa.

— Dormiu bem? — perguntou Louis, levantando-se.

Kieran fitou o amigo. Não pretendia lhe contar nada do ocorrido, pois Louis debocharia dele. De modo que assentiu e, levantando-se apressado, disse:

— Vamos levantar o acampamento e voltar para o castelo.

Zac, que nesse instante se aproximava, cumprimentou-o.

— Acho que deveríamos ir para Edimburgo, pegar sua mãe e voltar para Kildrummy — sugeriu Louis. — Minha intuição me diz que não vamos encontrar os bandidos que nos assaltaram, e...

— Louis — interrompeu Kieran —, você não os quer encontrar?

— Tanto quanto você — respondeu o highlander —, mas algo me faz pensar que quem você procura, na realidade, é a mulher que comanda os encapuzados. Estou enganado?

Kieran não respondeu; Louis murmurou:

— Essa tal de Fada não serve para você.

— Do que está falando? — replicou Kieran, incomodado.

— Estou falando que Susan Sinclair o espera em Kildrummy, e...

— Louis, chega!

Mas, sem nenhum temor, Louis prosseguiu:

— Essa tal de Fada considera este bosque seu lar, e duvido que você queira viver nesta parte da Escócia, não é?

Kieran não respondeu, mas Louis tinha razão. Ainda assim, fitou-o e sentenciou:

— Voltaremos daqui a alguns dias.

9

Naquela manhã, antes de chegar ao castelo, Kieran viu os Steward treinando com a espada. Com curiosidade, observou Cedric dar ordens e gritar, e depois olhar para Otto, Harper e Rory, seus homens de confiança, e cochichar algo com eles. Longe do irmão, Jesse treinava com seus próprios homens e falava com calma quando tinha que se dirigir a eles. Cruzou o olhar com o de Kieran, que sorriu e seguiu seu caminho rumo a Caerlaverock.

Ao chegar às imediações do castelo, Zac viu a jovem Sandra, que caminhava com uma mulher e umas meninas pequenas entre as cabanas abandonadas.

— Louis, acompanhe-me — pediu Zac.

Ao ver a intenção do amigo, Louis debochou:

— Rapaz, lamento, mas não gosto do bigode da amiga que acompanha a sua garota.

Kieran sorriu; Zac insistiu:

— Ficarei lhe devendo uma. Ande, quero conhecer melhor a Sandra, e preciso de você.

Suspirando, mas de bom humor, Louis por fim o acompanhou, enquanto Kieran seguia seu caminho.

Zac apertou o passo até chegar onde estava Sandra. Ao vê-lo, ela esboçou um sorriso. O highlander desceu do cavalo e cumprimentou as meninas e a mulher. Pegando uma flor no chão e postando-se diante de Sandra, disse:

— Uma flor para outra flor.

Encantada, a jovem a segurou. Evangelina, a mulher que a acompanhava, exclamou:

— Oh, que galante!

Querendo conquistá-la, Zac pegou outras flores e, entregando-as a ela e às meninas, acrescentou:

— E, claro, mais flores para outras flores.

Louis sorriu. Zac havia tido bons professores, e era um enrolador. Sem perder tempo, Louis desceu do cavalo também e se dirigiu a Evangelina e as meninas, e começou a conversar com elas. Sabia que a mulher era a cozinheira do castelo, e começou a elogiar sua comida, enquanto as meninas corriam ao seu redor.

Quando chegaram perto de uns bancos de madeira, Zac convidou Sandra a se sentar, enquanto Louis e as outras se afastaram uns metros para colher ervas aromáticas. Para dar privacidade aos jovens, o highlander distraía Evangelina perguntando sobre os benefícios daquelas ervas. E a mulher lhe explicava tudo, satisfeita.

Enquanto isso, Zac se sentou ao lado de Sandra. Quando foi falar, a jovem lhe estendeu uma flor e disse:

— Obrigada pelo presente. Como não tenho nada melhor para lhe dar, tome outra flor. Uma laranja, minha cor preferida.

Com um sorriso, ele a pegou. Sentiu que cheirava a bosque e a liberdade, e a guardou no bolso da camisa.

— Você vem muito visitar os Ferguson? — perguntou Zac.

— Sempre que posso. Mas, bem... em breve, não virei mais.

— Por quê?

Sandra bufou e, dando de ombros, respondeu:

— Meu pai morreu, e a mãe de minha mãe insiste em que voltemos para...

De repente, ela se calou. Estava diante de um homem feroz das Highlands, que certamente ficaria escandalizado com o que ela ia dizer. De modo que concluiu vagamente:

— Bem... longe daqui.

Zac, achando graça da loquacidade da jovem, insistiu:

— Onde é longe daqui?

— Longe — repetiu ela, afastando uma mosca que a incomodava.

— Se me disser onde, talvez eu possa visitá-la — sussurrou ele.

Sandra sorriu e, fitando-o, replicou:

— Duvido.

— Por que duvida? Diga-me onde é.

Ela sabia que se dissesse para onde estava indo aquele jovem passaria a olhá-la com estranheza. Mas, cansada de sempre esconder suas origens, disse:

— Carlisle. Vou para Carlisle.

Zac a fitou boquiaberto, e perguntou:

— Você disse Carlisle?

— Sim — afirmou ela, revirando os olhos ao ver a reação dele.

— E o que perdeu em Carlisle?

— Nada — bufou a jovem.

Incapaz de reprimir sua vivacidade, especialmente quando se falava desse assunto, acrescentou, levantando-se do banco:

— Minha mãe é inglesa, alguma objeção?

Surpreso com a reação dela, Zac respondeu, cada vez mais interessado:

— Não.

Sandra decidiu ir embora, mas ele pegou-lhe a mão. Ela o fitou, irada, e disse:

— Então, se não tem objeção, por que me olha assim?

Enfeitiçado por aqueles olhos amendoados, Zac se levantou para ficar mais perto dela e declarou:

— Eu me chamo Zac Phillips. Meu pai era inglês, alguma objeção?

A expressão de Sandra mudou. Ela abriu a boca, surpresa.

— Sério? Está falando sério?

O jovem highlander assentiu com um sorriso e pegou a mão da moça.

— Totalmente sério — respondeu.

Sandra tornou a se sentar no banco de madeira, e Zac fez o mesmo.

— Não posso negar que parte de meu sangue é inglês, mas fui criado por escoceses, e escocês me sinto. Portanto, eu sei do que você está falando e como se sente. Minhas irmãs e eu sofremos esse desprezo a vida toda — prosseguiu ele.

Encantada com a revelação, Sandra relaxou. Sem soltar a mão de Zac, perguntou:

— Já viveu na Inglaterra?

— Eu nasci em Durham, onde passei meus primeiros meses de vida. Pouco depois, meus pais morreram e nós fomos acolhidos na casa da irmã de meu pai, Margaret. Mas ela e o marido, Albert Lynch, não ficaram muito satisfeitos com crianças escocesas em sua casa, e, por fim, minha irmã Megan teve que fugir comigo e com minha irmã Shelma para o castelo de

Dunstaffnage, onde nos acolheram com carinho e onde meu avô Angus, de Atholl, nos deu abrigo e amor. Com o tempo, minhas irmãs se casaram, Megan com laird Duncan McRae e Shelma com laird Lolach McKenna, e atualmente sou o que você vê: um orgulhoso homem das Highlands.

Sandra, totalmente absorta, assentiu e sorriu. Aquele jovem lhe parecia ainda mais interessante que antes.

— Fico orgulhosa de sentir seu orgulho — disse.

Zac esboçou um sorriso e levou a mão dela aos lábios para beijar-lhe os dedos.

— E eu adoro estar aqui com uma linda dama como você — respondeu ele.

Ficaram se olhando nos olhos. E antes que Sandra pudesse se mexer, Zac se aproximou mais e a beijou nos lábios. Espantada, ela não se mexeu. Ele, mais experiente, pegou-a pela nuca enquanto sua língua invadia a boca da moça. Quando viu que ela o aceitava, aprofundou o beijo.

Durante alguns segundos, Sandra se deixou levar. Ninguém jamais a havia beijado assim. Mas quando sentiu que Zac começava a se afastar de sua boca, recuou com os lábios inchados e, com a mesma rapidez com que ele a havia assaltado, deu-lhe uma bofetada.

Sem se afastar dela, com a respiração entrecortada, como a de Sandra, Zac franziu o cenho e perguntou:

— Por que fez isso?

Levantando-se do banco com agilidade, ela respondeu:

— Quem lhe deu permissão para me beijar?

Nesse instante, aproximaram-se Louis, Evangelina e as meninas, que haviam ouvido a bofetada. Antes que Zac pudesse responder, Sandra pegou o braço da mulher, que fitava o jovem com olhar de censura, e, dando meia-volta, disse:

— Você é um descarado, Zac Phillips.

Então, afastou-se depressa, sem deixá-lo ver seu sorriso. Louis, diante da expressão de desconcerto do rapaz, sentou-se ao seu lado e, debochando, comentou:

— Bela marca essa em seu rosto. Espero que pelo menos tenha valido a pena.

Zac, soltando uma gargalhada, olhou para ele e afirmou:

— Sem dúvida alguma, valeu.

10

Kieran O'Hara prosseguiu seu caminho para o castelo. Ao chegar, deixou seus homens acampados do lado de fora e entrou no pátio. Sorriu ao ver as gêmeas brincando com Angela e os filhos de Shepard. Sem dúvida alguma, aqueles rapazes adoravam a jovem ruiva, pois quando a via, quase sempre estava com eles. Pareciam seus guardas pessoais. Sem desmontar, observou o grupo por alguns instantes. Pareciam se divertir, e as gargalhadas das meninas encheram seu coração. Não havia nada mais bonito que o som da risada de crianças.

Com curiosidade, olhou para Angela, com seu vestido bordô e os cabelos presos na nuca. Estava com os olhos vendados e se movia com desenvoltura, procurando as meninas e sorrindo. Kieran desceu do cavalo e, aproximando-se, fez um sinal para que as gêmeas e os filhos de Shepard não dissessem nada. Então, ajoelhou-se para ficar da altura das meninas e ficou na frente de Angela.

Ela tocou a cabeça dele e, abraçando-o com força, exclamou:

— Peguei você!

Angela pensou que se tratava de Aston ou de George, mas então, ouviu Effie dizer:

— Cabra cega, agora você tem que adivinhar quem é.

Divertida, ela sorriu, sem saber que Kieran a olhava com deleite. Que boca linda... e seus dentes eram perfeitos!

Angela tocou os ombros dele e disse:

— Sem dúvida, é um homem forte e corajoso, não é, meninas?

— Sim — gritaram as gêmeas em uníssono.

Aston e George observavam, contrariados.

— E é bonito?

— Muito bonito — gritaram as meninas, animadas por Kieran.

Angela tocou-lhe o peito e as costas, e, então, algo não estava certo. Nem Aston nem George usavam aljava. E quando lhe tocou a cabeça e ele se encolheu, dolorido, soube: era Kieran.

Depressa, ela tirou a venda dos olhos e, ao vê-lo, murmurou, envergonhada:

— Oh, meu Deus.

Contente, ele se levantou do chão e, olhando-a do alto de sua estatura imponente, disse:

— Tudo bem... sim, sou eu.

— Ele é bonito, não é, Angela? — comentou Effie.

Angela, depois de olhar para Aston e George, que a contemplavam animados, franziu o nariz e não respondeu.

— Sou tão feio assim para que faça essa cara de horror, milady? — lamentou Kieran. — Quem a vir vai pensar que acabei de beijá-la.

As meninas soltaram uma gargalhada, Angela não se mexeu.

Se ele soubesse...

A seguir, Aston soltou um grunhido para assustar as meninas e elas saíram correndo, rindo, enquanto os dois irmãos as perseguiam. Angela olhava para elas, incomodada por não a haverem avisado. Ao ficar sozinha com Kieran, notou que ele tocava o galo que tinha na cabeça, e perguntou, curiosa:

— Aconteceu alguma coisa?

Ele sorriu e, olhando-a, respondeu:

— Não. Só estava me coçando.

Angela assentiu e evitou sorrir.

— Os filhos de William Shepard são seus cuidadores, milady? — acrescentou ele.

Surpresa com a pergunta, ela o fitou e perguntou:

— Por quê?

Olhando para onde estavam os dois jovens, Kieran viu que a observavam.

— Sempre estão com você... eles a protegem de algo? — explicou ele.

Angela sorriu e, olhando para os amigos, respondeu:

— Sem dúvida, eles me protegem de bandidos, selvagens e vagabundos. Nunca se sabe quando estão por perto.

— Por acaso me considera um perigo, milady? — perguntou Kieran, bem-humorado.

Angela pensou que, sem dúvida, Kieran era o maior perigo que ela já havia encontrado em toda sua vida, mas com voz angelical, respondeu:

— Com Aston e George ao meu lado, ninguém é perigoso.

— Nem mesmo eu?

— Nem mesmo você.

Ele, irritado ao ver a consideração que ela tinha por aqueles rapazes, deu-lhe uma piscadinha, deu meia-volta e se dirigiu ao salão.

Quando desapareceu de vista, os dois irmãos Shepard se aproximaram dela, que disse:

— Espero que esse O'Hara vá embora logo.

— Por quê? — perguntou George.

— Porque me incomoda que ele esteja aqui. Ele é... prepotente e arrogante.

— Segundo Viesla e outras mulheres, ele é muito bonito e viril — afirmou Aston.

— Elas acham bonito qualquer homem que apareça por aqui — replicou Angela.

— Já ficou sabendo que seu pai vai dar uma festa esta noite? — perguntou Aston.

Ela o olhou com surpresa e ele, divertido, balançou a cabeça.

— Anime-se, esta noite poderemos dançar!

Ela sorriu. Sempre gostara de bailes. Mas o sorriso desapareceu quando o jovem acrescentou:

— Sabe, laird O'Hara me parece um bom pretendente para você, diferente dos homens que Cedric propõe. Eu me informei e ele não tem esposa, nem noiva, e, pelo jeito como você o olha, sem dúvida não a desagrada.

— Aston! — exclamou a jovem.

— Ele é corajoso, decidido e forte como você.

— E? — grunhiu Angela.

George, ao ver seu desconcerto, prosseguiu:

— Você só se interessa por quem admira. Ele não é como esses homens desdentados e sujos que seu cunhado arranja para você.

Angela olhou para os amigos e, ao ver seus sorrisinhos bobos, rosnou enquanto se afastava:

— Oh, meu Deus, vocês são uns alcoviteiros.

— Angela, só cuidamos de você — debochou Aston.

Ela se virou e, levantando um dedo, sibilou:

— Nem mais uma palavra.

Os dois irmãos se olharam e soltaram uma gargalhada. Pela primeira vez desde que conheciam Angela, um homem a deixava nervosa, mesmo que ela se recusasse a admitir.

Quando ela entrou no castelo, a irmã Davinia a informou do jantar dançante que seu pai daria à noite. Essa festa repentina deixou Angela desconfiada, e ela foi procurá-lo.

Encontrou-o em seguida, em seu quarto, como sempre. Quando ela abriu a porta, o pai sorriu e, com um movimento de mão, convidou-a a entrar. Angela se sentou em uma cadeira diante dele e perguntou:

— Por que vai dar uma festa?

— Temos convidados, e devemos tratá-los como merecem — disse ele.

A resposta a surpreendeu.

— Papai, eu acho que...

Mas, sem deixá-la terminar, ele perguntou:

— Sabe o que sua mãe fazia quando chegava um grupo de guerreiros valentes a Caerlaverock?

Ela, apesar de saber, negou com a cabeça.

— Preparava uma boa refeição, seguida de uma bela festa, e todos iam embora contentes. Segundo minha Julia, hospitalidade é algo muito importante, além do mais, nesses íntimos momentos se pode selar acordos — explicou ele.

— Acordos? Que acordos você quer com esse O'Hara?

O homem olhou para a filha e, pegando sua mão, respondeu:

— Não quero acordo nenhum, mas talvez você possa conhecer algum desses homens e...

— Papai! — protestou ela, interrompendo-o.

— Ouça, querida — disse ele —, eu nunca vou obrigá-la a nada, mas Cedric tem razão. Não vivemos bons tempos, e você deveria se casar e se afastar deste lugar.

— Ora, o que está dizendo?

— Digo o que acho que é melhor para você, minha menina. Você deveria ter seu próprio clã e...

— Meu clã é este, papai. Por que está dizendo isso?

O homem afagou o rosto da filha com carinho e respondeu:

— Eu sei que no fundo do coração você sempre será uma Ferguson, mas precisa encontrar seu caminho, e ele não consiste em ficar neste lugar cheio de velhos, de penúrias e de perigo. Caerlaverock não é lar para uma mocinha cheia de vida como você.

— Papai...

— Ouça, filha. Sei que não fiz as coisas direito desde que sua mãe morreu, e que por minha culpa perdemos tudo...

— Papai, não...

— Angela, por favor, deixe-me falar — disse ele, e a jovem se calou. — Não resta nada. Não temos riquezas, nem povo, nem exército, e você sabe que em várias épocas do ano falta até comida. Tudo isso não me preocupava até agora, até me restar só você aqui.

Angela o fitou com tristeza. Ferguson sabia que suas palavras a feriam, mas prosseguiu:

— Esses Steward não lhe chamaram a atenção, não é?

— Não, papai. Nenhum deles. E menos ainda os desdentados e sujos com que Cedric insiste que eu me case. Que nojo, meu Deus!

Seu pai soltou uma gargalhada.

— Que bom saber, filha! São todos uns imbecis, exceto Jesse. Ainda não entendo como sua irmã não se casou com ele, e sim com Cedric. Cada dia gosto menos desse homem.

— Eu também não entendo, papai. Acho que com Jesse ela teria sido mais feliz, mas, enfim, foi Davinia quem escolheu.

— Exato, foi ela quem escolheu. E antes que diga qualquer coisa, devo dizer que você seria uma excelente mulher para Kieran O'Hara.

— Papai!

— Adoro como diz "Papai!".

Ambos riram.

— Ele é um homem poderoso, como eu em meus tempos, e, pelo que pude observar, gentil e bom com as pessoas, e a mãe dele me pareceu assim também. Vi como ele se diverte com Effie e Leslie e brinca com elas; sinal de que gosta de crianças e que tem bom coração. Ainda não vi, nem uma única vez, Cedric fazendo uma gracinha com seu próprio filho, como fazem Jesse ou Kieran. Esse homem é... — prosseguiu o laird.

— Não, papai, não continue.

— Não estou lhe pedindo nada, só que pense no que digo. O'Hara é um homem que sem dúvida vai proteger e cuidar bem de você, diferente do marido de sua irmã.

Angela fechou os olhos. Sem dúvida, o pai pensava o mesmo que ela sobre Cedric.

— Você é jovem, bonita, e minha intuição me diz que tem mais habilidades do que gosta de mostrar — prosseguiu o homem. — Por favor, pense pelo menos uma vez em si mesma e não em mim. Vá embora deste lugar inóspito e sorria. Seja feliz por sua mãe e por mim. Por favor, faça o que eu digo.

— Eu nunca sairei de perto de você, papai, nunca!

Sem se dar por vencido, Ferguson insistiu:

— Prometa-me que vai pensar no que eu disse. Para mim, é importante vê-la feliz.

Por fim, ela assentiu. O pai, sorrindo, acrescentou:

— Sua mãe dizia que fazer um convidado se sentir como em sua própria casa faz com que ele sempre volte de bom humor e com boas novas. Vamos tratar esse O'Hara como ele merece.

Angela se rendeu, o pai era um romântico irremediável. Conversou com ele mais um pouco e prometeu que tentaria se divertir na festa, e a seguir, foi embora. Precisava ajudar no campo.

Quando chegou às plantações, encontrou a irmã May com Sandra e mais algumas pessoas do castelo. Davinia não podia ajudá-los, porque Cedric não permitia.

Durante horas ficaram colhendo batatas, que mais tarde levaram para o castelo para que Evangelina as cozinhasse com o veado que haviam caçado.

À tarde, Angela foi com Sandra se banhar. Queriam ficar bonitas e cheirosas para a festa. Nos arredores do castelo, escondido entre árvores frondosas, corria um pequeno riacho onde se refrescavam.

— Preciso lhe contar uma coisa — anunciou Sandra.

— Conte!

A jovem de olhos amendoados sorriu e, afastando o cabelo dos olhos, confessou, cantarolando:

— Hoje fui beijada.

Angela a olhou com surpresa; Sandra prosseguiu:

— Enquanto estava passeando com Evangelina e as meninas pelo campo em busca de algumas ervas para cozinhar, Zac Phillips e o homem de confiança de Kieran O'Hara apareceram...

Arregalando desmesuradamente os olhos, Angela sussurrou:

— Não acredito!

— Pode acreditar, Angela — respondeu ela, alegre. — Mas, depois, eu lhe dei uma bela bofetada por causa de sua imensa ousadia.

— Sandra!

— Ele foi um descarado, o que queria que eu fizesse? Além do mais, não quero que pense que sou uma dessas mulherzinhas a que ele deve estar acostumado.

As duas entraram no rio.

— Que água fresquinha! — exclamou Sandra.

— Está sempre fria — disse Angela sorrindo, enquanto boiava, nua.

— Acha que seria muito escandaloso se esta noite eu tirasse aquele lindo highlander para dançar?

— Sandra! Você acabou de dizer que lhe deu uma bofetada. E claro que seria escandaloso. Imagine a cara de Davinia ou do idiota do marido dela se virem seu atrevimento.

Ambas riram.

— Você tem que esperar que ele a convide e seguir o protocolo. Ou acha que ele não vai tirar você para dançar depois do que aconteceu? — continuou Angela.

Dando de ombros, Sandra a olhou e afirmou, segura de si mesma:

— Vai tirar, sim.

11

À noite, depois de se arrumarem, as duas entraram no salão e todos os homens as olharam com outros olhos. Haviam deixado de ser camponesas para se transformar em umas daminhas lindas e perfumadas. Sandra usava um vestido granada que ressaltava seus lindos cabelos e seu sorriso incrível. Zac a fitou.

— Sem dúvida, ela é a mulher mais bonita que eu já vi — murmurou o garoto para Louis, encantado.

Louis soltou uma gargalhada que fez Kieran rir. O laird, por sua vez, contemplava Angela boquiaberto. A garota usava um vestido verde que realçava o corpo delicado e a pele clara. Em vez de usar o cabelo preso, como sempre, deixara-o solto, e pusera na cabeça uma linda coroa de flores.

Estava belíssima. E mais ainda ficou quando viu seu pai e sorriu para ele.

Sem dúvida, a mais nova das Ferguson tinha um sorriso fascinante.

— Você é a viva imagem de minha amada esposa — sussurrou Ferguson, pegando-lhe a mão.

Angela esboçou um sorriso e disse:

— Papai, mamãe era morena, como May, e eu sou ruiva, como você, vovó Rose e Davinia.

— Mas esses olhos verdes, o sorriso e o porte são dela, minha vida.

Sorriram. Tirando do bolso da camisa um bracelete de ouro com uma pedra verde, ele o entregou a ela, dizendo:

— Ponha-o. Sua mãe ia gostar.

— Papai — sussurrou ela, emocionada ao ver o bracelete.

— Essa era a joia preferida dela, e você sabe que é sua. Davinia tem um anel, May o crucifixo e...

— E eu quero que você guarde este bracelete para mim — concluiu Angela, fitando-o.

Sua filhinha tinha uma personalidade muito parecida com a de sua mulher – o que ele adorava. E, embora ela se empenhasse em ocultá-lo, ele melhor que ninguém sabia que Angela a possuía.

— Esta noite quero vê-la com ele. Faça isso por mim, minha filha.

O bracelete tinha um valor sentimental incalculável para ele. Segundo Ferguson, a pedra verde era da mesma cor dos olhos de Julia. De seu amor. Foi seu presente de casamento. Ele o entregou a Julia na primeira noite que dormiram juntos e ela nunca o tirou, até o dia de sua morte, quando os bandidos que a mataram o roubaram. Ao caçá-los, o laird o recuperara e, desde então, nunca se separava dele, carregava-o sempre consigo. Tê-lo perto, dizia, fazia com que sentisse como se ela continuasse com ele.

Angela pegou o bracelete que seu pai lhe estendia, tocou a pedra verde com carinho, beijou-a e o pôs no pulso. Kieran os observava, comovido com a ternura que via entre eles. Sem dúvida, aquele homem tinha uma fraqueza por sua filha mais nova, e vice-versa.

Com deleite, seu olhar passeava pela jovem Angela. Ela era uma dama muito bela, ainda que, em outros momentos, fosse totalmente insuportável.

— A Sinclair é fresca demais e essa é chorona demais — sussurrou Louis ao seu lado.

— E desastrada — acrescentou Kieran, vendo-a tropeçar.

Ambos riram.

— Louis, esta noite ele não mencionou a Fada enigmática! Acho que essa sim deixou Kieran impressionado, concorda? — acrescentou Zac.

Os três riram, mas Kieran não respondeu. Estava ocupado demais contemplando a mais nova das Ferguson. Os cabelos selvagens e vermelhos compridos até a cintura, os olhos verdes, a linda boca e aquele narizinho arrebitado chamavam sua atenção. Sem dúvida, a filha de Kubrat, quando não choramingava, mesmo com aquele vestido gasto, era uma jovem muito desejável e bonita. Bastava ver como seus homens ou os de Steward a observavam para entender que ela era uma mulher que arrumada não passava despercebida.

O jantar foi muito bom. A cozinheira do castelo se esforçou para preparar algo delicioso com os ingredientes que tinha, e, sem dúvida, tinha conseguido.

Todos se divertiam. Kieran sorria para todas as damas do local, exceto para Angela, que não havia se dignado a olhar para ele nem uma única vez. Isso o incomodava. Ele era um homem a quem as mulheres sempre notavam, e ver que Angela não lhe dava atenção nem quando falava com ela o deixou contrariado. O que Kieran não sabia era que a jovem o observava disfarçadamente.

Quando o jantar terminou, vários homens começaram a tocar gaita. As sobrinhas de Evangelina foram as primeiras a ir dançar, e Jesse dançou com elas. Pouco depois foi a vez de algumas mulheres do castelo, convidadas por seus maridos, pelos Steward ou pelos guerreiros de Kieran se animarem a dançar.

Zac observou que alguns Steward dançavam com Sandra. Ficou irritado. E sem aguentar mais, aproximou-se da jovem que tanto chamava sua atenção e a tirou para dançar. Ela não hesitou e, com um sorriso encantador que o deixou todo aceso, aceitou.

Sentada ao lado do pai, Angela o via sorrir enquanto as pessoas se divertiam. Poucas vezes o rosto dele se iluminava de felicidade, e ela aproveitou o momento.

Riu ao ver Evangelina dançar com o marido, Olrach, e as gêmeas. Encantada, Angela batia palmas junto com o pai para acompanhar a música. Até que ele perguntou:

— Não vai dançar, filha?

— Mas eu nem parei de dançar, papai — disse ela.

Mas querendo que o pai conservasse aquele sorriso incrível o máximo de tempo possível, Angela olhou para o amigo Aston e lhe fez um gesto, e ele a convidou a dançar.

Ela aceitou com elegância. Começaram a dançar. Angela tinha ritmo e se movia com desenvoltura, sorrindo e se divertindo. Depois da primeira música, dançou a seguinte com Jesse Steward, e então com outros e outros. Pouco depois, de soslaio, viu Kieran e Louis dançando com Effie e Leslie. As pequenas, sentindo-se protagonistas, não paravam de sorrir. Angela olhava para elas encantada.

Em dado momento, seus olhos encontraram os de seu pai. Ao ver sua expressão, olhou para Cedric, que sentado a uma lateral do salão com Otto e Rory, não havia dançado com ninguém. E nem Davinia. Pobre Davinia. Ele só lhe permitia ficar sentada atrás dele, acompanhada do filho.

A festa prosseguia. Angela viu Kieran tirar Viesla, uma das mulheres mais jovens do castelo, para dançar. Não conseguia parar de olhar para ele e notou, como dizia seu pai, seu sorriso eterno e seu cavalheirismo.

Durante um bom tempo, o salão do castelo de Caerlaverock se encheu de risos, magia e música, e todos foram felizes.

Cansada e acalorada de tanto dançar, Angela foi falar com Sandra, mas ao vê-la entretida em uma conversa com Zac, dirigiu-se a uma das mesas de bebidas. Quando pegou uma caneca de cerveja, ouviu Cedric dizer:

— Angela, quero lhe apresentar Otto e Rory Steward. Ambos desejam conhecê-la, e, se possível, cortejá-la.

Depois de lançar ao cunhado um olhar de censura, ela fitou os dois homens. Se de longe davam medo, de perto eram ainda pior. Ver aquelas bocas desdentadas e sentir seu hálito rançoso fez seu estômago revirar. Afastando-se sem se importar com o que pensassem, disse:

— Com licença, meu pai está me chamando.

E saiu espavorida para o terraço dos fundos do salão para tomar ar.

Olhou o lindo céu coberto de estrelas, e isso a fez esquecer as intenções de seu cunhado. Levantou a caneca de cerveja e sussurrou, sorrindo:

— A você, mamãe.

Bebeu um gole. Logo ouviu passos atrás de si. Ao se virar, viu que se tratava do tal de Otto.

— O que está fazendo aqui tão sozinha? — perguntou ele.

— Precisava de ar fresco.

O homem sorriu, deu mais um passo em direção a ela e sussurrou:

— É o que você é: um doce e tentador sopro de ar fresco.

Angela, constrangida com o modo como ele a olhava, começou a se afastar.

— Eu já estava voltando para dentro.

Mas ele, estendendo a mão, interceptou-a.

— Creio que seu cunhado já comentou minhas intenções em relação a você, milady.

— Lamento dizer que as minhas não são as mesmas — replicou ela, disposta a deixar as coisas claras.

— Está me rejeitando?

— Sim. Agradeço o interesse, mas não aceitarei.

— Deveria pensar em minha proposta, ou...

— Ou o quê?

Contrariado diante da ousadia da jovem, o homem a empurrou, encostando-a na parede. Então, ouviu-se uma voz que dizia:

— Steward, afaste suas mãos sujas dela imediatamente.

Kieran estava parado diante deles. Otto, apesar do olhar furioso do outro, não se mexeu. O highlander insistiu, com calma:

— Não costumo repetir uma ordem.

Otto, vendo que a mão de Kieran estava no punho da espada, afastou-se dela sem dizer nada. E, lançando-lhe um olhar de censura, voltou imediatamente para a festa.

Já sozinhos, Angela respirou. Kieran perguntou, aproximando-se:

— Você está bem?

— Sim... sim...

— Não devia estar aqui sozinha, você sabe disso, não é?

— Estou em minha casa e me sinto segura — replicou ela.

— Segura?! — debochou Kieran.

Irada, ela levantou o queixo e respondeu:

— Sem dúvida, eu teria conseguido me livrar daquele homem.

Kieran soltou uma gargalhada diante da valentia dela.

— O que acha tão engraçado? — perguntou ela.

Aproximando-se, mas sem a tocar, ele sussurrou bem diante do rosto dela:

— Você é quem me diverte quando não vê o perigo.

Angela, mais tranquila com a presença dele, pensou em choramingar para assustá-lo, mas ela estava gostando do joguinho dele, e em especial de sua proximidade.

— Talvez o perigo, aqui e agora, sejam você e seus homens, não acha? — respondeu ela.

Com uma expressão arrogante, Kieran sorriu e, querendo demonstrar força e superioridade, pegou-a pela cintura e, tirando-lhe a caneca de cerveja das mãos, puxou-a para si e murmurou:

— Você não parecia tão respondona.

Angela tentou se afastar dele empurrando-o, mas era como lutar com um gigante. Sem sucesso, ergueu o queixo para olhá-lo nos olhos e sibilou, contendo sua fúria:

— Solte-me imediatamente!

— Milady, não negue, você morre de vontade de ter minha atenção.

Irritada e sem poder puxar a adaga que levava na bota, Angela soltou um gemido, dizendo:

— Você é um pretensioso arrogante.

Kieran soltou uma gargalhada. E, ao ver que ela ia começar a chorar, provocou:

— E você é uma chorona, desajeitada e insuportável.

Ela abriu a boca, pronta para lhe dizer coisas terríveis, mas, pensando bem, apertou os dentes e gemeu:

— Solte-me, já disse.

Kieran estava gostando daquele jogo mais do que jamais achara possível.

— Não — respondeu.

Angela bufou, contendo sua fúria.

— O'Hara, se não me soltar, vai se arrepender.

Kieran se inclinou para ficar mais perto e, em um tom baixo que a fez arfar, sussurrou:

— Chore, é o que você faz de melhor.

Angela ia protestar, mas ele a soltou, entregou-lhe a caneca de cerveja, deu meia-volta e foi embora.

Perturbada diante do acontecido, ela bebeu a cerveja. As mãos tremiam, e ainda sentia junto a seu corpo a possessividade e a masculinidade daquele homem.

12

Na manhã seguinte, extenuada depois de uma noite de pesadelos que a fizeram acordar encharcada de suor — tinha-os desde menina — Angela decidiu continuar dormindo. Estava precisando.

Sandra, que dormia com ela, sabia que abraçá-la e falar com ela com carinho a acalmava. Ciente da noite ruim que sua amiga havia passado, quando se levantou tentou não fazer barulho. Vestiu-se em silêncio e saiu do quarto. Quando Angela acordou, um pouco melhor, já era hora do almoço. Ela se levantou e se arrumou, mas, ao olhar pela janela, viu Kieran com seus homens. De repente, seu coração disparou.

O que estava acontecendo com ela?

Estava desconcertada, assimilando esse sentimento, quando a porta se abriu e Davinia apareceu. Ao vê-la, a irmã disse:

— Você não está com uma cara boa. Sandra me disse que não dormiu bem, é verdade?

Quando Angela assentiu, Davinia acrescentou:

— Vou mandar trazerem uma bandeja com sopa e cozido para você. Coma alguma coisa e volte a dormir, está bem?

Ela assentiu de novo. Quando Davinia se virou, Angela pegou-lhe o braço e sorriu, grata. Mas a irmã fez uma expressão de dor.

— O que foi? — perguntou Angela.

Recompondo-se depressa, Davinia balançou a cabeça e, segurando o braço direito, respondeu:

— Nada.

Sem lhe dar ouvidos, Angela afastou a mão da irmã e, ao erguer a manga do vestido, viu um hematoma enorme.

— O que aconteceu? — inquiriu.

Davinia não sabia o que responder.

— Cedric fez isso? — insistiu Angela, horrorizada.

— Não... Oh, não... o que está dizendo!

Os olhos de Davinia se encheram de lágrimas.

— Não acredito. Foi ele, não foi?

Por fim, ela assentiu, mas baixando depressa a manga do vestido, explicou:

— Foi sem querer. Estávamos conversando e...

— Sem querer nada, Davinia.

Ela tentou ir embora, mas Angela, segurando-a pela saia, murmurou:

— Eu sei que você não é feliz com Cedric. Ele nunca é carinhoso com você, nem você com ele, e eu vejo como ainda olha para Jesse. O que está acontecendo?

— Nada...

Angela cravou o olhar em Davinia e murmurou:

— Você nunca me disse por que se casou com Cedric e não com Jesse. Eu sei que você estava muito apaixonada por Jesse, e nunca entendi a mudança de última hora.

Sua irmã negou com a cabeça e simplesmente respondeu:

— Eu devo respeito a meu marido. Ele é meu senhor e...

— Davinia, o que está acontecendo?

Como não queria continuar falando, Davinia saiu do quarto, deixando Angela aturdida.

Um bom tempo depois, sentada no vão da janela, Angela comia enquanto observava o bosque, o seu bosque. Um lugar que ela adorava e odiava ao mesmo tempo. Observou os Steward de Jesse treinando. Sem dúvida, eles eram bons. De repente, viu Sandra caminhando pelo pátio do castelo em companhia de Zac, sorrindo com charme para ele.

Outra vez com ele? O que aquela insensata estava fazendo?

Queria descer para lhe dizer alguma coisa, mas não devia.

Quando dobraram a esquina do pátio, deixou de vê-los, mas, então, apareceu Kieran O'Hara caminhando sozinho e decidido. Ele foi até seu cavalo preto impressionante e, dando duas palmadinhas afetuosas no pescoço do animal, aproximou-se da cabeça dele para lhe dizer algo. O cavalo gostou desse gesto íntimo. Era a mesma coisa que ela fazia com sua égua Briosgaid, uma linda fêmea cor de canela escura que seu grande amigo William Shepard comprara para ela anos atrás e de quem ele cuidava como se fosse sua.

Da janela, viu também que laird O'Hara, depois de deixar o cavalo, brincava com as pequenas gêmeas, que se aproximavam correndo. Seu pai tinha razão: sua expressão terna e o jeito como sorria para elas demonstravam que Kieran gostava de crianças.

Davinia se aproximou com o pequeno John. Conversaram por alguns instantes, até que Kieran pegou o bebê no colo. Angela gostou de seu sorriso afetuoso e sorriu. Pouco depois, a irmã pegou John de novo e se afastou. Então, Kieran se virou e olhou para a janela de Angela.

Vendo-se descoberta, ela ficou sem fôlego e se agachou depressa, mas, ao fazer isso, bateu a testa. A pancada a fez cair para trás, e ela acabou sentada no chão.

— Maldição!

Como podia ser tão desajeitada?

Quando conseguiu se levantar, voltou discretamente para a janela e viu que O'Hara e seu cavalo já não estavam no pátio do castelo.

Angela se deitou na cama e decidiu dormir. Estava precisando.

Quando acordou, espreguiçou-se e decidiu ir ao riacho para se refrescar. Sem dizer nada a ninguém, saiu do quarto, então do castelo, e se dirigiu ao local. Ali não havia perigo.

Ao chegar, certificou-se de que ninguém a tinha seguido nem andava vagando pelos arredores. Aquele lugar era seu pequeno paraíso, aonde ela ia desde menina com as irmãs para se banhar. Feliz, ela sorriu enquanto se despia.

Instantes depois, ao mergulhar, uma exclamação de prazer saiu de sua boca. Sua mãe havia ensinado todos os irmãos a nadar desde bem pequenos, e ela desfrutava a sensação de liberdade que o momento lhe oferecia. Contente, começou a cantarolar.

Minha mente se turva
se me olhas e escutas
e meu coração se agita
quando vais e te afastas.

Tu me chamas, meu amor
sorrio e te beijo
Tu és minha vida
e eu já sabia.
E a cada manhã

> *tua flor nunca falta*
> *e ansiosa a espero*
> *e anseio teu beijo.*

Durante um bom tempo, ela ficou cantando as músicas que haviam tocado na festa da noite anterior. As que falavam de amor eram suas preferidas. Embora esse sentimento fosse novo para ela, a chegada de Kieran O'Hara a fazia entendê-las.

Era vê-lo e sua mente ficava turva, como dizia a letra. Era sentir seu cheiro e tremer. Era ouvi-lo e seu coração disparava. Sem dúvida, as canções agora a faziam ver coisas que nunca havia visto antes. E isso era bom, mas ao mesmo tempo a inquietava. Por que aquele homem a fazia sentir isso?

Quando se deu por satisfeita e foi sair da água, ficou em choque ao ver o cavalo de Kieran O'Hara aparecer. O animal sem cavaleiro foi até a margem do rio e começou a beber água ao lado das roupas de Angela.

O que o cavalo estava fazendo ali? E seu dono?

Não sabia se saía ou não e decidiu esperar que o animal fosse embora. Mas seu desespero cresceu quando de repente viu surgir o belo highlander de cabelos claros e sorriso encantador, que se sentou no chão ao lado de sua roupa.

Kieran, sabendo que ela estava ali, depois de localizá-la semioculta no mato, disse:

— Continue cantando, milady, você tem uma linda voz.

Horrorizada, Angela não respondeu, e ele insistiu:

— Esta é sua roupa?

Contrariada diante da pergunta impertinente, ela respondeu, controlando a irritação na voz:

— Tem alguma dúvida?

Kieran esboçou um sorriso. Ele a vira sair do castelo e decidira segui-la. Nunca imaginaria que veria o espetáculo que a jovem lhe oferecia. Escondido na mata, ele a vira se despir, nadar e cantar. Angela era uma jovem linda e desejável. E depois de vê-la nua, isso ficou ainda mais claro.

No início, ele pensou em partir, mas, diante do temor de que pudesse acontecer algo a ela, decidiu esperar. No entanto, sua impaciência aumentou ao perdê-la de vista na água e decidiu ir até a margem. Queria que ela soubesse que se ele a havia visto, qualquer outro poderia também.

— Saia da água, ou vai pegar uma pneumonia.

Nua e nervosa, Angela gemeu.

— Não... não... Oh, meu Deus!

Kieran comentou:

— Nunca conheci ninguém que dissesse tanto "Oh, meu Deus!" como você. Não se cansa de repetir isso?

Ela sorriu, mas no mesmo tom de voz, exclamou:

— Oh, meu Deus, não!

Achando graça, ele perguntou:

— O que está fazendo aqui sozinha?

— Estava me banhando.

— Não ficou claro ontem à noite que não deve andar sozinha?

Ela não respondeu.

— Aston e George não a protegem em um momento tão íntimo? — insistiu Kieran.

— Hoje não.

— Hoje? — perguntou ele, franzindo o cenho. — Por acaso em outros dias eles ficam aqui?

Pensando depressa, Angela disse:

— Como já viu, eles são meus fiéis acompanhantes, e...

— E vão com você a todo lado, mesmo que esteja nua como agora? — grunhiu ele, erguendo a voz.

— Não lhe interessa — replicou ela, incomodada com a conversa. — E quem pensa que é para me perguntar isso?

Durante vários segundos ambos permaneceram calados, enquanto Kieran recriminava a si mesmo. A garota tinha razão, por que estava perguntando aquilo? Por fim, preocupado com o fato de que ela pudesse pegar um resfriado, disse:

— Vamos, Angela, saia da água.

Ela gostou de ouvir seu nome na boca de Kieran. O modo como o dizia era agradável. Mas, com voz estridente, gritou:

— É escandaloso que me trate com tamanha liberdade. Como diria minha irmã Davinia, é indecoroso e não respeita as normas.

Ela ouviu o riso dele de novo, e logo o escutou dizer:

— Está bem, milady, vamos respeitar as normas. Saia da água.

Baixinho, ela respondeu:

— Faça o favor de virar de costas se quiser que eu saia.

— E me privar de contemplar seus encantos?

— Oh, meu Deus! Faça o favor de não ser tão descarado e indecoroso!

A cada segundo mais brincalhão, Kieran percebeu que adorava provocá-la. Perguntou:

— Por que está dizendo isso, milady?

— Porque estou nua, pelo amor de Deus.

Ele soltou uma gargalhada e sentiu-se tentado a dizer que já a havia visto nua, mas se calou.

— Vale se eu cobrir os olhos com as mãos?

— Oh, meu Deus, não!

O highlander voltou a rir. Sem dúvida, estava se divertindo. Angela, em tom lastimoso, disse:

— Tudo bem, senhor. Morrerei congelada e sobre sua consciência pesará minha morte terrível e agonizante.

— Oh, meu Deus! — debochou Kieran, fazendo-a rir.

Divertido, ele insistiu:

— Saia sem medo, milady. Eu já vi os encantos de muitas mulheres nuas. Não creio que vá me assustar ao vê-la.

Surpresa diante da pouca vergonha dele, ela respondeu, afinando a voz:

— Laird O'Hara, meu pai vai se aborrecer muito se eu lhe contar o que acabou de propor, especialmente depois do que aconteceu ontem à noite. O que está insinuando é imoral. E tenho certeza de que se Aston ou George souberem de suas palavras descabidas, vão matá-lo.

— Pelo amor de Deus, não me assuste — disse ele, morrendo de rir, e acrescentou: — Mas saiba que ninguém ergue sua espada contra mim sem sair ferido.

— Oh... pois, que eu saiba, você foi assaltado no bosque e não conseguiu erguer a espada contra ninguém, ou estou enganada?

Contrariado diante das palavras dela, ele foi responder quando ela, irônica, prosseguiu:

— Se bem me lembro, foi o bando de encapuzados que o salvou, não foi?

Com o cenho franzido ao ouvir a insinuação dela, Kieran respondeu:

— Seus amigos são jovens demais para que eu os tema, milady.

Angela, ao ver que ele não havia respondido ao que ela insinuara, replicou:

— Eles são muito bons com a espada.

— Melhor que eu?

Ao notar seu tom de voz, ela replicou, contrariada:

— Eu não o vi lutar, mas vi Aston e George, e eles são valentes e rápidos. Sem dúvida, os melhores do castelo.

Kieran sorriu e mordeu a língua para não ser sarcástico. Naquele castelo só havia mulheres e homens velhos demais para lutar, com exceção dos dois jovens a quem ela se referia. Então, ele se levantou e, dando-lhe as costas, disse:

— Tudo bem, já me convenceu da destreza desses dois rapazes. Mas, para resolver o problema que temos agora, digo que você tem pouco tempo para sair da água antes que eu me arrependa de meu ato de cavalheirismo e me vire. Decida se vai sair ou não.

Ao se certificar de que, de fato, ele não estava olhando, Angela correu para a margem, onde, de olho nos movimentos dele, começou a se vestir enquanto murmurava para fazê-lo ver como estava assustada:

— Oh, meu Deus... Oh, meu Deus...

Kieran soltou uma gargalhada. Na realidade, era muito respeitoso com as mulheres, embora aquela jovem acreditasse o contrário. Ele ainda não entendera sua reação com ela na noite anterior. De modo que esperou com paciência, até que, de repente, ouviu uma batida e, ao se virar, viu-a sentada no chão, mas vestida.

Segurando um dos pés, Angela olhava os dedos e rosnava:

— Acabei de chutar essa pedra. Que dor!

Kieran se agachou e viu que o dedinho dela estava vermelho e latejante. Ver sua carinha enrugada e como se queixava o fez sorrir e, sem dizer nada, pegou-a no colo. Angela protestou, mas ele não lhe deu ouvidos e a levou até uma área onde ainda batia sol.

— Na sombra vai sentir frio. Aqui, no sol, seu cabelo e corpo vão secar. Você está encharcada e tremendo — disse, soltando-a na relva.

Angela gostou da delicadeza de Kieran. Sem dúvida, ele era um verdadeiro cavalheiro quando queria. Mas surgiu em sua mente a atitude possessiva dele na noite anterior. Ficou acalorada. E pensar em como a havia beijado na gruta e a apertado contra si a fez soltar um inaudível gemido de prazer.

Sem notar o que passava pela cabeça dela, o laird se sentou ao seu lado. Olhando seu pé, perguntou:

— O dedo ainda dói?

Angela olhou o dedo e, quando foi responder, ele, contemplando-a, sussurrou:

— Que batida você deu na testa! — Ela sorriu, e Kieran acrescentou: — Você é sempre tão desajeitada?

Angela pensou em fazer biquinho e começar a chorar, era o que certamente ele esperava. Mas queria conversar com aquele homem antes de voltar a ser a filhinha tola de Ferguson. De modo que, dando de ombros, respondeu:

— Sim, com frequência sou muito... muito desajeitada.

Sem saber por que, Kieran estendeu a mão e, com delicadeza, tocou os lábios da garota. Angela, assustada, não se mexeu. Será que os reconhecera? Ela se deixou acariciar enquanto aproveitava a estranha intimidade entre eles. Até que, passados alguns segundos, ele retirou a mão.

— Por que ainda está tremendo? Tem medo de mim? — perguntou Kieran em voz baixa.

A pergunta a pegou de surpresa. Não era medo exatamente o que ela sentia.

— Estou com frio — murmurou.

Enfeitiçado pelos olhos claros dela, Kieran disse:

— Eu abraçaria você para aquecê-la, mas receio que considere o gesto muito descarado.

Fascinada com a proximidade dele e pelo que seu corpo pedia, Angela assentiu.

— Além de desonesto e atrevido — sussurrou.

O highlander soltou uma gargalhada que para ela tinha sabor de glória. Inconscientemente, Kieran revirou seu cabelo vermelho com tanta naturalidade que Angela não se incomodou.

A ternura que aquela jovem despertava nele era imensa. Fitando sua boca tão tentadora, ele esboçou um sorriso, mas se afastou dela antes de fazer uma bobagem. Aquela garota não era como as mulheres a que ele estava acostumado, e não devia tratá-la como tal.

— Que bom conversar com você sem que chore.

Angela sorriu, afastando o cabelo do rosto, mas não disse nada.

— Temos mesmo que continuar com tanta formalidade, milady? — perguntou Kieran. — Você sabe que me chamo Kieran e eu sei que você se chama Angela. Por que não nos chamamos pelo nome?

— Por decoro.

— Malditas regras! — rosnou ele.

Angela achou engraçado. Era o que sua mãe sempre dizia.

— O que você disse? — perguntou ela.

— Simplesmente disse "malditas regras!". De onde eu venho, as pessoas não têm tanta frescura. Lá, sendo você uma jovem solteira, seria Angela e nada mais. Mas já vejo que aqui você é...

— Angela — respondeu ela, interrompendo-o.

Kieran a olhou e assentiu com humor.

— Oh, meu Deus! — murmurou ele.

Ambos começaram a rir. Encantado, ele acrescentou:

— Será um prazer que me chame pelo nome. Combinado?
— Aham...
Essa resposta rápida e descontraída fez Kieran a fitar. Só outra mulher que ele conhecia respondia daquela maneira. Ao notar o olhar dele e se dar conta do que havia dito, Angela disse depressa com voz de boba:
— Só seremos informais agora. Quando voltarmos ao castelo, teremos que ter decoro e decência.
Kieran sorriu. Sem dúvida alguma, a mulher em quem ele pensava não se preocupava com decoro e decência. Olhando para a doce jovem a sua frente, respondeu:
— Tudo bem. Quando chegarmos ao castelo, será tudo como você quiser.
Sem dizer mais nada, Angela se deitou na relva para tomar sol e se secar. Seu coração batia enlouquecido. A força e a virilidade daquele homem a anulavam. De repente, ouviu-o dizer:
— Sabia que você tem uma linda voz?
Isso a tirou de seus pensamentos.
— Gosto daquela canção que você estava cantando, que fala sobre o coração que se agita. Poderia cantá-la de novo? — prosseguiu ele.
— Não.
Kieran sorriu diante de sua resposta categórica. Contemplando-a com aquele olhar diante do qual todas as mulheres sucumbiam, ele insistiu, com voz baixa e sensual:
— Por favor, bela entre as belas, você me faria muito feliz se cantasse.
Incapaz de resistir a seu charme, Angela o fitou e cantarolou:

Minha mente se turva
se me olhas e escutas
e meu coração se agita
quando vais e te afastas.
Tu me chamas, meu amor
sorrio e te beijo
Tu és minha vida
e eu já sabia.

E a cada manhã
tua flor nunca falta
e ansiosa a espero
e anseio teu beijo.

Ao terminar, Angela se calou, e Kieran aplaudiu.

— Que canção bonita! E sua voz é linda.

— Obrigada.

— Quem ensinou você a cantar?

— Minha mãe. Ela nos ensinou essa e outras canções.

Disfarçadamente, ela o olhou de soslaio e viu que ele a fitava. Inquieta, notou que o olhar dele começava em seu rosto, prosseguia por seu pescoço, seus seios e seguia seu percurso até os pés. Ficou excitada, acalorada.

Ela mordeu o lábio inferior para reprimir um gemido que brotou sem querer. Logo notou que ele se deitava ao seu lado e dizia:

— Tenho que me desculpar por meu comportamento rude ontem à noite durante a festa. Eu não costumo ser assim com as mulheres, e menos ainda com as bonitas e encantadoras.

— Está desculpado.

Com o coração disparado, ela tomou coragem e perguntou:

— É verdade que em suas terras existem muitas mulheres valentes?

Kieran pegou um pedacinho de grama, levou-a aos lábios e, com as mãos debaixo da cabeça, assentiu.

— Não tantas quanto gostaríamos, mas as que temos são verdadeiras guerreiras.

Angela sorriu. Adoraria visitar aquelas terras. E, se lembrando de algo, disse:

— Kieran...

Ao pronunciar seu nome, seu coração se acelerou, mas ela conseguiu continuar:

— Você falou da irmã de Zac, Megan. É esse o nome, não é?

— Sim.

E, disposta a descobrir o que queria, perguntou:

— Ela é tão guerreira como vocês dizem?

— Mais ainda. — Kieran riu ao pensar em sua grande amiga. — Ela é uma mulher forte e corajosa, que protege os seus com sua própria vida.

— Você a cortejou?

O highlander soltou uma gargalhada e, negando com a cabeça, respondeu:

— Quando eu a conheci ela já era mulher do laird Duncan McRae. Mas não tenho dúvidas de que se eu tivesse conhecido Megan antes, a teria cortejado. Ela é uma mulher muito especial.

Incomodada com a intimidade que Kieran demonstrava ao se referir àquela mulher, ela se deitou de lado, apoiada no quadril, para fitá-lo.

— A julgar por suas palavras, parece que você sente algo por ela.

Surpreso, Kieran a fitou. Pondo-se de lado também para ficar de frente para ela, disse, enquanto notava como o sol iluminava sua pele:

— Sabe, você não é a primeira pessoa que pensa isso. Mas não é nada disso, em absoluto. O que eu sinto por ela é um grande afeto e uma grande admiração. Megan é uma mulher incrível que soube conquistar o carinho e o respeito de todos, e nunca imaginaria alguma coisa além da amizade. Se há algo que valorizo nesta vida é a amizade, e ela é esposa de meu grande amigo Duncan. Eu nunca faria nada que pudesse incomodar a nenhum dos dois — e, sorrindo, sussurrou: — Também sinto uma grande admiração por Gillian, mulher de Niall McRae. Ambas são grandes amigas minhas, e embora tenham me metido em confusões para ajudá-las em momentos pontuais da vida, reconheço que faria tudo de novo mais um milhão de vezes.

— Elas são tão maravilhosas assim?

— Você nem imagina.

Ao vê-lo sorrir depois de responder, acrescentou:

— Do que está rindo?

Kieran estava imaginando a cara de suas amigas se conhecessem a jovem delicada que estava a sua frente, e respondeu com sinceridade:

— Do fato de que você e elas não têm nada a ver. Elas são mulheres habilidosas e guerreiras, e você é uma daminha chorona e desajeitada. Se elas a conhecessem, não duvido que a pressionariam para que não chorasse tanto e aprendesse a manejar a espada.

— Deus me livre — respondeu ela.

Mas, interiormente, Angela se gabou. Quanto gostaria de lhe mostrar que era como aquelas mulheres que ele acabara de descrever! Mas se conteve. Seu segredo tinha que continuar sendo segredo.

Conversaram descontraídos durante um bom tempo. Quando o sol começou a se esconder, Angela suspirou. Não podia parar de olhar os lábios dele. Ansiava beijá-lo. Tentando saber mais sobre ele, disse com um fio de voz:

— Posso perguntar uma coisa sem que me considere indiscreta?

— Pode — sorriu Kieran.

— É algo muito pessoal.

— Pergunte.

Disposta a tudo, Angela respirou fundo e disse:

— Alguma mulher especial está esperando por você em Kildrummy?

Surpreso com a pergunta, ele pensou em Susan Sinclair. Sem dúvida, ela esperava vê-lo com mais anseio que ele a ela. Respondeu:
— Sim.
A desilusão a dominou. Mas sem se deixar abater, insistiu:
— E ela também é uma brava guerreira como as mulheres de seus amigos?
Kieran soltou uma gargalhada. Susan não tinha nada a ver com Megan e Gillian.
— Ela é uma boa amazona e tem outras qualidades, como a beleza e os bons modos, mas não tem nada de guerreira — respondeu.
Angela gostou do esclarecimento, e continuou perguntando:
— Como se chama essa mulher que o espera?
— Susan Sinclair.
— E você a ama?
Um tanto desconcertado com tantas perguntas, Kieran franziu o cenho e replicou:
— Eu só conheço o amor que sinto por minha mãe. Não espero mais que isso.
— Vocês não trocam palavras de amor carinhosas?
— Como você faz com seu pai?
Contrariada com a ironia que viu no olhar dele, ela replicou:
— Meu pai é um homem carinhoso, que se dirige a nós com palavras cheias de amor e afeto. Como ele diz, são palavras que saem do coração, e eu concordo com ele.
Kieran, ao pensar que sua mãe dizia a mesma coisa, riu. E acrescentou, divertido:
— Palavras doces como "meu amor", "querida", "minha vida", "meu bem" não combinam comigo e minha condição de guerreiro.
— E com sua amada?
Ao pensar em Susan e em sua frieza, característica que sua mãe e seus amigos haviam destacado, ele respondeu:
— Susan é uma mulher bonita cheia de qualidades, e não precisa me dizer palavras doces. Tenho certeza de que ela pensa como eu nisso e em outros assuntos.
— Não acha insensível pensar assim? — inquiriu Angela, atônita.
Kieran negou com a cabeça.
— Não. Simplesmente sou prático. Quando nos casarmos, minha vida não mudará em nada, exceto que haverá outra mulher me esperando em Kildrummy, além de minha mãe. E, certamente, algumas crianças.

Ambos permaneceram em silêncio durante alguns segundos, até que ela voltou ao ataque.

— Posso perguntar outra coisa?

— Se não mencionar isso que você chama de "amor", claro.

A resposta dele a fez sorrir.

— Por que você e seus homens estavam acampados no bosque na noite em que foram assaltados?

Com um sorriso encantador, ele explicou:

— Estávamos voltando da abadia de Dundrennan. Por desejo expresso de minha mãe, faz meses que procuro meu irmão James, e nos avisaram de que havia um homem ferido lá e...

— Era ele?

Kieran negou com a cabeça.

— Não, não era ele. — E ao ver como a jovem o olhava, acrescentou: — Minha relação com James não é tão boa quanto a sua com suas irmãs. Digamos que ele decidiu seguir o mau caminho e que não concordo com o que faz.

— Eu... lamento — murmurou Angela ao ver o sorriso de Kieran desaparecer e seu cenho se franzir.

Mas, depois de alguns segundos em silêncio, voltou com as perguntas.

— Você acha que a mulher do bosque é valente?

— A Fada?!

Angela ia dizer "A-ham!", mas se conteve e só assentiu. Ao recordá-la, Kieran levou a mão ao galo da cabeça, deitou-se de costas e respondeu com voz mais íntima:

— Sem sombra de dúvidas. Vi isso por seu arrojo, sua ousadia e sua coragem. Só espero tornar a vê-la antes de voltar a Kildrummy.

Ela sorriu disfarçadamente e, embora ficasse triste com a iminente partida dele, afirmou:

— Faz bem em voltar para seu lar.

Não muito convencido, Kieran respondeu:

— Sim, os homens estão impacientes para voltar e ver as famílias.

— E você não está impaciente para ver Susan?

— Quer saber a verdade?

— Sempre — assentiu Angela.

Kieran suspirou e, inclinando a cabeça, disse:

— Quando estou com ela, gosto de seus lindos olhos, de seus gestos delicados e de seu lindo sorriso, mas, sabe de uma coisa? Minha mãe acha que ela é uma mulher fria, insensível com as pessoas ao seu redor e mimada pelos pais.

— E você concorda com lady Edwina?

— Sim. Concordo plenamente.

— E, mesmo assim, vai se casar com ela?

— Vou. — E ao ver o desconcerto no rosto de Angela, acrescentou: — Ela é uma mulher muito bonita, e, sem dúvida, serei invejado por muitos guerreiros.

Angela ficou pensativa. Não ia querer ter um marido assim.

Kieran a fitou à espera de outra pergunta, mas Angela permaneceu calada. Assim ficaram alguns minutos, até que ela anunciou:

— Preciso voltar ao castelo.

Levantando-se, Kieran a pegou pelo braço.

— Posso levar você em meu cavalo? Vamos para o mesmo lugar.

Angela olhou para o cavalo. Morria de vontade de montá-lo. Era lindo e enorme, mas adotando uma atitude temerosa, balbuciou:

— Não... eu... melhor não.

Sem soltar-lhe o braço, Kieran insistiu:

— Vamos, confie em mim.

— Não.

Puxando-a levemente, ele se agachou um pouco para ficar da altura dela e sussurrou:

— Sou maior e mais forte que você. Por acaso ontem à noite isso não ficou claro? Além do mais, posso obrigá-la.

Disso não havia a menor dúvida. Angela era pequena e delicada, e ele era uma cabeça maior que ela. Fazendo-se de comportada, ela tentou se afastar, mas tropeçou. Kieran a amparou para que não caísse, e ela acabou com o nariz enterrado no peito dele. Percebeu que ele ria, ela levantou os olhos para fitá-lo.

— Vamos, não seja criança. Eu disse que a levo.

— Não sou uma criança, sou uma mulher.

Kieran soltou uma gargalhada.

— Sinto dizer que se comparar você com o tipo de mulher a que estou acostumado, você para mim é um doce bebê.

Contrariada diante do comentário, ela tentou se soltar dele, mas foi inútil.

— Por que está brava? — perguntou ele. — Por acaso você não é uma doce e tímida daminha?

Angela não disse nada.

— Se digo que para mim, ou para muitos homens, você é um doce bebê, é porque minha intuição me diz que você é inexperiente na arte do amor e da sedução, não é? — esclareceu ele.

Acalorada devido às palavras dele, ela se abanou com a mão. Com uma expressão divertida, Kieran debochou:

— Eu agradeceria se você não dissesse "Oh, meu Deus!", e se não chorasse.

Angela sorriu. E, afastando o cabelo do rosto, respondeu:

— Não tenho experiência nisso que está dizendo, mas...

— Já beijou alguma vez?

Boquiaberta diante da pergunta, ela afirmou:

— Claro. Tenho uma família que adoro beijar.

— Não estou falando desses beijos, Angela — sussurrou ele em um tom de voz íntimo. — Estou falando de outros beijos diferentes. De beijos de paixão, ardentes e possessivos.

Enfeitiçada por aquela conversa que a estava fazendo sentir algo entre as pernas, coisa que nunca havia sentido, ela negou com a cabeça e mentiu, recordando os beijos que haviam trocado.

— Esse tipo de beijo ainda não.

Kieran gostou de saber. Tocando com afeto a ponta do nariz dela, disse:

— Ouça o que eu digo: guarde esse outro tipo de beijo para quem a atrair.

— Você os guarda para Susan Sinclair?

Surpreso diante de uma pergunta tão descarada, ele a fitou e respondeu:

— Não. Mas procure não sucumbir a homens como eu, ou...

— Você é tão ruim assim?

Kieran negou com a cabeça e, bem-humorado, explicou:

— Não sou ruim. Sou só um homem experiente que gosta de mulheres e de satisfazer seus próprios desejos e os de quem estiver comigo. — Ao ver como ela o fitava, acrescentou: — Homens como eu, quando beijam, sabem muito bem o que querem fazer e dar em troca.

— Certamente deseja o mesmo que Otto Steward desejava ontem à noite, não é?

Kieran ficou tenso.

— Comparar-me àquele tosco não é agradável, mas sim, Angela, há certas coisas que você não sabe e que, sem dúvida, qualquer homem, seja Steward ou O'Hara, desejaria de você.

Acalorada diante daquela conversa tão íntima com um quase desconhecido, Angela sentiu a respiração se acelerar. O que ela sentia cada vez que o via certamente era desejo, fogo, calor. Deixando-se levar, ela disse:

— Posso lhe perguntar mais uma coisa?

— Você é muito perguntona, não é? — observou ele, divertido.

Angela sorriu e, deixando-o totalmente atônito, perguntou:

— Você acabou de dizer que não guarda seus beijos possessivos para Susan Sinclair, não é isso?

— Sim.

Ciente da loucura que ia dizer, ela fechou os olhos e disse de um fôlego só:

— Então, se eu pedisse, você me beijaria?

Kieran a olhou, surpreso. Aquela garota tímida o estava provocando? Estava se oferecendo?

Com deleite, ele olhou aqueles lábios que desde o início haviam lhe chamado a atenção, depois para seus olhos doces. E convencendo-se de que não devia fazer o que sua virilha lhe pedia, passou a mão pelo cabelo e respondeu:

— Não.

— Por quê?

Surpreso diante da insistência dela, ele franziu o cenho e disse:

— Angela, pense no decoro. Você é uma donzela inocente, e...

— E se eu pedir para você me ensinar?

Incrédulo ao ver que a doce e terna Angela queria continuar com aquela conversa, sussurrou:

— Agora sou eu quem diz "Oh, meu Deus!".

Divertida ao vê-lo pela primeira vez tão desarmado, ela deu um passo à frente. Decidida a atingir seu objetivo, disse:

— Sei que esta conversa é indecorosa e o que estou pedindo também, mas eu nunca beijei um homem apaixonadamente. E já que você é especialista em mulheres e eu gosto de você...

— Gosta de mim?

Ao ver seu sorrisinho de conquistador diante dessa descoberta, Angela revirou os olhos e respondeu:

— Você sabe muito bem que é um homem muito bonito que agrada às mulheres. Não seja bobo e impertinente!

Kieran soltou uma gargalhada.

— Acabei de pedir um beijo. Tudo bem, minha proposta é pecaminosa, além de terrivelmente descarada, indecente e atrevida, mas seria um segredo nosso. Ninguém precisa saber, nem mesmo Susan — insistiu ela.

Incrédulo, ele a fitou. Ela era uma jovem desejável, apesar de sua choramingação tola. Mas não devia fazer o que ela lhe pedia. Sem sombra de dúvida, aquela garota merecia um lindo beijo de amor para recordar a vida inteira, e isso ele não podia lhe dar.

— Não, Angela. Sinto muito, mas não.

— Você não me acha nem um pouco desejável? — disse ela, fazendo um biquinho.

— Não, não é isso. E não se atreva a choramingar.

Com maestria, ela fez o queixo tremer e balançou a cabeça.

— Tudo bem... você me rejeitou.

Apesar dos impulsos que sentia diante da insistência dela, ele se manteve firme e respondeu:

— Interprete como quiser.

— Eu não aceito a rejeição muito bem.

— Pois vá aprendendo que nesta vida nem tudo é possível.

Angela o fitou. Se havia alguém que sabia que na vida nem tudo é possível, era ela.

— Você acabou de fazer eu me sentir feia, horrorosa, pouco desejável, imperfeita, desagradável e...

— O que está dizendo, mulher? — grunhiu ele ao escutá-la. — Eu não disse nada disso.

— Isso é o que a sua rejeição me faz sentir.

Desesperada para tornar a sentir os lábios dele, ao ver que ele a olhava, provocou-o com raiva:

— Aposto que um Steward não desperdiçaria essa oportunidade.

Essas palavras o incomodaram. Depois de olhar para ela com expressão séria, sibilou:

— Seu primeiro beijo deveria ser com o homem que no futuro seja dono de seu corpo e de sua paixão.

Ouvir isso a deixou ainda mais acalorada. Angela não sabia o que era paixão, nem o que estava acontecendo com ela, mas sabia que ansiava ser beijada por aquele homem, porque gostava muito dele. E em um afã desesperado de chamar sua atenção, apertou os punhos e rosnou, sem se deixar levar pela fúria que sentia:

— Se eu fosse a mulher do bosque, a tal de Fada, você me beijaria?

— Sim — afirmou Kieran sem hesitar.
— Por quê?
— Porque ela não é você.

Afrontada com aquilo, ela foi protestar quando ele acrescentou, fitando-a nos olhos:

— Ouça, Angela. A Fada é uma guerreira e, pelo pouco que sei dela, minha intuição me diz que é uma mulher experimentada na arte do amor, acostumada a dar e receber prazer, e você é justamente o contrário. Você deve guardar sua virtude, seus beijos e seu amor para o homem com quem se casar.

— Então, acha que essa mulher não tem virtude, e que ela entrega seus beijos e seu amor a qualquer um?

Cada vez mais confuso com aquela estranha conversa, ele respondeu:

— Você é inexperiente, por isso não me entende. Talvez no dia em que...
— Kieran, beije-me — exigiu ela, cravando os olhos nele.

Surpreso com seu tom de voz, seu olhar e sua ordem, o highlander murmurou:

— Você é uma descarada, Angela Ferguson.

Ela sorriu.

— Eu sei.

Esse sorriso acelerou seu coração. Deixou-o cativado, enfeitiçado. E ele notou que seu corpo e sua força de vontade estavam fraquejando.

Esse "Kieran, beije-me" e o "eu sei", com aquela voz íntima, deixaram-no louco. Ele fechou os olhos e tentou recuperar o autocontrole, quando sentiu que ela dava um passo para se aproximar ainda mais.

Aquilo era uma loucura. Não devia beijar essa jovem. Ela era inocente demais para saber o que estava lhe pedindo. Mas, quando abriu os olhos e a viu, só pôde murmurar:

— Tem certeza, Angela?

Embriagada como nunca na vida pelo magnetismo dele, e tomada por uma onda de luxúria, ela respondeu com um fio de voz, deixando-se levar:

— Sim... querido.

Kieran a advertiu com voz rouca:

— Não sou seu querido. Não me chame assim.

Ciente de sua mancada, Angela assentiu.

— Ui... perdão, que ideia a minha.

Sem afastar o olhar, ele perguntou:

— Ainda quer que a beije?

Esquecendo o certo ou errado, Angela assentiu. E Kieran, passando os braços pela cintura dela, apertou-a possessivo contra si. Ela deu um gritinho. Ao ouvi-lo, Kieran sussurrou:

— Um beijo ardente, possessivo e apaixonado é composto de três partes, minha estimada Angela. A primeira, aproximar os lábios e sentir sua suavidade. A segunda, abri-los para receber a pessoa que deseja beijá-la. E a terceira, deixar-se levar pelo desejo. Entendeu?

Angela, acalorada como nunca na vida, assentiu, e ele prosseguiu:

— Um beijo como o que vamos dar agora é para dar e receber prazer. Ainda quer que eu continue?

Sem hesitar, Angela assentiu e, ficando na ponta dos pés, levou os lábios aos dele e os roçou com delicadeza, murmurando:

— A primeira parte é assim, não é?

Ao senti-la, Kieran fechou os olhos. O que aquela descarada estava fazendo?

Mas, sem poder deter o que desejava e seu corpo pedia, roçando a boca de Angela, afirmou com voz rouca e cheia de luxúria:

— Sim, minha vida.

Ao ouvi-lo chamá-la assim, Angela ficou arrepiada.

Sem perceber, ele havia dito aquelas palavras carinhosas que tanto significavam para ela. Isso a deixou encantada, mas ele pareceu não notar.

O toque, o atrito, deu lugar à segunda parte do beijo. Quando ele viu que ela abria os lábios, convidando-o a tomá-los, introduziu a língua com delicadeza e a mexeu, até que Angela gemeu. Enlouquecido, ele não parou, saboreando seu gosto maravilhoso. Um novo gemido dela o deixou louco. Sem fechar os olhos, ele observava a jovem.

Vê-la totalmente entregue a ele provocou-lhe tal excitação, que depois de tirar a língua de sua boca, sussurrou:

— Isso mesmo, minha querida Angela. Agora, introduza sua língua em minha boca.

Sem abrir os olhos, totalmente imersa no momento, ela lhe atendeu. Ainda recordava o beijo que ele havia lhe dado na gruta. Havia sido seu primeiro beijo de paixão com um homem e, embora o houvesse desfrutado, o de agora desfrutaria muito mais.

O contato havia lhe provocado um estranho ardor interno que a fazia querer mais e mais. Só esperava que Kieran não notasse que era a mesma boca, a mesma língua e o mesmo sabor da mulher da gruta. Da Fada.

Extasiada e excitada, ela pôs a língua na boca de Kieran. Soltando um gemido prazeroso devido ao calor que a inundava, buscou a língua dele.

O highlander, alterado devido à fogosidade dela, sem hesitar, aprofundou o beijo, apertando-a mais contra seu corpo e erguendo-a para beijá-la com mais conforto.

A paixão fervia entre os dois, e Angela, esquecendo o decoro, pendurou-se no pescoço dele e se entregou totalmente.

Durante vários minutos se beijaram sem reservas, sem barreiras. Kieran, com ela nos braços, baixou as mãos até seu traseiro para segurá-la e o apertou. Essa nova intimidade fez a boca de Angela tremer depois de um gemido assustado, e então, ele parou. Não devia prosseguir.

Deixando-a no chão, deu um passo para trás, enquanto ela o fitava com a respiração entrecortada. Não havia dúvida de que aquilo era totalmente novo para a jovem. Tentando não se deixar levar pelo que os desejos mais carnais exigiam, ele sussurrou, fitando-a:

— Isso é um beijo ardente, possessivo e apaixonado, Angela.

Ainda incrédula diante do que havia acabado de fazer, ela queria prosseguir. Kieran leu isso em seu olhar e negou com a cabeça, enquanto ela respirava agitadamente. Com integridade, ele se controlou para não lhe arrancar a roupa, jogá-la na relva e possuí-la com ferocidade. Sua virilha pulsante pedia isso, mas sua cabeça o alertava de que não devia continuar.

Por fim, ele decidiu ouvir sua cabeça. Não podia, não devia prosseguir com aquilo. Ele era um homem honrado e nunca defloraria uma jovem tão delicada como Angela, menos ainda à força.

Se havia algo de que Kieran gostava eram das mulheres. Desfrutava-as com verdadeira paixão, mas desde que se oferecessem e estivessem de acordo. Odiava homens que as forçavam a fazer o que elas não queriam. Ele não era assim, e nunca seria.

Os dois se encaravam com a respiração entrecortada. Ambos sabiam o que os corpos queriam, mas Kieran negou com a cabeça.

— Não, Angela, não vou continuar.

Para acabar com o momento, montou com agilidade em seu cavalo, inclinou-se e, como se ela fosse uma pena, sentou-a diante de si.

Angela, ainda abalada pelo beijo e pelo que seu corpo pedia aos gritos, pestanejou e, quando se viu sobre o cavalo, apesar do prazer que sentia, murmurou:

— Oh, meu Deus... Oh, meu Deus...

Ouvindo-a, Kieran relaxou. Tinham que esquecer o que havia acontecido. E, aproximando-se dela, ele disse:

— Ouça e relaxe.

— Oh, meu Deus...

Obrigando-a a olhar para ele, explicou, controlando seus desejos mais selvagens:

— Há duas maneiras de montar a cavalo: com uma perna de cada lado, como estou eu, ou de lado, como você. Como prefere?

— Não... Não... consigo... me mexer.

Achando graça, ele disse, firme:

— Muito bem, de lado, então. Vou segurá-la.

Kieran passou os braços ao redor da cintura dela, pegou as rédeas do cavalo e sussurrou:

— Calma. Não a deixarei cair.

Com o coração batendo forte e o sabor dele ainda na boca, Angela suspirou. Desejando tocar-lhe as mãos calejadas, pôs as suas em cima das dele. Precisava tocá-lo. Sua pele era tão quente como sua boca. Ela gostou. Então, o cavalo começou a se movimentar.

— Calma — repetiu Kieran. — Confie em mim e em Caraid.

— Caraid?!

Enquanto o animal avançava com docilidade, ele explicou:

— Caraid é meu fiel cavalo e, como indica seu nome em gaélico, meu amigo.

Angela assentiu.

— Confia tanto assim nele? — perguntou ela, com voz trêmula.

— Confio em Caraid tanto quanto ele confia em mim.

Ainda acalorada, Angela sorriu. Sem dúvida, o que acontecera lhe deixaria uma linda recordação de Kieran O'Hara. Mas ela também sabia que seu coração sentiria saudades dele quando voltasse para suas terras.

O que havia começado como um encontro um tanto constrangedor no rio se transformara em algo prazeroso para ela. Beijara-o de novo, e ele não se dera conta de que era a mesma mulher da gruta.

O movimento do cavalo fazia com que se roçassem o tempo todo. Angela pôde notar a força de seu corpo e desfrutar de sua proteção. Sem dúvida, era um homem passional e desejou conhecê-lo mais. Mas logo se censurou por pensar assim. O que estava fazendo? Quando chegasse a Kildrummy, ele se casaria com a tal de Susan Sinclair.

Por sua vez, Kieran, surpreso com o que havia acontecido, não conseguia parar de pensar naquele beijo. O sabor, o cheiro, a entrega de Angela. Ela era deliciosa, suave, tentadora. Nada a ver com a frieza da mulher que o esperava, apesar de que Susan superava Angela em beleza.

Havia sido um beijo delicioso, incrível, espetacular, e notara algo familiar nela que não conseguia entender o que era. Enquanto cavalgavam, percebeu que gostava de tê-la sentada diante de si, de rodeá-la com os braços. Balançou a cabeça, confuso. Angela era doce, suave e, sem dúvida, embora não parecesse devido às constantes lamúrias, podia se entregar a um homem com paixão. De repente, ela passara a ser algo mais que a tímida mocinha que parecia, e isso o excitou e o fez querer possuí-la.

O que estava pensando?

Cada vez que os corpos se roçavam, ele sentia sua virilha endurecer. Os pensamentos ardentes, o que havia acontecido e a presença dela o estavam deixando louco. Para que a jovem não notasse o que estava acontecendo, ele pegou o *plaid* verde de seu clã, que estava amarrado no cavalo, e o colocou entre os dois. Não queria assustá-la e fazê-la cair da sela. Conhecendo-a, sabia que se ela percebesse aquilo, pularia aterrorizada.

Angela não podia parar de pensar no que havia acontecido. Kieran tinha uma mulher o esperando, o que estava fazendo? Mas seu corpo inteiro estremecia ao recordar a suavidade dos lábios, da língua e, em particular, da atitude possessiva do highlander. Oh, Deus, fora a coisa mais excitante que ela já fizera em toda sua vida.

Desejou repetir. Mas pedir-lhe de novo seria descarado demais. No fim, decidiu utilizar um truque que sua irmã Davinia deixara escapar um dia, que usara para roubar um beijo de Jesse quando ele era seu pretendente.

Sem hesitar, Angela esperou que Kieran falasse algo em seu ouvido e, quando o sentiu perto, virou-se repentinamente para trás e seus lábios se encontraram de novo.

Kieran conhecia esse truquezinho das damas que Susan tanto utilizava quando a visitava em Aberdeen. Mas queria possuir de novo os lábios de Angela, de modo que pegou com cuidado seu queixo e, parando o cavalo, ajeitou-a para ter melhor acesso e beijou-a de novo.

Com uma mão na nuca de Angela, devorou-a como um lobo faminto enquanto ela rodeava o pescoço dele com os braços e o devorava também. E o que havia começado como um beijo tímido se transformou em algo apaixonado e descomunal.

Kieran a segurava com força para que não caísse, enquanto pensava se a descia do cavalo e continuava aquela loucura no chão. Sem dúvida, ela o estava fazendo perder o juízo. Desejava beijar-lhe os seios, tocá-los, desfrutá-los. Mas tudo acabou quando, involuntariamente, ela pousou a mão na virilha de Kieran e notou o que ele tentava esconder.

Com os olhos arregalados, ela afastou a boca da dele e, imaginando o que era aquilo, murmurou:

— Oh, meu Deus...

— Exato, Angela, oh, meu Deus! — disse ele, fitando-a. E, sem deixar que se afastasse, sussurrou sobre sua boca: — Isso é o resultado do desejo que um beijo assim provoca, e se continuar me beijando desse jeito, acabaremos descendo do cavalo para fazer coisas que uma jovem inocente como você jamais poderia imaginar.

A expressão dela se contraiu e, de repente, Kieran notou seus olhos assustados e seus lábios trêmulos. Sem dúvida, a magia havia desaparecido. Então, retomando o controle de seu corpo e de sua mente, sentou-se como estava segundos antes e acrescentou:

— Mas, fique tranquila, Angela, sou um homem que sabe quando parar. E este é o momento de parar, antes que nós dois nos arrependamos.

E, dito isso, incitou o cavalo, que começou a andar de novo a um passo mais rápido. Kieran queria chegar o quanto antes. Angela não se virou mais, e quando avistaram o castelo, a decepção se apoderou dela. Que raiva, já estavam chegando!

Ao chegar aos arredores, ela notou vários Steward se virarem e a fitarem com olhar sombrio. Vislumbrou entre eles Otto, ao lado de seu cunhado e do amigo deste chamado Rory. Quando entrou no pátio, as pessoas do castelo a fitaram. Ela em um cavalo?

Angela, ao ver a expressão de desconcerto de todos, franziu o cenho e fez cara de desgosto, mas quase começou a rir quando viu Sandra, Aston e George. Ao vê-la em cima daquele enorme animal em companhia do laird Kieran O'Hara, dirigiram-se depressa para ela.

— Sua quase irmã e seus guardiões já estão vindo salvá-la de mim — disse Kieran.

Angela achou engraçado o comentário. Quando Kieran falava de Aston e George usava um tom contrariado, e ela gostava disso. A fim de estender aquele íntimo momento um pouco mais, apertando-se contra seu peito, pediu:

— Segure-me, pelo amor de Deus.

Kieran sorriu e a segurou com força. Não podia negar que a inocência dela era engraçada. Quando o cavalo parou, sussurrou em seu ouvido:

— Como prometi, Caraid e eu a trouxemos sã e salva. Agora não se mexa. Vou desmontar, e depois a ajudarei a descer com cuidado.

Kieran deu um pulo e desmontou. Olhou-a de baixo e, antes que dissesse qualquer coisa, ela se jogou em seus braços e bateram a cabeça.

Apesar da pancada, ele a segurou com força contra seu peito e, com sua boca a poucos centímetros da dela, protestou:

— Eu disse para não se mexer, Angela.

— Eu sei — gemeu ela enfeitiçada.

Durante alguns instantes ficaram se olhando nos olhos. O que havia acontecido entre eles estava latente. Angela aspirou o hálito dele e vice-versa, mas quando estava prestes a beijá-lo de novo, Kieran a deixou no chão. E, afastando-se, disse:

— Milady, já está em sua casa sã e salva.

Nesse instante, Sandra exclamou:

— Pelo amor de Deus, você está bem?

— Estávamos preocupados com você — comentou George.

Sem poder afastar seu olhar de Kieran, que continuava a observando, ela fez um beicinho e ele deu uma piscadinha. Isso a fez reagir e, soltando um gemido, levou as mãos à boca e soluçou dramaticamente:

— Foi horrível andar nesse cavalo infernal com esse homem.

Kieran a fitou desconcertado. Por que estava dizendo isso, se ele achava que havia sido o contrário? Sandra segurou o riso e, olhando para o highlander, sibilou:

— Por acaso não sabe que ela tem medo de cavalos?

Zac, que nesse momento se aproximava, ao ouvi-la replicou:

— Por acaso acha que temos que saber de tudo?

— Oh, Angela... — Sandra abraçou a amiga. — Você está muito pálida.

Ela levou a mão trêmula à testa e murmurou, enquanto se afastava acompanhada de seus dois guardiões:

— Preciso descansar. Acho... acho que vou vomitar.

Kieran, surpreso diante do melodrama, observou-a se afastar. Como aquela dama trêmula podia ser a mesma jovem apaixonada que o havia beijado e quase o feito perder a razão?

Louis se aproximou dele e perguntou, achando graça:

— Que ideia foi essa?

Pegando as rédeas do cavalo, Kieran grunhiu:

— Sinceramente, ainda não sei.

À noite, quando Kieran voltou ao bosque para dormir, esperou durante horas a chegada da mulher encapuzada, enquanto pensava no que acontecera com Angela, sem saber que as duas eram a mesma pessoa. Enquanto isso, ela olhava para o bosque da janela do castelo, tentando acalmar seu coração agitado.

13

Ao amanhecer do dia seguinte, os Murray apareceram escoltando a mãe de Sandra. Ao vê-los chegar, a jovem se desesperou. Teria que partir para Carlisle com eles imediatamente.

Inconsolável, ela chorava na cama da amiga quando Angela, abraçando-a, murmurou:

— Calma. Tenho certeza de que...

— Meus avós vão infernizar nossa vida, e... e...

Angela só podia abraçá-la. Não podiam fazer nada contra a iminente partida, salvo arrumar a bagagem e aproveitar os últimos momentos que lhes restavam juntas.

Depois do almoço, Angela se despedia dela às portas do castelo, enquanto os cavalariços carregavam o baú com suas roupas.

Kieran, Zac e Louis, que nesse instante saíam com seus cavalos, olharam para as jovens e Zac parou sua cavalgadura.

— Vamos, Zac — disse Kieran.

Mas o jovem não lhe deu ouvidos, e Louis sussurrou:

— Pelo que ouvi, seus avós ingleses exigiram que ela fosse viver em Carlisle com eles. Suponho que acabará casada com um inglês fino e fedido como ela.

— Embora não me agrade dizer, eu também sou meio inglês, Louis — interveio Zac. — Não esqueça.

E, dito isso, conduziu o cavalo até as jovens a passo lento.

Quando chegou a elas, sem desmontar, anunciou com voz séria:

— Sandra, vim lhe desejar uma boa viagem.

Ela, fitando-o com os olhos inchados de tanto chorar, tentou sorrir, mas foi impossível: um soluço fez seu corpo se encolher e uma lágrima rolou por sua face. Essa dor tão íntima, tão delicada, tão sofrida da garota comoveu o coração de Zac. Desmontando, ele se aproximou dela, diante do espanto de Angela e, enxugando uma lágrima com o polegar, pediu em voz baixa:

— Não chore, por favor.

Sandra assentiu com sinceridade.

— Não quero chorar, mas... mas não consigo parar.

Zac esboçou um sorriso e, cravando seus olhos nela, acrescentou:

— Quero que saiba, Sandra Murray, que eu adoraria conhecê-la em outras circunstâncias.

Ela, engolindo o nó de emoções que sentia, assentiu e respondeu com um fio de voz:

— Digo o mesmo, Zac Phillips.

O jovem, comovido com o tom triste dela, tão diferente do alegre e vivaz de outras ocasiões, ao ver em uma lateral do castelo um canteiro de flores, olhou para Angela e perguntou:

— Posso?

Ao entender o que ele queria fazer, ela assentiu e trocou um olhar com Kieran. Ele piscou para ela. Zac foi até as flores e arrancou uma. Sem perder tempo, diante do olhar atento de mais pessoas do que ele gostaria, aproximou-se da jovem e, entregando a flor, disse:

— Uma flor para outra flor.

Sandra o fitou. Era a mesma coisa que ele havia dito dias antes, quando a encontrou no campo.

Zac, sem deixar de fitá-la, murmurou:

— Sorria, é cor de laranja, sua preferida.

Sandra queria chorar mais e mais, mas Angela, fitando-a, disse:

— Que delicadeza ele se lembrar de sua cor preferida, não acha?

A jovem assentiu e, quando foi pegar a flor, Zac segurou a mão dela na sua e sussurrou:

— Farei todo o possível para que nossos destinos voltem a se encontrar. — E em um tom íntimo, fitando-a nos olhos, acrescentou: — Não a esquecerei.

Dito isso, levou a mão dela à boca e a beijou com delicadeza e cavalheirismo. Exatamente como seu cunhado, Duncan, sempre lhe havia dito que devia fazer com uma jovem que lhe interessasse. Depois de fitá-la por alguns segundos, cravou os olhos em Angela, montou em seu cavalo e se afastou.

Kieran e Louis sorriram ao vê-lo. Sem dúvida, aquela garota havia impressionado o jovem guerreiro mais do que eles haviam notado.

Depois de mil beijos e abraços, a comitiva que escoltava Sandra e sua mãe saiu pelas portas do castelo, e a tristeza pela partida de sua amiga fez Angela chorar, dessa vez de verdade.

À noite, antes de ir para o quarto, Angela olhou para seu grande amigo Aston. Fez um sinal, e ele entendeu o que ela queria dizer. Nos aposentos da jovem, que haviam sido de seus pais antes, existia uma passagem secreta no chão. Quando laird Ferguson decidiu mudar de aposentos depois da morte de sua mulher, ordenou que essa porta de saída do castelo fosse lacrada. E assim ficou durante anos, até que, um dia, William comentou sobre ela com Angela, que, com a ajuda deles, a reabriu.

Dava para um túnel escuro e sujo que passava por baixo do fosso que cercava o castelo, e levava a uma das grutas do bosque. Era por ali que Angela sempre saía para se juntar aos Shepard. Quando a lua crescente estava no alto da segunda torre, Aston a viu sair da gruta e perguntou:

— O que foi?

Ela, tirando a saia que usava sobre a calça de couro, ao ver seu cavalo pronto sussurrou:

— Simplesmente quero passear. Sinto falta de Sandra.

— Está louca? Os Steward e os O'Hara estão no bosque, por acaso quer que a descubram?

— Não vão descobrir — afirmou ela.

Aston, tentando tirar a ideia da cabeça dela, insistiu:

— A noite está escura demais para você andar a cavalo, não acha, Angela?

Ela negou com a cabeça e respondeu, melancólica:

— É o melhor momento para que ninguém me veja.

O jovem assentiu, ela tinha razão. E, fitando-a, comentou:

— Angela, quero falar com você sobre uma coisa.

Ansiosa para montar sua égua e cavalgar, ela perguntou:

— Não pode esperar eu voltar?

Depois de pensar um instante, Aston assentiu e lhe entregou as rédeas da égua. Ela tirou uma capa do alforje e a vestiu.

— Olá, Briosgaid — cumprimentou ela —, estava com saudades, bonita.

A égua balançou a cabeça e Angela sorriu. A seguir, montou com destreza e, olhando para Aston, que a observava, disse:

— Preciso de um pouco de solidão. Espere-me aqui, volto logo.

Preocupado, ele murmurou:

— Você não deveria ir sozinha. Se meu pai souber que a deixei fazer isso, vai ficar bravo...

— Seu pai não vai saber.

Dando-se por vencido, o rapaz se sentou em uma rocha para esperá-la. Angela incitou sua égua e esta adentrou o bosque, longe dos Steward. Inconscientemente, ela foi indo para onde seu coração a guiava. Para Kieran O'Hara.

Oculta na escuridão, ela o viu conversar com seus homens em volta do fogo. Durante um bom tempo esperou que se afastasse deles e, então, caminhou em silêncio para onde ele se dirigia para descansar. Quando o viu se sentar com as costas apoiadas em um tronco, Angela, que conhecia o bosque como a palma de sua mão, aproximou-se por trás e murmurou:

— O'Hara, você deve ir embora.

Ao ouvir a voz, ele esboçou um sorriso. Ela havia ido atrás dele. Sem se mexer, respondeu:

— Não sem antes saber quem você é.

Ela riu baixinho.

— Por que não se dá por vencido?

Voltando-se para a sombra encapuzada, ele respondeu:

— Porque eu sempre consigo o que quero.

— Sempre?!

— Sempre — afirmou ele, categórico.

A determinação de seu olhar e sua voz a deixaram alerta. Dando um passo para trás, ela disse:

— Adeus, O'Hara.

— Espere, não vá — pediu ele, levantando-se com rapidez.

Louis, ouvindo-o e vendo aquele movimento rápido, aproximou-se e perguntou:

— O que está acontecendo?

Kieran ordenou que se calasse. Queria escutar aonde se dirigiam os passos dela. Quando ouviu os cascos de um cavalo, murmurou, apressado:

— Já volto.

— É ela?

— Sim — respondeu.

— Kieran, tenha cuidado — pediu Louis.

Ele assentiu e montou em seu cavalo, fazendo-o segui-la, apesar da escuridão. Ele não conhecia o bosque como ela e, embora ouvisse os bufos do cavalo dela e o som dos cascos batendo no chão, não conseguia alcançá-la. Angela, ao ver que ele a seguia, deu uma volta pelo bosque para despistá-lo, mas foi impossível. Pensou com rapidez, e, por fim, decidiu voltar para onde estava Aston. Com um pouco de sorte, teria tempo de fazer o que pensava.

Incitando Briosgaid para que acelerasse o passo, saltou um riacho como uma amazona experiente, serpeou entre várias árvores até comprovar que deixara o highlander para trás. Sorriu e, apertando os calcanhares no corpo da égua, sussurrou:

— Vamos, Briosgaid. Parece que estamos com vantagem.

Aston, sentado em uma rocha, ouviu o galope do cavalo e se levantou, alerta.

— O que houve? — perguntou ao vê-la chegar.

Descendo da égua apressada, Angela tirou a capa, escondeu-a atrás da enorme pedra onde havia escondido a saia antes e, pegando-a, passou-a pelos pés e a amarrou à cintura, no mesmo instante em que ouvia outro cavalo chegar a galope. Então, olhando para Aston, disse:

— Abrace-me.

— O quê?! — exclamou o rapaz.

Mas sem lhe dar tempo de nada, ela se jogou em seus braços, batendo sua cabeça na dele e desequilibrando-o. Ambos caíram no chão, onde rolaram, bem no momento em que um cavalo parava ao seu lado.

Kieran, ao ver aquele cabelo vermelho e reconhecer os dois abraçados no chão, sibilou:

— Pelo amor de Deus, o que estão fazendo?

Aston e Angela se separaram com a respiração entrecortada e olharam com surpresa para o recém-chegado, que os encarava com uma expressão irada. Ela, alterada devido à corrida, para fazer mais real seu papel de daminha assustada, murmurou:

— Oh, meu Deus!

Confuso por ter encontrado a inocente Angela naquela situação, Kieran murmurou:

— Ora, ora... dona "Oh, meu Deus!". — E, com uma expressão contrariada, acrescentou: — Vejo que já está pondo em prática meus ensinamentos, ou, talvez, deva supor que você não é tão virginal quanto aparenta.

Aston a fitou. A que ensinamentos aquele homem se referia?

Kieran, furioso por ter perdido Fada e encontrado Angela naquela situação indigna, rosnou:

— E depois me fala de compostura e pureza...

Sem querer responder, Angela se calou. Aston, levando a mão à cabeça, viu-se obrigado a intervir:

— Senhor, acho que...

— Não estou falando com você — grunhiu Kieran, calando o rapaz.

Um silêncio constrangedor caiu sobre os três, até que Kieran viu um cavalo bebendo água em um pequeno riacho e perguntou:

— De quem é esse animal?

— Meu, por quê? — afirmou Aston depressa.

Kieran observou o cavalo. Era majestoso, um belo animal. Mas, ainda confuso pelo que havia acontecido, deixou o assunto de lado e perguntou:

— Viram alguém passar por aqui?

Angela levou a mão ao peito e, com voz aveludada e temerosa, sussurrou:

— Há alguém mais por aqui além de nós?

Aston se levantou depressa e levou a mão à espada, preparado para um possível ataque. Kieran, olhando para Angela, disse:

— Voltem para o castelo. Estarão mais seguros lá. E não se esqueça de que você não gosta dos Steward.

Mas, antes de partir, sibilou:

— Está claro, milady, que as aparências enganam. Boa noite.

Dito isso, furioso e contrariado pela libertinagem da jovem, esporeou seu cavalo e foi embora. Não só havia perdido a encapuzada, como também, ainda por cima, havia descoberto algo que nunca imaginara.

Quando Kieran se afastou, Aston olhou para Angela e sussurrou:

— Ficou louca?

— Não. Oh, Deus, que cabeçada! Bem em cima do galo que eu já tinha — lamentou ela, levando a mão à testa enquanto Aston esfregava a têmpora.

— A que ensinamentos ele se referia?

— A nada que lhe diga respeito.

— Angela, ele quase descobriu tudo! E agora acha que você e eu...

— Não me importa o que ele ache — respondeu ela irritada. E, ajeitando a saia, acrescentou, antes de pegar a capa: — O importante é que ele não notou que era a mim que estava perseguindo.

E, dito isso, despediu-se da égua dando-lhe um beijo no focinho e voltou para o quarto pelo mesmo caminho pelo qual havia saído, enquanto Kieran voltava para o acampamento, irritado devido ao que havia descoberto.

14

No dia seguinte, Angela amanheceu cheia de olheiras e com outro belo galo. Mais uma noite em que os pesadelos não a deixavam descansar.

Quando entrou no salão, onde todos estavam tomando o café da manhã, cumprimentou o pai, que perguntou o que havia acontecido em sua testa. Mas ela disse que não era nada e foi se sentar ao lado de May.

O galo atraía a atenção de todos. Que azar!

Disfarçadamente, olhou para Kieran. Morria de vontade de que ele lhe dedicasse um de seus sorrisos reconfortantes, mas, em vez de sorrir, ele a olhava sério. Tê-la encontrado em atitude suspeita com Aston o havia feito mudar de opinião a seu respeito. Isso a incomodou, mas se irritou de verdade quando viu que ele, ao ver Viesla, uma das poucas mulheres jovens do castelo, mudava de expressão e sorria.

May perguntou com carinho:

— O que aconteceu em sua testa?

— Bati sem querer.

Sua irmã balançou a cabeça e sussurrou:

— Angela, precisa ter mais cuidado. Você está sempre cheia de hematomas e machucados.

Ela sorriu. As marcas que às vezes ostentava eram decorrentes das noites em que saía com os Shepard para afugentar bandidos e malfeitores, mas não disse nada.

— Teve pesadelos esta noite? — perguntou sua irmã em voz baixa.

Angela assentiu. May, abraçando-a, disse:

— Ande, coma alguma coisa e vá descansar. Está precisando.

Angela deu-lhe um beijo e começou a comer.

— Amanhã partirei para a abadia — disse May, então.

Angela parou de comer para fitá-la, e a irmã prosseguiu:

— Hoje cedo recebi uma carta da abadessa. Pelo visto, várias noviças adoeceram e duas morreram: precisam de minha ajuda.

— Oh, que tristeza! — murmurou Angela.

Com os olhos marejados, May concordou:

— Sim, é muito triste... muito triste.

Ferguson, ao olhar para as filhas e ver o pesar em seus olhares, anunciou:

— May, acabei de falar com O'Hara. Ele, junto com William e seus filhos, a escoltarão até a abadia. Os tempos que correm não são bons, e quanto mais proteção tiver, melhor.

— Obrigada, pai — disse a jovem religiosa. E, olhando para Kieran, acrescentou: — Obrigada, laird O'Hara.

Kieran assentiu com seriedade.

— Angela, minha vida, você os acompanhará também, como sempre? — perguntou Ferguson.

Ela, vendo que se tornara o foco dos olhares, respondeu depressa:

— Não.

O pai a fitou, preocupado:

— Você não parece bem, filha, o que aconteceu?

— Pai, esta noite ela teve pesadelos — esclareceu May.

Angela, ao ver a expressão sofrida do homem, tentou sorrir.

— Estou bem, papai, eu juro.

Essa história de pesadelos chamou a atenção de Kieran.

— Angela — disse May —, você sempre me acompanha até a abadia. Por que não quer ir desta vez?

Sem vontade de olhar para Kieran, que a observava sisudo, respondeu:

— Desta vez você tem mais escolta do que nunca. Não precisa de mim, e Davinia e o bebê estão aqui.

— Eu sempre preciso de você — insistiu May. — Gosto de sua companhia, porque você me alegra e me faz sorrir. Por que quer me privar disso? Por favor, acompanhe-me. Além do mais, Davinia partirá para Merrick amanhã depois do almoço.

Ao fitá-la e ver seus olhinhos implorantes, por fim, Angela concordou:

— Tudo bem, eu a acompanharei.

Ferguson olhou para Kieran pedindo sua aprovação. No início, ele pensou em dizer não. Não devia ficar perto daquela jovem, mas, sem notar, assentiu, e o pai das garotas disse:

— Muito bem, O'Hara, deixo meus maiores tesouros sob seus cuidados. Leve May até a abadia e depois devolva Angela sã e salva a seu lar.

Ele assentiu. Aquilo lhe tomaria apenas quatro ou cinco dias. Depois, iria buscar sua mãe em Edimburgo e voltaria para Kildrummy.

O café da manhã prosseguiu com as mulheres que serviam no castelo indo e vindo, felizes, com comida para os convidados varonis, que sorriam como bobos.

Disfarçadamente, Angela notou que Kieran continuava fazendo graça com Viesla. Não restavam dúvidas de que o laird O'Hara passaria a noite com ela. Ficou desesperada.

Estava sentindo ciúmes. Ver como Viesla se aproximava de Kieran e como ele a olhava com desejo a deixava doente. Notou que suas mãos suavam e que seu coração batia forte. Queria matar Viesla e o descarado que flertava com ela.

De repente, abriu-se a porta do salão e apareceu Davinia com seu bebê atrás do marido, Otto e Rory. E diante deles passaram correndo as pequenas sobrinhas da cozinheira. Elas cumprimentaram a todos, mas, no caminho, Kieran as deteve. Elas, divertidas, gargalharam enquanto ele e Louis lhes faziam cócegas. Sem dúvida, aqueles highlanders ferozes gostavam de crianças.

Cedric se aproximou do irmão e, com sua expressão rude e distante de sempre, entregou-lhe uma carta, que Jesse pegou e guardou sem nem olhar. Davinia, depois de dar um beijo em seu pai, foi com o olhar baixo para onde estavam as irmãs. Ao se sentar com o pequeno John no colo, sorriu para elas.

— Você está bem, Davinia? — perguntou May ao ver seu desânimo.

A jovem assentiu. Depois de trocar um olhar com Angela, disse:

— Estou com fome, só isso.

Angela depressa pegou o bebê e começou a beijá-lo, enquanto as irmãs conversavam.

Como não queria escutar o que diziam, ela se concentrou em John. Era uma lindeza de bebê. Tinha apenas alguns meses, mas era gordinho e ruivo, como a mãe e Angela. O menino segurou seu rosto e babou seu queixo. Ela esboçou um sorriso, sem notar que Kieran a observava.

— O que aconteceu em sua testa, Angela? — inquiriu Davinia.

Sem dar importância ao assunto, ela respondeu, contrariada:

— Bati ontem sem querer. — E, para mudar de assunto, comentou:

— É verdade que amanhã você volta para Merrick?

— Sim — afirmou Davinia sem ânimo algum.

— Por quê? Não iam ficar um tempo em Caerlaverock?

— Cedric assim decidiu, Angela, e não se fala mais nisso.

A dureza de suas palavras fez com que as duas irmãs se entreolhassem, mas nenhuma delas comentou nada. Davinia era hermética em tudo que dizia respeito a seu casamento, e o café da manhã prosseguiu em paz.

— Que triste saber que você vai partir de novo, May — lamentou Davinia de repente enquanto olhava o anel de sua mãe em seu dedo. — Sentirei tanto sua falta...

Com um sorriso cândido, a jovem religiosa a animou:

— Daqui a alguns meses voltarei. Você sabe que não posso viver sem ver todos vocês com frequência.

— Essa doença das noviças da abadia me preocupa — prosseguiu Davinia. — E se você também pegar?

Com voz comedida, May respondeu:

— Minha irmã, se eu estivesse doente, aquelas jovens cuidariam de mim. Não acha justo que eu faça o mesmo por elas?

Davinia assentiu.

— Vendo por esse ângulo, sem dúvida.

Angela, pegando o braço das irmãs, sussurrou:

— Davinia, por que não acompanha May comigo até a abadia? Talvez vendo que as noviças não estão tão doentes você fique mais tranquila. Além do mais, assim poderemos passar um tempo as três juntas.

A irmã mais velha sorriu. Nada no mundo lhe agradaria mais, porém respondeu:

— Cedric não permitirá. Ele quer que partamos daqui o quanto antes. Segundo ele, não é seguro continuar no castelo.

— Por que não é seguro?

— Ao que parece, disseram-lhe que viram vários homens rondando pelo bosque...

— Que homens? — interrompeu Angela, alerta.

— Não sei — Davinia deu de ombros. — Só sei que meu marido quer que todos os Steward partam amanhã, o mais tardar.

Angela ficou inquieta. Nem ela nem os Shepard haviam visto esses intrusos. Se havia gente estranha rondando o bosque, Angela não deveria se afastar do castelo. Olhando para May, disse:

— Acho que você deveria retardar sua partida.

A jovem religiosa negou com a cabeça, e Angela entendeu que a batalha estava perdida. Se ela era cabeça-dura, May era muito mais, de modo que desistiu. Acompanharia a irmã até a abadia e na volta se encarregaria de averiguar quem eram esses indivíduos que andavam pelo bosque.

Acabado o café da manhã, ela encontrou Jesse falando com seus homens no pátio. Estava lhes dando ordens. Ao ouvi-lo, Angela correu para ele e perguntou:

— Está partindo?

Ele cravou os olhos escuros nela e respondeu:

— Sim. Preciso levar a resposta de Cedric a minha mãe, e depois, certamente, partirei para Inverness.

— É verdade que só veio como mensageiro?

Jesse olhou para aquela pequena ruiva. Sempre havia sentido adoração por ela. Aproximando-se, esclareceu:

— Minha mãe não queria que ninguém entregasse sua carta, exceto eu. Por isso vim até aqui. Não imagine coisas que não existem.

— Jesse...

— Não, Angela — interrompeu ele.

Ambos se olharam por alguns segundos, entendendo-se perfeitamente. Até que Jesse disse:

— Tenha cuidado com Cedric, você sabe que não confio nele.

— Fique tranquilo, nós também não — respondeu Angela.

Mas como queria lhe dizer algo mais, pegou-o pelo braço e murmurou:

— Jesse, Davinia não é feliz, e...

— Ela escolheu — respondeu ele, contrariado. — Não quero saber disso.

— Mas, Jesse...

— Angela, por favor, não! — insistiu ele, fitando-a, magoado.

Nesse instante, Davinia saiu pela porta do castelo com o pequeno John no colo e os viu. Depois de um olhar cheio de tristeza, sem dizer nada, deu meia-volta e entrou no castelo de novo. Angela olhou para Jesse e, ao vê-lo apertar a mandíbula, murmurou:

— Faça uma boa viagem, Jesse.

Ele assentiu e, depois de beijar-lhe a mão com carinho, subiu em seu corcel e saiu do pátio do castelo sem olhar para trás, seguido de seus homens.

Quando ficou sozinha, Angela foi atrás de Aston e George. Precisava lhes contar o que Davinia havia comentado durante o café da manhã. Eles prometeram dar uma volta pelo bosque antes de partir para a abadia.

Pouco depois, enquanto Aston ia buscar os cavalos, George revelou:

— Angela, Aston comentou o que ocorreu ontem à noite com O'Hara. Ela deu de ombros.

— Isso precisa terminar, Angela, ou acabarão nos descobrindo — acrescentou ele.

Como não queria voltar a ser censurada, ela o olhou pestanejando e, dando-lhe um beijo casto no rosto, respondeu:

— Fique tranquilo, isso não acontecerá.

Alguém tossindo fez com que se virassem e encontrassem o olhar sério de Kieran, que disse:

— George, preciso que vá falar com Louis e lhe indique o caminho que costumam seguir até a abadia.

O jovem assentiu e, antes de se afastar de Angela, perguntou:

— Você vai ficar bem?

Kieran, ao ouvi-lo, afirmou, contrariado:

— Claro que ela vai ficar bem. Eu não mordo.

Depois de trocar um olhar com Angela, George sorriu e foi embora. Quando ficaram sozinhos, Kieran a fitou e disse:

— Que surpresa! Nunca imaginei que uma desajeitada e chorona daminha como você, tão cheia de "Oh, meu Deus!" e de decência, se dividisse entre o amor de dois irmãos e exigisse de mim beijos apaixonados. Não acha que isso é escandaloso?

Sem se deixar intimidar pelo tom de voz dele, Angela replicou:

— Você, um promíscuo, diz isso?

Irritado devido ao que aquela jovem o fazia sentir, ele rosnou:

— Eu não me faço de santo e inocente como você, milady.

Ela queria responder com firmeza, mas sabia que não era hora nem lugar, de modo que levou a mão à boca e, depois de fazer um beicinho que deixou Kieran desesperado, murmurou, soluçando:

— Você é cruel, muito cruel.

— Você resolve tudo chorando?

Então, ela berrou, e ele assentiu, desesperado.

— Sem dúvida, sim.

Contendo o riso, Angela pestanejou para que as lágrimas não parassem de sair de seus olhos e gemeu:

— Com certeza, se eu fosse essa tal de Fada a quem tanto admira, você não falaria comigo com tanta frieza...

— Se você fosse a Fada — replicou ele, elevando o tom de voz —, teria me desafiado, e não começado a chorar pelo que eu disse como uma tola. Essa é uma das grandes diferenças entre você e ela, dentre muitas outras coisas.

E, sem mais, Kieran deu meia-volta e foi embora. Aquela jovem que em certos momentos o atraía, desesperava-o com seu pranto e bobagens.

Angela, com as faces molhadas de falsas lágrimas, observou-o se afastar a passos largos. Sem poder evitar, esboçou um sorriso. O corajoso e esperto highlander Kieran O'Hara nem em sonhos imaginava que ela era a Fada.

À noite, depois que Aston e George voltaram do bosque e informaram que haviam encontrado alguns Murray, Angela relaxou e subiu para o quarto. Estava tão cansada que assim que caiu no leito, adormeceu.

Ainda era noite quando Davinia entrou para acordá-la. Se fosse acompanhar May, teria que se levantar, ou a comitiva partiria sem ela. Depressa, Angela se arrumou e guardou algumas coisas para seu asseio pessoal em uma bolsa. Certamente, William levaria em seu cavalo uma sacola com suas botas e a capa. Sempre que saía com ele e seus filhos para acompanhar May à abadia, na volta ela adorava montar sua égua durante quase um dia inteiro com total liberdade.

Quando chegou ao salão, parou ao ver Kieran e alguns dos seus homens à mesa, comendo. Ele franziu o cenho ao vê-la, e ela não o cumprimentou ao passar ao seu lado. Quando se sentou ao lado das irmãs, Davinia encheu uma caneca com leite para ela e ordenou:

— Vamos, coma alguma coisa antes de partir.

Angela sorriu. Davinia era uma mãezona, que, sem descanso, obrigou May e ela a comer vários pedaços de pão. A seguir, pôs outros recém-saídos do forno em uma cesta para a viagem.

Aproximando-se das filhas, Ferguson se sentou diante delas e pôs a palma da mão para cima. Como em outras ocasiões, as três puseram as suas em cima. Emocionado, o homem confessou:

— Já tenho vontade de que todas vocês voltem para cá. Sou um velho que não pode viver sem seus três tesouros.

— E nós não podemos viver sem você — responderam elas.

Esse ritual se repetia sempre desde que Davinia se casara e fora embora do castelo. Elas sabiam que o pai era um homem que, apesar de sua envergadura, era fraco de sentimentos e de coração.

Angela, a mais carinhosa das três, levantou-se, contornou a mesa e o abraçou. Adorava o pai, e entendia sua fraqueza. Enquanto o abraçava, seus olhos encontraram os de Kieran, que, diferente de minutos antes, suavizou a expressão. E Angela lhe agradeceu com um sorriso.

— Pai — disse Davinia —, espero poder voltar em três meses. O Natal já vai chegar, e May e eu queremos passá-lo com você.

— Vamos fazer bolos com Evangelina e decorar a casa como mamãe nos ensinou. Celebraremos o Natal com o pequeno John e as meninas — acrescentou May.

Angela sorriu. Sentada nas pernas do pai, ela se aconchegou em seu pescoço e o escutou falar e rir com suas irmãs, já desejando que fosse Natal.

15

Quando a comitiva partiu, Angela foi sentada ao lado da irmã em uma charrete. Odiava viajar assim, mas tinha que fazê-lo se quisesse acompanhá-la. Da enorme porta do castelo, seu pai, ao lado de Davinia e do pequeno John, jogou-lhes um beijo, e May e Angela fingiram pegá-lo e levaram a mão ao coração. Essa despedida era algo deles. Algo que o pai fazia desde que eram pequenas. Então, as duas jovens lhes mandaram beijos também, e dessa vez foram Davinia e o pai que os pegaram e os levaram ao coração.

Quando os perderam de vista, Angela observou que William havia amarrado sua égua à carroça. Queria se aproximar do animal e sussurrar em seu ouvido o quanto a amava, mas com May perto, não podia. Teria que esperar outra hora.

Kieran, ao ver a égua que já havia visto anteriormente, perguntou a William:

— E essa égua?

O homem, sem saber nada do que havia acontecido, respondeu sem dar maior importância ao assunto:

— Sempre levamos um cavalo de reserva para uma necessidade.

O'Hara assentiu. Mas notou que os irmãos Shepard o observavam e cochichavam. O que estava acontecendo com eles?

— Davinia não está bem, May, alguma coisa está acontecendo com ela — disse Angela a sua irmã.

— Eu sei. Tentei falar com ela, mas você sabe como ela é.

— Sim, eu sei como ela é — afirmou Angela. E, sentida, acrescentou: — Ontem, quando Jesse Steward partiu com seus homens, Davinia saiu à porta com o bebê para se despedir dele. Ela sofre por amor, eu sei sem que ela diga.

— Ela deveria ter se casado com ele, e não com o irmão. Tenho certeza de que esse Cedric não a faz feliz — concordou May.

— Outro dia, vi um hematoma enorme no braço dela — explicou Angela. — E foi Cedric, mas ela inventou uma desculpa.

— O quê? — perguntou May, surpresa.

— Isso mesmo.

— Deus do céu! — sussurrou sua irmã, horrorizada.

Depois de um breve silêncio, Angela perguntou preocupada:

— Davinia se abriu com você e lhe disse por que se casou com aquele animal?

May negou com a cabeça e respondeu:

— Tentei conversar sobre isso com ela mil vezes, como todos, mas Davinia se limita a dizer que se casou por amor.

— Por amor!

May assentiu, e a irmã mais nova murmurou:

— Por amor se sofre. Como papai e como você. Sem dúvida, amor é sofrimento.

— Não diga isso, Angela — replicou May. — O amor é um sentimento lindo e maravilhoso que alegra nossos dias e...

— E que quando falta ou não é correspondido, arruína nossa vida — concluiu Angela.

Com um sorriso cândido, May acariciou o rosto da irmã e disse:

— O amor fez com que nossos pais se unissem, vivessem felizes em Caerlaverock e, posteriormente, tivessem filhos. Não duvido que o nosso pai sofra há anos por esse sentimento, mas o amor também lhe deu três filhas que o amam e o idolatram.

— O amor fez você sofrer também quando...

Sem deixá-la acabar, May respondeu:

— O amor me deixou lindas recordações de Robert que guardarei comigo até morrer. E embora você não acredite, eu repetiria minha história com ele mil vezes mais, só para me sentir de novo como eu me sentia quando estávamos juntos.

Ambas se abraçaram com tristeza. Quando se separaram, olharam para o majestoso castelo de Caerlaverock. Visto de longe parecia poderoso, mas outra coisa era quando se entrava nele. Embora fosse limpo, estava praticamente vazio e muito deteriorado.

Quando o perderam de vista de novo, as irmãs se acomodaram na charrete e dormiram até a hora do almoço, quando William as acordou.

Com a ajuda dele, desceram e se acomodaram no chão sobre um *plaid*. Kieran e seus highlanders se sentaram em frente a elas e começaram a comer e a fazer gracinhas.

Angela os observava bem-humorada. Nunca estivera sozinha com aqueles bárbaros, e logo pôde comprovar seus maus modos e a rudeza com que se tratavam. Nada a ver com os homens de seu castelo.

Em várias ocasiões, os olhares de Kieran e dela se encontraram, mas ambos desviaram os olhos depressa. May, que os observava disfarçadamente depois de uma conversa que havia tido com o pai sobre aqueles dois, ficou inquieta. Teria acontecido algo entre o highlander e sua irmã?

O comportamento deles a fazia recordar seu início com Robert. Depois de vários olhares furtivos entre eles, May sorriu. Talvez seu pai tivesse razão e aquele poderoso laird houvesse notado sua irmã.

Acabado o almoço, ela voltou para a carroça para fazer suas orações. Angela preferiu não a acompanhar e decidiu dar uma volta com Aston e George. Como qualquer donzela, passou o braço pelo de cada um dos irmãos. Ao passar por Kieran, notou que ele a olhava com expressão de censura. Cumprimentou-o com um movimento de cabeça e ele fez o mesmo.

Quando se afastaram o suficiente como para não serem ouvidos, Angela disse:

— Temos que voltar o mais rápido possível e fazer os O'Hara irem embora. Não gosto desses Murray nem de nenhum outro andando pelo bosque.

— Fique tranquila, Angela — pediu George. — Os Murray são amigos; ou esquece que são do clã de sua grande amiga Sandra?

— Sabem se ela chegou bem?

Enquanto Aston vigiava para que ninguém se aproximasse, George respondeu:

— Sim. Josh Murray comentou que ela estava triste, mas bem.

— Coitada... — sussurrou Angela. E, olhando para onde estavam os O'Hara, perguntou: — O que acham desses bárbaros?

Com humor, Aston se aproximou da amiga e disse:

— O que eu gostaria de saber é o que O'Hara pensa de nós.

Os três sorriram.

— Ele acha que sou uma promíscua e que tenho uma relação amorosa com vocês dois ao mesmo tempo — sussurrou Angela.

Os dois irmãos soltaram uma gargalhada, que Kieran ouviu de onde estava. Não podia afastar os olhos deles, e queria saber do que estavam rindo. George, vendo que ele os observava, afirmou:

— Uma coisa que está clara é que algo em você o atrai. Ele não para de olhar para cá.

Angela o observou disfarçadamente e respondeu:

— Fada é quem o atrai. Ele se desmancha em elogios ao falar dela. Vocês precisavam ouvir.

— E por que não diz a ele que ela é você?

Ela o olhou boquiaberta.

— É de um marido como esse que você precisa, Angela. Não pensou nisso? — acrescentou Aston.

Contrariada, ela levou as mãos à cintura e replicou:

— Aston Shepard, por acaso você bebeu?

Os dois irmãos sorriram.

— O que há com vocês? — grunhiu ela.

— Não há nada conosco — respondeu George. — Simplesmente, como seus amigos, dizemos o que pensamos. E o que pensamos já faz tempo é que você deveria sair de Caerlaverock e começar uma vida nova. Outro dia, nosso pai comentou que o seu disse que gostaria de vê-la longe do castelo. É cada dia mais perigoso viver nele, e...

— Oh, meu Deus... Papai me disse o mesmo.

— Angela — insistiu George —, seu pai sabe da deterioração de tudo e do perigo que você corre a cada dia que passa lá. As pessoas temem viver onde vivemos e vão embora. Você não pode continuar trabalhando no campo. É uma loucura! Precisa ir embora de Caerlaverock e criar seu lar.

— Meu lar é Caerlaverock.

Ambos negaram com a cabeça.

— Caerlaverock não é um lar, Angela. Foi o lar de seus pais e dos meus, mas, infelizmente, nunca será nem o seu nem o nosso. Todos nós devemos ir embora de lá e... — replicou George.

— Vocês ficaram loucos?

Os jovens se entreolharam; Aston murmurou:

— Isso que fazemos encapuzados tem que acabar. Até agora tivemos sorte, mas...

— Não diga bobagens — protestou a jovem. — Temos que continuar defendendo o que é nosso. Se desistirmos, o bosque se encherá de bandidos e...

— Angela — interrompeu Aston —, George e eu temos que lhe dizer algo.

Ela não sabia do que se tratava, mas, pela expressão de ambos, intuiu. E, fitando-os nos olhos, murmurou, levando a mão à boca:

— Não... não... vocês não, por favor.

— Ouça, Angela...

— Não... não quero escutar! Não!

Sem poder evitar, ela começou a chorar. Aston a abraçou para consolá-la. Kieran os viu de longe e estranhou tanta confiança em público. Por que esse abraço? Sem tirar os olhos deles, Kieran se aproximou alguns metros e viu os irmãos abraçarem a jovem um de cada vez.

Por fim, parando de chorar, Angela se afastou deles e sussurrou:

— Tudo bem... tudo bem... já passou.

Eles a fitaram com tristeza.

— Sentimos muito, Angela, mas em Caerlaverock não há nada para nós — disse George.

Ela tentou compreendê-los. Eles tinham razão: não havia trabalho, nem mulheres, nem nada que os fizesse querer continuar vivendo lá.

— Eu entendo... eu entendo — respondeu ela.

Angela assentiu com calma, mas queria chorar. Berrar. Gritar. Era desesperador o que acontecia com sua gente. Todos partiam em busca de novas oportunidades fora de suas terras. Ela mesma iria embora com prazer, mas não podia deixar o pai nem as irmãs: eram eles que a uniam àquela terra.

— Quando vão embora? — perguntou ela.

— Depois do Natal. Falamos com nosso pai, e ele entende. Nos incentivou a ir para Edimburgo.

Ela balançou a cabeça de novo. Angela também entendia.

— Preciso de alguns minutos sozinha, vocês se importam? — disse ela, tentando sorrir.

Os dois jovens assentiram, mas, antes de se afastar, Aston sussurrou:

— Lamento, Angela. Espero que você nos perdoe.

Emocionada, ela se jogou em seus braços e respondeu:

— Não há nada o que perdoar, mas prometam que quando eu for a Edimburgo para qualquer coisa, nós nos veremos e continuaremos com nossa bela amizade.

Eles sorriram. Depois de lhes dar um beijo casto no rosto, Angela se afastou. Precisava de alguns minutos para se acalmar.

Sem olhar para trás, ela caminhou alguns metros. Quando viu uma rocha grande, contornou-a, sentou-se no chão e apoiou as costas nela. Nesse instante, seus olhos tornaram a se encher de lágrimas, mas dessa vez de verdade. Encolhendo as pernas, ela pousou a cabeça nos joelhos e chorou. Chorou com vontade, com necessidade. A fúria revirava seu estômago. Nunca nada dava certo. Todo o mundo ia embora, e isso a consumia.

— Chorando? Que novidade! — ouviu de repente.

Não olhou nem se mexeu. Sabia de quem era aquela voz.

— O que aconteceu? — perguntou Kieran.

— Nada.

— Vamos, desajeitada — murmurou ele com carinho. — Que foi?

Angela levantou a cabeça e sibilou:

— Vá embora! Saia. Quero ficar sozinha.

Ele não se mexeu, continuou de cócoras diante dela.

— Por que está chorando tanto? — perguntou ele.

— Porque sou uma chorona e uma desajeitada, você já sabe!

Kieran esboçou um sorriso. Sem dúvida ela era isso, mas a dor que evidentemente sentia devia ter um motivo, e ele queria saber.

Com carinho, ele pegou o queixo dela para fitá-la. Viu seu galo. Sorriu. Seus olhos estavam vermelhos de chorar. Angela ficava linda quando chorava. Tentando fazê-la sorrir, ele disse:

— Vamos, sorria. Você fica mais bonita sorrindo, apesar desse galo.

Ao ouvi-lo, o semblante de Angela se contraiu e ela voltou a chorar. Não conseguia parar. Boquiaberto, Kieran a fitou. Como podia chorar depois de receber um elogio?

Ela escondeu o rosto nos joelhos. Era humilhante chorar assim diante daquele homem. Mostrar sua verdadeira fraqueza nunca lhe agradava, e era o que estava fazendo.

Durante alguns segundos, Kieran, desconcertado, não sabia o que fazer. Até que decidiu tomar uma atitude. Sentou-se ao lado dela e, passando os braços ao redor de seu corpo, ergueu-a e a sentou em seu colo.

— Solte-me — exigiu Angela, soluçando.

— Não. Não enquanto não parar de chorar.

Ela quis resistir, mas vendo que era inútil lutar contra a força dele, desistiu.

— Diga-me o que aconteceu — insistiu ele em seu ouvido, com voz rouca.

Enxugando as lágrimas com raiva com as mangas do vestido, ela respondeu, tentando entender esse seu momento de tola fraqueza:

— Não aconteceu nada.

— Você está mentindo, linda. Seus amados disseram ou fizeram algo que a incomodou?

— Eles não são meus amados — replicou Angela. — Aston e George são dois bons amigos, nada mais.

Com um salto ágil que surpreendeu Kieran, ela se levantou e se afastou a passos largos.

Não queria falar com ele nem com ninguém.

16

Quando pararam de novo para pernoitar, Angela notou que Kieran a seguia com os olhos querendo que ela o olhasse. Ela não queria ceder, e disfarçou. Sentia vergonha por ter chorado como uma tola e com tanto sentimento na frente dele.

Depois de falar com os três Shepard e deixar claro que entendia a decisão deles, decidiu voltar para a charrete com a irmã.

— O que você tem com esse O'Hara? — perguntou May, ao vê-la chegar.

— Como? — disse Angela, surpresa.

— Eu tenho olhos, irmãzinha, e vejo como vocês se olham — respondeu May.

— Pois seus olhos estão enxergando mal.

A irmã soltou uma gargalhada.

— Se você está dizendo... — disse May. E, ao ver que Angela não pretendia dizer nada, acrescentou: — Papai gosta dele para você, e a mim não desagrada. Ele é um homem galante, educado e cavalheiro, que, sem dúvida, poderia lhe dar uma boa vida se você quisesse...

— Oh, May... cale-se!

Contrariada porque todo o mundo parecia querer casá-la com Kieran, saiu da charrete depressa. Com cuidado para não ser vista, e especialmente para não correr nenhum perigo, afastou-se do acampamento. Queria ficar sozinha. Ao se sentir suficientemente longe de todos, sentou-se encostada no enorme tronco de uma árvore e, dobrando as pernas, escondeu de novo o rosto nos joelhos.

Durante um tempo ficou pensando em seu futuro. Quando Aston e George fossem embora, não poderia arrastar William ao bosque para defender suas terras. A época em que havia sido uma guerreira corajosa sem dúvida havia acabado. O problema era como viver sem a sensação de liberdade que esses momentos lhe propiciavam, quando podia mostrar seu espírito combativo.

As lágrimas escapavam novamente de seus olhos. De repente, ouviu alguém se aproximar. Ao olhar de soslaio, viu que era ele, O'Hara. Enxugando-as depressa, esperou sua chegada.

Quando chegou, Kieran a fitou à espera de que ela dissesse algo, mas, como não disse, sentou-se de novo ao seu lado.

— Outra vez chorando?

Angela não respondeu.

— Minha mãe foi embora achando você uma grande chorona — disse ele.

Ela o fitou e soltou um berro angustiado. Kieran acrescentou, para tentar consolá-la:

— Mas também acha você uma jovem bonita e amável.

Suas palavras não a consolaram. Um bom tempo depois, cansado de ouvi-la soluçar, ele insistiu:

— Quer me contar de uma vez o que aconteceu?

— Não.

— E se eu disser uma palavra doce, como "querida" ou "minha vida"?

Angela o fitou e, contrariada, sibilou:

— Vá para o inferno, O'Hara.

Ele sorriu.

— Meu Deus, Angela Ferguson acabou de blasfemar!

Ela não respondeu.

— Estou preocupado com você. O que foi? — disse Kieran, sem se dar por vencido.

— Nada.

Cada vez mais desconcertado com o desconsolo dela, ele começou a ficar desesperado. O que devia fazer em um caso assim? Abraçá-la? Brigar com ela? Ele já havia visto Megan, Gillian e sua mãe chorarem, mas a carinha de Angela e seus olhos vermelhos eram demais.

Como havia feito antes, sentou-a em seu colo. Dessa vez, ela não resistiu. Precisava de carinho, e Kieran lhe deu. Beijando o topo de sua cabeça, sussurrou:

— Seja o que for, pode me contar, e eu tentarei ajudar.

Tanta delicadeza e afeto fizeram-na se sentir pequena, e ela se deixou embalar. Só se deixava abraçar assim por seu pai.

— É difícil explicar... — disse ela, apoiando a cabeça no ombro dele.

Seu tom de voz doce deixou Kieran arrepiado. Ele não se mexeu. Sentir o corpo quente dela sobre o seu o fez experimentar centenas de sensações. Nunca havia compartilhado esse tipo de intimidade casta e recatada com uma mulher. Os momentos íntimos que tinha com outras eram basicamente sexuais, mas com Angela era diferente. E, apesar de estar gostando, sentiu-se inquieto. Durante um tempo não disseram nada, até que ela levantou a cabeça e murmurou:

— Obrigada, Kieran.

Ele a olhou, emocionado. Seu nome na boca de Angela soava encantador.

— Por quê? — perguntou.

— Por me consolar, apesar do que sua mãe e você pensam de mim.

— Sabe de uma coisa? — disse ele, descontraído. — Fico feliz por você me chamar de Kieran quando estamos sozinhos. Isso me faz pensar que confia em mim.

— Embora não possa chamá-lo de "querido" — debochou ela.

— Não... não sou seu querido. Portanto, é melhor não dizer isso.

Ela o olhou com um sorriso triste, enxugando os olhos.

— Mas, já sabe, quando voltarmos... — advertiu ela.

— Eu sei — interrompeu ele. — Devo me dirigir a você como exigem as normas do decoro, milady.

Durante alguns segundos eles se encararam, de uma maneira que fez os dois estremecerem. Era inquestionável que sentiam atração um pelo outro. Ao ver que não ia conseguir evitar beijá-la, para quebrar o feitiço, ele exigiu:

— Quero saber o que a fez chorar.

Afastando os olhos da boca de Kieran, desesperada pela cruel realidade, ela explicou:

— Minha melhor amiga, Sandra, foi morar em Carlisle. Meu cunhado insiste em me casar com homens que me dão nojo. Minha irmã May está voltando para a abadia, Davinia, para seu lar. E Aston e George, meus grandes amigos, acabaram de me dizer que depois do Natal vão deixar o castelo para irem morar em Edimburgo. E meu pai deseja que eu também vá embora de Caerlaverock, que encontre um novo clã e tente ser feliz. Mas não posso, não posso abandoná-lo! — Abrindo as mãos em um gesto desesperado, acrescentou: — Todo o mundo está indo embora para começar uma nova vida, e eu estou presa em um lar cada vez mais frio, deteriorado, solitário e difícil de recuperar. Vejo um futuro incerto diante de mim, e por fim terei que me casar com alguém a quem odiarei. Mas... mas penso em meu pai, a quem adoro e por quem daria minha vida, que me diz que encontre o amor para ser feliz como ele foi com mamãe até a morte dela. E eu... eu estou confusa.

Sua sensatez ao falar foi o que acabou de desarmar Kieran. Aquela jovem, insuportável e manhosa às vezes, havia aberto seu coração de tal maneira que ele desejava poder lhe dar a solução para seu sofrimento. Mas não podia. Não sabia o que dizer, só podia abraçá-la e consolá-la.

Depois de um tempo de silêncio, durante o qual Kieran se permitiu acariciar o braço e as costas de Angela por cima do vestido com bastante intimidade, ele afastou uma mecha de cabelo do rosto dela e perguntou:

— Aston e George são muito especiais para você?

— Sim, mas não do jeito que você insinua. Eles e o pai, William, desde que eu era pequena estiveram ao meu lado. Eles protegeram a mim e as minhas irmãs quando papai, mergulhado em seu desespero, passava dias sem sair de seus aposentos, e eu sou grata a eles. Embora me doa vê-los partir, eu entendo a decisão deles. Eles precisam viver a vida, conhecer mulheres, apaixonar-se, casar-se, ter filhos e ser imensamente felizes. E isso, em Caerlaverock, nunca vai acontecer.

— Por suas palavras, intuo que você é muito romântica.

Com um sorriso triste, ela respondeu:

— Tive o melhor mestre ao meu lado sempre: meu pai. Mas a vida me ensinou que assim como nos faz feliz, o amor pode nos destruir. Papai sofre pelo que sente. May se tornou freira por amor, e minha irmã Davinia também sofre por amor.

Kieran, surpreso por essa revelação, murmurou:

— Mas, mesmo assim, você acredita no amor, não é?

Ela se sentiu corar. Por que estava falando desse assunto com ele? Mas, sentindo o sangue ferver em suas veias, esqueceu-se de ser a doce Angela e do decoro que haviam lhe ensinado desde pequena, levantou o queixo, e mais ao estilo Fada, respondeu:

— Sim.

— E por que ainda acredita, depois do que disse?

Fitando-o nos olhos, ela sorriu. Pensou no que sua mãe sempre lhe dizia que sentiu quando viu seu pai pela primeira vez. E, esquecendo as normas, a moderação, a compostura e a vergonha, respondeu:

— Porque quando vi você pela primeira vez, fiquei sem fôlego.

Kieran ficou atônito.

— E tenho certeza de que se você me conhecesse, se soubesse quem realmente sou, também se apaixonaria por mim — acrescentou ela.

Assim que acabou de dizer aquilo e viu a expressão no rosto dele, amaldiçoou sua língua comprida e ficou vermelha como um tomate.

Por Deus, o que havia dito?

Incrédulo e alegre ao mesmo tempo com o desembaraço dela, Kieran perguntou:

— E por que acha que se eu a conhecesse me apaixonaria por você?

— Esqueça, eu falei uma bobagem — replicou ela, olhando para o chão.

— Gostaria que esclarecesse essa bobagem — insistiu ele.

Angela praguejou. Por que sempre ignorava as regras? Por que não podia ser como Davinia, que, independentemente do que acontecesse, sabia se calar e se adequar? Ela olhou para o homem que esperava uma explicação e respirou fundo. Se lhe dissesse que ela era Fada, sabia que o interesse dele aumentaria, mas respondeu:

— O que eu disse é indecoroso. E estou começando a me envergonhar de minha língua solta.

A sinceridade dela o fez sorrir. Gostava que Angela fosse assim com ele. Sentindo o constrangimento dela pelo que havia dito, Kieran fitou sua testa e disse:

— Ainda está com um belo galo.

— Eu sei.

Seus olhares se encontraram. Depois de um estranho silêncio no qual ele interpretou o olhar de Angela, Kieran murmurou:

— Uma dama casta e decente nunca pediria um beijo.

— Segundo você, além de chorona, sou bastante indecente. — Então perguntou: — Susan não pede seus beijos?

— Sou um cavalheiro, e nunca falarei de uma mulher para outra — respondeu Kieran.

Mas seu cheiro... sua proximidade... sua doçura... seu pedido... sua insolência, tudo isso misturado com o momento fez com que o corajoso Kieran derrubasse suas defesas e sussurrasse quando ela roçou seus lábios:

— Angela...

Ignorando sua advertência, ela pôs a ponta da língua para fora e, passando-a descaradamente pelos lábios dele, murmurou, enquanto o calor que o corpo dele irradiava a consumia de desejo:

— Não quero ouvir.

— Seu atrevimento me provoca.
— Eu sei — disse ela, sorrindo.
Kieran roçou seu nariz no dela e, em tom íntimo, murmurou:
— Cada vez que você diz "eu sei", me deixa desarmado.
Angela sorriu e respondeu:
— Eu sei.
Seu cheiro o embriagava, sua boca o anulava e sua voz o enlouquecia. O que aquela mulher estava fazendo com ele?
Incapaz de recusar, ele pousou uma mão no pescoço dela e outra na cintura, e introduzindo sua língua ardente na boca de Angela, devorou-a sem descanso. Sem forças, Angela se entregou e desfrutou a paixão que ele demonstrava. Então, percebeu que estava deitada no chão, com aquele homem se mexendo sobre seu corpo.
O contato erótico endureceu seus mamilos e ela arfou. Kieran, ao notar, passou a mão por cima do corpete do velho vestido e murmurou:
— Angela, o desejo de possuí-la me consome. Não devemos continuar.
— Eu sei...
— E se sabe, por que me provoca?
— Não sei.
A resposta e expressão excitada dela o fizeram sorrir. Sem lhe dar trégua, ele a pegou pelos cabelos e a puxou para si. O beijo foi selvagem. Sem dúvida, ambos se desejavam. Kieran, embrutecido e perdendo totalmente o controle de seus atos, enfiou a mão dentro do decote dela e tocou os mamilos endurecidos.
— Oh, Deus... — arfou Angela ao sentir o contato íntimo.
Até então, nenhum homem havia tocado parte nenhuma de seu corpo, e menos ainda uma tão íntima. Kieran intuía, imaginava isso, mas não parou. Tomado pela paixão de que ela falava, ele prosseguia com aquela loucura. Excitado, sussurrou sobre a boca de Angela:
— Gosta de meu toque?
— Sim — respondeu ela, extasiada.
Embriagado pela resposta rápida e sincera, Kieran passou sua boca ardente pelo delicado pescoço dela e, quando subiu até sua orelha, sentiu-a estremecer. Isso o deixou louco.
— Você é doce, suave, passional e imensamente tentadora, Angela Ferguson — disse —, e acho que tem razão.
— Em quê? — perguntou ela, embriagada de desejo.

Sem se afastar dela, em um tom íntimo que a deixou arrepiada, Kieran murmurou:

— Acho que se eu a conhecesse mais, talvez pudesse me apaixonar por você.

Excitada pelas palavras dele, ela se mexeu sob seu corpo. O contato das mãos dele com sua pele a fez tremer. Ele apertava seus seios e dizia palavras ardentes e sedutoras em seu ouvido que a incitavam a continuar a fazer o que estavam fazendo.

Enlouquecido pela reação do corpo de Angela, ele se mexeu sobre ela com atitude possessiva e arrogante, para fazê-la sentir a força de sua virilidade. Queria que ela soubesse quanto a desejava e como estava excitado.

Angela, sentindo-o apertar os quadris contra seu corpo e entendendo o que significava aquilo, arfou, fitando-o nos olhos. Mas em vez de se intimidar, arqueou-se para ele, e Kieran respondeu dando-lhe um beijo incrível, ardente e ansioso, enquanto tremia inteiro, contendo-se para não a submeter a seus caprichos ali mesmo, naquele instante.

Quando o beijo acabou, sem lhe dar tempo para pensar, ele levou a boca a um dos seios dela. Era suave, rosado e tentador. Beijou-o. Acariciou-o enquanto ela estremecia sob seu corpo, e, por fim, chupou seu mamilo com deleite, enquanto Angela se apertava contra ele, disposta a desfrutar o momento. Desfalecida de luxúria, ela mergulhou os dedos no cabelo de Kieran e fechou os olhos, apertando-o contra seu peito para que ele não parasse.

Sentindo-a se entregar, Kieran levantou depressa a saia dela e, quando pôs a mão dentro de suas calçolas e tocou seu ventre plano, ouviu-a arfar. Louco de desejo, soltou o mamilo que havia acariciado com a boca e murmurou:

— Não sei o que você quer de mim, mas isto é o que eu desejo de você.

Com um movimento seco e firme de quadril, mostrou de novo seu esplendor e sua dureza.

Angela gemeu ao senti-lo. De repente, com brusquidão, Kieran abriu-lhe as pernas.

— Oh, meu Deus!

— Isso mesmo, meu bem — disse ele, sorrindo. — Oh, meu Deus! Tenho certeza de que você está molhada, Angela. Muito molhada. E sei que é por minha causa, e isso me deixa louco de paixão e desejo. Tão louco, que a única coisa que desejo neste instante é possuí-la. Mergulhar em você como um selvagem para ouvi-la gritar meu nome.

Entendendo até onde haviam chegado, Angela gemeu, assustada. O que estava fazendo? Não devia continuar com aquilo. Devia parar o quanto antes, mas seu corpo se negava a lhe obedecer.

— Esta é uma pequena parte da doce tortura a que você me submete com seu constante descaramento que chama de "paixão". Mas eu sou um homem honrado, e sei que não devo continuar. Mesmo que seu corpo e o meu gritem para que eu não pare.

— Você tem razão... pare... pare...

Dessa vez, o bom senso de Kieran prevaleceu. Olhou para ela e, ao vê-la debaixo de seu corpo, com os seios descobertos e entregue ao desejo, de repente, tomou consciência do que estava fazendo.

Apesar de ser uma descarada que o enfeitiçava, Angela era uma jovem dama, casta e virgem, não uma das mulheres com quem ele costumava se relacionar. Beijou-a na boca e se sentou montado sobre ela à luz da lua. Precisava respirar e recuperar o controle de seu corpo; e, em especial, de seus pensamentos. Quando conseguiu, fitou-a de novo e sussurrou:

— Você não imagina o esforço que estou fazendo para não a possuir agora mesmo sem pensar em mais nada.

— Kieran... — murmurou ela, assustada.

— Apesar de seu descaro, você é virgem, não é?

Ela assentiu, e ele sibilou:

— Isso faz que eu não dê a meu corpo o que ele exige. Mas se você não fosse virgem, garanto que não pararia. Especialmente porque seu corpo, sua boca e seus olhos me pedem que continue.

Pegando a mão dela, levou-a até sua dura ereção.

— Aqui está o que me fazem o ardor e a paixão. Não me provoque de novo, doce Angela, senão, da próxima vez, nada poderá me deter, entendeu? — murmurou ele.

Alarmada, com a respiração acelerada, ela assentiu, retirando a mão da virilha dura dele. Não tinha a menor dúvida de que se ele quisesse, tendo-a como a tinha ali, poderia roubar sua virtude sem que ninguém ficasse sabendo.

Com frieza, Kieran guardou os seios de Angela dentro do vestido, diante do atento olhar dela, que respirava com dificuldade. Quando terminou, levantou-se e, pegando-a pela mão, a puxou.

Já em pé, um em frente ao outro, Kieran passou a mão por seus cabelos com pesar. Depois a fitou e, diante da expressão confusa dela, disse:

— Você me desconcerta. Às vezes parece uma daminha doce e tímida, e outras, uma mulher pronta a perder a cabeça e a virtude em meus braços. Mas, sabe de uma coisa? Eu sou mulherengo, mas não roubo a virtude de nenhuma virgem se puder evitar. Portanto, a partir de agora, tente se manter longe de mim para evitar tentações, entendeu?

— Aham... — murmurou ela.

Confuso, reprimido e furioso pelo que aquela mulher conseguia fazer com ele, Kieran deu meia-volta e se afastou a passos largos, deixando-a sozinha, acalorada e totalmente desconcertada.

O que esteve prestes a fazer?

Passados alguns minutos, depois que se recompôs e ajeitou o cabelo como pôde, Angela voltou para onde todos estavam. William e seus filhos olharam para ela com estranheza, mas Angela se aproximou deles sorrindo para que soubessem que estava bem.

Com curiosidade, procurou ao seu redor o homem que desejava. Viu-o sentado com as costas apoiadas em uma árvore, observando-a com pesar. Sentiu um calor por dentro que a deixou perturbada.

Sem dúvida, Kieran estava despertando nela esse fogo de que havia ouvido algumas mulheres falarem. Por isso, despedindo-se dos Shepard, voltou à charrete com sua irmã, que estava dormindo, e não saiu mais do seu lado.

17

O balanço da charrete a acordou. Surpresa, percebeu que haviam retomado a viagem sem a acordar. Quando William a viu se mexer, aproximou-se montado em seu cavalo e comentou:

— Parece que O'Hara está com pressa.

Angela assentiu, mas não disse nada. Depois do acontecido, com certeza, Kieran queria chegar o quanto antes à abadia. Alegrou-se. Isso aceleraria a volta ao castelo.

Durante o dia todo, não se aproximaram um do outro. Olhavam-se, desejavam-se, mas ambos sabiam que não deviam continuar com aquele jogo perigoso. À noite, Angela não saiu do lado dos Shepard. Jantou com eles e com sua irmã, e quando May foi dormir, decidiu ficar diante do fogo com os três. Procurava não olhar para onde sabia que Kieran estava, a observando, e quando não aguentou mais e o calor inundou de novo seu corpo, foi para a charrete dormir com a irmã. Era o melhor a fazer.

No terceiro dia, chegaram à abadia Sweetheart na hora do almoço. William, seus filhos e Angela acompanharam May, depois que ela se despediu com cordialidade de Kieran O'Hara e de seus homens.

Mas ninguém podia entrar na abadia, de modo que depois de beijar e abraçar sua irmã, May se dirigiu sozinha até a enorme porta de madeira maciça, virou-se e jogou um beijo, que a irmã pegou. Depois, Angela repetiu o gesto, e May sorriu.

Quando ela desapareceu dentro da abadia, ao ver o rosto de Angela, William disse:

— Você sabe que ela vai ficar bem. May encontrou a felicidade aqui.

O homem tinha razão. Tentando sorrir, ela assentiu. Até que encontrou o olhar de Kieran.

— Temos que voltar para Caerlaverock — disse Angela.

William, que como os demais havia sido testemunha do estranho comportamento da garota e do chefe dos O'Hara, perguntou:

— O que há com você?

Dando de ombros ao ver que os Shepard a olhavam esperando uma resposta, Angela respondeu:

— Nada. Só quero voltar ao castelo e esquecer esses bárbaros.

Seus três amigos sorriram.

— Papai, George e eu achamos que Kieran O'Hara seria um bom marido para Angela, embora ela o considere um bárbaro. O que você acha? — sussurrou Aston, com humor.

— Aston! — protestou ela, dando-lhe um soco.

— É o que Kubrat e eu pensamos — afirmou William, sorrindo.

Antes que ela pudesse dizer qualquer coisa, acrescentou:

— Sim, garota, seu pai e eu falamos sobre isso. Esse O'Hara e você formariam um lindo casal. Ele é um homem forte e corajoso, e você também, não esqueça!

Angela foi responder, mas ao ver o olhar maroto dos três, bateu o pé no chão e, sem dizer nada, dirigiu-se à charrete.

A partir desse momento, só desceu para comer e esticar as pernas. Kieran ficou grato; quanto menos a visse, melhor. Ainda não entendia por que aquela ruiva descarada havia se transformado em uma tentação tão grande para ele.

Mas, essa noite, depois de horas sem vê-la mesmo tendo-a por perto, seu humor mudou. Queria admirar seu rosto, seus olhos, escutar sua voz, desfrutar seu sorriso. Passou mil vezes perto da charrete, mas Angela não saiu.

Já bem avançada a noite, sem conseguir dormir, O'Hara se levantou inquieto e passou de novo perto de onde ela dormia. Pareceu-lhe ouvir um gemido. Diminuindo o passo, ele olhou ao redor, mas não viu ninguém. Estava tudo calmo. Prosseguiu lentamente seu caminho, até que outra vez ouviu o gemido; e dessa vez sabia de onde vinha. Passou por cima dos Shepard, que dormiam ao pé da charrete, abriu a cortina e viu Angela se debatendo, angustiada e suando; soube que estava tendo um pesadelo.

— Não toque nela — disse de repente a voz de Aston.

Mas Kieran já havia posto a mão em seu ombro e a chacoalhava para que acordasse. A jovem deu um pulo e se encolheu, assustada como um animal ferido, tremendo.

Aston, afastando Kieran com um movimento brusco, subiu na charrete e, aproximando-se da amiga, abraçou-a com carinho e sussurrou algo em seu ouvido. Até que pôde deitá-la de novo e ela relaxou.

Kieran, sem entender nada, olhou para George em busca de uma explicação, mas este se limitou a dizer:

— Senhor, é melhor ir descansar.

Sem responder, Kieran se afastou, totalmente desconcertado. Era uma tortura recordar seus olhos assustados. O que acontecia com aquela jovem?

Pouco depois, ele estava sentado ao lado do fogo, absorto em seus pensamentos, quando William se aproximou.

— Angela tem pesadelos, às vezes — contou o homem.

Era a segunda vez que Kieran ouvia aquilo.

— Por quê? O que há com ela? — perguntou, interessado.

Servindo-se uma xícara do caldo que estava ao fogo, o homem respondeu:

— Essa pobre garota, quando pequena, viu a mãe e os irmãos ensanguentados, despedaçados, e, desde então, mal consegue dormir.

Kieran balançou a cabeça, horrorizado. Em combate, ele havia visto coisas assim, e apesar de ser um homem curtido pelas batalhas, nunca as esquecia. Pensar que Angela havia visto algo parecido na infância, e com pessoas queridas, deixou seu coração arrasado. Mas, quando foi dizer algo, William prosseguiu:

— Certas noites, os pesadelos não a abandonam. Em outras, ela não dorme por medo de sonhar; e em outras, está tão extenuada e dorme tão profundamente que ficamos angustiados até que ela acorde. Sem dúvida, o que ela viu naquela época provocou-lhe tanta confusão e medo que não é capaz de descansar.

Nesse momento, Kieran viu que ela saía da charrete se abanando com a mão. Seu cabelo estava revirado, e ela parecia cansada. Imediatamente, Aston e George passaram o braço pelos ombros de Angela em atitude protetora e se afastaram com ela.

William, ao vê-los, levantou-se também. Antes de ir atrás deles, disse:

— Meus filhos e eu sempre protegemos essa jovem, ao passo que ela sempre protegeu sua família. Posso dizer que Angela é a fraqueza do pai e a nossa. Você não a conhece, mas lhe direi, laird O'Hara, que ela é incrível como mulher e como pessoa, e que merece ser feliz. Espero que um dia alguém saiba valorizar a valentia e o coração de minha linda Angela.

Na manhã seguinte, quando Angela acordou depois da noite atribulada, ainda estavam acampados. Ao descer da charrete e ver o dia nublado, perguntou a George:

— Por que não estamos a caminho?

O jovem, que estava sentado no chão, entregou-lhe uma caneca com água fresca e disse:

— Porque O'Hara não deixou que ninguém se mexesse nem fizesse barulho até você acordar.

Ela se surpreendeu. Por que ele teria feito isso?

Acompanhada por seus dois amigos, ela foi até um lago próximo para se assear. Quando voltou, Kieran se aproximou e, com uma amabilidade que a deixou sem fala, perguntou:

— Como está se sentindo hoje?

Sem entender o motivo de sua atitude e, em especial da aproximação, Angela pestanejou e respondeu, prosseguindo seu caminho com Aston e George:

— Bem.

Quando se afastaram o suficiente, ela olhou para os amigos e viu que sorriam. Antes que pudesse perguntar algo, Aston disse:

— Ontem à noite ele a viu durante um dos seus pesadelos.

Horrorizada, envergonhada por ele a ter visto em um momento tão íntimo e assustador, olhou para trás; encontrou o olhar de Kieran, que a seguia. Ficou inquieta.

Poucos minutos depois, retomaram a viagem. Começou a chover forte. Dentro da charrete, Angela estava protegida, mas entediada. Não sabia o que fazer! Não podia montar sua égua, ou os outros a veriam. Extenuada, deitou-se, encolheu-se sobre o tartã e, antes do que imaginava, o balanço a fez dormir.

À noite, quando acamparam, devido à chuva, decidiram montar tendas para se proteger. Colocaram uma lona sobre a charrete e a amarraram a uma árvore. Quando Angela saiu e viu o lodaçal, praguejou em voz baixa. Isso os retardaria, especialmente, por causa da charrete.

Contrariada, ela se sentou ao lado de George, enquanto Aston ajudava o pai a esticar a lona. Olhou ao redor com curiosidade e encontrou o que buscava: Kieran, que debaixo de outra lona, falava com Zac e Louis.

— Parou de se esconder de O'Hara? — perguntou George, provocando-a.
— Não estava me escondendo — replicou ela, incomodada.
— Você não parecia muito assustada com ele na outra noite — prosseguiu o garoto.

Angela o olhou horrorizada e exclamou:
— Maldição, George Shepard, o que quer dizer com isso?

Soltando uma gargalhada, ele sussurrou:
— Eu o vi indo em sua direção, segui-o e o vi pôr você no colo enquanto conversavam.
— Só viu isso?
— O que foi que eu não vi, Angela? — perguntou George, sério.

Acalorada, mas mais tranquila por saber que ele não a havia visto em seu momento luxurioso, respondeu:
— Nada... nada.

George levantou as sobrancelhas, surpreso, bem quando seu irmão se sentou do outro lado de Angela e ela tirou uma pequena adaga da bota.

A resposta e o desconcerto dela indicaram-lhe que havia acontecido algo entre a amiga e o highlander, mas a prudência o fez calar. Ao olhar para O'Hara, viu-o com o olhar fixo neles.

Kieran, que estava falando com Louis e Zac, ao ver Angela sair da charrete não conseguiu se concentrar em mais nada. A jovem estava decidida a não cruzar seu caminho, e ele era grato por isso, embora ao mesmo tempo o incomodasse. Observou-a rir com intimidade com um dos rapazes, e quando o outro se sentou ao seu lado, pôde ver a boa relação que existia entre os três.

— Continua olhando essa daminha com interesse demais — comentou Louis.

Afastando o olhar, Kieran tossiu e respondeu:
— Ela é filha de Ferguson e está sob minha responsabilidade. Preciso cuidar dela, não acha?

Louis e Zac soltaram uma gargalhada.
— É que você olha para ela com olhos de... — sussurrou Zac.
— Zac! O que está insinuando? — E ao ver a expressão brincalhona dele, acrescentou, suavizando a voz: — Não vejo a hora de rolar na cama com uma mulher de seios grandes; essa jovem não é o que eu desejo.

Os três highlanders estavam rindo quando Kieran viu algo que lhe chamou a atenção: distraída, Angela tirou da bota uma pequena adaga e, pegando um pedaço de madeira, começou a entalhá-lo sem medo de se cortar.

— Há uma aldeia não muito longe daqui — informou Louis. — Com certeza tem um bordel cheio de lindas mulheres de seios grandes e coxas carnudas.

— Os homens podem ficar aqui com ela para protegê-la e nós poderíamos visitar essas mulheres. O que diz, Kieran? — disse Zac, animado.

Mas Kieran continuava olhando para a jovem, e tornou a se surpreender quando a viu cravar a adaga com força perto do pé de Aston e os três rirem sem medo.

— Kieran, está escutando? — perguntou Louis.

Ele assentiu. Fitando-os por fim, respondeu:

— Está chovendo e o caminho está muito enlameado. Logo chegaremos a Caerlaverock. Até então, prefiro não a perder de vista.

18

À noite, enquanto o acampamento todo dormia, Kieran estava alerta para o caso de Angela voltar a ter pesadelos. Mas, por sorte, dessa vez ela dormiu.

Ao amanhecer, continuava chovendo quando seguiram viagem. De repente, um cheiro estranho inundou o ambiente. De dentro da charrete, Angela o sentiu e colocando a cabeça para fora, perguntou a Aston, que cavalgava ao seu lado:

— Não está um cheiro estranho?

— Deve ser um animal morto — respondeu o jovem, sério.

Ela assentiu. Mas, como não queria se molhar, voltou para dentro. As horas passavam e a chuva não parava, mas o cheiro era cada vez mais forte. Quando pararam, ela desceu da carruagem e, aproximando-se de William e Kieran, que estavam conversando, inquiriu:

— Não estão sentindo cheiro de queimado?

Eles assentiram, todos haviam notado aquele forte cheiro. De repente, um dos homens de Kieran apareceu a galope.

— Meu senhor, o bosque pegou fogo — disse, desmontando apressado.

Angela ficou arrepiada no ato. O bosque? Seu bosque?

Sua respiração começou a se acelerar, enquanto centenas de imagens grotescas passavam por sua mente. William, que a conhecia melhor que ninguém, pegou-a pelo cotovelo e murmurou:

— Calma, Angela.

A seguir, olhando para Kieran, William acrescentou:

— Temos que partir o quanto antes para ver o que aconteceu.

O highlander assentiu. Sem dúvida alguma, deviam partir.

— Milady — falou a seguir —, teremos que abandonar a charrete. Senão, ela vai nos retardar, e...

— Tudo bem... tudo bem — respondeu ela, afastando uma mecha dos olhos.

A rápida afirmação surpreendeu Kieran. Por acaso não tinha mais medo de cavalos? Mas, sem querer pensar nisso, reuniu seus homens. Angela viu quatro deles montarem e se afastarem a galope.

William deu um assobio para chamar Aston e George. Afastados do resto, Kieran observou o homem falar com os filhos e com Angela. Ela estava nervosa, muito nervosa, e ficou surpreso por não a ver chorar.

Aston tirou as coisas de Angela da charrete e, quando ela desamarrou a égua, William a fitou e aconselhou:

— Não, garota. Não faça isso.

Angela ficou desesperada. Queria montar sua égua, afundar os calcanhares nela e chegar o quanto antes ao castelo. Mas, olhando para os highlanders, George sussurrou:

— Você vai com um de nós.

Ela recusou, e os quatro começaram a discutir. Então, Kieran se aproximou, mas só ouviu a jovem reclamar por ter que montar com um deles. Como não queria continuar perdendo tempo, disse para fazê-la se calar:

— Ela irá comigo.

Angela se virou para protestar, mas William se antecipou, dizendo:

— Acho que será melhor.

— Não. Irei com Aston ou com George.

— Você é minha responsabilidade — respondeu Kieran, levantando uma sobrancelha. — Seu pai a deixou a meu cargo, portanto, irá comigo.

Contrariada, Angela olhou para o céu chuvoso, mas ciente de que não era hora de drama, assentiu. Segurando a mão que O'Hara lhe estendia do alto de seu cavalo imponente, deixou-se içar. E, com uma agilidade que o deixou surpreso, ela montou de frente e disse:

— Muito bem, O'Hara... vamos ver minha gente.

Ele, boquiaberto, perguntou:

— Onde deixou o medo de cavalos?

Sem vontade de brincadeiras e sem olhar para ele, ela respondeu:

— Quando minha família está em perigo, medo nenhum conta.

Pela firmeza da resposta dela, Kieran percebeu quanto ela temia que houvesse acontecido algo com eles. Ele fez um sinal com a mão, e todos partiram apressados para o castelo de Caerlaverock.

Kieran segurou Angela com firmeza o tempo todo durante a cavalgada. Ao chegar ao limite do bosque, pararam. Vendo a paisagem negra e desoladora, ela sussurrou, levando as mãos à boca:

— Oh, meu Deus...

Angela começou a tremer. Kieran a apertou contra si para aquecê-la, e disse em seu ouvido:

— Calma, Angela... calma.

Aston e George seguiam à frente com outros homens de Kieran.

— Vamos prosseguir, por favor... Não podemos parar aqui — pediu ela.

William se posicionou ao lado do cavalo de Kieran. Os dois homens se olharam sem dizer nada. Aquilo não parecia nada bom.

A chuva era incessante, o que havia ajudado a apagar o fogo. Angela tossiu por causa da fumaça e, depressa, Kieran pegou um lenço, amarrando-o sobre o nariz dela.

Os demais homens, inclusive William e Kieran, também cobriram o nariz e a boca com lenços, e a comitiva prosseguiu. A paisagem era desoladora: onde até poucos dias antes havia um bosque coberto de vegetação, árvores milenares, pássaros, veados, esquilos e insetos, agora havia um amontoado escuro e queimado. Todo rastro de vida havia desaparecido. Angela queria cavalgar depressa e chegar ao castelo, e foi o que pediu, de fato, exigiu, mas nem William nem Kieran lhe deram ouvidos.

Apesar de seus constantes bufos de indignação, decidiram parar em uma clareira do bosque queimado. Negavam-se a continuar até ter notícias dos que haviam ido na frente.

Desesperada, ela se afastou deles enquanto pensava no que poderia fazer para chegar ao castelo. Estava indignada e morrendo de medo.

Olhou para sua égua, que estava amarrada ao cavalo de William. Quando este percebeu suas intenções, com um brusco movimento de cabeça fez que não.

Ela já ia espernear, gritar, blasfemar, quando o som do galope de cavalos se aproximando a alertou. Pouco depois, em meio à fumaça apareceram os homens de Kieran e Aston.

Passando por ela, foram falar com seu chefe e com William, mas Angela entendeu o que havia acontecido só de ver o olhar de Aston. Leu a amargura e a raiva em seu semblante e, com os olhos marejados, murmurou, aproximando-se:

— Diga que estão todos bem.

O jovem a fitou e, estendendo a mão, puxou-a para si e a abraçou, enquanto sua própria respiração acelerada dizia tudo. Mas Angela, dando-lhe um empurrão, gritou:

— Eu disse para me dizer que estão todos bem!

Seu grito fez que todos olhassem para ela. Seu pesadelo mais terrível se tornava realidade. Kieran e William caminharam para ela quando a tensão a dominou e ela desmaiou. Aston, assustado, pegou-a, mas, segundos depois, alguém a arrancou de seus braços. Era Kieran O'Hara, que olhando para os homens, ordenou:

— Montem uma tenda. Assim que lady Angela estiver protegida da água, quero que quatro homens vão à abadia de Sweetheart para informar lady May Ferguson o que aconteceu.

— Eu irei com eles — ofereceu Zac.

Kieran assentiu e indicou:

— Escolte May até aqui. Outros quatro homens se dirigirão a Merrick para avisar Davinia e Cedric. Lady Angela ficará aqui com dois homens, enquanto o resto de nós vai ao castelo de Caerlaverock.

19

Quando Angela acordou, estava dentro de uma tenda. O cheiro de queimado era sufocante e na hora a fez recordar o acontecido. Seus olhos se encheram de lágrimas. Tinha que sair dali em busca de sua família. Com cuidado, foi até a entrada da tenda. Viu dois homens de guarda, e mais ninguém.

Pegou a adaga que levava na bota e a cravou em uma das paredes de pano. Devagar e sem barulho, fez uma abertura, pela qual saiu sigilosamente. Instantes depois, viu sua égua amarrada a um tronco, foi até ela e pegou a sacola onde guardava suas coisas. Entrou de novo na tenda, tirou a saia e depressa vestiu a calça de couro e as botas altas. Quando terminou, ajeitou a espada na cintura e a aljava nas costas, cobriu-se com a capa e o capuz e saiu de novo.

Saiu pelo mesmo lugar e, sem fazer barulho, chegou a sua égua. Desamarrou-a do tronco e, caminhando, desapareceu na escuridão da noite.

Quando já estava bem longe do acampamento, montou-a e, dando-lhe umas batidinhas com os calcanhares, murmurou:

— Vamos para casa, Briosgaid.

Cavalgou sem descanso pelo bosque queimado durante o que pareceu uma eternidade. Quando saiu dele, seu coração quase parou. Diante dela estava seu lar, o lugar onde havia crescido, mas soube que nada era como antes.

Havia um estranho silêncio. Cravando de novo os calcanhares na égua, saiu a galope em busca de sua família. Quando chegou ao início da ponte, os homens de Kieran a mandaram parar. Como uma flecha e sem lhes dar ouvidos, Angela passou por eles e atravessou a ponte de madeira.

Assim que entrou no pátio do castelo, viu Kieran e William. Sem se importar, incitou sua égua até chegar à escadaria da porta de entrada e, com agilidade, desmontou e correu para dentro.

— Fada — murmurou Kieran, surpreso.

— Meu Deus, garota — sussurrou William ao vê-la.

Ambos foram apressados para dentro do castelo, onde ela havia desaparecido. Então, Kieran viu a jovem tirar o capuz, deixando exposta uma cabeleira vermelha e brilhante. Atônito, parou e, quando ela deu meia-volta, segurou o cotovelo de William, que estava ao seu lado.

— Sim, O'Hara, o que você está vendo é verdade — disse o homem.

Confuso como nunca na vida, Kieran murmurou:

— Angela é...

— Sim — afirmou William —, Angela e Fada são a mesma pessoa.

Totalmente pasmo, incrédulo e desconcertado, Kieran ficou parado na porta de entrada, enquanto ela chamava:

— Papai... Papai, onde você está?

Ninguém respondeu; Angela olhou ao redor. O pouco que tinham estava espalhado pelo chão, quebrado.

— Patt, Evangelina, Viesla, Effie, Leslie... respondam! — gritou ela.

— Angela — chamou William.

— Papai... Papai... responda, por favor!

Nesse momento, ela deu meia-volta e viu os dois homens. William se aproximou e a abraçou, enquanto Kieran a olhava totalmente aturdido. Ainda não podia acreditar que ela era Fada.

— Papai! — gritou ela, soltando-se do abraço de William.

— Angela... — chamou William.

— Onde ele está? Diga-me onde está.

— Ouça, menina... Olhe para mim...

Kieran a observava aturdido, enquanto ela murmurava em agonia:

— Papai... Papai, por favor, outra vez não.... outra vez não!

Aproximando-se dela, William pediu de novo:

— Angela, olhe para mim.

— Não. Não quero olhar para você. Não quero falar. Tenho que encontrar meu pai. Papai!

Nesse instante, Aston e George, com os olhos vermelhos, apareceram levando dois pequenos corpos inertes nos braços. Ao vê-los, Angela cobriu a boca e, com um fio de voz, gritou:

— Não... não, por favor... nááááoooo...

Horrorizada, correu para as pequenas sobrinhas de Evangelina, Effie e Leslie. Chorou e gritou aos céus com desespero.

Kieran, acostumado a essa dor devido às batalhas de que havia participado, esquecendo tudo foi até ela. Afastando-a das meninas, disse com firmeza, segurando seu rosto delicadamente:

— Olhe para mim... Angela, olhe para mim!

Ao ouvir sua ordem, ela o fitou.

— Encontrarei quem fez isso, e vou fazê-lo pagar, eu juro! — afirmou Kieran.

As pernas de Angela se dobraram. Segurando-a com força, ele a abraçou e murmurou, ciente da dor que ela sentia naquele instante:

— Sinto muito, Angela... sinto muito.

Ela chorou com verdadeira agonia, enquanto Aston e George, com a dor estampada no rosto, saíam do salão levando as meninas sem vida.

Com o coração quase saindo do peito, Angela foi dizer algo quando Kieran, sem soltá-la, se adiantou:

— Acompanhe-me e lhe mostrarei onde estão todos.

Como se fosse um de seus piores pesadelos, ela o seguiu segurando sua mão. Kieran saiu do salão do castelo e se dirigiu aos estábulos. Os homens olhavam para a jovem que passava e baixavam a cabeça em sinal de solidariedade.

Ao entrar nas cocheiras, Angela achou que ia morrer. Ali estavam os corpos sem vida de todas as pessoas que ela adorava, de quem precisava para viver. Todos. Ninguém havia sobrevivido ao terrível ataque. Os habitantes de Caerlaverock estavam mortos.

Ao ver a respiração dela se alterar, Kieran disse, sem a soltar:

— Nós os reunimos aqui para sepultá-los. Meus homens estão cavando as valas fora do castelo, e...

— Papai! — gritou ela ao vê-lo.

Soltando-se de Kieran, correu para abraçar o homem que adorava. Jogando-se literalmente sobre ele, beijou-o e pediu que acordasse com o maior carinho e o amor mais desesperado. Rogou que abrisse os olhos, que a beijasse, que sorrisse, mas seu pai não se mexeu.

Angela sujou as mãos, o rosto, toda ela de sangue, mas não se importou. Só queria estar com ele e não se afastar nunca mais. Seus gritos de agonia dilaceravam o coração de todos. Sua angústia era terrível.

Kieran a observava ao lado dos demais homens. A imagem da jovem era de pura derrota e desolação, e todos sofriam com ela. O que havia acontecido não era justo.

De súbito, a angústia que sentia ao vê-la naquela situação deixou Kieran inquieto. Aproximando-se, tentou consolá-la. Tentou afastá-la do pai, mas ela não permitiu. Resistiu com unhas e dentes, e ele teve que ceder.

De madrugada, vendo que Angela continuava ali chorando, Kieran não aguentou mais. Aproximando-se de novo, disse:

— Vamos, acompanhe-me.

— Não!! — gritou ela.

— Angela... lamento, mas...

— Vou matar quem fez isso, vou matar! — gritou ela, alucinada.

Kieran, ainda não acostumado a esse tipo de ferocidade nela, assentiu. Entendia perfeitamente o que ela devia estar sentindo.

No fim, decidiu usar a força para afastá-la dali. E, apesar de seus pontapés e gritos, levou-a para o castelo, sem se importar com as coisas que dizia.

Uma vez no salão devastado, Kieran a chacoalhou para fazê-la voltar a si. Até que ela foi se acalmando e, então, ele se agachou para fitar seus olhos inchados.

— Você precisa se acalmar — pediu ele.

— Outra vez não... É meu pai, Kieran... é papai! — gemeu ela, quase sem voz.

— Eu sei, Angela... eu sei, minha vida — concordou ele com ternura.

Ela lhe provocava esse sentimento até então desconhecido.

— Mandei Zac com alguns dos meus homens à abadia para avisar May, e outros foram dar a notícia a Davinia também. Pensei em esperar que elas cheguem para sepultar seu pai. O que acha? — prosseguiu Kieran.

Totalmente arrasada, ela assentiu. E, com tristeza no olhar, perguntou:

— Por quê? Por que isso tinha que acontecer? Por que todas as pessoas que me amam têm que morrer e me deixar?

Sem saber o que dizer, Kieran a fitou e, com carinho, afastou o cabelo de seu rosto.

— Não sei, Angela. Não tenho resposta para isso.

A jovem o abraçou. Mergulhou em seus braços e se deixou consolar, enquanto Kieran reprimia a fúria e a raiva que sentia pelo que havia acontecido ali.

William, ao vê-la mais tranquila, aproximou-se. Afastando Angela de Kieran, levou-a escada acima. Segurando-a com força, subiu com ela até seu quarto e a obrigou a se deitar.

Desconsolada, Angela resistiu; não queria dormir, queria justiça. Até que William disse:

— Seu pai não gostaria de vê-la assim. — E quando viu que ela o fitava, acrescentou: — Você tem que ser forte por ele, Angela. Tem que viver por ele. Kubrat ia querer isso.

— Oh, Deus, William... papai está morto, morto! O que vou fazer agora sem ele?

O grande amigo de seu pai a olhou. Ele também sentia demais aquela perda, mas respondeu:

— Tem que viver, Angela. Você é forte, valente, como sua mãe lhe pediu que fosse. Ele, assim como sua mãe, sempre soube que há uma guerreira em você. Ele sabia que você era essa Fada de quem todo o mundo falava. Eu mesmo lhe contei há anos.

Boquiaberta, ela foi dizer algo, mas William prosseguiu:

— Kubrat Ferguson foi meu senhor e meu bom amigo. Ele me encarregou de protegê-la, e foi o que tentei fazer. Como ele depositava toda sua confiança em mim, eu não podia mentir...

— Papai sabia que nós éramos os encapuzados?

William assentiu e, com um sorriso triste, disse:

— Ele sempre teve orgulho de você.

Angela cobriu o rosto e soluçou. Agora entendia certas palavras que às vezes ele lhe dizia. Seu pai sabia, conhecia seu segredo, mas, ainda assim, calou-se e a deixou acreditar que o enganava. Agora entendia por que ele sempre dizia que ela era tão valente quanto a mãe, apesar da aparência frágil que Angela tentava passar diante dos olhos de todos.

William acariciou os cabelos dela com ternura e prosseguiu:

— Ele gostava que eu falasse de sua coragem quando encontrávamos bandidos, e há muito tempo me fez prometer que no dia em que ele fosse se juntar a sua amada Julia, eu a faria ir embora daqui. Ele não queria que você ficasse neste castelo tão cheio de tristes recordações.

— Não posso ir embora de meu lar — murmurou ela, desconsolada. — É o único lugar que conheço, e...

— Precisa ir, garota, e não vou desistir enquanto eu não conseguir. Seu lugar não é aqui.

— E onde é? — perguntou ela, desesperada.

O homem deu de ombros e, olhando para a jovem que adorava, sussurrou:

— Não sei, mas descobriremos. Eu prometo.

Encolhida na cama, Angela se enrolou como um novelo, e o esgotamento a fez cair em um sono profundo.

20

No primeiro andar do castelo, Louis, ao ver seu laird parado no centro do salão destruído com aquela expressão de desconcerto, aproximou-se:

— Eu nunca teria imaginado que aquela daminha delicada pudesse ser a encapuzada.

Ainda incrédulo diante da descoberta, Kieran respondeu:

— Nem eu, Louis... nem eu.

— O que vamos fazer, Kieran? — perguntou Louis, ao vê-lo olhar confuso ao redor.

— Por ora, dizer a nossos homens que arrumem este lugar, na medida do possível. Depois, esperar que aqueles que foram levar a notícia voltem. Depois, veremos.

Louis assentiu. Sem dúvida, o que havia acabado de acontecer, apesar de serem guerreiros muito experientes, era inexplicável.

— Como quiser, Kieran — disse, apertando-lhe o ombro.

Um bom tempo depois, quando William estava diante da lareira do enorme salão absorto em seus pensamentos, Kieran se aproximou. Sentando-se ao seu lado, perguntou:

— Os acompanhantes encapuzados de Angela eram você e seus filhos?

O homem assentiu.

— Sim. Incentivados por essa mocinha, tentamos afastar os meliantes de Caerlaverock, mas, como vê, foi inútil. — E, fitando-o nos olhos, acrescentou: — Mas dos homens que atacaram a você e seus homens nós já cuidamos.

— O que fizeram com eles?

— Se algo aprendi com os anos que combati é que quem vem nos matar tem duas opções: matar ou morrer. Ensinei a meus filhos e a Angela o que aprendi, e garanto que se alguém se aproximar deles com más intenções, não viverá para contar.

A cada instante mais surpreso ao saber que aquela ruiva era letal como o homem a descrevia, inquiriu:

— Ferguson sabia o segredo de Angela?

— Sim. Há anos que ele sabia. Eu lhe contei. Não podia esconder dele o que sua filha estava fazendo. Só lembro que ele esboçou um sorriso e disse: "Ela é como a mãe!". Então, pediu-me que cuidasse dela como ele não saberia, e é isso que tento fazer.

— Mas, como uma mocinha como Angela se meteu em algo assim?

Shepard sorriu e disse:

— A pergunta seria como meus filhos e eu nos deixamos enganar por ela. Angela aprendeu a manejar a espada sozinha. Primeiro nos observava, e depois convenceu Aston e George a treinarem com ela. Com o tempo, também me convenceu, e, bem, o resto você já pode imaginar. Garanto que ela é uma guerreira experiente, com um instinto nato para a luta e incrivelmente habilidosa para muitas coisas mais. Ah, e quanto a seu pranto e inépcia, ela fazia isso para esconder seu verdadeiro jeito de ser. Ela nunca quis que ninguém soubesse que era Fada. Temia que a proibissem de atuar. — E, olhando para Kieran, acrescentou: — O'Hara, há pouco eu lhe disse que essa jovem era incrível, e agora, você mesmo pôde comprovar. Já não há mais nada a ocultar.

Ele assentiu. Sem dúvida, o homem tinha razão.

— Na noite em que nos ajudaram no bosque, ouvi a voz de outra mulher. Quem era? — perguntou Kieran.

— Sandra, a amiga de Angela. — E soltando uma gargalhada, murmurou: — Essas duas mocinhas são guerreiras incríveis.

Kieran havia estado totalmente cego pelo que elas quiseram fazê-lo acreditar. E o haviam enganado muito bem.

Angela, em seu quarto, dormia inquieta. Sonhos perturbadores a assombravam, mas se acalmou quando ouviu o pai lhe dizendo que queria vê-la sorrir, que era feliz porque estava com sua adorada Julia e que, agora, ela tinha que seguir sua vida e ir embora de Caerlaverock.

Sobressaltada, ela acordou e chorou com desespero ao pensar na tragédia, ainda que algo dentro de si lhe dissesse que, por fim, seu pai estava feliz. Sorriu. Era isso que ele lhe pedia no sonho. Mas seu sorriso se transformou em fúria e frustração.

Levantou-se da cama depressa, pôs a espada na cintura e abriu a porta oculta do quarto para ir atrás de sua própria vingança.

Caminhou pelo corredor com decisão, mas, antes de chegar ao fim, ouviu vozes. Aston e George estavam ali. Haviam se antecipado. Como a conheciam bem!

Frustrada, deu meia-volta e voltou para o quarto. Saiu pela porta e, com cautela, desceu; viu William e Kieran no salão, conversando. Sigilosamente, chegou à cozinha. Decidida, foi até onde sabia que Evangelina guardava suas ervas.

Sem tempo a perder, pegou algumas e um punhado de açúcar, saiu pela janela da cozinha e foi até onde estavam todos os cavalos. Com cuidado, deu um pouco da mistura a cada um, mas não a sua égua, e esperou que fizesse efeito. As ervas os deixariam tontos durante um bom tempo e, assim, seus donos não a poderiam seguir. Quando viu as patas dos animais se dobrando, montou a égua e, esporeando-a com os calcanhares, atravessou o pátio do castelo.

Os guerreiros gritaram ao vê-la partir. Apressados, Kieran e William foram para a porta. Sem olhar para eles, a jovem atravessou a ponte de madeira.

— Garota, pare! — gritou William, correndo para os cavalos.

— Maldição! — grunhiu Kieran.

Mas, quando chegaram aos cavalos, encontraram-nos deitados ou sentados sobre seus traseiros. Tentaram levantá-los, mas os animais não conseguiam.

— O que há com eles? — perguntou Kieran, angustiado.

Balançando a cabeça, William respondeu:

— Foi Angela.

— O que ela fez? — perguntou Kieran, incrédulo.

William teve vontade de rir apesar da desgraça que os cercava. Tocando o focinho de seu cavalo, notou o açúcar e sentiu o cheiro das ervas.

— Impediu que a sigamos — explicou. — Fique tranquilo, em breve os cavalos estarão bem. Tragam água para eles — pediu aos homens.

Louis olhou para seu chefe sem poder acreditar e sibilou:

— Maldita mulher.

Kieran blasfemou. Não suportava ser feito de bobo. E, sem sombra de dúvidas, aquela mulher o havia feito.

21

Angela cavalgou sem descanso e, quando o sol nasceu, já estava bem longe do castelo. Tinha que encontrar os bandidos que haviam lhe causado aquela dor. E quando os encontrasse, mataria um por um com suas próprias mãos.

Parou perto de um riacho para que Briosgaid bebesse água. Aproveitou para desmontar e esticar as pernas. Não sabia aonde ia, mas sabia o que faria quando estivesse diante daqueles que buscava.

De repente, ouviu o som de aço se chocando e vozes. Alarmada, correu em direção ao som; viu dois homens meio desajeitados atacando um jovem. Sem hesitar, puxou a espada do cinto e os enfrentou. Com toda a raiva que tinha dentro de si, atacou-os com ferocidade, dureza e extrema brutalidade. Uma vez controlados, com a ajuda do jovem, amarrou-lhes os pés e as mãos com umas cordas.

Quando acabaram, Angela olhou para o desconhecido para falar com ele, mas, ao ver em seu rosto uma delicadeza que não esperava, perguntou, surpresa:

— Você é uma mulher?

A outra assentiu.

— Sim, e muito obrigada pela ajuda. Sozinha teria sido mais difícil derrotar esses idiotas — respondeu ela, tocando os cabelos curtos.

Ainda incrédula com a descoberta, Angela a interrogou:

— Sabe quem são?

A garota, morena de cabelos escuros, que vestia calça como ela, deu de ombros.

— Não sei. É a primeira vez que os vejo por aqui.

Angela olhou para eles. Tinha que descobrir se haviam estado em Caerlaverock. Dando um pontapé em um, perguntou:

— De onde estão vindo?

— Alfred — disse o outro —, eu disse que a de cabelo curto era uma mulher. Eu a vi se lavar no rio...

— Eu perguntei de onde estão vindo — insistiu Angela.

O tal Alfred olhou para ela e acrescentou:

— Agora são duas mulheres, John. Vamos nos divertir.

A jovem morena bateu com um pau na cabeça dele, surpreendendo Angela. Quando o homem perdeu a consciência, olhando para o outro, ela disse:

— Responda o que perguntei.

Angela o interrogou durante um bom tempo, mas logo viu que não tinham nada a ver com o que acontecera em seu lar. Revirou suas coisas e não encontrou nada que os comprometesse. Sem dúvida, não tinham estado em Caerlaverock.

A garota, que a havia observado o tempo todo, ao encontrar a égua de Angela, perguntou:

— Esta preciosidade é sua?

— É Briosgaid — respondeu Angela, aproximando-se e acariciando-a.

A outra jovem sorriu e, acariciando o focinho do animal, murmurou:

— Olá, bonita. Você é uma preciosidade.

A égua balançou a cabeça, como se assentisse, e as duas riram.

— Cavalga sozinha? — perguntou a desconhecida.

— Sim.

Angela olhou ao redor em busca de mais gente, mas não viu ninguém.

— E você está aqui sozinha? — perguntou Angela.

A jovem morena assentiu. Amarrando as rédeas da égua em um galho, respondeu:

— Antes só que mal acompanhada. Venha a minha casa, posso lhe dar alguma coisa para beber.

Angela a seguiu e se surpreendeu quando chegaram a uma palhoça pequena e capenga construída com pedras entre algumas árvores. Entrou naquele lugar que a garota considerava sua casa. Viu um pequeno catre no chão, um fogo, vários troncos de madeira e, sobre um deles, umas flores frescas.

— Você mora aqui?

A outra assentiu, dando de ombros.

— Não é grande coisa, mas é meu lar — disse a desconhecida.

Havia uma panela pequena e descascada ao fogo que cheirava muito bem.

— Você comeu? — perguntou a garota.

Angela negou com a cabeça. Com um sorriso, a outra disse:

— Então, permita que a convide para almoçar, em agradecimento pela ajuda que me deu. Não é muito, sopa com um pouco de coelho, mas está uma delícia, eu garanto.

Angela assentiu. A jovem pegou uma espécie de prato de louça que sem dúvida havia conhecido tempos melhores e, pondo-o diante de Angela, encheu-o de sopa.

— Coma — indicou. — Vai ver que está ótima.

— E você não come?

Ela, com um sorriso encantador, respondeu:

— Eu só tenho um prato. Quando você acabar, comerei. Vamos, prove minha sopa. A propósito, nem me apresentei. Meu nome é Iolanda. Iolanda Graham.

— Angela Ferguson — apresentou-se ela, por sua vez.

Ao ouvir seu nome, a jovem perdeu o sorriso e começou a tremer.

— Que foi? — perguntou Angela.

Com voz trêmula, Iolanda juntou as mãos e suplicou:

— Por favor, Angela, eu sei que estou na terra dos Ferguson, mas não me delate. Senão, o laird me obrigará a ir embora, e eu não tenho para onde ir.

— Não... fique tranquila. Claro que não direi nada — respondeu ela, consternada pela reação da moça.

Ainda preocupada e retorcendo as mãos, a jovem acrescentou:

— Sei que com o que lhe peço a estou colocando em uma situação delicada com seu senhor, mas, acredite, Angela, se os Ferguson me pegarem, nunca a delatarei. Não direi que você sabia, nem sequer que a conheço. Eu prometo.

Angela sorriu com tristeza. O senhor daquelas terras estava morto. Como não queria pensar nisso para não chorar, inquiriu, curiosa:

— O que aconteceu com seu cabelo?

Iolanda tocou a cabeça.

— Tive que cortar. Uma mulher não pode andar sozinha e, com os cabelos curtos, eu pareço um homem — respondeu, suspirando.

Angela assentiu. Sem dúvida, era uma boa decisão.

— Isto é o que você utiliza como colher? — perguntou Angela.

— Sim — afirmou a garota com um sorriso, olhando para o pedaço de madeira entalhado como uma colher. — Lamento, mas, como vê, minhas limitações são muitas. Mas garanto que a comida está muito boa. Coma.

Angela, levantando-se, pegou outro pedaço de madeira entalhado e, deixando-o sobre o tronco que fazia as vezes de mesa, afirmou:

— Só comerei se você comer comigo.

— Mas só tenho um prato.

— Suficiente para nós duas, não acha?

Iolanda esboçou um sorriso sincero que aqueceu o coração de Angela. Além de gente má como a que havia provocado aquele desastre em Caerlaverock, havia gente boa no mundo, e aquela garota, sem dúvida, era uma. Estava lhe dando tudo que tinha em troca de nada.

— Hmmm... está uma delícia — exclamou Angela, tomando uma colherada de sopa.

— Obrigada — sorriu Iolanda, baixando o olhar. — Era receita de minha mãe.

Ao ouvir o "era", Angela compreendeu melhor sua situação.

— Há quanto tempo está aqui? — perguntou ela.

— Este inverno será o segundo — respondeu a garota.

— Viveu aqui esse tempo todo?

— Sim.

— E no inverno também?

Ela assentiu e baixou o olhar.

— Mas, Iolanda, deve ter sido horrível. O inverno é terrivelmente frio, e...

— Garanto, Angela — interrompeu ela com um sorriso —, que estar aqui, apesar do frio e da fome, foi minha única alternativa. Por sorte, meu pai ensinou a mim e a meu irmão, quando éramos pequenos, a caçar e a pescar, e isso facilita meu dia a dia.

De novo Angela percebeu que ela falava do pai no passado. Sem poder evitar, perguntou:

— Sua vida era tão terrível a ponto de aqui ser melhor?

Iolanda perdeu o sorriso jovial.

— Sim.

De súbito, ouviram um assobio e a voz de um dos homens que estavam amarrados do lado de fora. Levantaram o pano que servia de porta da cabana e, horrorizadas, viram vários desconhecidos mal-encarados olhando para elas. Estavam tão absortas em sua conversa que não haviam notado nada.

— Bom dia, senhoritas — cumprimentou um dos bandidos, debochado.

Levando a mão ao cinto, ambas saíram da palhoça desembainhando a espada e assumiram posições de defesa. Os homens as cercaram. Eram cinco, mais os dois amarrados. Um deles avançou, deu um golpe de espada no prato que estava em cima do tronco e o fez cair no chão e se despedaçar.

Iolanda, ao ver isso, rosnou com voz irada:

— Você quebrou minha louça, verme maldito.

O homem soltou uma gargalhada. Ela, furiosa, deu-lhe uma espadada que quase lhe corta o pescoço.

Cientes do perigo que corriam, as duas jovens se entreolharam. E sem se acovardar, foram à luta. Como puderam, defenderam-se com suas armas; mas quando um dos homens desamarrou os outros dois, já eram sete. Espadas demais para elas sozinhas. No entanto, quando achavam que estava tudo acabado, ouviram o assobio de flechas e, um a um, todos os bandidos caíram de bruços, diante do espanto delas.

As jovens se aproximaram prontas para continuar lutando com quem quer que aparecesse, quando Angela viu que eram Kieran e William junto com alguns de seus homens. Ficou mais tranquila e, apesar de sua alegria por eles aparecerem nesse momento, praguejou. Havia sido pega.

Kieran, com o semblante transfigurado de raiva, aproximou-se dela. Enquanto seus homens cuidavam daqueles bandidos malcheirosos, pegou-a pelo braço e, aproximando o rosto do dela, sibilou:

— Aonde você estava indo, Angela?

— Solte-me! — replicou ela.

Mal-humorado, ele insistiu:

— Diga-me, aonde estava indo?

— O que você acha? — respondeu ela, dando um puxão no braço para se soltar.

Mas, sem se afastar, Kieran disse:

— Não sei, por isso estou perguntando.

Com uma grosseria que até esse momento ele não havia visto na doce e chorona Angela, ela respondeu:

— Por acaso eu lhe devo explicações? Desde quando? Desde quando tenho que lhe prestar contas?

— Desde que seu pai me pediu que a levasse sã e salva para casa — respondeu Kieran.

— Maldição! — sibilou ela, furiosa. E a seguir, sem se intimidar, acrescentou: — Já fez o que tinha que fazer, O'Hara. Já me levou de volta a Caerlaverock. Portanto, fique tranquilo, está liberado de minha guarda e custódia.

— Está enganada, e você sabe disso — replicou Kieran, irritado.

Angela levantou as sobrancelhas e sentenciou:

— Não estou enganada. E agora que sabe quem sou, pode ter certeza de que não preciso de sua ajuda, nem da de ninguém. Sei me virar sozinha.

Ao dar meia-volta, encontrou Aston e George, que sorriam diante do desespero de O'Hara. Sem poder evitar, ela também sorriu. Já não havia nada a esconder. Agora todos sabiam que ela era a Fada.

Iolanda, ao ver que aqueles homens conheciam a jovem, ficou mais tranquila e baixou a espada.

— Os cavalos estão bem? — perguntou Angela.

William assentiu. Olhando para O'Hara, sisudo, ela insistiu:

— Caraid também?

Kieran, surpreso por Angela se lembrar do nome de seu cavalo, assentiu.

— Lamento ter feito isso, mas eu não podia ficar deitada em meu quarto como uma tola, sem que ninguém fizesse nada, enquanto os assassinos de meu pai e de minha gente estão livres. Será que vocês não entendem? — acrescentou ela, mais tranquila.

— Quem disse que não estamos fazendo nada, e que não entendemos? — replicou Kieran.

— Eu quero encontrá-los. Quero matá-los. Quero que sofram pelo que fizeram, e quero ver com meus próprios olhos e fazer com minhas próprias mãos.

A impetuosidade, força e coragem dela fizeram Kieran recordar as esposas de seus amigos McRae. Embora seu brio lhe agradasse, disse:

— Vários guerreiros meus estão procurando quem matou sua gente. Ou você acha que o que aconteceu vai ficar impune?

— De minha parte, não — declarou ela, decidida.

— E da minha também não — afirmou Kieran.

Saltavam fagulhas entre ambos. Por fim, depois de olhar para William, ela comentou, compungida:

— Eu achava que...

— Pelo amor de Deus, Angela — grunhiu Kieran. — Seu pai era um bom homem, e a deixou sob meus cuidados. Como não vou me preocupar com você e com o que aconteceu em Caerlaverock?

Ao pensar em seu pai, o semblante de Angela se suavizou. Voltando a ser a garota carinhosa, ela se jogou nos braços dele, deixando-o aturdido.

— Obrigada, Kieran... obrigada... obrigada... — murmurou a garota.

Ele olhou para William, surpreso. Aquela jovem queria enlouquecê-lo? E ao ver o homem sorrir, pensou que aquela velha raposa estava se divertindo com seu total desconcerto.

Quando afastou Angela e fitou seu rosto, sentiu pesar ao ver seus olhos vermelhos. Isso o fez baixar suas defesas a níveis que nunca imaginou. Mas, sem querer perder a compostura, sibilou:

— Enquanto estiver sob minha responsabilidade, não saia mais sem avisar, entendeu?

— Não estou mais sob sua responsabilidade.

— Sim, está — afirmou Kieran.

Depois de soltar um mais que evidente suspiro, Angela assentiu:

— Tudo bem, estou.

Contente por ver que ela parecia ouvir a voz da razão, acrescentou, erguendo a voz:

— Se fizer isso de novo, juro que a encontrarei e...

— Não grite, O'Hara, não sou surda — pediu ela, contrariada.

— Não gritar? — repetiu ele, incrédulo diante de sua ousadia.

— Exato. Estou a um palmo de você, por que está gritando?

Seus homens os observavam, e Kieran, ao notar, grunhiu:

— Porque você merece. — E baixando a voz, acrescentou: — Meus guerreiros estão nos olhando. Por favor, pare de protestar e comporte-se.

Angela olhou disfarçadamente e, debochada, começou:

— Ooooora...

William compreendia a atitude de Kieran diante de seus homens.

— Garota, você deve se calar e ceder — sussurrou o homem.

— Você também com isso? — disse ela.

Mas entendendo o que William estava dizendo, murmurou:

— Tudo bem, vou me calar.

Grato pela ajuda, Kieran lançou um olhar a William, e este disse:

— Ele tem razão, seu pai nos pediu que velássemos por você, garota.

— Você diz que meu pai me deixou aos seus cuidados; ele diz que papai também me deixou aos dele, e...

— É verdade, Angela! — interrompeu Kieran, levantando a voz de novo. — Você sabe que isso é verdade!

— Não grite comigo, O'Hara! — gritou ela por sua vez.

Irritada, ela se virou para se afastar, mas ele a impediu segurando seu braço.

— Solte-me, maldição! — ordenou ela, furiosa.

Vários guerreiros de O'Hara murmuraram, protestando. Como aquela fedelha falava assim com o senhor deles? Ao ouvi-los, Kieran sibilou com uma expressão feroz:

— Ou você muda de atitude, ou garanto que vai se arrepender. Lembre-se, Angela, você está sob minha responsabilidade e...

— E?!

A provocação constante o estava tirando do sério.

— E você vai me respeitar e não gritar comigo. E mesmo que saia, saiba que não importa aonde vá, eu sempre a encontrarei — respondeu Kieran.

Ela pestanejou. Nem seu pai falava com ela dessa maneira. Foi responder, mas Iolanda, que havia ouvido os cochichos e comentários dos guerreiros, ao ver a tensão acumulada ali, intrometeu-se para chamar a atenção da jovem, exclamando:

— Por Deus, Angela, como não me contou? Mataram seu pai e sua gente? — E, sem lhe dar tempo para responder, abraçou-a e afirmou, deixando todos pasmos ao notarem que era uma mulher. — Eu cuidarei de você. Não a deixarei sozinha, e minha casa será sua casa. A partir de agora, conte comigo para tudo que necessitar, está bem?

Kieran olhou para a garota de cabelos curtos. Quem era?

Angela sorriu e balançou a cabeça. Realmente, estava tão cansada que a última coisa que queria era discutir. De modo que abraçou aquela quase desconhecida e, grata, disse:

— Obrigada, Iolanda, mas tenho que voltar para meu lar.

Ficaram abraçadas alguns instantes, até que Angela se afastou e se dirigiu para William, que a consolou e acarinhou como fazia havia anos.

Kieran, contrariado por não ser ele a consolá-la e só ter recebido suas respostas atravessadas, observou com inveja a intimidade entre os dois.

Enquanto isso, Iolanda contemplava com tristeza a jovem que se afastava, e ela ficava de novo sozinha.

Deu meia-volta, olhou seu pequeno e arruinado lar e caminhou para ele, resignada. Agachou-se e recolheu com tristeza os pedaços de seu único prato, deixando escorrer uma lágrima. Nesse momento, ouviu alguém perguntar atrás dela:

— O que é isso que cheira tão bem?

— Sopa com coelho — respondeu ela sem se virar —, mas, lamento, não posso lhe oferecer. Toda minha louça está estilhaçada.

Louis, aproximando-se, viu os cacos que ela tinha nas mãos e debochou:

— Isso é sua louça, rapaz?

Iolanda se virou com fúria e, dando um empurrão no gigante, gritou, fora de si, com lágrimas nos olhos:

— Sim, idiota. Isto era toda minha louça. E não sou um rapaz, sou uma mulher.

Lamentando por não ter se dado conta desse detalhe, viu as lágrimas nos olhos dela e perguntou:

— E por que está chorando? O que aconteceu?

Com a sensibilidade à flor da pele, ela lhe mostrou o prato quebrado nas mãos e respondeu:

— Esta era a única recordação que eu tinha de minha mãe, e agora está... está quebrada.

Louis, sensibilizado pela tristeza dela, aproximou-se, levantou-lhe o queixo com um dedo para que o olhasse e se desculpou:

— Lamento tê-la feito chorar. Não era essa minha intenção.

Iolanda enxugou as lágrimas. Dando um passo para trás para se afastar daquele highlander moreno e bonito, murmurou:

— Fique tranquilo, você não me fez chorar.

Enquanto isso, Kieran observava William e seus filhos conversando com Angela. Pareciam discutir. Tinham que a fazer ser sensata, ou ele teria que interceder. Mas, por sorte, viu que conseguiam.

— Ela vai voltar para Caerlaverock conosco e esperar que suas irmãs cheguem — disse Aston, aproximando-se.

Kieran assentiu. Era o mais razoável.

Sem poder afastar os olhos dela, percorreu seu corpo com certa luxúria. Tinha diante de si Fada, a mulher que havia ocupado a maior parte de seus pensamentos durante os últimos dias. Encantado, olhou aquela calça de couro marrom que ressaltava suas belas pernas e seus movimentos sensuais ao caminhar. Notava-se que usava aquela roupa com total naturalidade; sorriu ao ver a capa verde. A capa que sempre ocultava a verdadeira mulher, que não era ninguém mais, ninguém menos, que a doce e desajeitada Angela.

Então, viu-a se dirigir a Iolanda, que, sentada em um tronco, conversava com Louis. Ao chegar diante dela, ordenou:

— Iolanda, recolha suas coisas, você vem comigo.

— Como?!

— Não a deixarei aqui sozinha. Eu me recuso. Você irá comigo ao castelo de Caerlaverock.

A jovem a olhou com surpresa e foi dizer algo, mas Angela esclareceu:

— Meu pai era laird Kubrat Ferguson, dono destas terras, e eu, como sua filha, não permitirei que você passe outro inverno de frio e solidão.

— Você passou o inverno aqui? — perguntou Louis, surpreso, apontando para a cabana.

Coagida de repente ao saber quem era Angela, a jovem inclinou a cabeça e, com atitude submissa, olhando para chão, murmurou:

— Senhora, eu lhe agrad...

— Iolanda, por favor, olhe-me nos olhos — interrompeu Angela. — Odeio as malditas regras e quero que me chame pelo meu nome. Por favor, não me trate diferente.

Perturbada, a garota a olhou nos olhos.

— Tem certeza de que me quer ao seu lado? — murmurou Iolanda, emocionada.

Angela esboçou um sorriso. Intuindo que havia encontrado nela uma excelente amiga, assentiu e afirmou com carinho:

— Certeza absoluta, Iolanda.

Emocionada, a garota a abraçou. Quando a soltou, olhou para Louis, que sorriu. Nervosa, entrou na cabana, pegou uma sacola surrada e, quando saiu, informou:

— Pronto, Angela. Aqui está tudo que tem algum valor para mim.

— Iolanda irá com você em seu cavalo — disse Angela a George.

— Não, ela irá comigo — apressou-se Louis.

Ao ouvi-lo, Iolanda corou e respondeu:

— Se me derem um cavalo, posso ir sozinha.

— Não há mais cavalos — respondeu Louis. — Você virá comigo.

Então, sem olhar para Kieran, Angela passou ao seu lado em busca de sua égua, mas ele agarrou o seu braço e sentenciou:

— Você virá comigo.

Ela tentou se soltar.

— Você já viu que sei montar a cavalo e que não sou a doce e tímida daminha que você acreditava que eu fosse. Não preciso que ninguém me leve. Sei cavalgar sozinha — respondeu.

Sem vontade de discutir, Kieran olhou para William e disse:

— Amarre a égua a seu cavalo. Angela irá comigo.

— Mas...

— Eu disse que você vem comigo, e faça o favor de fechar essa boquinha de uma vez — disse ele com voz rouca.

Ninguém, com exceção de sua mãe, conseguia tirá-lo do sério como aquela garota.

Instantes depois, Kieran montou com elegância em seu enorme cavalo e, inclinando-se, ergueu Angela. Ela, resignada, montou no animal e a comitiva tomou o caminho de volta.

No início, nem Kieran nem Angela falavam. Ambos estavam ocupados, pondo em ordem seus pensamentos. Até que, aproximando a boca da orelha dela, ele perguntou:

— Como prefere que a chame, Angela ou Fada?

— Angela — respondeu ela.

— Por que escondeu isso de mim?

— Ninguém devia saber.

— Por isso me disse que se eu a conhecesse um pouco mais, me apaixonaria por você?

Perturbada, Angela não respondeu, e o laird se calou. Como ela tinha razão!

Então, Kieran incitou seu cavalo e cavalgou com a jovem entre seus braços até chegar ao castelo de Caerlaverock.

22

No dia seguinte, depois de uma noite sem descanso para todos, Angela, acompanhada de Iolanda, desceu ao salão cheia de olheiras. Surpreendeu-se ao ver que haviam posto tudo no lugar de novo, e agradeceu.

— Louis e laird O'Hara me ajudaram a arrumar um pouco o desastre — explicou Iolanda. — Mais ou menos se lembravam de como era tudo antes, mas pouco pudemos fazer com os móveis quebrados.

— Obrigada, Iolanda — respondeu ela, sorrindo com gratidão.

Se Caerlaverock antes daquilo já era penoso, agora sua condição era indizível. Mas, sem dúvida, era melhor vê-lo assim do que como o encontraram.

— Agradeça aos dois também — disse Iolanda, dando uma piscadinha. — Eles é que queriam que você visse isto em melhores condições.

Angela assentiu. Teria que agradecer mesmo.

Kieran a seguia com o olhar; viu que ela se dirigia aonde estavam os corpos dos falecidos. Foi atrás dela a passos largos, pegou sua mão e a impediu de continuar.

— Não faça isso, Angela. Não vá.

— Por quê?

Kieran, que havia visto muitos cadáveres na vida, sem soltá-la, respondeu:

— É melhor recordá-los como eram, não como estão agora.

Sem dúvida, ele tinha razão. Era melhor. E sem soltar sua mão, caminhou até a comprida mesa e se sentou. Depois de um silêncio tenso, olhou para o homem a sua frente e disse:

— Obrigada por arrumar tudo.

Comovido por suas palavras, Kieran sorriu.

— Não há nada a agradecer.

— Onde estão William, Aston e George?

— Lá fora, com meus homens.

Angela assentiu. Iolanda, ao ver que estavam tranquilos sentados à mesa, desceu para a cozinha. Olhou ao redor. Tudo estava um caos, mas procurou até encontrar algo para fazer o café da manhã. Quando ia prepará-lo, ouviu:

— Você não descansa nunca?

Ao reconhecer a voz, sorriu. Era Louis. Deu meia-volta e o viu apoiado no batente da porta.

— Queria preparar algo para Angela comer — justificou.

Quando viu que ele se aproximava com cuidado para não pisar em nada do que estava espalhado pelo chão, Iolanda retrocedeu. O gesto, apesar do sorriso que a jovem tinha nos lábios, chamou a atenção de Louis, que parou. Sentou-se em uma das cadeiras que restavam ao lado de uma mesa destruída e perguntou:

— O que estava fazendo sozinha no bosque?

Iolanda mordeu o lábio inferior durante um momento e respondeu:

— Se não se importa, prefiro não falar disso.

Louis, que era bastante compreensivo e paciente, assentiu. Tentando não tocar mais no assunto, esboçou um sorriso.

— Por que não se senta e descansa um pouco? Sei que você não parou, e deve estar exausta — convidou ele, apontando para a cadeira a sua frente.

Com um grato sorriso, a jovem fez o que ele pediu. Pouco depois, estavam rindo, alegres.

No salão principal, Kieran, que conversava com Angela, reparou nas olheiras dela. Ficou comovido.

— Acho que você deveria dormir um pouco mais, não está com uma cara boa — disse ele.

— Está me chamando de feia? — debochou Angela, com um lindo sorriso.

Kieran sorriu ao recordar um momento parecido, quando estavam eles dois, Sandra e Zac, mas, antes que ele respondesse, Angela acrescentou:

— Não me olhe assim, O'Hara, eu sei que não quis dizer isso.

— Que bom saber — respondeu Kieran, sorrindo.

Angela afastou os cabelos do rosto e os prendeu com uma faixa de couro, enquanto ele observava seu pescoço fino com veneração.

Tossiu para recuperar a compostura e anunciou:

— Suas irmãs certamente chegarão logo.

Mais calma que no dia anterior, Angela levou a mão à testa. Não estava bem. Fechou os olhos por alguns instantes e, quando os abriu, com um gesto cansado, murmurou:

— Laird O'Hara, lamento que o acontecido os esteja atrasando. Sem dúvida, sua mãe e sua noiva devem estar es...

— Angela — interrompeu ele. — Meu nome é Kieran. Esqueça as normas, por favor.

— Desculpe — respondeu ela. — Estou tão cansada e confusa devido a tudo que aconteceu que já nem sei o que digo...

Kieran balançou a cabeça. Tomando a mão dela que descansava na mesa, beijou-a.

— Não se preocupe.

Com sua mão entrelaçada na dele, Angela o fitou. O calor que aquele homem irradiava era o que ela necessitava. Seu coração se acelerou. Sentir o hálito dele em sua pele era um bálsamo para suas feridas.

— Obrigada, Kieran — murmurou ela, enfeitiçada.

Ele não gostou de ouvir sua voz derrotada. E, querendo fazê-la esquecer a agonia que estava sofrendo, confessou:

— As coisas que estou descobrindo sobre você me surpreendem.

Angela sorriu, mas continuou em silêncio.

— Nunca imaginei que uma desajeitada e chorona como você pudesse ser tão hábil com a espada e a trapaça — disse, soltando-lhe a mão.

Ela franziu o nariz com uma expressão engraçada e respondeu:

— E eu nunca imaginei que um homem tão experiente com guerras, mulheres e armas como você fosse tão fácil de enganar.

— Se meus amigos McRae ou suas esposas souberem como você me enganou, vão passar anos rindo de mim — reconheceu ele, sorrindo.

— Acha mesmo?

— Sem dúvida nenhuma.

Nesse instante, entraram dois guerreiros de Kieran. Falaram com ele sobre algo e quando saíram, deixando-os sozinhos de novo, Angela disse:

— Seus homens devem estar querendo voltar para seus lares. Sua mãe os espera em Edimburgo, e...

— Minha mãe vai esperar minha chegada e meus homens farão o que eu disser.

— Eu sei, mas seria compreensível se quisessem partir.

Kieran foi responder, mas, nesse instante, Iolanda e Louis apareceram no salão muito sorridentes, levando alguns copos, um pouco de leite e uma espécie de biscoitos. A conversa se interrompeu.

Angela pegou um dos biscoitos e seus olhos se encheram de lágrimas.

— Pobre Evangelina, ela era tão boa e maravilhosa... quanto medo teve que passar! E as meninas... minhas lindas e queridas Effie e Leslie — soluçou. — Como alguém pôde assassiná-las?

Com um olhar compungido, Iolanda olhou para Kieran. O highlander mantinha os olhos cravados em Angela, mas não se mexia. Então, erguendo os braços, a jovem fez um sinal para que fosse consolá-la. Ao vê-la gesticular, Kieran se levantou, sentou-se ao lado de Angela e a abraçou.

Sem se importar com quem a abraçava, a garota se aninhou naqueles braços fortes enquanto chorava por aquelas mortes terríveis. Kieran, inconscientemente, pousou-lhe um beijo na cabeça enquanto murmurava palavras de consolo. Acomodou-se no banco de madeira e, sentando-a sobre suas pernas, começou a acariciar seu couro cabeludo para fazê-la relaxar, até que, de repente, ela adormeceu. Estava exausta.

William, que nesse momento entrava com o filho Aston no salão, ao ver a cena, comentou com um sorriso triste:

— É melhor levá-la para o quarto dela.

— Não sei qual é — disse Kieran.

— Em cima, segunda porta à direita. Ela deve estar exausta. Além do mais, quanto mais dormir, menos vai pensar no que aconteceu.

Totalmente de acordo, Kieran se levantou com cuidado e, com ela nos braços, subiu até o quarto da jovem. Ao entrar, notou o vazio. A cama era um simples catre de madeira com um colchão de lã. Além disso, só havia a lareira.

Olhou ao seu redor, surpreso, tentando entender como Kubrat Ferguson havia perdido tanto a cabeça a ponto de viver assim, e como havia feito suas filhas viverem com tamanha precariedade.

Com cuidado, deixou Angela em cima da cama e a fitou. Ainda não podia acreditar que aquela jovem delicada de cabelos vermelhos como o fogo era Fada. Agora entendia que as marcas que havia em suas mãos e braços não eram só de trabalhar no campo, e teve certeza de que no corpo tinha muitas mais. Pegou uma das mãos dela e a observou. O profundo corte que tinha na palma devia ter doído. Levando a boca até a ferida, beijou-a com cuidado.

Deixou a mão em cima da cama e fitou seus lábios. Eram carnudos e sensuais. Desejou se deitar ao lado dela para fitá-la e consolá-la se acordasse, mas, depois de pensar friamente, concluiu que não era uma boa ideia.

Por que se preocupava tanto com aquela jovem?

Por acaso seria verdade que poderia se apaixonar por ela?

No fim, cobriu-a com um velho tartã que encontrou e se dirigiu à porta para sair do quarto. Era o mais prudente para os dois.

Quando saiu e fechou a porta atrás de si, a sensação de solidão que o dominou o deixou sem fala. Seu instinto protetor gritava que não a deixasse, que voltasse, mas ele resistiu e recordou algo que Duncan lhe havia dito sobre quando conheceu Megan. As palavras exatas foram "Megan me deixou desconcertado, me desesperou e me cativou de tal forma que eu não podia mais viver sem ela".

Aflito, abriu a porta de novo, observou-a dormir na cama e murmurou:

— Angela Ferguson, o que está fazendo comigo?

Fechou a porta de novo, desceu para o salão e, ao entrar, viu William. Caminhou até ele, sentou-se à mesa e, pegando uma caneca de cerveja, bebeu-a de um gole só. Ao largar a caneca, perguntou ao homem que o observava:

— Por que está sorrindo?

— Kubrat deve estar feliz por ver como você se preocupa com a filha dele.

— Eu me preocupo do mesmo modo que você, e...

— Você lhe deu sua palavra de que cuidaria dela, não se esqueça — advertiu William.

— Você também — sibilou Kieran.

— Eu sei. Mas não se esqueça de que você foi o último que lhe prometeu cuidar de sua filha e trazê-la de volta sã e salva. Acho que não preciso lhe recordar que a palavra de um highlander é sagrada. Eu, de minha parte, cumprirei a minha; agora, só espero que você cumpra a sua.

Confuso com o que o homem estava dando a entender, Kieran se levantou e saiu do salão. Precisava pensar no que fazer para resolver depressa aquilo.

No pátio de armas viu Louis conversando com Iolanda. Olhou-os de longe. Sem sombra de dúvidas, aquela jovem, tão diferente das mulheres a que seu amigo estava acostumado, havia chamado a atenção dele. Bastava ver como sorria para ela e se exibia.

Quando Louis o viu, despediu-se de Iolanda com um sorriso encantador, que ela retribuiu.

— Angela está dormindo? — perguntou Louis a Kieran.
— Sim.
— Acha que ela está melhor?
Preocupado sem saber realmente por que, ele respondeu:
— Não sei.
Durante alguns instantes, Kieran ficou olhando para o chão: não podia parar de pensar em Angela.
— O que há com você? — perguntou Louis.
Ao ver que não havia ninguém por perto que o pudesse ouvir, Kieran respondeu:
— Essa mulher me desconcerta. Desejo estar perto dela o tempo todo, mas, ao mesmo tempo, acho que não devo.
— Gosta mais de Angela Ferguson que de Susan Sinclair?
Ele pensou um momento e por fim disse:
— Não sei. É diferente, e...
— Ei... ei, Liam! — gritou Louis de repente, interrompendo seu amigo. — Deixe a moça em paz e continue a fazer o que estava fazendo.
Kieran, ao ver o jovem que estava com Iolanda, sussurrou:
— Por que está afastando Liam da garota?
— Porque ele é um chato — respondeu Louis, tossindo. — Com certeza vai incomodá-la.
— Duvido. Liam é um rapaz sensato, e, pensando bem, certamente têm a mesma idade.
Louis olhou para o amigo e, por fim, ambos soltaram uma gargalhada.
A visita a Caerlaverock estava começando a lhes dar dor de cabeça.

23

Angela dormiu grande parte do dia.

Kieran, preocupado, foi vê-la em várias ocasiões para se certificar de que estava bem, sempre sob o atento olhar de William e seus filhos.

Seria bom dormir tanto?, perguntava-se.

William, ao ver seu desconcerto, disse que não se preocupasse. O sono de Angela era assim: ou não pregava o olho, ou ficava tão extenuada que dormia profundamente.

Kieran assentiu. Se ela estava bem, ele também estava.

Desassossegado, ele foi dar um passeio, mas sem se afastar das imediações do castelo. Não podia parar de pensar na jovem. Em seus olhos, em seus cabelos, em sua tristeza e naquele sorriso que iluminava seu rosto. Precisava que ela se sentisse tranquila e feliz. Isso havia se transformado em sua prioridade máxima.

À noite, depois de falar com seus homens, ele voltou para dentro do castelo de Caerlaverock com a esperança de que Angela já houvesse acordado. Mas ela continuava dormindo. Subiu de novo para vê-la, dessa vez levando um tartã para si mesmo.

Quando abriu a porta, viu que alguém havia acendido a lareira. Ficou satisfeito. E aproximando-se da cama, acariciou seus cabelos com ternura. A seguir, sentando-se no chão, apoiou-se na parede e murmurou:

— Vou dormir ao seu lado, caso você precise de mim.

Na manhã seguinte, quando Angela acordou, todas as recordações invadiram seus pensamentos. A morte de seu pai, sua fuga, Iolanda, a volta a Caerlaverock.

Sentando-se na cama, olhou ao redor. Estava sozinha, e a lareira estava quase apagada. Levantou-se, penteou-se e prendeu o cabelo. Depois, colocou um dos seus vestidos surrados, que encontrou em cima de uma cadeira, e desceu para o salão com outro vestido para Iolanda.

A garota, que estava sentada em uma cadeira, levantou-se ao vê-la entrar e a abraçou.

— Está melhor?

— Sim — respondeu Angela.

— Você dormiu demais — debochou Iolanda. — Nunca conheci ninguém que dormisse como um urso.

Angela sorriu. E, estendendo o vestido que tinha nas mãos, comentou:

— Somos mais ou menos da mesma altura, acho que vai lhe servir. Vista-o.

Olhando para aquele velho vestido como se fosse o mais bonito do mundo, a garota sorriu feliz e disse:

— Obrigada... obrigada... vou vesti-lo agora mesmo e, quando tiver tempo, vou arrumá-lo e ficará perfeito.

— Você sabe costurar? — perguntou Angela, surpresa.

— Minha mãe era costureira e me ensinou. — E, sem querer dar mais explicações, urgiu. — Ande, sente-se à mesa, vou trazer algo para você comer.

— Não estou com fome.

— Não me importa — replicou Iolanda. — Precisa comer alguma coisa, e está acabado.

E, dito isso, saiu correndo para a cozinha.

Sozinha no salão, Angela olhou ao redor. Aquele era o lugar onde havia nascido e sido criada. Onde havia rido e chorado. Onde havia dançado e cantado com sua família. Mas, agora, sozinha e sem nenhum dos entes queridos por perto, notou como seria difícil viver ali.

Talvez seu pai tivesse razão, talvez ela tivesse que ir embora. Mas, só de pensar, seu coração se partia.

— Bom dia — ouviu atrás de si.

Ao se virar, encontrou o olhar azulado de Kieran, lindíssimo. E, com um sorriso caloroso, retribuiu a saudação:

— Bom dia.

O laird dos O'Hara caminhou até ela, feliz por vê-la enfim acordada. Havia horas que esperava por isso. Desejou abraçá-la, beijá-la, mas, em vez disso, sentou-se em frente a ela à mesa e perguntou:

— Dormiu bem?

Ela respondeu com um gesto engraçado e ele comentou:

— Nunca conheci alguém que caísse em um sono tão profundo como você.

— Agora há pouco Iolanda disse que eu durmo como um urso. Era o que papai me dizia sempre — disse Angela, diante do comentário tão habitual entre aqueles que a conheciam.

Ambos sorriram, e nesse instante a garota entrou com uma caneca de leite e biscoitos. Deixou-os diante de Angela e esboçou um sorriso. Com aquele pobre vestido vermelho estava muito feminina.

— Você está muito bonita esta manhã, Iolanda — disse Kieran, cavalheiro.

Encantada, a jovem deu uma volta diante deles; a seguir, pegou as mãos de Angela e disse:

— Obrigada... obrigada pela delicadeza. Faz quase dois anos que não punha um vestido.

— Você está linda, e ficou muito bom em você — elogiou Angela.

Nesse instante, Louis estava entrando no salão. Ao vê-la, ficou parado na porta. Sem dúvida, o que seus olhos viam era um anjo. Quando Iolanda o viu, fitou-o esperando que lhe dissesse algo bonito. E não demorou a ouvir:

— Iolanda, vestida assim você fica linda.

— Obrigada — sorriu ela, coquete. Mas, meio perturbada diante do olhar dele, disse: — Tenho que ir buscar água, com licença.

— Eu a acompanharei, caso precise de ajuda — ofereceu Louis depois de pigarrear.

Kieran e Angela trocaram um olhar cúmplice e sorriram.

— Coma alguma coisa — disse ele. — Está precisando.

Angela assentiu. Estava sem fome, mas comeu, sob o atento olhar dele. Quando terminou, sorriu satisfeita.

— Angela, precisamos conversar — disse ele então.

— Diga.

— Quando tudo acabar e suas irmãs voltarem para seus lares, o que você vai querer fazer?

Surpresa pela pergunta a que até então ela recusara a se fazer, respondeu:

— Acho que ficarei aqui. Não conheço mais nada, e...

— Aqui não dá para viver — interrompeu ele. — Quando todos nós formos embora, só restarão Iolanda, William e seus filhos e você. E não esqueça que Aston e George pretendem partir para Edimburgo depois do Natal.

Ela assentiu. A cruel realidade era angustiante. Murmurou, enquanto coçava a sobrancelha com o polegar:

— Minha situação é bastante complicada, e meu futuro ainda mais. — E, com um sorriso triste que partiu o coração de Kieran, acrescentou: — Papai sempre pensou que eu...

Nesse instante, ouviram-se cascos de cavalos. Levantando-se, Angela saiu do salão, seguida de Kieran. Cedric e Davinia, junto com os guerreiros Steward, entravam no pátio do castelo.

Ao ver a irmã, Davinia desmontou e correu para ela. Ambas se abraçaram e Angela murmurou, sem chorar:

— Davinia... papai... estão todos mortos.

Com os olhos arregalados, a jovem olhou para Kieran e posteriormente para William, que se aproximou e assentiu.

À tarde chegou May, e a partir desse instante foi tudo uma loucura e uma grande tristeza para as Ferguson.

24

Ao anoitecer, Jesse Steward também chegou ao castelo com seu exército. Angustiado, quis se aproximar de Davinia e de suas irmãs para lhes apresentar suas condolências, mas seu irmão e seus homens o impediram. Portanto, sem fazer barulho, ficou com Kieran e os demais guerreiros.

Ao amanhecer, Zac, incrédulo diante do que haviam lhe contado, perguntou a Louis:

— Então, Angela é Fada?!

O amigo assentiu e respondeu:

— E sua delicada Sandra é outra encapuzada.

— Como?!

— É isso mesmo, amigo... isso mesmo.

Atônito, o jovem olhou para Kieran, que não muito longe deles falava com Jesse. Depressa, de uma bolsa que levava à cintura, Zac tirou a flor seca que a encapuzada deixara em seus cabelos; e ao ver que era cor de laranja e exatamente igual à que ele havia entregado a Sandra no dia em que se conheceram, sorriu.

Com discrição, Iolanda observava Angela preocupada. A jovem mal se mexia nem falava com ninguém, só olhava para o túmulo do pai quase sem pestanejar. Levantando-se, foi procurar Louis.

— Louis, estou preocupada com Angela. Acho que vou falar com ela... — comentou, aproximando-se do grandalhão.

— Não, Iolanda — interrompeu ele. — Fique onde está. Não confio nesses Steward.

— Mas, você não vê que...

Louis, paciente, segurou-a pelo braço com doçura e disse:

— Vejo tudo que você vê, mas, por favor, não se aproxime desses homens, eles não são de confiança.

Iolanda assentiu e sorriu. Gostava daquele homem de olhos rasgados e sonhadores; então, em vez de voltar para onde estava, sentou-se ao seu lado.

Zac, ao ver a cara de bobo do amigo olhando para ela, aproximou-se e perguntou discretamente:

— Quem é essa jovem?

— É Iolanda — informou Louis e, baixando a voz, contou: — Quando Angela fugiu, fomos procurá-la e a encontramos com ela. Ao que parece, a coitada vivia no bosque havia dois anos, sozinha e...

— A coitada? — riu Zac.

Louis, vendo-o levantar a voz, aproximou-se e sibilou, contrariado:

— Abaixe a voz, senão ela vai ouvir.

O outro obedeceu depressa.

— Bom, ela não tem bigode como... — murmurou, olhando para a garota disfarçadamente.

— Zac! — interrompeu Louis. — Respeite a outra pobre mulher que morreu.

— Você tem razão, meu comentário foi infeliz — assentiu o jovem.

Zac notou que seu amigo não tirava os olhos da morena de cabelos curtos. Depois de uns minutos de silêncio, sussurrou:

— Você gosta de Iolanda?

— Não.

— Pois seu sorriso bobo diz outra coisa.

— Eu disse que não gosto dela, não ouviu bem? — sibilou Louis.

— Tem certeza? — insistiu Zac, com humor.

— Está querendo me irritar? — replicou Louis, contrariado e franzindo o cenho.

Ao ver sua reação, Zac sorriu.

— Ela tem um sorriso muito bonito e olhos cativantes. E com um vestido mais novo que esse que está usando sua aparência melhoraria muito, não acha?

Louis, remexendo-se nervoso, respondeu:

— Não duvido, mas eu gosto de mulheres com cabelos longos e classe. Não mulheres de rua como essa jovem. Simplesmente estamos sendo cordiais com ela. Nós a ajudamos e a abrigamos por piedade. Para não a deixar sozinha.

— Sério? — perguntou Zac, surpreso, pois o que via não era o que seu amigo lhe dizia.

— Zac, por favor, quem olharia para alguém como ela? Com esse cabelo? Por acaso ela se compara a alguma das belezas com quem costumo me relacionar?

— Não. Sinceramente, não.

Com atitude de machos dominantes, ambos riram, sem notar que Iolanda estava ouvindo tudo. Mas, apesar do coração partido, sem se alterar, continuou olhando para a frente.

As três irmãs Ferguson sepultaram os corpos sem vida das pessoas que sempre haviam cuidado delas e as amado.

A tristeza e o desconsolo eram insuportáveis. Haviam perdido tudo que consideravam família.

Apesar da atitude fria, Cedric ficou ao lado de sua mulher durante o funeral e, quando acabou, não pôde fazer nada quando seu irmão, afastando Royce, aproximou-se de Davinia e a abraçou com carinho.

May e Angela notaram que Cedric praguejava enquanto Jesse dava os pêsames a Davinia.

Kieran, que na distância observava tudo com olhos curiosos, recordou o que Angela lhe havia contado a respeito do casamento de Davinia com Cedric. Sem sombra de dúvidas, e mesmo sem falar com Jesse, pôde notar o quanto este gostava da jovem. Bastava ver como ambos se olhavam em busca de consolo quando estavam afastados.

Alertado por isso, observou movimentos estranhos e enfrentamentos disfarçados entre os guerreiros de Cedric e os de Jesse Steward; disse a seus homens que ficassem de fora daquilo. Não queria inimizade com nenhum dos clãs, mas, se tivesse que escolher a quem apoiar, sem dúvida, escolheria o de Jesse Steward.

Terminado o funeral, os homens se afastaram, deixando as três mulheres sozinhas diante do túmulo do laird Kubrat Ferguson. Então, Kieran foi testemunha de uma violenta disputa entre os irmãos Steward.

— Quero você fora de minhas terras — sibilou Cedric.

— Suas terras? — debochou Jesse. — Você quer dizer terras das Ferguson.

— Agora são minhas. Elas me pertencem por direito, como tudo que há nelas.

— Mamãe me disse que em sua carta você disse que não vai continuar em Merrick e que a proibia de tornar a se dirigir a você. Por quê? — perguntou Jesse, aproximando-se do irmão.

— Porque não preciso da compaixão dela. Afinal de contas, ela não é minha mãe.

— Você é um ingrato, Cedric. Mamãe o ama tanto quanto a mim.

— Minha mãe morreu quando eu era pequeno. Nunca tive outra mãe. E quanto às migalhas de Merrick...

— Migalhas?! Viver na mansão de Merrick são migalhas para você?

Cedric, levantando o queixo, respondeu, imponente:

— Comparado com o castelo de Glasgow onde você vive, sim. Por acaso eu não posso querer ter uma fortaleza como você?

Cada vez mais furioso devido àquela conversa, Jesse foi responder quando Cedric acrescentou:

— Agora eu tenho meu próprio castelo, e, para seu desgosto, minha própria mulher. Uma mulher que você deseja, mas que é minha e que você nunca possuirá.

Ao ouvir isso, Jesse levou a mão à empunhadura da espada, mas Kieran, interpondo-se entre os dois, impediu o que todos temiam.

Cedric sorriu e se afastou com um sorriso maquiavélico, enquanto Jesse e Kieran o fitavam com aversão.

Depois de conversar com Jesse e acalmá-lo, Kieran tentou se aproximar das mulheres. Precisava falar com Angela e saber se estava bem. Mas, para sua surpresa, os homens de Cedric não lhe permitiram.

Com o semblante transfigurado, ele empurrou vários Steward para abrir caminho. Ninguém o impediria de se aproximar dela. Quando por fim chegou perto da jovem, viu-a depositar flores sobre o túmulo do pai e dizer:

— Papai, vou sentir muitas saudades, mas, agora, seja feliz como sempre quis ao lado da mamãe. Amo vocês, e sempre os levarei em meu coração.

A seguir, ela lançou um beijo, e começou a chorar ao não receber a resposta de sempre.

May a abraçou; Kieran não se mexeu.

A seguir, as três irmãs voltaram ao castelo de mãos dadas. Estavam desoladas. Bastava olhar para elas para ver a tristeza que as embargava. Kieran não tirava os olhos de Angela, cujo olhar estava perdido. Não chorava, não falava, só olhava para o chão com uma grande tristeza, derrotada.

Iolanda, que tentou se aproximar de Angela para lhe dar seu carinho e consolá-la, foi empurrada com brutalidade por um dos Steward e acabou no chão depois de enroscar os pés no vestido. Sem nenhum temor, a jovem se levantou, caminhou para o bruto que a havia empurrado e, se não fosse pela rapidez de Louis que deteve a estocada com sua espada, aquele homem a teria ferido gravemente.

— Você está bem, Iolanda? — perguntou, preocupado.

Ela, dolorida devido à queda, assentiu. E, afastando-se para que não vissem suas lágrimas de dor, sussurrou:

— Sim.

Louis, contrariado diante de tal brutalidade, sem olhar para Iolanda repreendeu aquele Steward, que respondeu. A discussão prosseguiu, e Kieran teve que interceder. Os Steward de Cedric estavam ávidos por briga, mas ele não permitiria.

— Cedric, controle seus homens se não quiser problemas — gritou O'Hara.

— Problemas, eu? — provocou ele com superioridade, e, com um gesto de que Kieran não gostou, acrescentou: — Afaste-se de Angela. Você não é ninguém para se aproximar dela.

— Como é? — gritou Kieran ao ouvi-lo.

— Agora ela faz parte de meu clã — respondeu Cedric. — E eu decidirei quem se aproxima dela ou não.

— Está esquecendo que o pai dela a deixou sob minha responsabilidade? — sibilou Kieran, contrariado.

Cedric soltou uma gargalhada.

— Você a trouxe de volta a Caerlaverock. Sua responsabilidade acabou — respondeu ele.

Kieran foi responder quando Jesse Steward se aproximou do irmão e disse:

— Pelo amor de Deus, Cedric, o que está fazendo?

— Meus homens seguem minhas ordens. Agora quem dita as normas em Caerlaverock sou eu — respondeu Cedric, dando de ombros.

Aston, preocupado com sua amiga, tentou se aproximar de Angela, mas os homens de Cedric também não lhe permitiram. Contrariado, o jovem os desafiou, e a confusão recomeçou.

Angela era como uma irmã para ele, e ninguém os separaria. De novo Kieran, ajudado por Zac e Louis, confusos, controlaram as coisas.

William Shepard, ao ver o enfrentamento, afastou o filho e gritou para Cedric, contrariado:

— Angela é como minha própria filha, por acaso não sabe disso, Cedric?

— Pois vá se esquecendo dela, porque não é mais. A partir de hoje, eu sou senhor destas terras e minhas normas prevalecerão diante do que... — respondeu ele.

— Cedric, o que está fazendo? — repetiu Jesse.

Mas o outro olhou para o irmão mais novo e sibilou:

— Meu caro Jesse, que tal se for embora por onde veio antes que eu tenha que matar você? Não preciso de você, nem de seu exército. Não quero vê-lo perto de minha mulher nem de meu castelo nunca mais.

— Sua ânsia de poder o destruirá, irmão — gritou Jesse, furioso.

— Fora de minhas terras!

Os dois irmãos se olharam com ódio, e Jesse respondeu, disposto a tudo:

— Eu partirei quando achar conveniente, e não torne a falar comigo nunca mais, ou vai se arrepender.

Dito isso, olhou para as mulheres, que alheias a tudo se consolavam mutuamente. Jesse deu meia-volta e se dirigiu a seus homens.

William Shepard, depois de trocar um olhar significativo com Kieran O'Hara, que pediu calma, gritou:

— Exijo falar com Angela.

— Você aqui não exige nem ordena mais nada, William — disse Cedric. — Sou o marido de Davinia, a primogênita do homem que acabamos de sepultar, e peço gentilmente a todos que abandonem minhas terras.

Ao ouvi-lo, vários homens de Cedric sorriram com malícia. William foi responder, mas Kieran, pegando-o pelo braço, disse, intrometendo-se:

— Você está com muita pressa que saiamos daqui, Cedric. Por algum motivo especial?

— O'Hara, por acaso devo lhes dar um motivo para querer que saiam de minhas terras? — respondeu com uma expressão severa o novo senhor do castelo de Caerlaverock.

— Está nos expulsando? — perguntou ele com uma estranha calma.

Cedric, com um sorriso de que Kieran não gostou nem um pouco, disse enquanto observava Jesse falar com Royce:

— Ao amanhecer, quero todos longe daqui, ou vão se arrepender.

Kieran viu que ao lado de Angela estava Otto Steward, o homem que havia sido inconveniente com ela no dia da festa e o deixara louco. Ela continuava olhando para o chão enquanto caminhava, e, ao ver como Otto olhava para Angela, Kieran entendeu que nada bom a aguardava.

Cedric, cercado por seus homens, olhou para William Shepard e, antes de sair, disse:

— A partir deste instante, a jovem Angela é lady Angela para você e seus filhos. Acabou-se a intimidade entre vocês. E, quanto a vê-la, não permito.

E dizendo isso, deu meia-volta. William e os filhos levaram as mãos as suas espadas, mas Zac e Louis os detiveram disfarçadamente, enquanto Kieran se interpunha em seu caminho e dizia:

— Calma, assim não vão resolver nada.

Sem dúvida, ele tinha razão. Sentido, William viu a garota que seus filhos e ele adoravam desaparecer como um fantasma, acompanhada das irmãs, por trás dos muros de Caerlaverock.

Kieran, decidido a não obedecer o que aquele Cedric idiota havia ordenado, resolveu esperar alguns dias.

Só de ver a angústia de Jesse soube que algo não estava bem. O que estava acontecendo? Então, diferentemente das outras noites, decidiu pernoitar às portas do castelo com os guerreiros de Jesse Steward.

Ali estavam quando Kieran notou um movimento atrás de uma árvore. Logo viu que se tratava de Iolanda e se dirigiu a ela. A jovem tinha lágrimas nos olhos e se movimentava inquieta.

— O que está acontecendo, Iolanda? — perguntou, preocupado.

Ela, apoiando-se na árvore, escondeu uma mão atrás de seu corpo e respondeu:

— Nada, senhor... nada.

Kieran, ao ver seus olhos vermelhos, aproximou-se e disse com afeto:

— Não minta para mim. Vamos, Iolanda, o que aconteceu?

Ela, incapaz de conter mais a dor, tirou a mão das costas.

— Meu Deus, garota, como isso aconteceu? — exclamou Kieran.

Seu dedo anelar estava em uma posição nada normal.

— Há um médico entre meus homens — disse Kieran. — Venha, ele examinará seu dedo.

— Não, obrigada, senhor. Eu resolverei isso.

— Como resolverá? Essa mão precisa ser examinada depressa — perguntou ele, surpreso.

— Não... Não...

Estranhando cada vez mais aquela jovem que sempre via sorrir, ele insistiu:

— O que está acontecendo?

— Eu agradeço sua ajuda, mas não quero ser um peso para o senhor e seus homens. Por favor, volte para sua gente. Eu cuidarei de meu problema.

Sem entender o que estava acontecendo, Kieran a pegou no colo.

— Eu disse que me acompanhe, e não se fala mais nisso — disse ele.

Sem conseguir parar de chorar devido à dor que sentia, por fim a garota não resistiu e se deixou levar, escondendo o rosto no peito dele.

— Calma, Iolanda... fique tranquila — pedia Kieran.

Através das lágrimas, ela viu que vários O'Hara os observavam com curiosidade. Quando chegaram a Patrick, o médico, Kieran a deixou no chão e, segurando seu queixo, afirmou gentilmente:

— Eu nunca permitiria que você continuasse sofrendo, e tudo que possa fazer para aliviar sua dor ainda será pouco.

Essas palavras tão afetuosas a fizeram sorrir e se sentir um pouco querida.

— O dedo está quebrado — disse Patrick, pegando-lhe a mão. — Teremos que o colocar de volta no lugar e imobilizá-lo.

— Faça isso — ordenou Kieran.

Assustada, a jovem os fitou.

— Vai doer um pouco, mas não há outro jeito, mulher — advertiu o médico.

Kieran viu que ela negava com a cabeça e interveio:

— Iolanda, a única forma de arrumar isso é como Patrick disse. — E, pegando um pedaço de madeira forrada com tecido que o médico lhe entregava, acrescentou: — Morda isto enquanto ele conserta seu dedo. Vai ajudá-la a suportar a dor.

Amedrontada, ela negou de novo com a cabeça, bem no momento em que Louis se aproximava apressado e perguntava:

— O que aconteceu com Iolanda?

Ao ouvir sua voz, a jovem ficou tensa. E, sem olhar para ele, rogou:

— Por favor, Louis, afaste-se de mim agora mesmo.

— Por quê? — perguntou ele, aturdido.

— Vá! — gritou ela, nervosa.

— Você ouviu, Louis, vá — interveio Kieran.

O semblante sério de seu laird fez Louis retroceder, mas não partir. Kieran tornou a oferecer a madeira forrada a Iolanda, mas ela o recusou de novo:

— Não preciso disso. Aguentarei a dor.

— Dói muito — advertiu Patrick.

— Eu disse que aguento. Não sou uma daminha delicada e sei resistir — respondeu a jovem, surpreendendo os highlanders.

Kieran olhou para Louis, que, sem entender nada, deu de ombros. Não sabia o que estava acontecendo com Iolanda, nem por que havia reagido assim. Kieran se sentou ao seu lado enquanto o médico manipulava sua mão. Com os olhos arregalados e tremendo, Iolanda aguentou a dor. Quando Patrick terminou, pôs uma tala no dedo e lhe deu uma bebida, que ela tomou de um gole só.

Então, o médico lhe estendeu um saquinho e disse:

— Dilua um punhado desta erva em água pelo menos quatro vezes ao dia e tome. A dor desaparecerá, eu garanto.

Iolanda foi pegar o saquinho, mas suas mãos tremiam. Louis se aproximou para ajudá-la depressa, mas ela, com um gesto de desdém, sibilou:

— Não preciso de sua ajuda. Mulheres como eu sabem se cuidar sozinhas.

De novo os homens presentes se entreolharam. O que estava acontecendo com aquela jovem simpática?

Então, depois de agradecer a Kieran e a Patrick pela ajuda, ela se afastou sem olhar para Louis, que a observava desconcertado.

— O que você fez a Iolanda? — perguntou Kieran, surpreso.

Sem entender a fria reação da moça, que até então sempre havia sido só sorrisos e gentileza, Louis respondeu:

— Nada que eu saiba.

Kieran a viu se deitar sobre uma manta ao lado do fogo e se agasalhar para descansar.

— A valentia dessa garota acabou de me deixar sem palavras. Poucas pessoas aguentam a dor como ela. E digo uma coisa: não sei o que aconteceu entre vocês, mas, seja o que for, sem dúvida Iolanda tem razão.

E, dito isso, foi embora, deixando Louis ainda mais desconcertado, olhando para a jovem que tentava dormir ao lado do fogo. Kieran se dirigiu a Jesse Steward, que, afastado do grupo, olhava o bosque abrasado. Quando se aproximou, perguntou:

— Pode dizer o que o está atormentando?

— Não quero acreditar no que meu instinto me diz, O'Hara. Mas Cedric é um homem ambicioso, e para ter o controle desta propriedade sei que ele seria capaz de qualquer coisa — respondeu Jesse, envergonhado.

Atônito diante do que essas palavras davam a entender, Kieran foi dizer algo, mas Jesse prosseguiu:

— Davinia Ferguson foi minha prometida durante anos, mas, quando Cedric voltou da Irlanda, depois de uma discussão com nossa mãe por causa do castelo de Glasgow, ele desapareceu, e uma semana depois, voltou com Davinia como esposa. Eu tentei falar com ela, mas foi inútil. Só sei que Cedric é ambicioso e que sempre desejou tudo que me pertence por direito. Ele queria as terras de minha família, e como não as conseguiu, decidiu roubar meu tesouro mais precioso: Davinia.

Por fim, Kieran entendia o que estava acontecendo ali.

— Algo me faz temer que Cedric tenha passado dos limites de novo — murmurou Jesse.

— Acha mesmo que ele poderia... — perguntou Kieran, espantado.

— Sim — interrompeu Jesse. — A ambição de meu irmão não tem limites.

Kieran o fitou boquiaberto. Nunca teria pensado algo assim.

— Se eu descobrir que isso é verdade, garanto que a morte de Kubrat e sua gente não vai ficar impune — disse o highlander.

— Digo o mesmo — afirmou Jesse, arrasado.

Nesse instante, ouviram as exclamações de vários homens que olhavam para o alto do castelo. Jesse e Kieran olharam também, e este sussurrou:

— Não acredito!

— A loucura o deixou cego — murmurou Jesse, horrorizado.

Impressionados, viram os homens de Cedric retirarem rudemente os estandartes da família Ferguson que ondulavam nas ameias do castelo e colocar os do clã de Cedric Steward, um estandarte diferente do que Jesse e seus homens carregavam.

25

No quarto de Angela, Davinia olhava assustada para as irmãs. Ela melhor que ninguém conhecia Cedric, e sabia que a partir desse instante o futuro não lhes reservaria muitas coisas boas.

Não gostava do que seu marido estava fazendo, mas não podia fazer nada.

— Como pode permitir isso? — disse May. — Como pode permitir que ele roube nosso lar?

— Alguém precisa assumir a responsabilidade de tudo, e Cedric... — disse Davinia, sem saber o que responder.

Mas May a interrompeu, zangada.

— Nós não morremos! Continuamos sendo Ferguson e esta é nossa casa. Ele não pode tirar nossos estandartes.

Angela, que desde o enterro estava absorta em seu mundo, ao ouvir aquilo saiu de sua apatia.

— Cedric tirou nossos estandartes?

— Sim, Angela — respondeu May, sentando-se ao seu lado.

Como uma tempestade prestes a chegar, Angela olhou para a irmã mais velha e exigiu:

— Quero que seu marido devolva os estandartes de nossa família e tire os dos Steward. Quero que esses homens saiam de nosso lar e...

Ao entender que as irmãs tinham razão, o soluço de Davinia interrompeu Angela momentaneamente. Até que, inspirando fundo, ela gritou:

— Davinia, como você pôde permitir isso? Somos Ferguson. Por acaso esqueceu? — E antes que uma das duas respondesse, perguntou: — Onde estão William, Aston e George? Eles nos ajudarão.

Afogada em lágrimas, Davinia retorcia as mãos. Ela não podia fazer nada, suas irmãs não percebiam isso? Trêmula, foi responder, quando May se antecipou:

— Duvido que eles possam nos ajudar.

— Por quê? — inquiriu Angela.

Levando a mão à testa com pesar, a irmã do meio respondeu:

— Porque estão fora do castelo. Cedric os proibiu de entrar.

— Como?!

O grito que Angela soltou foi tão alto e forte que as irmãs se entreolharam, surpresas. Nunca haviam ouvido Angela levantar a voz dessa maneira. Mas ela não se importou. Não pretendia ceder e se deixar manipular por aquele idiota. Totalmente descontrolada, ela se levantou e, dirigindo-se a Davinia, disse:

— Como pôde permitir isso? William, Aston e George são a única família que nos resta. Por acaso esqueceu?

— Não — sussurrou Davinia e, desesperada, acrescentou: — Eu não permiti nada. Não posso fazer nada para evitar, será que vocês não entendem?

— Você é mulher dele — replicou Angela. — Pelo menos poderia tentar falar com ele e fazê-lo ser sensato.

Cansada de esconder sua vida dura, Davinia se levantou da cama, ergueu a parte de baixo do vestido e, mostrando-lhes as coxas e as panturrilhas, disse, diante do horror delas:

— Estas marcas e outras que tenho no corpo são o que ganho quando decido dar minha opinião. Acha que Cedric vai me escutar em algo tão importante?

— Oh, meu Deus! — murmurou May.

Horrorizadas, as duas a fitaram, e Angela, abraçando-a, sussurrou:

— Vou matá-lo!

Ao ouvi-la falar assim, May e Davinia se olharam.

— Por que nunca nos disse nada? — perguntou Angela.

— Porque não queria que nem vocês nem papai soubessem. Eu já sofro o suficiente, não queria que vocês sofressem também.

May, unindo-se ao abraço, chorou pelo sofrimento da irmã, enquanto Angela, desconcertada, ruminava sem descanso.

Seu pai estava morto, sua gente estava morta, e não pretendia permitir que aquele imbecil continuasse maltratando Davinia e a afastasse de

William, Aston e George. Desesperada, soltou as irmãs, levou as mãos ao peito e reprimiu a vontade de chorar.

Não devia. Seu pai não ia querer vê-la assim.

— Sabe se Cedric mandou algum homem descobrir os responsáveis pelo massacre? — perguntou Angela.

Davinia negou com a cabeça e começou a chorar. Angela blasfemou, achava que ia enlouquecer.

May, horrorizada, tentou segurá-la pelos ombros, mas Angela escapou, abriu a porta e saiu do quarto. Davinia e ela correram atrás.

— Angela, pare! — pediu May.

— Não — respondeu Angela.

— Angela, pelo amor de Deus, o que você vai fazer? — perguntou Davinia, chorando.

— O que prometi a mamãe: cuidar de minhas irmãs — respondeu a garota.

Tentaram detê-la, mas foi impossível. Quando chegou à entrada do salão e viu seu cunhado bebendo e rindo com Otto, Harper e Rory, Angela sentiu suas entranhas se revirarem. Cedric se comportava como se nada houvesse acontecido. Disposta a lutar pelo que era seu, gritou:

— Cedric, o que está fazendo em minha fortaleza?

Ao ouvi-la, eles se voltaram e a fitaram. Cedric, levantando-se e aproximando-se, disse:

— Que bom que já está melhor, Angela.

Sem se mexer, ladeada por suas irmãs, ela sibilou:

— Tire agora mesmo seus estandartes de meu castelo.

Cedric soltou uma gargalhada. Uma mulher lhe dando ordens? Olhou para seus homens com ar de superioridade e, fitando-a com uma expressão tosca, respondeu:

— Sou marido de sua irmã mais velha, e, por direito, eu mando aqui agora.

— Não vou permitir isso.

Com ironia, ele aproximou o rosto daquela pequena ruiva e murmurou:

— Quem não vai permitir que você se comporte assim sou eu.

Angela levantou as sobrancelhas e, sem um pingo de medo, desafiou:

— E o que você vai fazer? Vai me bater, como bate em minha irmã, porco maldito?

Ele olhou para sua mulher e, tão surpreso como todos diante daquela mudança de atitude da Ferguson mais nova, respondeu com um sorriso maquiavélico:

— Se for necessário, não tenha dúvida, querida Angela. A partir de agora, você vai me respeitar e nunca mais responderá desse jeito, ou...

— Eu responderei assim sempre que me der vontade — interrompeu ela.

Uma forte bofetada atravessou o rosto de Angela, fazendo-a cambalear e quase cair.

— Santo Deus! — gritou May, angustiada.

— Eu disse que não vou permitir essa falta de respeito! — vociferou Cedric.

Angela, cada vez mais irritada e com a face ardendo devido ao tapa, gritou:

— Você é quem está nos faltando com o respeito, maldito covarde!

Ele lhe deu outra bofetada que a jogou no chão.

— Cedric! — gritou Davinia, horrorizada.

Ao ouvir seu nome, ele olhou para sua mulher e, pegando-a pelo braço, torceu-o com crueldade.

— Eu não lhe dei permissão para falar, silêncio!

— Mas, minha irmã...

— Eu disse cale-se — gritou ele, empurrando-a com fúria contra a parede.

Nesse instante, Royce, um dos Steward que entrava no salão, ao ver aquilo, perguntou:

— O que está acontecendo, meu senhor?

— Estou lhes ensinando respeito — grunhiu Cedric. — São mulheres, e devem obedecer.

Ao entender o que estava acontecendo, Royce se colocou entre ele e as mulheres.

— Meu senhor, estão todos muito nervosos. É melhor que se acalmem — disse o highlander.

Cedric o fitou com uma expressão feroz.

— Acha que não devo fazer minha mulher e suas irmãs saberem quem manda aqui? — perguntou o laird.

— Tenho certeza de que todas elas sabem — respondeu Royce.

Horrorizadas, as três irmãs viram os guerreiros de Cedric o fitarem com atitude intimidadora e Royce levar a mão à espada. Sem dúvida, estava se preparando para se defender dos outros, quando Cedric levantou o queixo e, com ar prepotente, depois de olhar os homens atrás de si, comentou:

— Acho que vou castigar minha mulher e suas irmãs simplesmente porque estou com vontade. Deem-me um porrete.

— Não! — gritou Davinia.

Se alguém conhecia aquele animal, era ela. Como uma fera, Angela se levantou e vociferou, furiosa, enquanto May tentava segurá-la:

— Não vou permitir!

Cedric as olhava, insolente.

— Senhor, não é assim que se fazem as coisas. Acho que não é correto que... — interveio Royce, novamente.

— Eu pedi sua opinião?

O homem não se mexeu nem respondeu. Trocou um olhar com Davinia e, quando foi dizer algo mais, Cedric o olhou com fúria e sibilou:

— Royce, hoje o vi falando com meu irmão. O que tinha a lhe dizer?

O guerreiro não respondeu.

— Diga a Jesse que se não quiser vê-la morta e pendurada nas ameias, pode ir embora daqui antes do amanhecer — prosseguiu Cedric.

As três irmãs se olharam horrorizadas. Então Harper, Rory e Otto, que estavam atrás de Cedric, atacaram Royce e o nocautearam, deixando-o caído, inconsciente, em um canto do salão.

Davinia, entendendo que ele era um infiltrado de Jesse, foi ajudá-lo, mas Cedric a pegou pelo braço e rosnou com raiva:

— Você é minha mulher, e se dá valor à vida daquele meu irmão idiota, de sua mãe ou do pequeno John, eu ordeno que não se mexa, ou verá morrer um por um, entendeu?

Davinia não respondeu, e ele gritou de novo:

— Entendeu?!

Com medo de que Cedric fizesse mal a eles por sua culpa, Davinia baixou o olhar e assentiu. Não podia fazer outra coisa. Não podia permitir que acontecesse nada a ninguém, ou nunca se perdoaria.

Ao ouvir a terrível ameaça, Angela se lançou contra Cedric, mas ele, pegando-a pelo pescoço, começou a apertar forte enquanto sussurrava:

— Matá-la seria muito fácil, Angela... Não me provoque.

Via-se no rosto dele que se deleitava com o sofrimento da jovem, que já não conseguia respirar. Davinia gritou que a soltasse e May suplicou. Por fim, Cedric a soltou e Angela caiu no chão. Assustadas, as outras duas a ajudaram, enquanto ela tentava respirar e tossia descontrolada.

Ao ver que a irmã estava bem apesar das marcas no pescoço, May se agachou ao lado de Royce e comprovou que estava vivo. Ficou mais tranquila, até que ouviu Cedric dizer:

— Levem-no daqui e, quando ele acordar, mande os homens levá-lo para fora do castelo para que meu irmão receba meu recado.

Instantes depois, vários brutos pegaram o corpo inerte de Royce e o tiraram do salão. Angela, furiosa com tudo, assim que se recuperou, atirou-se de novo contra Cedric, mas ele, pegando-a pelo braço, jogou-a contra a parede. May e Davinia correram para ajudá-la.

— O clã Ferguson de Caerlaverock está extinto. Agora, o castelo pertence ao clã de Cedric Steward. — disse o homem. E, dirigindo-se a May, que o olhava com raiva, acrescentou: — Amanhã, você vai voltar à abadia, e não quero vê-la nunca mais aqui, ou sua irmã e seu sobrinho angelical vão morrer.

Davinia soltou um gemido de horror, mas seu marido prosseguiu:

— E você, como minha esposa que é, arrume este lugar nojento para transformá-lo em...

— O único nojento aqui é você — gritou Angela. — Minha irmã May voltará para sua casa sempre que quiser, e se tocar em Davinia ou em meu sobrinho, vou matá-lo.

— O que deu em você, Angela? De repente ficou corajosa? — perguntou Cedric, incrédulo.

— Simplesmente não tenho tempo para chorar, pois tenho que defender minha família de infames como você — replicou ela.

Rory, Harper e Otto entraram de novo no salão, dessa vez sem Royce. Cedric, ainda espantado com as coisas que Angela havia dito, não tirava os olhos dela. Se antes aquela garota manhosa havia sido um incômodo, agora era ainda mais. Então, com um sorriso sarcástico, sentenciou:

— Angela, você se casará com Otto Steward amanhã, e o que acontecer com você a partir de então pouco me importará.

Otto, fitando-a com lascívia, balançou a cabeça.

— Vou desfrutá-la em meu leito — disse —, e depois a entregarei a Rory e Harper para que se divirtam com ela também.

— Não! — gritou Davinia horrorizada.

Harper e Rory bateram as mãos e riram. Seria divertido.

May e Davinia se entreolharam desesperadas, mas Angela afirmou com um fio de voz:

— Nada disso vai acontecer.

— Oh, sim — riu Rory. — Vai acontecer sim.

— Amanhã o casamento será oficializado — concluiu Cedric.

— Não — negou Angela.

Otto, desfrutando antecipadamente o que já imaginava, disse:

— Você querendo ou não, assim será, e não me provoque, ruiva, senão, agora mesmo, sem casamento, vou possuí-la em qualquer canto deste castelo sujo. E Cedric não vai me impedir, não é?

O aludido sorriu e respondeu com ironia:

— Serei um bom cunhado. Case-se e depois faça o que quiser com ela.

— Não vou permitir — sibilou Angela.

Depois de soltar uma gargalhada, Cedric respondeu:

— Seu pai já não está entre nós, de modo que a promessa absurda que ele fez a sua mãe caiu no esquecimento, sua vadia. Agora eu mando em você e digo que amanhã será a mulher de Otto Steward. Ele gosta de você e está ansioso para possuí-la.

— Oh, santo Deus — murmurou Davinia aterrorizada.

— Prefiro me matar a me entregar a quem você escolha — replicou Angela com frieza.

— Angela, pelo amor de Deus! — gritou May.

Davinia soltou um gemido: seu marido havia enlouquecido.

Otto Steward se aproximou de Angela, pegou-a pela cintura, apertou-a contra seu peito e sussurrou perto de sua boca:

— Você será minha, e nada vai impedir isso.

Enojada por seu cheiro rançoso e pela repugnância que suas más intenções lhe causavam, sem hesitar, ela o empurrou com todas as suas forças, tirando-o de cima de si.

May, decidida a tirar suas irmãs dali, pegou-as pela mão e disse:

— Vamos, precisamos descansar.

26

Furiosa e fora de si, Angela desejou estar com sua espada para lutar contra aqueles homens, mas seguiu May. As três irmãs saíram do salão e foram direto para o quarto.

— Não vou me casar com Otto Steward, esse porco repugnante.

May, ao ver aquela fúria e determinação que não conhecia em sua irmã mais nova, disse:

— Calma, vamos encontrar uma solução. — E, ao notar as marcas no pescoço da caçula, murmurou: — Meu Deus, Angela, aquele bruto quase a estrangulou!

— Vou matá-lo!

— Mas, o que deu em você? — perguntou May, sem entender essa mudança de atitude.

Davinia chorava desconsolada quando Angela gritou:

— Seu marido é a pior coisa do mundo! Eu sempre soube disso, e agora ratifico. — Lembrando-se do sobrinho pequeno, perguntou: — Onde está John?

— Deixei-o em Merrick com a governanta. — E acrescentou com um fio de voz: — Não permitirei que ele ponha a mão em meu filho, nem permitirei que acabe com sua vida, como fez com Jesse e comigo.

May e Angela a fitaram.

— Cedric me obrigou a casar com ele. Disse que se não me casasse, ele mataria Jesse e sua mãe — prosseguiu Davinia.

— O quê?

Nervosa, ela afastou os cabelos do rosto e gemeu:

— Vocês sabem que Cedric e Jesse são meios-irmãos. Jesse é filho do segundo casamento e herdeiro por direito do castelo de Glasgow, propriedade de sua mãe. Quando o pai de Cedric morreu, a mãe de Jesse, lady Ofelia, tentou fazer com que ele se sentisse em casa, mas Cedric nunca facilitou as coisas. Sempre teve inveja por não ser o herdeiro de tudo. Sabia que com a morte de lady Ofelia, Jesse herdaria o castelo e todos os bens. Por isso, quando voltou da luta na Irlanda e soube que seu irmão estava me cortejando, veio, e... e... certa tarde que veio com seus homens nos visitar, com a desculpa de nos conhecermos, quando eu estava passeando com ele pelo bosque Cedric me... me forçou e... e...

— Meu Deus — sussurrou Angela.

Davinia, com os olhos tomados de raiva, murmurou:

— Ele roubou minha virgindade como um selvagem e gritou que eu era sua, e não de seu irmão. Depois, disse que se eu dissesse alguma coisa, mataria a todos. Obrigou-me a renunciar a Jesse. Se eu me casasse com Cedric, lady Ofelia e Jesse não morreriam, e, desde então, só faço o que ele quer para manter Jesse e sua mãe a salvo. A... a única coisa boa de tudo isso é meu filho... o pequeno John.

Angela e May a fitavam impressionadas.

— E por que você não disse nada, Davinia? Por que escondeu que ele bate em você? — perguntou May.

Enxugando as lágrimas que derramava aos borbotões, gritou:

— Para que ia contar? Para que ele matasse vocês também, ou papai? Que exército poderia defendê-los? Quem lutaria por vocês?

May, sentando-se ao lado dela, abraçou-a. Sem dúvida, seu calvário havia sido terrível.

— Agora entendo por que você dizia que se casou com Cedric por amor. Sem dúvida, por amor a Jesse, não é? — revelou May, acariciando a irmã.

Davinia assentiu. Angela, enojada ao saber o que o animal de seu cunhado havia feito, abraçou-a para consolá-la. Ficaram abraçadas até que, de repente, Angela pulou da cama e afirmou, categórica:

— Cedric matou o papai.

— Angela... não sabemos disso — replicou May, fitando-a.

Davinia não disse nada, mas levou a mão à boca.

— Foi ele — prosseguiu Angela. — Eu sei. Meu instinto me diz. — E em tom ameaçador, sussurrou: — Eu o matarei. Juro que o matarei com minhas próprias mãos.

— Oh, meu Deus... meu Deus — soluçou Davinia.

May se sentou na cama.

— Calma, irmã — disse. — Não vamos tirar conclusões precipitadas. Temos que resolver isso e...

— Como? Como resolveremos? — gritou Angela, desesperada. — Se há algo em que aquele verme tem razão é que ninguém pode nos ajudar. Ninguém!

Respirando com dificuldade, ela se calou e foi até a janela. Dali viu a grande porta da muralha fechada e os homens de Cedric Steward a guardando. Ao levantar a cabeça e olhar para o céu, seus olhos distinguiram um dos estandartes Steward.

— Não vou permitir! — sibilou, furiosa.

Como uma fera, saiu do quarto e subiu os íngremes degraus de pedra que levavam às ameias. Precisava tirar aqueles estandartes e sentir o ar da noite em cheio no rosto. Ao chegar, encontrou um homem de Cedric, que se dirigiu a ela em atitude nada amistosa. Angela, sem pensar duas vezes, arrancou-lhe a espada da mão, virou-a e, pegando-a com segurança pela lâmina, bateu na cabeça dele com a empunhadura. O homem caiu no chão sem sentidos, enquanto as irmãs, que a haviam seguido, gritavam.

— Como... como você fez isso? — perguntou Davinia, impressionada.

Angela praguejou ao ver suas irmãs; soltando a espada, seguiu seu caminho, até que as duas, assustadas, seguraram-na pelo vestido.

— O que está fazendo, Angela? O que vai fazer?

— Preciso pensar. Preciso saber o que fazer, e com vocês duas choramingando não consigo.

May e Davinia ficaram mais calmas. Por um momento, pensaram que a irmã mais nova ia fazer uma loucura e pular das ameias.

— Temos que manter a calma — disse Angela, então, voltando-se para elas. — William sempre disse que antes de enfrentar um problema, a cabeça tem que pensar com frieza.

— Quando ele disse isso? — perguntou May, surpresa.

Angela não respondeu, mas afirmou:

— Não vou me casar com esse Otto nem com ninguém que Cedric, aquele verme, escolha.

— Claro, Angela... não vamos permitir — disse a irmã mais velha, soluçando de novo.

— Quer parar de chorar? — disse Angela, revirando os olhos. — Chorar não leva a nada. Temos que pensar no que fazer.

May e Davinia a olharam com curiosidade. Onde estava a Angela chorona?

Ao ver como a encaravam, Angela, cansada de esconder quem era na realidade, olhou para a frente, onde havia um tronco de madeira no chão; depois se agachou, tirou uma adaga de uma das botas e, fitando-as, perguntou, vendo a cara de surpresa das duas:

— Estão vendo aquele tronco? — Ambas assentiram. — Estão vendo o nó da madeira, mais escuro, ali no centro, manchado de musgo?

De novo ambas assentiram. E sem dizer mais nada, Angela lançou a adaga e a cravou na mancha de musgo.

Davinia e May a fitaram, atônitas diante de sua destreza. Angela, depois de ir até o tronco e recuperar a adaga, disse:

— William, George, Aston, às vezes Sandra, e eu formamos o bando dos encapuzados já há alguns anos.

— O quê? — sussurrou May.

— Oh, meu Deus! — murmurou Davinia, incrédula.

— Não sou tão desajeitada nem tão chorona quanto fiz vocês acreditarem durante toda minha vida. Os cortes nas mãos ou as batidas que vocês viam eram resultado de lutas e treinamentos diários e...

— Meu Deus... acho que vou desmaiar! — balbuciou Davinia.

Sem lhe dar atenção, Angela prosseguiu:

— Eu diria que vocês viram de mim o que eu quis mostrar, e...

— Mas, Angela, o que está dizendo? — murmurou Davinia, diante da expressão de espanto de May.

— Estou lhe explicando, irmã.

— Mas você é uma dama, e...

— E uma guerreira que protege sua família e os seus — concluiu ela, categórica.

May, boquiaberta diante do que estava descobrindo sobre a irmã pequena e desajeitada, sorriu e perguntou:

— Está falando sério, Angela? Você é a Fada?

Ela assentiu e, lançando de novo a adaga, tornou a acertar no musgo.

— Eu sei utilizar a espada como qualquer guerreiro e tenho uma adaptada a meu tamanho — explicou Angela.

— Senhor, que loucura!

— Loucura? — debochou a garota. — Graças a isso, agora sei me defender melhor que você, e se tiver que... que...

— Você não vai matar! — exclamou May.

Angela a olhou com seriedade e respondeu:

— Como dizia papai, morte por morte. E só lhe digo uma coisa: vocês são a única coisa que me resta, e se alguém as tocar, juro que vai se ver comigo.

As duas irmãs se entreolharam, surpresas. A segurança de Angela as deixava sem palavras. Por fim, May perguntou:

— O que mais os Shepard lhe ensinaram?

— Eu sei rastrear, caçar com arco e flecha, montar a cavalo e...

— Mas você tem medo de cavalos! — replicou Davinia.

Angela sorriu.

— O cavalo que sempre nos acompanhava até a abadia por acaso é seu? — inquiriu May.

— Sim. É minha égua Briosgaid.

Davinia, abanando-se com a mão, exclamou, aturdida:

— Angela, o que está dizendo?

— Irmã, eu lhe mostrei de mim o que queria que visse, assim como você me mostrou de seu casamento o que queria que eu visse. Mas a realidade é essa que estou lhe contando.

Depois de ficarem um instante em silêncio, Davinia murmurou:

— Vivemos todas enganadas.

May balançou a cabeça.

— Sim, mas nunca mais devemos mentir uma à outra. Somos irmãs, a única família que temos, e...

— Desculpem... desculpem por ter posto Cedric em nossa vida. Oh, Deus... lamento tanto — soluçou Davinia, sentindo-se culpada por tudo aquilo.

Angela, depois de olhar para May e ver que ela olhava para a irmã com carinho, abraçou Davinia e disse:

— Você não tem culpa de nada. A culpa é de quem todas nós sabemos, e garanto que o que aconteceu não vai ficar impune se ele for o responsável. E quanto a Jesse, você deve lhe contar o mesmo que nos contou, sem temer que Cedric possa lhe fazer mal. Ele merece uma explicação, e acho que não saber a verdade está acabando com ele. Certo?

Davinia assentiu e, com os olhos marejados, afirmou:

— Farei isso.

Ao ver sua determinação, Angela pegou suas duas mãos e ofereceu:

— Eu a ajudarei. Não sei o que terei que fazer, mas esse porco não vai mais pôr a mão em você, ou...

— Nem em você nem em ninguém... — grunhiu May.

Pela primeira vez no dia todo, Davinia esboçou um tímido sorriso e perguntou:

— Mas, como? Como faremos para...

— Não sei — interrompeu Angela. — Mas essa serpente vil vai pagar por tudo que fez, seja ele culpado pela morte de papai ou não.

As três irmãs se abraçaram.

— É sério que você é Fada? — insistiu Davinia.

Angela foi responder quando um tumulto do lado de fora chamou sua atenção. Vários homens de Cedric carregavam Royce ainda inconsciente. Abriram as portas externas e o jogaram para fora, no chão de madeira da ponte. Ao vê-lo naquele estado, ensanguentado, os homens de Jesse e os de O'Hara rapidamente foram ajudá-lo.

— Pobre Royce. Agora entendo por que ele sempre estava perto de mim — arfou Davinia ao vê-lo.

— Calma, essa surra não vai acabar com ele — murmurou May, abraçando a irmã.

Com curiosidade, as três acompanhavam o que faziam com Royce; viram que o levavam para Jesse e Kieran O'Hara, que depressa cuidaram dele. Angela, ao ver os O'Hara acampados por trás das portas fechadas de Caerlaverock, e não no bosque, sorriu. Sem dúvida, Kieran queria ajudá--las e não confiava em Cedric.

— Por papai já não posso fazer nada — sussurrou Angela —, mas juro, Davinia, que farei tudo que estiver ao meu alcance para que Cedric nunca mais se aproxime de você nem do pequeno John. Mas, primeiro, tenho que impedir meu casamento iminente.

— E como vamos fazer isso? — perguntou Davinia.

May, depois de olhar para os homens fora do castelo, disse:

— Se você se casasse com outro antes de amanhã, Cedric não poderia obrigá-la a se casar com Otto Steward, não é?

— Aham...

— E de onde vamos tirar um marido que enfrente o meu? — inquiriu Davinia.

Angela, que estava matutando alguma coisa, perguntou com rapidez:

— O que acham de O'Hara?

— Kieran? — sussurrou May, sem muita surpresa.

— Está se referindo ao laird Kieran O'Hara?! — perguntou Davinia, incrédula.

Angela, disposta a atingir seu propósito e tentando não escandalizar muito as irmãs, disse, inventando uma mentira:

— Ele me cortejou durante os dias que passou em Caerlaverock e quando levamos May para a abadia.

— Sério? — exclamou Davinia.

— Eu notei que vocês se olhavam muito durante a viagem — revelou May, pensativa.

Sem tempo a perder, Angela prosseguiu:

— Só ele pode enfrentar Cedric. Tem bravura, exército e coragem para isso. Se nos casarmos esta noite e eu me tornar lady O'Hara, poderei...

— Tem certeza do que está dizendo? — perguntou May.

Angela assentiu sem pensar duas vezes, e continuou com seu discurso:

— Se eu me casar, Cedric não conseguirá o que quer e Kieran poderá impedir que Davinia volte para ele.

Esperançosa diante do que acabava de ouvir, Davinia balançou a cabeça, parando de chorar.

— É uma loucura, mas esse O'Hara é nossa única salvação. E o melhor de tudo é que gosta de você!

— Oh, sim... sem dúvida gosta — mentiu Angela.

May sorriu para a irmã mais nova e afirmou:

— Papai gostava de O'Hara para você. Ele me disse certa tarde quando conversávamos. Disse que era um guerreiro corajoso e...

— Ele também me disse o mesmo — revelou Angela, a cada instante mais convencida de que devia tentar.

Ao escutá-las, Davinia disse com segurança:

— Agora papai não está junto a nós. Mas depois de ouvir suas palavras, algo me diz que ele concordaria que você se casasse com O'Hara. E como sou sua irmã mais velha, insisto em falar com ele.

— Só há um problema — apontou Angela.

— Qual? — perguntou Davinia.

— Em seu lar, uma mulher chamada Susan Sinclair o espera — respondeu ela.

— Oh, meu Deus! — exclamou May.

— Ele não é solteiro? — perguntou Davinia, escandalizada.

— Sim, Davinia, é, mas...

— E ousou cortejar você tendo outra? — protestou ela.

Disposta a inventar a maior mentira do mundo para que as irmãs não se preocupassem, com um sorriso que deixou ambas aturdidas, Angela explicou:

— Kieran disse que quando me conheceu, ficou deslumbrado com meus olhos, meu sorriso e minha voz. Disse que sofre quando está longe de mim, que sou a luz de sua vida, e... e... me beijou... e até me chama de "minha vida"!

As duas gostaram de ouvir isso.

— Ele não ama essa outra mulher? — perguntou Davinia.

Angela negou com a cabeça.

— Não. Nem um pouco.

— Então, prossigamos com nosso plano, ainda mais se ele a beijou — afirmou Davinia.

May, ao vê-la tão decidida, murmurou:

— Irmã... não a estou reconhecendo.

Com um sorriso triste, Davinia disse:

— Se não há amor no meio, evitar esse casamento não me causa nenhum remorso. Eu sei o que digo, pois me casei sem amar meu marido. Vamos celebrar um *handfasting*, como fez Evangelina com seu marido.

— Um casamento de um ano e um dia? — perguntou May.

— Sim — afirmou Davinia. — Se, passado esse ano, ambos não quiserem renovar seus votos, poderão se separar e...

Enquanto as irmãs falavam, Angela olhou para fora do castelo, coçando a sobrancelha com o polegar. Buscou Kieran entre os outros e o localizou perto dos cavalos, falando com William. Ambos agitavam as mãos e pareciam contrariados. Sabia que falavam dela e de sua situação. Sem dúvida, Kieran tinha força para enfrentar Cedric, se fosse o caso, mas não sabia o que ele ia responder àquela louca proposta.

Mas, sendo o momento tão desesperador, sabia que tinha que tentar. Tinha que arriscar e, disposta a fazer o que fosse preciso para não se casar com Otto Steward, olhou para as irmãs e disse:

— Vamos, temos que sair do castelo para falar com Kieran O'Hara.

Ambas a olharam, surpresas.

— Por onde pretende que saiamos? Os homens de meu marido estão por todo lado, e assim que nos virem vão nos deter e... — grunhiu Davinia.

— Acabei de contar que sou a Fada. Sigam-me, eu sei como sair sem que nos vejam.

Sem dizer mais nada, as duas a seguiram. No quarto, Angela se livrou da saia que usava, deixando à mostra a calça de couro.

Davinia, ao vê-la, murmurou:

— Não é apropriado que uma dama se vista como um homem.

Ao ver que sua irmã não lhe dava ouvidos, insistiu:

— Pelo amor de Deus, Angela, você não vai falar com laird Kieran O'Hara vestida assim.

— Oh, Davinia, cale-se! — interveio May.

Após abrir a portinhola que dava para o túnel, Angela puxou uma corda e pouco depois apareceu uma sacola. Tirou dela umas botas altas, que calçou, uma espada, uma aljava e uma capa verde.

Suas irmãs a olhavam mudas, enquanto pensavam como nunca haviam sabido da existência daquela porta. Quando Angela terminou, olhou para elas e disse:

— Esta sou eu quando luto pelo que quero.

De súbito, a porta do quarto se abriu e Rory Steward apareceu. Pegou Angela com força pelo braço e, puxando-a, rosnou:

— Vamos nos divertir, pequena.

Angela, que estava com a adaga na mão, cravou-a na coxa do homem. E Davinia, pegando uma lenha na lareira, bateu na cabeça dele. O homem desabou diante delas.

— Vocês me deixam sem palavras, irmãs — riu May.

Sem tempo a perder, Angela foi até o homem, arrancou a adaga ensanguentada de sua coxa e, depois de limpá-la na camisa dele, guardou-a de novo na bota.

— Sigam-me, temos que sair daqui — disse Angela.

Sem um pio, as duas irmãs entraram pela portinhola e a seguiram. Correram pelo túnel malcheiroso que as levou até o meio do queimado bosque. Uma vez ali, Davinia sussurrou, aliviada:

— Que fedor...

— É um túnel, o que você esperava? — disse May.

E, tirando as teias de aranha que haviam grudado em sua roupa, olhou ao redor e, ainda surpresa, exclamou:

— Incrível, Angela. Eu nunca teria imaginado isso.

Achando graça da reação das irmãs, ela sorriu e respondeu:

— A ideia era essa, May: que vocês nunca imaginassem.

27

Avançaram com cuidado pelo bosque até chegar onde estavam os O'Hara. Iolanda, que olhava o fogo deitada sobre uma manta, foi a primeira a ver Angela. Levantou-se com um pulo, correu até ela e, abraçando-a, perguntou:
— Como você está, Angela?
— Bem... bem... — E ao ver a mão enfaixada da amiga, perguntou: — O que aconteceu?
— Nada, uma batidinha sem importância — respondeu a garota.
Um pouco mais tranquila, Angela olhou para Iolanda e apresentou:
— Estas são minhas irmãs Davinia e May. Irmãs, esta é Iolanda.
Depois de se cumprimentarem, Angela viu que Aston e George se aproximavam correndo. Abraçaram-na também e perguntaram como ela estava.
— Papai disse que se até o amanhecer você não saísse, entraríamos pelo túnel para buscá-la.
Angela os abraçou com carinho, e também a William Shepard. Quando se separou dele, disse, vendo-o tenso.
— Estou bem, eu garanto, William. Fique tranquilo.
— Por São Drustan, garota, o que aconteceu com seu pescoço? — inquiriu o homem ao ver os hematomas.
— Nada, fique tranquilo...
— Foi Cedric, William — interveio May.
— Esse filho da mãe — rosnou ele. — Desculpe — disse ao ver Davinia.
Ela, cada vez mais ciente do que seu marido estava fazendo, assentiu e murmurou:

— Fique tranquilo, William. Penso como você, e espero que ele pague pelo que acho que fez.

Preocupado com elas, o homem perguntou:

— Onde deixou o pequeno John?

— Em casa, em Merrick...

— A esta hora já deve estar com minha mãe em Glasgow — disse Jesse, aproximando-se. — Mandei que fossem buscar John quando cheguei aqui e vi o que estava acontecendo. Você sabe que mamãe cuidará dele melhor que ninguém.

Davinia o olhou aliviada e, com um grato sorriso, murmurou:

— Obrigada.

Jesse balançou a cabeça e não disse mais nada. Continuava zangado com ela, apesar do muito que a amava.

Instantes depois apareceu Kieran, acompanhado por Louis, Zac e alguns de seus homens.

— Não vou nem perguntar por onde saíram... — disse O'Hara, fitando Angela.

Não lhe deu tempo de dizer mais nada. Angela se jogou nos braços dele e, beijando-o na boca na frente de todos, exclamou, surpreendendo-o:

— Eu também senti sua falta, querido.

A expressão de espanto foi coletiva. Kieran ficou tão surpreso com aquele beijo que quando ela o soltou, quase lhe pediu uma explicação. Mas então, Davinia disse:

— Laird O'Hara, tenho que falar com você.

Kieran, ainda com o sabor do beijo nos lábios, olhou para a jovem, mas Angela, tomando seu queixo para que olhasse para ela, disse com graça:

— Vejamos, como vou lhe dizer isso, querido.

— Querido?! — repetiu ele, boquiaberto.

Sem olhar para ele para não perder toda sua segurança, Angela prosseguiu:

— Tudo bem, querido... tudo bem. Não precisa disfarçar, minhas irmãs já sabem de tudo.

— Angela, pelo amor de Deus, tenha decoro e respeite as normas.

— Davinia, cale-se e deixe-os conversar! — interveio May.

Kieran pestanejou sem entender nada.

— Eu sei que o que vou lhe pedir é uma loucura, e, para ser sincera, não sei nem como falar sem que você pense que perdi o juízo. Você me disse que sou a luz de sua vida e as coisas mais lindas e românticas que homem nenhum me disse em tooooooda minha vida, e... — disse Angela.

— O que você está dizendo? — sussurrou ele, confuso.

Ao ver todo seu plano começar a desmoronar, Angela pegou a mão dele e, fitando-o diretamente nos olhos, prosseguiu com convicção:

— Querido, não se preocupe, eu até lhes contei que você me chama de "minha vida"!

— Você lhes disse o quê? — perguntou Kieran, cada vez mais desconcertado.

— Eu vi como vocês se olham, laird O'Hara — afirmou May.

Pela primeira vez sem palavras, Kieran olhou para Angela enquanto todos murmuravam ao seu redor. E, sem entender realmente o jogo daquela enroladora, sorriu e perguntou com tranquilidade:

— O que é que quer me perguntar... *minha vida*?

Ela, vendo que ele lhe dava uma oportunidade e não a delatava a suas irmãs, murmurou, olhando para as pessoas que se congregavam ao seu redor:

— Estou tão nervosa que nem sei como dizer.

Intrigado com o que ela devia estar tramando, Kieran a incentivou:

— Sem rodeios, Angela. Entre você e mim não há segredos.

— Sem rodeios? — repetiu ela.

E, ao vê-lo assentir, disse, engolindo o nó de emoções que sentia na garganta:

— Muito bem, lá vai, querido. Você se casaria comigo agora mesmo?

O semblante de Kieran era de choque; todos os presentes abriram a boca, surpresos.

— Como? — perguntou Zac.

— Angela pediu que ele se case com ela — esclareceu Iolanda, atônita como todos.

— O quê? — murmurou Louis, boquiaberto.

William Shepard, com um sorriso que surpreendeu Angela, comentou, bem-humorado:

— Eu sempre soube que você era diferente, garota, mas nunca imaginei que a veria pedir um homem em casamento, e menos ainda alguém como laird O'Hara.

Aston e George, ao ouvir o pai, começaram a rir, e Angela revirou os olhos em um gesto cômico. Aquilo que estava fazendo era uma loucura. Todos falavam, todos davam sua opinião, menos Kieran, que, ainda estupefato, olhava para ela sem dizer nada.

— Você acabou de me pedir em casamento? — pôde articular por fim.

Angela assentiu com um sorriso.

— Aham... e falei sem rodeios, querido, como você pediu.

— Oh, meu Deus! — exclamou ele, de certo modo com humor.

Suas palavras a fizeram sorrir, mas não era hora para isso. O seu mundo estava de cabeça para baixo, portanto, ou sorria, como o pai sempre lhe pedia, ou desmoronava.

— Ficou louca? — sussurrou Kieran.

Angela assentiu de novo. Sem dúvida, ela havia ficado totalmente louca.

— Eu pensei que... — insistiu ela.

— O que você pensou?! — gritou ele ao ver todos dando palpite ao seu redor.

— Laird O'Hara — interveio Davinia —, se chama minha irmã de "minha vida", sem dúvida alguma é porque existe algo entre vocês, e...

— Estamos só tentando acelerar o processo — concluiu May.

— Que processo? — perguntou ele, surpreso, ao ver Jesse sorrir, junto com Louis e Zac. Sem dúvida, Angela era uma encrenqueira, e suas irmãs não ficavam atrás.

Todos começaram a falar ao mesmo tempo. Por fim, Kieran pegou Angela pelo braço, afastou-a de todos e, quando se viu suficientemente longe, perguntou:

— Que história é essa de me beijar na frente de todos, chamar-me de "querido" e fazer essa proposta absurda?

— Preciso de sua ajuda — respondeu ela, mais tranquila.

— Luz de minha vida? — sibilou ele. — Eu disse uma cafonice dessas?

— Tudo bem, querido, eu exagerei um pouco, mas...

— Não me chame de "querido" de novo! — replicou ele, irritado.

— Tudo bem.

Incrédulo, Kieran a fitou. Ainda não podia acreditar no que estava acontecendo, e se afastou dela uns passos. Deteve-se, tornou a olhar para ela e se aproximou de novo. Cravou nela seu olhar mais feroz.

— Pelo amor de Deus, não me olhe assim — sussurrou Angela.

Kieran bufou, mas ela, ciente do que devia fazer, prosseguiu:

— Sei que o que estou lhe pedindo é uma loucura, especialmente porque você disse que há alguém especial esperando sua volta. Mas preciso de ajuda, e você é a única pessoa com quem posso contar. Se eu me casar com você, que é poderoso e tem um exército, ele não poderá...

Kieran, levantando a mão, mandou que se calasse. Durante vários segundos, Angela o fitou enquanto ele pensava, enquanto as veias de seu pescoço pareciam que iam explodir. Quando não aguentou mais, acrescentou com timidez:

— Eu lhe suplico pelo que você mais ama, Kieran. Seria só um casamento de um ano e um dia.

— Um *handfasting*?

Ela assentiu, e prosseguiu, esperançosa:

— Prometo que não serei um problema para você.

— Você não será um problema?

— Eu prometo.

A cada segundo mais atônito, ele a fitou e disse:

— Acho que o simples fato de me casar com você já seria um problema. Mas você pensou mesmo no que está dizendo? Como pôde mentir dizendo que eu a cortejei, e... e...? Meu Deus, você está louca! É isso!

Mordendo o lábio com desespero ao ver que seu plano estava fracassando, Angela suplicou:

— Case-se comigo, por favor. Preciso proteger minhas irmãs, e se você não nos ajudar, estaremos perdidas. Cedric obrigará May a desaparecer de nossas vidas, disse a ela que se voltar a Caerlaverock para nos visitar, matará Davinia ou o pequeno John. Minha irmã, como esposa dele, está sujeita a seus caprichos e sofre constantes surras e abusos daquele infame, e eu... eu... Não vou negar, estamos totalmente sozinhas, e por isso preciso de você, Kieran.

— Angela...

— Não lhe peço que mate Cedric, nem que enfrente seu clã — insistiu ela —, só preciso que me ajude a afastar minha irmã Davinia dele, e isso só será possível se você se casar comigo. Kieran, se eu tivesse um exército que me respaldasse, não lhe pediria isso, mas não tenho e por isso preciso de você.

Ele gostou de ouvir que ela precisava dele, mas casar-se era um preço alto demais. Pensou em sua mãe e em Susan, e ainda que a opinião delas não fosse o mais importante, negou com a cabeça. Não. Não podia fazer isso.

Mal conhecia essa ruiva que lhe pedia para ser sua mulher, e embora houvesse coisas nela que o atraíam, e sua aparição depois da angustiante espera o tivesse tranquilizado, havia muito mais que ele desconhecia e tinha certeza de que não lhe agradaria.

Imaginando as dúvidas dele, sem saber por que, Angela disse:

— Além de chorona, desajeitada e descarada, agora você viu que sou mentirosa também; mas quero que saiba que se fiz isso foi porque era a única maneira de minhas irmãs não me proibirem de lhe pedir que se casasse comigo, e especialmente para não as magoar. Se elas acreditarem que existe algo especial entre nós, não sofrerão tanto como se soubessem que só existe indiferença.

A mente de Kieran trabalhava a toda velocidade. Por fim, sorriu. Não. Definitivamente, não se casaria com aquela enroladora, nem louco!

Angela devia intuir o que ele estava pensando, porque, fitando-o nos olhos, insistiu:

— Eu sei que é egoísta de minha parte lhe pedir isso... Especialmente por você ter alguém o esperando em Kildrummy, mas...

— Sinto muito, mas é impossível. Não posso fazer o que está me pedindo, Angela. — E ao ver como ela o olhava, concluiu: — Não posso me casar com você.

O coração dela se apertou. Levou a mão ao rosto com desespero e suspirou. Não podia obrigá-lo e, ciente de que não adiantaria insistir, deu um passo para trás e disse:

— Tudo bem. Eu entendo, não se preocupe. Mas isso só me deixa três opções: suportar o que me espera, o que não vai acontecer; fugir com minhas irmãs, o que seria complicado; ou encontrar entre os homens daqui um marido para tentar enrolar Cedric.

— Você vai fazer o quê? — perguntou Kieran, incrédulo.

— Isso que você ouviu.

— Ficou louca?

Com um riso estranho, ela o fitou e confessou:

— Sinceramente, minha loucura é o que menos me importa neste instante.

Mas não pôde continuar, porque suas irmãs e os demais presentes se aproximaram falando do casamento. Confuso, Kieran a fitou enquanto ela, coçando a sobrancelha, pensava em silêncio. Esse gesto o fez supor que estava tramando alguma coisa e, inexplicavelmente, sorriu. De repente, imaginá-la beijando outro o deixou louco.

O que estava acontecendo com ele?

Angela, alheia às elucubrações dele, aproximou-se de May e sussurrou algo em seu ouvido. A religiosa olhou para Kieran e ele entendeu que ela havia comentado sobre sua rejeição.

Sem poder deixar de fitá-la, percorreu com os olhos o corpo da ruiva de cima a baixo. Vestindo aquela calça, aquelas botas, com a espada na cintura e aquela camisa branca era uma verdadeira tentação. Era Fada; a mulher que o havia encantado e por quem havia permanecido naquelas terras, ansioso para encontrá-la.

Recolhendo sua cabeleira vermelha, Angela a afastou do pescoço para prendê-la com uma fita de couro. Kieran observou seu pescoço fino, mas ao ver marcas escuras nele, mudou de expressão. Aproximando-se, perguntou, apontando para as marcas:

— O que aconteceu?

— Não lhe interessa — respondeu Angela, afastando-se depressa.

Confuso com sua resposta, ficou olhando para May, que disse:

— Foi Cedric. Ele tentou estrangulá-la.

Kieran, surpreso, sentiu uma estranha fúria crescer dentro de si. Se Cedric estivesse por perto o mataria por ter feito aquilo com Angela.

May, ao ver como ele olhava para sua irmã, aproximou-se e murmurou, o mais dramática que pôde:

— Angela desafiou Cedric para nos defender, e aquele bandido a pegou pelo pescoço para estrangulá-la depois de esbofeteá-la e jogá-la no chão. Aquele animal quer casá-la com Otto Steward amanhã, e o próprio Otto disse que depois de possuí-la, vai entregá-la a Rory e a Harper para que se divirtam também.

— Santo Deus — murmurou Kieran, horrorizado, entendendo a urgência da jovem.

May foi atrás da irmã, deixando-o pensativo. Angustiado diante do que May lhe havia revelado, e sem saber o que fazer, fechou os olhos um instante antes de voltar o olhar para Angela. Seus olhos foram até seu pescoço delicado, e ao ver as marcas roxas, quis morrer.

Como Cedric, aquele animal, podia ter feito aquilo com ela?

Outra, em seu lugar, estaria se lamentando, mas ela não. Aquela era a Fada que o havia enlouquecido e ali estava, com o queixo erguido, procurando uma solução para seu problema sem se importar com mais nada. Sem dúvida alguma, Angela era dessas que causavam problemas; mas isso, sem saber por que, o fez sorrir.

Viu-a se dirigir a Zac, afastá-lo do grupo e falar com ele. Instantes depois, o jovem arregalou desmesuradamente os olhos e Kieran sorriu ao imaginar o que ela havia acabado de propor.

Sem dúvida, Angela havia começado a fazer o que prometera, e isso fez seu estômago se revirar. Aproximou-se dela de novo, pegou-a pelo braço para atrair sua atenção e disse:

— Venha, temos que conversar.

Soltando-se dele com uma expressão sisuda, ela replicou:

— Lamento, mas agora não tenho tempo, estou ocupada.

Sem mais, afastou-se em direção a Louis, que estava falando com William.

— Acho que ficou louca — murmurou Zac.

— Acho que ela já era louca antes — respondeu Kieran, sorrindo.

A passos largos, alcançou-a antes que chegasse a Louis. Pegou-a no colo e, quando ela foi protestar, insistiu:

— Eu disse que tenho que falar com você.

Angela bufou. May sorriu ao ver a cena. Sem dúvida, aquele homem sentia algo por sua irmã.

Afastando-a do grupo buliçoso, Kieran a pôs no chão e perguntou:

— O que pensa que está fazendo?

Tirando o cabelo dos olhos, ela respondeu:

— Você sabe, estou procurando um marido para me casar urgentemente. Tenho que...

— Eu me casarei com você — interrompeu ele.

Boquiaberta, surpresa com a mudança, Angela sussurrou:

— Sério?

Kieran assentiu e ela depressa o abraçou, dizendo, imensamente agradecida:

— Obrigada... obrigada... obrigada...

Ele, ainda sem saber por que havia concordado com aquilo, afastou-a para fitá-la. E, tentando não fixar os olhos nos hematomas no pescoço dela que o deixavam furioso, disse com voz rouca enquanto caminhava ao seu redor:

— Mas só se você aceitar uma condição.

— Pode falar — assentiu ela, interessada.

— Não quero exigências nem recriminações. Você vai se comportar como lady O'Hara diante das pessoas e não me exporá ao ridículo. Senão, terei que a repudiar.

Angela olhou para May e depois para Davinia; pensou na segurança delas, no que havia prometido a sua mãe, e assentiu:

— Tudo bem, eu aceito.

— E claro, não quero palavras adocicadas ou...

— Diante de minhas irmãs eu lhe imploro que se mostre carinhoso, para que elas não saibam que as enganei e que, na realidade, você não sente nada por mim. Eu disse a elas que você me chama de "minha vida" e...

— Você mentiu.

— Eu sei... eu sei... mas quando elas forem embora, você não precisará mais me dizer coisas assim. Por favor... eu imploro... suplico.

Ao olhar em seus olhos, ele entendeu a importância daquilo para ela e concordou:

— Tudo bem. Mas só até elas partirem.

Aliviada, Angela sorriu.

— Nem preciso dizer que desejo que você evite essas palavras comigo — disse Kieran.

— E se escaparem?

— Não podem escapar — grunhiu ele.

— Mas se escaparem?

— Eu disse que não podem escapar — insistiu ele.

— E se você se apaixonar por mim durante esse tempo?

Kieran, cada vez mais surpreso com a insolência dela, replicou:

— Pretende me tirar do sério e fazer com que não me case com você?

Ela negou depressa com a cabeça e ele acrescentou:

— Não vou me apaixonar por você porque gosto de mulheres mais femininas.

O comentário a incomodou. Por acaso ela era tão bruta? Mas com um falso sorriso, perguntou:

— Susan Sinclair é feminina?

— Imensamente feminina e delicada — afirmou Kieran. — É o sonho de qualquer highlander.

Por um instante, Angela teve vontade de lhe dar um pontapé, mas ciente de que precisava dele, afirmou:

— Eu aceito suas condições.

Kieran assentiu. Sem dúvida estava desesperada para cuidar de suas irmãs, o que ela confirmou quando, jogando-se de novo em seus braços, disse:

— Muito obrigada, Kieran... obrigada por me ajudar a cuidar de minha família.

Suas palavras o cativaram. Aquela jovem miúda de cabelos vermelhos era capaz de fazer qualquer coisa pelo bem-estar das irmãs sem pensar em si mesma. Isso demonstrava que ela não era egoísta. Abraçou-a em atitude protetora e, com carinho e delicadeza, deu-lhe um beijo no alto da cabeça. Ao ver que William Shepard se aproximava, perguntou a ele:

— Você vai oficializar o enlace?

O homem assentiu. Sem dúvida, aquela união era o melhor para Angela. Kieran, depois de se desfazer dos braços da jovem deixando-a ir com suas irmãs, olhou para seus guerreiros surpresos.

— Ficou louco? — disse Zac, sem rodeios.

Kieran pensou um instante e afirmou sorrindo:

— Acho que sim, Zac, completamente louco!

Louis, pegando-o pelo braço, disse:

— Kieran, tem certeza? E Susan Sinclair?

Ao pensar nela, deu de ombros e respondeu:

— Se ela me ama, vai me esperar.

— Você ama Angela Ferguson? — perguntou Louis, incrédulo.

Ele olhou para a jovem ruiva que falava com as irmãs e vestia aquela calça com a espada no cinto e, com uma expressão que fez seu grande amigo sorrir, respondeu:

— Não, mas ela precisa de minha ajuda.

Zac soltou uma gargalhada.

— Você vai ver quando certas mulheres a conhecerem.

O comentário fez Kieran sorrir. Não tinha a menor dúvida de que Angela se daria muito bem com Megan e Gillian. Agora, só faltava ver como se daria com ele durante o tempo que durasse a união.

De súbito, percebeu que estava contente, e que, sem saber por que, sorria sem parar.

Louis, ao ver sua determinação, deu-lhe uma palmada no ombro e disse:

— Muito bem, vamos celebrar esse enlace.

Sem tempo a perder, os presentes fizeram um círculo com pedras no chão à luz da lua. Não havia flores, o fogo havia acabado com quase todas, mas depois de procurar bem, Angela sorriu ao encontrar alguns ramalhetes de urze escocesa: a flor preferida de sua mãe. Depois de enlaçá-las, pensou em usá-las como buquê de noiva; pelo menos um símbolo de feminilidade. Minutos depois, perguntou a suas irmãs:

— Acham que estou fazendo o que é certo?

May assentiu. Teria preferido um casamento na Igreja, mas esse enlace para salvá-la de Otto Steward valia a pena.

— Só não gosto de sua roupa. Não é a mais adequada para um casamento, mas... — comentou Davinia, emocionada.

— Davinia! — protestou May.

Angela esboçou um sorriso. Iolanda se aproximou e, tirando um pente de sua bolsinha, pediu:

— Deixe-me soltar seus cabelos. Sem dúvida, ficará mais bonita.

— Como vai me pentear com a mão desse jeito?

— É a esquerda, e eu sou destra — esclareceu a garota com voz cortante.

Ao ver a expressão da amiga, e em especial seu tom de voz, Angela perguntou:

— O que há com você?

Precisando falar com alguém sobre o que estava acontecendo, aproximou-se de Angela e murmurou:

— Esse idiota do Louis acha que sou uma mulher vulgar.

Surpresa, Angela foi dizer algo quando Iolanda lhe contou tudo. Fitou-a. Mal conhecia a garota. Iolanda, ao entender seu olhar, esclareceu:

— Você me encontrou no bosque e pôde ver que eu mal tinha onde dormir ou o que comer, mas garanto que não sou nada do que aquele idiota deu a entender.

Angela assentiu. Não tinha por que duvidar dela.

— Pois você vai demonstrar isso com fatos. Esse grandalhão vai engolir suas palavras uma a uma — afirmou Angela.

Encantada, Iolanda sorriu, e com uma cara melhor, penteou-a. Quando terminou, Angela se levantou e, cravando os olhos em Kieran, que se aproximava, disse com determinação:

— Muito bem. Já estou pronta.

Kieran a olhou e, com um sorriso cúmplice, respondeu, observando sua calça, suas botas e sua capa.

— Você não é a noiva delicada com quem imaginei me casar um dia — e ao notar o olhar de Davinia, acrescentou: — mas está linda... *minha vida*.

Angela, satisfeita, aproximou-se dele e murmurou, diante do olhar de May:

— Eu também não imaginei meu casamento assim... *querido*.

Ambos sorriram, até que Jesse, que os observava, aproximou-se e, depois de olhar para Davinia, perguntou, estendendo o braço para Angela:

— Permite que eu a entregue a O'Hara como teria feito seu pai?

Angela assentiu com um sorriso; Kieran, olhando para ela, sentiu uma estranha inquietude. Contemplou a jovem que ia desposar e sentiu o coração se acelerar. Surpreso, sorriu. Ela o imitou e, sem dizer nada, todos foram para dentro do círculo de pedras.

William, emocionado, olhou para Angela e, depois de lhe sorrir com carinho, pegou sua mão e a de Kieran O'Hara e as amarrou com uma fita que Davinia lhe entregara. Com decisão e sem tempo a perder, explicou os termos daquele casamento, e quando os noivos aceitaram, retirou a fita e perguntou:

— Têm anéis para trocar?

Depois de se entreolhar, Kieran e Angela negaram com a cabeça. Tudo havia sido tão precipitado que não tinham nada para se entregar. William, assentindo, disse:

— Kieran O'Hara e Angela Ferguson, eu os declaro marido e mulher por um ano e um dia.

Depois dessas palavras, os noivos se olharam nos olhos sem saber realmente o que fazer, enquanto os que os cercavam aplaudiam. Angela, ao ver Davinia fitá-la com estranheza, fez o que sua irmã esperava. Aproximando-se dele, deu-lhe um beijo. Davinia aplaudiu, e quando Angela foi sair do círculo, Kieran a pegou pela cintura e, fazendo-a virar, puxou-a para si e disse em tom íntimo:

— Lady O'Hara, dessa vez eu é que exijo um beijo possessivo.

E, sem mais, beijou-a apaixonadamente. Sem se importar com quem os observasse, ambos aproveitaram o beijo doce e terno, de uma maneira especial. Quando Angela sentiu que não podia respirar e que um calor incontrolável subia por suas entranhas, interrompeu-o.

Kieran quis protestar e exigir mais. Desejou pegá-la nos braços e levá-la para longe de todos para possuí-la, mas sabia que não devia. Finalizado o beijo, todos aplaudiram, e Davinia e May, emocionadas, foram até a irmã ruborizada e a abraçaram.

William, Aston e George parabenizaram Angela com carinho quando suas irmãs a soltaram. Com um estranho sorriso, ela os abraçou. Estava contente porque havia evitado o casamento com Otto Steward, mas não podia ignorar que agora estava casada com Kieran O'Hara sem amor. Justamente o que seus pais nunca quiseram para ela.

Louis e Zac cumprimentaram o noivo e todos os guerreiros O'Hara soltaram vivas por seu laird e o recente casamento. E os guerreiros de Jesse Steward também ovacionaram os noivos.

Durante o tumulto, Jesse, vendo-se perto da mulher que amava, pegou-a pela mão sem hesitar, disposto a pedir as explicações que ela nunca tinha lhe dado. Davinia, ao sentir sua mão, pegou-a com força, disposta a lhe contar toda a verdade. May os viu e, incentivados por ela, afastaram-se para conversar.

Depois dos cumprimentos, Kieran pegou de novo a mão de Angela, decidido, e a levou para perto do fogo. Olhando para seus homens, falou:

— Quero lhes apresentar sua senhora, lady Angela O'Hara. A partir deste instante vocês devem protegê-la, respeitá-la e cuidar dela tanto quanto de mim ou de minha mãe, entendido?

Todos assentiram com segurança, erguendo suas taças. Angela sorriu, grata pelo gesto e, sem hesitar, pegou uma taça, encheu-a de bebida e a ergueu para brindar com todos eles. Depois de beber um gole, olhou para o homem que estava ao seu lado e que agora era seu marido e murmurou:

— Obrigada, Kieran.

Ele, fitando-a do alto de sua estatura, sem lhe soltar a cintura, suspirou e disse:

— Espero não me arrepender.

— Não vai se arrepender. Mal notará que eu existo.

Dito isso, afastou-se dele e voltou para junto de Iolanda e May. Era o melhor a fazer.

28

Louis, ao ficar a sós com Kieran e ver como olhava para sua nova mulher, perguntou com um sorriso:

— Como acha que vão receber a notícia em Kildrummy?

— Não sei.

Zac, aproximando-se, deu um tapa no ombro de Kieran e murmurou:

— Acho que lady Susan Sinclair não vai gostar muito desse casamento.

De súbito, as portas da ponte do castelo se abriram e vários guerreiros de Cedric Steward saíram por elas. Depressa, pegaram May e Angela com a intenção de levá-las para o castelo. As duas jovens se defenderam, mas foi impossível resistir.

Os O'Hara seguiram seu laird até onde estavam os homens de Cedric.

— Solte-a imediatamente! — gritou Kieran, ao ver Otto pegar Angela pelos cabelos.

O outro olhou para Kieran.

— Não se meta em assuntos que não lhe dizem respeito — disse Otto. E, aproximando-se de Angela, sibilou: — Sem dúvida você é uma ferinha, e vou adorar subjugá-la.

Uma flecha se cravou no ombro do homem, que imediatamente a soltou. Ela, ao se sentir livre, deu um forte soco de direita no guerreiro que segurava May e, puxando a irmã, afastou-se.

— Ora... sua mulher deu um belo soco nesse Steward — debochou Louis ao ver Kieran baixar seu arco, furioso pelo que havia acontecido.

Segundos depois, Cedric, seguido por vários dos seus homens, saiu irado e, olhando para Angela e May, gritou:

— O que estão fazendo fora do castelo? Por onde saíram?

Ninguém respondeu. Ao ver Otto ferido, foi com passos decididos até Angela, mas quando foi pegá-la pelo braço, Kieran ordenou, furioso:

— Não toque em minha esposa, Steward, ou vai se arrepender.

Cedric parou, surpreso.

— Sua esposa?

Com uma expressão de nojo, Angela se soltou dele. Kieran disse, apontando para as pedras que havia no chão:

— Acabamos de oficializar o enlace, portanto, cuidado ao tocar minha mulher ou uma de suas irmãs, ou terei que feri-lo como fiz com o ousado que acabou de pôr as mãos nela.

Otto, ao ouvir isso, soltou um palavrão. E, com fúria, gritou, levantando-se:

— Cedric, o trato era que a ruiva seria minha...

O trato? Que trato?, pensou Angela.

— Cale-se! — gritou Cedric.

Mas o outro, dolorido por causa da flecha que atravessava seu ombro, rugiu, irritado:

— Ela é minha. Você disse que...

Kieran, ao ouvir aquilo, ameaçou-o, erguendo a voz:

— Se disser de novo que minha mulher é sua, a flecha seguinte será direto no coração.

Angela sorriu. Nunca ninguém a havia defendido assim, e gostou.

— Cedric, você prometeu me entregar a ruiva. Disse que quando acabássemos com o pai dela... — prosseguiu Otto.

— Cale-se, Otto! — gritou Cedric e, virando-se, cravou-lhe a espada no estômago.

Com os olhos para trás, o homem caiu morto diante de todos e algo saiu rolando do bolso de sua camisa.

Horrorizada, Angela viu o bracelete de sua mãe. Paralisada, não conseguia se mexer. Kieran se agachou enquanto ela dizia com voz trêmula:

— Vou matar você, Cedric. Juro por minha vida.

Kieran a fitou. Não estava disposto a deixar que fizesse algo que a atormentaria pelo resto de seus dias, de modo que pegou seu queixo com os dedos e pediu:

— Angela... olhe para mim.

Ela o olhou.

— Sou seu marido. Você se casou comigo para que eu a ajude e proteja você e suas irmãs, e estou aqui, certo? — disse ele.

Angela assentiu. Ele tinha razão. Sem dúvida, sua experiência e a dele não se comparavam.

— Onde está a imbecil da minha esposa? — gritou Cedric, furioso.

— Cedric Steward — disse Kieran com a voz cheia de cólera —, você matou Kubrat Ferguson?

Ninguém respondeu, até que de repente se ouviu o rugido de Jesse. Davinia corria atrás dele, tentando detê-lo, mas ele ia direto para seu irmão com o semblante transfigurado, enquanto berrava:

— Como pôde?

Kieran, pedindo a Angela que não saísse do lado de Louis, interpôs-se no caminho de Jesse, enquanto este gritava todo tipo de impropérios depois de saber o que Davinia havia lhe contado.

Cedric, ao entender o porquê de seus gritos e ver que estavam segurando Jesse para que não se aproximasse, ordenou com um tom de voz feroz:

— Davinia, venha aqui!

Com rapidez, Angela e May se puseram ao lado da irmã. Zac, Aston e George lhes deram cobertura. Por nada do mundo deixariam que aquela pobre garota voltasse para aquele animal.

Cedric tornou a vociferar:

— Mulher, eu sou seu dono, venha aqui!

— Não! — gritou ela.

O semblante de Cedric se escureceu.

— Juro que vou fazê-la gritar de dor quando a pegar sozinha — sibilou ele.

— Antes disso, eu o matarei — replicou Jesse, descontrolado.

— Ou eu o matarei — afirmou William, lívido de raiva devido ao que estava descobrindo.

May, falando em nome de suas irmãs e segurando Davinia com força, disse:

— Minha irmã nunca voltará para o assassino de nosso pai e nossa família.

Ao ouvir isso, Jesse olhou para Kieran e este assentiu, pálido de fúria. Jesse e Davinia olharam para Angela impressionados, e ela assentiu:

— Sim, irmã. Acabamos de descobrir. Foi ele.

A loucura se apoderou de todos. Os guerreiros de Jesse e Kieran se amontoavam, ansiosos para se lançar à luta, enquanto os de Cedric saíam do castelo.

Nervosa, Davinia retorcia as mãos, tentando assimilar o que suas irmãs haviam acabado de confirmar. Ouvia Jesse gritar que não se mexesse, e escutava seu marido chamá-la. O que devia fazer?

— Não saia de onde está — ordenou Kieran, então, com voz grave. Voltando-se para Cedric, disse: — Como marido de Angela Ferguson, repito, você matou Kubrat Ferguson e todos os que estavam em Caerlaverock?

A tensão só aumentava. Muitos guerreiros de Cedric, ao ouvir aquilo, baixaram suas armas, horrorizados, e se juntaram aos guerreiros de Jesse. Eles não haviam participado daquele horrível massacre e não queriam saber daquilo.

— Voltem a suas posições e defendam seu senhor — sibilou Cedric.

Os homens se entreolharam desconcertados e Royce, saindo da multidão, sentenciou:

— Nenhum deles é assassino como você. Não sei quando cometeu essa atrocidade, mas sei que nem esses homens nem eu participamos dela.

— Não precisei de vocês — afirmou Cedric. — Otto, Harper, Rory e eu nos viramos sem sua ajuda.

As lágrimas das três irmãs ao ouvir aquilo corriam sem controle.

— Caerlaverock precisava de um líder, e Kubrat Ferguson não era um — gritou Cedric.

Angela quis lhe arrancar os olhos ao ouvi-lo dizer isso, mas Aston e George a detiveram, enquanto Louis segurava May e Jesse consolava Davinia.

Kieran, ainda incrédulo, para evitar mais sofrimento às mulheres, disse:

— Acho que o mais razoável é entrarmos no castelo para conversar, não acha?

— Eu não tenho nada a falar com você nem com ninguém. Fora de minhas terras!

— Não são suas terras — gritou Angela. — Estas terras são dos Ferguson, e assim continuará sendo, goste você ou não, maldito assassino.

— Cedric, eu vou matar você! — gritou Jesse fora de si.

Angela o fitou. Sem dúvida, entre o que sua irmã havia lhe contado e o que acontecera, o coitado não conseguia acreditar em seus ouvidos. Mas Cedric, em vez de se intimidar, sorriu e afirmou:

— Sua linda Davinia é minha. Minha mulher. Por fim eu pude ter e aproveitar algo que você desejava. Inclusive eu me permiti marcar seu corpo para que não esqueça quem manda nela.

Isso deixou Jesse mais louco. Passando por cima de vários homens, ergueu a espada diante do irmão, bem quando uma flecha provinda de trás de Cedric o acertava no braço. Jesse caiu no chão, ferido, diante do horror dos presentes.

Mas com uma rapidez que deixou a todos perplexos, outra flecha atingiu o homem que havia atirado em Jesse, cravando-se em seu coração. O guerreiro caiu no chão, e Royce, com seu arco na mão, disse:

— Morto Otto, morto Harper, só faltam Rory e você.

Davinia, horrorizada ao ver a flecha atravessar o braço de seu amor, soltou-se das irmãs e foi ajudá-lo. Cedric, satisfeito por ver o irmão ferido, sibilou:

— Venha aqui, Davinia, ou juro que sua vida será um inferno maior do que já é.

Ela se levantou do chão para encará-lo, mas para o seu azar, Cedric se moveu depressa e, pegando-a pelos cabelos, arrastou-a para si.

A jovem gritou e suas irmãs também. Angela quis correr para ela, mas Kieran e Aston a impediram. Não devia se aproximar daquele louco.

Jesse, enquanto seus homens o levavam para o lado, blasfemava horrorizado diante do que estava acontecendo. Cedric, enlouquecido, levantou sua mulher com brusquidão e, diante de todos, disse, pondo a espada no pescoço dela:

— Você é uma mulherzinha digna de trabalhar em um bordel. Vou cortar seu pescoço.

— Não! — gritou May, desesperada.

Angela tremia, ofegante. Tinha que deter Cedric de qualquer maneira. Então, protegida atrás de Kieran e dois de seus homens, agachou-se e tirou da bota sua pequena adaga. Aston a olhou e assentiu. Sem dúvida, o fator surpresa seria o melhor.

A tensão percorria todo seu corpo, mas ela não estava disposta a abandonar a irmã a sua própria sorte.

Davinia, paralisada de terror, sentia o aço cortar sua fina pele quando ouviu Jesse suplicar:

— Pelo amor de Deus, Cedric, não faça isso!

Seu meio-irmão riu e, sem se importar com quem o escutasse, disse:

— Será que seu pescoço é tão frágil como o de seu pai e da cozinheira?

— Cedric... — soluçou Davinia.

Alienado, ele murmurou enquanto um fino fio de sangue começava a brotar do pescoço de Davinia:

— Nunca gostei de você. Só a queria para atormentar meu irmão e conseguir Caerlaverock. O último passo era matar seu pai, e quando chegou a hora, aquela velha raposa sorriu ao intuir o que eu ia fazer. Queria morrer, e não me deu o prazer de ouvi-lo suplicar por sua vida.

Kieran olhou para Angela. Ela estava pálida, tremia e respirava com dificuldade. Preocupado com ela, sussurrou, sem tirar os olhos de Cedric:

— Calma, Angela... fique tranquila, minha vida.

Com os olhos marejados, ela assentiu. Então, Kieran disse com voz cortante:

— Cedric, pense bem no que vai fazer. Se matar Davinia, outra morte além da do pai delas e sua gente recairá sobre você, e...

— Solte-a, por favor! — suplicou May, chorando desconsolada.

Mas, então, Davinia fez algo que conseguiu fazer Angela reagir. Levou a mão trêmula à boca para jogar um beijo no ar. Suas irmãs entenderam que estava se despedindo delas, e o coração de Angela começou a bater descontrolado.

Não. Não ia permitir isso.

A tensão era imensa. Ninguém podia fazer nada. Qualquer movimento acabaria com a vida de Davinia, e todos sabiam disso. Kieran, com frieza, pensou em como agir, mas, fizesse o que fizesse poderia machucar a jovem. Olhou para Louis, que negou com a cabeça. Ele também não sabia o que fazer. William, quase sem respirar, olhou para os filhos, que lhe indicaram que não se mexesse.

De súbito, a espada de Cedric caiu no chão e ele levou as mãos ao pescoço. Davinia, ao se sentir liberada, correu para May e depois para Jesse, que a chamava enquanto o sangue jorrava aos borbotões do pescoço daquele bandido.

Surpresos, todos olharam para a jovem Angela. Fora ela que lançara a adaga com precisão. Antes que Kieran pudesse detê-la, caminhou até o cunhado e, pegando a faca pelo cabo, com frieza a arrancou de seu pescoço. Um jato de sangue brotou. Sem nenhum tipo de piedade, ela disse:

— Espero que você apodreça no inferno mais obscuro que existir. Você tomou a vida de meu pai e de minha gente e eu tomo a sua, Cedric Steward. Como dizia meu pai, uma morte por outra morte.

Sem dizer nada, o desprezível ser que havia amargurado a vida de sua irmã e matado seu pai revirou os olhos e, depois de convulsionar no chão, caiu morto ao lado de Otto e Harper.

Kieran olhou para Louis e, com um movimento de cabeça, indicou que cuidasse de tudo. A seguir, aproximou-se de Angela, que com os olhos velados de fúria e tensão, murmurou:

— Vinguei os meus. Cedric merecia morrer.

Depressa, Kieran foi buscar um balde de água, e enfiando nele as mãos ensanguentadas dela, lavou-as. Depois as secou com seu tartã.

— Já acabou tudo, está bem? — disse ele, fitando a mulher.

A jovem assentiu e ele a abraçou com carinho e deu-lhe um beijo no topo da cabeça, sentindo-a tremer. Assim ficaram até que May se aproximou deles e Kieran a soltou para que as irmãs pudessem se abraçar. Instantes depois, Davinia se juntou ao abraço. Definitivamente, tudo aquilo havia acabado.

29

Angela acordou assustada. Malditos pesadelos! Abriu os olhos e se sentou na cama. Então, sentiu mãos a segurando e uma voz sussurrou:

— Calma, você está a salvo, fique tranquila.

Angela respirou angustiada e viu Kieran sentado na cama ao seu lado. Ele havia passado grande parte do dia observando-a enquanto dormia. E pôde ver que os pesadelos não a deixavam descansar.

Preocupado com ela, entregou-lhe uma taça com água; Angela bebeu e deixou a taça no criado-mudo.

— Um pesadelo? — perguntou.

Ela assentiu, enquanto sentia seu coração acelerado pelo medo do que havia sonhado ir se acalmando. Fechando os olhos, respirou fundo, como seu pai lhe havia ensinado, e logo sentiu a tensão de seus ombros desaparecer. Mais tranquila, abriu um olho para observar o marido. Ele continuava fitando-a. Fechou o olho, mas, então, notou que usava só uma velha camisola. Depressa, cobriu-se com o tartã e perguntou:

— O que está fazendo aqui?

Kieran sorriu. Sem dúvida, sua mulher era peculiar. Levantando-se da cama, ele se sentou na cadeira onde passara horas e disse:

— Velando o sono de minha mulher.

Ela assentiu. Então, não havia sido um sonho, estava mesmo casada com ele.

— Oh, meu Deus, é verdade! — murmurou ela.

— Sim, Angela. Somos marido e mulher.

Assustada por estar no quarto sozinha com ele e seminua, perguntou:

— E minhas irmãs?

— Imagino que estão em algum canto do castelo — respondeu ele com tranquilidade, enquanto usufruía da beleza dela recém-acordada, despenteada e com os olhos inchados.

Ela assentiu, e ele disse:

— Posso lhe perguntar uma coisa? — Ela voltou a assentir, e ele disse: — Sobre o que são seus pesadelos?

Angela fechou os olhos, bufou, e por fim explicou:

— Quando me lembro, vejo sempre minha mãe e meus irmãos desmembrados e cheios de sangue. Vejo a mim mesma correndo pelo bosque, assustada, em busca de meu pai. E em outras ocasiões sonho que estamos sendo atacados, não há um exército para nos defender e vejo meu pai e minhas duas irmãs morrendo diante de mim e não posso fazer nada.

Isso deixou muito claro a Kieran que, acima de tudo, ela se sentia desprotegida. Seus sonhos eram uma recordação do passado e um medo horroroso de perder a única coisa que lhe restava: sua família.

Angela a cada instante lhe parecia mais e mais sedutora. Depois de mal reparar nela, de repente passou a não poder afastar o olhar nem a atenção daquela ruiva que era sua mulher.

Depois do que acontecera na madrugada anterior, só pôde se afastar dela alguns metros. Não queria que nada nem ninguém lhe fizesse mal nem a incomodasse. A necessidade que sentia de protegê-la ainda não tinha explicação. E quando a viu entrar no castelo e subir correndo para as ameias para tirar os estandartes de Cedric Steward, não sabia se a beijava ou a censurava por sua impaciência.

Depois de descer das ameias, ela se sentou com as irmãs à enorme mesa de madeira para conversar; e quando Kieran se deu conta, estava adormecida. Depois de um sinal de May para que a levasse ao quarto, ele a pegou com delicadeza e a levou para que descansasse.

Kieran não havia dormido. Passara horas acordado observando-a. Aquela jovem agora era sua mulher, e ele ainda não podia entender o que o havia levado a cometer tamanha loucura que o fazia tão feliz. E, especialmente, o que ia fazer com ela?

Coibida diante da intimidade que compartilhavam naquele quarto, Angela o observava. Kieran, apesar de sua gentileza, de seu cavalheirismo, de sua generosidade e de sua cordialidade para com ela e suas irmãs, era um homem forte e perigoso. O poder irradiado por seu olhar e seu corpo era avassalador. E, de repente, ela se deu conta da confusão em que se metera se casando com ele.

Kieran, ao ver como ela o fitava, soube o que estava pensando.

— Calma, Angela, não espero nada de você se não quiser — disse ele, sem se mexer.

Ela assentiu. Por ora se acalmou; e ele, levantando-se da cadeira, disse:

— Vá para o salão quando estiver pronta. Precisamos ter uma conversa com suas irmãs.

Sem olhar para trás, Kieran saiu do quarto. E, quando fechou a porta, apoiou-se na parede e praguejou. Que diabos aquela mulher estava fazendo com ele?

Era um homem adulto, curtido nas batalhas, e ela, uma mocinha sem experiência. Mas ao seu lado se sentia inquieto e desconcertado. Praguejou dando um soco na parede que esfolou seus dedos. A dor o fez voltar à realidade e desceu ao salão.

Um tempo depois, quando Angela também chegou com seu vestido puído, encontrou as irmãs, William, Kieran e Jesse sentados à mesa. Todos olharam para ela e sorriram. Depois de lhes dedicar um sorriso nervoso, sentou-se ao lado das irmãs e comeu o que Davinia pôs a sua frente.

De súbito, fitando-os, perguntou:

— Onde enterraram os corpos dos Steward?

— Meus homens cavaram uma vala longe daqui — respondeu Kieran.

— E o do homem que havia em meu quarto?

Os homens se fitaram. Não haviam encontrado ninguém ali.

— Então, Rory Steward continua vivo. Deve ter escapado pelo túnel — murmurou May.

— Duvido que tornemos a ter notícias dele. Era um covarde — disse Davinia.

Angela continuou comendo e, quando terminou, Jesse, que estava diante delas, lamentou:

— Sinto muito pelo que aconteceu. Nunca imaginei que Cedric poderia fazer algo assim. Se eu soubesse, teria agido antes.

Nenhuma delas falou; ele prosseguiu:

— Bem... William, Kieran e eu conversamos, e achamos que os três juntos tomamos a melhor decisão a respeito do futuro de vocês.

— Nosso futuro? — repetiu Angela, levantando-se na defensiva.

— Angela... garota... sente-se, por favor — pediu William.

— Ah, não... — insistiu ela. — Ninguém nunca mais decidirá por nós. Eu não enfrentei Cedric para que...

— Angela! — interrompeu May. — Cale-se e escute, por favor.

Contrariada, ela obedeceu. Vendo que todos o observavam, Jesse prosseguiu:

— Você não me deu tempo de dizer que só faremos o que vocês decidirem.

Angela assentiu. Sem dúvida, havia se precipitado.

— May, imaginamos que você vai querer voltar à abadia, não é? — acrescentou Kieran.

A jovem assentiu.

— Quando quiser, meus homens ou os de Jesse a escoltarão até lá — informou ele.

— E minhas irmãs? — perguntou ela.

William Shepard esboçou um sorriso.

— Davinia voltará comigo a Glasgow e, depois de um tempo, nos casaremos; desde que ela queira, claro — respondeu Jesse.

Angela a olhou e sorriu. Os olhos de Davinia se encheram de lágrimas. Surpresa, ela olhou para as irmãs. Elas assentiram, e, então, olhando para o amor de sua vida, ela respondeu com decisão:

— Nada no mundo me faria mais feliz.

Sentado ao lado de Kieran, William sorriu quando o outro disse:

— E Angela e eu partiremos para Kildrummy...

— Como!? Por quê? — perguntou ela.

— Angela! — exclamaram May e Davinia.

A jovem foi dizer algo quando Kieran se antecipou:

— *Minha vida*, agora você é minha mulher, não se lembra?

Ela assentiu ao ver que ele estava disfarçando diante de suas irmãs, mas murmurou:

— Quero ficar aqui, em Caerlaverock... *querido*.

— Agora você é minha mulher, Angela, e não vou deixá-la aqui exposta a todo tipo de penúrias. William e seus filhos irão conosco a Kildrummy. Eles aceitaram. É o melhor para todos.

— Você deve partir com seu marido, Angela — disse May. — Aqui não há mais nada. Não há campos para cultivar, nem gente para trabalhar. Não há bosque. Só um castelo arrasado e...

— Mas é meu lar — sussurrou ela, sentida.

— Seu lar agora é Kildrummy... *minha vida* — afirmou Kieran.

Levantando-se da mesa, contornou-a e, tomando o braço de Angela, levou-a do salão, diante do olhar de surpresa de todos. Uma vez no corredor, fitou-a e disse:

— Lembre-se de que se me casei com você, se uso esse termo ridículo de "minha vida" e se entrei na pantomima fingindo que a cortejava, é porque você me pediu, para seu bem-estar e o de suas irmãs. O que está fazendo agora?

— Você tem razão — admitiu —, mas tudo mudou. Cedric morreu, e não quero ser uma carga para você. Ambos sabemos que é tudo mentira, e...

— Não vou permitir que você me faça passar por um mau highlander que abandona sua mulher em um lugar inóspito para...

— Não quero partir — interrompeu ela.

Incrédulo diante da rapidez com que ela mudava de opinião, olhou-a e insistiu:

— Por que não quer me acompanhar?

Com uma expressão que Kieran achou lindíssima, ela o olhou e murmurou:

— Eu me sinto péssima. Sinto-me culpada pelo que o forcei a fazer para nada. Se eu soubesse que tudo acabaria assim, não teria lhe proposto o casamento, e...

— Mas você não podia saber, Angela.

— Tem razão, mas agora você está unido a mim por um ano e um dia e...

— Só falta um ano... um dia já passou.

Ela sorriu.

— Kieran, nós mal nos conhecemos. Não sabemos nada um do outro, mas somos casados, e...

— Isto é seu — interrompeu ele.

Ao ver o bracelete com a pedra verde de sua mãe, que seu pai guardava, os olhos de Angela se encheram de lágrimas.

— Obrigada... obrigada — murmurou ela, abraçando-o.

Kieran, comovido com o abraço, sabendo bem o que estava lhe entregando, contou:

— Sua irmã me disse que era de sua mãe e que agora é seu. — E, pigarreando para não se emocionar, prosseguiu: — E, voltando ao assunto em questão, temos que deixar passar esse ano. Além do mais, sempre existe a possibilidade de que eu me apaixone por você nesse tempo.

Isso a fez sorrir. Ele prosseguiu:

— E, fique tranquila, nunca a deixarei na rua, mesmo que não renovemos os votos...

De súbito, ouviram-se gritos procedentes da cozinha do castelo. Kieran e Angela reconheceram a voz de Iolanda e, com rapidez, se dirigiram para lá. Ao entrar, ouviram a jovem dizer:

— Afaste-se de mim, e não se aproxime mais em toda sua vida.

— Mas o que há com você? — perguntou Louis desconcertado.

Iolanda, sem notar que outros olhos os estavam observando, respondeu:

— O que há comigo é que pessoas como você fizeram de mim o que sou, e... e... eu... não...

Arrasada, ela se sentou em uma cadeira com os olhos cheios de lágrimas. Louis foi se aproximar de novo, mas ela, pegando um prato de cerâmica, ameaçou:

— Se você se aproximar, quebro isto em sua cabeça.

Angela entrou na cozinha para que a vissem. Olhando para Louis, fez um gesto com a cabeça para que se retirasse.

Então, com cuidado, aproximou-se da amiga.

— Venha aqui — murmurou Angela, sentando-se em frente a ela.

Angela a abraçou com ternura, com o bracelete de sua mãe ainda na mão. Iolanda começou a chorar.

— Quero voltar para onde você me encontrou — sussurrou. — Lá eu... Lá eu era feliz a minha maneira, e não tinha que... que...

Kieran, sem entender nada, também entrou na cozinha. Olhando para Louis, murmurou:

— Pode-se saber o que é que há com vocês dois?

— Não sei, Kieran... não sei o que deu nela. Vim vê-la para perguntar como estava e ela reagiu como você está vendo.

Com um gesto, Angela ordenou que se calassem. E, quando a jovem Iolanda se acalmou, enxugando as lágrimas com os dedos, disse:

— Você não vai voltar para onde a encontrei porque lá não é lugar para uma pessoa tão maravilhosa; e porque preciso de você ao meu lado.

— Mas...

— Iolanda, ouça — insistiu Angela. E depois de pôr o bracelete de sua mãe, olhou para Kieran e perguntou: — Quando partimos para Kildrummy?

Surpreso pela guinada na conversa, Kieran olhou para um Louis desconcertado e respondeu:

— Assim que estiver pronta.

Angela assentiu e acrescentou:

— Iolanda irá conosco na qualidade de dama de companhia.

Kieran assentiu sem hesitar. Ele também não pretendia deixar a jovem onde a encontraram. Quando Angela sorriu, agradecida, ele estremeceu, mas disfarçadamente sorriu e prosseguiu fitando-a.

Voltando a se dirigir a sua amiga chorosa, ela disse com clareza:

— Preciso que você vá comigo para Kildrummy. — E com uma carinha manhosa que fez Kieran sorrir, murmurou: — Por favor... por favor... Iolanda, não me diga que você também vai me abandonar.

— Mas o que vou fazer em Kildrummy? — perguntou a garota.

Ao ver que eles as olhavam, Angela baixou a voz e respondeu:

— O mesmo que eu. Aguentar um ano. Quando passar, nós duas partiremos e poderemos recomeçar do zero.

Iolanda a fitou; Angela insistiu:

— Não me negue sua companhia. Preciso de você ao meu lado para poder sobreviver ao ano que me espera.

Ao ouvi-la, Kieran a fitou. Tão terrível era ser casada com ele?

Um bom tempo depois, quando conseguiu que Iolanda concordasse em acompanhá-la, Angela saiu da cozinha e, ao passar ao lado de Louis, sussurrou:

— Alguém já lhe disse que você fala demais? — A seguir, olhou para seu marido e acrescentou: — Obrigada por permitir que Iolanda nos acompanhe.

E, dito isso, saiu da cozinha e foi embora.

— Falo demais? — perguntou Louis. — Por que ela disse isso?

— Você deve saber, amigo.... Você deve saber.

Louis, ao ver como Angela o encarava enquanto se afastava, sorriu e predisse, divertido:

— Sem dúvida, vai ser um ano interessante.

30

Quatro dias depois, com tudo esclarecido, May voltou à abadia acompanhada por vários guerreiros de Jesse Steward. Era o melhor para todos. Quanto antes retomassem sua vida, antes tudo se normalizaria.

Essa noite, Angela e Davinia ficaram conversando até tarde diante da enorme lareira do salão. Sem dúvida, a vida delas havia mudado, e a irmã mais velha intuía que para melhor. Angela tinha dúvidas, mas preferiu calar.

De madrugada e sem sono, quando Davinia foi descansar, Angela subiu às ameias: precisava de ar fresco. Ao chegar, olhou para o horizonte e suspirou ao ver a desolação do bosque queimado. Esfregou os olhos com tristeza. Havia chorado tanto que já não lhe restavam lágrimas. Tinha que se despedir daquele lugar, de seu lar, e começar uma nova etapa de sua vida.

Triste, abandonou as ameias e foi para o quarto. Ao entrar e fechar a porta, viu a lareira acesa. Ficou surpresa, até que ouviu:

— Estava esperando por você.

Viu Kieran deitado na cama. Estava nu da cintura para cima, e em décimos de segundo ela sentiu o corpo se aquecer. Ele era maravilhoso, incrível e tentador. Seu torso era curtido, como seus braços, mas Angela afastou os olhos depressa.

Kieran, ao notar seu constrangimento, sorriu. Sem dúvida, vê-lo sem camisa a intimidava.

— O que está olhando com tanta atenção? — perguntou.

— O teto.

Durante alguns segundos nenhum dos dois disse nada, até que Kieran insistiu:

— Está vendo algo interessante?

Dessa vez, quem sorriu foi Angela. Mas seu sorriso se apagou quando ele disse:

— Ande, tire a roupa e venha se deitar.

Constrangida diante do que Kieran sugeria, ela murmurou:

— Acho... acho que vou dormir vestida.

Ele sorriu, levantou-se e, pegando-lhe a mão, disse:

— Não seja tímida. Sou seu marido.

Enquanto caminhava atrás dele, ela reparou em suas costas. Quantos músculos! Sem poder nem querer evitar, seus olhos se fixaram em várias cicatrizes. Sem dúvida, aquilo devia ter doído.

Quando Kieran chegou à beira da cama, soltou-a e, apontando para uma velha camisola cinza puída que estava em cima de uma cadeira, afirmou:

— Prometo não olhar.

— Tem certeza?

— Acabei de prometer.

— E devo confiar em sua palavra?

— O que você acha? — disse ele, contrariado.

Ao se dar conta do que havia dito, ela assentiu.

— Você tem razão. Se eu não confiasse em você depois de tudo que tem feito por mim, seria louca — respondeu ela.

Kieran esboçou um sorriso, controlando a vontade que tinha de abraçá-la.

— Angela, estou cansado e quero dormir, mas não vou permitir que durma vestida. Você tem duas opções: ou se despe, ou a dispo eu.

— Oh, meu Deus.

— Exato. Vamos, troque de roupa.

— Você seria capaz disso? — E ao ver seu olhar, ela mesma respondeu depressa. — Tudo bem. Eu... eu vou me trocar.

Sem mais, elegantemente, Kieran deu meia-volta, mas com um sorriso nos lábios. Não podia acreditar que estava fazendo aquilo. Sem perda de tempo, Angela tirou o vestido, as anáguas e, quando pôs a camisola, anunciou:

— Acabei.

Ele deu meia-volta e a olhou. Era linda. Incrivelmente bonita. Sorriu.

— Agora você precisa descansar. Deite-se — disse Kieran, controlando o instinto que o impulsionava a tomá-la.

Ela se deitou sem questionar e voltou a olhar para o teto. Kieran, achando graça, deitou-se ao seu lado. Angela ficou durante um bom tempo dura como uma estaca, até que ele perguntou com voz cansada:

— Tem medo de mim?
— Não.
— Tem certeza? — insistiu ele, fitando-a.
— Sim. — E ao notar seu olhar, ela acrescentou, sem afastar o olhar do teto. — É que é estranho compartilhar esta intimidade com você.
— Olhe para mim quando falo com você, por favor — pediu ele.
Quando seus olhos se encontraram, ele perguntou:
— Incomoda-a tanto que eu esteja em sua cama?
O rosto de Angela dizia tudo.
— Diga-me a verdade, por favor — implorou ele.
Angela, depois de olhá-lo em silêncio, murmurou:
— Você é meu marido, e não sei o que espera de mim.
— Eu já disse — esclareceu ele, contrariado. — Não espero nada que você não deseje.
— E por que está aqui, e não com seus homens?
A pergunta de certo modo o pegou de surpresa. Ninguém o havia obrigado a ir para aquele quarto, mas ali estava.
— Você é minha mulher. Somos recém-casados, e se eu não dormir com você, começarão a espalhar boatos... — respondeu com tranquilidade.
— Eu entendo — interrompeu ela.
O silêncio voltou ao quarto; Kieran esboçou um sorriso.
Ele, que era desejado pelas mulheres mais bonitas da Escócia, que morriam de vontade de tê-lo na cama, diante de sua esposa não sabia como proceder.
Angela era sua mulher, tinha pleno direito sobre ela, mas nunca faria nada que pudesse ser desagradável para os dois. Seu corpo a desejava e pedia que a possuísse, mas sua cabeça dizia para não perder a razão. Quando seus olhares tornaram a se encontrar, ele não aguentou mais e resolveu se levantar.
— Aonde você vai? — interrogou Angela, ao ver Kieran sentar na cama.
— Acho que é melhor eu ir com meus homens, mesmo que façam comentários.
Desconcertada diante do que ele a fazia sentir, Angela pegou a mão dele. Ele a fitou, e ela o convidou:
— Vamos, deite-se. Você também precisa descansar.
Extenuado depois de tantos dias dormindo à intempérie, ele se deixou cair de novo no colchão e, fitando-a, disse em tom grave e sedutor:
— Obrigado.

Angela sorriu. Não sabia por que, mas Kieran lhe transmitia tranquilidade e segurança.

— Por que está sorrindo agora? — inquiriu ele, surpreso.

Com um gesto íntimo que o encantou, a jovem deu meia-volta na cama para olhá-lo de frente.

— Acho engraçado pensar que por causa de minha indecência e impaciência estou casada com você.

Ele sorriu também.

— Como acha que Susan Sinclair vai aceitar isto? — perguntou Angela, curiosa. — O sonho de qualquer highlander...

Kieran se apoiou em um cotovelo e, depois de fitá-la durante um tempo angustiante, murmurou:

— Imagino que não vai ficar feliz. Terei que falar com ela.

— Vai lhe pedir que o espere até que nosso enlace acabe?

— Possivelmente — respondeu ele com sinceridade.

Um estranho mal-estar se apoderou de Angela, mas, sem querer pensar nisso, perguntou de novo:

— E sua mãe, o que dirá ela?

— Teremos que esperar para ver — respondeu Kieran. — A imagem que ela levou de você foi de uma mocinha chorona e insuportável.

Angela começou a rir.

— Não ria — murmurou ele, alegre.

Sem poder parar, ela disse:

— Tenho dó de sua mãe. Coitadinha, vai levar um susto quando me vir e souber que sou sua mulher.

Kieran também riu. Rir com ela era fácil. Vendo que ela o fitava, perguntou:

— Gosta do que vê?

— Você é muito presunçoso, sabia? — respondeu ela.

Ele soltou uma gargalhada.

— Eu sei que as mulheres se sentem atraídas por mim. Nunca nenhuma delas abandonou meu leito insatisfeita — disse ele.

— Acrescento ao anteriormente dito: vaidoso e arrogante.

Afastando uma mecha de cabelo que caía sobre os olhos dela, com voz íntima Kieran disse:

— Estou dizendo a verdade, Angela. Sou um homem que sabe satisfazer os prazeres carnais das mulheres.

Ao ouvir isso, ela ficou vermelha como um tomate.

— Meu torso nu a incomoda? — inquiriu ele, com humor.
Angela, notando como ele a observava, reconheceu:
— Não me incomoda, mas...
— Mas...
— Mas me deixa nervosa. É só isso.
— E por que a deixa nervosa?
Receosa diante da pergunta, ela o fitou e disse:
— Eu nunca compartilhei minha cama seminua com um homem. Por isso, fico nervosa. Talvez, se eu fosse uma mulher experiente, estaria olhando para você de um jeito sedutor, como você olha para mim, em vez de estar tremendo como uma boba.
— Estou olhando para você de um jeito sedutor?
— Sem dúvida alguma — afirmou Angela.
— Adoro seu frescor e sua sinceridade. Não perca isso nunca — disse ele, sorrindo.
Isso a fez sorrir. O coração de Kieran deu um pulo, emocionado. O sorriso dela era perfeito, incrível, e seu olhar, sedutor. Para ele, tudo aquilo também era novo. Era a primeira vez que ficava na cama a sós com uma mulher seminua sem a possuir.
— Eu também quero ser sincero com você, e devo dizer que se não parar de me olhar com tanta intensidade, e não parar de morder o lábio, vou desejar fazer mais que ficar deitado ao seu lado.
— Eu o estou olhando intensamente?
— Do meu ponto de vista, sim.
Ela corou de novo; soltando uma gargalhada, Kieran sussurrou:
— Calma, Angela, não tenha medo, está bem?
Perturbada, acalorada e alterada diante do que seu corpo exigia, ela respondeu:
— A-hám...
Ao escutá-la, Kieran se deixou cair de novo na cama para não olhar para ela. Esse "A-hám" era muito Fada. Cruzou suas mãos sob a cabeça e, olhando para o teto para esfriar os pensamentos, propôs:
— Vamos dormir. É melhor.
Angela também se deitou de costas como ele, fechou os olhos e tentou dormir; mas foi impossível. Nunca havia dormido ao lado de um homem, e embora tentasse não virar para o lado em que estava Kieran, era impossível. Tinha que se segurar na beira da cama para não acabar em cima dele.

Quando a respiração do highlander se normalizou e ela intuiu que ele estava dormindo, Angela se mexeu. Olhou para ele e observou com atenção, enquanto coçava a sobrancelha com o dedo indicador. Sem dúvida alguma, havia se casado com um homem muito bonito. Mas realmente não sabia nada sobre ele. Não sabia sequer sua idade.

Atraída como um ímã, ergueu a mão. Desejava tocá-lo, sentir seu calor, sua pele, mas tentou resistir. O problema era que a tentação era forte demais e que ele estava muito perto. Demais. Olhou seus lábios, aqueles lábios sedutores que havia beijado em outras ocasiões, e sentiu falta de ar. Acalorada, abanou-se com as mãos e tornou a deitar.

Por que Kieran a fazia se sentir assim?

Tornou a olhá-lo, e sua mão se dirigiu a seu torso firme e musculoso. Com cuidado para não o acordar, tocou-o com um dedo e se espantou com o calor e a textura de sua pele. Animada ao ver que suas carícias não o acordavam, sentou-se com cuidado na cama para observá-lo melhor.

Como era bonito!

Sentiu-se desmanchar por dentro e se aquecer ao olhar para ele. Com curiosidade, observou seu peito largo e musculoso e seus braços fortes, devido às lutas de espada. Kieran O'Hara vestido era imponente e poderoso, mas seminu, como estava nesse momento, era tentador e inquietante.

Meu Deus, o que estou pensando?, censurou a si mesma.

Abalada pelo que seu corpo pedia e sua mente imaginava, levou as mãos à testa. Praguejou em silêncio pelo que não conseguia parar de desejar e de imaginar e, por fim, cravou seus olhos curiosos na fina linha de pelos louros que desaparecia pelo cós da calça.

Acalorada, estava suspirando quando o ouviu dizer:

— O que está pensando, Angela?

Ouvir sua voz, o jeito como entoava seu nome e sentir-se descoberta a fizeram praguejar. Fitou-o sem se acovardar e encontrou os olhos de Kieran, que a observavam.

— Que você é um homem forte e imponente — respondeu, sem se mexer.

Ele, que estava fingindo dormir o tempo todo e observando todos os movimentos dela, sorriu. O fato de ela coçar a sobrancelha com o dedo indicava que estava pensando em algo. Acariciando o queixo de Angela com carinho, ele murmurou com voz rouca:

— E você é uma mulher muito bonita, descarada e curiosa.

— E desajeitada...

— Isso já estou começando a duvidar, linda.

Essa última observação a fez sorrir. Kieran, querendo pôr em prática o que não devia, resistiu a seus impulsos e disse, convidando-a a se deitar:

— Acho que você deveria descansar.

Ela negou com a cabeça.

— Não posso... agora não.

Ao recordar seus pesadelos, Kieran entendeu.

— Fique tranquila. Estarei ao seu lado se você tiver um pesadelo.

— Não é por causa dos pesadelos — replicou ela, baixinho.

Sem se mexer, ele a observou; e quando foi falar, Angela confessou:

— Kieran, minha parte desavergonhada e descarada me faz querer saber como você satisfaz os prazeres carnais das mulheres.

Ele, como sempre, surpreendeu-se. Sem dúvida, Angela era uma mulher passional. Mas não queria cair na tentação de algo que sabia que poderia não dar certo.

— Não me provoque, ou dessa vez não vou parar — advertiu ele.

Disposta a conseguir o que queria, ela o fitou.

— Você desejava Fada, e eu sou ela.

E ao ver como ele a observava, acrescentou:

— Eu o desejo, e sei que você me deseja.

— Claro que a desejo — afirmou ele em voz baixa.

— Não sei o que há comigo, mas desejo beijá-lo, tocá-lo, saboreá-lo. Quero chamá-lo de "querido" e... e anseio por seu toque, e...

— Sente-se arder por dentro? — perguntou Kieran.

Sem um pingo de vergonha, ela assentiu.

— Sinto que meu corpo deseja algo que só você pode me dar.

Encantado diante do que ela dizia, sem se mexer ele perguntou:

— O que você deseja neste instante?

Excitada pelo que as palavras, o olhar e o corpo dele causavam nela, Angela sentiu dificuldade para respirar, mas respondeu:

— Desejo beijar você.

Kieran assentiu, notando o calor subir por seu corpo e seu pênis inchar dentro da calça.

— Beije-me, então, mas...

Sem o deixar terminar, ela pôs o dedo nos lábios dele para que se calasse. Enfeitiçado pelo momento e a sensualidade que ela exalava, ele não se mexeu. Se ele se mexesse, não haveria como detê-lo.

— Sou sua mulher — afirmou Angela —, e embora você não exija meu corpo, eu o desejo e exijo o seu. Sou inexperiente. Não sou como as mulheres que passaram por sua cama, cheias de luxúria e experiência. E mesmo morrendo de medo, eu lhe peço isso.

Com carinho, Kieran a beijou. Efetivamente, ela era inexperiente; mas era justamente isso que o apaixonava.

— Angela, você me deixa louco — murmurou ele.

Encantada por suas palavras, e ainda mais depois do doce beijo, ela prosseguiu:

— Eu sei que é indecoroso, pretensioso, imoral e insolente o que quero, especialmente porque entre nós nunca haverá exigências nem recriminações, mas prefiro que você seja o primeiro homem a...

Não pôde continuar. Dessa vez foi Kieran que lhe cobriu a boca com um dedo e sussurrou:

— Cale-se. Não continue.

Imaginar que outro tomasse o corpo que lhe pertencia por direito deixou-o encolerizado. Fechou os olhos. Grande parte dele desejava tomá-la e possuí-la, mas sabia que se o fizesse, ela exigiria mais que alguns momentos de risos e diversão. Com os olhos fechados, ele procurou seu autocontrole. E, quando os abriu, instintivamente a pegou pela cintura e a fez sentar sobre ele.

O que estava fazendo?

Angela, ao sentir entre suas pernas o ardor e a pulsação do que exigia, arfou. E Kieran murmurou, louco de desejo:

— Se eu a possuir, nada mudará entre nós.

— Esse foi o trato que fizemos — respondeu ela.

— Nada de exigências e nada de recriminações fora do leito.

— Assim será — concordou ela, convicta.

Levada pelo desejo, ela não sabia o que estava dizendo, mas sabia o que queria experimentar. Então, o calor se tornou insuportável, e Kieran disse com a voz cheia de desejo:

— Vamos, *minha vida*, beije-me!

Fascinada, arrebatada e cativada por seus desejos e por aquele incrível sedutor, sem hesitar ela se inclinou e o beijou. Aproximou sua boca da que ele lhe oferecia e o beijou. O primeiro contato foi imensamente sensual e fez ambos arfarem. Angela, extasiada, mexia o corpo enquanto seu cabelo vermelho caía sobre seu rosto e Kieran, querendo vê-la, segurava-o com a mão e dizia:

— Sempre que estiver na cama com a pessoa desejada, minha linda Angela, precisa fazer com que ela veja o quanto você gosta dela e o quanto a deseja, para que ela se deixe levar pela paixão e a queira com loucura. Precisa deixar a vergonha e a inibição para outra hora, se deseja sexo com entrega e paixão verdadeiras.

— Certo, vou me lembrar disso — assentiu ela, gravando aquelas palavras em sua mente enquanto o desfrutava.

Inebriado pelo prazer que ela lhe proporcionava com o beijo, diferente de outras vezes ele a deixou impor o ritmo. Tinha que ir devagar. Angela era virgem, era sua mulher, e ele desejava que fosse um momento especial para ela. A jovem merecia.

Deixou que o beijasse, que o saboreasse, que o deixasse louco. Angela era doce, carinhosa, saborosa; tinha que ter cuidado. Mas quando ela aprofundou em sua boca e se apertou contra ele, Kieran não aguentou mais e, pousando as mãos sobre sua velha camisola, pegou seu traseiro com vontade, apertou-o e murmurou:

— Quer mesmo continuar?

A intimidade, o jeito como ele a tocava por cima da camisola e a apertava contra si a fez tremer.

— Sim — afirmou Angela, decidida a experimentar tudo pela primeira vez.

Cada vez mais encantado, Kieran se sentou na cama com ela montada nele. Com delicadeza, tirou-lhe a camisola pela cabeça e, quando ela ficou nua sobre ele, olhou-a e murmurou, retirando as mãos com que ela cobria os seios, envergonhada:

— Você é linda.

— Que bom que você acha, *querido*.

Excitada, Angela enroscou os dedos nos cabelos dele e o atraiu para sua boca. Beijou-o com carinho, enquanto sentia as mãos dele subindo e descendo por suas costas, acariciando cada pedacinho de sua pele.

O prazer era incrível.

Sua boca era viciante.

E o momento, mágico e sensual.

Quando ele apertou de novo seu traseiro, Angela arfou, jogou a cabeça para trás e quase gritou ao sentir a boca quente dele cobrindo um dos seus mamilos.

Provocou-lhe um prazer intenso e devastador.

Ele saboreou primeiro um e depois outro, e ela, manhosa, entregou-se a suas carícias e a seus mais ardentes desejos. Kieran a observava extasiado, até que seus olhos encontraram os hematomas que ela tinha no pescoço. Saber que Cedric havia feito aquilo deixou-o encolerizado. Aproximando-a com delicadeza para que ela o fitasse, sussurrou:

— *Minha vida...* ninguém mais a machucará.

Ela o olhou com um sorriso encantador e, com um fio de voz, disse:

— Adoro quando você é carinhoso.

Kieran, subjugado, pegando-a pela cintura, levantou-se da cama. A impaciência o dominava. O desejo o queimava. Beijou-a, levou-a até a parede e, quando ela se arqueou ao raspar as costas, depressa ele a deixou no chão e perguntou, preocupado:

— Machuquei suas costas?

Angela negou com a cabeça e esboçou um sorriso. Kieran, já incapaz de parar, sem deixar de fitá-la, tirou a calça. A respiração de Angela se acelerou ao ver o que havia embaixo.

— Calma... — E pegando-lhe a mão, levou-a a seu pênis ereto e disse:

— Toque-o, é suave. É essa suavidade que eu quero que sinta quando estiver em você.

Com certo pudor, ela fez o que ele pedia; teve uma grata surpresa ao notar o toque suave de sua pele. Mas quando o escutou gemer, soltou-o, assustada.

— Ai, desculpe... Não quis machucar você — exclamou ela.

Kieran sorriu. Angela, sua doce Angela, tinha tanto a aprender... Pegando-a no colo, pousou-a com delicadeza na cama.

— Meu gemido foi de prazer, não de dor — murmurou ele.

Sem deixar de fitá-la, ele a colocou com lentidão entre suas pernas e, depois de segurar suas nádegas com desejo, apertou-a contra seu membro ereto. Ambos arfaram enquanto ele sussurrava:

— Isto é paixão, luxúria e desejo. O que você sente ao me tocar é o que eu sinto quando toco sua pele. Gosta?

A resposta ofegante dela demonstrava o quanto ela o desejava, e de novo ele teve que se conter. Se fosse por ele, abriria suas pernas e descarregaria nela com força todo o desejo acumulado. Mas não devia fazer isso. Devia saborear e, especialmente, deixá-la saborear o momento que iam viver e as carícias íntimas.

Mas Angela estava ansiosa, acalorada, e se movia sem controle em busca da satisfação de seu desejo, incitando-o a prosseguir. No entanto, Kieran se segurava. Tentava se controlar para não sucumbir aos desejos de sua esposa passional e virginal, apesar da terrível pressão que sentia em seu membro.

Com toda sua experiência, nunca havia estado com uma virgem. As mulheres com quem se deitava eram todas experientes nessas artes, e isso lhe dava a possibilidade de se deixar levar para realizar todos os seus desejos sexuais. Mas com Angela não podia ser assim. Queria mimá-la, ser cuidadoso naquele momento incrível e deixar-lhe uma bela recordação de sua primeira vez.

Para isso, durante um bom tempo, beijou-a com ternura, até que a sentiu arfar mais relaxada. Acariciou-a inteira com paixão, fazendo-a se arrepiar, e lhe disse todas as coisas bonitas e doces que uma mulher gostaria de escutar em um momento assim.

Enfeitiçada, ela usufruía presa em sua própria bolha de prazer. Não queria pensar em nada, exceto na união dos corpos. Se pensasse, sentiria vergonha do que estava fazendo: uma dama não se comportava assim. Mas não lhe importava, ela o desejava, ele era seu marido e precisava experimentar algo mais que simples beijos. Kieran era doce, passional, ardente, forte e varonil, e queria usufruir dele e de seu pleno direito. Davinia passou por sua mente: se sua irmã soubesse de seu comportamento indecoroso, no mínimo, a trancaria no quarto e jogaria a chave fora.

Com os lábios inchados pela quantidade de beijos, ela arfava enlouquecida, quando Kieran desceu a mão à virilha dela e a tocou onde ninguém jamais a tocara. Angela estremeceu. Segurando-a para que ela não se mexesse, ele murmurou:

— Abra um pouco as pernas e deixe-me pôr meu dedo em você. Isso vai facilitar o caminho depois.

Sem que ele precisasse repetir, ela obedeceu. E, quando sentiu o dedo de Kieran afundar dentro de si, arqueou-se e arfou, enquanto ele dizia:

— Assim, *minha vida*, aproveite; fique molhadinha para me receber.

Extasiada diante do que ele a fazia sentir, ela fechou os olhos enquanto um prazer até então desconhecido a tomava por completo, levando-a degrau por degrau até um desenlace incrível e extremo. Angela não sabia quanto tempo passara perdida naquelas delirantes sensações, até que, de repente, ele retirou a mão, colocou-se sobre ela e, com o joelho, obrigou-a a se abrir mais para ele.

— Calma... fique tranquila.

Angela o olhou assustada. Ao se sentir pressionada e de pernas abertas à mercê dele, ficou tensa. Havia chegado o momento de que tanto havia ouvido as mais velhas falarem. Todas diziam que era doloroso, mas prazeroso.

Ao ver como ela o encarava, com os olhos arregalados, Kieran a beijou com doçura.

— Serei o mais suave possível. Você sabe que a primeira vez vai doer, não é? — perguntou ele.

Angela assentiu, nervosa, e ele disse:

— Prometo me esforçar para diminuir ao máximo essa dor.

Com o coração acelerado, ela sussurrou, assustada, enquanto sentia a ereção dele pulsando em suas pernas. Sem saber por que, pegou seu pênis e o apertou. Ao notar sua espessura, murmurou:

— Kieran... *querido*... eu o desejo, mas...

— Mas?!

— Mas... é muito grande, acho que não... não vai caber.

Ele esboçou um sorriso. Com carinho, tocou seu rosto e afirmou, seguro do que dizia:

— Vai caber. Deixe comigo.

— Mas é enorme, gigante! — insistiu ela, sabendo por onde aquilo tinha que entrar.

Ele soltou uma gargalhada e, beijando-a com carinho, sussurrou:

— Nós, homens, somos obcecados pelo tamanho, *minha vida*, e você me dizer isso com tanta convicção faz minha excitação redobrar e meu desejo aumentar ainda mais.

Ela sorriu.

— Você tem um sorriso lindo — murmurou Kieran.

— O seu também não é feio — replicou Angela, fitando-o.

Durante alguns instantes ficaram se olhando, até que ele lhe ofereceu a língua, e ela, sem reservas, tomou-a. Beijos. Carícias. Palavras ardentes e carinhosas. Kieran tentou ser o mais cavalheiro possível para umedecê-la, até que introduziu a ponta de seu pênis no sexo dela e, lenta e pausadamente, começou a penetrá-la.

— Sente prazer?

— Sim... sim... — arfou ela ao se sentir um prolongamento dele.

Em chamas, adorando aquilo, Angela começou a mexer os quadris para recebê-lo, enquanto cravava as unhas nas costas dele e lhe oferecia sua língua. Ele estava cada vez mais dentro dela, e isso o estava deixando louco. A estreiteza da jovem, seus gemidos, sua maneira de se entregar, era tudo incrível, algo que recordaria para sempre. Até que, de repente, todo seu avanço se deteve ao sentir a barreira do hímen.

— Está doendo, Kieran... dói — reclamou Angela.

Ele parou e disse:

— Sei que dói, mas essa dor não posso evitar. Se pudesse, pode ter certeza de que a desejaria para mim, não para você, minha vida. Relaxe.

— Não consigo — murmurou ela, ansiosa.

Kieran sentiu a tensão dela aumentar e todo o relaxamento de segundos antes desaparecer.

— Lamento — sussurrou, olhando-a nos olhos.

Pousando a boca sobre a dela, com um movimento de quadril forte e certeiro, entrou totalmente nela, e quando Angela foi gritar, seu lamento angustiante se perdeu em sua boca.

— Shhhh... minha vida... calma, querida. Você é linda, a mulher mais bonita que já possuí, e prometo que essa dor logo passará.

Angela se mexia desesperada. Queria tirá-lo de cima, mas Kieran não se mexeu. Imobilizou-a sem sair dela. Totalmente mergulhado em seu corpo, ele a fitou à espera de ver seu rosto manchado de lágrimas. Mas diante da ausência de pranto, beijou-lhe os olhos e murmurou, ávido para continuar mergulhando naquele canal estreito, escorregadio e suave.

— Preciso ficar parado alguns instantes.

— Querido... — arfou ela — está doendo...

— Eu sei, amor, eu sei — disse ele com carinho. — Garanto que a partir de agora não vai mais doer. Eu lhe proporcionarei todo o prazer que você desejar e nunca mais sentirá a dor que sentiu agora. Eu prometo, minha vida. Eu prometo.

Angela o olhava com angústia, enquanto arfava à espera de que o ar enchesse seus pulmões. Continuava sentindo dor, mas notou que ele tinha razão e que começava a ceder. De repente, seus quadris pareciam ter vida própria e começaram a se mexer.

— Calma... calma — sorriu Kieran ao vê-la ressurgir.

Angela desceu suas mãos trêmulas pelas costas dele, tocando seus músculos duros. Ouvi-lo dizer palavras carinhosas era maravilhoso e excitante. Sem pudor, desceu as mãos até o traseiro duro dele e, apertando--o, exigiu:

— Mexa-se. Preciso que se mexa.

Achando graça da sua insistência, ele a olhou e inquiriu:

— Você é assim intensa com tudo?

— Aham... — afirmou ela.

Com um sorriso que encheu a alma de Angela, Kieran começou a se mexer com cuidado. Primeiro lentamente e, quando viu que ela não estava sofrendo, os movimentos tornaram-se mais secos e contundentes. Entregue, ela gemia e cravava as unhas nas costas de Kieran, e ele, saindo dela para mergulhar de novo ainda mais fundo, perguntou com voz trêmula devido ao desejo:

— Está sentindo prazer?

Angela assentiu; sentia a cama se mexer descontrolada pela força e as investidas dele. Seu corpo era um turbilhão de prazer e emoções. Desejando não parar, continuar com aquilo, ela se colou ao corpo do marido enquanto abria mais as pernas para lhe dar maior acesso a seu interior.

Enlouquecido pelo que ela demonstrava sem falar, Kieran tentava não perder o juízo. Não queria machucá-la, mas com seus movimentos cada vez mais profundos e rápidos percebia que Angela estava gostando e querendo mais.

Em certo momento, Kieran apoiou sua testa na dela e ambos gemeram enlouquecidos. O prazer era incrível, inimitável e inigualável. Ele sempre sentia prazer com as mulheres, mas com Angela estava sendo especial e único. Fitou-a; como era bonita! E quando a viu morder o lábio inferior e ao mesmo tempo fechar os olhos e se arquear para recebê-lo, soube que ela ia chegar ao orgasmo. Então, antes que ela gritasse e todo o castelo corresse para o quarto para ver o que estava acontecendo, beijou-a e absorveu seu grito de prazer, ficando com ele só para si.

Quando a sentiu mole em seus braços, Kieran entendeu que já podia pensar em si, em seu próprio prazer. E, segurando-a possessivo, deu várias investidas que o levaram ao êxtase. Por fim, se abandonou, depois de um grunhido contido, a um orgasmo incrivelmente intenso.

Quando acabou, extenuado devido ao autocontrole que havia tido que exercer o tempo todo para não a machucar, deixou-se cair sobre Angela. Ambos respiravam com dificuldade, até que Kieran, ao notar que a estava esmagando, apoiou-se em um dos braços para reduzir o peso e, fitando-a, perguntou com o coração acelerado:

— Machuquei muito você?

— Não... não...

Ainda enlouquecida pelo que havia acontecido, ela continuava em sua própria bolha de prazer. Havia sido incrível. Muito melhor do que ela imaginara, mas sabia que se havia sido assim era graças a ele, a sua ternura, a seu controle e paciência. De novo sua irmã Davinia passou por sua cabeça, e seu coração se apertou ao recordar que ela lhe havia contado que Cedric a forçara. Coitadinha. Viver um momento assim sem delicadeza devia ser terrível.

— Sentiu o prazer que esperava?

Angela, comovida por tudo que havia recebido dele sem pedir, assentiu.

— Nunca poderei lhe agradecer o bastante. Obrigada por sua sensibilidade e por ceder a meus caprichos — confessou ela.

Comovido por suas palavras, Kieran a beijou.

Nenhum dos dois dormiu até o alvorecer, desfrutando um do corpo do outro com paixão.

31

— Acorde, dorminhoca!

Quando Angela ouviu a voz de Davinia, acordou sobressaltada.

Estava com Iolanda aos pés da cama, e ambas a olhavam com uma expressão debochada. Sem dizer nada, Angela notou que a luz se infiltrava pela janela e se levantou. Ao ver que estava nua, depressa se cobriu com o tartã. Então, Davinia levou as mãos à boca e, emocionada, murmurou:

— Irmã, vejo que cumpriu o dever de satisfazer seu marido.

Sem entender a que ela se referia, Angela olhou para onde elas olhavam. Ao ver sangue nos lençóis, ficou vermelha como um tomate. Enquanto punha a camisola, murmurou:

— Oh, Davinia... não seja curiosa.

— Doeu muito? — insistiu a irmã.

Sem dizer nada, Iolanda puxou os lençóis e saiu do quarto. O gesto tão rápido e sério chamou a atenção das duas irmãs, que se entreolharam.

— O que deu nela? — perguntou Davinia.

Dando de ombros, Angela respondeu, surpresa:

— Não sei.

Quando foi dar um passo, Angela sentiu uma estranha dor entre as pernas, mas, antes que pudesse dizer qualquer coisa, Davinia a pegou pela mão e, sentando-se sobre o leito, perguntou com curiosidade:

— Kieran foi bondoso e gentil com você?

Ao recordar o acontecido, Angela sorriu.

— Oh, meu Deus, fico tão feliz! — exclamou a irmã, aliviada.

— Mas eu não disse nada — brincou Angela.

Davinia soltou uma gargalhada e respondeu:

— Não é necessário. Seu sorriso e seu olhar falam por si.

Angela riu. Sua irmã era incrível. Mas, ao recordar suas circunstâncias, murmurou:

— Sinto muito pelo que você teve que passar com Cedric. Viver esse momento com um homem como ele não deve ter sido fácil nem agradável.

A expressão de Davinia mudou. O que menos queria era pensar naquilo; seus olhos se encheram de lágrimas.

— Foi terrível, não vou negar — disse, aproximando-se da irmã.

— Sinto tanto... — insistiu Angela.

— Eu também. Mas, para ter meu pequeno John, eu repetiria tudo mil vezes — sussurrou, enxugando os olhos e esboçando um sorriso. E acrescentou: — Ouça, Angela, não vamos ficar ancoradas no passado, como aconteceu com papai. Eu, particularmente, decidi olhar para a frente, continuar vivendo, e vou lhe dizer que ontem à noite Jesse me fez saber como é lindo compartilhar o leito com a pessoa amada.

Incrédula diante da ousadia de Davinia, Angela soltou uma gargalhada, enquanto a irmã acrescentava:

— Ele foi doce...

— Davinia!

— Carinhoso, delicado...

— Davinia! — exclamou Angela.

— Disse coisas bonitas, e me mimou, e...

— Oh, meu Deus, Davinia! Está falando sério?

— Sim.

— Mas... e sua prudência e pudor?

Davinia sorriu e, sem um pingo de decoro, murmurou:

— Eu o desejava, ele me desejava, e aconteceu o que tinha que acontecer. E fico feliz de saber que a união de dois corpos é algo prazeroso e indolor quando acontece com a pessoa certa.

Ambas gargalhavam quando, de repente, a porta se abriu.

— Do que as duas irmãs estão rindo? — perguntou Kieran.

Angela, ao vê-lo, morreu de vergonha. Depois do que havia acontecido na noite anterior, tudo havia mudado entre eles. Recordar a intimidade que haviam compartilhado, o jeito que ela a tocara, como ele a chupara, como a possuíra fitando-a nos olhos, a fez corar.

Kieran, ao vê-la, decidiu ser cavalheiro e galante na frente de Davinia. De modo que se aproximou de sua esposa, pegou-a pela cintura e, depois de lhe dar um beijo fugaz nos lábios, disse:

— Bom dia, *minha vida*.

Angela o fitou confusa, enquanto Davinia sorria de felicidade.

— No fim, William tinha razão: vocês foram feitos um para o outro — sussurrou, alegre.

— Davinia! — exclamou Angela.

Horrorizada diante do que a irmã havia dito, sendo que a realidade era totalmente diferente, ela tentou se safar do abraço dele, mas Kieran continuava a segurando pela cintura.

— Espero que William não esteja enganado — disse ele.

Querendo deixá-los sozinhos, Davinia se dirigiu à porta e, antes de sair e fechá-la, comentou com um sorriso maroto:

— Não demorem para descer. Jesse e eu partiremos hoje para Glasgow, e eu gostaria de me despedir de vocês.

Quando a porta se fechou, Kieran soltou Angela.

— Dormiu bem? — perguntou ele.

— Sim.

— Você está bem depois do que aconteceu ontem?

O rosto de Angela começou a arder quando entendeu a que ele se referia.

— Sim.

— Está dolorida?

Ao ver suas faces coradas e notar que ela dirigia o olhar para o teto, Kieran, bem-humorado, comentou:

— Estou começando a conhecê-la. Quando algo a incomoda, você olha para o teto, não é?

Angela soltou uma gargalhada. Além de galante, observador. Fitou-o e sorriu ao vê-lo sorrir. Mas, sem saber mais o que dizer, desviou o olhar. Não sabia se tinha que o beijar de novo ou não.

O que ele esperava depois do que acontecera na noite anterior?

Kieran, ao entender sua confusão, tão parecida com a dele, aproximou-se e, pegando-lhe a mão, foi falar quando alguém bateu na porta.

— Entre — disse ele.

Iolanda apareceu e, olhando para Kieran, anunciou:

— Acabou de chegar uma carta para o senhor.

Surpreso, ele assentiu. Depois de olhar para Angela, que sorriu, dirigiu-se à porta e desapareceu. Quando as duas ficaram sozinhas, ela suspirou e, olhando para Iolanda, perguntou:

— O que está acontecendo?

A jovem respondeu depressa:

— Não sei.

Quando Angela desceu para a sala, Kieran estava falando com Louis, Jesse e Zac. Ela esperou com paciência ao lado de Davinia até que Kieran, ao se virar e vê-la, aproximou-se e comunicou:

— Tenho que partir imediatamente.

Angela foi dizer algo, quando Jesse, que se aproximara, disse:

— Não se preocupe, Kieran, Angela irá conosco para Glasgow.

Ela olhou para Kieran, que ao ler suas perguntas em seu olhar, pegou-a pelo braço e, afastando-a do grupo para ter privacidade, explicou:

— A carta diz que há vários feridos em Dunrobin depois de uma cruel batalha, e talvez um deles seja meu irmão James. Preciso partir e ver se ele está lá, por minha mãe. Eu devo isso a ela, e, de certo modo, a ele. Você irá com Jesse a Glasgow, e William, seus filhos e Iolanda irão junto. Esperem-me lá até que eu volte, depois partiremos para Kildrummy.

Sem afastar os olhos dele, Angela murmurou:

— Kieran... lembre-se de que você não tem obrigação de...

Pousando um dedo nos lábios dela para que não continuasse, ele respondeu:

— O que aconteceu ontem à noite foi maravilhoso. E, se você quiser, desejo repetir.

— Você é um descarado, O'Hara — replicou ela, sorrindo.

Kieran sorriu e, aproximando-se, sussurrou em seu ouvido:

— Tenho uma professora linda, embora às vezes desajeitada.

Angela soltou uma gargalhada que tocou o coração de Kieran. Depois de fitá-la por alguns instantes para recordar aquela expressão e aquele sorriso que o enfeitiçava, murmurou:

— Você é minha mulher, e voltarei para buscá-la.

Um calafrio percorreu Angela, que parou de sorrir. Essa separação tão inesperada não era o que ela desejava. Mas, como não queria demonstrar sua tristeza, concordou:

— Tudo bem, Kieran.

Com delicadeza, ele acariciou seu rosto. Sem dúvida, aquela ruiva o estava deixando totalmente desconcertado, mas Kieran ainda não sabia por quê. Recompondo-se depois daquela conversa íntima, ele deu meia-volta e, dirigindo-se a seus homens, disse:

— Vamos. Temos que partir.

Iolanda olhou para Louis, que, sem se aproximar dela, antes de sair pela grande porta sorriu. O coração da jovem se acelerou. Aproximando-se de Angela, que ainda olhava para Kieran, perguntou:

— Eles vão voltar?

— Foi o que Kieran disse.

Com Davinia e todos que estavam no salão, Angela foi até a porta para se despedir. Não conseguia afastar o olhar de Kieran. Ele falava com vários homens enquanto segurava as rédeas do cavalo, que não parava de se mexer, nervoso.

— Que bom que você vai a Glasgow comigo, irmãzinha. Poderemos passar alguns dias juntas até que Kieran volte — comentou Davinia.

Angela assentiu, enquanto sua respiração se acelerava. Kieran estava partindo, afastando-se dela. Sem responder a irmã, ela foi até onde ele estava. Quando Kieran deu meia-volta, trombou com ela.

— O que aconteceu? — perguntou ele.

— Você não pretende ir embora sem me beijar, não é? — disse ela.

O rosto dele se iluminou e, passando o braço por sua cintura, puxou-a para si e murmurou sobre sua boca.

— Você é uma descarada, Angela O'Hara.

— Tenho um professor maravilhoso e metido.

Com cara de safado, ele a ergueu nos braços, levou sua boca à dela e a beijou. Enlouquecido diante das sensações novas que Angela lhe provocava, descaradamente, ele devorou seus lábios, na frente de todos, enquanto seus guerreiros O'Hara ovacionavam.

Quando o beijo ardente acabou, Kieran, sem soltá-la, esboçou um sorriso e murmurou:

— Preciso partir, mas voltarei para buscá-la.

Angela sorriu, e ele, ainda com ela nos braços, levou-a até onde estavam Davinia, Jesse, William e os outros. Depois de soltá-la, disse, sem deixar de fitá-la:

— Até a volta... *minha vida*.

E, dito isso, depois de olhar para William e Jesse e vê-los assentir para que partisse tranquilo, montou em seu cavalo, deu uma ordem com um movimento de mão e saiu do castelo de Caerlaverock, sem notar que Angela levava a mão à boca e lhe jogava um beijo, que ninguém recolheu.

32

A chegada a Glasgow foi tranquila.

A mãe de Jesse Steward, ao saber sobre os últimos acontecimentos, não pôde acreditar e chorou. Ela amava Cedric. Ele havia sido seu filhinho, embora nunca a houvesse amado, e lhe doeu saber as atrocidades que havia cometido com o clã daquelas garotas encantadoras.

Davinia foi logo aceita como o que sempre havia sido: a prometida de Jesse; e a paz e a harmonia reinaram naquele lugar. Mas Angela, à noite, sentava-se no peitoril da janela e olhava para o horizonte à espera de que Kieran voltasse.

Passadas três semanas, certa madrugada, enquanto dormia, notou que alguém se movia ao seu lado e, ao acordar, não podia acreditar em seus olhos ao ver Kieran dormindo.

Olhou para ele emocionada. Parecia cansado, e aquela barba o fazia parecer mais feroz e maduro. Sem querer acordá-lo, não o tocou. Ficou observando-o durante horas, até que ele acordou. Ao ver que ela o olhava, murmurou:

— Olá, desajeitada.

Quando abriu os braços para recebê-la, Angela não hesitou e se jogou neles. Assim ficaram um bom tempo, até que ela perguntou:

— Encontrou James?

— Não.

Sua resposta foi tão categórica e seca que ela decidiu não perguntar mais. Apertando-a contra si, Kieran reconheceu:

— Eu a desejo.

Não foi preciso dizer mais nada. Consumidos pela paixão, despiram-se na cama dispostos a se saciar um do outro. A boca ardente de Kieran percorria o corpo de Angela junto com suas mãos, enquanto ela se deixava abraçar, beijar e tocar.

— Sentiu minha falta?

Ela assentiu, e ele insistiu:

— Quanto... diga quanto.

Enlouquecida diante daquele momento romântico, Angela o olhou e, depois de afastar-lhe o cabelo do rosto, murmurou:

— Você vai ter que adivinhar... arrogante.

Kieran sorriu. Era isso que ele queria escutar. Afastando as coxas firmes dela com suavidade, deslizou um dedo até o introduzir nela, e ela gemeu de prazer. Ávido para tomá-la como havia ansiado durante aquelas longas três semanas, quando tirou o dedo, posicionou-se sobre ela e a possuiu com paixão.

Extasiada, Angela se arqueou contra ele e, pegando seu traseiro com descaro, incitou-o a acelerar as acometidas, algo que Kieran fez velozmente enquanto ela levantava os quadris para recebê-lo.

A loucura se apoderou deles imediatamente, e Kieran, fitando-a, soube que ela havia chegado ao máximo prazer. Então, beijando-a até deixá-la sem fôlego enquanto a penetrava com força, entregou-se depois de soltar um profundo grunhido de satisfação.

Angela o abraçou com força, e ele, para não a esmagar, rolou na cama, murmurando:

— Fico feliz por ser recebido com tanto ardor.

Angela ficou vermelha.

— Queria que você voltasse.

Kieran a olhou e sentou-se. Pondo os pés no chão, disse:

— Lembre-se, Angela, sem recriminações nem exigências.

Contrariada, ela o fitou, deu-lhe um soco nas costas e sibilou:

— Por que está dizendo isso agora?

Umas batidas na porta interromperam a conversa.

— Cubra-se — pediu Kieran, e ela depressa se enfiou debaixo dos lençóis.

Colocando um *plaid* em volta da cintura, ele abriu a porta e vários criados entraram com uma linda banheira de cobre. A seguir, uma legião de homens e mulheres com baldes a encheu. Quando acabaram, Kieran fechou a porta e disse:

— Estou morrendo de vontade de tomar um banho.

Sem dizer mais nada, ele tirou o *plaid* e entrou na banheira de cobre. Angela o observava na cama. Ainda estava irritada pelo comentário dele quando o ouviu dizer:

— O que está esperando para tomar banho comigo?

Ela o olhou e, contrariada, respondeu:

— Sem recriminações nem exigências, lembra?

Kieran sorriu e murmurou:

— Trezentos e trinta.

Sem entender a que se referia, ela foi perguntar, mas, antes que ela o fizesse, ele esclareceu:

— Faltam exatamente trezentos e trinta dias para acabar nossa união.

Isso foi demais para Angela. Aquele sem-vergonha entrava em sua cama, fazia amor com ela e agora a fazia recordar quantos dias faltavam para o fim do enlace?

Indignada, ela se levantou e, dando-lhe as costas, vestiu-se. Kieran não disse nada. Quando ela terminou e foi sair, vendo seu nível de fúria, ele advertiu:

— Não bata a porta.

Ela o olhou, mas ele estava com os olhos fechados na banheira, sorrindo com arrogância. Ela segurou a porta e, com toda a força de que foi capaz, bateu-a de tal modo que até os alicerces do castelo de Glasgow tremeram.

Uma vez sozinho, ele parou de sorrir, abriu os olhos e, olhando para o teto, murmurou:

— Angela, não posso me permitir me apaixonar por você.

Alterada devido ao que ele a havia feito sentir, Angela saiu do castelo. Encontrou os homens de seu marido, que, ao vê-la, cumprimentaram-na calorosamente. Ela sorriu. Ao longe, viu Iolanda falando com um dos guerreiros Steward e Louis os observando. Não havia dúvida de que sua expressão não era de felicidade.

Davinia, que nesse instante estava saindo com o pequeno John no colo, perguntou:

— Aonde você vai?

— Para a cocheira.

— Para quê?

Angela, parando, olhou para sua delicada irmã e respondeu:

— Para dar uma volta com minha égua. Estou precisando.

— O que aconteceu?

— Nada.

Davinia, sem acreditar, respondeu:

— Seu marido chegou de madrugada, sei que ele está no quarto tomando um banho, e você me diz que não aconteceu nada?

— Maldição, Davinia! Quer parar de ser tão enxerida?

A irmã a olhou surpresa e replicou:

— Pelo amor de Deus, Angela, isso é jeito de falar?

Angela fechou os olhos. Davinia não tinha culpa de sua irritação.

— Desculpe, por favor, eu não devia lhe responder assim, mas agora não quero conversar. Quero cavalgar e arejar a cabeça, está bem? — disse, suspirando.

A irmã mais velha assentiu, e Angela, dando-lhe um beijo na face, murmurou:

— Nos vemos mais tarde.

Sem mais, deu meia-volta e se dirigiu à cocheira, onde encontrou William. Ele sorriu e, ao vê-la se aproximar da égua, perguntou:

— Aonde você vai, garota?

Suspirando diante da pergunta, ela o fitou irritada; e ele, que a conhecia bem, limitou-se a acrescentar:

— Vá com cuidado.

Quando William foi embora e ela ficou sozinha, bufou. Seu mal-estar estava incomodando a todos. Montou e saiu da cocheira e, diante de centenas de olhos que a observavam, saiu a galope.

Depois de um tempo correndo, pulando corredeiras e desviando de árvores, Angela percebeu que estava gelada e tremendo. Mas prosseguiu em sua louca corrida, precisava relaxar. Ao chegar diante de umas árvores caídas, deteve a égua. Pensou em contorná-las, mas, depois de ver a distância, decidiu tentar pular. Retrocedeu alguns metros e, agachando-se sobre o pescoço de Briosgaid, sussurrou:

— Vamos pular, vamos conseguir.

A égua relinchou; e Angela, cravando os calcanhares nos flancos do animal, a fez correr. Quando chegou à pilha de troncos, gritou e a égua saltou. Quando suas patas tocaram o chão, Angela riu e, dando-lhe tapinhas no pescoço ainda galopando, disse:

— Boa garota... boa garota.

Passado um bom tempo, chegaram a um riacho, e Angela parou para que a égua bebesse água. Desmontou e se apoiou no tronco de uma árvore.

Instantes depois, ouviu os cascos de um cavalo. Ao olhar, surpreendeu-se ao ver que era Kieran.

Ele, aproximando-se, parou. Ao ver que Angela não o olhava, desceu do cavalo e foi dizer algo, mas, levantando um dedo, Angela o apontou para ele e sibilou:

— Não esqueci a coisa de sem recriminações nem exigências, mas senti sua falta. Por acaso isso é errado?

Kieran não respondeu. Aproximou-se dele, com uma imperiosa necessidade de tocá-la, beijou-a. Devorou seus lábios com verdadeira ferocidade e, quando se afastou, murmurou:

— Eu também senti sua falta.

Desconcertada diante da mudança dele, Angela foi falar, mas ele ameaçou:

— Se pular mais um obstáculo como esse de antes, terei que a proibir de montar a cavalo, entendeu?

Prestes a protestar, Angela viu sua expressão brincalhona e o desafiou:

— Atreva-se a me proibir.

O desafio, aquele olhar... e aquela expressão descarada o fizeram sorrir. Notando que ela tremia de frio, ele a cobriu com seu tartã e respondeu:

— Descarada, vamos voltar ao castelo antes que eu tire sua roupa e faça amor com você aqui mesmo.

33

Depois de tomarem banho juntos, Angela raspou a barba de Kieran, e nessa noite ele foi o homem mais doce, amoroso e insaciável do mundo; ela abriu os olhos de manhã e o viu acordado ao seu lado.

— Bom dia — disse ele.

Espreguiçando-se sem nenhum tipo de pudor, ela sorriu e disse:

— Bom dia, querido.

Kieran sorriu também e pensou em dizer algo devido ao uso daquela palavra carinhosa, mas, ciente de que gostava disso mais do que queria reconhecer, perguntou, abraçando-a:

— Dormiu bem?

Encantada por um despertar tão carinhoso, Angela assentiu. Ao sentir que a mão dele deslizava por seu ventre nu e continuava descendo, soltou um suspiro. Kieran riu ao ouvi-la e, levando a boca a seu ouvido, sussurrou:

— Seu gosto é delicioso.

Isso fez as faces de Angela arderem.

— E seus suspiros enquanto eu me deleito com seu corpo, maravilhosos.

Ela ainda recordava quando ele, na noite anterior, beijou sua intimidade e a convenceu a relaxar e deixá-lo fazer. Aquilo era totalmente pecaminoso, mas o prazer que sentiu foi tão colossal que já estava disposta a repetir.

Kieran, alegre, depois de buscar seus lábios e beijá-la, fitou-a e ordenou:

— Feche os olhos.

Certa de que ele pretendia fazer o que segundos antes ela estava desejando, murmurou:

— Tenho vergonha do que me pede.

— Tem vergonha de fechar os olhos? — debochou ele.

Sorrindo, ela foi falar quando Kieran insistiu:

— Feche os olhos.

Excitada, por fim, ela fechou os olhos. Tremia, estava nervosa. E, de repente, sentiu que ele pegava sua mão. Depois de pôr algo em seu dedo, ele exclamou:

— Já pode abrir, mente suja!

Ao ver um anel com uma pedra verde da mesma cor do bracelete de sua mãe, Angela sussurrou:

— É lindo...

— Eu não podia permitir que minha linda mulher não tivesse um anel de casamento — respondeu ele, beijando-lhe a mão. — Vi-o no mercado de Inverness, e quando notei que tinha o mesmo verde de seus olhos, soube que este anel havia sido feito para você.

Angela o olhou encantada e exclamou:

— Obrigada... obrigada, Kieran.

Beijando-a, ele sorriu e murmurou:

— Sei que você pensou que eu ia fazer outra coisa quando lhe pedi que fechasse os olhos. Ficou decepcionada?

Angela bateu com um travesseiro na cabeça de Kieran. Durante um tempo, ficaram brincando na cama, beijando-se e se provocando. Quando por fim acabaram de fazer amor de novo, Kieran disse:

— Temos que ir para Caerlaverock.

Ela o fitou com o rosto corado.

— Antes de voltar a Kildrummy, temos que falar com os homens que cuidarão da restauração do castelo — acrescentou Kieran.

Pasma, Angela perguntou:

— Está falando sério?

Com um sorriso encantador, Kieran respondeu:

— O lar de seus pais voltará a ter o esplendor de outrora, e só você pode assessorá-lo. É meu presente de casamento. Gostou?

Isso era mais do que ela poderia ter imaginado. Emocionada, abraçou-o e afirmou:

— Você é a melhor coisa que já me aconteceu, mesmo que conte os dias que faltam para que nosso casamento termine.

— Trezentos e vinte e nove — sussurrou Kieran antes de beijá-la.

Nesse mesmo dia puseram-se a caminho de Caerlaverock. Jesse e Davinia os acompanharam. Ao chegar às imediações do lugar, a tristeza se apoderou de Angela. Ver seu lindo bosque negro e queimado não era agradável, mas mais ainda se desesperou ao ver o castelo.

Depois de ter passado três semanas no de Glasgow e de entender o que era viver com certo conforto, ao entrar em Caerlaverock e ver seu estado deplorável, ficou pensando em como pudera ter vivido toda sua vida ali.

Mas, ao reencontrar sua velha cama, sua velha manta e a banheira descascada de seu pai, sorriu e soube que aquele era seu lar.

Poucos dias depois, chegaram alguns homens. Eram rudes, barbados e fortes, e Kieran falou com eles. Jesse se ofereceu para colaborar com as despesas que tudo aquilo implicaria, mas Kieran recusou. Era presente de casamento para sua esposa e ele cuidaria de tudo.

Depois de falar com os homens, Kieran chamou Angela e ela foi lhes dizendo o que queria que fizessem no local. Eles assentiam a tudo que ela dizia. Quando acabou, Angela perguntou:

— Vão se lembrar de tudo que eu disse?

Um deles apontou para a própria cabeça com o dedo e, com um sorriso encantador, respondeu:

— Lady O'Hara, tenho muito boa memória.

Ela sorriu. Kieran, pegando-a pela cintura, disse:

— Confie neles e em mim, está bem, Angela?

Ela assentiu. E depois de um beijo com sabor de glória, ela o pegou pela cintura e não o soltou mais.

Após uma noite na qual de novo o lindo Kieran O'Hara desfrutou dos prazeres da carne com sua mulher, na manhã seguinte, quando Angela desceu à sala, viu-o falando com Louis e Zac.

— Aconteceu alguma coisa? — perguntou ela.

Kieran lhe mostrou uma carta.

— Sabe ler?

Arqueando as sobrancelhas, Angela grunhiu, contrariada:

— O que você acha?

Achando graça da reação dela, e vendo que Davinia os observava, com a carta nas mãos respondeu:

— Não sei... *minha vida*. Não sei quase nada sobre você.

Ele tinha razão. E, em consideração a Davinia, que os olhava com atenção, replicou:

— Eu sei ler, *querido*, e você?

Louis e Zac sorriram. Sem sombra de dúvidas, aquela pequena ruiva não era das que se calavam.

— Claro que sim, minha linda — concordou Kieran sem perder o humor. — Tome, leia.

Com curiosidade, Angela pegou o papel que ele lhe entregava, leu-o e olhou para Iolanda. Depois, olhou para Davinia e bufou. Por fim, dobrou a carta e, entregando-a a Kieran, que não havia tirado os olhos dela, disse:

— Não posso ir.

Iolanda se abanou com a mão. Louis, que a observava, percebeu que ela também sabia ler. Isso o surpreendeu.

— Por que não pode ir? — perguntou Kieran.

Ciente de que todos a olhavam, com um falso sorriso, Angela respondeu:

— Porque não tenho nada elegante e bonito que vestir para ir a essa festa dos clãs no castelo de Stirling, e Iolanda também não. Isso lhe parece uma boa justificativa?

Kieran foi responder quando Iolanda perguntou com um fio de voz:

— Stirling?

Angela assentiu.

— Sim. A carta diz que todos os lairds estão convocados a sua festa anual, daqui a três semanas, e...

— E você, este ano, como minha mulher, vai me acompanhar — interveio Kieran, e acrescentou: — Eu gosto dessas festas.

— Haverá mulheres bonitas — murmurou Zac.

— Muito bonitas — completou Louis, diante do olhar de Iolanda.

Angela balançou a cabeça e protestou:

— Kieran, por acaso não escutou o que eu disse?

— Meu bem — disse ele em tom divertido —, compraremos um lindo vestido para cada uma. Não fique angustiada por isso.

— Não é isso, Kieran. Um lindo vestido não resolve tudo — replicou ela.

— Ah, não? — perguntou ele, achando graça, pensando que muitas mulheres que ele conhecia se alegrariam com um lindo vestido.

— Pense, pelo amor de Deus. — E, baixando a voz para que Davinia não a pudesse ouvir, acrescentou: — Não pensou que Susan Sinclair pode estar lá? Não acha que será embaraçoso para ambas nos encontrarmos ali?

— Boa observação — afirmou Louis. — Todos os anos ela vai com seu clã, e, sem dúvida, estará lá.

— Seria bastante desconfortável, não acha? — sussurrou Angela.

— Vou falar com ela — disse Kieran para acalmá-la. — Conheço Susan e, embora no início a situação vá deixá-la furiosa, ela não criará nenhum problema. Ela é uma dama, além de bonita e tranquila, e vai encarar tudo com serenidade.

Suas palavras incomodaram Angela, que grunhiu:

— Sério?! — E ao ver que ele assentia, murmurou de novo: — Isso me surpreende, porque eu, como mulher, se sentisse algo por meu prometido e outra mulher o afastasse de mim, garanto que não aceitaria com graça e serenidade.

— Vocês não são todas iguais — debochou Kieran.

— Graças a Deus — rosnou ela em resposta.

Durante alguns minutos, Louis, Zac e Kieran continuaram falando sobre aquilo, sem se importar que Angela os escutasse. Por fim, Kieran determinou:

— Iremos todos juntos a esse baile dos clãs e nos divertiremos.

— Trezentos e vinte e cinco — sibilou Angela.

Ao ouvi-la, ele esboçou um sorriso e, aproximando-se dela, sussurrou:

— Eu falarei com Susan. Não se preocupe.

Angela se desesperou. Já odiava aquela Sinclair sem a conhecer, e não duvidava de que a jovem a odiaria. Mas, ciente de que independentemente do que sentisse por Kieran tinha que cumprir o trato, calou-se.

— Eu... eu... não irei — anunciou Iolanda.

Ao sentir que tinha uma aliada, Angela disse:

— Nenhuma de nós duas irá.

Kieran, que era mais cabeça-dura que ninguém, adotou uma expressão mais séria e, sem se deixar intimidar, afirmou:

— Ambas irão. Não importa o que digam.

— Não... não posso — murmurou Iolanda, acalorada.

Louis se aproximou dela e, sorrindo, acalmou-a:

— Calma, compraremos um lindo vestido para você também.

A jovem se afastou dele e, com uma expressão de desagrado, replicou:

— Não preciso de nada de ninguém, muito menos de você.

Instantes depois, os dois começaram a discutir diante dos olhos de todos.

— Você não vai fazer nada? — perguntou Angela ao marido.

— Foi Iolanda quem começou — respondeu Kieran.

— Se Louis não tivesse aberto a boca...

— Ele só disse que compraremos um vestido para ela.

— E por que foi dizer isso? Por acaso ele é quem vai comprá-lo?

Kieran fechou os olhos. Quando ela rebatia as palavras dele com tanto ímpeto o desesperava. Reprimindo a vontade de gritar, replicou:

— Angela, por que insiste em me desesperar?
— Eu o desespero?
— O tempo todo.
Encantada, ela sorriu, sarcástica. E, erguendo a voz, disse:
— Iolanda, Louis, acabou a discussão! — E apontando o dedo para Kieran, acrescentou: — Eu me recuso a ir a esse baile e repetirei isso mil vezes, mesmo que o desespere.
— Pode se recusar quanto quiser, mas você irá mil vezes — afirmou ele, contrariado pelo tom de voz dela. — E não se fala mais nisso.
— Mas, pelo amor de Deus — insistiu Angela, confusa. — Nós, Ferguson, nunca fomos convidados para essa festa...
— Está enganada, irmã — interrompeu Davinia, aproximando-se. — Todos os anos recebemos o convite, mas, assim que chegava, papai o queimava na lareira. Com nossa situação precária, não podíamos pensar em ir a festas. E faça o favor de não falar assim com seu marido, não é bonito nem respeitoso.
Angela a fitou boquiaberta. Seu pai nunca havia lhe falado daquilo. E, quando foi responder, Jesse Steward disse:
— Estamos partindo para Glasgow. Preciso cuidar de vários assuntos que requerem minha presença. E vocês, o que vão fazer?
Depois de olhar para Angela, Kieran respondeu:
— Partiremos ao alvorecer, se conseguirmos parar de discutir.
O coração de Angela começou a bater com força ao ouvi-lo. Em breve partiria do lugar que ela considerava seu lar, rumo a um futuro incerto. Mas não disse nada, só se deixou abraçar por Davinia e retribuiu o abraço.
Depois que as duas se despediram, Jesse se aproximou e, abraçando-a também, murmurou em seu ouvido:
— Obrigado por tudo, cunhada. E, fique tranquila, Kieran O'Hara é um bom homem. Mas não esqueça que Glasgow também é seu lar.
— Cuide de Davinia, senão, juro que vou atrás de você e...
— Comigo você sabe que ela estará bem cuidada. Sabe, não é?
Angela assentiu com um sorriso.
— Veremos vocês na festa dos clãs? — perguntou Kieran.
Jesse, depois de olhar para Davinia com carinho, negou com a cabeça.
— No ano que vem, certeza, meu amigo. Mas, neste, tenho coisas mais importantes a fazer.
Angela, ao ver a felicidade de sua irmã, sorriu. Sem sombra de dúvidas, Jesse era o amor da vida dela. De braço dado com ele, ela foi até o portão

principal do castelo. Ali os homens de Jesse os esperavam. Ele montou em seu cavalo e, estendendo a mão a Davinia, ergueu-a até sentá-la diante de si.

As duas irmãs se fitaram. Davinia, que era quem partia, jogou-lhe um beijo com a mão, e Angela, emocionada, pegou-o e o levou ao coração; e vice-versa. Quando a comitiva saiu do castelo, Angela se virou para entrar; mas Kieran, pegando-a pelo braço, perguntou:

— Vocês sempre se despedem com esses gestos?

Ela assentiu.

— Meus pais faziam isso, e quando mamãe morreu, papai começou a fazê-lo conosco; sempre que alguém partia, despedíamo-nos assim.

Kieran assentiu:

— Partiremos ao alvorecer para esse baile.

— Não, eu não vou.

Ele levantou-lhe o queixo e replicou:

— Irá, *querida*... claro que irá.

34

Depois de um dia inteiro orientando os homens que iam restaurar Caerlaverock, à noite Angela foi para o quarto, e não se surpreendeu ao ver Kieran ali.

Ele estava parado em frente à lareira e, ao vê-la chegar, sorriu e perguntou:

— Já arrumou tudo que quer levar?

Dando de ombros, ela olhou ao seu redor.

— Como vê, não tenho nem enxoval. E os lindos vestidos que Davinia me emprestou deixei em Glasgow. Não quero nada que não seja meu.

— Eu prometo que em Edimburgo ou Stirling compraremos tudo que você necessitar... — respondeu Kieran, com um sorriso cândido.

— Não quero que você gaste dinheiro comigo. Já me comprou o anel, e haverá os gastos com Caerlaverock, e...

— Agora é minha mulher, e preciso cuidar de você durante trezentos e vinte e quatro dias.

Espantada, Angela o encarou.

— Você pretende contar dia por dia? — perguntou ela.

Kieran, andando com desenvoltura pelo quarto, respondeu:

— Sim.

Como queria saber mais, ele perguntou:

— Agora que estamos sozinhos, conte por que não quer ir à festa dos clãs.

— Eu já disse. Acho que Susan estará lá, e não será agradável para mim.

— Eu disse que vou falar com ela e a tranquilizarei.

Aflita, Angela se desesperou.

— Já imagino os olhares de censura dela. E... e... eu estarei sozinha ali, e...

— Eu cuidarei de você, não estará sozinha.

— Você estará comigo o tempo todo? — perguntou ela, desejando que assim fosse.

— Sempre que puder.

— Então, não será o tempo todo.

— Tenho assuntos que tratar ali, Angela — explicou ele. — Não poderei estar o tempo todo lhe dando atenção, assim como nenhum homem estará o tempo todo dando atenção a sua mulher. Você entende, não é?

Ela se sentou na cama e, com um ar derrotado, murmurou:

— Estou apavorada.

— Por quê?! — replicou Kieran, aproximando-se. — Comigo você não tem nada a temer. Não permitirei que ninguém lhe faça mal.

— Não é esse tipo de medo — afirmou Angela, com um olhar terno.

— Então, o que quer dizer?

Ela, afastando o cabelo do rosto de um jeito coquete, respondeu:

— Eu nunca fui a uma festa dessas. Só fui às que demos em Caerlaverock ou na casa de minha amiga Sandra, com os Murray. Como disse Davinia, devido a nossa situação, nunca aceitávamos convites, e, bem... eu...

— Não se preocupe, garanto que vai se divertir — disse ele, sentando-se ao seu lado. — Louis, Zac, Iolanda, meus amigos, eu e todo meu clã estaremos lá. Você nunca estará sozinha, sempre haverá alguém ao seu lado. E, pelo que sei, você gosta de dançar e o faz muito bem. Haverá música, e você poderá dançar o quanto quiser.

— Com você? — inquiriu ela, esperançosa.

Kieran pensou e, recordando os anos anteriores e as experiências vividas naquele encontro de clãs com outras mulheres, respondeu:

— Às vezes comigo e, quando eu não estiver, veremos.

A resposta não agradou a Angela, que insistiu:

— E o que você fará quando não estiver comigo?

Kieran, levantando-se depressa da cama, disse:

— Certas coisas é melhor não mencionar, Angela. — E ao ver que ela ia dizer algo, acrescentou: — Lembre-se de nosso trato: nada de recriminações nem de obrigações.

Ela queria gritar, ficar brava. Não via a menor graça no que ele a fazia imaginar sem falar, mas se calou. Era o melhor a fazer. E depois de um suspiro lastimoso que doeu em Kieran, disse:

— O mais longe que já me afastei de meu lar foi até a abadia, para acompanhar May. Nunca saí de minhas terras ou das dos Murray, e, agora, tenho que atravessar a Escócia para chegar a seu lar, passando por essa bendita festa dos clãs. Kieran, eu sempre vivi no mesmo lugar e com a mesma gente, e pensar que tudo isso acabou e que tenho que começar uma nova vida é complicado e difícil para mim. Por isso estou com medo.

Comovido pelas palavras de Angela, ele pegou sua mão e a puxou para si em uma atitude protetora.

— Não precisa temer nada, *minha vida* — disse.

Essas palavras tão íntimas, tão carinhosas, deixaram-na arrepiada. E, com o coração disparado, ela murmurou com um sorriso sedutor:

— Minha irmã não está aqui e você me chamou de "minha vida".

Ao se dar conta, Kieran se surpreendeu. Por que estava dizendo aquilo? E tentando não dar importância ao assunto, respondeu:

— Sou atencioso com as mulheres.

— Você disse que não usa palavras doces — recordou ela.

Diante de sua boa memória, ele sorriu e disse:

— De vez em quando, eu uso para agradar. Você mesma disse que queria que eu a chamasse de minha...

— Nem se atreva a dizer. Agora não — bufou ela, afastando-se.

Sentiu vontade de jogar um pedaço de lenha na cabeça daquele bruto e insensível. Como podia ser tão presunçoso e idiota?

Sem a menor dúvida, apesar de em outros momentos ela ter acreditado, Kieran não sentia a mesma atração louca que ela sentia. Angela suspirou. Tinha que tirar da cabeça as tolas suposições que às vezes fazia quando ele sorria. Seu casamento não havia sido por amor. Seu marido não estava apaixonado por ela, embora a paixão que demonstrava na cama fosse maravilhosa.

Kieran, ao ver sua expressão contrariada, imaginou o que ela estava pensando. De certo modo isso o feriu. Intuía que a estava machucando.

— Angela... você está se apaixonando por mim? — perguntou ele, incapaz de conter-se.

Todo o corpo de Angela se arrepiou. Assustada ao notar que aquele bruto podia ver seus sentimentos com tanta facilidade, deu de ombros e, em um gesto de desdém, franziu o nariz e exclamou:

— Não, pelo amor de Deus! Uma coisa é eu achar você um homem bonito, embora arrogante, com quem gosto de ir para cama, e outra é me apaixonar por você como uma tola. — E soltando uma gargalhada convincente, acrescentou: — Fique tranquilo, O'Hara, você não é tão irresistível. — E, tentando sair depressa daquela situação, disse: — A propósito, queria lhe perguntar uma coisa, posso?

— Sempre, você já sabe disso — respondeu ele, aturdido.

— É sobre os homens e os momentos íntimos — sussurrou. — Se bem me lembro, você disse que gostam que elogiemos suas virtudes varonis, não é?

Kieran a olhou sem entender aonde Angela queria chegar.

— Desculpe minha pergunta indiscreta, mas nos trezentos e vinte e quatro dias que restam, preciso aprender tudo que puder, para quando estiver sozinha poder saber como me comportar — prosseguiu ela, sem o fitar.

Cada vez mais contrariado devido às palavras descaradas dela, ele a pegou pelo braço e sibilou:

— Você não precisa saber certas coisas.

— Por quê?

— Porque você é minha mulher.

— Mas deixarei de ser dentro de trezen...

Sem soltar-lhe o braço, ele disse, interrompendo-a:

— Você é minha mulher e eu me recuso a pensar em... em... pelo amor de Deus, Angela!

Feliz por tê-lo feito provar seu próprio veneno, ela se soltou e disse:

— Lembre-se, Kieran, nada de recriminações nem de obrigações. Ambos aceitamos o trato, não?

Fitaram-se... Desafiaram-se...

Um calor abrasador se apoderou dos dois e, por fim, Angela deu um pulo, passou suas pernas pela cintura dele e o beijou com loucura. Kieran a segurou e a atraiu para si. As línguas se encontraram e a paixão do momento os fez esquecer tudo. Até que, depois do beijo tórrido, ela se afastou e murmurou:

— Estava com vontade de beijá-lo.

— Beije-me sempre que quiser — respondeu ele, meio tonto pelo que sentia.

— Você também vai fazer o mesmo?

— Sim.

— Sempre que quiser?

— Sempre que quiser — afirmou Kieran, sem soltá-la.

Manhosa, com vontade dele, Angela lhe deu um beijo no nariz. O coração de Kieran disparou.

Como um simples beijo no nariz podia excitá-lo tanto?

Ciente do magnetismo que exalava, Angela sorriu. Era nova na arte da paixão, mas havia aprendido bem os conceitos básicos para ser desejada e enlouquecer aquele que a abraçava.

Como Kieran havia dito, precisava demonstrar quanto gostava dele e quanto o desejava, para que ele ficasse louco e a desejasse totalmente. E, claro, tinha que deixar a vergonha e a inibição para outra hora, para sentir a verdadeira entrega e paixão.

— Desde o instante em que o vi no bosque, tonto e ferido, você me chamou a atenção.

— É mesmo? — perguntou Kieran, sorrindo.

Angela admitiu.

— Fada também chamou minha atenção. Você sabe disso, não é?

Ela balançou a cabeça, sorrindo.

— Ousada... você é muito descarada, lady O'Hara. — Angela soltou uma gargalhada e ele murmurou: — Lembro que você cantou algo sobre...

Do bosque encantado,
uma fada o salvou,
e em um momento inesperado
um beijo lhe roubou.

Dessa vez foi Kieran quem, pegando-a pela nuca, a beijou, introduzindo a língua em sua boca e devorando-a com verdadeira paixão, enquanto a respiração agitada dos dois ecoava pelo quarto.

Kieran a deixou na cama, mas Angela não o soltou. Com movimentos precisos, ele desabotoou a calça e, rasgando a calçola velha dela, introduziu seu sexo nela com urgência.

O contato os fez gritar enlouquecidos. Kieran a fitou, e ela, arfando e demonstrando que estava tudo bem, levantou os quadris para introduzi-lo mais; e, então, foi ele quem gemeu.

Incapazes de parar, de se despir e de esperar, ambos continuavam se assaltando. Kieran a possuía e Angela o possuía. Assim ficaram até que ambos, felizes, satisfeitos e em uníssono, soltaram um grito de prazer incrível e se deixaram levar pela paixão.

Sentindo o peso dele em cima dela, ela o abraçou. Não se importava que a esmagasse, só queria estar perto dele. Queria que ele se apaixonasse, e usaria todas as suas forças para conseguir isso.

Ficaram abraçados mais um instante, até que Kieran, levantando-se, limpou-se e vestiu a calça. Totalmente anulado pelo poder que ela exercia sobre ele, não pôde dizer nada. Fada e Angela eram a mesma pessoa e ele gostava de ambas. O que não entendia era o que estava acontecendo com ele.

Olhou-a com deleite e a admirou. Sentia-a poderosa e dona de seu corpo. Quando ela se levantou, atraiu-a para si e a beijou de novo, possessivo. Encantada com o gesto tão arrebatador, Angela se entregou. Queria-o para si. Desejava-o. Ansiava-o.

Kieran, confuso, apertou-a contra seu corpo, desejando fundir-se com ela. Não tinha a menor dúvida de que aquela pequena ruiva estava transtornando sua vida de uma maneira que ele não entendia.

— Você tem cócegas? — perguntou ela, de repente.

Antes que pudesse responder, ela apertou a cintura de Kieran e ele soltou uma gargalhada. Imediatamente, ele a pegou pela cintura e começou a mexer os dedos em busca de suas cócegas, até fazê-la se contorcer de tanto rir.

Durante um bom tempo, ficaram brincando na cama, até que, de repente, Kieran percebeu que estava caindo sob uma influência até então desconhecida para ele. Incapaz de continuar, afastou-a e, fitando-a nos olhos, comentou:

— É melhor eu dormir com meus homens hoje.

— Por quê? — perguntou ela, decepcionada.

Kieran pensou no que dizer; por fim, decidiu ser sincero.

— Veja, Angela, eu gosto da paixão que você demonstra, mas não quero amarras nem problemas.

— Mas eu não lhe cobrei nada, nem sequer o chamei de "querido" — queixou-se a jovem.

Ela tinha razão. O que ele estava dizendo?

— Descanse. Ao amanhecer virei buscá-la.

Desconcertada diante da mudança de atitude dele, ela foi pegar sua mão de novo para atrair sua atenção, mas Kieran, fitando-a sério, disse:

— Não, Angela, não quero ficar com você.

Compreendendo suas palavras, ela retirou a mão, enquanto ele dava meia-volta, abria a porta e saía.

Sentando-se no peitoril da janela, Angela fitou o horizonte e suspirou, enquanto Kieran praguejava no corredor e batia a cabeça na parede.

35

Nessa noite, Angela não pregou o olho e, ao alvorecer, antes que Kieran subisse a seu quarto para buscá-la, já estava no salão com Iolanda, Aston e George. Quando ele chegou e seus olhares se cruzaram, cumprimentaram-se gentilmente.

— Está pronta? — perguntou Kieran, aproximando-se.

Ela assentiu e, levantando-se do velho banco de madeira, segurou forte a mão de Iolanda.

— Vamos indo — comentou George depois de olhar para o irmão.

Nenhum dos dois queria ver a tristeza de Angela ao abandonar aquele lugar. Kieran, sem tocá-la, permaneceu ao seu lado enquanto a observava lançar um último olhar ao salão e se dirigir à porta. Então, ela parou, virou-se, olhou para o lar que a havia visto crescer e murmurou com um fio de voz:

— Até breve.

Ao ver a tristeza em seu olhar, Kieran se aproximou e disse:

— Prometo que quando você voltar para cá, tudo estará melhor que agora.

Angela assentiu. Apesar da felicidade que sentia pela restauração, intuía que quando voltasse já não seria mulher dele. Mas, sem dizer nada, deu meia-volta e foi embora com o coração partido, acompanhada de Iolanda.

Vários guerreiros O'Hara os esperavam no pátio, já montados em seus cavalos. Angela tocou com carinho o focinho de sua égua, que estava ao lado do cavalo de Kieran. Iolanda, desconcertada e sem saber o que fazer, olhou ao redor.

— Você sabe montar a cavalo? — perguntou Kieran.

A jovem assentiu e ele ordenou, olhando para um de seus homens:

— Traga um cavalo para ela.

Quando o animal chegou, Iolanda o acariciou e falou com ele com carinho, enquanto Louis a observava de longe. Ainda não entendia por que ela não falava com ele. E embora houvesse gostado de cavalgar com ela, preferiu se manter afastado.

Instantes depois os três montaram. Kieran, depois de olhar para sua mulher e vê-la assentir, pôs-se à frente, levantou a mão e a comitiva saiu do pátio do castelo de Caerlaverock.

Angela, que cavalgava ao lado de Iolanda, levantou o queixo e reprimiu as lágrimas. Não queria olhar para trás, não podia se despedir daquele lugar, senão, sabia que desmoronaria. Atravessou em silêncio a ponte de madeira e, a passo lento, avançou com os outros.

William Shepard, notando seu estado de ânimo, pôs-se ao lado de Angela.

— Você está bem? — perguntou ele.

Ela assentiu sem olhar para William. Não podia falar. Se o fizesse, choraria sem parar, e não queria que os homens de Kieran a vissem se comportar de novo como uma chorona. William negou com a cabeça, entendendo que devia lhe dar espaço, de modo que fincou os calcanhares em seu cavalo e cavalgou até ficar ao lado de Kieran e de seus filhos.

Iolanda, vendo-a apertar a mandíbula enquanto atravessavam o bosque, tocou seu ombro e murmurou:

— No dia que você voltar, eu voltarei com você.

Angela balançou a cabeça, mas continuou olhando para a frente. Assim seguiram por um bom tempo, até que, ao subir a colina, Angela soube que era a última oportunidade de ver seu lar. Quis olhar, despedir-se de novo, mas não conseguiu. Prosseguiu seu caminho com os homens de seu marido, enquanto milhares de recordações inundavam sua cabeça. Seus pais. Seus irmãos. As noites em que seu pai lhes contava histórias. O pequeno lago onde haviam aprendido a nadar. A clareira onde ela havia aprendido a manejar a espada com William, Aston e George.

Tudo isso nublou seus olhos e ela teve que parar. Respirou com força e, então, virando-se, cravou os calcanhares em sua égua e saiu disparada em direção contrária.

Os homens que iam atrás dela, ao vê-la, pararam também e tentaram detê-la, mas ela se esquivou com habilidade.

— Angela! — gritou Iolanda.

Kieran, ao ouvir o burburinho, olhou para trás e viu sua mulher se afastar a galope. William, Aston e George tentaram ir atrás dela, mas o laird os impediu e disse:

— Sigam caminho. Angela e eu logo os alcançaremos.

E, dito isso, foi atrás dela com o coração acelerado. Sem dúvida, Angela não ia facilitar as coisas, mas ele não permitiria que ela fizesse o que pretendia.

Quando a alcançou, ela já havia desmontado e estava de joelhos, com o capuz da capa cobrindo-lhe o rosto. Ao se aproximar, viu que ela tinha cravado a espada no chão e que a segurava com as mãos entrelaçadas.

Desceu do cavalo e se aproximou. Sentindo vontade de tocá-la, pegou-a pela cintura, levantou-a e segurou sua mão. Ela o olhou, com o rosto banhado em lágrimas.

— Minhas recordações ficam todas aqui, Kieran...

Ele, sem saber o que fazer ao ver seu desconsolo, estreitou-a em seus braços e, enquanto a sentia tremer e chorar, murmurou:

— Suas recordações serão sempre suas, esteja onde estiver. Eu entendo sua dor, mas precisa ser forte e pensar que agora vai começar a guardar lembranças de outros lugares e de outras pessoas. Você sabe que não poderia ficar aqui, mesmo se não fosse minha esposa. Você sabe disso, não é?

Ela assentiu. Sabia, claro que sabia. Caerlaverock, assim como estava, era um lugar onde viver seria praticamente impossível.

— Não gosto de vê-la chorar — disse Kieran, antes que ela pudesse responder.

— Odeio chorar. É uma demonstração idiota de fraqueza.

— E por que está chorando?

— Por pena, raiva, tristeza...

Kieran a entendia... Não era fácil passar por tudo que ela estava passando. Pegou-lhe o queixo para que olhasse para ele e sussurrou:

— Angela, olhe para a frente; seu pai gostaria disso.

— Eu sei... eu sei.

— A Fada que você e eu conhecemos não choraria, não é?

Engolindo o nó que tinha na garganta, ela assentiu de novo. Sem dúvida, Fada, a guerreira que muitos temiam, não choraria. Chorar sempre fora um sintoma de fraqueza que ela utilizara para fazer com que todos acreditassem que ela era uma daminha frágil.

Mas não era verdade. Ela era uma guerreira. Então, retirando a espada fincada na terra, guardou-a no cinto. Olhou para Caerlaverock, levou a mão à boca, beijou-a e, depois de segurá-la contra o peito, lançou o beijo.

Então, olhou para Kieran, que, enfeitiçado por sua carinha de anjo, foi beijá-la. Mas ela, dando um passo para trás, afastou-se.

— Acho que devemos voltar para o grupo.

Desconcertado por ter sido rejeitado, ele assentiu. Recompondo-se, ajudou-a a montar e depois montou também. Tinham que seguir viagem.

36

À noite, quando acamparam, Kieran mandou montar duas tendas. Uma para Angela e outra para Iolanda. Depois do jantar, durante o qual, estranhamente, as duas estiveram mais caladas que o habitual, foram cada uma para sua tenda.

Kieran observou sua ruiva se afastar. Sabia que ela não estava bem, intuía a dor que sentia, mas decidiu não se aproximar. Se o fizesse, acabariam fazendo amor.

Louis, ao ver Iolanda se encaminhar para a tenda, aproximou-se, e, apesar de a jovem não falar com ele, disse:

— Bom descanso.

Ela assentiu sem o fitar nem responder, e seguiu adiante.

Angela, ao vê-los, pegou uma pedrinha e a jogou em Louis para chamar sua atenção. Ao sentir o golpe na perna, o highlander a olhou, e ela indicou com o dedo que se aproximasse.

— Acho que é melhor você a deixar em paz.

— Mas por que, santo Deus? Alguém pode me explicar o que foi que eu fiz? — perguntou ele, aturdido.

Angela, depois de trocar um olhar com Kieran, que a observava perto do fogo, baixou a voz e, antes de se virar e partir, contou-lhe baixinho:

— Ela o ouviu falar com Zac umas coisas não muito agradáveis. Devo dizer que não conheço Iolanda muito bem, mas duvido que ela seja uma mulherzinha vulgar, como você insinuou.

Ele ficou de queixo caído. Por fim, estava entendendo tudo. Enfim, compreendia por que a doce e encantadora Iolanda o evitava constantemente e discutia com ele. Recordou o que havia dito a Zac para evitar que ele debochasse dele e praguejou.

Como podia ser tão tagarela?

Contrariado consigo mesmo, olhou para a pequena tenda onde estava Iolanda. Queria entrar para esclarecer tudo, mas sabia que não devia invadir sua intimidade. Confuso, se deitou em sua manta. Era o melhor a fazer.

Kieran, que havia visto Angela falar com ele, aproximou-se e, ao ver seu cenho franzido, deu-lhe um tapa no ombro para que se levantasse e inquiriu:

— O que minha mulher lhe disse?

Ao fazer a pergunta, o próprio Kieran se surpreendeu. Havia dito "minha mulher"? Desde quando era tão possessivo?

Louis, sentando-se contrariado, coçou a cabeça e respondeu:

— Agora já sei por que Iolanda não fala comigo e está brava. Ela me ouviu falar sobre ela com Zac. Ele me perguntou se eu gostava dela e eu disse que Iolanda não era o tipo de mulher que... bem, eu a desqualifiquei. Sou um estúpido!

Kieran soltou uma gargalhada. Era a primeira vez que via seu amigo tão aturdido devido ao que uma mulher pudesse pensar dele.

— E por que você disse isso se não é o que sente? — perguntou ele, pondo a mão no ombro do amigo.

— Não sei. Estava falando com Zac e, bem... você sabe como nós, homens, somos às vezes — respondeu Louis, balançando a cabeça.

— Tagarelas? — disse Kieran, sentindo-se ele mesmo assim.

— Exato, tagarelas — concordou Louis.

Ambos ficaram olhando o fogo em silêncio. Sem dúvida, às vezes se comportavam como verdadeiros imbecis, como daquela vez.

— Você gosta de Iolanda?

Sem precisar pensar, Louis afirmou:

— Sim, tanto quanto você de sua mulher. — E ao ver como Kieran o olhava, acrescentou: — Amigo, são muitos anos juntos, e assim como sei que você não gosta de dias extremamente quentes e que prefere o frio, sei quando gosta de uma mulher.

Kieran sorriu.

— Reconheço que aquela moreninha de rosto redondinho e sorriso encantador me deixa nervoso quando estou perto dela, e mais ainda quando não a vejo — prosseguiu Louis. — Ainda não sei por que falei aquelas bobagens para Zac. Sem dúvida, gosto de Iolanda, e muito.

Era a mesma coisa que acontecia com Kieran em relação a Angela.

— Você deveria falar com ela — disse ele.

— Não sei quando. Ela não deixa que eu me aproxime e, se eu tentar, vai rachar minha cabeça com a primeira coisa que encontrar.

— Duvido.

— Pois não duvide — replicou Louis. — Essa pequena é boa de briga.

— Então, você tem medo dela?

— Não... não diga bobagens. É que Iolanda me desconcerta.

Ambos riram.

— Se Iolanda tanto o atrai, e se você acha que ela é especial, continue tentando — insistiu Kieran.

Louis assentiu. Sem dúvida, faria isso.

Durante um tempo conversaram de tudo um pouco. E quando Louis viu Kieran se acomodar com sua manta perto do fogo, perguntou:

— Não vai dormir com sua mulher?

— Não.

— Por quê? Tem medo dela?

Achando graça, Kieran se deitou na manta e respondeu:

— Ficar com ela me faz baixar as defesas, e ela consegue me convencer de coisas das quais depois me arrependo, e...

— Um momento — interrompeu Louis. — Está aqui me dizendo para falar com Iolanda apesar de que ela pode rachar minha cabeça... e você?

Kieran bufou.

— Eu o conheço — acrescentou Louis. — Estamos juntos há muitos anos e sei que essa mocinha de cabelos vermelhos o atrai, como Angela e como Fada. E agora, olhe para você. É casado com ambas e se afasta?

— É difícil explicar, Louis — murmurou Kieran.

— Você nunca recuou, nem diante de guerreiros ferozes, nem de campanhas difíceis — disse seu amigo olhando as estrelas. — Por acaso vai recuar diante dessa mulher?

— Não diga bobagens — replicou Kieran e, fitando-o, debochou: — Desde quando você é tão experiente no amor?

— Desde que uma mocinha de personalidade endiabrada, em vez de me abraçar, me joga na cabeça tudo que encontra — respondeu Louis com humor. — Acho que sabemos muito de guerras ou espadas, mas pouco de cortejo, amor e sentimentos, não acha?

Kieran assentiu. E ao ver que não dizia nada, Louis acrescentou:

— Pode acreditar, não há dúvida de que essa mulher lhe dará dor de cabeça, mas você gosta mais dela do que acredita.

— O que está dizendo?

— A verdade, Kieran. Falo do que acredito, como sempre fiz com tudo de que falamos durante anos. E, neste instante, embora eu ache ótimo ter você dormindo ao meu lado, acho que deveria se levantar e ir dormir com ela. Todos o estão observando, e se quiser que aceitem Angela como senhora, você primeiro tem que fazê-los ver que ela é sua, para que também sintam que é a senhora deles e sejam capazes de morrer por ela como morreriam por você.

Ele fechou os olhos. Sabia que o que seu amigo estava dizendo era verdade, mas estar ao lado de Angela era muito tentador, especialmente depois do que acontecera na noite anterior. Olhou para ambos os lados e notou os olhares dos guerreiros. Era verdade, estavam observando-o. Por isso, por fim se levantou e disse:

— Ao amanhecer retomaremos o caminho. Bom descanso.

— Para você também, maridinho — debochou o outro.

— Louis! — grunhiu Kieran.

O highlander sorriu e se cobriu com a manta, enquanto seu amigo se encaminhava para a tenda onde sua esposa pernoitava.

Quando entrou, ouviu-se um clamor geral. Seus homens estavam contentes. Angela estava acordada, com uma de suas camisolas velhas.

— Não está dormindo? — perguntou Kieran, surpreso.

Ela negou com a cabeça.

— Não estou acostumada a dormir no chão. É duro, frio e...

Aproximando-se, Kieran estendeu umas mantas no chão, sentou-se ao seu lado e disse:

— Venha aqui, vou aquecê-la.

Surpresa por ele querer se aproximar, ela murmurou:

— Não.

— Venha.

— Eu disse que não — insistiu ela.

Kieran a fitou retesando a mandíbula.

— Não quero me aproximar de você — disse Angela.

— Por quê?

— Quer saber a verdade? — replicou ela, suspirando.

— Sempre.

Mexendo na trança que havia feito enquanto movimentava o braço disfarçadamente com a intenção de que a alça de sua camisola caísse do ombro direito, explicou:

— Estou chateada com você. Ontem à noite, depois do momento de paixão que tivemos em meu quarto, mesmo deixando claro que nenhum dos dois sente nada pelo outro — mentiu —, achei que você ficaria comigo, mas quase fugiu. E agora, não... definitivamente, não quero me aproximar de você.

Ela tinha razão. Tinha toda a razão do mundo.

— Ouça, Angela... — começou.

— Não, não vou ouvir nada. Quero que você fique calado, que vá se deitar e me deixe tranquila e em paz.

— Você está me dando uma ordem? — perguntou ele, contrariado.

Com uma careta engraçada, ela assentiu.

— Veja como quiser, desde que não me toque — respondeu, pestanejando com doçura.

— Que não a toque?

— Exato! — respondeu ela.

E por fim a alça da camisola escorregou, causando o efeito que ela desejava ao deixar seu ombro à vista.

Kieran, incapaz de não olhar para aquela pele suave e atraente, tossiu e disse:

— E se eu quiser tocá-la agora porque a acho linda e irresistível?

Angela sorriu, coçou o pescoço com afetação e, em uma voz sensual, sussurrou:

— Talvez eu diga não.

Ao ver a curvatura de seus lábios, Kieran intuiu que já a havia ganhado.

— Posso transformar esse "talvez" em um "sim" — murmurou ele, com voz íntima.

Ele foi se aproximando, mas Angela replicou:

— Não sei...

O humor de Kieran mudou. Sua mulher estava se oferecendo com sensualidade. Mas quando foi tocá-la, ela lhe deu um tapa na mão e, erguendo com decisão a alça da camisola, sibilou:

— Como você pode ver, tenho um excelente professor e aprendo rápido a seduzir. Mas quando digo não, é não!

Atônito ao ver como ela havia brincado com ele, seduzindo-o, Kieran praguejou; e, sem vontade de discutir, pegou-a e, depois de deitá-la ao seu lado sobre as mantas, imobilizou-a e ordenou:

— Agora, durma.

— Solte-me!

— Angela... baixe a voz.

— Baixarei a voz quando você me soltar — grunhiu ela.

Sem lhe dar ouvidos, baixinho, Kieran respondeu:

— Pode gritar quanto quiser, mas estou avisando: se gritar, gritarei também.

— Está me desafiando, O'Hara? — sibilou ela, incrédula.

— Tanto quanto você a mim, lady O'Hara — afirmou ele, com um sorriso angelical e alegre por ter Fada diante de si.

— Ferguson.

O sorriso desapareceu do rosto de Kieran ao ouvir aquilo. Angela, ciente de que havia começado com tudo, revirou os olhos e cedeu:

— Tudo bem... tudo bem... O'Hara. Desculpe.

Sem soltá-la, Kieran esperou que ela dissesse algo mais, mas se surpreendeu quando ela não disse nada.

— Descanse. Amanhã teremos um dia duro — disse ele.

Angela ficou um bom tempo sem se mexer e sem falar, até que notou o calor que o corpo dele irradiava; pouco a pouco foi mergulhando em um sonho doce que afastava os pesadelos. Era agradável sentir a proteção do marido.

Por sua vez, Kieran também não se mexeu e aproveitou o momento íntimo. Sabia que se se mexesse, seria para possuí-la de novo. Cheirou seus cabelos com deleite e praguejou mil vezes pelas marcas em seu pescoço. Pensar em Cedric tentando estrangulá-la fazia seu estômago revirar e lhe dava vontade de matá-lo de novo.

Quando achou que Angela estava totalmente adormecida, atreveu-se a observar seu rosto, a apenas um palmo de distância. Sorriu ao ver as sardas travessas que ela tinha nas faces. Incapaz de reprimir seus impulsos, aproximou os lábios e a beijou. Angela se mexeu dormindo e se aconchegou nele. Kieran sorriu e, desfrutando a doce intimidade, relaxou e adormeceu.

37

De madrugada, o acampamento dos O'Hara estava em silêncio. Todos dormiam, exceto dois homens que faziam a guarda. Com cuidado, Iolanda afastou levemente o pano de sua tenda para observar ao redor. Olhou para os dois homens que vigiavam. Estavam conversando olhando para a frente, não para onde ela estava.

Com extremo cuidado, abriu a tenda totalmente e, devagar, saiu com sua pequena sacola na mão. Sem fazer barulho, fugiu para o bosque.

Louis, que não estava conseguindo dormir, viu-a incrédulo. O que estava fazendo?

Ele a observou e, quando a viu fugir, levantou-se e, com o mesmo sigilo, seguiu-a durante um bom tempo.

Aonde estava indo?

Sem deixar que o visse, procurou não a perder de vista. No início, a jovem correu e, quando não aguentava mais, parou para respirar. Nesse momento, Louis se aproximou por trás e perguntou:

— Posso saber aonde você vai?

Ao ouvi-lo tão perto, ela se assustou e bateu nele com a sacola que carregava. Acertou-o diretamente no peito, mas Louis murmurou com ironia:

— Vai ter que bater com algo mais duro se quiser me machucar.

— Por que está me seguindo? — sibilou ela, irritada por seu tom de voz.

— Por que está fugindo?

Contrariada por ter sido descoberta, ela respondeu:

— Não lhe interessa, entendeu?

E, dando meia-volta, seguiu seu caminho a passo firme. Louis a seguiu tranquilamente. A cada dois passos que ela dava, ele só tinha que dar um, de modo que era fácil segui-la. Iolanda, ao ver aquilo, virou-se de novo.

— Posso saber o que está fazendo? — grunhiu ela.

— Seguindo-a até você me dizer aonde vai.

— Saia daqui, fora!

— Não.

— Desapareça de minha vista, idiota.

— Não, e menos ainda se me insultar.

Levando a mão ao cinto, onde carregava a espada, Iolanda a segurou.

— Se fizer isso, vai se arrepender — murmurou Louis.

Sem lhe dar ouvidos, ela desembainhou a espada, mas antes que a pudesse brandir, ele já a havia tirado dela, deitando-a no chão e se sentando sobre ela. Iolanda esperneava.

— Aonde está indo, Iolanda?

— Não lhe interessa, e faça o favor de me soltar agora mesmo — protestou ela, irritada.

De soslaio, Louis notou que ela continuava segurando sua sacola com força. Sem dúvida, aquelas eram suas posses mais preciosas. Optou por pegá-la e, levantando-se, disse:

— Muito bem. Pode ir.

— Devolva minhas coisas — exigiu ela.

Sentando-se no chão com toda a calma do mundo, Louis respondeu:

— Não.

— Eu disse para devolver minhas coisas.

— Não se não me disser aonde vai.

Furiosa, ela pegou uma pedra no chão e a jogou nele. Acertou-o na cabeça.

— Assim você nunca vai me convencer — sussurrou ele, tocando a testa.

Iolanda foi protestar, mas, então, viu que escorria sangue da ferida.

— Meu Deus, eu o fiz sangrar! — exclamou, horrorizada.

Louis assentiu.

— É o que parece. Mas, fique tranquila, não vou morrer disso.

Angustiada, ela ergueu a saia, rasgou parte da anágua que Angela havia lhe dado e, aproximando-se, murmurou enquanto o limpava:

— Desculpe... desculpe. De verdade, eu não queria fazer isso com você.

O guerreiro, adorando a mudança de humor dela e sua proximidade, sorriu e confessou:

— Eu também não, mas, para tê-la tão perto, vale a pena.

Iolanda, ao ver a expressão dele, afastou-se, olhou para o céu e blasfemou.

— Uma língua suja dessas não é apropriada para uma dama — debochou ele.

O comentário a irritou de novo e, apontando-lhe o dedo, perguntou:

— E roubar minhas coisas é coisa de cavalheiro?

Levantando as mãos, Louis replicou:

— Eu não roubei nada. Estou sentado aqui esperando que você me diga aonde vai.

— Prefiro cortar minha língua.

A resposta dela o fez sorrir.

— Sente-se e descanse. Assim conversaremos melhor — disse ele, com tranquilidade.

Depois de dar duas voltas enquanto pensava o que fazer, ela por fim se sentou. E quando Louis a olhou, disse:

— Muito bem, já estou sentada. Sobre o que quer falar?

Ao ver que havia conseguido algo, sem sair do lugar, ele disse:

— Não é hora de uma mulher andar sozinha pelo bosque. Se você se afastar do acampamento e de nossa proteção, pode lhe acontecer qualquer coisa. Por acaso não sabe disso?

Irritada pela tranquilidade com que ele falava, Iolanda respondeu enquanto ele limpava o sangue com o tecido da anágua:

— O que sei é que não quero seguir caminho com vocês. Lamento muito por Angela, pois a adoro. Ela é boa comigo e sei que gosta de mim de coração, mas... mas...

— Mas o quê?

— Mas decidi seguir sozinha, como estava. Não preciso de ninguém, e ninguém vai sentir minha falta depois de dois dias.

Louis a olhou. Aquela mocinha sagaz era a coisa mais bonita que já havia visto.

— Está enganada. Eu sentiria sua falta — disse ele.

Surpresa e de certo modo lisonjeada, ela replicou:

— Duvido. Quando chegar a seu destino, acho que não lhe faltarão mulheres de cabelos longos e corpos elegantes que cuidem de você.

— Acha mesmo isso?

Iolanda suspirou. Se havia algo que não devia faltar a Louis eram mulheres. Aquele homem de cabelos escuros, sorriso afável e corpo escultural devia ter tudo.

— Não preciso lhe dizer o que você mesmo já sabe. Ou precisa que o elogie para não ferir seu ego de macho?

Ele soltou uma gargalhada e, cravando os olhos nela, disse:

— Iolanda, eu respeito as mulheres. E devo dizer que já há alguns dias as mulheres de cabelo curto me atraem mais. — E ao ver como ela o olhava, acrescentou: — Sei que você ouviu o que eu falei com Zac e quero lhe pedir desculpas.

— Oh, não... não precisa — respondeu ela, magoada.

— Sim, preciso.

— Pois eu digo que não — repetiu ela.

Louis suspirou. Sentia tanta raiva quanto vontade de beijá-la. Como uma mulher tão pequenininha podia ser tão cabeça-dura?

— Quando eu faço algo errado, sei pedir perdão — insistiu.

Incrédula diante do que ouvia, Iolanda negou com a cabeça e o advertiu:

— Se está tentando usar suas artes comigo, pode tirar o cavalo da chuva porque não me impressiona.

— Ah, não?

— Não.

Sem deixar de fitá-la, e vendo como ela ficava nervosa por isso, perguntou:

— Nem um pouquinho?

— Nada.

— Mesmo que eu dissesse que você é uma mulher linda com quem eu gostaria de ter algo mais que um simples cortejo?

Assustada com as palavras dele, ela se levantou subitamente. Deu um tapa em sua própria perna e uivou de dor. Seu dedo ainda não estava bom.

— Maldição, você se machucou? — perguntou Louis.

— O que você acha? — respondeu ela com os olhos cheios de lágrimas.

Ele se levantou depressa e foi até ela para consolá-la.

— Não chore, Iolanda, por favor. Sorria. Você tem o sorriso mais cativante que eu já vi, e só desejo vê-la feliz.

O tom íntimo e sua proximidade a fizeram ficar alerta.

— Não me toque. Afaste-se de mim — sussurrou.

Louis deu um passo para trás, mas, ao fazê-lo, a lua iluminou o rosto da jovem e, ao ver suas faces cheias de lágrimas, aproximou-se de novo e, fitando-a nos olhos, beijou-a.

No início, ela não se mexeu. Ficou quieta, até que sua boca aceitou a dele. Sem a tocar, Louis continuava beijando-a; até que, querendo sentir sua proximidade, passou o braço pela cintura dela para puxá-la contra si. Então, assustada, ela mordeu a língua dele e, com desespero, começou a dar socos no peito dele até que conseguiu que a soltasse.

— Sua bruta! — reclamou ele, tocando a língua dolorida.

— Não me toque nunca mais! Nunca! Nunca! — gritou a garota.

Confuso diante daquela reação, Louis perguntou:

— O que deu em você? Por que está assim? Calma, Iolanda, não vou fazer nada.

Ela o olhou com desespero e gemeu:

— Não me toque nunca mais, entendeu?

Ele assentiu e se sentou de novo no chão, ao lado da sacola.

— Tudo bem. Entendi.

Com o coração apertado, ele via as lágrimas escorrerem pelo rosto dela sem poder fazer nada. Desejava abraçá-la, acariciá-la e consolá-la, e, especialmente, saber por que estava chorando, além da dor no dedo. Mas, depois de sua reação, não quis alarmá-la e ficou só esperando.

Quando ela se acalmou, enxugou as lágrimas e disse:

— Não preciso que se desculpe pelo que disse outro dia; eu sei quem sou, e nada do que você diga me importa.

— Está enganada, importa sim, e por isso está há vários dias sem falar comigo. Sente-se, por favor, vamos conversar.

A jovem se sentou.

— Está doendo? — perguntou ele, ao ver que ela tocava o dedo machucado.

— Não.

O guerreiro sorriu.

— Por que mente se ambos sabemos que está doendo?

Ela o fitou. Pensou em responder, mas ao ver sua expressão e o jeito como ele a olhava, desistiu.

— Há dias, percebi que tenho uma boca muito grande — prosseguiu Louis.

— Enorme!

— Sim, enorme — repetiu ele com tranquilidade. — E tenho que me desculpar pelo que você me ouviu dizer. Foi uma bobagem. Falei e agi sem pensar e sem saber que você poderia me ouvir e ficar magoada.

— Magoada?! — sibilou ela, fitando-o. — Está enganado. Nada nem ninguém me magoam mais.

Desconcertado pela forma como ela pronunciou aquelas palavras, ele sussurrou:

— Conte-me o que aconteceu com você para que esteja tão ressentida.

Iolanda não abriu a boca. Louis, tentando chegar a ela por outro caminho, disse:

— Ontem, enquanto Angela lia o convite, eu notei uma coisa. Você sabe ler, não é?

Ela não respondeu.

— Sem dúvida, você já teve uma vida melhor do que a que leva hoje — prosseguiu ele. — Não é?

Iolanda continuou em silêncio.

— Tenho todo o tempo do mundo para esperar sua resposta — concluiu ele.

E assim, desafiando um ao outro, permaneceram onde estavam até que começou a amanhecer. A luz do dia lhe permitia contemplar o rosto de Louis com clareza e vice-versa, e ela ficou horrorizada ao ver o sangue seco na testa dele. Como pôde ter sido tão bruta?

Em várias ocasiões, sentiu-se tentada a lhe contar a verdade, mas depois se arrependia. Era melhor deixar o passado quieto. Ninguém devia saber o que aconteceu, ninguém.

Quando amanheceu e a possibilidade de fugir diminuiu, cansada, ela se levantou. Pegou sua sacola e, quando começou a andar, Louis, levantando-se também, disse:

— Não vou deixar que você vá embora. Pare!

Iolanda, com os olhos cheios de lágrimas, continuou andando.

— Eu disse para parar, maldita cabeça-dura.

Sem olhar para trás, ela prosseguiu; até que, de repente, sentiu que alguém a levantava no ar. Furiosa, começou a espernear até que ele a soltou.

— Eu disse para não me tocar de novo! — gritou.

— Mas, Iolanda...

— Quero ir embora — grunhiu. — Quero desaparecer e não quero que você me detenha.

Certo de que havia acontecido algo terrível com aquela jovem, ele negou com a cabeça. Nem louco ia deixá-la partir. Tinha que a levar de volta ao acampamento.

Quando Angela acordou, estava sozinha na tenda, enrolada em mil tartãs e mantas. Kieran a havia coberto bem para que não sentisse frio. Ela, que adorava detalhes bobos como esse, sorriu.

Ao sair da tenda, os homens de seu marido a cumprimentaram com cortesia. Todos pareciam tê-la aceitado, e ela os cumprimentou com um sorriso.

Foi até o cozinheiro, e ele lhe entregou uma xícara com leite quente. Angela a estava tomando quando viu Kieran, Louis e Iolanda um pouco afastados, conversando. Ficou inquieta. E ainda mais ao ver os movimentos bruscos das mãos da jovem. Pareciam discutir. Sem hesitar, largou a xícara e foi até eles.

— O que está acontecendo? — perguntou ao se aproximar.

— Ela tentou fugir, mas a encontrei e a trouxe de volta — grunhiu Louis.

— O que aconteceu com sua cabeça? — perguntou Angela ao ver o sangue seco na testa de Louis.

Irritado, ele tocou a ferida e olhou para Kieran, que sorriu quando Iolanda disse:

— O que acontece com qualquer asno que me impede de andar.

— Iolanda — censurou-a Angela.

Kieran, ao ver a situação, e em especial que seu amigo, sempre tão tranquilo, estava começando a perder a cabeça, disse:

— Louis, vá tratar dessa ferida.

— Eu estou bem. Não se preocupe, Kieran.

— Eu sei, mas vá. Preciso falar com Iolanda — insistiu ele.

O highlander olhou para Iolanda com expressão sombria, e ela, em resposta, levantou o queixo com indiferença. Quando Louis se afastou, Angela e Kieran se entreolharam.

— Por que estava indo embora? — inquiriu Angela.

— Sou livre. Não pertenço a ninguém e posso partir quando quiser.

Sem entender o tom de sua resposta, Angela assentiu e murmurou:

— Achei que estava feliz comigo.

— E estou — assentiu Iolanda, cujos olhos começaram a se encher de lágrimas.

— Então, por que vai embora?

— Iolanda — interveio Kieran com tranquilidade —, não é muito recomendável que uma mulher ande sozinha pelos caminhos. Não vê que poderia lhe acontecer alguma coisa?

A jovem desmoronou. Angela, olhando para Kieran, pediu-lhe em silêncio que as deixasse a sós. Ele assentiu e se afastou. Quando ficaram sozinhas, Angela perguntou:

— Diga-me, o que aconteceu de tão terrível que você precisa fugir de nós?

— Não estou fugindo de vocês.

— Louis não disse o mesmo.

— Louis! — repetiu Iolanda, fitando-o ao longe. — Aquele idiota me segurou a noite toda conversando, discutindo e brigando.

— Idiota?

— Sim. Idiota, arrogante, tolo, petulante e pretensioso, para não dizer outras coisas.

— Você já disse o bastante — brincou Angela.

Iolanda esboçou um sorriso.

— Talvez ele a trate assim porque gosta de você. Por acaso vai negar que gosta dele? — prosseguiu Angela.

— Tenho gosto melhor para homens.

Isso fez Angela rir. Sabia muito bem que ela gostava de Louis. Mas, deixando isso de lado, insistiu:

— Ele sabe que agiu mal com seu comentário e está tentando lhe pedir perdão da melhor maneira que sabe.

— Por que você lhe contou? — perguntou Iolanda, bufando.

— Eu tinha que contar — respondeu Angela. — O coitado estava ficando louco sem saber o que havia feito para ofendê-la tanto.

Cansada da noite extenuante que Louis a havia feito passar, a jovem se abanou com a mão e, com o semblante transfigurado, gemeu:

— Não posso ir para Stirling.

Sem entender o que estava acontecendo, Angela a abraçou, notando que Kieran e Louis as olhavam.

— Calma, Iolanda, calma — murmurou.

Quando conseguiu tranquilizá-la, Angela a pegou pela mão e a levou até uma grande árvore, sob a qual se sentaram.

— Conte-me por que não quer ir a Stirling — pediu.

Iolanda levou a mão ao rosto.

— Mas quero a verdade — pontuou Angela.

A garota respirou fundo e começou:

— Eu fui criada em Stirling com meus pais e meu irmão Ralph.

— Stirling? Mas você disse que...

— Eu sei — interrompeu. — Eu menti.

Angela assentiu e Iolanda prosseguiu:

— Meu pai era dono de uma ferraria que herdou de meu avô, e minha mãe, junto com sua amiga Pedra, tinha uma oficina de costura. Ambas eram costureiras e vendiam vestidos, em especial quando chegava a grande festa anual dos clãs de Stirling. Ainda me lembro de estar na pequena loja com elas e ver passar as mulheres de muitos lairds com vontade de gastar suas moedas ali. Mamãe e Pedra eram famosas por seus lindos vestidos e complementos, e, com o tempo, eu comecei a costurar com elas. — Sorriu com tristeza. — Minha família era querida e respeitada por todos em Stirling e nossa vida era tranquila e feliz. Mas, quando eu tinha quinze anos, meu pai e meu irmão pegaram a febre e, depois de muito sofrimento, morreram. Mamãe continuou trabalhando como costureira, mas ficamos com uma ferraria que não sabíamos tocar. E ela, em busca de uma solução, ignorando as palavras de Pedra, procurou um ferreiro para tocar o negócio. E foi assim que Fiord Delawey entrou em nossa vida — gemeu. — Durante anos, tudo deu certo, mas...

Iolanda se interrompeu. Era difícil falar daquilo.

— Estou aqui, ao seu lado, hoje, amanhã e sempre, Iolanda. Conte-me o que aconteceu — murmurou Angela.

— Fiord era um bom ferreiro, e embora Pedra não gostasse desse homem, minha mãe se apaixonou por ele. Mas ele se casou com outra — prosseguiu, enxugando as lágrimas. — Dois anos depois desse casamento, Sindia, a mulher de Fiord, morreu junto com seu bebê em circunstâncias estranhas, e um ano depois, esse homem se casou com minha mãe. No início foi tudo bem, mas, depois, minha mãe ficou grávida e... e... Sean, meu irmão, nasceu há três anos.

De novo o pranto impediu Iolanda de continuar. Angela a consolou e tranquilizou, e então, Iolanda prosseguiu:

— A partir do nascimento de Sean tudo foi o caos. Fiord começou a beber, a maltratar minha mãe e a me acossar. Eu insistia em falar sobre isso com minha mãe, tentei fazer que ela o visse como Pedra e eu o víamos, mas foi inútil. Mamãe estava tão apaixonada por ele que não via nada, e... e... certa madrugada, notei alguém entrar em minha cama, e era ele. Tentei gritar, sair da cama, chamar minha mãe, mas Fiord cobriu minha boca e... e...

Angela, ao entender o que ela queria dizer, murmurou:

— Oh, meu Deus...

Enxugando as lágrimas, a jovem prosseguiu:

— Na manhã seguinte, assustada e dolorida, eu não conseguia levantar da cama, e quando mamãe foi me acordar, viu o sangue nos lençóis e eu lhe contei o que havia acontecido. Nunca esquecerei sua cara de horror. Depois, ela me fez levantar, tirou os lençóis, queimou-os e me mandou comprar carne em uma granja fora de Stirling e me disse para levar Sean junto. Quando voltamos, à tarde, as pessoas estavam reunidas à porta de minha casa. Eu não sabia o que havia acontecido, e, então, vi Fiord sair com uma expressão de horror, e Pedra me disse que minha mãe havia morrido.

Horrorizada, Angela cobriu a boca.

— Segundo as vizinhas, ao voltar da ferraria, Fiord a havia encontrado no chão sem vida. Disseram que havia morrido de uma queda, mas eu sei que não é verdade, e Pedra também. Foi Fiord. Foi ele. Ele a matou quando ela o confrontou pelo que havia feito comigo. Durante um tempo, Sean e eu dormimos na casa de Pedra, porque eu me recusava a dormir em minha casa com aquele homem. Mas, um dia, ela saiu de manhã para entregar um vestido e Fiord chegou bêbado. Sean estava dormindo, e ele me pegou e tentou abusar de mim de novo. Eu me defendi como pude, e ele sussurrou em meu ouvido que se eu não cedesse, ele me mataria como matara minha mãe. Assustada, consegui pegar uma faca e a cravei na coxa dele. Peguei Sean e tentei fugir, mas Fiord, levantando-se do chão, arrancou meu irmão de mim e, apontando para o fogo, gritou que se eu não fosse embora, jogaria Sean nas brasas.

Iolanda parou por alguns segundos, respirando fundo.

— Assustada por meu irmão — prosseguiu —, saí correndo e o deixei ali. No dia seguinte, voltei para buscá-lo, mas Fiord o havia levado à ferraria. Durante um mês, voltei todos os dias com a esperança de salvar Sean daquele animal, mas foi impossível. Pedra tentou me ajudar, e bolamos um plano. Mas deu tudo errado. — E levantando o vestido para mostrar a perna, disse: — Ao me ver, Fiord pegou um ferro em brasa e queimou minha coxa.

Angela, horrorizada ao ver aquela cicatriz feia, foi dizer algo, quando a jovem prosseguiu:

— Depois, Fiord me colocou em seu cavalo, ferida, e me deixou no bosque, fora de Stirling. Disse que se tornasse a me ver mataria Sean e Pedra, e não pude fazer nada além de partir. A duras penas consegui me manter viva e curar a ferida. Ela infeccionou, por isso essa aparência horrível, mas me afastei de Stirling o máximo que pude e cheguei aonde você me encontrou, e eu... eu...

Abraçando-a, Angela a consolou. A vida de Iolanda não havia sido nada fácil.

— Sinto muito, Iolanda. Sinto muito — murmurou ela, sem saber o que dizer.

A jovem assentiu.

— Eu sempre quis voltar para buscar Sean e Pedra. Ele vai fazer três anos mês que vem, mas sozinha nunca poderei pegá-lo. E agora estou a caminho de Stirling e eu... eu... não sei o que fazer. Tenho medo de que Fiord me veja e cumpra sua promessa...

— Eu a ajudarei — afirmou Angela. — Falarei com Kieran e...

— Não, não, por favor. Tenho vergonha de que eles saibam o que aconteceu comigo...

— Iolanda — interrompeu Angela —, você não tem culpa de nada do que aconteceu. De nada — enfatizou. — Já foi demais para você o que aconteceu e ter sobrevivido tanto tempo sozinha no bosque, sem recursos.

— Mas eles...

— Eles entenderão tudo. Tenho certeza de que Kieran a ajudará a recuperar...

— Não... Não, por favor.

Angela, ao ver o medo em seus olhos, respirou fundo e concordou:

— Tudo bem... tudo bem, não direi nada, mas não chore. Encontrarei uma solução. Eu a ajudarei. — E, tocando a sobrancelha com o dedo anular, acrescentou: — Se bem me lembro, Kieran disse que ficaríamos várias noites em Stirling. Verei como poderíamos despistá-lo e ir buscar seu irmão. Fique tranquila, está bem?

— Por favor, não diga nada aos homens. E menos ainda a Louis. Ele já pensa que eu... E se souber que Fiord me... me...

— Mas Iolanda, ele poderia...

— O que é que não pode nos contar? — perguntou Kieran, aproximando-se delas acompanhado de Louis.

As duas os olharam surpresas, e Angela respondeu depressa:

— Coisas íntimas de mulher. — E, ao ver que eles as olhavam céticos, acrescentou, bem-humorada: — Dizem que nós é que somos curiosas, mas os homens não ficam atrás.

Kieran olhou para a mulher tentando ler em seu rosto se era verdade o que dizia, mas sorriu ao vê-la fitá-lo com picardia, e ainda mais quando disse:

— Vamos, Iolanda, temos que recolher nossas coisas para seguir caminho.

Quando elas saíram, Louis olhou para Kieran e perguntou:

— O que você acha que Iolanda não quer que Angela nos conte?

Ele deu de ombros e murmurou, enquanto caminhavam atrás delas:

— Coisas de mulher.

Quando eles se afastaram, Zac, que estivera todo aquele tempo sentado sob o abrigo de um enorme tronco, levantou-se, olhou para as mulheres que se afastavam e sussurrou:

— Iolanda, conte com minha ajuda.

38

Iolanda se acalmou.

Conversar e se abrir com Angela lhe havia feito muito bem. E também gostou de ver como Zac era amável e galante com ela, sem saber que sabia seu segredo.

Louis, ao ver tanta gentileza no rapaz, estranhou, mas, depois de uma breve conversa, entendeu que ele gostava de Iolanda apenas como amigo e se acalmou.

Por sua vez, Kieran e Angela ora se adoravam, ora se odiavam. Nenhum deles deixava transparecer seus verdadeiros sentimentos e, embora durante o dia sorrissem um para o outro na frente dos guerreiros, quando se encontravam na tenda ao anoitecer tudo era diferente. Umas noites se amavam com paixão, e outras não se aproximavam um do outro. Isso deixava os dois cada dia mais desconcertados.

Certa tarde, ao passar por uma casinha de pedra com teto de palha, ouviram um grito de dor agoniante.

Outro grito fez Angela parar e perguntar a um homem que os observava ao lado de uma menina:

— O que foi isso?

O homem, com cara de quem não confiava naqueles highlanders, respondeu:

— Minha mulher está dando à luz.

Ouviu-se um novo grito lancinante.

— Alguém está ajudando sua mulher? — perguntou Iolanda.

Ele negou com a cabeça.

— Um dos nossos guerreiros é médico. Ele poderia... — explicou Angela.

— Minha mulher não precisa de ninguém — interrompeu o homem. — É seu quarto parto.

Iolanda olhou para a menina, que parecia assustada, e, sorrindo, perguntou:

— Onde estão seus irmãozinhos?

A menina apontou para umas árvores. Ao ver umas cruzes cravadas no chão, Iolanda, incrédula, disse ao homem:

— Quer que sua mulher acabe ali junto aos seus filhos?

Ele desmoronou. Angela, descendo do cavalo, informou Kieran, que se aproximava naquele instante:

— A mulher deste homem está dando à luz sozinha. Pelos gritos, acho que ela precisa de ajuda.

Nesse momento, ouviram outro grito lancinante.

— Há quanto tempo ela está em trabalho de parto? — inquiriu Kieran.

— Desde ontem à tarde. Mandei chamar a parteira, mas parece que ela está ocupada e não pode vir — respondeu o homem, desesperado.

Iolanda, enquanto isso, havia chamado Patrick, o médico. Quando ele se aproximou e se identificou, o homem disse depressa:

— Não permitirei que outro homem além de mim veja minha mulher neste momento.

— Sou médico, posso ajudá-la — explicou Patrick.

Depois de várias negativas, Louis, que esperava ainda montado em seu cavalo, ordenou aos guerreiros que desmontassem e descansassem. Assim fizeram.

A menina, que estava ao lado do pai, olhou para Kieran, e ele, agachando-se diante dela, perguntou:

— Como você se chama?

Depois de olhar para seu pai, ela respondeu:

— Caley.

Com um lindo sorriso, Kieran se sentou no degrau da entrada da casa e, apontando para Iolanda e Angela, comentou:

— Fique tranquila, Caley. Minha mulher e Iolanda vão ajudar sua mãe.

Então, fitando-as, acrescentou, decidido:

— Entrem e vejam o que podem fazer.

Sem tempo a perder, elas entraram na casa. Viram que era humilde, mas estava limpa. Angela, pegando o braço de Iolanda, murmurou, nervosa:

— Eu nunca atendi um parto, e você?

— Nem eu — negou a jovem.

— Oh, meu Deus, precisamos de Patrick!

Iolanda assentiu, mas, sem demora, disse:

— Sem dúvida. Mas nossa ajuda também cairá bem a essa pobre mulher.

Quando abriram a porta do quarto, encontraram algo que não esperavam: a grávida, encharcada de suor, estava com as pernas cheias de sangue. Iolanda ficou paralisada.

— Esta é Iolanda e eu sou Angela; viemos ajudá-la — disse ela, sem pensar em nada.

A mulher deu outro grito e se contorceu na cama.

As duas jovens se entreolharam.

— Vou buscar água fresca para ela, e colocarei um pouco no fogo. Também falarei com Patrick. Ele nos dirá o que fazer — sussurrou Iolanda.

Quando Iolanda saiu do quarto, Angela pegou a mão da mulher e, ao ver seu semblante relaxar, perguntou:

— Como você se chama?

— Ebrel... eu me chamo Ebrel.

Retirando os lençóis ensanguentados e molhados que ela tinha entre as pernas, Angela disse com segurança:

— Muito bem, Ebrel. A partir de agora, tudo vai dar certo.

Sem descanso, Angela e Iolanda cuidaram dela seguindo as instruções de Patrick, que esperava do lado de fora. Enxugaram o suor que corria por suas têmporas, tiraram os cabelos encharcados de seu rosto, deram-lhe água fresca para que se hidratasse e umas infusões que o médico indicou.

Mas o tempo passava e o bebê não nascia. Ebrel tinha dores terríveis, e elas não sabiam o que fazer. Angustiada, travada, Angela saiu do quarto e encontrou Kieran e o marido de Ebrel. A pequena Caley dormia em um catre. Quando os homens a fitaram, disse em voz baixa:

— Ebrel vai morrer se não deixar nosso médico entrar.

O homem, contrariado, rosnou:

— Ela não permitirá. Ebrel não vai querer que um homem a veja assim.

— Do jeito que ela está agora, não pode decidir nada — urgiu Angela. — Ela vai morrer, é isso que você quer?

— Não, não — soluçou ele, desesperado.

Depois de trocar um olhar com Kieran, Angela insistiu:

— Mas não entende que, neste momento, o que ela quer ou deixa de querer não interessa? Iolanda e eu estamos fazendo tudo que podemos, mas precisamos de alguém que saiba como proceder.

Kieran, ao vê-la tão nervosa e o homem tão confuso, decidiu tirá-la da cabana. Angela precisava tomar ar. Uma vez fora, ela disse:

— Estou assustada. Não sei o que fazer.

— Calma...

— O bebê não sai, e...

— Você está fazendo tudo que pode.

— Mas não é suficiente — queixou-se ela.

A lua iluminava seu rosto. Kieran, retirando com carinho uma mecha de cabelo que lhe caía sobre o olho, murmurou:

— Ouça, Angela, você está fazendo tudo que pode por essa mulher; está ajudando. Você não a abandonou, e isso deveria acalmá-la.

— Pois não me acalma. Ver que não posso fazer nada para aliviá-la está me matando. Essa pobre mulher está sofrendo, seu bebê vai morrer e eu já não sei o que fazer.

Com um gesto carinhoso, Kieran a puxou para si.

— Olhe para mim. Você é a mulher mais valente e lutadora que já conheci em toda minha vida e tenho certeza de que fará tudo que puder por ela.

Angela cobriu os olhos com a mão. Kieran a afastou e, sem dizer nada, deu-lhe um beijo suave nos lábios e murmurou em um tom inebriante:

— Sorria, minha vida...

Nesse momento, Patrick se aproximou e perguntou:

— Como está indo?

Angela ainda podia ouvir em sua cabeça aquele íntimo "sorria, minha vida". Mas sem se deixar levar por palavras doces, como dizia seu marido, respondeu:

— Fizemos tudo que você disse, mas não conseguimos nada.

Patrick blasfemou e, depois de olhar para Kieran, que os observava, perguntou:

— Ela ainda não quer se levantar?

Angela assentiu.

O médico começou a lhe dar instruções, até que ela, cansada de ouvi-lo, disse com firmeza:

— Acabou! Patrick, você vai entrar.

Kieran foi protestar, mas Angela, abrindo a porta da casa, entrou seguida pelo médico e seu marido e disse, olhando para o esposo de Ebrel:

— Não me interessa o que digam você e sua mulher, eu não vou permitir que ela morra desnecessariamente. O médico vai entrar comigo.

Vou falar com Ebrel, e se ainda assim ela disser que não, dá no mesmo, ele vai entrar porque eu decidi.

Kieran, surpreso diante da força que ela demonstrava nesse momento, não disse nada. Simplesmente viu o homem assentir.

Angela entrou no quarto e, olhando para Ebrel, que continuava se contorcendo de dor, aproximou-se e explicou:

— Ebrel, o parto está sendo complicado e nós já não sabemos o que fazer. E, se continuar assim, receio que você e o bebê vão morrer. Seu marido explicou que você não quer que outro homem entre e a veja assim, mas há um médico conosco, e...

— Não... não... um homem não — arfou ela.

— Prefere morrer e deixar sua filha e seu marido abandonados e sozinhos? — prosseguiu Angela, com voz dura.

A mulher não respondeu.

— Não se importa que outro filho seu morra, sendo que se nos deixasse poderíamos tentar salvá-lo? — insistiu ela.

Derrotada, Ebrel por fim assentiu. E Angela, sem perder tempo, abriu a porta e disse a Patrick:

— Venha, ela concordou. Entre.

Ao ver o estado em que a mulher se encontrava, ele se aproximou e se apresentou com segurança:

— Olá, Ebrel, sou Patrick, o médico do laird Kieran O'Hara.

Ela o fitou extenuada.

— Calma, todos juntos vamos fazer seu bebê nascer o quanto antes, está bem?

Iolanda e Angela, mais seguras com ele ali, fizeram tudo o que ele pediu. Os três juntos levantaram a mulher, apesar de suas queixas. Patrick a apoiou contra a parede de cócoras e, fitando-a, explicou:

— Quando eu disser, faça toda a força que puder.

O parto durou a noite toda ainda. Foi trabalhoso, e foi preciso mudar Ebrel de posição o tempo todo. Mas, ao amanhecer, ouviu-se o vigoroso pranto de um bebê.

Entre risos e lágrimas, Iolanda entregou à mãe dolorida o menino que havia tido e disse:

— Você teve um lindo menino, Ebrel.

Emocionada, a mulher o olhava; e depois, olhando para o médico, que a estava costurando, sussurrou:

— Se meu marido concordar, vai se chamar Patrick.

O guerreiro sorriu e comentou:

— Belo nome.

Depois de beijar seu filho gordinho, Ebrel o entregou a Angela, que, encantada, tirou-o do quarto para mostrá-lo ao pai. Kieran a fitou e ambos sorriram. Depressa, o pai da criança se levantou e, pondo seu filho em seus braços, Angela anunciou, feliz:

— Parabéns, é um lindo menino.

Ele o olhou com ternura, mas depressa perguntou:

— E minha mulher?

— Exausta, mas bem — respondeu ela. — Ela disse que se você concordar, ele se chamará Patrick, como o médico.

Ele, feliz por tudo ter terminado, assentiu e mostrou o bebê à menina, que agora sorria no colo de Kieran. Quando Iolanda e Patrick saíram do quarto, o homem agradeceu e, com seus dois filhos, entrou para abraçar sua mulher.

Angela ficou sozinha com Kieran.

— O bebê é lindo, não é? — disse ela, com voz suave.

— Sim, muito — respondeu ele, fitando-a fascinado.

Feliz por ter ajudado aquela mulher a ter seu filho, ela prosseguiu:

— Eu contei seus dedinhos, tem cinco em cada mão e em cada pé. — E fechando os olhos de puro deleite, repetiu: — É um menino lindo, bonito como o filho de Davinia quando nasceu.

A inocência, a ternura e a paixão que ela demonstrava em certos momentos tocava o coração de Kieran.

— Mas eu nunca vou ter filhos. Jamais! — soltou Angela.

Kieran soltou uma gargalhada.

— Qual é a graça? — perguntou ela.

Cativado pela mulher, ele murmurou:

— Você estava dizendo quanto gosta desse bebê, e, de repente, sua atitude mudou.

— Graças a Deus nossa união vai acabar — comentou Angela —, porque, senão, teríamos um grave problema com o assunto de filhos.

— Não quer ter filhos?

— Eu os acho lindos, meigos, divertidos e gostaria de ter uma dúzia, mas, depois do que vivi nas últimas horas — suspirou de um jeito cômico —, definitivamente não.

— Primeiro quer uma dúzia, depois nenhum. Você é muito drástica em suas decisões — disse Kieran, achando graça.

Angela o olhou e, apontando-lhe o dedo, replicou:

— E como sei o que tenho que fazer para não engravidar, nunca mais se aproxime de mim.

O sorriso desapareceu dos lábios do highlander.

— Sorte sua que não sou sua mulher definitiva; senão, acabaria com sua linhagem.

E sem mais, saiu da cabana, deixando Kieran sem palavras.

Não poderia mais se aproximar dela?

Na hora do almoço, depois de se despedir de Ebrel e de seu marido, seguiram viagem.

39

Nessa noite, quando acamparam para descansar, Angela se afastou o máximo que pôde de Kieran na tenda. Contrariado, vendo-a disposta a cumprir o que havia dito, ele se deitou em silêncio e dormiu. Mas, à meia-noite, gritos o acordaram. Era Angela, tendo um de seus pesadelos.

Depressa ele se aproximou dela, estreitou-a em seus braços e, sussurrando em seu ouvido, acalmou-a. Ela se deixou abraçar; depois de recuperar a consciência e notar que era um pesadelo, sem se afastar dele, adormeceu, enquanto Kieran aproveitava sua proximidade.

Quando Angela acordou pela manhã e se viu enrolada nas mantas, soube que Kieran havia cuidado dela. Isso a fez sorrir.

Dois dias depois, sem que Angela houvesse se aproximado de Kieran nem por um instante, chegaram a um pequeno povoado, onde já havia gente de outros clãs. A proximidade de Stirling fazia que todos fossem se encontrando pelo caminho.

Kieran, depois de cumprimentar com cordialidade vários guerreiros, despediu-se deles e entraram em uma das pousadas em busca de um quarto para as mulheres passarem a noite. Ao entrar, várias jovens de reputação duvidosa os receberam com especial alegria.

Angela, que passara o dia todo com um humor do cão, ao vê-las, murmurou, aproximando-se do marido:

— Seria melhor procurar outro lugar para dormir.

— Aqui está bom — disse Kieran, sorrindo e dando uma piscadinha para uma das mulheres.

— Acho que o que está bom para você não está para mim. Não quero ficar aqui. Prefiro dormir no bosque... — sibilou Angela, incomodada.

— Ficaremos nesta pousada, e não se fala mais nisso — respondeu ele, cansado das queixas dela.

Angela apertou os punhos. Odiava quando Kieran ficava daquele jeito. Mas, ao olhar para Iolanda, a amiga lhe pediu que se acalmasse e acatou. Passados alguns minutos, William se aproximou e lhe perguntou se estava bem.

Ela suspirou e assentiu.

— Vejo que eles estão se divertindo — acrescentou Angela, apontando para Aston e George.

William olhou para os filhos, sorrindo.

— Sempre gostaram de mulheres, e são jovens.

Incomodada pelo burburinho ao seu redor, Angela foi procurar Kieran; e quando o encontrou bebendo com seus homens e aquelas mulheres, perguntou:

— Vocês já conheciam esta pousada, não é?

— Sim. De uma vez ou outra — respondeu Kieran com um sorriso arrebatador.

Depois de dar-lhe uma piscadinha, afastou-se para cumprimentar uma morena de grandes seios.

A fúria a cegou. Ver o homem que ela adorava flertar com outra mulher e sorrir com candura a deixava doente. Afastando-se dele, foi até Iolanda.

— Eu preferiria dormir no meio do bosque a estar aqui — disse Angela.

A garota assentiu e, olhando para Louis, que falava com uma mulher de beleza extraordinária, respondeu:

— Eu também.

O tempo passou, chegou a noite e Kieran continuava com sua diversão particular. Angela subiu para seu quarto e foi se assear. A seguir, acompanhada por Iolanda, desceu de novo ao salão para jantar. Estavam famintas.

Kieran as viu chegar, mas não saiu do lugar. Angela jantou sem dar um pio.

Quando acabaram, Iolanda, que não queria continuar ali, saiu. Não suportava nem mais um segundo ver Louis rindo com uma daquelas mulheres. Angela, no entanto, aguentou. Queria ver até onde seu marido era capaz de chegar diante dela. E, de certo modo, gostou de ver que ele não passava das risadas e flertes.

Enquanto o observava, ia pensando em suas coisas. Aquele dia era especial e doloroso para ela. Quando não aguentou mais, aproximou-se dele e disse:

— Kieran, preciso falar com você um instante.

Fascinado pela beleza de uma daquelas mulheres, ele respondeu:

— Agora não, Angela.

Era evidente que ela estava sobrando ali; mas, não se dando por vencida, insistiu:

— Ouça, Kieran, preciso que...

— Eu disse agora não — interrompeu ele.

— Mas você não sabe o que vou dizer! — gritou ela, com o sangue fervendo em suas veias.

Kieran, ao ver que muitos highlanders o olhavam depois daquele grito de sua mulher, cravando os olhos nela, murmurou:

— Seja o que for que quer me dizer, agora não me interessa... *minha vida*.

Os homens riram diante da resposta dele. E Angela, furiosa por causa daquele "minha vida" tão falso, respondeu, afastando-se:

— Vá para o inferno... *querido*.

Quando os guerreiros riram de novo, Kieran também riu. Mas, por dentro, sabia que não havia agido bem. Angela não merecia aquela indiferença. Levantando-se da mesa, foi atrás dela.

— O que você queria? — perguntou, segurando-a pelo braço.

Ela fez cara de surpresa.

— Está falando comigo?

— Sim.

Com ironia, ela o olhou de cima a baixo.

— Oh... que grande honra. O laird Kieran O'Hara falou comigo!

Ele podia ver sua irritação, mas não estava com paciência para bobagens.

— O que você queria me dizer? — repetiu ele.

— Nada.

— Angela...

Ao vê-lo apertar a mandíbula, ela comentou:

— Sabe, *querido*? Esta noite, espero que o quarto seja só meu.

— Era isso que você queria me dizer?

Angela negou com a cabeça e, com um estranho sorriso desenhado no rosto, respondeu:

— Eu disse que agora não vou dizer.

— Diga, mulher, não vê que estou perguntando?

— Não! Não lhe interessa.

Kieran fechou os olhos. Angela estava começando a desesperá-lo.

— Desde que acordou esta manhã você não sorriu nem uma única vez. Está muito sensível e resmungona. O que está acontecendo?

Por uma fração de segundo, ela pensou em lhe dizer a verdade, mas quando notou que ele piscava para outra mulher que passava atrás dela, respondeu:

— Não era nada.

— Está mentindo!

— Como você é esperto... *maridinho* — respondeu com ironia.

Ele ficou furioso com o deboche.

— Está querendo me provocar, Angela?

— Oh, meu Deus! Como pode pensar isso de mim? Não são essas mulheres de seios grandes que o provocam?

— Gosto de seios grandes.

E ao ver como ele olhava os dela, que eram pequenos, rosnou:

— Você é nojento, Kieran O'Hara.

Ao ouvi-la, mas, em especial, ao ver a cara de raiva dela, ele soltou uma gargalhada.

— Devo lhe recordar que faz dias que não quer se aproximar de mim, ou sozinha você é capaz de entender? Sou um homem, tenho minhas necessidades. E se você não as satisfaz, pode ter certeza de que o farei em outro lugar.

E sem vontade de entrar em uma guerra dialética com ela, acrescentou:

— Agora, faça o favor de ir dormir. Subirei mais tarde.

— Nem pense em subir — respondeu ela, contrariada.

— Nem pense em me proibir.

— Vou trancar a porta — afirmou ela.

— Eu a derrubarei — replicou ele.

Certa de que ele faria isso mesmo, Angela deu meia-volta, mas, antes de sair, disse:

— Divirta-se com suas amiguinhas... *querido*.

Zac, que estava fazendo gracinhas com uma loura muito bonita, ao ver Kieran furioso, se aproximou dele. Dando-lhe uma caneca de cerveja, sussurrou:

— Digo-lhe o mesmo que disse a Louis com relação a Iolanda. O que está esperando para ir se deitar com ela?

Kieran blasfemou, olhou para Louis, que ria com os homens e, sem deixar transparecer seus verdadeiros sentimentos, respondeu:

— Vamos beber. Esta noite nós merecemos.

A animação na parte inferior da pousada era descomunal. Durante um bom tempo, Angela, sentada no peitoril da janela, observou a lua cheia que iluminava os arredores, enquanto as recordações de tempos passados rondavam sua cabeça.

Pensar em sua família, em seu pai, em seus irmãos, em sua mãe, era doloroso. A ausência deles a fazia ver como era sozinha. Chorou. Chorou de impotência.

Um bom tempo depois, quando se acalmou, trocou o vestido pela calça e pôs as botas, uma camisa e, por fim, a capa verde, para se esconder de olhares indiscretos. Desceu pela janela até chegar ao chão.

Uma vez embaixo, escondida sob seu capuz, afastou-se caminhando. Foi até onde estavam os cavalos dos O'Hara e assobiou para sua égua. Como sempre, ela respondeu depressa a seu chamado.

Depois de montar, ela se afastou a galope em direção ao bosque. Não sabia aonde ia, só sabia que precisava tomar um pouco de ar e realizar o ritual de todos os anos no dia de seu aniversário.

Cavalgou sem rumo fixo até chegar a um vale, aproveitando o ar da noite que esfriava seu rosto. A lua cheia iluminava perfeitamente o caminho, e quando encontrou o que buscava, sorriu. Diante de si via a selvagem urze escocesa. Uma flor muito valorizada na Escócia e que sua mãe adorava, não só por seus tons de violeta, mas também porque a utilizava para xaropes contra tosse nos duros invernos das Highlands.

Satisfeita, desceu do cavalo e, colhendo um ramalhete, murmurou:

— Mamãe, estas são para você.

De novo, uma lágrima rolou por sua face, mas ela a secou depressa. Não queria chorar mais. Todos os anos, desde que sua mãe e seus irmãos haviam morrido, ela procurava aquelas flores no bosque de Caerlaverock. Pegava um ramalhete para cada um deles, beijava-os e depois os enterrava.

Esse ano, ela pegou um ramalhete a mais, para seu pai. Seu adorado e querido pai. Beijou-o, e depois de enterrá-lo com os demais, cravou com força a espada no chão, ajoelhou-se e, com as mãos entrelaçadas na empunhadura, murmurou:

— Mais um ano de saudades, mas um ano a menos para nos reencontrarmos. Eu os amo, e não há um único dia em que não me lembre de vocês.

E dito isso, rezou.

Quando acabou, levantou-se com pesar, descravou a arma, guardou-a no cinto, pegou dois ramalhetes para si e montou sua égua para voltar à pousada.

De súbito, viu um homem correr por uma clareira do bosque. Estava fugindo de quê? Com o olhar fixo nele, logo entendeu: lobos. Depressa, guardou os ramalhetes e fez a égua galopar para ir ajudá-lo. Se os três lobos que o perseguiam o pegassem, certamente o matariam.

Sem tempo a perder, Angela deu um grito e o homem olhou para trás. Segurando-se às crinas da égua com força, ultrapassou os lobos, inclinou-se de lado e estendeu a mão para que ele a segurasse. Não podia parar, ou os lobos pegariam Briosgaid.

Ao vê-la, o homem se preparou, e quando Angela chegou a sua altura, suas mãos se uniram. Com um salto ágil, ele montou atrás dela.

Abandonaram a toda velocidade aquela parte do bosque, mas, antes de entrar no povoado, Angela diminuiu a marcha. Quando parou, olhou para o homem e perguntou:

— O que aconteceu?

— Incrível, você é uma mulher! — murmurou o desconhecido, espantado.

Ela, arfante e acalorada, assentiu. A corrida havia desmanchado seu rabo de cavalo e retirado seu capuz.

— Sim, sou uma mulher, e você ainda não respondeu a minha pergunta.

Ainda surpreso diante de sua descoberta, ele contou:

— Estava voltando de uma aldeia não muito longe daqui quando uns bandidos me assaltaram e roubaram meu cavalo. Quando os encontrar, vou matá-los! Depois, apareceram os lobos, e o resto você já pode imaginar.

Angela o olhou; devia acreditar nele?

— Meu nome é Aiden McAllister — disse ele. — A quem devo minha vida?

— Angela Fer... Angela O'Hara — corrigiu-se.

Ele lhe beijou a mão.

— Angela O'Hara, muito obrigado por sua valentia, sua destreza e por me salvar desses lobos. Não tenho a menor dúvida de que se não fosse por você, agora eles estariam me jantando.

Ela sorriu, e o moreno de olhos negros como a noite e sorriso perfeito perguntou:

— Você é destas terras, Angela O'Hara?

Ela negou com a cabeça, e ele, com um sorriso arrebatador, arriscou:

— Então, está a caminho de Stirling para a reunião dos clãs, certo?
— Sim. Você também?

O jovem assentiu.

— Estamos alojados em uma das pousadas daqui, no povoado — informou ela.

— Meus homens estão acampando no bosque com muitos outros.

Angela sorriu e ele perguntou, galante:

— E se não for muita indiscrição, o que uma mulher bonita como você estava fazendo sozinha à noite no meio desse bosque?

— Precisava dar uma volta para pensar — respondeu ela, dando de ombros.

— Tanto tinha para pensar?

Achando graça pelo comentário e sem saber por que, mostrou-lhe um dos ramalhetes de urze escocesa e se abriu:

— Hoje é meu aniversário.

— Parabéns! — exclamou ele, sorrindo. — Fique tranquila, não perguntarei sua idade para não ser indelicado. Mas, seja qual for, permita-me dizer que você é uma preciosidade.

Os elogios dele a fizeram sorrir.

— E hoje também é aniversário da morte de meus irmãos e minha mãe, que morreram assassinados. Nessa data, sempre cumpro um ritual por eles.

O sorriso se apagou do rosto dele. Que coisa terrível... Com delicadeza, pegou um dos ramalhetes de urze escocesa que ela segurava e disse:

— Sinto muito por sua família.

— Obrigada.

— Perder entes queridos é difícil, especialmente em se tratando de uma mãe e irmãos, e em um dia tão marcante como seu aniversário.

Angela assentiu; e, ao ver que ele tinha na mão um frasco de medicamento, foi perguntar, quando ele comentou, guardando-o em uma sacola que levava amarrada à cintura:

— Por sorte, os bandidos não levaram o que vim buscar nesta aldeia.

Ao ver que ele a olhava com intensidade, Angela confessou:

— Se meu marido souber que estou aqui a esta hora falando com você, com certeza vai ficar furioso.

— No lugar de seu marido, eu também ficaria furioso. Uma mulher como você não deve andar sozinha à noite.

Ela sorriu.

— Posso saber quem é seu marido? — perguntou Aiden, curioso.

— O laird de Kildrummy, Kieran O'Hara.

Ao ouvir esse nome, ele pestanejou.

— Kieran é seu marido? — disse, incrédulo.

— Você o conhece? — perguntou Angela, surpresa.

Aiden hesitou para responder, mas, por fim, disse:

— No passado, já nos encontramos em outros lugares.

Ela sorriu e, quando foi perguntar algo mais, ele disse:

— Não farei isso porque a delataria, mas, se pudesse, eu adoraria lhe perguntar o que estava fazendo de tão importante que não estava aqui com você, acompanhando-a.

Ambos sorriram e, descendo do cavalo, Aiden acrescentou:

— Acho que não é uma boa ideia que nos vejam chegar juntos. Não quero lhe causar problemas. Muito obrigado por sua ajuda, Angela O'Hara.

Assentindo com a cabeça, ela sorriu e se dirigiu aonde estavam os cavalos de seu clã. Deixou a égua ali e, escondida sob o capuz, foi até a rua onde ficava a pousada. Ao chegar, apoiou o pé em uma pedra para escalar até a janela, quando alguém a segurou. Com força, Angela deu um chute para trás e ouviu um gemido de dor. Sem perder tempo, puxou a espada para se defender e, ao se virar, encontrou Kieran.

— Mas que bruta!

Ela ficou em silêncio, mas sorriu ao vê-lo levar a mão ao peito.

— Estou procurando por você há um bom tempo. Onde estava? — gritou ele, furioso.

— Dando uma volta.

— Dando uma volta a esta hora? Ficou louca?

— Precisava de um pouco de ar.

— Isto aqui está cheio de guerreiros bêbados, não notou?

Angela o fitou e respondeu com seriedade:

— Acho que você é que não notou ainda que eu sei me defender sozinha e não preciso de você.

Indignado diante de sua resposta e devido à angústia que passara ao chegar ao quarto e não encontrá-la, ele grunhiu:

— Poderia ter acontecido alguma coisa com você, e eu não teria como ajudar.

— Como se você se importasse com o que me acontece...

— O que disse? — perguntou ele, incrédulo.

Contrariada pelo tom de voz que ele estava utilizando, ela respondeu:

— Eu disse como se você se importasse com o que acontece comigo.

Kieran a fitou irado e, erguendo a voz de novo, disse:

— Juro, Angela, que sou um homem com uma paciência infinita, mas suas respostas e seu jeito de ser conseguem me tirar do sério como ninguém mais neste mundo, e...

— Se continuar gritando comigo... *querido* — interrompeu ela —, vai me tirar do sério também!

— Como disse, descarada? — disse ele, atônito diante da ousadia dela.

Sem um pingo de medo, Angela cravou o olhar nele e respondeu:

— Isso mesmo que você ouviu... *querido*. E antes que continue com sua fingida preocupação comigo, deixe-me recordar-lhe o que você me disse em várias ocasiões: sem exigências nem recriminações. A que se deve agora tanta recriminação?

Nesse instante, William, Louis e Iolanda saíram da pousada.

— Angela, pelo amor de Deus, estávamos assustados. Onde você estava? — exclamou a jovem, ao ver a amiga.

William, que sabia o que ela havia ido fazer, aproximou-se e disse:

— Você deveria ter me avisado. Eu a teria acompanhado.

Kieran intuiu que William sabia de alguma coisa.

— E se você sabia onde ela estava, por que não disse nada? — perguntou O'Hara, contrariado.

Angela olhou para o marido e depressa respondeu:

— Ele não sabia onde eu estava. E não fale assim com William.

Ao ver que todos a olhavam, ela bufou; e, antes que pudesse dizer mais alguma coisa, William se adiantou:

— Hoje é aniversário dela e da morte de sua mãe e irmãos. E, conhecendo-a, tenho certeza de que ela foi cumprir o ritual que realiza desde então. Não é, garota?

Angela, desarmada, assentiu.

— E por que não disse nada? — murmurou Iolanda, emocionada.

Louis e Kieran se fitaram. Agora entendiam por que ela estava tendo um dia ruim.

— Eu não queria falar sobre isso. É coisa minha — respondeu Angela sem querer olhar para o marido.

Kieran sentiu calafrios e se sentiu péssimo. Pegando-a pelo braço, afastou-a dos outros e disse:

— Lamento que você tenha tido que recordar sozinha esse dia doloroso.

Ela não disse nada.

— Por que não me disse que era seu aniversário? — perguntou ele.

Contemplando-o pela primeira vez no dia todo, com olhar sereno, ela replicou:

— Porque não é importante.

— Isso não é verdade.

— Ninguém se importa — insistiu Angela.

Comovido, Kieran supôs que em Caerlaverock sempre deviam ter tentado ignorar essa data devido à dor que lhes causava.

— A mim importa saber que hoje é seu aniversário, e, como vê, a Iolanda e a Louis também — replicou ele.

Ela deu de ombros sem dar importância.

— Você não precisa saber dessas coisas. Afinal de contas, daqui a alguns meses nos separaremos e você não precisará recordá-las.

Aturdido pelos sentimentos estranhos que Angela lhe causava, ele afirmou:

— Mesmo assim, não vou mais esquecer.

Ao ouvi-lo, ela quis sorrir, mas não o fez. Voltou aos outros e, quando notou que Kieran caminhava ao seu lado, deu meia-volta e explicou:

— Eu tentei lhe dizer antes, mas você não me permitiu. Estava muito ansioso para se livrar de mim e ficar com suas amiguinhas de seios grandes.

Ao compreender que ela tinha razão, Kieran foi se desculpar, mas Angela acrescentou:

— Estou cansada. Quero ir para meu quarto, e não quero companhia.

— Vamos, é tarde — disse Iolanda.

Quando as duas saíram seguidas por William, Kieran olhou para Louis e murmurou:

— Ela tem razão, eu não lhe permiti falar.

Quando Louis ia responder, alguém exclamou atrás deles:

— Kieran O'Hara, há quanto tempo!

Ao se virar, ambos ficaram espantados. Diante deles estava Aiden McAllister, o grande amigo e companheiro de farra de James O'Hara desde a infância.

Boquiaberto diante daquele encontro inesperado e da oportunidade de saber de seu irmão, Kieran perguntou:

— James está aqui?

Aiden baixou o olhar e, depois de inspirar profundamente, levou a mão à sacola que tinha pendurada na cintura e tirou uma adaga. Ao vê-la, Kieran logo soube o que significava.

— Quando? — inquiriu ele, com a voz apagada.

— Há oito meses.

Louis, ao ver que seu bom amigo respirava com dificuldade ao receber a notícia, foi dizer algo, quando Kieran acrescentou:
— Como ele morreu?
— Umas febres o levaram.
Kieran balançou a cabeça. Sempre pensara que James morreria lutando.
— E por que não me avisaram, maldição?
Aiden, ao compreender sua raiva, respondeu:
— James o amava e o admirava muito, Kieran. Sempre falava de você com orgulho, embora quando se encontrassem o fizesse acreditar o contrário. Ele...
— Não quero saber mais nada — interrompeu Kieran.
Pesaroso, pensou em como daria a terrível notícia a sua mãe. Ela ficaria arrasada.
— Em seu leito de morte, James me fez prometer que não os avisaria para não fazer você e sua mãe sofrerem, e que o enterraria perto de Kildrummy. E assim fiz. Bem, meus homens me esperam, certamente bebendo na pousada com os seus.
Kieran não disse nada, e Aiden acrescentou:
— James descansa perto daquela pedra no vale onde brincávamos quando éramos crianças.
Kieran assentiu. Sabia a que lugar se referia. Tomado de raiva e dor, ele pegou Aiden pelo pescoço e, encurralando-o contra a parede, sibilou:
— Nunca mais chegue perto de Kildrummy, de minha mãe ou de mim. James está morto, não há mais nada a dizer.
Dito isso, soltou-o e tirou-lhe das mãos a adaga que seu pai tinha dado a seu irmão quando pequeno. Então, notou que Aiden tinha nas mãos um ramalhete de urze escocesa, como o que instantes antes Angela carregava. Sem dizer mais nada, deu meia-volta e se afastou.
Louis, depois de olhar para Aiden, seguiu-o.
No quarto, Angela não conseguia conciliar o sono. Jamais esquecia que nessa data, muitos anos atrás, havia vivido uma noite de pranto e de centenas de sons estranhos em Caerlaverock. Estava olhando para o teto quando a porta se abriu.
— Eu disse que queria o quarto só para mim esta noite — murmurou ela, ao ver Kieran.
Ele não lhe deu ouvidos. Fechou a porta e, apoiando-se nela, deslizou até ficar sentado no chão. Angela se sentou, e quando pôde vê-lo na escuridão do quarto, perguntou:

— O que está fazendo?

Ele não respondeu. Isso era estranho. Angela se levantou. Sem se aproximar, viu que ele estava com a cabeça apoiada nos joelhos e que seu corpo tremia. Ao ouvir uma espécie de gemido, sem hesitar, se ajoelhou ao seu lado.

— Que foi, meu amor? O que você tem?

Durante um bom tempo Kieran não disse nada. Não respondeu. Chorou em silêncio a morte de seu irmão, e Angela só pôde abraçá-lo sem saber o que estava acontecendo.

Quando parou de chorar, ele levantou o rosto e, olhando para a mulher que o consolava, explicou:

— Acabei de saber por Aiden McAllister que meu irmão James morreu há oito meses.

Ouvir esse nome a surpreendeu; mas mais ainda o fato de ver lágrimas nos olhos de seu marido feroz. Ficou arrepiada e, entendendo a dor que aquela notícia lhe havia causado, murmurou:

— Sinto muito, Kieran. Sinto muito.

Desejando seu contato, ele a abraçou e, antes que ela falasse, disse:

— Meu irmão era uma má pessoa, um bandido, um homem sem escrúpulos que viveu à margem da lei e da justiça. Eu sei e todo o mundo sabe, mas ele era meu irmão, e por mais estranho que pareça, eu o amava.

— Claro que sim, meu amor... claro que você o amava, e eu entendo.

Enxugando os olhos com brusquidão, ele prosseguiu:

— Guardo recordações maravilhosas de nossa infância, e agora...

— Shhh, não diga mais nada.

Emocionado como uma criança, ele chorou de novo. Ao notar que Angela enxugava suas lágrimas, murmurou, desesperado:

— Mamãe disse que não o sentia... Quando voltávamos da abadia de Dundrennan, ela disse que não o sentia vivo! E eu, eu agora terei que lhe dizer que ela tinha razão, que James está morto, e não sei como fazer isso. Essa notícia vai acabar com ela. A dor vai matá-la.

Ciente de que seria um momento difícil para eles, Angela sussurrou com carinho:

— Calma, meu amor, fique tranquilo. Eu o ajudarei. Nós dois falaremos com ela e cuidaremos para que nada lhe aconteça. Não se preocupe com isso, está bem?

E sem dizer mais nada, abraçou-o de novo e o acompanhou em sua dor, mostrando-lhe que ele não estava sozinho. Depois de um tempo, obrigou-o a se levantar do chão e, estando os dois em pé, ele, fitando-a, disse:

— Estou envergonhado por minha falta de tato com você. Você é tão boa, meiga, sorridente, e eu... eu não sabia que hoje era seu aniversário e o da morte de sua família, e não sei como lhe pedir perdão.

Angela suspirou e, esquecendo o que havia sentido antes, respondeu:

— Fique tranquilo, eu também não lhe disse nada.

Mas tomando seu rosto, ele insistiu:

— Desculpe por ter tentado e eu não lhe ter permitido.

— Tudo bem, não se preocupe.

De novo o silêncio encheu o quarto. Tinham tanta coisa a dizer um ao outro, mas nenhum dos dois falou; até que ele, ao ver o ramalhete de urze no criado-mudo, advertiu:

— Afaste-se de Aiden McAllister. Ele era o melhor amigo de James e não pode ver uma mulher. E, pelo que posso intuir, ele já reparou em você.

Angela não respondeu. Quando ouviu a gargalhada de uma das mulheres da pousada, Kieran deu um passo para trás.

— Kieran, não faça isso. Fique — murmurou ela, sem poder evitar.

Sem olhar para trás, ele se soltou de suas mãos e saiu do quarto. O que Angela não soube foi que, depois de fechar a porta, ele deslizou até o chão e passou o resto da noite ali.

40

Na manhã seguinte, quando Angela desceu, encontrou Aiden McAllister. Ao vê-la, ele se aproximou.

— Ainda bem que você não ia dizer nada a Kieran — disse ela, com sarcasmo.

Aiden sorriu e, tirando do bolso o ramalhete de urze escocesa, justificou-se:

— Eu não disse nada, mas acho que isto nos delatou.

Ao vê-lo, Angela suspirou. Sem dúvida, Kieran era muito perspicaz.

Nesse momento, chegou Iolanda. Depois de se despedir de Aiden com um movimento de cabeça, Angela se sentou com ela para tomar o café da manhã. Quando Kieran entrou na pousada e viu Angela e Aiden, olhou para os dois. Cada um estava sentado em uma ponta do salão, mas, ainda assim, bufou. Depois de olhar para seu antigo amigo com receio, caminhou para sua mulher, que, ao vê-lo, se levantou depressa e perguntou:

— Como você está?

Sisudo, sem querer mostrar seus sentimentos, respondeu:

— Bem.

Angela quis abraçá-lo e beijá-lo. Por sua expressão, podia ver quanto lhe doía a morte do irmão.

— Quando quiser, partiremos. Esperarei lá fora — disse Kieran.

Surpresa, ela balançou a cabeça e, quando terminou de tomar o café da manhã, seguiu-o; mas, antes, despediu-se com um sorriso de Aiden, que a olhava.

Nesse dia, Angela se aproximou de Kieran em várias ocasiões. Precisava saber se ele estava bem. Louis e Zac, ao verem sua preocupação, tranquilizaram-na. Se havia algo que Kieran sabia fazer era assumir e digerir coisas terríveis. E durante o dia ela pôde comprovar isso ao ver que pouco a pouco sua expressão foi se suavizando, até que o viu sorrir.

O nome de Aiden não tornou a ser mencionado; até que chegou aos ouvidos de Kieran que o jovem havia tido um confronto com uns lobos e que uma corajosa mulher a cavalo o havia salvado de uma morte quase certa no meio da noite.

Quando ouviu seus homens comentando, ele soube que aquela mulher era Angela. Louis também, mas ambos decidiram não dizer nada. Era melhor.

À medida que se aproximavam de Stirling, Iolanda ficava cada vez mais nervosa. Angela tentou tranquilizá-la. Para isso, usou os guerreiros de seu marido. Começaram a conversar com eles, e isso amenizou a viagem.

A partir de então, eles mudaram sua atitude distante e Angela se surpreendeu ao ver como eram encantadores, amáveis e protetores com ela e com a jovem Iolanda. Quando chovia, eles depressa tentavam abrigá--las; quando fazia sol, tinham o cuidado de fazê-las beber água e de lhes proporcionar sombra. Quando elas dormiam, procuravam não fazer muito barulho para não as acordar.

Pela primeira vez, Angela tinha um clã que se preocupava com ela, e não o contrário. E seus pesadelos pouco a pouco foram diminuindo.

Kieran, por sua vez, tentava não pensar nela o dia todo; mas, para seu desconsolo, notava que era impossível. Angela tinha um magnetismo que o fazia buscá-la com o olhar o tempo todo, e logo notou que sempre que podia, procurava cruzar com ela.

Desde que havia ajudado naquele parto complicado, Angela cumpria sua promessa. Nunca mais se aproximara dele. No início, Kieran achou engraçado, mas não mais. Especialmente depois de ela ter sido tão carinhosa quando lhe contara de James.

Surpreso, recordava como ela havia se oferecido para ajudá-lo a dar a notícia a sua mãe; o mais normal seria que, dada a natureza de sua relação, ela não se envolvesse.

Certa tarde ensolarada, quando pararam para descansar, Kieran, ansioso para estar com ela, participou do jogo de arco e flecha dos guerreiros com Angela, e ganhou. Na tarde seguinte, jogou com eles de novo. Finalizada a competição, quando Angela entrou em sua tenda para descansar, ele a seguiu.

— Obrigado pela gentileza.

— Que gentileza? — perguntou ela.

Incapaz de ficar nem mais um segundo sem beijá-la, ele a abraçou e disse:

— De errar o último tiro... desajeitada.

Ela não se afastou. Sentir a boca ardente de Kieran contra a sua era o que mais desejava fazia tempo, e aproveitou.

Nesse momento íntimo, ele desfrutou a suavidade dos lábios de sua mulher, ouvindo-a gemer. Seus gemidos, tão de Angela, tão deles, o estavam deixando louco. Então, o pano da tenda se abriu. Era Louis, que, ao vê-los, murmurou:

— Desculpem.

Saiu dali depressa, mas o momento havia passado. Kieran e Angela se olharam nos olhos enquanto ouviam o barulho ensurdecedor dos guerreiros do lado de fora. Desejavam-se, isso era evidente. E Kieran, ainda com ela entre seus braços, comentou:

— Precisamos de privacidade, e na tenda é impossível. Vamos para o lago.

— Mas está frio — reclamou Angela.

— Pegue roupa limpa e siga-me.

Sem perder tempo, ela fez o que ele pediu. Kieran segurou sua mão com força e saíram da tenda. Olhando para Louis, ele disse com firmeza:

— Minha mulher e eu vamos para o lago nos assear. Não vamos demorar.

Louis assentiu. Montando em seu cavalo, Kieran ergueu Angela e a sentou diante dele. Cavalgaram sem dizer nada até uma curva do lago. Depois de desmontar, Kieran tirou as botas e, olhando para Angela, advertiu:

— É melhor você tirar essa roupa para se banhar.

Esquecendo o frio, ansiosa como ele, ela fez o que Kieran sugeriu. Com certo pudor, tirou as botas e a calça de couro. Kieran, que havia se despido a toda velocidade, ao ver que ela, inibida, não tirava a camisa, sorriu.

— Vamos para a água — disse, pegando-a pela mão.

Entraram, rindo. Angela gritou ao sentir a água fria. Tentou soltar sua mão, mas Kieran não permitiu e, puxando-a, mergulhou totalmente na água. Durante um bom tempo, os dois brincaram como crianças, dando caldos um no outro e se fazendo cócegas. Riram como havia muito tempo não o faziam. Quando relaxaram, com carinho, lavaram a cabeça um do outro, enquanto conversavam com tranquilidade.

Esses momentos tão íntimos entre eles eram algo novo. Estavam gostando. Sem dúvida, divertiam-se quando estavam juntos.

— É divertido estar com você, Angela — disse Kieran.
Feliz por ouvi-lo dizer isso, ela respondeu:
— Que bom, Kieran.
Pegando-a entre seus braços para que não escapasse, ele a olhou e, sem poder evitar, perguntou:
— Foi você a mulher que salvou Aiden McAllister dos lobos, não é?
Angela sorriu.
— O que você quer saber exatamente, Kieran?
Ele não respondeu. Tinha medo de perguntar.
— Sim, fui eu. Mas foi só isso. Não aconteceu mais nada, e se você me conhece, sabe que sou sincera e não minto para você.
Ele, atraído como por um ímã, olhando para a mulher tentadora que tinha diante de si, afirmou:
— Eu sabia que era você. Nenhuma outra louca cavalgaria no meio de lobos para salvar um desconhecido.
Ela sorriu. E ele, enlouquecido, murmurou:
— Com essa camisa molhada e colada, duplica o desejo que sinto por você.
Angela se olhou e suspirou ao ver como seus seios estavam marcados. Era uma completa indecência, mas, misteriosamente, não se importou. Estava diante de seu marido, e o que queria era agradá-lo de mil maneiras, e essa era uma delas.
— Está tentando me seduzir, O'Hara?
Kieran sorriu. E ao intuir o que ela pensava, não perdeu tempo. Aproximando-se, começou a desabotoar os botões da camisa. Extasiada, ela não se mexia enquanto ele, sem tirar os olhos dela, ao abrir a camisa e ver seus seios e mamilos durinhos, murmurou:
— Você é linda.
— Não tenho seios grandes.
Ao entender ao que ela se referia, ele respondeu:
— Seus seios são simplesmente perfeitos.
Feliz pelo elogio, ela se atreveu a perguntar:
— Você me acha bonita?
Ele engoliu em seco. Acostumado a fazer sexo com centenas de mulheres, de repente estava nervoso como um adolescente. O que estava acontecendo? Angela era uma delícia e sua mulher; sua e de mais ninguém! Gostava desse sentimento de propriedade.
— *Minha vida*, claro que acho — respondeu.

— Você acabou de dizer palavras carinhosas sem razão.

Kieran sorriu e, comovendo-a, sussurrou:

— Só você é e sempre será minha vida.

Angela gostou dessa resposta; de certo modo, emocionou-se.

Kieran estava se apaixonando por ela? Quando ele a levantou no colo, ela sentiu seu pênis duro flutuando na água.

— Eu o desejo, Kieran — confessou, arfando.

— E eu a você, Angela.

Beijaram-se; e, de repente, afastando sua boca da dele, ela disse:

— Não quero filhos.

Kieran sorriu e, sem se importar com o que ela dizia, murmurou, carinhoso:

— Não pense nisso agora, vamos aproveitar, minha vida.

Para que ela não se esfriasse, com uma mão acariciou a face interna das coxas de Angela; ela estremeceu. O desejo que sentiam era devastador, ardente, mútuo. Beijou os ombros de sua mulher com doçura e, ao ver que ela se movia em busca de mais, colocou a ponta de seu pênis ereto na entrada do sexo úmido e quente dela e, dentro do lago, possuiu-a.

A incursão tão apaixonada no interior de seu corpo a fez gemer, consumindo-a de paixão, enquanto Kieran, sem soltá-la, e com atitude possessiva, apertava-a contra seu corpo e se mexia para penetrá-la repetidamente com movimentos lentos e prazerosos.

— Oh, Deus, meu amor...

— Gosta disso, não é? Eu a faço vibrar.

— Você é um arrogante, mas me deixa louca — arfou ela, jogando a cabeça para trás.

Feliz por saber disso, ele tornou a penetrá-la e, com um fio de voz, murmurou:

— Quero deixá-la louca. Quero lhe dar todo o prazer possível e quero que desfrute, porque assim, minha vida, eu desfruto também.

Com os braços ao redor do pescoço dele, Angela se arqueou para recebê-lo e gemeu de puro prazer e êxtase. A dor do primeiro dia estava esquecida, e agora aproveitava e se mexia com descaro contra ele para recebê-lo mil vezes mais.

Kieran, ao notar sua entrega, grunhiu de satisfação e, mexendo os quadris, acelerou seus movimentos cada vez mais. Centenas de ondas de prazer percorriam seu corpo enquanto a ouvia gemer e respirar perto de seu ouvido e, quando o clímax chegou para ambos, Kieran não a soltou.

Ficou com ela nos braços até que seus movimentos delirantes acabaram e, beijando-a nos lábios, disse:

— Não vejo a hora de chegar a Kildrummy e tê-la durante vários dias só para mim em minha cama. Vamos tomar o café da manhã, almoçar e jantar nela.

Feliz diante das palavras dele, Angela riu.

— E sua mãe não vai ficar escandalizada?

— Saberemos quando chegar a hora — respondeu ele.

O coaxar de uns sapos os tirou do sonho. Kieran caminhou com ela nos braços até a margem, onde, depois de agasalhá-la com um *plaid* para que não sentisse frio, secou-a e lhe entregou a roupa limpa que havia levado. Angela se vestiu, ele se secou e também se vestiu, e, felizes e juntos, voltaram para o acampamento.

41

A partir desse dia, a relação entre Kieran e Angela mudou radicalmente.

O laird dos O'Hara estava a todo momento atento a sua encantadora esposa, e, feliz, observava como aquela ruiva fazia seus guerreiros se renderem a seus pés com sua audácia e simpatia. Angela sabia lidar com aqueles ferozes highlanders de uma maneira que o surpreendeu, e, embora às vezes sentisse ciúmes ao vê-la conversar com eles até altas horas da madrugada, privando-o de sua companhia, decidiu não dizer nada. Ele mesmo havia imposto aquilo de nada de recriminações nem de exigências.

Quando chegaram a uma pequena cidade chamada Kilmarnock, Kieran, desejoso de mais intimidade com ela antes de chegar a Stirling, decidiu pernoitar em uma bonita e cara pousada, próxima à igreja.

Angela e Iolanda entraram felizes no lugar. Era lindo. Por fim, depois de vários dias, poderiam se assear decentemente. Quando o estalajadeiro soube que se tratava do laird Kieran O'Hara, depressa lhes deu três dos melhores quartos; um para o casal, outro para Iolanda e outro para Louis e Zac. Os demais guerreiros acamparam ao redor.

Ao entrar naquele quarto, Angela olhou tudo com deleite. Qualquer coisa era mais nova e mais reluzente que o que tinha em Caerlaverock. Então, viu algo que chamou sua atenção.

— Mãe do céu, que linda banheira!

Kieran, olhando para o que ela apontava, assentiu e murmurou, bem-humorado:

— Sim. E tomar banho nela deve ser uma delícia.

De súbito, bateram na porta. Quando Kieran abriu, a mulher do estalajadeiro entrou seguida por seis rapazes robustos que deviam ser seus filhos; depressa, com vários baldes de água quente encheram a banheira.

Quando o último rapaz saiu, a mulher se dirigiu a Angela e, entregando-lhe um pedaço de sabonete novo, disse:

— Minha senhora, aceite este sabonete perfumado que eu mesma faço.

— Obrigada — respondeu ela, pegando-o. — É muito cheiroso.

Com um sorriso encantador, a mulher sussurrou:

— A banheira está imaculada. Eu mesma me encarrego de limpá-la. Ah, e amanhã é dia de mercado na praça ao lado da igreja; há umas barracas muito atraentes, se quiserem visitá-las...

Kieran, tirando umas moedas da camisa, entregou-as à mulher, e, quando ela foi embora feliz, fechou a porta e comentou:

— Viu, a banheira está imaculada.

Encantada, Angela cheirou o sabonete. Cheirava a maçã; achou-o gostoso. Sem dizer nada, foi até a banheira e colocou a mão na água quente.

— Vou tomar um banho maravilhoso — murmurou.

Ao ouvi-la, Kieran se sentiu excluído; sem dizer nada, saiu do quarto.

Angela não disse nada e, depois que ele fechou a porta, suspirou. Não o entendia. Uma hora era encantador com ela, em seguida a rejeitava. Pegou uma camisola limpa em sua sacola e tirou a roupa. Estava suja do pó do caminho, mas não podia lavá-la. Precisava dela para o dia seguinte, e não tinha outra.

Nua, pegou uma fita de couro, recolheu o cabelo e fez um rabo alto. Então, com o sabonete na mão, entrou na banheira, e depois de comprovar que a água não estava quente demais, mergulhou.

Quando se sentou, um longo e profundo suspiro saiu de sua boca.

— Que prazer! — murmurou ela.

Ficou um tempo com os olhos fechados, enquanto a água quente a cobria até o pescoço. Era um luxo que em seu lar poucas vezes havia se permitido. Só havia uma banheira, e, via de regra, era seu pai quem a usava.

Estava perdida em seus pensamentos quando a porta do quarto se abriu. Viu que era Kieran. Quando fechou a porta, ele ficou parado e disse:

— Posso tomar banho com você?

Encantada, Angela assentiu.

— Eu adoraria.

Sem perder um minuto, ele começou a se despir, diante do olhar atento dela. Quando ele sorriu com descaro, Angela murmurou:

— Você continua sendo um arrogante.

Kieran, satisfeito com o olhar dela, respondeu:

— Falou a chorona.

Desde que havia saído pela porta, ele ficara apoiado na parede do corredor pensando no que fazer; e, por fim, decidiu voltar. Queria ficar com Angela e desfrutar a intimidade que aquelas quatro paredes lhes ofereciam.

Entrou na banheira e se sentou atrás dela. Sem dizer nada, Angela se deixou mover e, quando o ouviu gemer de prazer ao mergulhar na água quente, inquiriu:

— Por que você saiu?

Kieran, puxando as costas dela para seu peito, respondeu:

— Achei que você queria tomar banho sozinha.

— Pois eu gosto mais de tomar banho com você — disse Angela, marota.

Ele sorriu e, pegando-a pela cintura, virou-a para deixá-la de frente para ele. Seus pequenos seios úmidos ficaram diante de seu rosto. Olhando-os, sussurrou:

— A cada instante acho você mais tentadora.

Excitada ao sentir seu pênis duro entre as pernas, e segura de si, Angela murmurou:

— Gosto de ser uma tentação para você.

Kieran, louco de desejo pelo que aquela ruiva o fazia sentir, comentou:

— Já me casei com você; que mais pretende?

Angela quis dizer fazê-lo se apaixonar tanto quanto ela estava por ele, mas, em vez disso, respondeu com voz mimosa:

— Nada que você não deseje.

Kieran sorriu e, passando as mãos por suas costas úmidas, disse:

— Angela, eu sou um homem que não gosta de amarras. Sempre valorizei minha liberdade e independência. Mas você me atrai, e gosto muito de você.

— Também gosto de você — respondeu ela, incrédula diante do que acabara de dizer. — O amor não se planeja, Kieran. Ele surge ou não surge. Não se deve forçar.

Acariciando os cabelos dela com delicadeza, embasbacado diante de sua beleza, ele concordou:

— Eu sei, linda. Eu sei.

Feliz por ver pela primeira vez um pouco de sentimentos nele, Angela disse:

— Neste instante, se você está aqui é porque decidiu estar, e se eu estou aqui com você nesta banheira é porque quero. Ninguém nos obriga.

Kieran assentiu e, aproximando sua boca da dela, murmurou antes de beijá-la:

— Como você disse... Ninguém nos obriga.

Com carinho, tomou seus lábios e posteriormente enfiou a língua. Seu sabor era maravilhoso, e enlouquecido, devorou-a com paixão. Quando acabou o beijo doce e arrebatador que deixou ambos com a pele arrepiada, ele pegou a fita com que ela fizera o rabo de cavalo e, tirando-a, deixou que seus cabelos caíssem em cascata sobre seus ombros.

— Vou fazer amor com você — sussurrou em tom íntimo.

Enfeitiçada, ela negou com a cabeça e, aproximando sua boca da dele, beijou-o. E, quando se afastou de sua boca, sussurrou:

— Está enganado.

— Enganado? — riu Kieran.

Angela, encantada com aquele lindo momento, passou seu nariz no dele e murmurou:

— Está enganado, porque eu é que vou fazer amor com você.

— Você é uma descarada, Angela O'Hara — respondeu ele, sorrindo.

Ela riu.

— Eu sei, e fico feliz de ver que você gosta de meu descaro.

Arrebatado, ele a viu ficar de joelhos na banheira, tomar seu pênis com a mão e, colocando-o em sua vagina úmida, sem que ele se mexesse, pouco a pouco, foi se preenchendo, gemendo e fechando os olhos.

— Você me deixa louco, delícia. Você me faz perder a razão.

Angela abriu os olhos e, depois de mais um gemido, respondeu:

— Perca a razão comigo... só comigo.

Kieran, ao escutá-la e sentir sua estreiteza, arfou e, segurando-a, disse:

— Esta noite vamos nos divertir. Desceremos para jantar e depois voltaremos juntos para continuar desfrutando um ao outro, entendido, desajeitada?

Angela sorriu e, mexendo os quadris para lhe dar prazer, replicou:

— Nada me agradaria mais, arrogante.

Depois de uma tarde cheia de sexo, beijos e confissões que mexeram com o coração de ambos, desceram para jantar. Vários guerreiros O'Hara que estavam ali comendo, ao vê-los, abriram espaço em sua mesa.

Kieran e Angela sorriam felizes enquanto se encaminhavam à mesa; até que ele viu Aiden McAllister e seu sorriso se apagou. Angela, ao notar, apertou sua mão com força e sussurrou:

— Fique calmo. Ele também vai querer aproveitar a festa dos clãs.

Kieran assentiu. Angela, convidada por Iolanda e vários guerreiros de seu marido, afastou-se dele e se sentou. Iolanda aconselhou-a que pedisse a carne na brasa.

Angela assim fez e, segundos depois, estava fazendo brincadeiras com os guerreiros de seu marido sentados ao seu redor.

Kieran, que estava conversando com Louis, ao ver sua mulher cercada de seus homens, praguejou em silêncio. Sabia que podia fazer todos se levantarem para se sentar, mas decidiu não o fazer. Se Angela não pedisse, não faria isso.

Por fim, sentou-se ao lado de Louis e Zac e começou a comer conversando com eles.

Depois de um tempo, a porta da pousada se abriu e entraram várias mulheres. Ao fitá-las, Angela e Iolanda souberam que não eram prostitutas e relaxaram. Não havia nada a temer.

Com curiosidade, e disfarçadamente, Angela observou Kieran e o viu cumprimentar algumas daquelas mulheres com cortesia e depois voltar para Louis e Zac. Ficou satisfeita. Mas seu sorriso se apagou quando outro grupo de mulheres entrou e uma delas disse:

— Kieran O'Hara... que alegria encontrá-lo de novo!

Dessa vez ele não se levantou. Foi a mulher quem foi até ele e se sentou ao seu lado, e logo começaram a fazer gracinhas.

— Se eu fosse você — sussurrou Iolanda —, ia até lá e arrancava os cabelos dessa desavergonhada que fica se exibindo como um pavão.

Vontade não faltava a Angela, ainda mais depois da tarde de paixão que havia passado com Kieran; mas, negando com a cabeça, respondeu, segura do que ia fazer:

— Não preciso fazer isso; quando eu me aproximar de Kieran, ele me seguirá.

Com um aprumo que surpreendeu Iolanda, Angela caminhou até seu marido e, passando a mão por seu pescoço, perguntou, atraindo seu olhar:

— Terminou de jantar?

Kieran, ao vê-la, sorriu.

— Ainda não.

— Falta muito?

A mulher que estava falando com Kieran afastou uma mecha da testa dele, e ele disse:

— Angela, vá com Iolanda; ainda não acabei, e estou falando com a encantadora Pipa McDurton.

Encantadora?

Sem sair do lugar, ela ia lhe recordar o que ele havia dito sobre a noite de paixão que teriam quando Kieran, em um tom de voz que a incomodou, insistiu:

— Vá com Iolanda. Não vou demorar.

Ela assentiu com um sorriso trêmulo, mas aquilo a havia humilhado. E, quando chegou à mesa, informou a Iolanda:

— Estou cansada. Vou para meu quarto.

— Eu também — respondeu a jovem, levantando-se.

Com passo decidido, ambas abandonaram o salão da pousada e, ao chegar a seus respectivos quartos, despediram-se até o dia seguinte.

Depois de fechar a porta, Angela se apoiou nela.

Como Kieran podia tratá-la assim na frente de outra mulher? Como podia sorrir para outra na frente dela? Como podia ser tão cruel?

Decidida, começou a se despir e, quando viu a banheira ainda cheia, com a água agora fria, aproximou-se e murmurou:

— Angela, você é uma idiota. Deixe de lado essas doces histórias de amor e não esqueça: sem exigências nem recriminações.

Respirando fundo, acabou de se despir e por fim se deitou.

Pensou em seu lar em Caerlaverock e em seu pai, em todas as pessoas que havia perdido, e chorou. Sentia tanto a falta deles... De repente, a porta do quarto se abriu. Era Kieran. Para que não a visse chorando, ela afundou o rosto no travesseiro e fingiu dormir. Ele entrou em silêncio, despiu-se e, quando entrou na cama, disse:

— Sei que está acordada. Não finja.

Angela se mexeu; Kieran, pegando-a em seus braços, virou-a e, ao ver seus olhos vermelhos, perguntou, preocupado:

— O que aconteceu?

— Nada.

— Ninguém chora por nada.

— Eu não chorei!

— Seus olhos não dizem isso, Angela. Conte.

Incapaz de calar o que a queimava por dentro, levantando-se da cama, ela gritou:

— Como pôde me tratar com tanta frieza diante daquela mulher? Nem sequer me apresentou como sua esposa.

— Você tem razão, mas...

— Você havia prometido que voltaríamos depois do jantar para... para... Oh, Deus, isso já não importa!

— Angela, chega! Aqui estou. Pipa é uma amiga que...

— E se é só uma amiga, por que me expulsou dali?

Essa censura provocou um silêncio constrangedor no quarto. Kieran a entendia. Não havia agido direito. Mas se a havia afastado era porque sempre que Pipa e ele se encontravam, iam para a cama, e não queria que Angela escutasse o que tinha a dizer. Mas, ao ver sua expressão, explicou:

— Eu estava dizendo a Pipa que já tinha a noite reservada com você.

Entendendo, Angela bufou.

— Essa mulher e você eram amantes.

— Sim, Angela, sim.

Depois de um silêncio tenso, ela perguntou:

— Quer mesmo saber o que há comigo?

— Claro.

— Tenho certeza de que você não vai gostar de ouvir.

— Mesmo assim, quero saber.

Ela assentiu e, sem se importar com mais nada, reconheceu:

— Estou com ciúmes. Não sei como você pode dizer essas coisas bonitas e maravilhosas que diz quando fazemos amor e depois sorrir como um tonto para essa ou para qualquer outra mulher.

Kieran a olhou sem dizer nada; ela prosseguiu:

— Sei que nosso casamento não é verdadeiro, e embora às vezes me faça acreditar o contrário devido ao jeito como me beija ou pede minha atenção, não devo continuar me enganando, não é?

— Pelo amor de Deus, Angela, o que está dizendo?

— É muito simples, Kieran. Estou dizendo que estou apaixonada por você. — E antes que ele pudesse dizer qualquer coisa, prosseguiu: — Você não me ama; me deseja porque sou uma descarada, mas nunca vai me amar. E nunca vai me amar porque não sou como a Sinclair, que com sua beleza, como você disse, é "o sonho de qualquer highlander".

— Angela, não continue.

— Oh, sim, vou continuar. Já não posso parar. Eu abri meu coração e, esquecendo o lema "sem exigências nem recriminações", eu me apaixonei por você, e agora só me resta sofrer por amor, como antes sofreram meu pai e minhas irmãs.

— Angela...

— Mas a diferença entre mim e eles é que eu conseguirei esquecê-lo.

Aturdido, sem saber o que dizer depois de tudo que ela havia acabado de revelar, deu um tapinha na cama e ordenou:

— Venha aqui.

— Não!

— Venha aqui, Angela.

— Eu disse que não. Não quero dormir com você. E pare de me olhar assim. Tenho vergonha de meu comportamento descarado a cada segundo que estou com você, e me envergonho do que acabei de confessar, especialmente porque aceitei as condições de nosso casamento. E... e... aqui estou, censurando-o por coisas que não deveria e... e... Oh, Deus! Mas o que estou dizendo?

Sem saber por onde começar, Kieran queria dizer que ele também sentia algo muito especial por ela; mas, ao ver seu desespero, levantou-se da cama e, enquanto se vestia, disse:

— Angela, pare. Não continue.

Ela o olhou desesperada e, levando as mãos à cabeça, prosseguiu:

— Você sorri para mim, faz elogios, me procura e me beija com verdadeira paixão, e depois, quando aparece outra mulher, me esquece e...

— Você não sabe o que está dizendo — sibilou ele. — Estou aqui com você, não com ela.

— Devo entender que quando está com elas, você as trata como a mim? É isso, Kieran?

— Cale-se, Angela... cale-se.

Impassível, ela se aproximou dele e disse:

— Você sempre gostou de minha sinceridade; por que não a quer escutar agora?

Quando terminou de se vestir, incapaz de aguentar nem mais um segundo, Kieran explodiu:

— Eu também fui sincero com você desde o início. Eu disse sem exigências nem recriminações. Deixei claro o que queria, mas você, como sempre...

— É ruim dizer a alguém que estamos apaixonados? Ou o problema é que o incomoda saber que eu sinto por você algo que você jamais sentirá na vida, nem por mim, nem por ninguém?

Ver a dor em seus olhos enquanto demonstrava seus sentimentos deixou Kieran angustiado. Claro que ele sentia algo especial por ela, mas era incapaz de reconhecê-lo.

— Cada dia lamento mais tê-lo obrigado a se casar comigo.

— Você não me obrigou — replicou ele.

Angela, com um sorriso que não lhe agradou, afirmou:

— De certo modo, obriguei, e... não aguento mais. Quero ir embora. Quero me afastar de você. Repudie-me, e...

— Não diga bobagens — interrompeu. — Como vou fazer isso? Está louca?

— Kieran, estou apaixonada por você e preciso esquecê-lo, ou vou enlouquecer.

Ele negou com a cabeça. Não podia repudiá-la nem afastá-la; e ao ver a determinação em seus olhos, disse:

— Quando nossa união de mãos acabar, eu a deixarei partir. Enquanto isso, não fale mais nisso. Você é minha mulher, Angela. Não esqueça.

E, sem dizer mais nada, confuso, Kieran saiu. Angela ficou olhando para a porta, e rosnou:

— Eu o esquecerei.

42

Na manhã seguinte, depois de uma noite em claro, Angela desceu para o salão, onde Iolanda estava tomando o café da manhã perto de Louis. Quando o highlander a viu chegar, sorriu e depressa lhe cedeu seu lugar.

— Bom dia, Angela — cumprimentou Iolanda.

— Bom dia — respondeu ela, olhando ao redor.

Kieran não estava ali.

— Graças a Deus você chegou — exclamou a garota. — Hoje tentei ser mais gentil com Louis, e ele não se afasta de mim. Quer me levar ao mercado e, embora eu já tenha dito mil vezes que não, ele não para de insistir.

Cansada do cabo de guerra daqueles dois, tão parecido com o que de certo modo ela mantinha com o marido, Angela respondeu:

— Iolanda, esse homem está tentando se desculpar de todas as formas possíveis. Quando você vai perdoá-lo?

— Bom dia, Angela.

Ao se virar, Angela encontrou Aiden McAllister. Dessa vez ele não se aproximou, e ela lhe foi grata.

Kieran entrou instantes depois e perguntou:

— Acabou de tomar o café da manhã?

Angela negou com a cabeça, e ele disse, sério:

— Termine, temos um dia duro pela frente.

Quando Iolanda e ela saíram, os guerreiros O'Hara já as esperavam. Depois de receber alguns sorrisos deles, seguiram seu caminho.

O dia foi, de fato, duro e devastador. Kieran não parou para descansar nem um segundo. Já haviam passado grande parte do dia sobre o cavalo quando Angela murmurou a Iolanda:

— Estou com o traseiro dormente.

A jovem sorriu e comentou de repente:

— Veja, parece que seu marido a ouviu e por fim mandou parar.

Feliz por ouvir isso, Angela desceu de sua égua e, deixando-a com um dos guerreiros de Kieran, disse olhando para Iolanda:

— Já volto. Preciso ir atrás das árvores um instante.

A garota assentiu. Patrick, o médico, aproximou-se, e começaram a conversar.

Desejando um pouco de solidão, Angela se afastou a grandes passos até um riozinho, onde lavou as mãos e o rosto. Quando se levantou, ouviu Kieran dizer:

— Posso saber o que está fazendo tão longe?

— Calma, não estou fugindo. Só queria um pouco de privacidade.

— Não posso ficar o dia todo tomando conta de você. Por acaso não sabe? — respondeu ele, contrariado.

— E eu lhe pedi que tomasse conta de mim? — replicou ela, sustentando seu olhar.

Ao ver que ele não respondia, com um sorriso frio, murmurou:

— O fato de eu ter dito que sinto algo por você não significa nada. Isso não me torna tola nem desajeitada. Portanto, fique tranquilo, posso continuar vivendo e respirando sem você.

— É evidente que seu pai não lhe deu educação.

— Educação não me falta — sibilou ela, com raiva.

Kieran, com um gesto brusco, afastou o cabelo do rosto e replicou:

— Angela, sou um homem paciente, você sabe, mas não brinque com isso, pois minha paciência vai acabar e terei que tomar medidas que talvez não lhe agradem.

— Talvez eu deseje que tome essas medidas, para que pare de contar os dias que faltam para o fim de nosso enlace! — ela gritou, sem se intimidar.

— Do que está falando?

Cansada de disfarçar, ela o olhou de frente.

— Repudie-me. Se fizer isso, poderei partir agora mesmo. Eu me afastaria de você e seus problemas comigo acabariam. Você seria livre de novo e poderia juntar sua vida à da encantadora Susan Sinclair.

— Não me provoque, Angela... não me provoque.

Desesperada diante da frieza dele, ela gritou:

— Você não me ama, não precisa de mim! Sou uma carga, um problema para você. Por que ficarmos juntos se ambos podemos refazer nossas vidas separados?

De súbito, inopinadamente, quatro homens saíram da escuridão e um deles disse:

— Angela Ferguson, estávamos procurando você.

Sem entender nada, ela os fitou. Aqueles quatro homens de aspecto sujo e desagradável tinham uma espada na mão. Kieran, ciente do perigo que corriam, pegou Angela, colocou-a atrás de si para protegê-la.

— O que querem? — perguntou o laird.

Um que parecia o líder, pondo a espada no peito de Kieran, respondeu:

— Ela. Alguém em Edimburgo quer falar com ela.

— Quem ousa levar minha mulher? — sibilou ele, furioso.

Os bandidos se entreolharam, e outro homem respondeu:

— Rory Steward. Conhecem?

Angela ficou lívida. Kieran, ao recordar o lacaio de Cedric Steward que escapara, levando a mão à espada, ameaçou:

— Se puserem a mão em minha mulher, eu os matarei.

O líder soltou uma gargalhada, ao mesmo tempo que Kieran desembainhava a espada e empurrava Angela para trás para lutar com eles. Ela só tinha uma adaga na bota, mas quando foi puxá-la, um dos homens a pegou por trás e a imobilizou, cobrindo-lhe a boca para que não gritasse.

Apavorada, ela observava Kieran lutar por ela com garbo e sem descanso. Ele se defendia do ataque implacável, até que um deles lhe fez um corte no flanco que o fez se dobrar. Mas seu orgulho e a fúria que sentia não o deixaram ceder, e continuou combatendo com todas as suas forças.

Angela os olhava aterrorizada, sem poder fazer nada. Kieran estava ferido. Bastava ver como a camisa branca que usava debaixo do casaco preto ia se encharcando de sangue. Tentou se soltar do homem que a segurava, mas só conseguiu que ele lhe batesse com dureza.

Kieran, ao ver aquilo, blasfemou, e sua angústia redobrou seu anseio de luta. Assim ficaram um bom tempo, até que ele perdeu as forças e caiu no chão. Vendo isso, o líder levantou a espada para cravá-la diretamente no coração de Kieran, mas Angela, mordendo a mão do homem que a segurava, gritou:

— Não faça isso!

O homem que segurava a espada no alto olhou para ela e perguntou:

— Por quê? Por que não devo matá-lo?

Imobilizada por outro homem, ela olhou para Kieran e respondeu:

— Irei com vocês. Não resistirei, eu juro.

— Não, Angela — murmurou Kieran com expressão de dor.

O outro, não muito convencido do que ela dizia, levantou de novo a espada; mas Angela gritou de novo:

— Rory não sabe que as joias de minha mãe estão em Edimburgo. Eu os levarei até elas antes que me levem para ele e não lhe direi nada. Mas só farei isso se partirmos agora mesmo e não o matarem.

Os homens gostaram da ideia. O líder fez um sinal ao homem que a segurava e este a soltou. Ela correu para Kieran, ajoelhando-se ao seu lado.

— O que está fazendo, Angela?

Sabendo que tinha que afastar aqueles homens de seu marido para que não o matassem, com toda a firmeza que pôde, respondeu:

— Íamos nos separar mesmo, que diferença faz!

Caído, ele murmurou:

— Isso é mentira, eu nunca permitiria. Você é minha mulher e não quero me separar de você, maldição.

Emocionada ao ouvir a coisa mais parecida a uma declaração de amor que ele já havia feito, beijou-o. Tarde demais, mas por fim havia escutado aquelas bonitas palavras de Kieran O'Hara. Disfarçadamente, tirou o bracelete de sua mãe e o colocou no bolso da camisa dele. Preferia que ficasse com Kieran a que caísse nas mãos daqueles meliantes. E, aproximando a boca do ouvido dele, disse:

— Eu o amo, Kieran O'Hara, e não vou permitir que morra por minha causa.

— Angela — sussurrou ele, desesperado por não poder se mexer. — Não faça isso. Não saia daqui.

Um dos bandidos deu um tapa nas costas de Angela que a fez cair sobre Kieran, e rosnou:

— Temos que ir. Vamos, levante-se e leve-nos até essas joias.

Preocupada por deixá-lo assim, mas ansiosa por afastá-los dele, Angela se levantou. Um deles passou uma corda pelo pescoço dela e deu um puxão. Ela tropeçou e caiu de bruços. Kieran praguejou ao ver sangue na boca de Angela, mas com um olhar ela o acalmou.

Sem deixar de olhá-lo, Angela se levantou, levou a mão aos lábios, depois ao coração e por fim lhe jogou um beijo, enquanto com os olhos marejados, dizia:

— Adeus.

Kieran tentou se mexer, tentou se levantar, mas caiu de novo no chão. Furioso, chamou-a. Não podia permitir que a levassem. Era sua mulher. Sua responsabilidade. Desesperado, gritou seu nome, enquanto ela, sem parar de chorar, caminhava e o ouvia bramar com fúria:

— Eu a encontrarei... sempre a encontrarei.

43

Louis, contrariado ao ver Iolanda conversando com Patrick, não tirava os olhos deles. Adoraria fazê-la sorrir daquele jeito, mas ela não perdoava seu erro tolo.

Já era noite quando Louis notou que nem Kieran nem Angela estavam no acampamento. Aproximando-se de Patrick e Iolanda, perguntou:

— Sabem onde estão Kieran e Angela?

— Não — respondeu Patrick.

Iolanda foi dizer algo quando, de repente, ouviram Zac os chamar. Ao se aproximar, viram horrorizados que vários highlanders carregavam Kieran ferido.

— Santo Deus — murmurou Louis ao ver o sangue.

Todos se entreolharam incrédulos. Patrick, que foi correndo para ele, ordenou que o colocassem sobre uma manta e, olhando para Louis, disse:

— Ajude-me a tirar a camisa dele.

Com cuidado, todos ajudaram. Ao tirarem a camisa, o bracelete de Angela caiu no chão. Iolanda o pegou e, enquanto os homens falavam e tentavam entender o acontecido, olhou para Louis e perguntou:

— E Angela?

Willian Shepard e seus filhos se aproximaram, alertados pelo tumulto. Ao ver Kieran daquela maneira, Aston inquiriu:

— Onde está Angela?

— Não sabemos — respondeu Zac, preocupado.

A tensão crescia. Todo o mundo especulava, e Iolanda, ao escutar certas coisas, gritou com dureza:

— Não foi Angela quem o feriu!

— Claro que não — apoiou Louis.

— Claro que não — afirmou William, ainda com a espada na mão.

Louis, depois de acalmar os guerreiros O'Hara, ordenou que procurassem Angela pelos arredores. Então, aproximou-se de Iolanda e com voz doce murmurou:

— Calma, nós a encontraremos.

Patrick, depois de pôr uma cataplasma de ervas sob o nariz de Kieran, conseguiu fazê-lo reagir. Ele bebeu um copo de água e murmurou:

— Louis, Angela...

— O que aconteceu?

Sentando-se apesar da dor terrível da ferida, explicou:

— Uns homens nos atacaram quando estávamos no bosque... Levaram Angela.

William suspirou aliviado e, olhando para alguns highlanders, disse:

— Eu sabia que minha garota não havia feito isso.

— Claro que não — replicou Kieran. — Ela salvou minha vida inventando uma loucura. Disse que lhes diria onde estão as joias de sua mãe em Edimburgo.

Ao ouvir isso, William o olhou e contou:

— Anos atrás, para sobreviver, o pai de Angela me fez levar as joias de sua mulher a um agiota de Edimburgo. Ele sempre dizia que voltaria para buscá-las um dia. Mas... bem... nunca foi possível.

Desesperado, Kieran tentou se mexer. A dor era aguda e insuportável, mas mais terrível era a dor que sentia no coração.

— Sabe quem eram esses homens? — perguntou Louis.

— Enviados de Rory Steward — respondeu Kieran, furioso.

Iolanda, ao recordar esse nome, cobriu a boca. Kieran, que conseguiu se levantar, decidiu:

— Vamos partir imediatamente atrás dela.

Louis, preocupado, sussurrou com voz suave:

— Kieran, você não está em condições.

— Irei buscá-la até no inferno.

Zac, aproximando-se, disse:

— Descanse. Prometo que nós a traremos.

Endireitando-se com o semblante enrugado de dor, Kieran O'Hara gritou:

— Eu disse que vou buscar minha mulher e matar esses homens.

Iolanda, que até esse momento havia permanecido calada, ao ver sua determinação, se aproximou e, entregando-lhe o bracelete de pedra verde de Angela, sussurrou:

— Traga-a de volta, meu senhor.

Kieran assentiu, levou o bracelete aos lábios, beijou-o e, olhando para Louis, ordenou:

— Traga meu cavalo.

Instantes depois, quando Kieran conseguiu montar passando um verdadeiro calvário, todos esporearam seus cavalos e saíram a galope, enquanto Kieran só pensava em sua mulher e em encontrá-la sã e salva.

44

No meio do caminho, alguns homens interceptaram os que levavam Angela. Sem uma palavra, atacaram-nos e os mataram. Ela, sem saber quem eram, fitou-os. Um deles, aproximando-se, cumprimentou:

— Olá, Angela... Não via a hora de vê-la de novo.

A luz da lua iluminou seu rosto e ela pôde ver que se tratava de Rory Steward. Ao notar seu desconcerto, ele sorriu e, aproximando-se mais, tocou-lhe a coxa e sibilou:

— Dessa vez você não vai escapar.

— Não me toque! — gritou ela.

Rory, ao ver a corda que ela tinha no pescoço e a dificuldade que tinha para se mexer, riu e disse:

— Harper e Otto morreram por você, e eu me vingarei por eles.

— Meu marido o matará, Rory, eu garanto!

— Seu marido? Por acaso não está morto?

Com um sorriso gelado, ela negou com a cabeça.

— Ele nos encontrará e o matará.

O homem blasfemou. A ordem era matar Kieran e sequestrar Angela. Então, sem tempo a perder, montou no cavalo, puxou-a para cima e fugiram a galope. Tinham que se afastar dali.

Angela, com o coração apertado, tremia de frio e preocupação. Saber que havia deixado Kieran ferido no meio do bosque e que não pudera fazer nada por ele era uma tortura.

Só dispunha da adaga que levava na bota para se defender, mas, com as mãos amarradas, era impossível alcançá-la.

Cada vez que desciam uma colina íngreme e começavam a subir outra, ela sabia quanto se afastava de Kieran e se angustiava ainda mais.

Estava amanhecendo; o céu ia clareando e a paisagem que se estendia diante deles permitiu a Angela finalmente respirar. De repente, o cavalo que montavam caiu ao atravessar um riacho e quebrou a pata.

Depois de rolar pelo chão, Rory se levantou e sibilou:

— Maldito cavalo.

O animal relinchava alto. Dando um puxão na corda, Rory afastou Angela dele. Dolorida por causa da queda, ela blasfemou; tentou tirar a adaga da bota, mas não conseguiu.

Durante um bom tempo, aqueles homens sujos falaram de roubar outro cavalo em alguma das aldeias pelas quais haviam passado. Depois de tomar uma decisão, um deles, chamado Dreslam, fitando-a, disse:

— Vão vocês. Eu ficarei com ela. Certamente vou encontrar um jeito de me distrair.

— Nem pensar. Se alguém vai possuí-la, eu serei o primeiro — disse Rory.

— Ou eu — afirmou outro, chamado Alec.

Indignada, mas não assustada, Angela os olhava enquanto pensava no que fazer. Dreslam e Rory Steward começaram a discutir e os outros dois logo entraram na discussão. Nenhum deles queria retroceder em busca de um cavalo; todos tinham o mesmo pensamento: a mulher.

Sem se mexer, Angela os observava, ciente de que o tempo que ficassem parados ali lhe seria favorável. Se houvessem encontrado Kieran, pelo menos William, Aston e George teriam saído atrás dela.

O homem mais velho, que os outros chamavam de Ogar, depois de olhar para Angela, sentou-se no chão e comentou:

— Vocês podem possuir a mulher primeiro. Eu a desejo sem forças e quietinha. E, pelo que vejo, forças ela ainda tem.

Os outros o olharam. Tremendo de frio, ela se levantou do chão e sibilou:

— Se puserem a mão em mim, meu marido os matará.

Rory olhou para seus homens e os urgiu. Tinham que arranjar um cavalo com urgência para se afastar de O'Hara.

Ao vê-los desaparecer a galope, riu e, olhando para Angela, murmurou:

— Você e eu vamos passar um bom tempo juntos.

Desesperada, ela olhou ao redor. Seus dentes batiam.

— Como sabia que eu ia a Stirling? — perguntou ela, tentando distraí-lo.

— Foi fácil. Se Kieran O'Hara fosse, sua mulher o acompanharia.

Sem dizer mais nada, Rory a pegou pelo braço com brutalidade e a arrastou até uma árvore.

— Solte-me, seu verme nojento, solte-me! — gritou ela.

Rindo, ele a amordaçou com um lenço e disse:

— Assim você vai parar de tagarelar.

Angela se remexia, tentando chutá-lo, mas com a longa corda amarrada no pescoço, Rory contornou a árvore e, imobilizando-a, sibilou:

— Agora também não vai se mexer.

Furiosa, ela blasfemou. Mas seu insulto foi abafado pelo lenço que lhe cercava a boca. Ele sorriu e passando a mão com lascívia por cima do vestido, murmurou:

— Vou fazê-la sentir calor.

Aproximando-se mais dela, pousou as mãos sobre seus seios, tocando-os por cima do vestido.

— Parecem apetitosos, e estou com fome. Acha que vão me saciar?

Aterrorizada, ela tentou se mexer, mas foi impossível. As mãos do homem apertavam seus seios. Até que, de repente, ele ficou quieto fitando-a e caiu de joelhos no chão.

Angela viu a flecha que o havia atravessado pelas costas e olhou para a frente. Mas o sol batia diretamente em seus olhos e ela só ouvia o trote dos cavalos. Pôs-se em alerta. Se fossem outros ladrões, amarrada como estava não poderia se defender.

O ruído dos cascos dos cavalos era tronante. Deviam ser muitos. E quando um se aproximou e o cavaleiro desceu, Angela soltou um grito mudo de alegria ao ver que era William.

Sem perder um segundo, ele começou a desamarrá-la.

— Garota... garota... fiquei tão preocupado com você...

Ainda amordaçada, ela balançava a cabeça. Ao soltá-la totalmente, William a abraçou.

— Meu Deus, Angela, você está congelando! — E olhando para seu filho, disse: — Aston, traga um tartã.

Tirando depressa o lenço da boca, ela perguntou:

— William, Kieran está bem? Diga que sim, por favor... por favor... Eu o deixei ferido, não pude fazer nada, e eu...

— Agora que a encontrei, estou bem melhor.

Sua voz foi o bálsamo de que ela precisava. Ao se virar e vê-lo descer do cavalo com dificuldade, sorriu. Esquecendo-se de William e de todos os homens que a cercavam e olhavam, correu para ele e, com todo seu ímpeto, se jogou nos braços de Kieran.

Sua efusividade fez Kieran se encolher de dor. Ao notar isso, Angela o soltou e murmurou com graça:

— Ai, meu Deus... Ai, meu Deus.

— De novo com isso? — perguntou Kieran, com humor.

— Eu o machuquei, desculpe! — disse Angela.

Ele sorriu. Ainda recordava o que ela havia dito em seu ouvido antes de partir. Pegando-lhe a mão, puxou-a para si e, abraçando-a com desespero, murmurou, enquanto ouvia o clamor de seus homens:

— Abrace-me e a dor passará.

Zac, ao lado de Louis, sorriu ao ouvi-lo e murmurou, rindo:

— Acho que o feroz guerreiro caiu no conto do amor.

Todos riram e, a um sinal de Louis, afastaram-se um pouco para lhes dar privacidade. Sem dúvida, estavam precisando.

Angela e Kieran continuaram abraçados até que ele, notando-a gelada, pegou um tartã de seu cavalo e a cobriu. Angela sorriu e, depois de envolvê-la bem, abraçou-a de novo.

Nunca na vida havia passado a angústia e o desespero que a perda de Angela o havia feito sentir. Beijando-lhe a testa, murmurou:

— Não importa aonde você vá... eu sempre a encontrarei... sempre.

Aliviada e feliz, ela assentiu.

— Meu amor? — disse ela, fitando-o nos olhos.

— O quê?

— Vou beijar você.

Kieran sorriu e, balançando a cabeça, murmurou ao ver o corte que ela tinha na boca:

— Não, minha vida, eu é que vou beijar você, e devagarzinho.

E a beijou. Beijou-a com doçura. E quando seus lábios se separaram, Kieran, sem soltá-la, advertiu:

— Vá tirando da cabeça essa ideia de se afastar de mim, porque não vou permitir, entendeu, Angela?

Ela sorriu, e seus lábios se encontraram de novo. Foi um beijo curto, mas ardente, possessivo e necessitado. Kieran sugava sua língua com cuidado para não a machucar, enquanto o prazer fazia ambos se aquecerem mais a cada segundo.

Quando o beijo chegou ao fim, as mãos dele desceram até o traseiro dela. Ao apertá-lo para aproximá-la dele, Angela deu um pulo.

— O que foi? — perguntou ele.

Vermelha como um tomate, ela bufou e respondeu:

— Dói horrores.

Ele a olhou sério.

— Caí do cavalo várias vezes, de bunda — explicou ela.

— Todos os homens que ousaram afastar você de mim já estão mortos.

Sem um pingo de pena, Angela assentiu. Kieran pegou suas mãos e ela deu outro pulo. Sem perguntar, olhou-as e, ao vê-las vermelhas pelo frio e esfoladas pelas quedas, foi dizer algo, mas ela, levantando o vestido até os joelhos, revelou:

— Os joelhos estão do mesmo jeito.

Horrorizado pelas condições em que ela estava, ele balançou a cabeça e sentenciou:

— Ninguém a machucará novamente, prometo.

Louis, ao ver que se aproximavam, sorriu. Kieran parecia mais relaxado, e até a cor havia voltado a seu rosto. Depois que Angela agradeceu a todos pela ajuda, montaram em seus cavalos e voltaram ao acampamento.

Ao chegar, ela suspirou. Apesar de Kieran ter posto vários tartãs sob suas nádegas, a dor era insuportável. Ao vê-la chegar, Iolanda correu para ela. Quando desceu do cavalo, depressa a abraçou.

— Você está bem?

— Sim. Estou bem.

— Eu sabia que não havia sido você. Você nunca faria isso com Kieran.

Com um sorriso, Angela olhou para o marido, que as observava, e murmurou:

— Às vezes sinto vontade de enforcá-lo, mas você tem razão, eu nunca lhe faria nada de mal.

Kieran sorriu.

Enquanto Patrick tratava de novo das feridas de Kieran e Iolanda desinfetava as mãos e os joelhos de Angela, esta disse:

— Ele deve estar com dor, cansado, extenuado, mas, você sabe, um highlander nunca demonstra sua fraqueza.

Ambas sorriram.

Vários guerreiros O'Hara se aproximaram de Angela para saber de seu estado, e ela os tranquilizou. Kieran olhou para sua mulher e, ao vê-la cercada por todos aqueles homens, franziu o cenho, levantou-se e se afastou.

— Ande, Angela, vá obrigar Kieran a se deitar e descansar — disse Iolanda.

Ela assentiu. Quando o alcançou, pegou-o pelo braço e perguntou:

— Posso acompanhá-lo?

Sisudo, Kieran a olhou.

— Você estava bem entretida com tantos admiradores em volta.

Ela sorriu e, ficando na ponta dos pés, beijou-o nos lábios.

— O único admirador que me interessa é você — afirmou.

Ele a olhou, encantado.

— O que acha de irmos descansar um pouco na tenda? Estou exausta — propôs ela.

Tão cansado quanto ela, Kieran assentiu e, sob o olhar atento de todos, dirigiram-se para a tenda. Uma vez dentro, Angela, depois de colocar várias mantas no chão, disse ao ver seu semblante extenuado:

— Venha, deite-se aqui.

Ele negou com a cabeça e se sentou em uma espécie de banquinho.

— Estou com sede — comentou —, pode me dar um pouco de água?

Angela pegou uma jarra e serviu a água apressada. Ele bebeu, e quando lhe entregou a taça, ela a acabou. Ao ver que ele a observava alegre, agachando-se ao seu lado, esclareceu:

— Estou acostumada a não jogar água fora. Em Caerlaverock tínhamos tão pouco de tudo que...

— Você me ama tanto a ponto de ter entregado sua vida por mim?

A pergunta a pegou de surpresa; instintivamente, ela olhou para cima.

— Não olhe para o teto e responda — insistiu Kieran.

Acalorada, ela o fitou e, ao ver que ele esperava uma resposta, disse:

— Só um tolo como você não saberia que eu o amo. — E ao vê-lo levantar as sobrancelhas, acrescentou depressa. — Mas não fique angustiado, ainda me lembro: sem exigências nem recriminações. Sei muito bem que... Oh, pelo amor de Deus! Quer parar de me olhar assim?

— Não posso — riu ele.

— Por que não pode?

— Porque sou um tolo apaixonado por você. Gosto de seu descaro, de sua sinceridade, do jeito como você cora, como sorri e como fica brava.

— Kieran... — murmurou ela.

Sem afastar o olhar do dela, ele perguntou:

— O que sou para você, Angela?

Ao ouvi-lo, ela se arrepiou e, sem poder mentir sobre algo que para ela era tão importante, respondeu:

— Você é tudo para mim, Kieran.

Comovido com essas palavras, ele pegou a mão dela, sentou-a em seu colo, beijou-a com ternura e, a poucos centímetros de sua boca, murmurou:

— Eu sinto o mesmo por você. Eu a amo, mas não me atrevia a confessar. No dia em que você se abriu comigo, fiquei tão paralisado que não soube o que fazer, e reagi mal. Não sei se foi por pudor ou para não deixar que visse que você é minha fraqueza. Mas me arrependo. Eu me arrependo um pouco mais a cada segundo que passa.

— Kieran...

— Reconheço que, no início, eu contava os dias que faltavam para o fim de nosso enlace, porque não queria ficar amarrado a você, mas, de repente, tudo mudou, e eu os contava para recordar a mim mesmo os dias que ainda tinha para lhe dizer que estava apaixonado por você. Cada vez que discutíamos, desejava beijá-la, quanto mais me empenhava em esquecê--la, mais desejava estar ao seu lado, e quando esses homens a afastaram de mim, percebi que, definitivamente, você é tudo para mim.

A respiração de ambos se acelerou.

— Eu sempre senti amor por minha mãe, por meus guerreiros, por meus amigos, mas o que sinto por você é inigualável, porque fico sem ar quando você não está, tenho ciúmes se você sorri para outro homem e só estou tranquilo e feliz quando a tenho junto a mim e a vejo sorrir.

Pasma diante de tal incrível declaração de amor que havia superado tudo que poderia imaginar, ela pestanejou. Teria adorado lhe pedir que repetisse tudo, palavra por palavra, olhar por olhar, mas sabia que não devia. De modo que balançou a cabeça, sorriu, e Kieran, ciente de tudo que havia saído de sua boca, perguntou:

— Você não tem nada a dizer?

— Você acabou de dizer que também me ama? — disse ela.

Aproximando a boca da de sua mulher, Kieran assentiu:

— Sim, *minha vida*. Foi o que eu disse. Beije-me.

45

Três dias depois, as feridas de Kieran, após os cuidados e carinhos de Angela, estavam melhor. Quando entraram em Stirling, Iolanda, protegida por uma capa que Angela lhe havia emprestado, observava com curiosidade o lugar que a havia visto nascer e sentiu uma estranha alegria ao ver os comércios e as pessoas que conhecia desde sempre.

— Você está bem, Iolanda? — perguntou Angela.

A jovem assentiu e, embora não se deixasse ver por ninguém, ao passar por uma rua, disse com um sorriso:

— A terceira porta à direita é a casa de Pedra, onde fica a loja de vestidos. Minha casa é a quarta porta à direita.

Angela olhou.

Os guerreiros O'Hara dirigiram-se ao lugar onde haviam pernoitado outros anos. Kieran, depois de ordenar que montassem as tendas, dirigindo-se a sua mulher e à jovem Iolanda, disse:

— Acompanhem-me. Vamos procurar um lugar onde comprar lindos vestidos para vocês.

Elas se olharam e Angela perguntou:

— Kieran, você se importa se formos sozinhas?

Surpreso, ele respondeu:

— Impossível; Stirling está cheio de guerreiros, e não quero que aconteça nada com vocês.

— Eu sei me defender, você sabe disso.

Kieran, certo disso, mas não disposto a se afastar dela, disse:

— Vamos, eu as acompanharei.

Os três, com mais dois guerreiros, afastaram-se do acampamento e, quando chegaram ao centro de Stirling, Kieran parou em várias ocasiões para cumprimentar lairds que conhecia; e praguejou ao encontrar de novo Aiden McAllister.

Por fim, chegaram à rua onde Iolanda havia dito a Angela que ficava sua casa e a de Pedra.

— Acho que vendem vestidos bonitos ali — disse Angela.

Kieran olhou e, ao ver um pequeno letreiro de madeira, perguntou:

— Quem lhe disse isso?

Dando de ombros, ela respondeu depressa:

— O letreiro diz que vendem vestidos.

O highlander, alegre diante da expressão de sua mulher, assentiu.

— Então, vamos. Certamente encontrarão algo que lhes agrade.

Temerosa, Iolanda olhou para a amiga, mas Angela lhe indicou que os seguisse. A jovem a acompanhou, enquanto seu coração batia a toda velocidade. Queria ver Pedra e seu irmão, e isso estava prestes a acontecer.

Vislumbrou Pedra pela janela. A mulher costurava e Iolanda, ao vê-la, sentiu vontade de chorar. Quanto havia ansiado esse momento!

Kieran, depois de desmontar de seu cavalo impressionante, ajudou Iolanda e logo foi ajudar sua mulher a descer do seu. Mas ela não o esperou; com um salto e agilidade, desceu sozinha. Kieran, ao ver seu gesto de autossuficiência, pegou-a pela cintura e, fitando-a nos olhos, murmurou:

— Você sabe que estou totalmente apaixonado por você, não é?

Isso tocou o coração de Angela.

— Tanto quanto eu por você. Posso lhe pedir uma coisa? — acrescentou ela, então.

— Diga.

— Eu gostaria que você não visse meu vestido até a hora da festa. Quero fazer uma surpresa.

Ele achou engraçado, mas não riu. Depois de olhar pela janela e se certificar de que só a costureira estava ali, concordou:

— Tudo bem. Aproveitarei o tempo que vocês estiverem aqui para fazer algumas coisas, mas não saiam daqui até eu voltar, entendeu?

Angela não disse nada, e Kieran insistiu:

— Entendeu, Angela?

Por fim, ela assentiu. Depois de pegar Iolanda pelo braço, entraram juntas na loja.

Kieran montou em seu cavalo e, olhando os dois homens que os acompanhavam, ordenou:

— Fiquem aqui de guarda. Voltarei logo.

Quando a porta se abriu, Pedra ergueu o olhar e, ao ver duas potenciais clientes, levantou-se. Nesses dias se vendiam muitos vestidos em Stirling. Com um sorriso encantador, cumprimentou-as:

— Bom dia.

Iolanda, ainda escondida sob o capuz, não se mexeu; era incrível estar no lugar onde havia vivido momentos tão bonitos com sua mãe.

— Bom dia — respondeu Angela.

Pedra, ao ver que a jovem ruiva olhava ao redor, disse:

— Suponho que veio comprar um lindo vestido, não é?

Angela assentiu.

— De que clã vocês são? — perguntou a mulher.

— Do clã O'Hara. Sou esposa do laird Kieran O'Hara.

A mulher sorriu e, olhando para a jovem encapuzada, esperou sua resposta. Mas ela tirou o capuz e murmurou com os olhos cheios de lágrimas:

— Olá, Pedra...

A expressão da mulher mudou por completo; sem hesitar um instante, correu para a porta, trancou-a para que ninguém pudesse entrar e depois abraçou Iolanda. Angela as olhava enquanto elas se abraçavam com carinho. Quando se separaram, Pedra perguntou:

— Minha vida, por onde andou todo esse tempo?

— Longe... longe de vocês para mantê-los a salvo. Como você está? Como está Sean?

Emocionada, a mulher teve que se sentar em uma cadeira.

— Sean e eu estamos bem. E você, está bem? — disse ela, sem soltar as mãos de Iolanda.

— Sim, Pedra.

De novo se abraçaram, e Pedra, comovida, murmurou:

— E seus cabelos, minha vida? O que aconteceu com seus lindos cabelos?

Iolanda sorriu e, enxugando as lágrimas da mulher, respondeu:

— Não se preocupe, o cabelo cresce. Tive que me fazer passar por homem todo esse tempo, e a melhor maneira foi cortando-o. Mas, agora, estou com Angela e seu clã, e tudo vai mudar.

Quando Angela ouviu "Angela e seu clã", ficou arrepiada. Na verdade, aquele clã só seria seu durante um ano. Mas sem dizer a Pedra a verdade de seu destino, sorriu.

— Onde está meu irmão agora? — perguntou Iolanda.

— Com Fiord — sibilou Pedra. — Esse infeliz nunca mais confiou em mim. Fez um negócio com um jovem casal amigo dele e trocou a casa de seus pais pela deles, que fica ao lado da ferraria, em frente ao maior prostíbulo de Stirling, e...

— Minha casa não é mais minha? — perguntou Iolanda, triste.

Pedra negou com a cabeça.

— Na verdade, essa casa deixou de ser meu lar no dia em que esse homem entrou nela — murmurou a jovem, por fim.

Durante um bom tempo, Pedra e Iolanda conversaram, até que Angela as interrompeu, nervosa, com medo de que Kieran aparecesse, e disse a sua amiga que deviam provar vestidos enquanto falavam. Não queria que seu marido suspeitasse daquela visita.

Pedra lhes mostrou depressa vários vestidos confeccionados em diversas tonalidades e as duas começaram a experimentá-los. Angela, incrédula, olhava-se no espelho. Nunca havia tido um vestido novo. Sendo a caçula de três irmãs, e com a penúria que passavam em Caerlaverock, sempre os havia herdado. Por isso, ao tocar o pano e sentir o toque suave, emocionou-se.

Depois de provar um ocre e outro verde, apaixonou-se por um vermelho vivo. Ajustava-se a seu corpo de uma maneira maravilhosa, e ela tinha quase certeza de que seu marido adoraria, apesar de ser escandaloso.

Quando Kieran chegou, olhou as três mulheres e, aproximando-se com um sorriso satisfeito, perguntou:

— Já encontraram algo bonito para a festa?

Iolanda e Angela assentiram. Kieran, ao ver vários vestidos, saias e camisas em cima de uma espécie de mesa de madeira, perguntou a Pedra:

— E de que mais minha esposa gostou?

A mulher foi responder quando Iolanda disse:

— Nunca imaginaria que uma jovem como você, que vivia em uma fortaleza, jamais tenha tido o prazer de usar uma roupa nova.

Kieran, ao ouvir isso, olhou-a surpreso e inquiriu:

— Iolanda, está falando sério?

Angela praguejou em silêncio.

— Papai sempre me deu tudo de que eu necessitava, e...

— Eu sei, Angela — interrompeu Kieran, ciente dos sentimentos dela. — Eu sei que seu pai foi um bom homem.

Angela assentiu. Kieran, desejando fazer todos os caprichos dela, declarou, olhando para Pedra:

— Minha mulher vai precisar de mais que um vestido.

E ao ver que ela ia protestar, acrescentou:

— Você não tem roupa e não pode aparecer com a que está usando diante dos demais clãs. Comprem algo mais vocês duas e tirem esses vestidos surrados. Não posso levá-las assim perante os lairds.

— Não... não, por favor, meu senhor... não... — recusou Iolanda.

— Como dama de companhia de minha mulher — interrompeu Kieran —, quero que esteja elegante e feliz. Entendido?

Ao ouvir isso, Pedra sorriu. Aquele era um bom laird, e, sem dúvida, faria uma boa venda. Angela e Iolanda, depois de ceder, decidiram comprar umas saias em tons de areia e umas camisas. Pedra lhes mostrou também sapatos e botas e, diante do alegre olhar de Kieran, as jovens provaram e escolheram muitas coisas mais, rindo dos comentários dele.

Quando acabaram, depois de pagar a mulher, Kieran deu ordem a seus homens para que carregassem a roupa e a levassem até o acampamento. Gostou de ver Angela tão bonita com aquela roupa nova, e mais ainda de ver seu sorriso de satisfação. Com qualquer coisa sua mulher ficava esplendorosa, e as cores vivas a embelezavam de uma maneira espetacular.

Ao sair da loja, Iolanda pôs o capuz de novo, o que chamou a atenção de Kieran. Mas não disse nada. Por que estava se escondendo?

Quando os três já estavam montados, Kieran viu a costureira olhar emocionada pela janela. Disfarçadamente, olhou para sua mulher e Iolanda e viu que ambas a saudavam com um sorriso mais que carinhoso. Não perguntou, mas soube que se conheciam, e cedo ou tarde descobriria de onde.

46

Faltavam duas noites para a grande festa dos clãs e todo o mundo se divertia no acampamento ao som de música. Os clãs que iam chegando, reunidos ao redor de uma grande fogueira, conversavam, dançavam, riam e bebiam.

Kieran, ansioso para que Angela e Iolanda os acompanhassem, incentivou-as a ir à festa, mas Iolanda recusou. Angela aceitou; estava feliz por poder estar com ele.

Com um dos vestidos novos que ele havia comprado para ela, viu que Kieran a apresentava com certo orgulho a vários amigos, e notou que eles a observavam com satisfação.

Angela estava linda, e vê-la sorrir era para ele, no mínimo, cativante.

Mas sob toda aquela segurança, a jovem estava expectante enquanto olhava ao redor. Sabia que a qualquer momento apareceria o clã de Susan Sinclair ou a mãe de Kieran, e pensar nisso a deixava nervosa.

Depois de dançar, Zac se aproximou de Angela enquanto Kieran conversava com alguns homens. Entregou uma caneca de cerveja e exclamou:

— Ainda não posso acreditar que você é a Fada!

— Essa era a ideia — riu ela.

— Assim como nunca imaginei que Sandra fosse uma das encapuzadas — prosseguiu Zac.

— A ideia era essa também.

Sorriu ao ver o interesse que o jovem demonstrava por sua amiga.

— Tudo bem, Zac, o que quer saber dela? — disse Angela, disposta a ajudar o rapaz.

Ele sorriu e, sentando-se ao lado de Angela, manteve uma conversa séria com ela.

Depois do jantar, ela tentou escapar. Tinha planos com Iolanda, mas Kieran não a soltou. Queria tê-la ao seu lado o tempo todo. Por mais que arranjasse pretextos, foi impossível, e, no fim, decidiu se conformar. Estava com Zac e seu marido quando uma voz de mulher perguntou:

— É verdade que você se casou, Kieran O'Hara?

Zac logo reconheceu a voz e sorriu ao ver sua irmã Shelma ao lado de Alana McDougall.

— Olá, irmãzinha — saudou Zac, dando-lhe um beijo.

Kieran pegou Angela pela cintura com atitude possessiva e disse:

— Esta é Angela O'Hara, minha mulher. *Minha vida*, estas são Shelma e Alana, duas grandes amigas e esposas de dois amigos excepcionais.

As duas se entreolharam incrédulas. Aquela mulher delicada de cabelos vermelhos era a mulher de Kieran? E ele a havia chamado de "minha vida"? Depois de se olharem surpresas, Shelma a cumprimentou:

— Prazer em conhecê-la, Angela.

— É um prazer — acrescentou Alana.

— Igualmente — respondeu Angela com um gracioso movimento de cabeça.

Lolach e Axel, os maridos, aproximaram-se olhando para seu amigo com curiosidade, até que o primeiro, com seu sorriso de sempre, perguntou:

— Devo levar a sério o que ouvi, Kieran?

Ele assentiu e, depois de dar um beijo na cabeça de sua mulher, apresentou-os:

— Minha vida, este é o laird Lolach McKenna, marido de Shelma e cunhado de Zac. E este é o laird Axel McDougall, marido de Alana.

Este último, aproximando-se depressa de Angela, beijou-lhe a mão e disse, galante:

— É um prazer conhecer a mulher que foi capaz de levar Kieran ao altar. — E em tom divertido, acrescentou: — Depois nos conte como conseguiu tal proeza.

Ela respondeu, também alegre:

— Foi uma união de mãos. E quanto a sua pergunta, só direi que eu o pedi em casamento e ele muito gentilmente aceitou. Foi fácil!

Todos riram. Kieran, sem soltá-la, confirmou:

— As ruivas sempre foram minha fraqueza.

Axel soltou uma gargalhada, e logo Zac e Lolach o acompanharam. De que mulher Kieran O'Hara não gostava?

Shelma, incapaz de se calar, ao ver a atitude dos homens grunhiu:

— Por que essa risada?

— Shelma... — advertiu-a a sempre cautelosa Alana.

Angela, sabendo por que eles estavam rindo, sorriu e ficou calada. Devia se comportar como Kieran desejava.

— Sabem quando chegam Megan e Duncan? — perguntou Zac.

— Chegarão com Gillian e Niall, certamente amanhã — respondeu Lolach.

— Que bom! — riu Angela, tomando o braço de seu marido. — Por fim vou poder conhecer todos os amigos de quem você tanto fala.

Durante um bom tempo, todos ficaram conversando e Angela viu o bom humor constante deles. Sem dúvida eram muito amigos; gostou deles, e queria conhecer os demais.

Já de madrugada, Shelma e Alana se retiraram para descansar e seus maridos decidiram acompanhá-las. Depois voltariam para perto do fogo. Angela aproveitou a oportunidade para voltar ao acampamento, e Kieran, como bom marido, acompanhou-a também.

— Não precisa ir comigo, posso voltar sozinha.

Depois de cumprimentar alguns guerreiros com que cruzaram, ele disse:

— Eu seria louco se a deixasse sozinha entre tantos homens. Dê-me a mão.

Achando graça de seu instinto de proteção, ela lhe deu a mão. Ao ver como os homens olhavam para sua esposa, comentou:

— Você tinha razão. Devíamos ter ido direto para Kildrummy.

Angela sorriu e, com um gesto bem feminino, esticou o pescoço e sussurrou:

— Eu disse, mas você não quis me escutar.

— Trezentos e dezessete — disse ele, para provocá-la.

Surpresa por ver que ele continuava contando os dias, foi protestar, mas ao ver sua expressão divertida, soltou uma gargalhada.

Entre risos e gracinhas chegaram ao acampamento. Uma vez ali, Angela viu Iolanda sentada sozinha perto de sua tenda e Louis não muito longe, apoiado em uma árvore.

A expressão dele e o jeito como a olhava eram de cortar o coração. Sem dúvida, o highlander queria se aproximar dela, mas a jovem não permitia.

Tinha muito medo dos homens. Quando os viu chegar, depois de um aceno de Angela, Iolanda cobriu os olhos com as mãos e começou a chorar.

— Importa-se se esta noite eu dormir na tenda com Iolanda? — perguntou Angela, olhando para Kieran.

— Sim. Claro que me importo — replicou ele.

Ela sorriu e, manhosa, sussurrou:

— Iolanda está mal e precisa de consolo.

— Ficar com ela me privará de você.

Adorando sua resposta, ela o beijou.

— É só uma noite, meu amor.

— Uma noite é muito.

— E se eu prometer compensar a noite perdida?

Kieran sorriu e, aproximando-se dela, murmurou:

— Seu descaramento me convenceu. Vá com Iolanda.

Angela, depois de beijá-lo com paixão, esboçando um sorriso, deu um passo em direção a Iolanda. Mas ao ver que vários highlanders a observavam, deu uma piscadinha para Kieran e disse:

— Comporte-se direitinho... meu amor.

Quando chegou a Iolanda, abraçou-a e murmurou:

— Vamos entrar na tenda. Quanto antes eles nos virem quietas, antes irão embora.

Uma vez que entraram, Kieran foi a passos largos até Louis, que estava muito sério, e, contrariado por não estar com Angela, propôs:

— Vamos. Acho que nós dois precisamos de uma bebida junto ao fogo.

47

No interior da tenda, Angela e Iolanda tiraram apressadamente os vestidos novos e vestiram as calças de couro e as botas.

— Até quando você vai continuar torturando o pobre Louis?

— Não sei, mas já estou começando a ficar com dó dele.

— Fale com ele, não seja boba. Ambos desejam isso.

A jovem bufou e, olhando para sua amiga, replicou:

— Para quê? Ele sabe muito bem que nunca terá nada com uma mulher como eu...

— E se você lhe der uma chance, vai ver como ele está arrependido de ter dito aquelas palavras desafortunadas.

Já vestidas de homem, guardaram umas saias em uma sacola.

— Descosturou a tenda? — perguntou Angela, enquanto prendia o cabelo em uma longa trança.

Com uma expressão marota, Iolanda levantou uma das laterais.

— Vamos, não podemos perder tempo — urgiu Angela.

Escondidas sob sua indumentária masculina e os capuzes, saíram com cuidado pela parte de trás da tenda. Uma vez fora, afastaram-se dos O'Hara e passaram depressa, mas sem correr, entre centenas de guerreiros. Ninguém reparou nelas. Para eles, eram apenas mais dois guerreiros.

Já longe do centro onde se reuniam os clãs, adentraram as ruas de Stirling.

— Guie-me. Eu não conheço a região — disse Angela.

Iolanda caminhava com segurança pelas ruelas escuras, até que chegaram à ferraria, e, então, parou. Ali, a poucos passos, Fiord estava trabalhando com quatro homens de aspecto nada tranquilizador. O coração de Iolanda se acelerou.

Angela, ao ver os homens, segurou o braço da jovem com força e sussurrou:

— Não pare. Continue caminhando.

Sem notar nada, Fiord continuou falando com os outros enquanto elas passavam ao seu lado; o bulício do prostíbulo era ensurdecedor. Depois de dobrar a esquina e não ver ninguém, Iolanda se apoiou na parede e, tremendo, murmurou:

— O homem de cabelos escuros era Fiord.

— Que casa Pedra disse que é a de seu irmão agora? — perguntou ela.

— Esta — respondeu Iolanda, afastando o corpo da parede.

Angela olhou para a casa que ela apontava e, dando meia-volta, observou o prostíbulo que ficava em frente.

— Este não é um bom lugar para criar uma criança — sentenciou.

Iolanda assentiu e, olhando para uma janela, sussurrou:

— Venha, vamos ver se conseguimos entrar por ali.

Depois de forçar a janela, conseguiram entrar na casa. O lugar era sujo e frio. Caminharam com cuidado para não fazer barulho, até que Angela viu um menino dormindo encolhido no chão. Detendo sua amiga, indicou-o.

Ao vê-lo, Iolanda levou as mãos à boca. Aquela criancinha suja que chupava o dedo enquanto dormia era seu irmão Sean; seus olhos se encheram de lágrimas. Com cuidado, aproximou-se para olhá-lo mais de perto. O bebê que havia abandonado no passado agora era um menino de lindos cabelos escuros e olhos rasgados como os dela e de sua mãe. Sem tocá-lo, sorriu emocionada.

— Ele se parece demais com mamãe. Muito mesmo.

Nesse momento, o menino tremeu de frio. Então, Iolanda se levantou e procurou algo com que o cobrir. Pegou um tartã que encontrou e o agasalhou com carinho.

— Pobre Sean... coitadinho, meu menino — murmurou.

Angela pôs a mão em seu ombro para lhe dar forças, e quando Iolanda se ergueu, olhou-a com desespero e declarou:

— Não posso deixá-lo aqui.

— O quê?!

— Não posso ir embora sabendo que ele vive nestas condições. Fiord não o ama, não cuida dele e...

— Iolanda, eu entendo — interrompeu Angela. — Mas neste momento não podemos levá-lo. Voltaremos na noite antes de partirmos de Stirling, eu prometo!

Mas a garota negou com a cabeça: não estava disposta a se separar de seu irmão. Nessas estavam quando de repente ouviram a porta que ligava a ferraria com a casa se abrir.

Iolanda ficou paralisada, mas Angela olhou para a janela pela qual haviam entrado e a urgiu:

— Vamos! Temos que sair daqui.

— Não — murmurou a jovem.

Desesperada, Angela a fitou e, com uma mão na empunhadura da espada pronta para atacar, insistiu com fúria:

— Pelo amor de Deus, vamos! Se Fiord nos pegar aqui, as consequências serão péssimas.

Mas Iolanda não conseguia reagir, de modo que Angela a puxou com força, bem quando se ouvia a voz de um homem que gritava:

— Alto lá!

— Temos que pular — disse Angela, pondo seu capuz e o de Iolanda. — Vamos!

A luz de um candelabro iluminou totalmente o aposento. Fiord, ao ver duas figuras encapuzadas, gritou e correu para a ferraria para interceptá-las.

Angela e Iolanda por fim pularam pela janela, e já iam sair correndo quando umas mãos fortes as seguraram. Ao se virar, viram que era Zac.

— Sigam-me, rápido! — ordenou ele.

Sem tempo a perder, ambas entraram com ele pela porta dos fundos do prostíbulo. Uma mulher rechonchuda sorriu ao ver o jovem, a quem sem dúvida conhecia, e Zac, com um lindo sorriso, disse que precisava de um lugar para ele e suas duas amigas. Depois de lhe dar umas moedas, ela os deixou passar, e Angela, ao ver uma porta aberta, correu para ela. Quando entraram os três, fechou-a.

Zac viu que não havia janelas naquele quarto para escapar se fossem descobertos e praguejou em voz alta. Depressa abriu a porta: tinham que procurar outro quarto. Mas logo a fechou. Havia acabado de ver os homens da ferraria no corredor, procurando-os com semblante feroz.

Sem tempo para fazer nada, ele olhou para as mulheres e sussurrou:

— Deitem na cama.

— Como?! — exclamaram elas, desconcertadas.

— Façam o que eu disse! — insistiu Zac.

— Ah, não... isso não — grunhiu Angela.

— É indecoroso — queixou-se Iolanda.

Zac tirou a camisa e as botas a toda pressa e, com cara de poucos amigos, sibilou:

— Maldição, joguem-se em cima de mim em atitude carinhosa, ou não sairemos vivos daqui.

Cientes da confusão em que estavam, fizeram o que Zac lhes dizia.

— Fique com as mãos quietinhas — exigiu Angela.

— Não é minha intenção tocá-las, mas temos que fingir que estamos nos divertindo quando entrarem, para que pensem que não é a nós que estão perseguindo — disse ele, maroto.

Nervosa, Angela soltou a trança e revirou o cabelo, e, então, aproximou-se de Zac para colar seu peito ao dele.

— Se seu marido souber disto, vai nos matar — murmurou ele.

— Não duvido — afirmou Angela.

De súbito, a porta se abriu. Zac, retirando o cabelo de Angela de cima de seu rosto, protestou irritado:

— Que diabos querem?

Fiord e os homens que o acompanhavam pararam ao ver o trio e saíram por onde haviam entrado. Quando a porta se fechou, os três ficaram bem quietos na cama. E, ao ouvir que os passos se afastavam, Zac disse:

— Temos que sair daqui imediatamente. Vamos!

Sem se mexer, Angela olhou para o jovem que havia lhes salvado a pele e perguntou:

— Como sabia onde estávamos?

— Ando vigiando-as desde que as ouvi conversar no bosque, há dias.

— Ouviu o que dissemos? — perguntou Angela.

O jovem, olhando para Iolanda, murmurou com carinho:

— Tenho uma irmã chamada Megan que sempre lutou por mim, por minha irmã Shelma e por ser feliz, e embora ela não tenha padecido o que a ouvi contar naquele dia, você se parece com ela. Você é forte, Iolanda. Mais forte do que pensa. É uma guerreira incrível que nunca se rendeu, e agora também não vai se render, não é?

A jovem negou com a cabeça.

— Conte comigo para o que precisar, tanto você quanto seu irmão, está bem? — acrescentou Zac.

— Obrigada — murmurou ela, emocionada.

Angela sorriu. Estava conhecendo pessoas maravilhosas.

Os escandalosos gemidos da mulher do quarto ao lado os devolveram à realidade. Levantaram-se depressa. Tinham que sair dali.

— Passei o dia todo as observando e sabia que iam agir à noite.

— Kieran sabe? — inquiriu Angela, preocupada.

Zac guardou a espada na cintura e respondeu:

— Não. Se soubesse, tenho certeza de que mataria nós três.

Angela sorriu. E, olhando para Iolanda, que continuava séria, sussurrou:

— Calma, voltaremos para buscar seu irmão.

— Não sairei de Stirling sem ele — afirmou Iolanda.

Angela e Zac se fitaram. Não seria fácil levar uma criança sem mais nem menos.

— Vamos pensar no que fazer; mas, lembrem-se: da próxima vez que vierem aqui, avisem-me. Eu as acompanharei — acrescentou ele.

Quando já estavam prontos, Zac abriu a porta, viu o caminho livre e os três saíram do quarto. Com cautela, foram para a porta dos fundos, pela qual haviam entrado, e uma vez ali, saíram e correram para uma ruela próxima, onde Zac havia deixado seu cavalo. Montaram os três nele e se afastaram o mais depressa possível do lugar.

Ao chegar à área onde estavam os clãs, desmontaram e foram caminhando para as tendas. Zac, depois de falar com elas, adiantou-se para abrir caminho e avisá-las se tivessem que parar.

Kieran, que estava com Louis e seus amigos conversando ao redor do fogo, ao olhar para trás viu Zac e sorriu. Mas os movimentos e sinais que ele fazia com as mãos despertaram sua curiosidade e, ao olhar com mais atenção, ficou sem fala ao ver Angela e Iolanda atrás do jovem.

Louis, ao notar que Kieran olhava para trás, virou-se para ver o que era e murmurou:

— O que esses três estão fazendo?

— Não sei — respondeu Kieran, contrariado.

Sem tirar os olhos deles, viram as jovens chegarem até um ponto e as perdeu de vista; até que viu Angela assomar a cabeça em frente da tenda de Iolanda e sorrir para Zac.

Ele assentiu e seguiu seu caminho.

— Elas não haviam ido dormir? — murmurou Louis, confuso.

— Era o que eu pensava — afirmou Kieran —, mas parece que não.

Pouco depois, Zac se juntou ao grupo e, pegando uma caneca de cerveja, brindou com Lolach. Kieran, sem lhe dizer o que havia visto, aproximou-se e, pousando a mão em seu ombro, perguntou:

— Onde estava?

— Dando uma volta — respondeu o jovem.

Lolach, que conhecia muito bem seu cunhado, acrescentou:

— Com alguma mocinha, não é?

Zac soltou uma gargalhada e, com uma expressão marota, respondeu:

— Com duas, para ser mais exato.

Os highlanders aplaudiram e começaram a dizer todo tipo de bobagens, enquanto Kieran disfarçava seu mal-estar e Louis sorria sem vontade.

— Tive bons mestres, e garanto que me diverti muito... muito — brincou Zac.

De novo os homens riram diante de seu comentário. Kieran, controlando-se a duras penas, riu com todos. Quando deu meia-volta para ir falar com Louis, encontrou Aldo Sinclair, pai de Susan, com sua mulher e várias pessoas de seu clã.

Durante alguns segundos ambos se fitaram. Sem dúvida, as notícias voavam e Aldo não parecia contente. Kieran, disposto a falar com ele, deu um passo à frente, mas, então, Susan saiu de trás de seus pais e cumprimentou os presentes:

— Boa noite, cavalheiros.

Os homens se levantaram e sorriram. Susan Sinclair era uma jovem bonita e elegante que não deixava ninguém indiferente. Tudo nela era perfeito – seu rosto, sua pele, seu sorriso, suas mãos, seu corpo –, e Kieran, ao vê-la, sorriu. Como sempre, estava fantástica, perfeita. Aproximando-se dela, pegou sua mão e a beijou todo cavalheiro.

— Como sempre, sua beleza me fascina.

Susan sorriu e, depois de pestanejar, fez uma careta graciosa e disse:

— Não é o que eu soube.

Nesse momento, lady Augusta, mãe dela, interveio:

— Agora você é um homem casado, Kieran O'Hara, parabéns.

— Obrigado, lady Augusta.

— Quando poderei conhecer sua mulher? — perguntou Susan.

Constrangido, ele foi responder, mas Gavin Kincaid, filho de Murdor Kincaid, aproximou-se de Susan e, depois de lhe dizer algo no ouvido e fazê-la sorrir, a jovem se despediu:

— Até amanhã, Kieran.

Augusta sorriu e seguiu a filha. Não era decoroso que passeasse sozinha de braços dados com um homem à noite. Aldo Sinclair, ao ver Kieran olhar para a garota, disse com voz rouca:

— Parabéns por seu casamento, O'Hara.

— Obrigado — respondeu ele, estreitando a mão que o homem estendia.

Sem soltá-la, Aldo acrescentou:

— Imagino que a mulher que conquistou seu coração deve ser muito especial para que a tenha preferido a minha filha adorada.

E, dito isso, afastou-se, deixando Kieran de queixo caído. Não tinha a menor dúvida de que os Sinclair não haviam visto a menor graça em seu enlace.

A vários metros dele, Susan olhou para Kieran e sorriu. E ele lhe deu uma piscadinha. Lolach, que junto com Axel havia presenciado o encontro, ao ver como Kieran seguia a bela jovem com o olhar, disse:

— Se não se casou com ela é porque não era para você, não acha?

Quando Kieran foi dizer algo, Axel, levantando-se, comentou:

— É tarde. Vou descansar.

Todos assentiram e, instantes depois, dirigiram-se a suas tendas. Kieran, aproximando-se de Zac, que estava falando com umas jovens, fez um sinal a Louis e, pegando-o pelos ombros, ambos anunciaram com um sorriso nada tranquilizador:

— Temos que falar com você.

48

Ao amanhecer, Angela notou movimento ao seu lado. Ao abrir os olhos, viu Iolanda vestindo a calça de couro e se sentando depressa.

— Aonde você vai? — perguntou ela.

— Quero levar umas flores ao túmulo de minha mãe — respondeu a jovem, com um sorriso triste.

Levantando-se apressada, Angela pegou sua calça e disse:

— Eu a acompanharei.

Uma vez vestidas e com suas espadas no cinto, saíram pela parte descosturada da tenda. Com cautela, chegaram aonde estavam os cavalos; sem montar, pegaram-nos pelas rédeas tentando não fazer barulho, e se afastaram. No caminho, Iolanda foi recolhendo flores. Não havia muitas. O inverno estava chegando às Highlands, mas ela não queria ir de mãos vazias.

Já mais longe do acampamento, ambas montaram e Angela seguiu Iolanda, que sabia onde ficava o cemitério. Ao chegar, amarraram os cavalos a uma árvore e caminharam juntas e de braços dados.

Iolanda se dirigiu à direita do cemitério e parou em frente a uma cruz quebrada e a um túmulo descuidado.

— Olá, mamãe. Voltei.

Com o coração apertado de dor, Angela viu aquela garota de sorriso eterno se desmanchar ao cair de joelhos enquanto falava com a mãe morta. Sua dor a fez recordar o que ela havia sentido ao perder seu pai, e se emocionou. Ajoelhou-se ao lado dela, e as duas juntas tentaram tirar as ervas daninhas do túmulo.

— Não há jeito de arrumar esta cruz — murmurou Iolanda. — Nem sequer seu nome está escrito nela.

Angela assentiu e, tentando ser positiva, disse:

— Vamos mandar fazer uma e, antes de partir, viremos colocá-la. Como sua mãe se chamava?

— Mary Anne. Ela se chamava Mary Anne.

Angela assentiu e ficou em silêncio. Durante um bom tempo ficaram ali sem falar, até que começou a chover.

— Vamos voltar — propôs Iolanda, levantando-se.

Saíram do cemitério e, montando de novo os cavalos, retomaram o caminho de volta.

Voltar não foi tão fácil quanto ir. A chuva intensificou-se, mas antes de chegarem ao acampamento principal, parou. Cercadas de centenas de highlanders, dirigiram-se para a tenda enquanto viam homens e mulheres conversando com afabilidade. Mas, de repente, um homem fez um barulho forte e a égua de Angela se assustou, empinando. Quando conseguiu tranquilizá-la, seu capuz escorregou e todos os presentes viram que se tratava de uma mulher.

— Maldição — murmurou ao ver como a olhavam.

Iolanda, ao ver aquilo, também tirou o capuz, e os guerreiros, ao notarem que era outra mulher, gritaram animados, enquanto algumas mulheres, finas damas, as contemplavam horrorizadas.

Como podiam se vestir daquele modo?

Os homens toscos das Highlands começaram a fazer comentários desagradáveis. Angela, ao ver que interceptavam seu caminho, sibilou:

— Não estou gostando nada disso.

Iolanda assentiu. Uns vinte jovens as olhavam, e não exatamente com doces olhos de cavalheiros.

— Acho que seu marido vai acabar sabendo de nossa escapada — sussurrou.

— Não duvido — respondeu Angela.

Vários guerreiros pegaram as rédeas de seus cavalos e as detiveram. No início, ambas tentaram ser gentis, mas ao ver que os comentários e as insinuações eram cada vez mais obscenos, Angela decidiu acabar com aquilo e, dando um chute no que estava mais perto, gritou:

— Solte já minha égua!

O homem soltou a rédea depressa e, fitando-a, disse:

— Ora... ora... a ruiva é geniosa.

O comentário fez Angela sorrir.

— E corajosa. Portanto, não se aproxime!

Mas ele, sem lhe dar ouvidos, aproximou-se mais e ousou pôr a mão em sua coxa. Angela lhe deu um tapa e, desembainhando a espada, gritou:

— Se me tocar de novo, vou lhe deixar uma cicatriz no rosto!

A gargalhada foi geral. Iolanda, olhando para o que estava ao seu lado, que pretendia fazer o mesmo, sussurrou:

— Nem se atreva a me tocar.

Muitos acharam divertida tanta valentia; mas quando outro deles tentou tocar a perna de Angela, com um movimento rápido, ela lhe fez um leve corte na mão.

— Mandei afastar essas mãos de mim — sibilou ela.

Apesar do corte, o homem sorriu, mas com rudeza e força puxou o pé de Angela, derrubando-a no chão enlameado. Ao ver isso, Iolanda desmontou depressa e correu para sua amiga com a espada na mão, preocupada. Mas não foi preciso ajudá-la a se levantar, porque Angela pulou como uma mola, e, furiosa, tirou o barro do rosto, das mãos e do cabelo e, puxando a adaga da bota, precipitou-se contra o que a havia puxado. E depois de lhe dar um chute no peito que o fez cair no chão, sentou-se sobre ele e, com a espada em seu pescoço e a adaga no estômago, sibilou:

— Se fosse um animal como você, eu o mataria pelo que acabou de fazer. Dê graças a Deus por eu pensar antes de agir, senão, você já seria um homem morto.

De súbito, ouviu o som de aço e, ao olhar para trás, viu Iolanda tentando se livrar de um homem. Soltando o que segurava, Angela foi ajudá-la, e outro homem, animado com a situação, juntou-se a eles.

— Parem! — gritou Iolanda.

— Vamos — disse um deles. — Vamos nos divertir, guerreiras corajosas.

Furiosa com o ataque gratuito, Angela soltou um grito e se lançou à luta. Sem descanso e com destreza, derrubou dois; mas o que começou como uma brincadeira para eles, a cada momento se tornava mais feroz. Surpresos diante da maestria delas na luta, cada vez se somava mais um. Até que Angela, segurando Iolanda, gritou com a espada erguida ao se ver encurralada:

— Parem se não quiserem arranjar uma boa confusão com meu marido.

— Ruiva, você merece um bom corretivo, e se seu marido não o dá, eu estou disposto a...

— Feche essa sua boca ou lhe arranco os dentes! — gritou ela, confusa.

Os homens soltaram uma gargalhada. Aquela mulher tinha marido? E, de repente, atrás das jovens ouviu-se uma voz de mulher que dizia:

— Ora, ora... ora... quanto homem valente reunido.

Ao olhar, Angela viu duas mulheres que se aproximavam também vestindo calças e de espada na mão. Uma morena e outra loura. Ela nunca as havia visto na vida, mas, pelo simples fato de intercederem a seu favor, já gostou delas.

— Thomas e Jefrey McDougall — gritou a loura —, que vergonha vê-los acossando essas mulheres. Thomas, quando eu contar a meu irmão sua brutalidade com ela desmontando-a do cavalo, garanto que vai se arrepender.

O mencionado abaixou a cabeça, e, então, a morena gritou:

— Fraser, Conrad e Mauled Shuterland, vão embora daqui antes que lhes dê o que merecem, como aconteceu ano passado por outra ousadia parecida. Ou por acaso já esqueceram?

Os guerreiros protestaram, mas, por fim, deram meia-volta e se afastaram. As pessoas começaram a dispersar, mas a morena, olhando para uma mulher que as observava, perguntou com semblante sério:

— Algum problema, Agnes Shuterland?

A interpelada levantou o queixo e respondeu:

— Se bem me lembro, ano passado seus maridos não gostaram de vocês terem enfrentado os Shuterland, e...

— O que agrada ou não a nossos maridos, querida Agnes — interrompeu a outra com segurança —, não é assunto seu.

Sem mais, contrariada, a tal Agnes recolheu as saias e se afastou com seu clã.

Nesse instante, Iolanda soltou a espada com uma expressão de dor no rosto.

— O que aconteceu? — perguntou Angela, preocupada.

— Machuquei o dedo de novo, maldição!

— Vocês estão bem? — perguntou a loura, aproximando-se.

Angela afastou o cabelo enlameado do rosto e explicou:

— O dedo de Iolanda está quebrado, mas muito obrigada por sua ajuda — disse sorrindo. — Mesmo sem querer admitir, aqueles brutos eram demais para nós duas.

Embainhando a espada, a outra sorriu também e disse:

— Se tornarem a se aproximar de você, diga que é amiga da mulher do Falcão, e garanto que irão embora. — E a seguir, acrescentou: — Sou Megan. Meu marido é o laird Duncan McRae.

— Você é a irmã de Zac? — inquiriu Angela ao recordar os nomes. E olhando para a loura, disse: — E você é Gillian?

As mulheres, surpresas, foram responder quando Kieran, aproximando-se de Angela por trás, pegou-a pelo braço e, preocupado, perguntou:

— Você está bem?

— Sim.

— Iolanda, você está bem? — insistiu ele, então, olhando para a garota.

— Sim. Estamos bem.

Ele havia ouvido uns homens falando de uma ruiva vestida de homem que havia enfrentado vários deles com a espada na mão. Logo soube que era Angela e, seguido por Zac, correu até onde lhes disseram que estava. Sem notar a presença de mais ninguém, interrogou-as ao ver o estado penoso em que as duas jovens se encontravam:

— O que estão fazendo vestidas assim?

Angela e Iolanda se entreolharam, e a primeira respondeu:

— Saímos para dar uma volta.

— Não foi isso que eu ouvi. O que aconteceu com aqueles homens?

E, olhando ao redor, Kieran gritou com voz rouca para os highlanders que os observavam:

— Onde estão aqueles imbecis? Vou matá-los!

Angela foi dizer algo quando Megan, vendo seu bom amigo tão alterado, interveio, com humor:

— Pelo amor de Deus, Kieran, o que há com você?

Ele deu meia-volta e, ao ver diante de si Megan e Gillian sorridentes, blasfemou e murmurou:

— Não acredito...

Gillian, debochada, replicou:

— No que é que você não acredita?

Zac olhou para Kieran e comentou:

— Como diria o velho Marlow, "Deus as cria e elas se juntam".

Megan, feliz ao ver seu irmão, abraçou-o e, depois dela, Gillian, enquanto Angela os observava. Notava-se o carinho que tinham um pelo outro. A seguir, Megan olhou para Kieran, que não havia aberto a boca, e disse:

— Soube de uma coisa que me deixou muito surpresa.

Ele revirou os olhos. Por que todo o mundo lhe dizia a mesma coisa?

— Se está se referindo ao casamento — interveio Zac —, sim, é verdade!

— Santo Deus! — sussurrou Gillian, fazendo Iolanda rir.

Megan baixou a voz e, aproximando-se de Kieran, perguntou:

— Você não se casou com a Sinclair melindrosa, não é?

— A insossa, Megan, a insossa! — riu Gillian ao ouvi-la.

Megan, ao ver o rosto sério de Kieran devido a seu comentário, acrescentou:

— Ela é insuportável, Gillian, e não diga que não! Lembra o que ela aprontou quando Kieran a levou para visitar Eilean Donan e soube que eu tinha sangue inglês? Para não falar de quando saiu a cavalo conosco.

Gillian explicou, rindo, que Susan Sinclair começou a choramingar ao cair na lama e sujar a roupa.

— Isso é difícil de esquecer — debochou, rindo.

Kieran praguejou ao escutá-las, lembrava-se desse episódio.

— Vocês a levaram por um caminho nada fácil para o cavalo dela — censurou ele.

As duas amigas se entreolharam.

— Pelo amor de Deus, Kieran... ela insistiu em nos acompanhar; ou não se lembra? — replicou Megan.

Ele se lembrava. Claro que sim, e se calou.

Angela tinha vontade de rir diante do que ouvia. A tal Susan não era tão perfeita como ela acreditava, e isso lhe agradou. Olhou para as duas mulheres que conversavam com seu marido e, sem conhecê-las, já gostou delas. Seus gestos, sua naturalidade e seu jeito descontraído de se explicar lhe pareceram incríveis.

— Minha irmã, Shelma, não conhece Susan Sinclair — prosseguiu Megan —, mas me disse que sua mulher se veste muito bem e que é muito delicada.

— Delicada?! — murmurou Angela, olhando para Iolanda, e ambas riram.

— Kieran, pelo amor de Deus — rogou Gillian —, diga-me que você não se casou com essa insossa...

— Bom dia — cumprimentou uma voz.

Ao se virarem, os que a conheciam viram que se tratava de Susan Sinclair, a insossa, acompanhada de sua mãe, lady Augusta. A jovem montava um imponente cavalo branco, e, como sempre, estava perfeitamente vestida. Kieran sorriu para ela e Angela ficou sentida, mas não disse nada.

— Susan, Augusta, que alegria vê-las — exclamou Megan com um falso sorriso.

— O prazer é nosso — respondeu lady Augusta.

Susan olhou para elas. Não gostava de Megan e Gillian, mas pestanejou com delicadeza; sabia que os olhares de muitos homens estavam nela. Descendo do cavalo, caminhou para as duas mulheres e disse:

— É um prazer saber que minha presença as alegra.

Angela a fitou. Por fim conhecia a Sinclair. Pôde comprovar com seus próprios olhos que era uma verdadeira beleza, e suspirou ao entender por que seu marido dizia que era o sonho de qualquer highlander. A jovem era perfeita.

Gillian tossiu de um jeito divertido, deixando claro que a antipatia era mútua. Angela, ao ver seu sorriso e sua cara de vaso, fez esforço para não rir. Sem dúvida, havia acontecido algo ali, e ela esperava saber o quê.

A mãe de Susan desmontou também e, depois de cumprimentar Kieran, olhou para as jovens que vestiam calça e, franzindo o nariz, murmurou:

— Nunca entenderei as mulheres que se vestem como homens.

Kieran, ao ouvi-la e ver a cara de Angela, para impedir que esta dissesse algo inapropriado, aproximou-se da jovem e bela Susan e, depois de beijar-lhe a mão com galantaria, disse:

— Você é tão encantadora que não se alegrar com sua presença seria um pecado.

Megan e Gillian morderam a língua e Angela o fitou incrédula.

— Kieran, como sempre, tão cavalheiro — elogiou lady Augusta.

— Nunca se deve deixar de sê-lo, encantadora Augusta — comentou ele —, especialmente diante de uma bela mulher como sua filha ou você mesma.

— E nós quatro não somos belas mulheres? — perguntou Gillian com ironia.

— Talvez sejamos cavalos — rosnou Angela, furiosa.

Kieran as olhou e foi responder, mas Megan o cortou, seca:

— Obrigada, Kieran. Nós também o apreciamos.

Susan, adorando ser o centro das atenções, sorriu e pestanejou elegantemente. Estava contrariada pelo casamento dele, mas era bom saber que ele continuava se sentindo atraído. Aproximou-se de Angela e de Iolanda devagar e, depois de observá-las, inquiriu:

— Vocês são criadas dos McRae?

Megan e Gillian se olharam divertidas, e Angela respondeu:
— Não.

Susan, sem tirar os olhos de cima delas, inquiriu:
— O que aconteceu com vocês, garotas?

Iolanda não sabia o que dizer, e Angela, depois de olhar para Kieran com fúria, respondeu:

— Nada importante. É só um pouco de barro.

— E sujeira — acrescentou lady Augusta.

Angela suspirou. Ver-se naquela situação diante daquelas mulheres a incomodava. Nunca desejara ser a mulher mais bonita de lugar nenhum, nem enlouquecer os homens, mas, naquele momento, teria gostado de ser mil vezes mais bonita que a Sinclair.

Lady Augusta, ao ver que aquela criada enlameada não ia dizer mais nada, ignorando as McRae, disse:

— Estamos impacientes para conhecer sua bela esposa. — E olhando para sua filha, perguntou: — Sua mãe está a par desse casamento?

Kieran não respondeu.

— Tenho certeza de que vai ficar desgostosa, e muito, quando souber. Edwina gosta tanto de minha Susan... — acrescentou ela.

— Mamãe, pare — protestou Susan.

— É desnecessário dizer — prosseguiu a mulher — que tanto ela quanto eu teríamos gostado de um enlace diferente. Esse que planejamos há anos.

Contrariado diante daquela conversa, Kieran, que não havia pestanejado, respondeu ao sentir o olhar de Angela:

— Entendo, lady Augusta, mas sou dono de minha vida, e nem você nem minha mãe têm o direito de me dizer com quem me casar.

Ao ouvir isso, a mulher depressa suavizou sua expressão.

— Claro... claro, e lhe dou os parabéns pela decisão — afirmou ela.

— Obrigado, lady Augusta.

Algumas crianças que brincavam passaram perto delas espirrando barro. Susan, ao vê-los, empurrou um menino, jogando-o no chão.

— Encardido, afaste-se de mim — sibilou a jovem.

Incrédula, Angela olhou para Kieran, que também não conseguia acreditar; juntos, ajudaram o menino a se levantar. Megan e Gillian rapidamente censuraram Susan, que se defendeu. Quando o menino foi embora, Angela a olhou e declarou:

— É incrível que alguém como você, que pode ajudar os outros, não o faça. O pobre menino só estava brincando.

— Está falando comigo?

— Sim, claro que estou falando com você.

Megan e Gillian soltaram uma gargalhada, mas Susan, sem se importar com o que ela dizia, fez um gesto desdenhoso com a mão e, voltando-se para o homem que lhe interessava, insistiu:

— Eu gostaria de conhecer sua esposa, onde está ela?

Constrangido com a situação, ele olhou para Angela e viu que sorria. Sem dúvida, ela ia se divertir com o que estava prestes a acontecer. Não havia pior momento para apresentá-la, com ela suja, molhada e cheia de barro, mas compreendendo que devia fazê-lo, decidido, pegou-a pela mão, puxou-a para si e disse:

— Eu lhes apresento Angela O'Hara, minha mulher.

A cara das quatro mulheres foi de absoluta surpresa. Aquela jovem suja era a mulher dele?

Angela as olhou com um sorriso encantador e, dirigindo-se a Susan, disse:

— Se houvesse empurrado a mim ou a uma criança de meu clã, garanto que já estaria coberta de barro.

— Angela... — censurou seu marido.

— Kieran... o que sua mulher está dizendo?

Ele olhou para Angela e, levantando as sobrancelhas, murmurou:

— Comporte-se, pelo amor de Deus.

Angela suspirou e, olhando para Megan e Gillian, que riam, aproximou-se e as abraçou. Não as conhecia, mas já sabia que seriam grandes amigas.

Lady Augusta pegou sua filha pelo braço e, com seriedade, repreendeu-a pela má ação. Quando acabou, Susan, recuperada da surpresa inicial, aproximou-se de Angela e disse sem tocá-la:

— Lamento pelo menino. Não devia ter feito aquilo.

Angela assentiu; Kieran interveio:

— Muito gentil de sua parte dizer isso, Susan.

— É um prazer conhecê-la, Angela O'Hara — acrescentou a jovem.

— Igualmente, Susan Sinclair — respondeu Angela com cautela.

— Sinto ter falado com vocês com maus modos — desculpou-se lady Augusta sem sair do lugar. — É que não esperava encontrar a mulher de Kieran nesse estado.

Angela sorriu.

— Espero conhecê-la melhor em Kildrummy, em circunstâncias mais favoráveis, e suplico que me perdoe por minha sinceridade, mas como mãe de Susan, eu havia... — acrescentou a mulher.

— Mamãe, cale-se! — protestou a jovem.

— Mas, filha...

— Eu disse para se calar — sibilou Susan.

Depois de um silêncio constrangedor no qual ninguém sabia o que fazer nem o que dizer, Susan, altiva, montou em seu cavalo e se afastou.

Angela, ao ver que Kieran a olhava, sem se importar com seus próprios sentimentos, aconselhou-o:

— Acho que você deveria falar com ela.

— Tem certeza, minha vida?

Angela sorriu e lhe deu um beijo doce nos lábios. Então, ele montou e, açulando seu cavalo, foi atrás de Susan.

— Obrigada pelo gesto. Em meu nome e de minha filha, eu lhe agradeço. — E com os olhos cheios de lágrimas, prosseguiu: — Susan não está bem. Estava esperançosa com Kieran, mas ele conheceu você... e eu entendo que as coisas do amor são assim, mas me dói vê-la tão triste — disse lady Augusta.

— Eu compreendo — murmurou Angela.

A mulher, depois de enxugar os olhos com um lenço que tirou da manga, sorriu e comentou:

— Qualquer coisa que necessitar, não hesite em pedir, está bem, minha linda?

Angela assentiu com um sorriso, e, então, lady Augusta pegou as rédeas de seu cavalo e, puxando-o, afastou-se caminhando.

As quatro observaram a mulher se afastar.

— Kieran disse "minha vida"? — murmurou Gillian.

Angela sorriu, e Megan, animada, perguntou:

— Por que disse para Kieran ir atrás daquela cafona?

— Insossa — retificou Gillian.

Angela, dando de ombros, respondeu:

— Ele precisa falar com ela e lhe dar explicações.

— Explicações?! — exclamaram em uníssono Megan e Gillian.

Angela sorriu, mas como não estava disposta a mentir para elas, depois de olhar para Iolanda, disse:

— Eu não deveria lhes contar isso, mas, se me acompanharem e prometerem que não contarão a ninguém, eu lhes explicarei o motivo de nosso enlace.

49

Durante toda a manhã, Angela não tornou a ver Kieran, e um estranho nervosismo oprimia seu estômago.

Teria feito bem incentivando-o a falar com Susan?

Passou grande parte do tempo conversando com Megan e Gillian, até que os maridos delas foram ao acampamento buscá-las.

Elas a apresentaram a eles, e o doce sorriso de Angela, somado a seu desembaraço e simpatia, cativou a ambos. Mas ficaram atônitos ao saber que aquela jovem, que usava calça como suas mulheres, era quem havia conquistado o mulherengo Kieran O'Hara, que sempre se sentira atraído por damas elegantes e refinadas.

Quando as duas partiram com seus maridos, Angela pôs um de seus velhos vestidos. Então, pensou na carinhosa mãe de Susan e sentiu pena. Sem dúvida, a mulher estava sofrendo por ver a filha triste. Pensou em seu pai e em como sofria ao ver Davinia infeliz.

Absorta em seus pensamentos, de repente ouviu:

— Oh, meu Deus... Oh, meu Deus...

Diante de si, Angela viu Edwina, a mãe de Kieran, parada na entrada da tenda, e depressa se levantou do chão.

— Não posso acreditar. Diga-me que não é verdade que meu filho sem juízo se casou com você.

— Escute, senhora, eu...

— Louis! — chamou ela —, diga que não é verdade o que Augusta Sinclair acabou de me contar.

Louis se aproximou e, depois de suspirar, murmurou:

— Milady, acho melhor esperar e falar com seu filho.

Com a mão cobrindo a boca, Edwina voltou o olhar para Angela e, sem poder evitar, disse:

— Não gosto de você para meu filho.

— Milady... — interveio Louis ao ver sua dureza.

Mas a mulher, sem se importar com nada, olhou para ele e exclamou:

— Pelo amor de Deus, como ele pôde se casar com ela? Essa... essa garota é uma chorona e uma queixosa insuportável, que tem medo até de um cavalo e não sabe nem segurar uma espada. O que ele viu nela? Oh, meu Deus, que desgraça!

Angela, ao ver que as pessoas paravam para escutar e ao compreender a imagem que a mulher tinha dela, sem se importar com o que pensasse, pegou-a pelo braço e a obrigou a entrar na tenda. Uma vez dentro, soltou-a e disse:

— Edwina...

— Edwina? Como Edwina?! — gritou ela.

Louis entrou também, acompanhado de Iolanda. Angela lhe agradeceu com o olhar.

— Eu não lhe dei permissão para que me chame pelo nome, garota — prosseguiu lady Edwina, irritada.

— Eu sei, mas...

Mas a mãe de Kieran, levando dramaticamente a mão à boca, sem deixá-la falar, disse:

— Chegaram a Edimburgo notícias do que aconteceu com seu pai e sua gente, e sinto muito, garota. Achei que você havia ido para Glasgow com sua irmã Davinia e seu marido.

Edwina havia ouvido algo, mas não exatamente a verdade.

— Se me permitir, milady, eu lhe explicarei o acontecido... — interveio Louis.

— Oh, não, agora não! — E com o semblante transfigurado, murmurou: — Oh, meu Deus! Você está grávida?

Cansada de suas suposições, mas com vontade terrível de chorar, Angela negou com a cabeça.

— Não, senhora. Não estou grávida.

Louis, que conhecia os sentimentos de seu amigo e senhor, sem se importar com a opinião da mãe dele, disse:

— Milady, insisto em que fale com Kieran.

— E quando é que iam me contar? — perguntou Edwina. — Chego a Stirling, e assim que vejo Augusta, sofro tamanho desgosto.

As lágrimas de Angela corriam por suas faces.

— Pelo amor de Deus, garota, já está chorando? — disse a mulher.

Iolanda foi depressa consolá-la; e então, a porta da tenda foi levantada e apareceram Duncan e Niall. Tentaram falar com Edwina, mas ela não os escutava.

— Kieran poderá se casar com Susan. Basta esperar que passe o... — revelou Angela.

Edwina, levando a mão à cabeça, olhou para os dois bons amigos de seu filho e sussurrou:

— Que desgosto... Que desgosto. Como o tolo de meu filho pôde se casar com esta garota?

Duncan sorriu; Niall respondeu:

— Sem dúvida alguma, porque não é tolo.

A mulher, desconcertada diante daquela resposta, foi falar, mas Niall prosseguiu:

— Edwina, se Kieran se casou com ela foi por algo importante.

A mulher não disse nada.

— Eu conheço Kieran há anos, e tenho certeza de que ele não faz as coisas importantes sem pensar. Dê-lhe um voto de confiança e espere para falar com ele. E tenha certeza de que Angela é uma boa garota — explicou Duncan.

Depois de fitá-la, Edwina respondeu:

— Não digo que não seja uma boa garota, só digo que não é a mulher ideal para Kieran. — E sem querer escutar mais nada, perguntou: — Louis, onde está meu filho?

— Não tardará a voltar, milady.

Sem se importar com o que aquela chorona tivesse para dizer, ela acrescentou:

— Diga-lhe que estou hospedada com os Sinclair. — E depois de olhar para Angela de cima a baixo, murmurou: — Sem dúvida me equivoquei a respeito de Susan. Ela era a melhor opção.

Ouvir isso desbloqueou Angela, e, enxugando as lágrimas com raiva, gritou, fora do sério:

— Sim, senhora. Susan certamente era a melhor opção para ele, para que os homens sintam inveja dele e a senhora se vanglorie da incrível beleza da esposa de seu filho. Não importa que ela seja fria, caprichosa e desumana.

— Angela, não — sussurrou Iolanda.

Mas, cansada de aguentar as constantes comparações com a Sinclair, Angela prosseguiu:

— Sem sombra de dúvidas, se comparar Susan comigo, eu estou em desvantagem. Não sou bonita, não sou perfeita, não tenho cabelos cor de ouro, não tenho clã nem bens, e quase nem tenho família. Mas, sabe de uma coisa? Não me importa. E não me importa porque sei muito bem quem sou e o que quero nesta vida. E sei porque meu pai podia não ter riquezas, nem exército, mas me ensinou coisas que poucos aprendem e que se chamam "valores" e "coração", algo que a maravilhosa Sinclair nunca aprenderá na vida, e do que, sem dúvida, um dia a senhora e seu filho sentirão falta.

Edwina, surpresa ao ver que a jovem já não chorava e era capaz de enfrentá-la, foi dizer algo, mas sem lhe permitir, Angela acrescentou:

— Se Susan é uma esposa melhor que eu para seu filho só o tempo dirá. Mas que fique bem claro à senhora e a Kieran que o carinho, o respeito e o amor que eu tenho por ele não se comparam ao que ela terá, especialmente depois de conhecê-la e ver por mim mesma que tipo de mulher ela é. E agora, faça o favor de sair desta tenda e ir com as Sinclair. Sem dúvida, elas a tratarão como eu nunca serei capaz de fazer.

Edwina a fitou, pensativa. Aquela jovem não tinha nada a ver com a chorona que a tirava do sério em Caerlaverock. Mas quando foi abrir a boca, Angela sibilou:

— Não, senhora. Não quero escutá-la. Vá embora!

Edwina, depois de olhar para Duncan e Niall, impassíveis, olhou para Louis, que lhe levantou a porta da tenda. A mulher saiu sem dizer nada. Quando caminhava ao lado de Louis, parou e, incrédula, perguntou:

— Essa mocinha é a mesma que choramingava em Caerlaverock?

Louis sorriu e disse:

— Milady, acho que precisa saber de algo mais.

50

Na hora do almoço, Angela, convidada por Duncan e Niall, comeu com eles e suas esposas, mas estranhou que Kieran não aparecesse. Supôs que ainda estava com Susan.

Durante o almoço, ela riu e relaxou com seus novos amigos. Esse pouco tempo com eles lhe bastou para ver que eram especiais e que adoravam Kieran.

Ao terminar de comer, sentou-se com eles ao redor do fogo para conversar. De repente, Susan Sinclair se aproximou e disse:

— Edwina me contou que foi falar com você.

— Sim.

Com um olhar irônico, a jovem a fitou e perguntou:

— E foi tudo bem?

Megan e Gillian, que estavam ao lado de Angela, foram responder, mas esta lhes pediu silêncio com o olhar e respondeu:

— O que eu tenha ou não falado com a mãe de meu marido não lhe diz respeito.

Susan soltou uma gargalhada e olhou para Duncan e Niall, que não riam.

— Onde está Kieran? — perguntou então, séria.

— Não sei — respondeu Duncan.

— Preciso falar com ele.

— Pois então, vá procurá-lo — disse Niall.

Ao ver que nenhum deles pretendia ajudá-la, Susan exigiu:

— Alguém me diga onde ele está, imediatamente!

Todos se olharam, e Gillian sussurrou para Angela:
— Minha paciência tem limites.
— A minha também.
— Angela! — gritou a jovem Sinclair. — Você é mulher dele, vá procurá-lo!
Angela, que brincava com sua adaga, replicou:
— Não me dê ordens, Susan. — E ao ver a cara dela ao notar a adaga, perguntou: — Posso saber para que você precisa dele?
— Não é assunto seu. Mas, se eu fosse você, iria procurá-lo!
Angela fechou os olhos e, tentando se acalmar, guardou a adaga na bota e perguntou:
— A mãe de Kieran quer falar com ele?
— Isso não lhe diz respeito.
— Pelo amor de Deus, Susan — grunhiu Duncan. — Você está me irritando. É realmente urgente?
— Meu pai quer falar com ele — respondeu a jovem por fim.
— Os modos da Sinclair são incríveis — debochou Angela.
— Você fala de modos? — replicou ela. — Porque Kieran já me contou que em seu lar não primavam os modos.
— Do que está falando? — sibilou Angela, levantando-se.
Todos a acompanharam. As coisas estavam ficando feias.
— Kieran me contou a penosa situação em que a encontrou. Ao que parece, de modos seu pai não sabia muito — replicou Susan.
Angela se aproximou furiosa e, intimidadora, rosnou:
— Mencione meu pai nesses termos mentirosos de novo e cortarei sua língua. E quanto a Kieran, você foi a última pessoa a vê-lo esta manhã. Se tanto lhe interessa, vá procurá-lo você.
Adorando o alvoroço que estava provocando, a jovem deu um passo para trás e disse:
— Eu o deixei perto do rio, meio hesitante depois de nossa conversa interessante. Talvez ainda esteja pensando em como pôde se casar com você e me rejeitar; ou, talvez, ao notar seu erro, tenha fugido para longe de você.
Megan blasfemou. Se dissesse isso a ela, arrancaria sua cabeça. Mas ciente de que Angela devia tratar do assunto com delicadeza, murmurou, aproximando-se:
— Não lhe dê o prazer de conseguir o que quer. Fique calma.
Angela respirou fundo. Megan tinha razão. Desejava jogar Susan no chão devido a suas palavras envenenadas, mas, em vez disso, respondeu convicta:

— Meu marido não foge de mim, e enfie nessa sua cabeça altiva que se ele se casou comigo foi justamente para fugir de mulheres como você.

Susan sorriu. Duncan, cansado de escutá-la, pegou Susan pelo braço com força e, afastando-a do grupo, disse, irritado:

— Volte para seu clã se não quiser problemas, e não só com Angela.

Depois que ela foi embora, Gillian murmurou:

— Insuportável é pouco!

— Se ela morder a língua, morre envenenada — comentou Niall.

Angela, atordoada por aquele ataque tão inesperado na frente de todos, suspirou e anunciou:

— Vou para minha tenda descansar.

— Você está bem? — perguntou Megan, preocupada.

Angela assentiu e, com um olhar carinhoso para todos, afastou-se. Mas, antes de chegar a sua tenda, desviou e foi até sua égua.

Quando saiu do acampamento, fincou os calcanhares na égua e saiu a galope. Precisava relaxar, e o fez dessa maneira. Correu pelos campos, pulou riachos e fez as loucuras que jamais havia feito montando sua égua, até que o esgotamento a fez voltar.

51

Quando Angela voltou de seu passeio, Iolanda suspirou aliviada. Angela perguntou se Kieran havia voltado e lhe disseram que não. Sem entender a demora, sem saber onde estava, entrou na tenda, deitou-se sobre uma manta e tentou dormir, mas não conseguiu e se levantou.

Ao sair da tenda, Aston a viu e, ao vê-la se aproximar apressada de sua égua, perguntou:

— O que foi?

— Vou procurar Kieran. Aldo Sinclair quer falar com ele.

William, que estava falando com Louis e com seu filho George, ao vê-los perto dos cavalos se aproximou apressado e repetiu a mesma pergunta de Aston:

— O que foi?

— Angela vai procurar Kieran — respondeu seu filho.

— Está com saudades de seu marido, lady O'Hara? — disse George, sorrindo.

Angela o olhou com frieza e respondeu:

— O laird Sinclair quer falar com ele.

— Eu vou procurá-lo — interveio Louis. — Fique aqui, Angela. Para onde ele foi?

Ela deu de ombros.

— Segundo Susan, que foi a última a vê-lo, ele ficou pensativo perto do rio — contou ela. — Eu quero ir também.

— Fique aqui — insistiu Louis. — É melhor...

— Eu vou, entendeu?

Louis, depois de trocar um olhar cúmplice com William, deu-se por vencido. Instantes depois, todos saíram em busca de Kieran.

Ao chegar ao rio, se separaram. De repente, Angela viu umas mulheres saindo de trás de uns galhos. Estavam rindo, e sua aparência proclamava o que eram: prostitutas. Sem afastar o olhar, viu dois homens indo atrás delas. Seus sorrisos diziam tudo. Estavam se divertindo.

Aston chamou e todos foram até ele. Ao se aproximar, Angela viu duas mulheres se afastarem dali depressa e Kieran sentado no chão, com a roupa revirada. Pulando do cavalo, ela se aproximou dele agressivamente, enquanto William, segurando-a, dizia:

— Calma, garota.

Soltando-se, furiosa, ela encarou Kieran e perguntou:

— Divertiu-se com essas mulheres, marido?

Ele, confuso, afastou o cabelo do rosto e, com voz pastosa, murmurou, levando a mão à cabeça:

— Do que está falando?

Quando ele olhou para Angela e ela viu seu rosto cinzento e seu olhar meio perdido, viu que havia acontecido alguma coisa. Olhou para trás e, sem perder um minuto nem dar ouvidos a William, montou em sua égua e a açulou até alcançar as prostitutas.

Bloqueou o caminho delas, desmontou e inquiriu:

— O que fizeram com meu marido?

As duas mulheres se olharam; Angela desembainhou a espada e a pôs na garganta de uma delas.

— Fomos pagas para ficar com aquele homem até que alguém nos encontrasse — respondeu ela. — Quando chegamos, ele já estava adormecido, e...

— Quem lhes pagou? — sibilou Angela.

Elas, tremendo, entreolharam-se.

— Era... era um homem alto que... — explicou uma delas.

— De qual clã? — interveio Aston, que havia chegado um instante antes.

A mulher deu de ombros. Mas Angela, que queria saber mais, disse:

— Aston, leve uma com você, a outra virá comigo. — E fitando-as, ordenou: — Acompanhem-nos.

Assustadas, elas deram um passo para trás.

— Ou vêm por bem ou por mal, vocês decidem! — rosnou Angela.

Sem poder fazer mais nada, montaram com eles e Aston e Angela voltaram para o acampamento. Ali, depois de dar duas voltas, a que estava com Aston sussurrou:

— Foi aquele homem ali que nos pagou.

Angela assentiu. Nunca havia visto aquele indivíduo de aspecto sujo. Depois de descer as mulheres dos cavalos, Aston disse:

— Vou segui-lo e tentarei ver...

— Foi Susan — interrompeu Angela. — Sei que foi ela.

E, decidida, dirigiu-se ao homem. Mas Aston, detendo-a, perguntou:

— Aonde você pensa que vai?

Irritada, Angela deu um puxão e recuperou as rédeas de sua égua.

— Vou falar com ele — respondeu ela.

— Ficou louca?

— Por acaso acha que vai acontecer alguma coisa comigo cercada de gente? — disse ela, sorrindo. — Não esqueça que ainda sou a esposa do laird Kieran O'Hara.

Aston foi protestar, mas Angela se dirigiu ao homem, que estava sentado no chão. Desceu do cavalo e, aproximando-se, disse:

— Qual é seu nome?

Ele a olhou de cima a baixo e respondeu:

— E o seu?

— Sou esposa do laird Kieran O'Hara, conhece?

A expressão dele mudou. Angela, sem lhe dar tempo a reagir, puxou a espada, e pondo-a no pescoço do homem, sibilou:

— Sei que nocauteou meu marido e pagou a duas fulanas para que ficassem com ele até que eu mesma ou outra pessoa o encontrasse. Por que fez isso?

A fachada feroz dele se desfez em décimos de segundo.

— Eu estava com fome, e aquela mulher me... — respondeu o homem.

— Mulher? Que mulher?

O vagabundo, tremendo com a espada na garganta, respondeu:

— Não sei. Ela me deu umas moedas e me pediu que fizesse isso.

E, nervoso, olhou para os lados. Angela afastou a espada de seu pescoço e sentenciou:

— Não o mato porque meu marido está bem. Mas pode ter certeza de que se houvesse acontecido algo, agora você seria um homem morto. Ninguém toca em minha gente. E minha gente são os O'Hara. Deixe isso bem claro a seus conhecidos ou às pessoas que lhe pagam. Se acontecer alguma coisa com um deles, irei atrás de você, e dessa vez não terei clemência.

Ao se virar, Angela viu Louis, William e Kieran sobre seus cavalos. O aspecto de Kieran havia melhorado um pouco. Pelo menos havia recuperado a cor.

— O que está fazendo? — perguntou ele.

— Simplesmente o mesmo que você faria por mim — replicou Angela, guardando a espada.

Kieran gostou da atitude possessiva dela, mas não disse nada.

O vagabundo, que ainda continuava no chão, ao ver Kieran se assustou ainda mais e, ajoelhando-se, rogou:

— Eu suplico clemência, senhor. Castigue-me pelo que fiz, mas não me mate.

Kieran o olhou de cima de seu cavalo e inquiriu:

— Quem lhe pagou para que fizesse isso?

— Uma mulher — respondeu Angela. — E você deve imaginar quem, não?

— Não está pensando que foi Susan, não é? — disse Kieran, incrédulo.

O olhar de Angela foi resposta suficiente.

— Esqueça. Não foi Susan — murmurou ele.

— Ela apareceu perguntando por você. Queria que eu o visse como o encontramos. Ela está furiosa por causa do nosso casamento, como não vou pensar que foi ela?

— Calma, garota... calma — pediu William.

Kieran olhou para o vagabundo e disse com voz tranquila:

— Procure não cruzar mais comigo nem se aproximar de nenhum dos meus, ou prometo que não serei tão benevolente com você da próxima vez. — E a seguir, acrescentou: — Vamos voltar para os nossos.

Com semblante irritado, Angela guiou sua égua, e Kieran, aproximando-se dela, sussurrou ao recordar o acontecido na noite anterior:

— Temos que conversar muito seriamente.

— Oh, claro — replicou ela. — Sem dúvida, vamos falar da Sinclair.

— Não, Angela... justamente dela não quero falar.

Nesse instante, Louis se aproximou e anunciou:

— Lady Edwina esteve aqui.

Kieran blasfemou. Os problemas se multiplicavam. E ao olhar para sua mulher, ela acrescentou, irônica:

— E não ficou muito contente.

Kieran revirou os olhos. Só faltava sua mãe ali para acabar de enlouquecê-lo.

Quando chegaram ao acampamento, Angela, sem que Kieran a visse, afastou-se do grupo. E depois de passar por sua tenda e pegar Iolanda, prosseguiu até a tenda de Megan e Gillian. Precisava desabafar com elas.

— Está mais tranquila? — perguntaram.

— Sim. — E depois de lhes contar o que acontecera, grunhiu: — Mas o que mais me irrita é que Kieran não acredita que foi a idiota da Susan que orquestrou tudo isso.

— A beleza às vezes os cega — refletiu Gillian.

— Homens! — protestou Megan.

Nesse momento, entraram Duncan e Niall e, ao ver todas reunidas, perguntaram:

— O que está acontecendo?

Megan, com um sorriso que cativou seu marido, aproximou-se dele e respondeu:

— Angela e Kieran discutiram de novo e eu a convidei a ficar em nossa tenda esta noite.

— Não foi pela Sinclair, foi? — perguntou Duncan.

Angela assentiu, e o homem disse:

— Fique. Não há dúvidas de que Kieran não sabe o que diz.

O tempo passou, e Kieran notou que Angela não havia voltado. Antes do jantar, não aguentou mais e foi à tenda dos McRae. Louis lhe havia dito que ela estava lá.

Ao chegar, encontrou Duncan e Niall na porta, diante do fogo.

Ao vê-lo eles o cumprimentaram.

— Ela está aqui? — perguntou Kieran.

Ambos assentiram, e Duncan afirmou, achando graça:

— Acho que é melhor deixá-la em paz.

— Ela não quer falar com você — acrescentou Niall.

Kieran negou com a cabeça, olhou para os amigos e perguntou, furioso:

— Posso saber do que estão rindo?

— Como foi se casar com uma mulher como Angela? — perguntou Duncan. — Não dizia que as guerreiras não eram para você?

— É verdade — riu Niall. — Ainda me lembro que você dizia: "Gosto de mulheres dóceis".

— Ou "Nunca me casaria com uma mulher respondona e desafiadora" — debochou Duncan.

Kieran sorriu ao ouvir os deboches. Durante anos, apesar do muito que gostava de Megan e de Gillian, ele havia fugido de mulheres com personalidade forte, e escutá-los agora o fazia entender que, às vezes, as coisas não são como desejamos.

Escutou-os durante um tempo. Merecia tudo aquilo por ter rido tanto quando eles se apaixonaram. Até que sua paciência acabou e ele rosnou:

— Querem fechar a boca antes que os faça fechar?

Os irmãos McRae soltaram uma gargalhada.

— Tudo bem, vamos nos calar — disse Duncan. — Mas você, dê meia-volta e retorne a sua tenda. Angela ficará aqui conosco esta noite.

— Nem pensar! — gritou ele. — Não me interessa se ela quer falar comigo ou não. Ela é minha mulher e voltará comigo para minha tenda.

Os outros dois se levantaram, e Niall, com um sorriso fanfarrão, sussurrou:

— Amigo, há certas coisas que você ainda não sabe sobre as mulheres...

Kieran não aguentava mais. Então, levantou o punho e deu um soco de esquerda no amigo, que levou a mão ao olho dolorido.

— Por que fez isso? — gritou Niall.

Sem dizer nada, Kieran deu outro de direita, acertando o pômulo esquerdo de Duncan. E ao ver que este o olhava furioso, explicou:

— Eu devia isso a vocês dois. E agora, saiam do caminho para eu poder falar com minha mulher.

Mas não foi preciso. Diante da confusão, Angela já estava diante dele gritando:

— Pelo amor de Deus, Kieran, o que está fazendo?

Sem responder, ele a pegou pela mão e disse:

— Você vem comigo.

— Nem pensar. Não irei.

Kieran a fitou como um louco e sibilou:

— Não me desafie, especialmente diante de meus amigos.

E, sem mais, pegou-a, jogou-a sobre o ombro e, sem se importar com o que ela dizia nem com os socos que lhe dava, levou-a.

Megan e Gillian, que os observavam ao lado de seus maridos, sorriram. Duncan, tocando o pômulo dolorido, comentou:

— Apaixonado é pouco!

52

Quando chegaram a sua tenda, Kieran a soltou. Durante alguns segundos esperou que ela dissesse algo, e quando viu que não tinha intenção de fazê-lo, disse:

— Nunca mais faça isso que fez.

— Digo o mesmo — sibilou ela, furiosa.

Kieran, com a respiração acelerada, perguntou:

— O que estava fazendo ontem à noite vestida de homem com Zac e Iolanda? E de onde conhecem a mulher que nos vendeu os vestidos?

As perguntas a surpreenderam. Estava preparada para tudo, menos para responder àquilo. Tentando mudar de assunto, contra-atacou:

— O que estava fazendo no bosque com aquelas prostitutas?

— Foi uma armadilha, por acaso você mesma não comprovou isso?

Angela assentiu. Kieran, desesperado porque ela olhava para ele e não dizia nada, explodiu:

— Pelo amor de Deus, Angela, diga alguma coisa!

A jovem o olhou e, depois de alguns segundos de tensão, soltou uma gargalhada.

— Sério que bateu em Duncan e Niall por mim?

Kieran, ao escutá-la, e em especial ao vê-la sorrir, esqueceu tudo que queria falar com ela e, abraçando-a, sussurrou:

— Por você eu bateria, mataria e faria as maiores atrocidades que um homem pode cometer, minha vida.

Quando pararam de rir e ambos se acalmaram, ele inquiriu:

— O que aconteceu com minha mãe?

— Nada especial — respondeu ela, abrindo as mãos. — Ela me insultou, disse que eu não sou tão maravilhosa, bonita e incrível como Susan Sinclair e eu lhe disse o que pensava dela, de você e da Sinclair.

Sem se surpreender, Kieran a olhou, e ela prosseguiu:

— Posso não ser bonita, ou rica, mas tenho dignidade e coragem. E, meu amor, sinto muito, mas não vou permitir que ninguém me menospreze, nem mesmo sua mãe.

Comovido, Kieran se aproximou dela.

— Ninguém a menosprezará diante de mim. — E pegando-lhe o queixo para que olhasse para ele, acrescentou: — Você é minha mulher linda, encantadora e corajosa e, antes de mais nada, deixe-me lhe agradecer por enfrentar aquele vagabundo por mim.

Encantada, ela foi dizer algo quando Kieran a beijou. Introduziu a língua em sua boca e, apertando-a contra si, tomou-a com a paixão de sempre.

— Lamento pelo que aconteceu com minha mãe e Susan. E antes que você me enrole de novo, quero falar sobre ontem à noite. Eu a vi chegar com Zac e... — murmurou ele, quando a soltou.

Angela, pondo o dedo sobre os lábios dele para que se calasse, pediu:

— Beije-me de novo. É a única coisa que me interessa.

— Angela, temos que conversar.

— Beije-me — insistiu ela.

Ele sorriu, mas quando seus lábios iam se juntar, ouviram agitação e gritos do lado de fora da tenda. Ambos se entreolharam e, depressa, Kieran saiu. Angela o seguiu; encontraram Susan Sinclair e Edwina do lado de fora.

— Kieran, pelo amor de Deus, você está bem? — perguntou Susan.

— Filho querido, o que aconteceu?

— Calma, mãe, estou bem — respondeu ele ao vê-la tão preocupada.

— É incrível — grunhiu Angela, exasperada, olhando para Susan. — Como você tem a pouca vergonha de vir perguntar por algo que você mesma provocou?

— Como?

Ignorando o olhar da mãe de Kieran, Angela se aproximou da bela Susan e insistiu:

— Você mandou fazer aquilo. Foi você!

As pessoas logo se reuniram em volta deles.

— Angela, chega! — gritou Kieran.

Susan, assustada, colocou-se ao lado de Edwina e, levando as mãos ao peito, perguntou:

— Do que está me acusando?

— Filho — interveio Edwina —, diga a sua mulher que não se pode acusar sem ter provas.

— Oh, claro — riu Angela. — Como não ia ficar do lado dela? Veja, senhora, essa donzela angelical que está ao seu lado está furiosa por causa de meu casamento com seu filho e pagou a um vagabundo para que o atacasse, e a umas vadias para que ficassem com ele até que alguém os encontrasse, e, assim, envergonhar-me diante de todos os clãs.

Edwina, ao ouvir isso, olhou para Susan, que disse:

— Não lhe dê ouvidos, Edwina. Eu nunca faria algo assim com Kieran.

Angela bufou, enquanto a mãe de Kieran parecia se divertir com aquilo e Susan choramingava em atitude de vítima. Kieran, desconcertado diante das palavras de sua mulher, depressa começou a consolar a Susan.

— Que horrível! Que horrível isso que sua mulher diz!

Cansada da atitude da moça e, com uma grosseria bem típica de Fada, Angela sorriu.

— Não me venha com choramingação de insossa, que eu conheço isso. E, por favor, tire essa cara de mosca morta que já a desmascarei.

— Oh, meu Deus — murmurou Edwina, incrédula.

— Angela, faça o favor de conter sua língua — disse seu marido.

— Impossível, Kieran. Em um momento como este, e diante dessa tola que faz beicinho, impossível!

Susan não parava de chorar; Angela, com ironia, atraindo o olhar curioso de Edwina, murmurou:

— Você é chorona e uma má pessoa, Susan Sinclair...

A mulher soltou uma gargalhada.

— Não me chame assim! — gritou Susan.

— Oh... claro que não! Você é tão doce e carinhosa até com as crianças — debochou Angela. — Como sou tola! Como posso pensar algo assim de você?

Kieran, chocado diante dos acontecimentos, olhou para sua mulher e sibilou:

— Angela, já chega! Pare de culpar Susan.

— Por que não acredita em mim, e sim nela? — repreendeu ela, boquiaberta.

— Isso, filho, explique! — incentivou Edwina.

Ele, cada vez mais furioso, pegou Susan e sua mãe pelo cotovelo e, afastando-as dali, disse:

— Vamos, vou acompanhá-las a sua tenda.

— Kieran! — gritou Angela, alterada. — O que está fazendo?

Furioso com a situação, ele olhou para sua mulher e respondeu, diante de todos os presentes:

— Susan é uma boa amiga, que nunca, nunca — gritou — faria o que você está dando a entender. E me incomoda ver como você está sendo indelicada com ela.

— Mas, Kieran...

— Cale-se, mulher, e não me irrite mais! — gritou ele, colérico.

E, sem mais, afastou-se, deixando Angela sozinha e desesperada diante da tenda.

Todos os que haviam presenciado o ocorrido, depois de fitá-la, dispersaram-se.

— Vamos — murmurou Iolanda.

Furiosa, irritada, Angela entrou em sua tenda, e quando Iolanda entrou também, disse:

— Foi ela. Eu sei. E... e... o idiota de meu marido é...

— Baixe a voz — sussurrou Iolanda. — Se alguém a ouvir falar assim dele, pode arranjar confusão.

Ciente de que aquilo era verdade, ela fechou os olhos e se calou. Era o melhor a fazer.

53

O tempo passava e Kieran não voltava.

Em várias ocasiões, Angela mandou Iolanda ver se continuava com os Sinclair, e assim era. Estava desesperada por não poder aparecer por lá e saber do que estavam falando.

De madrugada, ouviu uns homens passando perto de sua tenda e falando sobre a morte de James O'Hara.

Ao escutá-los, ficou alerta. Como sabiam?

Com medo de que Edwina ficasse sabendo por outro que não seu filho, decidiu ir buscá-lo. Com passo seguro, dirigiu-se até onde estava Kieran. Suspirou aliviada ao vê-lo caminhar em sua direção. Isso evitaria que tivesse que entrar na tenda dos Sinclair.

Ele a olhou sisudo e, pegando-a pelo braço, sibilou:

— Posso saber o que está fazendo andando sozinha à noite pelo acampamento?

Ela se soltou de seu braço e disse:

— Ouvi uns homens falando sobre a morte de James.

Kieran assentiu. Angela, ao ver que ele não se surpreendia, fitou-o.

— Eu contei a minha mãe — explicou ele.

— Contou?

— Sim. Como você viu, as notícias se espalham depressa.

— Como Edwina reagiu?

Kieran levou a mão aos cabelos e, baixando o olhar, sussurrou:

— Ficou triste, mas, por mais estranho que pareça, está bem. Disse que já intuía isso. Que, como mãe, já imaginava, e havia aceitado a ideia.

Angela assentiu; Kieran prosseguiu:

— Susan e a mãe dela me ajudaram a lhe dar a notícia, e...

— Achei que você e eu lhe contaríamos. Nunca pensei que seria Susan Sinclair que o ajudaria nesse momento.

— Aprenda a se comportar, e, então, talvez eu conte com você para certas coisas — Kieran replicou, com um olhar frio.

E, dito isso, seguiu seu caminho. Mas Angela não foi atrás dele.

Desolada, chegou a sua tenda, sentou-se no catre e, levando as mãos ao rosto, chorou. Por quê? Por que Kieran tinha que ser assim com ela?

Na manhã seguinte, depois de estranhamente conseguir dormir, quando Angela acordou e saiu da tenda não se surpreendeu ao ver que Kieran não estava. Patrick, que estava conversando com Iolanda, ao vê-la, informou:

— Meu senhor foi caçar com os homens.

Ela assentiu e, certa de que era melhor não sair do acampamento, dirigiu-se ao guerreiro que preparava a comida de seu clã. Ao vê-la, ele lhe entregou um pedaço de carne assada e Angela sorriu, agradecendo.

Comia tranquila, sentada embaixo de uma árvore, quando viu a mãe de Kieran passar, séria. Sem hesitar, levantou-se para ir lhe dar os pêsames.

— Senhora — chamou.

Edwina se virou e, ao vê-la, cumprimentou-a com tranquilidade.

— Bom dia, senhora — respondeu Angela. Depois de um silêncio tenso, disse: — Queria lhe dar os pêsames pela morte de seu filho James. É muito difícil perder uma pessoa querida.

A mulher assentiu e, com um sorriso triste, respondeu:

— Obrigada, Angela.

Esta deu meia-volta para voltar ao seu lugar, mas, incapaz de não dizer nada mais, girou de novo e, ao ver que a mulher continuava olhando para ela, acrescentou, aproximando-se:

— Compreendo a dor que sente por essa notícia triste, mas embora chore por James, deve continuar vivendo, pela senhora e por Kieran. Seu filho a ama muito, adora-a, e o que ele mais temia era seu sofrimento quando soubesse. Ele tinha medo de que a senhora adoecesse de tristeza. Por isso, eu lhe peço que, por favor, por favor... por favor, cuide-se e não permita que a indolência tome conta de sua vida, como aconteceu com meu pai diante da morte de minha mãe e meus irmãos; e que continue vivendo para que Kieran siga sendo feliz.

Comovida diante dessas palavras, Edwina sorriu.

— Já chorei tanto por meu filho James que agora já não tenho lágrimas. James sempre foi mais problemático que Kieran. Seu pai sempre o castigava por suas travessuras, mas eu sempre o justificava. Kieran nunca reclamou. Sempre observava, sorria e ficava calado. Quando eles cresceram, James tomou o mau caminho e se afastou de mim. Esqueceu-me. E Kieran, embora nunca tenha dito nada, nunca o perdoou e sempre esteve ao meu lado. Eu amo meus dois filhos, mas agora tenho que pensar em Kieran. Ele nunca me abandonou e merece ter a mãe que sempre amou e respeitou, e de quem sempre cuidou. Obrigada por sua preocupação e por suas palavras, Angela — disse Edwina.

Com um sorriso, Angela assentiu e, dando meia-volta, voltou a sua tenda sem notar que a mulher a olhava e sorria levemente.

O resto da manhã passou sem nada de especial. Quando Kieran voltou, saudou-a ao passar ao seu lado, mas a frieza que viu nele a feriu. Pouco depois, já asseado, aproximou-se dela e informou que iriam almoçar com os Sinclair.

— Por que está fazendo isso comigo, Kieran?

Sem querer entendê-la, ele a olhou e respondeu:

— Eles são nossos vizinhos em Kildrummy. Precisa começar a se relacionar com eles, e a primeira coisa que fará será pedir desculpas a Susan na frente de todos.

— Ficou louco?

— Não, Angela.

— Pretende me envergonhar, então?

Ao escutá-la, ele sorriu com frieza e murmurou:

— Devo lhe recordar que ontem você me envergonhou.

Ela não respondeu. Mordeu a língua, certa de que Susan tinha algo a ver com aquilo.

— Angela, sou sensato e penso em minha gente e meu clã — prosseguiu ele. — Nossas relações com os Sinclair sempre foram boas, e quero que continuem assim, entende?

Se não entendesse, seria idiota. Depois que ela assentiu, Kieran completou:

— Quando chegarmos, peça desculpas pelas acusações de ontem e vamos ter uma refeição em paz.

Ela não se mexeu, e ele, fitando-a, ordenou:

— Vamos, acompanhe-me.

Sem poder recusar, Angela o acompanhou cabisbaixa. Kieran ficou sentido com isso, mas Aldo Sinclair os havia convidado para almoçar, e não podia dizer não. Ao chegar à tenda do clã, eles estavam sentados a uma linda mesa, junto com Edwina. Aldo, ao vê-los chegar, levantou-se e disse depressa:

— Sentem-se e comam.

Mas, quando foram se sentar, Susan se levantou e sibilou diante de todos:

— Se ela se sentar a esta mesa, eu saio.

— Susan, chega! — advertiu seu pai.

— Não pretendo compartilhar a mesa com uma mulher que me acusa de algo tão terrível como ter mandado atacar Kieran. Justo Kieran, logo ele! — replicou ela.

Diante dessa reação, Angela viu sua oportunidade de sair dali o quanto antes e, sem se mexer, disse:

— Eu lhe peço desculpas, Susan. Não devia tê-la acusado ontem na frente de todo o mundo.

Augusta, sentada ao lado de Edwina, respondeu, contrariada, depois de olhar para sua filha:

— Aceitamos suas desculpas, mas tente controlar suas acusações e sua língua daqui para a frente.

Edwina olhou para o filho e, ao ver seu semblante sério, afirmou, olhando para a jovem:

— É um gesto muito honrado, Angela.

Ela assentiu. Pensou em sair dali imediatamente e quase o fez, mas se conteve. Tinha que se comportar na frente deles. Olhando para Kieran, perguntou com voz pausada:

— Importa-se se eu voltar à tenda? Não tenho apetite.

Ele, fitando-a com intensidade, pensou um instante. Sem dúvida, era mentira que não tinha apetite, mas entendia que ela não quisesse ficar ali. Odiava o que havia acabado de fazer com ela, mas esse tipo de desculpas eram necessárias para manter as boas relações com seus vizinhos. Por isso, com delicadeza, inclinou-se, deu-lhe um beijo nos lábios com doçura e disse:

— Vá e descanse.

Sem olhar para trás, Angela foi para sua tenda. Ao chegar, entrou nela e não saiu o resto do dia. Não queria ver ninguém.

54

À noite, enquanto Angela se lavava antes de se vestir para a festa dos clãs, Iolanda entrou.

— Kieran me pediu que leve sua roupa à tenda de Louis. Quer se vestir para se juntar ao resto dos lairds no castelo de Stirling antes de a festa começar — disse a jovem.

Com o semblante duro, Angela assentiu e, tentando evitar que sua expressão a traísse, respondeu:

— Leve-a. Eu também não quero vê-lo.

Ao ficar sozinha na tenda, ela sentiu vontade de pôr sua calça de couro e desaparecer. Mas sabia que não devia fazer isso. Tinha que terminar o que havia começado. Depois de se lavar, pôs o lindo vestido vermelho que havia comprado pensando em Kieran.

Com os olhos fechados, acalmou-se, e quando Iolanda entrou já com seu vestido novo, Angela sorriu e disse:

— Você está linda.

— Obrigada — sorriu ela. — Você está escandalosamente linda.

Dando de ombros, Angela sussurrou:

— Certamente não tanto quanto a Sinclair.

— Deixe-me arrumar seu cabelo — ofereceu Iolanda, pegando um pente.

— Tanto faz, Iolanda. Não me importa.

A jovem olhou para a amiga e, sem soltar o pente que tinha nas mãos, replicou:

— Não, nada disso. Você vai mostrar a seu marido e ao resto dos clãs que se essa Susan Sinclair é bonita, você é mais. Não se deixe intimidar por ninguém, e menos ainda por essa insossa!

Ambas riram.

— Tudo bem — concordou Angela.

Quando acabaram, as duas saíram da tenda. Louis e Zac, ao vê-las, ficaram boquiabertos. Eram duas preciosidades.

— Eu não gostaria de estar na pele de Kieran esta noite — murmurou Zac.

Louis assentiu.

— Acho que esta noite ele não vai ter sossego.

Depois, levantou-se e se aproximou de Iolanda. Ela estava linda com aquele vestido azulão e aquele penteado.

— Acham que estamos bem para essa festa? — perguntou Angela.

Zac soltou uma gargalhada e confessou:

— Não quero perder a cara de Kieran quando a vir. Acho que você vai ser uma grande surpresa para ele.

Angela, com um sorriso falso, afirmou:

— É o que espero: surpreendê-lo.

Iolanda, ao sentir a presença de Louis ao seu lado, e ver que Zac e Angela conversavam e se afastavam alguns metros, animou-se a olhar para ele.

— Você está muito bonita vestida assim — sussurrou ele.

— Obrigada. Você também está muito bonito.

Emocionado diante das palavras gentis dela, ele disse:

— Iolanda, eu gostaria de falar com você, se me permitir.

— Diga.

Atônito diante da mudança de atitude dela, ele não desperdiçou o momento.

— Quanto àquela bravata de minha parte, gostaria de lhe pedir perdão. Já não sei como lhe dizer que nunca a considerei uma mulher qualquer, embora minhas palavras a tenham feito acreditar que sim. Eu me sinto um tolo por isso. Você é uma garota encantadora e merece ser feliz, e...

— Está perdoado — interrompeu ela, nervosa. — Vamos esquecer o que aconteceu.

Incrédulo por ter conseguido por fim seu perdão, ele quis falar mais sobre isso, mas Iolanda lhe pediu que deixassem para lá.

— Poderei convidá-la para dançar esta noite? — perguntou ele, então, sorrindo.

— Claro que sim, Louis. Aceitarei encantada.

Ao ouvi-la, ele abriu um largo sorriso, o primeiro em muitas semanas. Por fim, parecia que a jovem o havia perdoado. Oferecendo-lhe o braço, disse:

— Faria a gentileza de ser minha acompanhante esta noite na festa?

Iolanda, animada, pegou o braço dele e saíram rumo ao castelo.

Zac, ao vê-los, suspirou sorrindo e exclamou:

— Finalmente vou parar de escutar os lamentos de Louis!

Angela sorriu, contente. Sem dúvida, Iolanda queria aproveitar a noite. A caminho do castelo de Stirling, passaram pelo acampamento onde estavam Gillian e Megan, e quando elas viram Angela, ficaram sem palavras.

Ao entrar no castelo, ela estava nervosa. Continuava brava com Kieran, mas, ao mesmo tempo, desejava que ele só notasse a ela. Pela primeira vez na vida queria ser mais bonita e atraente que alguém. E os olhares de muitos guerreiros lhe confirmaram que estava no caminho certo.

Gillian, que andava ao seu lado, ao ver que muitos não tiravam os olhos de cima dela, sussurrou:

— Se um homem me olhasse assim na presença de Niall, garanto que a festa não acabaria bem.

Megan soltou uma gargalhada e disse:

— Duncan já teria cortado o pescoço deles.

— Eu também cortaria — grunhiu Zac, olhando feroz para os que pousavam o olhar nas mulheres que estavam com ele.

— Acho que esta noite você vai ser a sensação — comentou Megan.

— Tomara — sussurrou Angela.

— Não se preocupe com o que aconteceu com a Sinclair — riu Gillian. — Assim que Kieran a vir com esse vestido, só terá olhos para você.

— Kieran e todos — rosnou Zac.

Quando chegaram ao começo de uma escada que desembocava em um salão enorme, pararam para olhar. Já havia um bom número de pessoas ali, e o ambiente era alegre e animado.

Duncan, marido de Megan, que estava esperando a chegada de sua mulher, ao vê-la, sorriu. Aquela morena de cabelos azulados era sua grande fraqueza. Estava linda com aquele vestido rosa claro.

— Linda como sempre — murmurou ele.

Niall, ao ouvir seu irmão, sorriu. Com Megan estava Gillian, sua mulher louca e intrépida, com um vestido azul-claro.

— Minha linda gata, você está belíssima — murmurou ele, orgulhoso.

— Aquela que está com Louis e Zac é Angela? — perguntou Edwina, que estava com eles.

Niall assentiu. E, com humor, sussurrou:

— Se eu fosse Kieran, já estaria com a espada na mão.

Este, que estava falando com o pai de Susan e sua mulher, lady Augusta, ao ouvir um murmúrio coletivo olhou para a escada. E ficou sem fala quando notou que a belíssima mulher de vestido vermelho e cabelo solto que estava ao lado de Louis era sua esposa. Estava impressionante.

— Imagino que a ruiva que está com seu homem de confiança é sua mulher, não é? — perguntou Aldo.

Lady Augusta se surpreendeu ao ver a jovem. Vestida assim, nada tinha a ver com a garota que havia conhecido.

Edwina se aproximou do filho e sussurrou em seu ouvido:

— Acho o vestido de sua mulher meio escandaloso, mas não posso negar que está muito bela.

Kieran, ainda pasmo, assentiu. Angela era bonita, sempre soubera disso, mas com aquele vestido impressionante que se ajustava às curvas de seu corpo de uma maneira excepcional estava arrebatadora.

Sem se importar com o que Aldo ou sua mulher pensassem, afastando-se de sua mãe, se encaminhou à escada para recebê-la. Quando Angela chegou ao último degrau, pegou-a pela mão e, olhando-a nos olhos, disse:

— Impressionante.

Com um sorriso fingido que escondia seu mal-estar, olhou para ele e respondeu com ironia:

— Certamente não tanto quanto Susan Sinclair.

O comentário e o tom de voz dela incomodaram Kieran, que se amaldiçoou por não ter falado com ela e esclarecido a situação antes da festa. Sem soltá-la, caminhou com ela pelo salão, e ao ver como os homens os observavam, disposto a deixar claro que aquela mulher era sua, segurou sua mão com força e, puxando-a para si, beijou-a nos lábios. E ao ver que Megan os observava, murmurou:

— Você está linda, *minha vida*.

Angela o fitou e, semicerrando os olhos, sorriu. Queria socar a cabeça dele, mas não era hora nem lugar.

— Você disse "minha vida", Kieran? — sussurrou Megan.

Ele, sem afastar os olhos de sua extraordinária mulher, respondeu:
— Sim, isso mesmo.
Megan e Gillian se entreolharam, incrédulas, e esta última murmurou, divertida:
— Incrível. Ele, que sempre debochou de nós por usarmos palavras melosas com nossos maridos...
Todos sorriram, exceto Angela.
Kieran, ciente do estado em que ela se encontrava, sem a soltar, olhou-a nos olhos e, em tom íntimo, perguntou:
— Por que pôs esse vestido?
— Não gostou?
Sem deixar de fitá-la, ele comentou:
— É um pouquinho escandaloso. — E tirando seu *plaid*, colocou-o nos ombros dela e disse: — Assim está melhor.
— Mas, *querido* — disse ela com ironia —, você gosta de mulheres com vestidos escandalosos.
— Angela... — sibilou Kieran.
Ela lhe devolveu o *plaid*, e ao ver que alguns highlanders os observavam, disse:
— Obrigada, mas não estou com frio.
Sem soltar sua mão nem um instante, Kieran viu sua expressão séria.
— Não pretende sorrir esta noite?
Angela o fitou. Estava lindíssimo com aquela calça de couro preta combinando com a jaqueta escura. A fim de enlouquecê-lo, sorriu e respondeu:
— Claro que sim, meu amor. Garanto que não vou parar de sorrir o resto da noite.
Kieran não gostou de seu tom, e aproximando a boca do ouvido dela, disse:
— Angela, eu a conheço. O que pretende fazer?
Sem apagar a sorriso, ela respondeu:
— Simplesmente o mesmo que você faz diante de mim.
Ele ficou alerta. O que ela estava tramando?
Em seu caminho pelo salão, vários highlanders, sabendo do enlace dos dois, aproximaram-se e, junto com suas mulheres, os parabenizaram. Angela agradeceu com um sorriso arrebatador, e Kieran sorriu também. Ela era boa disfarçando.

Mas quando vários solteiros com quem ele mesmo havia compartilhado boas farras se aproximaram, sentiu um estranho desconforto ao ver que ela continuava sorrindo.

Disfarçadamente, observou como aqueles predadores olhavam para sua mulher; não viu graça nenhuma. Ouvir como a elogiavam o incomodou, e entendeu muitas das atitudes de outros highlanders casados quando ele aparecia nas festas. De repente, ele tinha uma mulher de quem gostava, e por nada no mundo ia permitir que nenhum deles se excedesse.

Terminados os cumprimentos, sem soltar a mão de Angela, Kieran caminhou com ela para onde estavam seus amigos.

— Está se divertindo? — perguntou Kieran.

Angela, fervendo de fúria por dentro, fitou-o. A seguir, olhou para um dos homens que Kieran lhe havia apresentado e, depois de notar que olhava para ela, respondeu:

— Claro, e pretendo me divertir ainda mais.

Kieran, ao notar como ela olhava para Ramsey Maitland, praguejou em voz baixa, e aproximando sua boca da dela, murmurou:

— Afaste-se dele, entendeu?

Surpresa, Angela cravou seus lindos olhos verdes nos de seu marido e, sem que ninguém a ouvisse, replicou:

— *Querido...* ficarei tão longe de Ramsey Maitland quanto você está o tempo todo de Susan Sinclair.

Kieran sentiu um nó no estômago, tinha certeza de que Angela estava tramando algo. Quis protestar, porém, perguntou com a maior gentileza possível:

— Quer beber alguma coisa?

Ela, que estava atenta para ver Susan Sinclair, respondeu, distraída:

— Uma caneca de cerveja cairia bem.

Kieran assentiu, mas, antes de ir, disse, inseguro:

— Não saia daqui. Voltarei em um instante.

Com um sorriso mais que fingido, Angela assentiu e, assim que ele saiu, afastou-se alguns metros de seus amigos e se apoiou em uma das paredes de pedra. Depois de breves instantes, vários homens a rodearam, querendo conversar com ela.

Louis, que observava a situação ao lado de Iolanda, depois de beber um gole de sua cerveja, comentou:

— O que Angela está tramando?

Iolanda olhou para a amiga, bebeu um gole também e disse:

— Não sei.
— Tem certeza? — insistiu Louis.
Com uma graça que o fez sorrir, a jovem pestanejou e afirmou:
— Sim. Mas pode ter certeza de que se eu soubesse, não lhe diria.
Instantes depois, quando Kieran voltou com as bebidas, praguejou ao ver sua mulher cercada de falcões. Com um sorriso forçado, aproximou-se dela e lhe entregou a caneca, à espera de que se pusesse ao seu lado. Mas, ao ver que ela não se mexia e continuava rindo com aqueles homens, retirou-se.
Duncan, que observava tudo com atenção, sorriu. Ver Kieran naquela situação era algo novo para ele. Ao notar que ele bebia sua cerveja a toda velocidade com o semblante contrariado, aproximou-se.
— Megan me disse que você discutiu de novo com sua mulher por causa da Sinclair. E que inclusive fez com que ela se desculpasse perante Susan.
Irritado, Kieran assentiu e, olhando para seu amigo, sibilou:
— Angela a acusou na frente de todos.
— E você, com seus atos, ficou do lado de Susan, não é?
Ele o fitou sem responder, e Duncan o aconselhou com um sorriso:
— Nunca, nunca fique do lado de uma mulher que não seja a sua.
— Nem mesmo quando ela não tem razão?
— Por acaso você sabe a verdade sobre o que aconteceu?
Kieran negou com a cabeça.
— Pois então, o melhor é não se decantar por nenhuma das duas e ficar ao lado de sua esposa.
Kieran praguejou, e Duncan, com humor, acrescentou:
— Querido amigo, você pode saber muito sobre mulheres, mas sobre esposas e como tratá-las, acho que tem muito a aprender. E, a propósito, aquele soco que você me deu ainda dói.
Kieran praguejou em silêncio enquanto observava sua linda esposa gargalhar com aqueles guerreiros. Incomodava-o ver que ela era o centro das atenções, mas pouco podia fazer, a não ser que se comportasse como um animal e a levasse dali à força, coisa que não ia fazer.
— Por que está tão concentrado, *minha vida*?
Ao ouvir a voz divertida de Megan e ver que Duncan sorria, Kieran murmurou:
— Você gosta de me ver nessa situação, não é?
— Por que, *minha vida*? — debochou ela de novo.

— Megan... — alertou Duncan.

Mal-humorado, Kieran terminou a caneca de cerveja.

— Desculpe — disse Megan, ao ver como o amigo estava irritado.

Ele resmungou, olhou de novo para os homens que estavam ao redor de sua mulher. Viu que alguns pareciam absortos, outros abobados e outros sorriam com verdadeiro deleite. Não quis imaginar o que pensavam. Se o fizesse, ficaria muito mais furioso.

— Vou buscar outra bebida.

Duncan o pegou pelo braço e sussurrou:

— Ela é sua esposa. Leve-a com você.

Kieran pensou, mas não estava disposto a isso. Sem dizer nada, foi embora.

De soslaio, Angela viu que ele se afastava e respirou aliviada. Para ela, aquela situação também não estava sendo fácil. Sentir seu olhar de censura a inquietava, mas queria irritá-lo e fazê-lo sentir o que ela sentia quando ele sorria para outras.

Quando chegou onde estavam as bebidas, sua mãe se aproximou:

— O que há entre você e sua mulher?

— Nada.

Com um sorriso que deixou claro que ela não acreditava, Edwina disse:

— Reconheço que não gostava de Angela porque achava que era uma tolinha, mas, filho, a cada momento que passa gosto mais dela.

— Mãe... — bufou ele.

— Essa garota sabe lhe dar o que você merece — riu a mulher, afastando-se.

Ramsey Maitland se aproximou de Angela. Era alto, moreno, de olhos escuros incrivelmente inquietantes, e pelo modo como as mulheres o olhavam, ela intuiu que era tão desejado quanto seu marido. Conversaram durante um tempo, até que ele lhe perguntou se queria dançar. Angela pensou, mas ao ver Susan Sinclair descer a escada e seu marido sorrir e se aproximar para saudá-la, aceitou.

Começou a dançar com Ramsey junto com outros casais. Ali estavam Iolanda e Gillian com Louis e Niall, divertindo-se. Quando eles a viram acompanhada daquele homem em vez de Kieran, olharam-se surpresos, mas continuaram dançando sem dizer nada.

Música era algo de que Angela sempre havia gostado. Alegrava-a. E quando começou a dançar e viu que Ramsey era um bom dançarino, entregou-se encantada, sem notar que Kieran a observava.

— As pessoas estão começando a comentar — disse Duncan, aproximando-se dele.

— Você bem sabe que nunca me importei com o que as pessoas comentam — respondeu Kieran.

— Nem quando dizem coisas que não são verdade?

Ao ver que Kieran não respondia, Duncan olhou para sua mulher, surpreendentemente calada ao seu lado.

— Tudo bem, Kieran. Só digo que eu não gostaria de estar em sua pele — concluiu ele.

O laird, de um gole só, acabou sua bebida e, deixando a caneca em cima de uma mesa, com um sorriso arrebatador, rosnou:

— Se minha mulher quer brincar, vamos brincar!

A seguir, deu meia-volta, deixando seus dois amigos preocupados, e convidou a filha dos Carmichael para dançar. Ela aceitou encantada. Depois, dançou com a filha dos Jones, a neta dos Campbell e muitas mulheres mais. Todas aceitavam, sorridentes e encantadas com a gentileza de Kieran.

55

Angela, confusa porque Kieran não demonstrava sua irritação, bufou. Então, viu-o se juntar a uma dança coletiva. Kieran cumprimentava com graça as damas com quem cruzava na dança, até que chegou a Angela.

— Está se divertindo, esposa? — perguntou ele.

Com um sorriso falso, ela respondeu enquanto dançava:

— Muitíssimo, e você, marido?

Ele não teve tempo de responder, porque a dança prosseguiu e Angela se afastou de braço dado com outro guerreiro. Depois de mais uma volta, encontraram-se de novo.

— Pretende me irritar, Angela?

Tropeçando por culpa de Kieran, fitando-o com inocência, ela murmurou:

— Nááãoooo, *querido*.

De novo a dança os separou e, quando tornou a uni-los, a música ficou mais lenta. Enquanto se movimentavam de mãos dadas, ela perguntou sem rodeios:

— Sente-se bem ao ver que outros homens me desejam?

Sisudo, Kieran respondeu:

— O que está fazendo é escandaloso.

Angela riu e com uma voz nada angelical, murmurou:

— Não estou fazendo nada que você não faça... *tesouro*.

— Angela...

— Com a diferença de que eu ainda não me deitei com nenhum deles, e você sim, com muitas das que estão neste salão.

Kieran sentiu um calafrio; quando foi responder, a música tornou a separá-los.

A partir desse instante, a tensão entre os dois aumentou. Cada um se divertia em grupos diferentes, enquanto seus amigos os observavam, cientes de que aquilo não ia acabar bem.

Louis e Iolanda, que não haviam se separado a noite toda, ao ver o que estavam fazendo, se entreolharam.

— Tenho medo de Angela furiosa — disse ela.

Ao ver que Kieran tropeçava por causa de uma rasteira de Angela, Louis balançou a cabeça e respondeu:

— Pois deveria temer mais a fúria de Kieran.

Edwina, que como o resto das pessoas via o que acontecia com seu filho e a mulher dele, aproximou-se de Angela quando esta foi para uma mesa de bebidas e perguntou:

— Está se divertindo, querida?

Fitando-a com o maior dos descaros, a jovem respondeu:

— Certamente não tanto quanto a senhora. Fique tranquila, depois desta noite maravilhosa, seu filho não vai mais querer saber de mim.

— Oh, filha, não diga isso!

Angela sorriu. Que mulher falsa... No entanto, quando foi dizer algo, ela se aproximou e sussurrou:

— Continue a fazer o que está fazendo. Você não sabe como estou me divertindo.

Quando se afastou, Angela praguejou em voz baixa. Aquela bruxa se divertia ao vê-la chamar a atenção de todo o mundo. Sem dúvida, ia adorar vê-la cair.

Cada vez mais irritada, foi depressa para um terraço; mas, ao chegar, viu Kieran ali, conversando e rindo com Susan Sinclair.

— Maldição — sibilou.

— Linda Angela, o que aconteceu?

Ao se virar, encontrou Aiden McAllister.

— Só me faltava você — rosnou ela.

Ele se aproximou sorrindo e murmurou:

— Essa Sinclair não é como você, e Kieran sabe disso. Mas, agora, pare de flertar com todos, ou ele vai ficar furioso.

Dito isso, afastou-se, deixando Angela ainda mais confusa. Mas, pouco depois, enquanto Kieran continuava com Susan, aproximou-se de Ramsey Maitland furiosa. Com uma caneca na mão, começou a conversar com ele.

Um tempo depois, a música acabou. Megan olhou para Angela, que ria com Ramsey Maitland. Aquilo ia criar problemas. Kieran, por sua vez, caminhava de braços dados com Susan Sinclair. Ficando na ponta dos pés, Megan disse a seu marido:

— Não estou gostando nada disso.

— Nem eu — bufou Duncan.

Incomodada devido às constantes propostas nada honestas de Ramsey, Angela se afastou dizendo que ia procurar Iolanda. Precisava de alguns segundos sozinha. Ao ver que ninguém a seguia, pegou uma caneca de cerveja e se escondeu atrás de uns barris.

— Kieran O'Hara é tão galante! — ouviu uma voz de mulher dizer.

— E descarado. É um descarado com as damas — apontou outra.

— Seu irmão era pior — disse uma terceira mulher. — Graças a Deus que esse vil sem-vergonha morreu.

— Não é de se estranhar que sejam assim. Vocês sabem que Edwina, mãe dos rapazes, tinha uma pensão em Edimburgo. Por acaso esperavam que os educasse como cavalheiros?

As mulheres murmuraram algo, e a primeira prosseguiu:

— Não esqueçam que ela ganhava a vida servindo os homens e conseguiu enganar e atrair o laird Ferdinand O'Hara. Ele ficou louco de amor por ela, lembram?

As outras disseram que sim.

— Edwina só queria o dinheiro dele, e quando ele morreu na Irlanda, ela e seus filhos herdaram uma grande fortuna.

Angela reconheceu a voz. Assomou-se disfarçadamente e ficou em choque ao ver que quem havia falado era lady Augusta, mãe de Susan. Como podia ser tão bruxa? Mas sem dizer nada, continuou escutando:

— Eu sei bem — asseverou outra mulher. — Minha irmã, Betty, era louca por Ferdinand, e quando soube do enlace dele com essa mulher, foi para um convento.

Todas as mulheres falaram ao mesmo tempo, até que outra disse:

— E o que me diz da esposa de Kieran?

— Escandalosa! Viram o vestido dela?

Várias riram. Agora que falavam dela, Angela aguçou o ouvido e escutou Augusta dizer:

— Outra aproveitadora, como a mãe dos rapazes. Minha filha é que tinha que ser mulher dele, e meus netos, os herdeiros dessa grande fortuna.

— Pobre Susan. Que desgosto deve estar sentindo!

Augusta disse que sim e, aproximando-se das outras, sussurrou:

— Ambas já estamos cuidando para que Kieran despreze sua mulher. As três riram.

— Segundo Susan me contou, Kieran comentou que essa jovem procede de um clã em decadência, os Ferguson de Caerlaverock — prossegiu Augusta.

— Ela é filha de Kubrat Ferguson, que enlouqueceu quando mataram sua esposa?

— Efetivamente — respondeu lady Augusta. — Essa jovem é inexperiente em muita coisa. Depois de dar umas moedas a um vagabundo e a umas prostitutas, Susan e eu conseguimos que a tola acusasse minha filha na frente de Kieran. E o idiota, diante da boa atuação de minha Susan, deixou de lado sua mulher para consolar minha filha.

Todas riram, e uma comentou:

— Augusta, como você é má!

— Má não. Simplesmente não passamos a vida toda suportando essa dona de pensão para que agora uma aproveitadora apareça e arrebate de minha filha o que praticamente já era dela. Kieran é um sedutor com as mulheres, isso nós já sabemos, mas também sabemos que é um homem rico, generoso e um cavalheiro, e é isso que eu quero para minha filha, e ela também. Além do mais, o casamento dele é um *handfasting*. Tenho um ano para fazer Kieran e a tola Edwina verem que é de minha filha que precisam, e não dessa pobretona da Ferguson, sem classe nem modos.

— Cale-se, Edwina vem aí — ordenou uma.

Segundos depois, Angela ouviu a mãe de Kieran rir com elas.

Augusta, aquela bruxa com sorriso e cara de boa mulher, era a pior coisa que já havia conhecido na vida. Além de ser uma falsa com a mãe de Kieran, havia ajudado Susan a orquestrar a armadilha.

A festa prosseguia, mas o humor de Angela já não era o do começo. Ver a mulher rindo e conversando com Edwina a estava tirando do sério. E embora ela fosse desaparecer da vida dela, a mãe de Kieran merecia saber que tipo de amiga era aquela bruxa.

Por isso, já bem avançada a madrugada, Angela se aproximou de Kieran. Precisava esclarecer certas coisas. Com um lindo sorriso, parou junto a ele, Susan e outras mulheres e, pegando-o pelo braço, perguntou:

— Kieran, você tem um segundo, *querido*?

Ele a olhou e, altivo, inquiriu:

— Para quê?

Diante da expectativa dos presentes, Angela respondeu:

— Gostaria de falar com você. É só um instante.

Disposto a ser desagradável como ela havia sido a noite toda, ele disse:

— Querida, sem dúvida, o que você tem para me dizer pode esperar. Conversaremos depois. Agora, estou com estas damas encantadoras.

Contrariada pelo desaforo na frente delas, Angela mudou o peso do corpo de um pé para o outro e voltou à carga:

— Eu insisto. Preciso falar com você.

Decidido a não permitir que ela falasse assim com ele, Kieran a pegou pelo braço e sibilou:

— Continue me ignorando e deixe-me aproveitar a noite.

Incrédulas, as mulheres levaram a mão à boca.

— Vá para o diabo, Kieran O'Hara — rosnou Angela.

— O que disse, esposa?

— O que você ouviu, marido.

E, sem mais, deu meia-volta e se afastou, deixando Kieran mais que furioso. O que Angela estava fazendo?

Susan, estranhando aquilo, quando ficaram a sós, perguntou:

— O que está acontecendo, Kieran? O que há com sua mulher?

Sem demonstrar como se sentia contrariado e irritado na realidade, ele sorriu e disse em tom meloso:

— Nada; está se divertindo, como eu.

— E não se importa de que ela use esse vestido escandaloso e que o desafie com o olhar diante de todos?

Kieran olhou para onde Susan olhava. Ali estava Angela, observando-os.

— Nada me diverte mais — respondeu ele.

Feliz com a resposta, a jovem assentiu e saiu dançando de novo com Kieran. Angela, do outro lado do salão, olhava-os sentindo seu estômago revirar. Como pudera rejeitá-la assim diante de todas aquelas mulheres?

De súbito, alguém pegou sua mão. Ao se virar, viu que era Megan. Afastando-se alguns metros de onde estava todo o mundo, esta a interrogou:

— O que está fazendo?

— Simplesmente o mesmo que ele — respondeu Angela.

Ramsey se aproximou, cumprimentou-a com cortesia e convidou Angela a dançar de novo. Ela, depois de lhe dedicar um sorriso cândido, adiou a dança. Quando ele foi embora com a esperança de voltar um pouco depois, Megan comentou:

— Ramsey e Kieran nunca se deram bem. Se esse highlander presunçoso a convida para dançar e a acossa é só para incomodar seu marido.

Angela olhou para Kieran e, ao vê-lo rir com Susan, respondeu:

— Então, dançarei duas ou três músicas com ele.

A resposta fez Megan sorrir, mas, prosseguindo o que havia ido dizer, perguntou:

— Está tão furiosa assim com Kieran?

Ela foi responder, mas Megan, interrompendo-a, acrescentou:

— Ouça, Angela. Não a conheço e não quero julgá-la, mas quero que saiba, caso não tenha pensado nisso, que neste lugar centenas de olhos a estão observando. Todos os presentes sabem que você é a esposa de Kieran e estão vendo que dança, bebe, sorri e flerta com todos, menos com ele, e...

— Faço o mesmo que faz Kieran — repetiu Angela. — Por acaso não vê que ele está com todas também? Agora há pouco tentei me aproximar para falar com ele, mas foi impossível.

— Aceita um conselho?

— Claro — afirmou Angela, cansada daquela situação.

— Quando eu conheci Duncan, nunca pensei em me casar com ele. Ele era o temido Falcão! Arrogante, mulherengo e um homem não muito fácil de tratar. — Megan sorriu e prosseguiu: — Eu, de minha parte, também não era fácil, mas as circunstâncias fizeram que acabássemos casados por um ano e um dia.

Alucinada ao ouvir isso, Angela murmurou:

— Está dizendo que...

— Sim, Angela. Estou dizendo que eu também me casei como você, sem conhecer o homem que tinha a minha frente, por um *handfasting*. Você nem imagina como discutíamos, mas, quanto mais o fazíamos, quanto mais nos desafiávamos, mais gostávamos um do outro, e acabamos nos apaixonando. — Sorriu. — E agora, não podemos viver um sem o outro.

Angela sorriu, e Megan acrescentou:

— Com isso, quero dizer que se quiser chamar a atenção dele, faça isso, mas sem que sua moralidade, honra e honestidade fiquem no chão como estão ficando.

Ciente de que ela tinha razão, Angela levou a mão à têmpora e reconheceu:

— Você tem razão. Eu não deveria desafiá-lo assim.

Megan, com um sorriso cândido, contou:

— Eu desafiei Duncan em tudo que você possa imaginar, e ainda o desafio; de certo modo, ele gosta disso. Veja como Kieran a procura o tempo todo para saber onde você está. Sem dúvida, ele está furioso pelo que está acontecendo e, conhecendo-o, acho que não demorará muito a explodir.

— E eu bem que mereço — afirmou Angela com uma careta engraçada.

Megan sorriu.

— Garanto que se há algo de que ele gosta em você é sua personalidade. Você e eu não somos como muitas dessas que vemos aqui. Não somos mulheres delicadas que só pensam em seus penteados e nos vestidos da moda, e minha intuição me diz que você também prefere cavalgar e pular riachos a ficar costurando em frente à lareira, não é?

Angela assentiu.

— Se realmente quer que ele se apaixone por você, não faça o que está fazendo. Senão sofrerá mais do que jamais poderia imaginar — prosseguiu Megan.

Angela sabia que Megan tinha razão. Durante um bom tempo ficou falando com ela e desabafou. Contou-lhe sobre James, o que havia ouvido Augusta dizer. Megan blasfemou ao saber da verdade.

— Então, acha que devo tentar me aproximar dele outra vez?

— Sem dúvida alguma — assegurou Megan. — Kieran é seu marido, não de Susan, nem de nenhuma outra que se encontre por aqui. Não esqueça.

Disposta a descartar seus planos e tentar se aproximar do homem que amava, ela foi sair quando a música parou e um homem pôs uma harpa celta no centro do salão.

De súbito, todos os presentes começaram a clamar o nome de uma mulher. Kieran, feliz, acompanhou Sinclair até o instrumento.

— Não me diga que ela também sabe tocar — sussurrou Angela.

— Sinto lhe dizer que sim. E embora seja uma tola, toca muito bem — respondeu Megan.

— Insossa — sussurrou Angela, e ambas riram.

Susan, adorando ser o centro de todos os olhares, sentou-se em um banquinho que lhe deram e afastou o cabelo do rosto. Sua beleza era tão impressionante que as forças de Angela se desvaneceram. Por que estava tentando competir com ela? Não tinha seu porte, nem seus cabelos como raios de sol, nem seu rosto angelical.

Ao compreender o que Angela pensava, Megan sussurrou:

— Você tem outras qualidades. E se Kieran se casou com você e está tão apaixonado, e sei que está, é porque as suas são infinitamente melhores que as dela. Nunca se esqueça disso.

— Obrigada por suas palavras — disse Angela, sorrindo e respirando aliviada de novo.

Alheia à conversa, Susan aqueceu as mãos, aquelas finas e delicadas mãos sem um único arranhão, pestanejou com picardia e graça, aproximou a pequena harpa celta de seu corpo e, depois de alguns toques, começou a cantar uma linda canção:

O highlander e a plebeia
se encontraram na feira
nos olhos se fitaram
e já não se esqueceram.

Nobreza e cortesia
são suas armas e sua espinha
e o amor pela plebeia
destruiu sua vida inteira.

Buscavam-se e se encontravam
à noite e de manhã
e a esposa do highlander
soube daquele romance.

E se amaram em silêncio
até que o povo soube
a plebeia foi expulsa
de seu clã e de sua casta.

E cantam os trovadores
aldeões e senhores
o romance da plebeia
que matou o highlander de tristeza.

Todo o mundo a escutava encantado. Angela reconheceu que tinha uma bela voz e, ao notar o olhar de Megan, sussurrou:

— Você tem razão, ela toca muito bem.

— Mas é insossa — apontou a outra, zombando.

Cada vez que Susan terminava uma canção, as pessoas a estimulavam a cantar outra e outra e mais outra. Quando Megan voltou para seu marido, Angela decidiu falar com o dela.

— Kieran, preciso falar com você — disse ela.

— Agora não — respondeu ele sem a fitar.

Angela suspirou. Sempre a mesma ladainha... Quando ela queria falar, ele não queria; mas insistiu:

— Tenho que me desculpar com você por...

— Ssshhhh.

Incomodada com a atitude dele, perguntou:

— Você se importaria se eu fosse para o acampamento?

Kieran continuava sem olhar para ela. Esforçava-se para não olhar, por mais que desejasse. Claro que se importava que ela fosse embora e não a pudesse ver, mas sem afastar a vista de Susan, respondeu:

— Pode fazer o que lhe dê na telha, como está fazendo a noite inteira.

Angela se sentiu péssima. Megan tinha razão, não devia ter feito aquilo. Ela havia começado.

— Kieran, eu... — murmurou, aproximando-se dele.

— Shhh, cale-se! Susan está cantando e quero escutá-la.

— Mas...

— Pelo amor de Deus, vai se calar de uma vez? — grunhiu.

— Se eu tivesse uma espada, juro que lhe daria com o cabo na cabeça, animal! — rosnou ela, irritada.

As pessoas próximas a ouviram. Kieran, ciente de como os outros homens olhavam para ele, sibilou com brusquidão:

— Afaste-se de mim. Volte para o acampamento, se quiser, e conversaremos quando eu voltar.

— Disse para eu me afastar de você?

— Sim — rosnou Kieran, fora do sério.

Ela o olhou furiosa e censurou-o:

— Você me prometeu que ninguém me machucaria, e é o que você está fazendo.

Kieran a fitou, e Angela, esquecendo o que havia falado com Megan, deu meia-volta e se dirigiu à saída. Sem afastar o olhar dela, Kieran praguejou pelo que havia acabado de fazer. Ele também não estava se comportando bem. Foi se mexer, mas a mãe de Susan e Edwina se aproximaram para consolá-lo pelo que havia acontecido com Angela. Kieran as escutou, e, em silêncio, convenceu-se de que havia voltado a agir mal com sua mulher.

Megan, ao ver aquilo, quis ir atrás de Angela, mas seu marido a segurou pelo braço e sentenciou:

— Não é problema nosso.

— Mas, Duncan, ela...

— Eu disse que não é problema nosso.

Sem sair de seu lado, Megan bufou. Quando viu Iolanda, aproximou-se e lhe comunicou que Angela havia ido embora.

Ao saber, a jovem ficou angustiada.

— Acho que é melhor eu ir com ela — disse, olhando para Louis.

Louis assentiu. Depois de olhar para Kieran, que conversava sério com a mãe de Susan, disse:

— Irei com você.

Fora do castelo, vários highlanders olharam para Angela, surpresos. O que aquela mulher bonita estava fazendo sozinha à noite?

Sem reparar em seus olhares nem em seus comentários obscenos, ela prosseguiu seu caminho, afastando-se dali. Até que ouviu atrás de si:

— Linda Angela, por que está indo embora da festa?

Ao reconhecer a voz, ela parou e olhou para trás. Ao ver Ramsey, respondeu com um meio sorriso:

— Estou cansada e prefiro me retirar.

Ele passou seu olhar luxurioso sobre ela e murmurou:

— E seu marido não a acompanha e a deixa sozinha por este caminho escuro?

Ciente do olhar dele, Angela ficou alerta.

— Kieran prefere aproveitar a festa um pouco mais — respondeu ela.

— Ou talvez prefira aproveitar outras, como Susan Sinclair.

— Isso não lhe diz respeito — grunhiu ela, contrariada.

Ramsey deu um passo à frente e Angela um para trás. Não havia quase ninguém ao seu redor que a pudesse proteger.

— Se eu fosse ele, não a deixaria sozinha nem um instante. — Cercando-a, prosseguiu: — E estaria ansioso por chegar a nosso leito para desfrutar de você, de seu corpo e de sua doçura.

Incrédula diante da falta de decoro dele, olhou-o nos olhos e, apesar da irritação que sentia, replicou com tranquilidade:

— Meu marido não gostaria de escutar o que você disse.

Ramsey sorriu e, pegando-a pela cintura para aproximá-la, respondeu:

— Eu conheço bem seu marido e sei do que ele gosta ou não.
— Solte-me imediatamente.
— Tem certeza de que é isso que quer, bela Angela?

Confusa e zangada consigo mesma devido ao que havia dado a entender àquele e a outros homens durante a noite, com um rápido movimento, bateu com força em sua virilha e, quando ele uivou de dor e caiu ajoelhado a seus pés, sibilou:

— Cuidado comigo, Ramsey Maitland. Eu não sou como outras mulheres.

E sem mais, prosseguiu seu caminho furiosa, enquanto Aiden McAllister, que havia visto tudo, sorria.

Iolanda, que havia assistido à cena de longe, correu para ela e perguntou:

— Você está bem?

Angela assentiu.

— Louis e eu a acompanharemos.

E, em silêncio, voltaram os três para o acampamento.

56

Quando chegaram à tenda, Angela, vendo a boa harmonia entre Iolanda e Louis, sorriu e comentou:

— Estou tão irritada por tudo que aconteceu que quando deitar, vou dormir como um urso.

A jovem sorriu, e Angela, depois de lhe dar uma piscadinha, desapareceu por trás do pano da tenda.

Louis, que não queria que a noite acabasse ainda, disse, olhando para Iolanda:

— Gostaria de olhar as estrelas?

Ela assentiu, e o highlander, feliz, levou-a a um lugar onde poderiam admirar o firmamento. Durante um bom tempo, conversaram sobre coisas diversas, até que ele anunciou:

— Gostaria de lhe mostrar uma coisa.

— O quê?

Louis, puxando-a, dirigiu-se aos cavalos. Montou no seu e, estendendo a mão para ela, sussurrou:

— Para ver, você tem que me acompanhar.

Iolanda parou para pensar. Devia confiar nele?

Hesitou alguns segundos, mas, por fim, ciente de que Louis não lhe faria nada que ela não desejasse, deu-lhe a mão e se sentou diante dele. Então, Louis açulou seu cavalo.

Enquanto cavalgavam, Iolanda olhava ao redor. Stirling, toda enfeitada para a festa dos clãs, estava linda. Sempre havia sido uma cidade muito bonita.

Uma vez que a atravessaram, ela viu, surpresa, que estavam a caminho do cemitério. Para quê?

Ao chegar, Louis desceu do cavalo e, depois de descê-la com gentileza e deixá-la no chão, perguntou:

— Tem medo de cemitério?

Iolanda negou com a cabeça.

— Como dizia minha mãe, devemos temer mais aos vivos que aos mortos.

— Sábia mulher, sua mãe — respondeu Louis, sorrindo. E pegando a mão de Iolanda, acrescentou: — Venha comigo.

Entraram juntos naquele lugar onde reinava a paz e o silêncio. Iolanda, ao ver que se dirigiam ao túmulo de sua mãe, ficou inquieta. Mas quando viu o que Louis queria lhe mostrar, as lágrimas escorreram por suas faces.

Diante de si estava um túmulo limpo e arrumado, todo coberto de flores. E em uma cruz reluzente de madeira clara haviam gravado seu nome: "Mary Anne".

— Eu segui Angela e você quando vieram para cá.

Iolanda o fitou, e ele prosseguiu:

— Ouvi você dizer que este era o túmulo de sua mãe, e o nome dela. Ajeitei a sepultura o máximo que pude. Só espero que goste.

Emocionada, Iolanda assentiu enquanto as lágrimas brotavam de seus olhos sem parar. Aquele gesto tão bonito e tão cheio de amor tocou seu coração; não conseguia falar, só chorar, emocionada.

Louis não se mexeu. Não queria abraçá-la para não a assustar. Mas então, foi ela quem buscou abrigo entre os braços dele.

— Obrigada... obrigada... obrigada — murmurou Iolanda.

Enternecido, o highlander a abraçou e, depois de respirar aliviado ao ver sua aceitação, deu-lhe um beijo na testa e murmurou:

— Eu sei que Zac sabe, mas eu não sei o que aconteceu com você para estar sempre tão assustada. Não sei como sua mãe morreu, nem por que você estava sozinha naquele bosque, mas quero lhe dizer que, seja o que for, pode me contar e eu a escutarei e ajudarei.

A jovem assentiu. Sem sombra de dúvidas, Zac havia guardado seu segredo. Louis era um bom homem e, pegando sua mão, disse:

— Vamos sair daqui.

Caminharam em silêncio, e quando chegaram ao cavalo de Louis, Iolanda, olhando nos olhos do jovem, murmurou tremendo:

— Beije-me.

Ele a fitou confuso e não se mexeu. Havia ouvido bem?

Iolanda, ao ver que ele não se mexia, insistiu:

— Beije-me, Louis.

Dessa vez, depois de esboçar um sorriso encantador, o guerreiro não hesitou. Aproximou sua boca da de Iolanda, passou seus lábios pelos dela e, quando o calor e o tremor dos corpos exigiram, beijou-a com verdadeira paixão.

Depois desse primeiro beijo, houve outros, até que Iolanda, em um gesto carinhoso, deu-lhe um beijo na ponta do nariz e sussurrou:

— Gosto de você, e sinto muito por ter me comportado com tanta dureza.

Sem poder acreditar que aquilo estava acontecendo, Louis a abraçou, nervoso, disposto a defender aquela jovem de tudo que aparecesse.

— Também gosto de você; você sabe disso, não é? — replicou ele.

Ela assentiu. Sentaram-se sobre um tronco e ela disse, depois de lhe acariciar a face:

— Eu lhe pedi que me beijasse porque, depois do que vou lhe contar, não sei se vai querer tornar a fazê-lo.

— Por que diz isso? — perguntou ele, espantado.

Iolanda, depois de engolir em seco, sem pressa, mas sem pausa, contou-lhe tudo aquilo que sempre havia ocultado e que Angela e Zac conheciam. Ele a escutou impassível e, quando ela acabou, o bravo highlander afirmou:

— Eu prometo que não partiremos de Stirling sem o pequeno Sean, e exijo, se você assim desejar, continuar recebendo seus beijos pelo resto de minha vida.

Emocionada, Iolanda cobriu a boca. Nunca pensou que um homem como Louis pudesse reparar nela, e menos ainda lhe dizer aquelas coisas.

— Quero beijar você pelo resto da minha vida — respondeu ela.

57

Quando Angela ouviu que Louis e Iolanda se afastavam, trocou de roupa depressa. Jogou o vestido no chão e pôs as botas, a calça e a capa. Com rapidez, amontoou sobre sua manta a roupa que Kieran lhe dera de presente e a moldou para que parecesse ela dormindo. Depois de tudo pronto, sussurrou:

— Tudo bem, Kieran. Eu me afastarei de você e de sua vida.

E, em silêncio, saiu da tenda. Essa noite, com a festa e a bebida, os highlanders não estavam muito atentos. De modo que depois de pegar sua égua, afastou-se o mais depressa que pôde.

Encantados um com o outro, Louis e Iolanda voltaram ao acampamento. Ao longe, viram o grupo de amigos de Kieran com suas mulheres.

— Kieran ainda está na festa? — perguntou Louis, aproximando-se do grupo.

— Sim — respondeu Duncan, depois de trocar um olhar com Lolach.

— Conseguiram alcançar Angela? — inquiriu Megan.

— Sim. Ela está descansando em sua tenda — respondeu Iolanda.

Nesse instante, apareceram os Sinclair e Kieran com sua mãe; voltavam tranquilamente da festa. Megan, incapaz de ficar calada, gritou:

— Vocês duas, Sinclair, são umas bruxas.

— Megan! — grunhiu Duncan, tentando segurá-la.

Mas ela se soltou com um puxão e acrescentou:

— Sei o que ambas pensam de Edwina O'Hara, e só espero que tenham a decência de lhe dizer na cara, em vez de cochichar a suas costas como sempre fazem.

Ao ver que todos olhavam para elas, Augusta, levando as mãos ao peito e vendo que Edwina sorria, murmurou:

— Pelo amor de Deus, do que está falando?

Edwina, aproximando-se da jovem, pôs as mãos na cintura e disse:

— Calma, Megan, eu sei que elas me chamam de "dona de pensão" e sei muito bem o que pensam de mim. Nunca me enganaram, embora pensem que sim.

Augusta a olhou surpresa, e Edwina acrescentou:

— Eu nunca teria permitido que meu filho se casasse com sua filha.

— Mãe! — gritou Kieran, que não estava entendendo nada.

Megan, mais segura e convicta de que o que Angela lhe havia contado era verdade, prosseguiu:

— E também sei que o que aconteceu com Kieran no bosque foi tramado pelas duas. Pagaram para o mendigo e as prostitutas para...

— O que está dizendo? — defendeu-se a mulher.

Kieran, surpreso, foi falar, mas Edwina, ao ouvir aquilo, praguejou como um homem e sibilou:

— Isso sim que eu não vou permitir, bruxas!

Susan, ao se ver descoberta, olhou para sua mãe e para a de Kieran, enquanto Duncan e Niall falavam com o laird e este assentia. Mas, incapaz de ser sincera, a jovem perguntou:

— Mamãe, do que ela está falando?

— Isso — disse Megan, levando também as mãos à cintura —, continue assim. Mentirosa!

Ao se sentir o centro das atenções, Augusta levou a mão ao pescoço e murmurou:

— Não te-tenho nada... nada a dizer — defendeu-se.

Aldo Sinclair, ao trocar um olhar com Edwina, furiosa, olhou para sua mulher e sua filha e, com o semblante sombrio, bufou:

— O que fizeram, pelo amor de Deus?

Contrariada diante da pouca vergonha daquelas duas, Megan olhou para a delicada Susan e explicou:

— Ambas planejaram aquilo que aconteceu com Kieran para que Angela culpasse Susan na frente de todos e Kieran se aborrecesse com ela.

Incrédulo, ele olhou para aquelas mulheres por quem tinha tanto apreço e, baixando o tom de voz, sibilou:

— Vocês fizeram isso?

— Mentira!

— Eu acredito — afirmou a mãe de Kieran. — Elas sempre foram de jogar pedras e esconder a mão.

— Mamãe, você disse que ninguém ficaria sabendo! — disse Susan, nervosa.

— Susan, cale-se! — bufou Augusta.

— Como diria a mulher de meu filho — debochou Edwina —, podem parar com essa cara de insossa, pois acabamos de flagrá-las.

— Mãe!

— Filho, Angela é a melhor coisa que pode ter lhe acontecido — reconheceu Edwina, sorrindo.

— Aldo, pelo amor de Deus, você não pode acreditar no que estão insinuando! — choramingou Augusta.

— Veja, senhora — prosseguiu Megan —, vou buscar o homem a quem pagou umas moedas e vou provar.

— Eu sei quem é esse homem — afirmou Aston, aproximando-se.

— Ótimo! — exclamou Megan, e séria, acrescentou: — Garanto que vão ser desmascaradas diante de todos.

Kieran, furioso diante do que acabara de descobrir, olhou para Aldo Sinclair e disse:

— Assim como fez minha mulher, agora eu espero desculpas para ela por parte de sua esposa e de sua filha. — E olhando para Susan, acrescentou: — Nunca esperava isso de você. Confiei em você, pondo em dúvida o que dizia minha mulher, e, agora, vejo que me enganei.

— Kieran, ouça, eu...

— Não, Susan. Não vou escutar, nem agora nem nunca — sentenciou ele, furioso.

Edwina, divertindo-se com aquilo, olhou para a mãe da garota e, com uma expressão irônica, disse:

— Augusta, espero não tornar a ver você e sua filha em minhas terras nunca mais.

Aldo Sinclair, indignado diante do que as duas haviam feito, de maus modos pegou-as pelo braço e, fitando-as, rosnou:

— Vamos. A festa acabou.

Quando partiram, Megan olhou para Kieran, e este murmurou:

— Acho que tenho que me desculpar com Angela, não é?

— Oh, sim, *minha vida*... vai ter que fazer isso — respondeu Megan com um sorriso.

Edwina, aproximando-se do filho, olhou-o com carinho.

— Eu lhe disse que você é um idiota?
— O que quer dizer, mãe?
Edwina, dando-lhe um tapinha suave, respondeu:
— Não se atreva a perder Angela por causa de uma fresca como Susan, nem por nenhuma outra. Finalmente encontrou a mulher certa para você e que sabe o pôr em seu lugar.
— Já era hora — riu Gillian.
Ao ver a expressão de todos, Kieran por fim sorriu. Angela era a única coisa que importava nesse momento, e precisava falar com ela urgentemente.
Quando entrou na tenda e a viu deitada, abaixou-se e perguntou:
— Está acordada?
Ela não se mexeu; sentando-se no chão, Kieran se desculpou:
— Tudo bem, eu não agi direito. Não acreditei em você, e ainda por cima a fiz pedir desculpas a Susan.
Vendo que ela não respondia, prosseguiu:
— Desculpe, Angela. Desculpe, minha vida. Quando vi Susan, eu me comportei como um tolo, e agora entendo sua irritação e o que quis demonstrar na festa. Está dormindo mesmo?
Esperou durante um tempo e, ao ver que ela continuava sem responder, decidiu deixar para o dia seguinte. Conhecendo Angela, era o melhor.
Em silêncio, saiu da tenda e se sentou com seus homens perto do fogo. Só queria que amanhecesse para que ela acordasse e pudessem conversar.

58

Angela galopava sem descanso.

Durante um bom tempo não parou, até que a égua, cansada, diminuiu a marcha.

Na escuridão do vale onde estava, sentou-se no chão e, enquanto pensava em Kieran, olhava as estrelas.

Uma lágrima escapou de seus olhos ao pensar nele. E, olhando para o anel que ele lhe dera e que tinha no dedo, beijou-o e murmurou:

— Papai, eu tentei, mas não foi possível. Eu não sou o amor dele.

Enquanto pensava para onde ir, descartou a ideia de voltar a Caerlaverock ou ir a Glasgow. Seriam os primeiros lugares onde Kieran, caso a procurasse, iria. E disposta a se afastar o máximo possível dele, pensou em Newcastle. Ali ninguém a procuraria.

Quando se levantou para prosseguir a marcha, uma voz perguntou:

— Passeando pelo bosque outra vez?

Ao se virar, Angela encontrou Aiden McAllister e sorriu.

Ele, descendo do cavalo, aproximou-se e disse:

— Acho que Ramsey Maitland continua caído no caminho.

— Ele mereceu, sem dúvida — afirmou Angela.

Os dois riram.

— Além de bonita e tentadora, você é perigosa — acrescentou Aiden.

De novo Angela sorriu, e Aiden, aproximando-se mais, inquiriu:

— O que uma mulher tão bonita como você está fazendo de novo sozinha à noite?

— Dando uma volta.

Certo de que ela estava mentindo, respondeu:

— Angela, você não deveria se afastar tanto do acampamento. — E ao ver que não respondia, sussurrou: — Não me diga que está fugindo de Kieran O'Hara.

Ela pensou em mentir, mas já não se importava, de modo que assentiu. Aiden, depois de soltar uma gargalhada excessivamente escandalosa, exclamou:

— Ficou louca?

— Aiden, desde quando eu lhe conto meus planos? — respondeu ela, contrariada.

— Kieran irá atrás de você.

— Duvido. Eu o deixei muito feliz escutando a Sinclair cantar.

Aiden sorriu de novo.

— Kieran a encontrará — afirmou ele.

— Suas últimas palavras foram um pedido para que me afastasse dele.

Durante um tempo falaram sobre o que havia acontecido na festa e Aiden lhe deu sua opinião. O que ele dizia era o mesmo que Megan havia dito. E quando Angela se cansou de escutar, interrompeu-o:

— Chega, Aiden. Não quero ouvir mais nada. Minha história com Kieran acabou.

— Sabe de uma coisa? Eu adoro as mulheres — sussurrou ele, aproximando-se um pouco mais dela.

— Eu sei. Kieran me disse.

— Disse?

— Sim. E disse, inclusive, que você havia reparado em mim.

— Muito observador, seu marido.

— Para o que lhe interessa — debochou ela, contrariada.

Sem afastar o olhar dela, Aiden assentiu; e quando viu que Angela olhava as estrelas, disse:

— Agora que estamos nós dois aqui, e que você jura que sua história com Kieran acabou, quero que saiba que a considero uma linda mulher, uma mulher tentadora, e...

— Aiden McAllister — interrompeu ela —, se não quiser problemas comigo como teve Ramsey Maitland, contenha sua língua.

Ele soltou uma gargalhada e sussurrou:

— Angela... assim você me assusta!

Ela não gostou daquele tom de voz tão baixo, mas quando foi desembainhar a espada, ele a segurou e, amarrando-lhe as mãos com uma rapidez que a deixou sem fala, disse:

— Não, linda, não. Você não vai me atacar.
— Maldição, Aiden, solte-me!
— Não.
— Quando Kieran souber, vai matá-lo! — sibilou ela, irritada.
— E como vai saber se acabou de dizer que ele não vai atrás de você? — perguntou, divertido.

Irritada por ter sido sincera com ele, rosnou:
— Eu devia ter deixado que morresse aquele dia com os lobos.
— Certo. Devia.

Depois de amarrar a égua a seu cavalo, Aiden colocou Angela em cima do animal. Quando ele montou também e ela tentou acertá-lo, segurando-a de novo, disse:
— Você tem duas alternativas, linda Angela: ir com dignidade sobre o cavalo, ou ir sem dignidade de bruços. Você decide!
— Não se atreva.

Aiden assentiu com uma expressão maliciosa.
— Quando me soltar, juro que o matarei! — sibilou Angela.
— Está me assustando de novo, linda Angela.

Bem-humorado e sem se preocupar com os impropérios que saíam da boca de Angela, ele saiu a galope. Gostava daquela mulher, e tinha que partir o quanto antes.

59

Kieran estava pensativo junto ao fogo depois de tudo que havia acontecido. Não encontrava sossego. Precisava falar com Angela, desculpar-se com ela mil vezes e saber que estava tudo bem entre eles. Então, levantando-se, caminhou para sua tenda.

— Angela, acorde — disse ele, ao entrar.

Viu que ela não se mexia e, aproximando-se um pouco mais, insistiu:

— Angela... tenho que falar com você.

Nada. Nem um movimento.

— Angela...

A quietude o preocupou. Ao se agachar e tocar o que supostamente seria o quadril dela, blasfemou ao descobrir que aquilo era um fardo de roupa e que ela não estava ali.

Saiu como um louco da tenda e correu para a dos McRae. Niall e Duncan, que estavam perto do fogo, ao vê-lo se aproximar, levantaram-se.

— Onde ela está? — perguntou Kieran.

Os dois irmãos se entreolharam e soltaram uma gargalhada.

— Não me diga que perdeu sua mulher de novo — debochou Duncan.

E Niall, sorrindo, murmurou:

— Kieran... Kieran... acho que...

Sem vontade de rir, ele os empurrou e exigiu, nervoso:

— Digam. Minha mulher está aqui?

Os McRae negaram com a cabeça.

— Meu Deus, ela foi embora! — concluiu ele, desesperado.

Duncan e Niall se entreolharam, e Kieran, ao entender que ela não estava ali, foi correndo para onde estavam os cavalos. Não podia ter ido muito longe. Mas, de repente, o galope de um cavalo chamou sua atenção: ficou petrificado ao ver Aiden McAllister com sua mulher amarrada.

Sem entender nada, Kieran cravou os olhos neles, até que Aiden parou seu cavalo diante dele e falou:

— Acho que perdeu algo, não é, O'Hara?

— O que você acha? — perguntou ele, olhando para Angela.

Ela, furiosa por estar ali de novo, olhou para Aiden e sibilou:

— Idiota... por que me trouxe para cá?

Ele, com um sorriso divertido e sem lhe dar ouvidos, explicou:

— Eu a encontrei longe daqui e imaginei que você não ia querer perdê-la, não é?

Kieran assentiu, e o outro baixou Angela do cavalo com delicadeza. Ela, ao pôr os pés no chão, fitou-o e gritou, furiosa:

— Aiden McAllister, juro que irei atrás de você e o matarei!

— Eu a esperarei ansioso, linda Angela — respondeu ele, rindo.

A seguir, desamarrou a égua de Angela e entregou as rédeas a Kieran. Quando deu meia-volta para ir embora, Kieran o chamou:

— Aiden.

Ele se virou, e Kieran, fitando-o com apreço, disse:

— Obrigado. Muito obrigado por devolvê-la sã e salva.

O jovem sorriu e, depois de assentir com a cabeça, afastou-se a galope. Quando ficaram sozinhos, Kieran olhou para Angela e perguntou:

— Quando você vai parar de fugir de mim?

Ela não respondeu, e ele insistiu:

— Aonde estava indo?

Sem vontade de responder a suas perguntas, ela estendeu as mãos e pediu:

— Desamarre-me, por favor.

Ele o fez depressa. Quando ficou com as mãos livres, pegou as rédeas de sua égua. Kieran, segurando-a, reconheceu:

— Eu a amo, não vá embora.

Ouvir isso lhe provocou um calafrio; mas, sem olhar para ele, replicou:

— Nosso casamento nunca dará certo, Kieran. Somos muito diferentes. Seu lugar é junto a Susan Sinclair ou qualquer outra mulher da festa.

— Angela...

— Não quero falar com você.

— Angela — insistiu ele. — Olhe para mim.

De costas para ele, ela fechou os olhos. Vê-lo de novo havia diminuído as forças que havia reunido para partir. Ir embora agora seria mais difícil, mais complicado.

— Por favor, minha vida, olhe para mim — insistiu Kieran, com voz pausada.

— Não... não... não... não me chame assim — gemeu.

— Só você é e sempre será minha vida, já esqueceu?

Ela levou a mão trêmula à testa.

— Eu suplico, Angela, olhe para mim.

Incapaz de não o fazer, por fim ela deu meia-volta e enfrentou seu olhar. Kieran, sem perder um segundo, aproximando-se com delicadeza, tomou-lhe o rosto com as mãos e murmurou:

— Eu a amo, minha vida. Preciso de você ao meu lado, e pensar em perdê-la parte meu coração. Preciso de você. Meu exército, minha força, é você.

— Kieran, não... não diga isso agora. Agora não.

— Você é a luz de minha vida. Sei que eu não disse isso todas as vezes que você queria escutar, mas preciso que saiba que é verdade.

— Não, Kieran... não continue.

— Ouça, *minha vida*, não posso me permitir perdê-la. Eu sou seu amor e você é o meu, e aonde você for, eu vou. Meu lugar é ao seu lado, ainda não percebeu?

Perdendo-se em seu olhar, Angela negou com a cabeça. E ainda furiosa por tudo que havia acontecido, protestou:

— Você diz isso agora. Mas amanhã, quando Susan ou...

— Agora sei que foram ela e a mãe que orquestraram o que aconteceu comigo no bosque. E lhe peço perdão por não ter acreditado em você e a ter obrigado a se desculpar. E juro por minha vida que as duas vão lhe pedir desculpas agora, e nunca mais desconfiarei de sua palavra.

Surpresa, ela arregalou os olhos, mas negando de novo com a cabeça, disse:

— Isso já não importa, Kieran. Você me disse que é um homem que não quer amarras, que gosta de sua liberdade e... e... amanhã, quando vir outra mulher bonita, vai pensar nela e esquecer de mim, e não quero mais sofrer por amor.

— Não, meu amor, isso não acontecerá nunca mais — insistiu ele, sentido. — Porque já me dei conta de que só você tem o sorriso mais bonito que jamais verei na vida, que só você tem os olhos mais espetaculares que jamais me olharão, que só você sabe me deixar louco de paixão e que só você é a mulher com quem quero passar o resto de minhas noites e dias.

Os olhos de Angela se encheram de lágrimas; sem dúvida, Kieran sabia convencê-la. E quando começaram a rolar por suas faces, confessou:

— Odeio chorar.

— Eu sei, minha vida. Eu sei.

— Odeio me sentir feia diante das mulheres com quem você esteve.

Ao ouvir isso, Kieran se sentiu um tolo e replicou:

— Você é muito mais bonita que todas elas, tanto por dentro quanto por fora.

— Você está mentindo. Eu vejo como você olha para Susan, e... e...

Pegando-a pela cintura para tê-la mais perto, ele sussurrou aspirando o aroma da única mulher que queria ao seu lado.

— Nenhuma delas me importa, porque só tenho olhos para você, meu amor, e se não houvéssemos feito aquele jogo tolo no baile dos clãs, você teria percebido.

Angela o olhou, e ele murmurou:

— Eu olho para você com mais intensidade porque a amo. Eu olho para você com adoração porque a adoro. Eu olho para você com ternura porque não posso viver sem você, e garanto que a partir deste momento meu olhos, minha vida e meu coração serão somente seus, e você poderá fazer com eles o que quiser.

Boquiaberta, Angela sorriu e disse:

— Não me tente, O'Hara... não me tente.

Kieran, ao ver seu sorriso, pleno de amor como nunca havia estado na vida, afirmou:

— Sou seu. Nunca me deixe e faça comigo o que quiser.

Enxugando as lágrimas, Angela sorriu e perguntou:

— Está falando sério?

— Totalmente sério, meu tesouro.

Apaixonada por aquelas palavras, aproximando-se do marido, ela o beijou. Esse terno momento e aquela doce declaração de amor eram tudo do que ela necessitava. Kieran, do seu jeito, a seu modo, sempre lhe dizia palavras impressionantes para fazê-la se sentir especial, e uma vez mais conseguira.

Encantado, ele a beijou mil vezes, e quando parou, sem olhar para trás, disse ao ver a expressão divertida de sua mulher:

— Tudo bem, Megan, Gillian, já podem falar.

— Pelo amor de Deus, Kieran — riu Megan. — Você acabou com o açúcar da Escócia inteira!

— Incrível, Kieran... incrível! — aplaudia Gillian.

Edwina, que também havia presenciado tudo, disse, emocionada:

— Seu pai era igualzinho. Por isso me apaixonei. — E olhando para Angela, acrescentou: — Querida nora, é um prazer abrir as portas de minha casa e de meu coração a você, e como disse meu filho, nunca nos deixe.

Duncan e Niall não paravam de rir diante de tudo que haviam ouvido. Seu bom amigo havia caído no conto do amor, como sempre dizia quando Kieran ria deles. Iolanda e Louis, felizes, aplaudiam, cientes de que, por fim, aquilo era o início de uma nova vida para todos.

Kieran, depois de piscar para sua mãe mais que feliz, apaixonado, enfeitiçado e louco por sua mulher, pegou-a no colo na frente de todos que os olhavam e a levou para sua tenda em busca de privacidade. Sem soltá-la, murmurou, fazendo-a rir:

— Sou seu. Faça comigo o que quiser.

Angela, feliz e encantada, depois de passar a boca pelos fabulosos lábios do homem a quem amava acima de tudo e que havia dito as coisas mais maravilhosas do mundo, murmurou:

— Kieran O'Hara, beije-me.

Epílogo

Kildrummy, um ano e meio depois

Angela havia acabado de abrir uma carta e o que havia lido a deixara furiosa.

Precisava contar a Kieran, e foi procurá-lo. Ao entrar na sala, Edwina, que estava ali com o pequeno Aleix, perguntou:

— Aconteceu alguma coisa, filha?

Com um sorriso forçado para não a preocupar, ela se aproximou de seu filho e, pegando-o no colo, beijou-o.

— Como está meu gordinho? — disse Angela.

O menino sorriu, e ela acrescentou:

— Mamãe vai encher você de beijinhos.

Aleix era ruivo como ela, com os olhos azuis do pai. Era um menino gordinho e divertido, que costumava passar grande parte do dia sorrindo. Depois de fazer várias gracinhas, Angela perguntou, olhando para a sogra:

— Onde está Kieran?

— Ouvi dizer que estava com Zac nas cocheiras.

Sem perder um minuto, Angela recolheu as saias e correu para lá. Ao chegar, cruzou com Louis, que, ao vê-la, comentou:

— Iolanda quer que você passe em casa. Ela fez aquela famosa torta de mirtilo.

Angela lambeu os beiços e, tocando a cabeça do pequeno Sean, disse:

— Diga a sua irmã que guarde um belo pedaço para mim.

Louis, colocando o menino nos ombros, correu com ele para casa. Iolanda e ele eram toda sua vida.

Ao entrar nas cocheiras, Angela sorriu ao ver Kieran. Estava ali com Zac.

Ao vê-la, seu marido deu-lhe uma piscadinha e, abrindo os braços para recebê-la, exclamou:

— Que visita agradável, tesouro.

Angela o abraçou e, depois de beijá-lo, deixou a carta sobre uma mesa.

— Estou muito irritada — disse ela.

Zac, olhando para o amigo, levantou as sobrancelhas.

— Isto cheira a problemas — murmurou Kieran.

Angela assentiu e, com as mãos na cintura, anunciou:

— A carta é de Sandra.

Diante da menção desse nome, Zac sorriu e disse:

— Daria tudo para ler essa carta.

— Sandra vem nos visitar no final do ano — explicou Angela, sorrindo.

— Que ótimo! — aplaudiu Zac.

Ver aquela mocinha era o que ele mais queria no mundo.

Mas Kieran, pela expressão de sua mulher, sabia que isso não era tudo.

— Ao que parece, está comprometida! — acrescentou Angela.

— Como?! — perguntaram em uníssono Zac e Kieran.

Tão incrédula como eles diante da notícia, ela prosseguiu:

— Pelo que diz na carta, trata-se de um rico lorde inglês que sua avó impôs a ela, e...

— Quando você disse que ela vem? — perguntou Zac sério.

— No fim do ano.

O jovem assentiu e, sem dizer mais nada, saiu da cocheira.

Kieran, ao vê-lo, olhou para sua mulher e comentou:

— Que desgosto você acabou de lhe dar...

— Eu sei, mas quanto antes souber, antes vai digerir a notícia.

— Ou antes fará algo para evitar esse enlace — brincou Kieran.

Angela sorriu. Sem dúvida, o que pretendia era a segunda alternativa. Seu marido, fitando-a, disse:

— *Minha vida...* eu a conheço. — A seguir, abraçando-a, murmurou, afundando o nariz em seu pescoço: — Gosto quando você usa as joias de sua mãe.

Ela levou a mão ao pescoço, sorrindo. Estava usando um dos colares que Kieran havia conseguido resgatar dos agiotas de Edimburgo.

— Esta noite eu a quero nua em minha cama só com esse colar.

Alegre, ela assentiu e sussurrou:

— Querido, olhando para mim desse jeito, não consigo dizer não.

E se beijaram. Depois de voltar da festa dos clãs de Stirling, a vida deles melhorou. E terminado o prazo da união de mãos, Kieran fez um casamento em grande estilo, que as Sinclair ainda deviam estar lamentando.

Depois de vários beijos que aqueceram o coração de ambos, Angela, querendo voltar ao assunto que a havia levado ali, perguntou:

— Acha que Zac fará algo para impedir esse casamento?

Aspirando o doce perfume de sua mulher, Kieran assentiu:

— Pressinto que no final do ano, ou talvez antes, teremos baile.

Angela aplaudiu, feliz pelo que aquilo representaria para sua amiga Sandra, e ele, alegre diante daquele sorriso tão bonito, murmurou quando ela propôs, com gestos, que fossem para o fundo das cocheiras:

— Mas como você é descarada, meu amor.

Fascinada pela paixão que viu no olhar dele, Angela sorriu e, deixando-se beijar com todo o amor que aquele homem maravilhoso demonstrava, afirmou:

— Eu sei, e adoro saber que você gosta disso em mim.

Leia também os outros títulos da série Guerreiras, de Megan Maxwell

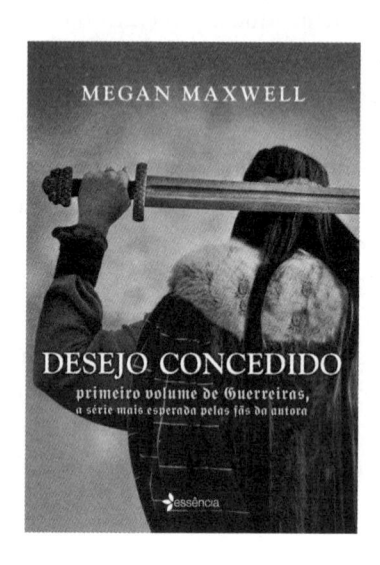

Na Inglaterra do século XIV, após a morte dos pais, a jovem lady Megan Philiphs, de 20 anos, segue uma vida tranquila, focada na educação e na criação de seus dois irmãos mais novos.

Para fugir de um casamento arranjado por sua tia, Megan e a irmã, Shelma, vão para o castelo de Dunstaffnage, na Escócia, onde vive seu avô Angus de Atholl, do clã McDougall.

Anos depois, durante o casamento de um de seus primos, Megan – uma mulher aguerrida, pronta a empunhar uma espada para defender sua família e que não se dobra por nada nem por ninguém –, conhece o temido guerreiro de olhos verdes Duncan McRae – um homem acostumado a liderar exércitos, mas que nunca esteve preparado para enfrentar o gênio forte de uma mulher.

O destino trama contra (ou a favor de) Megan, que acaba sendo obrigada a se casar com Duncan.

Conseguirão os dois se entender e seguir a vida como um casal feliz? Ou viverão às turras, como se estivessem num campo de batalha?

Gillian é conhecida entre os membros de seu clã como Desafiadora por seu caráter indomável – sua principal qualidade e também sua grande maldição. Apaixonou-se por Niall na infância e viveu com ele uma bela história de amor, interrompida quando o rapaz partiu sem dizer adeus para lutar junto ao rei da Escócia. Gillian jurou que nunca o perdoaria.

Tão teimoso e orgulhoso quanto sua amada, Niall está de volta, mas não é mais o mesmo homem disposto a qualquer coisa para reconquistá-la. Agora que se reencontraram, nenhum dos dois quer dar o braço a torcer. Mas a paixão do passado os dominará novamente.

Até quando eles serão capazes de resistir?

Este livro foi composto em Adobe Garamond Pro e impresso pela RR Donnelley para a Editora Planeta do Brasil em agosto de 2018.